LA GLOIRE ET LES PÉRILS

Robert Merle est né à Tebessa en Algérie. Il a fait ses études secondaires et supérieures à Paris. Licencié en philosophie, agrégé d'anglais, docteur ès lettres, il a été professeur de lycée, puis professeur titulaire dans les facultés de lettres de Rennes, Toulouse, Caen, Rouen, Alger et Paris-Nanterre où il enseigne encore aujourd'hui.
Robert Merle est l'auteur de nombreuses traductions (entre autres *Les Voyages de Gulliver*), de pièces de théâtre et d'essais (notamment sur Oscar Wilde). Mais c'est avec *Week-end à Zuydcoote*, prix Goncourt 1949, qu'il se fait connaître du grand public et commence véritablement sa carrière de romancier. Il a publié par la suite un certain nombre de romans dont on peut citer, parmi les plus célèbres, *La mort est mon métier, L'Île, Un animal doué de raison, Malevil, Le Propre de l'Homme, Le jour ne se lève pas pour nous,* et la grande série historique *Fortune de France.* Avec *L'Enfant-Roi, Les Roses de la vie*, puis, en 1997, *Le Lys et la Pourpre,* Robert Merle a donné une suite à *Fortune de France.* Il est rare dans l'édition de voir une saga en plusieurs volumes obtenir pour chacun de ses livres un égal succès. *Fortune de France* fut un de ces cas d'exception où les lecteurs demeurent fidèles de livre en livre aux héros imaginés par l'écrivain.
Nombreux sont les romans de Robert Merle qui ont fait l'objet d'une adaptation cinématographique ou télévisuelle.

Paru dans Le Livre de Poche :

FORTUNE DE FRANCE

FORTUNE DE FRANCE - I.
EN NOS VERTES ANNÉES - II.
PARIS MA BONNE VILLE - III.
LE PRINCE QUE VOILÀ - IV.
LA VIOLENTE AMOUR - V.
LA PIQUE DU JOUR - VI.
LA VOLTE DES VERTUGADINS - VII.
L'ENFANT-ROI - VIII.
LES ROSES DE LA VIE - IX.
LE LYS ET LA POURPRE - X.

L'IDOLE.
LE PROPRE DE L'HOMME.
LE JOUR NE SE LÈVE PAS POUR NOUS.

ROBERT MERLE

Fortune de France XI

La Gloire et les Périls

ÉDITIONS DE FALLOIS

À Nicole

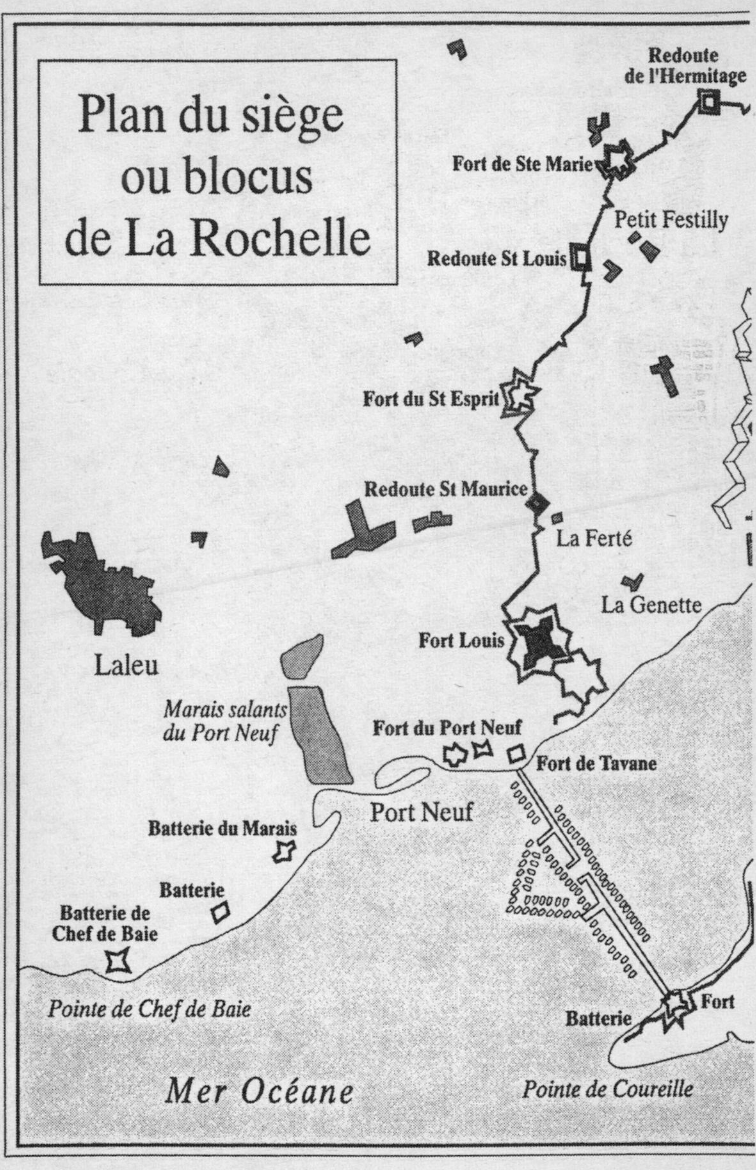

Plan du siège
ou blocus
de La Rochelle
Redoute
de l'Hermitage
Fort de Ste Marie
Petit Festilly
Redoute St Louis
Fort du St Esprit
Redoute St Maurice
La Ferté
La Genette
Laleu
Fort Louis
Marais salants
du Port Neuf
Fort du Port Neuf
Fort de Tavane
Port Neuf
Batterie du Marais
Batterie
Batterie de
Chef de Baie
Pointe de Chef de Baie
Fort
Batterie
Mer Océane
Pointe de Coureille

La Fond
Fort de la Fond
Redoute
Ste Marguerite
Redoute
St François
Fort de Beaulieu
Redoute du Losange
Redoute du Pré
Village de Rompsay
La Rochelle
Le Temps Perdu
Redoute de Rompsay
Gournille
Grandplessix
Marais
Fort des Salines
Redoute des Grottes
Les Grottes
Marais
Le Begnon
Redoute des Mares
Fort de Tasdon
Village
de Tasdon
Garde de Cavallerie
Redoute de Mars
La Courbe
Fort de Coureille
ou d'Angoulême
Fort de Bongraine
Fort d'Orléans
de M. de Marillac
Redoute des Marchands
Aytré

CHAPITRE PREMIER

Lecteur, je me propose dans ce onzième tome de mes Mémoires de décrire la vie qui fut la mienne pendant le siège de La Rochelle — siège qui fut, avec celui de Breda, le plus long et le plus fameux de la première moitié de ce siècle.

L'enjeu était, comme disait Richelieu, importantissime. Les protestants, ou, comme on disait alors, les huguenots, avaient fini par former un État dans l'État, et braver le pouvoir du roi de France par de continuelles rébellions.

Or La Rochelle, citadelle de la puissance huguenote en ce royaume, était réputée invincible pour la raison qu'étant puissamment fortifiée côté terre, elle s'ouvrait largement sur l'océan et pouvait être par conséquent envitaillée, et par sa propre flotte, et par celle de ses alliés — de prime paradoxalement par la très catholique Espagne, laquelle cependant promit beaucoup et ne fit rien, et ensuite par la protestante Angleterre, qui, elle, intervint à trois reprises dans la guerre entre Louis XIII et sa ville mutinée.

Toutefois pendant longtemps, les sympathies

anglaises étaient demeurées inactives, et ne sortirent en fait de leur passivité que par un événement apparemment infime dans l'histoire du monde : un baiser volé dans un jardin, la nuit.

Et par qui, et à qui, c'est ce que je vais dire au lecteur ou plutôt lui redire, ayant déjà décrit l'affaire dans le précédent tome de mes Mémoires.

En 1625, année au cours de laquelle le prince de Galles devint Charles Ier d'Angleterre, son favori, Lord Buckingham, se rendit à Paris, pour demander pour son maître la main de la princesse Henriette-Marie, sœur de Louis XIII. Il l'obtint, mais sur le chemin du retour, à la nuitée, dans un jardin d'Amiens, il fit à la reine de France une cour si expéditive qu'elle n'échappa de ses bras qu'en appelant à l'aide. Le scandale fut immense, et Louis XIII fit défense à l'insolent de jamais remettre le pied sur le sol de France.

Combien que cette interdiction fût fort méritée, Buckingham ne la put souffrir, et pour se revancher d'être à jamais banni des délices qu'il goûtait à Paris, étant fort avant dans les amitiés des vertugadins diaboliques, il envahit sans crier gare l'île de Ré, l'occupa, y fut aidé et envitaillé par les Rochelais, mais ne pouvant venir à bout de la citadelle de Saint-Martin-de-Ré, où Toiras avec ses troupes s'était enfermé, et attaqué en outre par l'armée de renfort commandée par Schomberg, fut chassé de sa conquête et perdit dans le réembarquement la moitié de ses forces.

Quant à moi, après les fatigues et les famines de l'interminable siège, lesquelles j'avais endurées avec Toiras et ses soldats en la citadelle de

Saint-Martin-de-Ré, je n'aspirais qu'à me rebiscouler dans les joies domestiques de mon domaine d'Orbieu, « qui m'est une province et beaucoup davantage ».

Hélas ! je ne le pus. Et, à vrai dire, je n'osais même pas quérir de Louis XIII mon congé, car les envahisseurs une fois départis de l'île, la guerre n'était pas pour autant terminée. Alors même que les Anglais foulaient encore notre sol, les Rochelais, le dix septembre 1627, nous avaient déclaré la guerre après un étrange et interminable face à face, eux derrière leurs murailles, et nous devant, sans qu'une seule mousquetade fût tirée d'un côté ou de l'autre.

« Qu'est cela ? disaient les Anglais, ce n'est ni la guerre ni la paix. » Et ils disaient vrai, tant était grand des deux parts le rechignement à se replonger dans les horreurs d'une guerre civile.

Le souvenir à jamais présent d'un demi-siècle de persécutions avait rendu nos pauvres huguenots excessivement ombrageux. Dans la moindre parole, sous la moindre apparence, ils sentaient poindre des menaces. Bien que l'édit de Nantes leur eût apporté des franchises et des privilèges tels et si grands qu'ils formaient comme un État dans l'État, ils demeuraient encore insatisfaits, agités, inquiets, suspicionneux. Pis même, ils violaient eux-mêmes les clauses de cet édit qui n'avait pour objet que de les protéger, n'hésitant pas à chasser du Béarn les prêtres catholiques, prenant des villes ou des îles au roi, arraisonnant ses bateaux dans le pertuis breton, ou même massacrant par surprise la garnison royale, comme à Nègrepelisse, petite ville qui, par Condé, fut non moins cruellement châtiée.

Il est constant que les Rochelais ne voulaient pas tous la guerre. Y étaient opposés les magistrats par souci de l'ordre et des édits, les bourgeois bien garnis, parce qu'ils ne voulaient rien changer à leur tranquille vie, et les négociants, parce qu'ils craignaient pour les franchises accordées à leur négoce et, surtout, les armateurs parce qu'ils redoutaient la perte de leurs navires.

Cependant, les pasteurs, y compris le plus influent de tous, le pasteur Salbert, penchaient pour le combat pour la raison que, possédant une vérité absolue — comme, de reste, les catholiques du parti dévot —, ils acceptaient la violence pour la faire triompher. Le petit peuple, influencé par leurs prêches véhéments et aussi par la présence de la duchesse douairière de Rohan dans leurs murs, inclinait, lui aussi, à donner la parole aux canons, n'ayant de reste rien à perdre, hors la vie, que dans son intrépide foi il tenait pour rien.

Quant aux Rohan — la duchesse douairière, le duc régnant et le cadet (« l'infernal Soubise », comme disait Richelieu) — ils caressaient le rêve de se tailler dans le royaume de France une principauté indépendante qui, englobant La Rochelle, les îles et le Languedoc, eût vécu sous leur sceptre.

Parce que la reine-mère et la reine régnante étaient pro-espagnoles et ultramontaines et parce qu'en France le parti dévot, renaissant tel un phénix des cendres de la soi-disant Sainte Ligue, désirait sans trop oser le dire encore l'éradication de l'hérésie, les huguenots redoutaient qu'une nouvelle persécution s'abattît sur eux derechef.

Ils oubliaient que le roi ne se laissait en aucune manière gouverner par les reines ; qu'il était, quoique pieux, hostile au pouvoir absolu que le pape revendiquait sur le temporel ; qu'il n'aimait rien tant, dans les occasions, que rabattre l'arrogance ou l'avarice de ses évêques ; qu'il n'avait pas hésité à combattre et à mettre à la fuite les soldats pontificaux dans la Valteline ; et qu'enfin il avait, à maintes reprises, affirmé qu'il ne toucherait jamais à la liberté de conscience et de culte de ses sujets protestants.

Chose étrange, et qui montre bien l'indéchiffrable logique des passions humaines, dans le même temps que les huguenots de La Rochelle se rebellaient contre Louis, ils ne cessaient pas pour autant de l'aimer. Barguignant avec les Anglais qui eussent voulu que leur aide à La Rochelle comportât, pour eux, quelques avantages en bonnes terres françaises, ils protestaient de ne vouloir faire « aucun préjudice à la fidélité et à la sujétion qu'ils devaient au roi de France », lequel, d'ailleurs, ils estimaient fort, le tenant pour « un prince excellent, dont les procédures étaient empreintes d'une très rare sincérité ».

Mieux même, ayant ouï qu'un de leurs boulets, pendant le siège de leur ville, était tombé à quatre pas de Louis et l'avait éclaboussé de poussière, ils firent des prières publiques pour que le Seigneur, d'ores en avant, le tînt en Sa Sainte Garde. En somme, ils le bombardaient, mais n'eussent pas voulu qu'il mourût. Bien que rien d'extravagant ni d'illogique puisse à l'ordinaire émouvoir les Anglais, ces oraisons pour la sauvegarde du roi de France les laissèrent béants. Ils en conclurent, non sans chagrin, que les Rochelais « avaient les fleurs de lys très avant empreintes dans le cœur ».

Les Anglais eurent d'autres raisons de se chagriner de cet attachement séculaire. Le siège se prolongeant, la famine tuait tant de monde qu'un Rochelais conçut l'idée de saillir à la dérobée des murailles et, passant au travers des lignes ennemies, d'atteindre le petit bourg d'Aytré où Louis avait son logis et, là, de lui donner dans le cœur de son couteau.

L'homme s'ouvrit de ce plan au maire Guiton, lequel, dès la première heure, artisan encharné de la guerre, demeurait, malgré les pertes effroyables que subissait sa ville, partisan résolu du combat à outrance contre le pouvoir royal.

Guiton n'écouta pas pour autant avec faveur le projet meurtrier du quidam. Consciencieux huguenot, il s'en tenait à la lettre du Décalogue : Tuer était péché mortel. Et, quant à lui, il n'avait pas assez de lumières pour décider, seul, s'il fallait en ce prédicament passer outre à la Loi divine. Il requit donc, là-dessus, le sentiment du pasteur Salbert, lequel, comme lui, avait poussé prou à la guerre et, comme lui, ne souffrait pas qu'on parlât de capitulation. Malgré cela, le pasteur Salbert, dès les premiers mots, s'opposa avec véhémence au projet meurtrier :

— C'est là, dit-il, un moyen très injuste et très odieux, et là n'était pas la voie que le Seigneur voudra prendre pour délivrer La Rochelle.

Quand, la paix revenue, j'appris cette histoire, elle me donna beaucoup d'estime pour ces calvinistes, infiniment plus fidèles à la parole de Dieu que les fanatiques de la Sainte Ligue qui n'eurent, eux, ni scrupule ni vergogne à se défaire par le couteau d'Henri III et d'Henri IV. Mais, sans remonter si loin, que penser de ces comploteurs qui, dans l'entourage de Monsieur, des Vendôme et de la reine elle-même, envisageaient avec sérénité d'occire Richelieu et de cloîtrer le roi ?

*
* *

Mon premier soin, quand, après notre victoire éclatante de l'île de Ré sur les Anglais, nous rejoignîmes le continent, fut d'acheter pour moi-même et mon écuyer Nicolas de Clérac deux chevaux. Les nôtres avaient été, avec deux bonnes centaines d'autres, impiteusement tués et mangés pendant le siège de la citadelle.

Dans le camp retranché qui encerclait La Rochelle, ne se trouvaient pas seulement des soldats, mais des marchands établis sous de vastes tentes et qui vendaient tout ce que les pécunes peuvent en ce monde acheter, y compris des ribaudes, mais celles-ci très cachées et dans des lieux fort clos, car la police du roi, qui était, comme son maître, vertueuse, condamnait ce commerce. Le prix qu'on me demanda pour deux juments fut si hors de tout usage et raison qu'il fallut un long bargoin pour le faire baisser. Par bonheur pour mes Suisses qui étaient onze en comptant le capitaine Hörner, leurs montures avaient été épargnées pendant le siège pour la seule raison qu'étant suisses, elles n'étaient pas inscrites sur le rôle de la cavalerie française. Ce fut la première et dernière fois de ma vie que la méticulosité paperassière des Intendants me fut bénéfique et m'épargna un grand débours, car les Suisses ayant été loués par moi, il allait sans dire que j'eusse dû les pourvoir aussi en chevaux de remplacement, si on avait mangé les leurs.

J'appelai ma nouvelle jument Accla en souvenir de celle qui avait été sacrifiée dans la citadelle de l'île de Ré, tant est qu'il me paraissait qu'elle vivait encore.

Dès que nous fûmes tous deux décemment montés, je gagnai le bourg d'Aytré, petit bourg au sud de La Rochelle où demeurait le roi, dans le double espoir de le voir et de trouver un toit pour mes Suisses et pour moi.

Ces deux espérances furent déçues. Le roi, à ce que m'apprit Berlinghen, était départi inspecter les troupes installées à Coureille à l'extrémité nord de la baie de La Rochelle et ne reviendrait pas chez lui avant le lendemain. Et la suite du roi était si nombreuse à Aytré qu'il n'était ni maison ni masure qui ne fût en surnombre occupée. « Une épingle n'y trouverait pas sa place », disait Berlinghen, son valet de chambre.

Je résolus alors de pousser plus loin ma quête et c'est ainsi que, prenant un chemin qui allait vers le sud et longeait la mer, je trouvai, à courte distance d'Aytré, un village qui s'appelait Saint-Jean-des-Sables et qui me ravit de prime par son nom, par sa plage et par les vues qu'il donnait sur l'océan. N'y trouvant pas d'auberge, je me rabattis sur un cabaret à l'enseigne de la *Pomme d'or*. Mais à la vétusté et la pauvreté de la masure où ladite pomme était logée, il me parut qu'elle avait depuis belle heurette perdu de sa dorure.

Le cabaretier, petit homme fluet, terne et

apeuré, nous envisagea de prime avec faveur entrer dans son antre, mais ayant aperçu mes Suisses dans la rue par le seul carreau de sa fenêtre qui fût en verre, les autres étant faits de papier huilé pour épargner la dépense, il craignit, en voyant tout ce monde, qu'on ne le robât, courut, claudiquant, quérir dans un recoin une vieille arquebuse, la braqua sur nous sans mot piper, sa frayeur lui gelant le bec.

— Bonhomme ! dis-je, nous sommes honnêtes gens tous, mon écuyer, moi-même et mon escorte et nous ne voulons pas te prendre clicailles, mais t'en donner. Remise donc où tu l'as prise cette vieillotte arquebuse dont la mèche n'est même pas allumée et baille-nous un flacon du bon vin d'Aunis.

Là-dessus, imité avec un temps de retard respectueux par Nicolas, je pris place sur un tabouret, et jetai un sol sur la table. Le bonhomme n'en crut pas ses yeux de ce trésor, ramassa prestement la pièce et, sans quitter pour autant son arquebuse, appela son épouse, à ce que je suppose, pour nous surveiller et, cela fait, il disparut par une trappe comme un diable.

S'avança alors vers nous, en se dandinant, une maritorne qui était grosse comme deux fois son mari, les bras repliés sous son parpal comme pour le soutenir. Elle nous envisagea un assez long moment de ses petits yeux noirs, durs et brillants. À la fin, parlant un français baragouiné de la parladure d'Aunis, elle demanda à Nicolas qui était « le *moussu* ». C'était là un mot d'oc que bien j'entendis, et mieux encore Nicolas, qui parlait d'oc, mais point tout à fait le même que celui d'Aunis.

— Le *moussu*, dit Nicolas, est le comte d'Orbieu, conseiller du roi.

Là-dessus, la maritorne, s'ébranlant non sans lourdeur, nous apporta deux gobelets couverts de poussière, les posa sur la table et, sans piper mot ni miette, nous laissa seuls.

— Monsieur le Comte, dit Nicolas, puis-je quérir de vous la permission d'aller laver ces deux gobelets à la fontaine sur la place ?

— La grand merci à toi, Nicolas, et veux-tu dire de grâce à Hörner que je vais lui faire incontinent porter quatre flacons de vin pour lui-même et ses hommes, la salle étant trop petite pour les accueillir tous.

Nicolas departi, je vis la tête du cabaretier saillir de la trappe puis son torse, puis ses mains, l'une embarrassée par un flacon de vin, l'autre par son arquebuse. Là-dessus, sa femme revint, lui prit impérieusement l'arme des mains, la remit en place, déboucha le flacon et ne parut aucunement surprise de voir entrer Nicolas, ses deux gobelets propres à la main. Se peut, m'apensai-je, que ce soit céans la coutume de laisser la pratique laver de soi la vaisselle, si du moins elle le juge opportun.

Je commandai alors à la maritorne quatre autres flacons pour mes Suisses et posai trois sols sur la table. Mais la commère, incontinent, m'en réclama quatre. Preuve qu'elle était vive à se mettre à mon prix, au lieu de demeurer au sien. Et preuve aussi qu'elle sentait bien que mes largesses, si je puis dire, n'étaient pas gratuites et sous-entendaient une ou plusieurs questions.

J'ajoutai un sol à ma première obole, et la maritorne rafla le tout de sa main dodue avant que son mari ait eu le temps de dire ouf. Puis, sur un ordre fort sec qu'elle lui donna en sa parladure, il disparut par la trappe, ce qui, je suppose, était, au propre comme au figuré, son lot quotidien.

La maritorne attendit que le pauvret, ressortant de la cave, eût porté les flacons à mes Suisses, et dès qu'il fut hors, elle s'assit sans façon à notre table et, s'adressant à Nicolas, elle lui demanda en oc ce que voulait le *moussu*. Question que je n'entendis que par la réponse que fit Nicolas.

— Monsieur le Comte, dit Nicolas, désire louer à Saint-Jean-des-Sables une grande maison pour loger soi et les Suisses.

Phrase qu'il articula en français de prime, la traduisant ensuite en oc. Truchement qui fut le bienvenu et qui continua jusqu'à la fin de l'entretien.

Ayant appris à la parfin ce que je voulais d'elle, la maritorne, avec des « *Aïma ! Aïma !* » à l'infini, se plaignit de prime de ses jambes, lesquelles, étant grosses et gonflées, la doulaient fort. Raison pour laquelle, sauf mon respect, elle était assise à ma table.

Elle fit ensuite observer qu'elle et son mari étaient d'honnêtes gens, connus comme tels à Saint-Jean-des-Sables, et fort serviables à tout un chacun, y compris, dans les occasions, à des étrangers comme nous. Mais d'un autre côté, elle se trouvait fort démunie et elle désirait, si elle me disait ce que je voulais savoir, que je lui graissasse quelque peu le poignet. Nicolas parut fort indigné par cette rapacité, alors même que la maritorne avait déjà abusé de ma libéralité en haussant démesurément le prix de son vin. Quant à moi, j'envisageai la maritorne d'un air sévère et judiciaire, craignant qu'elle ne voulût aussitôt augmenter le niveau du graissage, dès lors que je lui aurais fait une offre.

— Ma commère, dis-je d'un ton bref, net et sans réplique, je te baillerai cinq sols pour te déclore le bec et pas un sol de plus.

— Cela me va, *Moussu,* dit-elle, l'œil brillant et la voix gourmande.

Je pris cinq sols dans mon bourseron, les mis sur la table et posai ma main dessus.

— Parle, ma commère, dis-je, parle, cornedebœuf ! Et ne me dis que le vrai ! Sans cela, mes Suisses et moi, nous reviendrons céans ce soir pour te rôtir les pieds et piller tes flacons.

— *Moussu,* dit-elle, nous sommes de fort honnêtes gens et ne disons jamais que le vrai ! Le plus *biau mes* de Saint-Jean-des-Sables est à la marquise de Brézolles, mais je crains que Votre Seigneurie n'y puisse loger, car la marquise est fort incommodée des canonnades qu'elle oit le jour et elle craint si fort les déserteurs et les pillards la nuit qu'elle a décidé de faire ses bagues et de départir pour Nantes où elle a un *ben biau mes* aussi, et en ville, à ce que j'ai ouï.

Ayant dit, la maritorne s'accoisa et à peine ôtai-je ma main de dessus les cinq sols, qu'elle les rafla. Nous la quittâmes alors sans tant languir en civilités et voyant dans un coin le fluet compagnon de ses jours, je m'apensai, à voir sa dolente face, que sa femme avait tiré de ma visite neuf sols, et lui, un seul. Encore n'était-il pas sûr qu'elle ne lui ferait pas dégorger sa maigre part après notre département.

Le *biau mes* — et par *mes* en oc, il faut entendre maison — était en ſait un plaisant château Henri IV en belles pierres de taille avec des parements de briques autour des portes et des fenêtres. À la dextre de la grille pendait une cloche, laquelle, sur un œil que je lui jetai, Nicolas sonna plus d'une minute sans aucune sorte de succès. Je décidai alors de franchir à la franquette la grille, mais avec le seul Nicolas, laissant hors Hörner et ses Suisses, pour ce que je craignais que la dame de céans ne vît en nous une horde de pillards avides de tout forcer, meubles et filles.

Nos juments marchant au pas, nous atteignîmes le perron et là, tout soudain, se dressa devant nous une sorte de *maggiordomo* portant épée, mais si chenu et chancelant qu'il avait peine à se porter lui-même. Je lui dis qui j'étais et soit qu'il fût sourd, soit qu'il eût quelque mal à fixer son attention, il ne m'écouta guère. Mais en revanche, il m'envisagea des pieds à la tête avec le plus grand soin.

Or, pour quérir audience de Sa Majesté à Aytré, j'avais revêtu ma plus belle vêture et le *maggiordomo* ne trouva sûrement rien à redire, ni au panache bicolore de mon chapeau, ni à la collerette en dentelle de Venise haut relevée derrière ma nuque, ni à mon pourpoint de satin bleu pâle orné de perles, ni à la poignée ouvragée de mon épée, ni à mes hautes bottes du cuir le plus fin, et moins encore à la grande croix d'or de l'Ordre du Saint-Esprit qu'à cette occasion je portais pour faire honneur à celui qui me l'avait conférée.

— Messieurs, dit le *maggiordomo* d'une voix

assez chevrotante, plaise à vous de démonter et de me suivre.

Un laquais surgit alors qui prit soin de nos montures. Il était vêtu d'une livrée neuve aux couleurs, à ce que j'augurais, de la marquise de Brézolles. Je dis « neuve », car c'est justement le neuf qui me frappa et me fit bon effet, me donnant l'assurance que cette maison-là ne respirait pas la chicheté de la riche Madame de Candisse, laquelle, comme j'ai déjà conté dans le précédent tome de ces Mémoires, m'avait reçu à La Flèche à la fois si mal et si bien.

Et en effet, le salon où nous conduisit le *maggiordomo* venait d'être redécoré en bleu pâle avec de nouvelles chaires à bras et un tapis persan fort grand et fort beau, le tout témoignant à la fois d'un goût sûr et d'une bourse bien garnie qui, au rebours de celle de Madame de Candisse, s'autorisait parfois à se dégarnir.

Au bout d'un moment, la porte s'ouvrit et une sorte d'Intendante pénétra dans la pièce. Je dis « Intendante » pour ce que sa vêture tenait le milieu entre le cotillon et le vertugadin : ce qui paraissait indiquer que, sans être noble, elle était assez élevée dans la hiérarchie domestique pour se hausser au-dessus du cotillon, mais non toutefois jusqu'au vertugadin.

En outre, bien qu'assez chenue elle aussi, son œil était vif et fureteur et comme il apparut vite, elle jouait fort bien du plat de la langue.

— Monsieur, dit-elle, après une révérence des plus polies, Madame la marquise de Brézolles qui vous a admis céans sur le rapport du *maggiordomo* voudrait néanmoins savoir plus précisément vos noms et vos qualités.

Je lui récitai les miens, ajoutant que mon écuyer Nicolas, qu'elle envisageait avec quelque douceur, se nommait Clérac, frère puîné de Monsieur de Clérac, lequel était capitaine aux mousquetaires du roi, compagnie à laquelle mon écuyer était promis, lorsqu'il aurait atteint l'âge d'y entrer.

— Monsieur le Comte, dit Nicolas dès que l'Intendante nous eut quittés, si la dame de céans est aussi chenue que son *maggiordomo* et que son Intendante, le séjour céans sera, se peut, un peu triste.

Ce « se peut un peu » n'était pas fortuit, Nicolas aimant à la fureur, comme du reste le chevalier de La Surie, les *giochi di parole* [1].

— Peu me chaut, Nicolas, puisqu'ayant fait ses bagues la marquise est sur son département.

— Se peut qu'elle change d'avis en vous voyant, Monsieur le Comte.

— Ou en te voyant, Nicolas. Se peut aussi que je sois soulagé de te voir partir chez les mousquetaires du roi, tant ta belle et fraîche face me porte ombrage auprès des dames.

— Monsieur le Comte, sauf votre respect, n'est-ce pas plutôt vous qui me faites de l'ombre, comme il est apparu pendant le siège de Saint-Martin, quand Marie-Thérèse, n'arrivant pas à choisir entre le maître et le serviteur, s'est reclose en sa chasteté ?

— Nenni, nenni, la pauvrette s'est reclose en son inanition, et quant à nous, comment eussions-nous pu aspirer à ses faveurs, la faim et la soif nous ayant sinon tués, du moins atténués ?

1. Les jeux de mots (ital.).

Ce « tués » et « atténués » fit sourire d'aise Nicolas et il allait continuer ces gentillesses, quand l'huis s'ouvrit, et précédée par son *maggiordomo,* la marquise de Brézolles apparut, son vertugadin étant si large qu'elle dut de ses deux mains le soulever, tout en se mettant de biais pour franchir la porte.

Je m'avançai alors vers elle en faisant à chaque pas une révérence, le panache de mon chapeau effleurant le tapis persan, tandis que Nicolas, à ma dextre, mais une demi-toise en arrière, je ne dirais pas copiait ses postures sur les miennes, car justement il s'appliquait sur mon ordre à les exécuter en même temps que moi, dans un ballet bien réglé.

Belle lectrice, sans vouloir paraître me paonner à vos yeux de mes talents, surtout quand ils sont mineurs, je ne voudrais pas que vous pensiez qu'il est facile de faire une belle révérence. Il y faut d'abord de la grâce et certes elle est plus facile aux dames qu'aux gentilshommes pour la raison que lorsqu'elles plongent, le vertugadin, s'évasant joliment autour d'elles comme les corolles d'une fleur, peut masquer, s'il est nécessaire, le mouvement maladroit des jambes. Néanmoins, même chez les dames, il demande aussi un apprentissage et surtout un bon aplomb, car elle deviendrait la risée de toute la Cour si, une fois déployée à terre, elle ne pouvait plus se relever.

J'oserais ajouter qu'il y a mille différences dans les révérences, et qu'aucune, en conséquence, ne ressemble à une autre. On peut, avec tout le respect du monde, saluer un duc et un prince sans introduire dans ce salut la moindre expression d'estime et de soumission. C'est de cette façon que je salue Monsieur [1], depuis qu'il a tâché de me faire assassiner. Au rebours, lorsque je me génuflexe devant le roi ou le cardinal, j'y mets toute l'affection, je dirais même l'amour, que j'éprouve pour eux. Je salue Madame la duchesse de Chevreuse — que le roi appelle non sans raison « le diable » — avec une extrême froideur et elle me rend mon salut avec la plus visible détestation. En revanche, je salue son époux, Monsieur le duc de Chevreuse, en toute bonne affection pour ce qu'il est d'un bon naturel et aussi parce qu'il est mon demi-frère. Affection qu'il me rend, de reste, et qu'il me témoigne en répondant à mon salut par une forte brassée.

Par malheur, le duc de Chevreuse ne détient pas la moindre parcelle d'influence et d'autorité sur la duchesse et ne peut ni réprimer ni même refréner ses amours, ses machiavéliques intrigues et ses criminels projets contre le roi.

Quand, au terme de mon troisième salut, je fus parvenu à un pas de la marquise de Brézolles, je me redressai et elle leva avec grâce son bras, de façon à mettre sa main à portée de mes lèvres, non sans m'adresser un sourire d'une extrême douceur. Ce qui m'amena à appuyer mes lèvres sur ses doigts un peu plus longtemps que les manuels de galanterie ne le recommandent, du moins en une première encontre. Mais cela passa fort bien, et nous ayant priés de prendre place, la marquise fit à Nicolas un signe de tête des plus gracieux, mais sans toutefois lui offrir sa main.

1. Le frère du roi.

Dès qu'à la prière de Madame de Brézolles nous fûmes assis en face d'elle, le silence céda la place à un petit bruit courtois de paroles inutiles, tandis que nous nous envisagions de part et d'autre avec la plus chattemite discrétion. Et comme j'observais à certains signes que ni moi-même ni Nicolas ne déplaisions à la dame, je passai des propos futiles aux compliments et louai Madame de Brézolles pour la beauté de son château, l'agrément de son parc, le bon goût de son petit salon et, très à la prudence, une patte à l'avant et l'autre déjà sur le recul, je la complimentai enfin sur les grâces de sa personne.

Elle rosit à ces enchériments, mais entendant bien à la parfin qu'elle ne pouvait plus longtemps demeurer coite sans se rebéquer contre ces amabilités qui glissaient peu à peu à la galanterie, elle dressa gracieusement contre moi une paume défensive et dit, non sans pointe ni finesse :

— Comte, vous vivez à la Cour où les dames exigent qu'à l'abord et au départir, les gentilshommes les couvrent d'hyperboles, mais je ne saurais, quant à moi, nourrir ces exigences. Je suis veuve, je n'ai pas d'enfant, je vis seulette dans le plat pays et je vois peu de monde. Et combien qu'on me reconnaisse à l'ordinaire quelques bonnes qualités, vous ne sauriez rien en dire, puisque vous ne les connaissez pas. Aussi, je vous supplie de me parler à la franche marguerite et de me dire sans détour ce que vous désirez de moi.

C'était là une sorte de petite rebuffade, mais point tout à fait cependant, car ce qu'elle avait dit, soit à dessein, soit à dessein confus, touchant ses bonnes qualités qui m'étaient encore déconnues, laissait entendre qu'elle aimerait assez que je les connusse davantage, ce qui ne pouvait se faire sans demeurer en ses alentours et prendre habitude à elle.

Encouragé par cet « encore », j'exposai alors ma requête d'un cœur plus léger. Ayant été assiégés, mes hommes et moi, dans la citadelle de Saint-Martin-de-Ré, nous n'avions rejoint le continent que le siège levé, c'est-à-dire au moment où l'armée du roi avait déjà établi ses cantonnements, tant pour ses hommes que pour ses officiers. Nous n'avions donc trouvé nulle part où nous loger. Et apprenant que la marquise de Brézolles comptait faire ses bagues pour départir pour Nantes, je m'étais apensé qu'elle trouverait peut-être opportun que je lui loue sa demeure pour la durée de son absence. Ce qui aurait pour avantage, d'abord, de nous loger, ensuite de remparer le château d'une garnison qui empêcherait les picoreurs de le mettre à sac en son absence.

À cela, Madame de Brézolles de prime ne répondit rien, m'envisageant songeusement, comme si elle pesait dans de fines balances mes mérites évidents et mes possibles démérites.

— Comte, dit-elle à la parfin, me permettez-vous de vous poser questions ?

— Madame, dis-je, je suis à vos ordres entièrement dévoué.

— Quels sont les hommes que vous avez avec vous ? Des soldats ?

— Nullement, Madame, ce sont des Suisses dont je loue les services, qui me servent de longue date, et sont bonnes et honnêtes gens, propres, vaillants, disciplinés. Tant est qu'ils n'hésitent pas, en mon domaine d'Orbieu, à mettre la main, s'il le faut, aux travaux des champs.

— Comte, puis-je les voir ?

— Assurément, Madame. Nicolas, veux-tu bien rassembler nos Suisses devant le perron ?

— Cela sera fait dans la minute, Monsieur le Comte, dit Nicolas qui départit comme carreau d'arbalète après un salut et une révérence à Madame de Brézolles, tous deux prestement et gracieusement exécutés.

L'huis fermé sur lui, Madame de Brézolles se tourna vers moi et dit avec un sourire :

— Vous avez là, Comte, un bien joli écuyer.

Remarque qui, de prime, me mordit le cœur de jalousie et ensuite m'inquiéta, car le monde juge assez souvent des mœurs d'un gentilhomme par la beauté de son écuyer.

Je laissai alors percer quelque humeur de ce soupçon et je dis d'un ton brusque et franc :

— Madame, la beauté de Nicolas n'est que la moindre de ses qualités ; cependant, il la trouve de très bon service, étant, comme son maître, un fervent admirateur du *gentil sesso*.

— Mais je ne le décrois pas, dit Madame de Brézolles en cachant sous un petit rire le soulagement qu'elle éprouvait.

« Comte, enchaîna-t-elle, êtes-vous marié ?

Morbleu ! m'apensai-je, va-t-il me falloir lui conter ma vie entière pour qu'elle consente à me louer sa maison ?

— Nenni, Madame, j'ai eu tous les courages, sauf celui-là.

— Oh ! dit-elle avec un sourire, l'expérience n'est pas si terrifiante ! Quoi qu'on en dise, il est de bons mariages. Pour moi, j'ai eu un excellent mari à qui je ne peux guère reprocher que ne m'avoir pas fait d'enfant. L'avez-vous connu ? poursuivit-elle. Il faisait partie de l'armée de Monsieur de Schomberg qui força les Anglais à se rembarquer après les avoir forcés à lever le siège de la citadelle de Saint-Martin-de-Ré.

— Je l'eusse pu, Madame : j'étais dans la citadelle. Mais à la vérité, nous étions si affaiblis par ce long siège que nous servîmes d'arrière-garde à Monsieur de Schomberg, sans pouvoir faire connaissance avec ses officiers.

— Pour en revenir à Monsieur de Brézolles, reprit-elle, il fut blessé à la cuisse le dernier jour du combat, pansé et transporté aussitôt céans, où sa blessure parut d'autant plus bénigne et curable que le premier soir de son advenue, il voulut bien honorer ma couche, chose qui étonna tout le domestique.

— Mais, Madame, comment le domestique le sut-il ?

— Eh bien, dit-elle en baissant les yeux d'un air embarrassé, Monsieur de Brézolles, dans les moments que je dis, était bruyant assez. Il se peut d'ailleurs qu'il ait agi avec peu de sagesse en se donnant tant de mouvement car sa plaie se rouvrit, son sang coula à flots et quoi qu'on fît pour l'arrêter, on ne le put. Le médecin y perdit son latin.

Le diantre soit du latin ! m'apensai-je. Mon père, à sa place, n'aurait pas employé le latin, mais un garrot qui, pour peu qu'on l'eût bien placé, eût pu arrêter le saignement.

— Il mourut donc, dit Madame de Brézolles,

une larme coulant sur sa joue, grosse comme un pois.

Cependant, il n'y en eut qu'une, car après l'avoir essuyée avec un mouchoir de dentelle qu'elle tira de sa manche, elle se leva d'un air tout à plein résolu et me dit :

— Monsieur, vos Suisses doivent se languir au bas de mon perron. Allons les voir !

Tout le temps que nous cheminâmes côte à côte, du petit salon jusqu'au perron, la marquise demeura à mes côtés, close et coite et plaise à toi, lecteur, de me permettre de profiter de ce petit répit pour te décrire la dame.

Sa taille tirait quelque peu sur le petit, mais il n'y paraissait guère car elle n'avait pas les jambes courtes, tout le rebours. Et comme sa taille était fine et son cou long, l'ensemble lui donnait une silhouette svelte et une allure élégante. Toutefois, elle était loin d'être maigrelette. Son décolleté ne montrait pas de salières et ses tétins pommelaient. Ses talons hauts la haussaient encore et pareillement une émerveillable chevelure de bouclettes brunes et drues qui s'élevait comme une grande auréole autour de son visage. Ses yeux étaient mordorés, vifs et fins, son nez légèrement aquilin, ses lèvres bien dessinées tirant sur le charnu, ses dents petites et blanches et son sourire, dès l'abord, vous prenait le cœur, tant il était tendre et gai. Cependant, l'ossature de son visage qui tendait non vers l'ovale, mais vers le carré, son menton bien dessiné, sa démarche résolue, témoignaient assez que sa suavité féminine cohabitait avec une volonté qui n'était ni faible ni vacillante. La belle, je l'eusse juré, gardait en toute occasion les deux pieds sur terre, ne s'en laissait conter par personne et avait l'œil sur ses intérêts. Preuve en était, de reste, la façon circonspecte et inquisitive dont elle avait accueilli ma requête, sans que son entretien cessât pour autant d'être agréable.

Les Suisses de Hörner étaient alignés à la perfection au bas du perron, les chevaux ayant la tête tournée vers nous, et les hommes aussi immobiles que leur permettaient les encensements et les piaffements de leurs montures. Au moment où Hörner salua Madame de Brézolles de son épée, ses hommes, dans un ensemble parfait, la saluèrent de leurs chapeaux, ceux-ci étant remis sur leurs têtes dans le même temps où Hörner rengainait sa lame.

Cette cérémonie était coutumière quand au matin Hörner me présentait ses hommes équipés et montés, mais je lui sus gré de l'avoir improvisée pour notre hôtesse, car elle visait à faire impression sur elle et elle atteignit son but.

Madame de Brézolles répondit par un signe de tête gracieux à ce salut et je vis bien que son regard s'attardait quelque peu avec plaisir sur les membratures carrées de mes bons Suisses. Elle n'en garda pas moins la tête froide et, de retour dans son petit salon, elle me posa sur mon escorte des questions fort pertinentes.

— Comte, dit-elle, j'ai observé que vos Suisses ne portent qu'une épée à la ceinture. Est-ce suffisant ?

— Nenni, Madame, ils ont aussi deux pistolets chacun, mais vous ne les avez pu voir, car ils sont placés dans les fontes de l'arçon. Ils ont aussi deux mousquets chacun.

— Pourquoi deux ?

— Si l'un se détériore, Madame, l'autre le remplace. Mais il se peut faire aussi que dans une position retranchée, on ait intérêt à charger les deux pour augmenter de prime la puissance de feu.

— Pourquoi de prime ?

— Parce que si le combat se poursuit, chacun aura déjà fort à faire à recharger un seul des deux. Mais on peut concevoir aussi qu'une partie de la troupe recharge leurs armes tandis qu'une autre partie décharge les siennes afin d'entretenir une mousquetade à peu près continue.

— Je n'ai pas vu ces mousquets.

— Ils sont dans la charrette que vous avez vue avec toutes sortes de choses utiles à la guerre, y compris des pétards de guerre.

— Pourquoi des pétards de guerre ? À quoi servent-ils ?

— À pétarder l'huis d'un château. On peut aussi les employer contre un escadron de cavaliers pour épouvanter les chevaux et les mettre à la fuite.

— Et pensez-vous, Monsieur, que cette douzaine d'hommes, vous compris, puissent repousser une centaine de pillards qui s'en voudraient prendre à ma maison ?

— Une centaine de pillards, Madame ! Comme vous y allez ! Une centaine de pillards se trantolant quasiment sous le nez de l'armée du roi qui est forte de douze mille [1] hommes ! Soyez bien assurée que tout ce que vous avez à craindre céans, ce ne sera jamais qu'une petite bande de cinq ou six déserteurs. Et ceux-là, s'ils viennent à

1. Ce nombre fut bientôt porté à trente mille.

apparaître, mes Suisses les hacheront menu. Mais de reste, Madame, il n'y aura pas de combat. Le seul bruit à Saint-Jean-des-Sables que vous avez céans une garnison de Suisses écartera les maraudeurs.

Là-dessus, elle m'envisagea songeusement, la face imperscrutable, comme si elle était occupée à mettre en place dedans ses mérangeoises tout ce qu'elle avait appris sur moi, sur mes Suisses et sur le bon usage qu'elle en pourrait faire.

— Comte, dit-elle enfin, il est onze heures et demie. Et je suis accoutumée à prendre à cette heure mon dîner. Voulez-vous le partager avec moi ?

— Rien, Madame, ne pourrait me faire plus plaisir. Peux-je vous demander cependant si Monsieur de Clérac est inclus dans cette invitation ?

— Monsieur de Clérac dînera sans déchoir avec mon Intendant qui est noble et de bon lieu. Et quant à moi, je souhaiterais m'entretenir avec vous au bec à bec.

Il me vint alors à l'esprit quelque galanterie dont à la Cour, de dame à gentilhomme, on se paye, sans que cette fausse monnaie tire vraiment à conséquence, personne, d'une part et d'autre, n'y attachant vraiment de valeur et tous les prodiguant.

Mais je vis bien que Madame de Brézolles était trop songeuse et reclose sur soi pour entrer dans ce futile jeu et je me bornai à de courtois mercis.

Lecteur, la chère fut bonne, le vin excellent et varié, mais l'entretien ne fut fait d'abord que de riens, tant j'étais perdu d'étonnement qu'une location demandât tant de réflexion et me faisais, en outre, un souci à mes ongles ronger à la pensée que je ne savais pas encore où diantre je trouverais, la nuit venant, un gîte pour mes hommes et pour moi.

Le dîner quasi fini, les riens eux-mêmes s'épuisant, nous en vînmes à ne plus rien dire. Mais ce silence se rompit, tant il surprit Madame de Brézolles. Elle sursauta légèrement et m'envisageant œil à œil, comme si enfin elle revenait à moi, elle me dit :

— Monsieur, je suis dans les tourments, ayant scrupule à vous poser questions encore, tant elles me paraissent indiscrètes.

— Posez, Madame ! Posez ! Tant plus indiscrètes elles seront, et tant plus discret je serai moi-même, attentif en mes réponses à tenir la balance égale entre la franchise et la circonspection.

— Monsieur, dit-elle avec un grand soupir et une petite mine contrite, voici donc ce que je voudrais savoir. Vous êtes un gentilhomme de si bonne mine, de si bonnes manières et si plein de prévenances avec le *gentil sesso* que je ne peux douter, vous voyant si rebelle à la matrimonie, que votre cœur n'ait cependant formé des liens avec une autre dame de la Cour.

Je demeurai sans voix.

— Madame, dis-je, quand je l'eus enfin retrouvée, si je vous entends bien, les liens dont vous parlez ne touchent pas que le cœur.

— Vous m'avez bien entendue, dit Madame de Brézolles en montrant quelque confusion.

— Je vais donc vous bailler, comme promis, une réponse franche et prudente, mais au préalable, permettez-moi de vous dire, Madame, que je n'ai jamais eu de ma vie un confesseur aussi charmant que vous et d'autant plus gracieux qu'il n'est pas habilité à connaître mes péchés et moins encore à les punir.

C'était là une petite rebuffade, mais fort émoussée par la douceur que j'y mis, et dans la voix, et dans le regard. De nouveau, Madame de Brézolles montra quelque confusion, mais sans branler d'un pouce dans sa résolution de poursuivre son enquête. Morbleu ! pensai-je, que voilà une dame qui sait bien ce qu'elle veut et qui passerait fer et feu pour atteindre son but !

— Eh bien, Madame, j'ai eu, en effet, jadis, un attachement pour une grande dame, mais cette dame était étrangère, vivait loin de la Cour, et personne à la Cour n'en a jamais rien su.

— Et pourquoi était-ce donc si important que la Cour n'en sût rien ?

— Parce que le roi, Madame, n'approuve pas les amours hors mariage et moins encore les adultères, surtout à un moment de notre histoire où les hautes dames s'occupent fort de cabales et de complots et mettent l'État en péril.

— Vous voilà donc, Monsieur, dit-elle avec un petit sourire, réduit à vivre comme moine en cellule.

— Nullement, Madame, et pour tout vous dire d'un seul coup et n'en dire pas plus, je suis affectionné à une petite personne, fort dévouée à moi, qui, lorsqu'elle se voudra marier, recevra de ma bourse une dot et un établissement.

— Et êtes-vous fidèle à cette petite personne ?

— Je ne le puis, Madame. Elles sont deux, l'une en Paris et l'autre en ma maison des champs.

— Je suppose, Comte, que cet arrangement vous donne satisfaction.

— Il n'est point mauvais, bien qu'il comporte quand et quand quelques petites difficultés.

— Et le roi ? Et le cardinal ?

— Oh, Madame ! Le roi ne sait même pas ce qu'est une chambrière, et quant au cardinal, il le sait, mais peu lui chaut. Ces petites personnes sont trop petites pour entreprendre contre l'État.

— Du diantre si je sais, dit Madame de Brézolles avec quelque humeur, pourquoi nos gentilshommes aiment tant les chambrières. Mon défunt mari en était raffolé.

— Il y a une réponse à cela, Madame. Une chambrière, de par son état, ne saurait quereller son maître.

— Mais je ne suis pas querelleuse, dit Madame de Brézolles avec vivacité, pour peu qu'on fasse ce que je veux...

Ne sachant que répondre à cet aveu si franc (et si peu surprenant), j'envisageai le fond de ma tasse, et y découvrant un reste de tisane, je le bus et, posant ma tasse qui était de porcelaine et joliment décorée, je formulai enfin la question qui depuis une heure me brûlait les lèvres :

— Eh bien, Madame, que faisons-nous enfin pour cette location ?

— Moi, Comte, dit-elle comme indignée, louer ma maison à un gentilhomme de votre qualité ! À Dieu ne plaise ! Vous serez mon hôte. À charge seulement pour vous de nourrir vos Suisses et vos chevaux. J'ai de beaux communs où vos Suisses seront fort bien gîtés, et pourront faire leur cuisine sans déranger personne. Vous-même et Monsieur de Clérac vous logerez au château et je serai ravie de vous avoir là.

— Madame, dis-je, dois-je entendre que vous ne départez plus pour Nantes ?

— Je n'en vois plus la nécessité, maintenant que je suis, grâce à vous, si bien remparée. À moins, Monsieur, reprit-elle avec un sourire des plus mutins, que ma présence vous gêne...

— Oh Madame ! dis-je en me mettant à ses genoux, et en déposant sur la main qu'elle me tendait un baiser chaleureux.

Je crains à la vérité qu'il ne fût plus long qu'il n'aurait dû être pour lui témoigner ma gratitude, mais d'un autre côté, elle ne retira pas sa menotte aussi vite qu'elle l'eût dû, tant assurément elle était satisfaite de voir un gentilhomme là où, selon elle, il devrait toujours être : à ses pieds.

*
* *

Dans l'après-dînée, j'allai surveiller avec Nicolas l'installation de mes Suisses dans les communs que Madame de Brézolles leur avait alloués. Puis je fis une sieste longuissime dans une chambrette qu'elle voulut bien m'ouvrir en attendant d'approprier la grande chambre où elle me voulait loger et qui serait, à tous égards, « plus belle et plus commode ».

Je la remerciai de ses soins chaleureux et, me jetant sur le lit de la chambrette, je m'ensommeillai avec l'intention de dormir une petite heure, mais mon corps en décida autrement et je ne saillis de ma torpeur que lorsque Nicolas, toquant à mon huis, m'annonça que la marquise m'attendait pour le souper.

Rien ne fut dit au cours de ce souper qui soit digne d'être conté pour la raison que s'était établie, entre Madame de Brézolles et moi, une entente si amicale et même si tendre, qu'elle n'avait besoin que de regards et de petits mots sans importance pour être entretenue.

Après ce souper, Madame de Brézolles me fit conduire par son *maggiordomo* à une grande chambre qui me combla d'aise, étant superbement parée en tentures et tapis, en belles chaires à bras et en meubles ouvragés, sans compter un majestueux baldaquin qui était quasiment royal en son ampleur. Je noulus déranger Nicolas, qui déjà dans une chambre voisine dormait comme loir, et je me déshabillai seul. Et après avoir tiré autour de ma couche les courtines damassées, je m'allongeai, puis me repliai quelque peu sur moi-même dans le plus délicieux ococoulement... Seigneur ! m'apensai-je, est-ce bien moi qui suis céans, moi qui ai vécu dans cette géhenne de la citadelle de Saint-Martin-de-Ré, pâtissant de soif et de faim et saisi, en outre, de l'horreur de voir périr comme mouches autour de moi tant d'hommes que j'avais connus sains et gaillards quelques semaines plus tôt.

Toutefois, je ne pus dormir, étant si miraculeusement replongé dans les aises et les délices de la vie et bientôt, à ce que j'espérais du moins, la proie, comme Ulysse, d'une bienveillante Circé. Ma fé ! m'apensai-je, que fine et maligne est cette belle ! Et comme elle a bien joué son jeu en sa méthodique, minutieuse et circonspecte approche, pareille à un tailleur à qui on propose une étoffe et qui longuement l'étudie, la froisse, la renifle, la palpe, avant de se décider à l'acheter ! Et avec quelle astuce la dame avait conclu ce bargoin qui était grandement à son avantage, puisqu'elle avait acquis, d'une part, sans bourse délier, une forte garnison pour protéger sa demeure, et d'autre part, en ne la déliant que peu, un chevalier servant dévoué à ses ordres, et à qui elle ferait, ou ne ferait pas appel, pour consoler sa solitude.

Assurément, au cours de nos entretiens, la dame ne s'était point montrée chiche en doux regards et en petites mines languissantes, lesquelles toutefois ne préjugeaient pas de l'avenir. Toutefois, la dame était faite d'un si ferme métal qu'il était facile de conjecturer que sa décision était prise déjà. Mais je n'étais pas moins très assuré qu'elle entendait rester maîtresse du jour, de l'heure et de la circonstance où elle me la ferait connaître. À y réfléchir plus outre, j'admirai la maîtrise avec laquelle elle avait conduit ce merveilleux bargoin. Cependant, quelques jours plus tard, je n'allais pas tarder à entendre à quel point elle était plus profonde encore que je n'avais cru, car avec une émerveillable subtilité, et sans nuire le moindrement à mes intérêts, elle tira de moi des avantages tels et si grands que je n'eusse jamais pu les imaginer.

Le lendemain, je quittai le château de Brézolles à potron-minet, sachant que Louis, chaque jour, se levait tôt pour aller inspecter nos positions autour de La Rochelle. J'avais donc intérêt à le prendre au rebond du lit, si je voulais l'encontrer.

Je n'emmenai avec moi que le seul Nicolas, ne

voulant pas dégarnir Madame de Brézolles de mes Suisses, et aussi parce que l'encombrement des chemins du camp retranché par les charrois et les soldats était tel que deux cavaliers pouvaient plus facilement passer à travers ces embarras qu'une troupe de treize hommes.

Je voudrais dire un mot ici de mon écuyer Nicolas de Clérac. J'étais aussi content de lui que je l'avais été peu de mon pauvre La Barge dont les babillages infinis et l'incorrigible désobéissance m'avaient exaspéré. Tant est que lorsque Nicolas entra à mon service, je lui fis de prime la plus stricte défense d'ouvrir le bec et surtout de me poser questions. Mais remarquant que mon nouvel écuyer, tout à l'inverse de La Barge, observait la plus stricte discrétion, parlait peu mais pensait prou et, fin observateur des hommes et des circonstances, me pouvait rendre en ce domaine des services bien au-dessus de son âge et de son emploi, je résolus alors de lui lâcher quelque peu la bride et, en fait, la lui lâchai si bien qu'il devint, par degrés insensibles, ce que La Surie avait été pour mon père, en ses périlleuses missions, non seulement un ami, mais parfois même un conseiller.

Dès qu'il me vit à son lever, Louis me fit signe d'approcher, et m'étant génuflexé devant lui, il me donna sa main à baiser, grand signe de sa faveur, puisqu'il ne la donnait pas à tous.

— *Sioac,* dit-il en supprimant le « r » de mon nom, comme il faisait en ses enfances (autre grand signe de la faveur royale qui me toucha fort), je n'ai entendu que de bons rapports sur tes Suisses et sur toi dans les combats et durant le siège de la citadelle de Saint-Martin-de-Ré. Monsieur de Toiras n'est pas chiche de louanges à ton endroit, tant pour ton courage au combat de Sablanceaux que pour tes habiles entretiens avec Bouquingan [1] et le soutien à lui-même apporté dans les moments les plus difficiles du siège de la citadelle. Pour te rembourser de tes débours en cette expédition où tu m'as si bien servi, le surintendant te comptera vingt-cinq mille écus, mais cela n'est pas assez. Je suis si content de toi que je t'en ferai connaître sous peu des effets de grande conséquence...

La foule de courtisans de Cour qui se pressait au lever du roi s'astreignait, à l'accoutumée, à rester coite par respect pour le trône, mais n'y réussissait pas toujours et, cette fois-ci, n'y réussit pas du tout, tant elle était surprise par ce que le roi, en public, venait de me promettre. Il y eut alors comme un léger murmure qui courut au-dessus des échines courbées, lequel le capitaine aux gardes Du Hallier aussitôt réprima par un : « Allons, Messieurs ! » qui était à la fois paternel et menaçant.

Là-dessus, Louis me donna mon congé et je sortis de la salle, mes pieds ne touchant plus le sol. Cependant, l'instant d'après, une sorte de tristesse s'abattit sur moi que Nicolas ne fut pas sans apercevoir. Mais, de prime, il ne m'en toucha mot, étant de ceux qui tournent leur langue sept fois dans leur bouche avant que de parler.

Au moment de quitter la maison du roi, je succédai [2] à tirer à part Du Hallier et lui demandai où se trouvait Monsieur de Toiras.

1. Prononciation française de l'époque pour Buckingham.

2. Réussis.

— À la pointe de Coureille.

— Est-ce loin ?

— À deux bonnes lieues de céans. Mais il vous faut un laissez-passer, car vous aurez à traverser le camp et le diantre sait s'il est bien gardé. Exempt ! appela-t-il en hurlant à gueule bec.

C'était un hurlement tout militaire et de métier, car l'exempt, fort attentif, se tenait à une toise de lui.

— Fais-moi dans l'instant, dans l'instant ! hurla Du Hallier derechef, comme si l'exempt allait se rebeller, un laissez-passer pour ces deux gentilshommes, le comte d'Orbieu et...

Là-dessus, envisageant Nicolas — ce qu'il n'avait pas fait jusque-là, l'écuyer étant pour lui un grade à peine au-dessus du cheval —, il s'écria, mais cette fois sans s'époumoner, tant est que, compte tenu de son diapason habituel, vous eussiez dit un murmure...

— Le diantre m'emporte, si ce n'est pas ce petit morveux de Nicolas de Clérac !

« Morveux » n'avait rien d'outrageant dans la bouche du capitaine. C'était, bien le rebours, un terme d'affection, comme d'autres termes de même farine. Se peut que le lecteur se ramentoit que dans une précédente mission, il avait appelé le frère aîné de Nicolas « ce petit lieutenant de merde ». Il est vrai que Monsieur de Clérac étant devenu depuis capitaine aux mousquetaires du roi, cette appellation ne lui convenait plus, tout affectionnée qu'elle fût. Là-dessus, Du Hallier se jeta sur Nicolas, le prit dans ses bras géantins et lui bailla je ne sais combien de poutounes piquants et de tapes sur l'épaule, tant est que le pauvre Nicolas pâtit d'une joue enflammée et d'un dos endolori jusqu'au lendemain.

— Eh bien ! Mes bons enfants ! reprit Du Hallier, avez-vous réussi à vous loger dans cet énorme cacatoire qu'est devenu le camp ?

— Assez mal, dis-je, ne voulant pas lui donner l'occasion de répandre, dans toute l'armée, quelques gras quolibets sur mon beau château et la belle qui l'habitait.

Ce qu'il eût fait, de reste, sans penser à mal, ce grand hurleur étant, comme eût dit ma bonne Mariette, « une crème d'homme ».

— Monsieur le Capitaine, dit l'exempt sans s'approcher de plus d'une toise, voici les deux laissez-passer.

— Coquefredouille ! hurla Du Hallier, et pourquoi en as-tu fait deux, et non un seul ?

— Plaise à vous, Monsieur le Capitaine, dit l'exempt en rougissant comme une garcelette, plaise à vous de considérer que si l'un de ces gentilshommes perd l'autre dans la foule, cet autre, s'il n'a pas de sauf-conduit, sera incontinent arrêté.

Du Hallier envisagea alors l'exempt, hésitant entre ire et rire, et le rire à la fin l'emportant, il dit en secouant la tête avec un air de profonde sagesse :

— Voilà qui n'est pas sot. Et d'ailleurs, si tu l'étais, tu ne serais pas mon exempt.

À quoi l'exempt rougit, mais cette fois de plaisir, et se retira à une toise, ce qui paraissait être l'espace que le respect, ou la prudence, lui dictait de garder entre son chef et lui.

Néanmoins, Du Hallier eut raison de nous dresser ces laissez-passer, car dans le longuissime trajet d'Aytré à Coureille (qui était la pointe sud de la baie de La Rochelle) on nous les demanda cinq fois — en fait, autant de fois que je quérai mon chemin.

Belle lectrice, je n'aimerais pas que vous pensiez que notre circonvallation de La Rochelle collât aux murailles de la cité. Bien loin de là : elle en était distante assez pour nous mettre hors de portée des canons rochelais. Cette disposition avait pour conséquence que notre circonvallation qui partait de la pointe de Coureille au sud pour atteindre au nord la pointe de Chef de Baie, avait trois lieues de long [1]. Ce qui expliquait l'immensité du camp retranché.

Une autre conséquence était que les Rochelais avaient, eux aussi, installé des tranchées dans l'espace laissé vide entre les nôtres et leurs murailles, ne fût-ce que pour nous empêcher d'avancer à la nuitée nos canons pour bombarder leur ville.

Entre les tranchées des Rochelais et celles des royaux, s'étendait une sorte de prairie marécageuse où quand la famine commença à ravager La Rochelle, on put voir des femmes ramasser, pour se nourrir, des herbes, à deux pas de nos avant-postes. On les laissa faire, le roi ayant défendu qu'on leur tirât sus.

Cependant, la nuit venue, des Rochelaises, ou d'autres, entraient en contact avec ces mêmes soldats et se prostituaient à eux pour une bouchée de pain, tandis que d'autres soldats veillaient, le mousquet chargé, au cas où ces visites cacheraient une ruse de guerre. Ni du côté

1. Douze kilomètres.

rochelais, ni du côté du roi, on ne parvint jamais à faire cesser ces pratiques. La faim était trop impérieuse, bien qu'elle ne fût pas, des deux côtés, de même nature. En outre, les soldats des avant-postes étaient d'excellents soldats, tous volontaires pour les périls des veillées nocturnes, et il eût été bien malavisé de pendre ne fût-ce que le dernier d'entre eux.

Derrière cette longuissime circonvallation, faite de tranchées mais aussi de redoutes, le camp que j'ai dit était établi : ville improvisée, disparate, élevée à la franquette de pièces et de morceaux, comportant des maisons de pierre, des baraques de bois, des tentes, et dont la population militaire, à la parfin forte de trente mille soldats, était presque doublée par celle des marchands, des maçons, des maréchaux-ferrants, des cordonniers, des vivandières, des blanchisseuses et aussi de bon nombre de manants qui, dans les champs laissés libres entre les maisons, élevaient ou gardaient leurs bœufs et tâchaient de ramasser pécunes en les vendant aux bouchers. À travers ce capharnaüm courait un lacis de chemins hâtivement empierrés et le plus souvent boueux, les pluies d'octobre et de novembre, en cette région de France, étant quasi incessantes, souvent accompagnées de vents froids et violents venus de l'océan.

Sur ce chemin, le charroi dans les deux sens était grandissime tant de charrettes que de carrosses, de cavaliers et de gens de pié, et les querelles fréquentes, surtout aux croisements, quand les uns voulaient passer avant les autres, ce qui amenait une grande noise d'injures, de hurlades et des claquements de fouets. Au sortir d'Aytré, nous trottions, Nicolas et moi, au botte à botte, mais les embarras de la route, non moins inextricables que ceux de Paris, nous mirent bientôt au pas, Nicolas derrière moi.

Le temps, comme j'ai dit, était venteux et tracasseux, le ciel bas et sombre et il tombait une petite pluie fine, froide et intermittente. J'aperçus, plus d'une fois, en retrait du chemin, des cadavres de chevaux dont la douceâtre puanteur me donna la nausée ; d'autres qui, réduits à l'état de squelettes par la picorée des corbeaux, la Dieu merci, ne sentaient plus. De ces corbeaux comme du reste dans la citadelle de Saint-Martin-de-Ré pendant le siège, j'ai vu alors des quantités. À croire que tous ceux du royaume s'étaient donné là rendez-vous, alléchés par une curée dont je suis bien assuré qu'ils savaient déjà qu'elle serait longue. À terre, ils marchaient lourdement, mais avec une insolente effronterie, s'écartant à peine du chemin quand les gens de pié passaient, leurs mousquets sur l'épaule, pour rejoindre leurs postes.

Coureille où nous parvînmes après deux longues heures, fort glacés par le vent et la pluie malgré nos hongrelines, est un village que, sur l'ordre du roi, le duc d'Angoulême avait occupé dès le début de l'encerclement de La Rochelle. Comme nous occupions la pointe dite « Chef de Baie », nous étions donc maîtres, dès le début, de deux points importants qui, au nord comme au sud, commandaient la baie de La Rochelle et interdisaient en ces points tout débarquement des Anglais, et d'autant plus qu'ils étaient très bien garnis en forts et en troupes. Par malheur, ils n'interdisaient pas l'entrée de la baie elle-même à des vaisseaux anglais qui pouvaient parvenir jusqu'au port, faute d'avoir une forte flotte française que le cardinal, avec de prodigieux efforts, tâchait de créer, mais qui était encore peu nombreuse.

Or, il allait sans dire que si La Rochelle continuait à être ravitaillée par mer, le blocus par terre de nos troupes serait de nulle conséquence. C'est de là, lecteur, que vint l'idée de construire cette fameuse digue de pierres qui, partie de la côte de Coureille, atteindrait la côte de Chef de Baie, interdisant à la fois l'entrée aux vaisseaux ennemis et la sortie des bateaux huguenots et, par conséquent, enfermerait La Rochelle en ses murs. Mais je parlerai plus loin de cette géantine entreprise qui exigea tant de pécunes, de travail et de ténacité, et qui fut poursuivie dans les dents de multiples échecs et, à la parfin, atteignit son but.

À Coureille, Toiras nous accueillit dans une petite maison fort commode qui pouvait se paonner d'une grande cheminée et d'un grand feu de bois, lequel fut fort le bienvenu par ces temps tracasseux. Nos juments ayant horreur du vent plus encore que de la pluie, elles furent heureuses, de leur côté, de trouver un gîte dans une écurie bien close où, sous l'œil de Nicolas, les palefreniers les bichonnèrent et enfin les pourvurent en bonne avoine et en eau claire.

Il ne se peut que le lecteur ne se ramentoive que je subis, avec Monsieur de Toiras, le siège de la citadelle de Saint-Martin-de-Ré qu'il défendit avec tant de ténacité et de sagacité que jamais Buckingham ne put y prendre pied.

J'aimais fort Toiras, malgré ses rudesses et ses

emportements qui cachaient des vertus plus aimables. Il avait la face tannée, le nez gros, la mâchoire forte, la membrature carrée. Mais pourvu qu'on ne le prît pas à rebrousse-poil ou heurtât sa fierté, qui était prompte à prendre des ombrages et à jeter feu et flammes, on découvrait un homme franc, généreux et fidèle en ses amitiés.

Toiras me fit un accueil des plus chaleureux, nous invita incontinent à partager sa repue de midi arrosée de bon vin, me demanda si j'étais bien logé, et sans attendre ma réponse (ce qui m'arrangeait fort), il commença à parler de soi, me faisant des plaintes véhémentes sur la façon « indigne », « ingrate » pour ne pas dire « infâme » dont on l'avait traité après les éclatants services qu'il avait rendus au royaume en lui conservant l'île de Ré.

— Assurément, dit-il, Louis à Aytré m'a fait de grands compliments sur mon héroïque défense de l'île, ajoutant qu'il m'en ferait connaître, sous peu, « de bons effets ». Mais, mille dioux, où sont-ils, ce jour d'hui, ces effets ? Le monde entier s'attendait à ce que je fusse incontinent haussé à la dignité de maréchal de France ! Et que suis-je meshui ? Maître de camp, j'étais en la citadelle de Saint-Martin-de-Ré. Et maître de camp, je suis meshui des troupes de Coureille ! Et sous les ordres de l'arrogant Bassompierre ! Pour comble d'indignité, le roi projette de partager mes fonctions de maître de camp avec Du Hallier ! Vous m'avez ouï ! Du Hallier ! Le plus grand sottard de la création dont l'unique exploit fut de loger, à bout portant, une balle dans la tête de Concini, lequel n'était même pas armé...

— Cependant, dis-je, vous ferez bon ménage avec Du Hallier. C'est un si bon garçon !

— Il ferait beau voir, s'écria Toiras, qu'il ne fît pas le bon garçon avec moi, étant ce qu'il est, et moi ce que je suis...

Ce propos me laissa béant, tant il ressemblait peu au vif, mais courtois Toiras que j'avais connu dans la citadelle de Saint-Martin-de-Ré. Il avait fallu que sa gloire subite lui eût dérangé grandement les mérangeoises pour qu'il devînt à ce point outrecuide et piaffard.

— Et savez-vous le pis ? reprit-il. Il est de mode meshui de m'humilier, de me rabaisser, sinon même de nier tout à trac mon exploit !

— Dois-je en croire mes oreilles ? dis-je.

— Croyez-les ! Hier, je suis allé visiter Marillac.

— Le maître de camp ou le garde des sceaux ?

— Le garde des sceaux. Je voulais lui demander quelques faveurs pour les capitaines qui avaient combattu si vaillamment avec moi dans la citadelle. Il me les refusa tout à trac. « Ce serait des passe-droits », dit-il, et sur quel ton ! Mais vous connaissez ces dévots, toujours drapés dans la morale ! J'insiste, je m'échauffe, et voilà ce faquin qui me rebuffe avec la dernière aigreur : « Monsieur de Toiras, dit-il, la Cour commence à trouver que vous vous paonnez un peu trop de vos exploits. Car, après tout, ce que vous avez fait à l'île de Ré, cinq cents gentilshommes l'auraient fait, s'ils avaient été à votre place. » Morbleu ! Si le faquin n'avait été de robe, je lui eusse incontinent passé l'épée à travers le corps !

À quoi je pris le parti de rire :

— Laissons là l'épée, Monsieur de Toiras. Et dites-moi ce que vous avez rétorqué à cette perfidie.

— Comte, vous me connaissez ! Je tirai tout droit de l'épaule : « Monsieur, dis-je, la France serait bien malheureuse s'il n'y avait pas plus de deux mille hommes qui eussent pu faire aussi bien que moi. Mais s'ils en sont capables, ils ne l'ont pas fait !... »

— Bravo ! Monsieur de Toiras ! Bravissimo ! Le bon sens même !

— Attendez, Comte ! Il y a mieux ! Ayant mis à terre le malotru, je l'ai achevé !...

— Quoi ? Une deuxième rebuffade ! N'était-ce pas un peu trop ?

— Un peu trop ? Oyez ! « Monsieur, lui dis-je tout à trac, il y a aussi en ce royaume mille hommes pour tenir les sceaux aussi bien que vous... »

À cet instant, on toqua à l'huis. Sur l'« entrez ! » tonitruant de Toiras, un capitaine apparut, salua et dit au maître de camp que le maréchal de Bassompierre le voulait voir incontinent.

Toiras prit alors congé de nous à la diable et départit à brides avalées, ce qui paraissait montrer que s'il lui arrivait d'être insolent avec un ministre, il respectait les ordres d'un chef.

Pour moi, je ne laissai pas d'être content de n'avoir pas eu à opiner sur la seconde rebuffade qu'il avait infligée au garde des sceaux car, autant sa première réplique m'avait semblé justifiée, autant la seconde m'avait paru inéquitable, Marillac ayant montré tant de talent et de sérieux dans les grands emplois auxquels le roi l'avait promis : surintendant des finances de prime et depuis garde des sceaux.

Par malheur, sa grande dévotion, en soi fort respectable, ne laissa pas de l'incliner par degrés à une politique pro-espagnole et pro-papale qui était loin, bien loin d'être celle du roi et du cardinal. Et comme Marillac, outre une humeur escabreuse et déprisante (comme ne le montrait que trop l'écorne qu'il avait faite à Toiras), possédait une immense fiance en soi, et aussi une croyance d'autant plus impérieuse en la justesse de ses vues qu'il croyait les tenir directement de Dieu, il devint, les circonstances aidant, un adversaire fort redoutable pour Richelieu et d'autant qu'il aspirait à le remplacer. À la parfin, avec une complète méconnaissance du caractère de Louis, il encouragea la reine-mère à « détruire » le cardinal et, en retour, fut, avec elle, brisé. Mais je parlerai plus loin et bien plus en détail de cette dramatique affaire, qui ne fut rien moins qu'une « révolution de palais » qui, la Dieu merci, échoua.

Le retour à Saint-Jean-des-Sables fut à peine venteux et plus du tout pluvieux, et les embarras du chemin étant aussi moins conséquents que le matin, nous pûmes, Nicolas et moi, marcher au botte à botte et échanger quelques propos.

— Monsieur le Comte, dit Nicolas, voulez-vous me permettre de vous poser question ?

— Pose, Nicolas !

— Sa Majesté, ce matin, vous a dit qu'il était fort content de vous et qu'il vous en ferait connaître sous peu les effets.

— C'est bien ce qu'Elle a dit.

— Monsieur le Comte, peux-je poursuivre ?

— Tu le peux.

— D'après Monsieur de Toiras, il lui aurait tenu le même propos. Et Monsieur de Toiras l'a interprété comme la promesse d'un maréchalat. Avait-il tort ?

— Nenni, Nicolas.

— Monsieur le Comte, si mes questions vous ennuient, je peux demeurer bouche cousue.

— Poursuis, Nicolas.

— Bien que le roi ait adressé les mêmes paroles à Monsieur de Toiras et à vous-même, il me semble qu'il ne peut s'agir de la même promesse.

— En effet ! Que ferais-je d'un bâton de maréchal ?

— En revanche, Monsieur le Comte, il se pourrait que votre comté d'Orbieu soit érigé par le roi en duché-pairie.

— Poursuis, Nicolas !

— Je poursuis, Monsieur le Comte, avec votre permission. Quand le roi vous a promis lesdits « bons effets », votre visage a brillé de joie. Et un peu plus tard, quand vous eûtes quitté Sa Majesté, il prit un air chagrin. Quant à Monsieur de Toiras, son visage était bien pis que chagrin. Il rougissait de colère, laquelle il exhala en plaintes véhémentes.

— Mais je ne vois pas là une question.

— Monsieur le Comte, la voici. Pourquoi, en ce qui vous concerne, faire mauvaise figure à une bonne nouvelle ?

— Puisque tu veux le savoir, je vais te répondre : j'eusse préféré que l'annonce et les effets fussent concomitants.

— Vous pensez donc que Sa Majesté pourrait ne pas tenir sa promesse ?

— Que nenni. Mais il la pourrait différer.

— Et pourquoi cela ?

— C'est un secret secrétissime...

— Monsieur le Comte, mon Évangile est de rester bouche cousue sur le moindre de vos propos.

— Je le sais, t'ayant mis à l'épreuve plus d'une fois. Écoute, fils, voici la vérité. Que ce soit quand il punit ses serviteurs ou qu'il les récompense, le roi aime à les *tantaliser.*

— Monsieur le Comte, qu'est-ce donc que ce mot *tantaliser* ?

— Un verbe anglais, formé sur le nom d'un certain Tantale, dont il ne se peut que tu n'aies jamais ouï parler.

— Je crains que si, Monsieur le Comte, dit Nicolas en rosissant.

— Nicolas, que sont les bonnes leçons de tes maîtres jésuites devenues ? Tantale était un roi grec, à vrai dire un triste sire, lequel Zeus dépêcha en enfer où il se trouva plongé dans un lac limpide, sous des arbres chargés de fruits. Petit supplice, diras-tu. Voire ! Chaque fois que Tantale voulait boire, l'eau s'éloignait de ses lèvres et chaque fois qu'il voulait manger, les fruits se retiraient de sa main.

— Monsieur le Comte, si je vous entends bien, vous vous sentez quelque peu *tantalisé.*

— Oui-da ! Quelque peu ! Le roi me promet de bons effets, mais ne me dit ni quand ni quoi. Que de semaines, que de mois, que d'années peut-être, vais-je espérer ce fruit qui se balance à portée de ma main ?

— Est-ce que le roi *tantalise* aussi ceux qu'il veut punir ?

— C'est bien pis. En voici un exemple. Les deux frères Vendôme, le duc et le grand prieur, ayant comploté, en vain, Dieu merci, l'assassinat de Richelieu, le roi les pria très courtoisement de le venir rejoindre au château de Blois. Ils viennent, ces coquefredouilles ! Louis les accueille fort bien, leur baille une fort belle chambre, les laisse le lendemain s'ébattre avec les amis qu'ils ont à la Cour et, la nuit venue, alors qu'ils dorment des rêves heureux, on frappe à leur porte. Ils ouvrent. Du Hallier apparaît, avec cinq gardes, les piques basses : « Au nom du roi, dit Du Hallier, je vous arrête. »

— Monsieur le Comte, dit Nicolas, la voix basse et gênée, j'ose à peine quérir de vous la question suivante : N'y aurait-il pas dans ce retardement un grain de méchantise ?

— En apparence, oui. En fait, c'est un retour aux rêves de vengeance d'une enfance malheureuse.

— Et Louis eut une enfance de la sorte ? Un fils de roi !

— Oui-da Nicolas ! Il fut excessivement malheureux de 1610, date de la mort de son père, à 1617, étant désaimé par sa mère, moqué par elle, rabaissé, humilié et privé de toute parcelle de pouvoir. Eh oui ! C'est ainsi ! La régente, soutenue par le misérable Concini, voulait régner seule... Jusqu'au jour où, n'ayant pas encore dix-sept ans, Louis fit tuer Concini par surprise et exila sa mère. Tu as bien entendu, Nicolas. Il ne reçut pas le pouvoir, il l'arracha à Marie de Médicis. C'est pourquoi il est meshui si jaloux et ombrageux dudit pouvoir. Et c'est pourquoi il emprisonne qui tâche de le lui prendre. Mais alors, revenant malgré soi à son passé, il tire d'eux auparavant de petites vengeances puériles, celles justement qu'il rêvait de prendre en ses enfances contre sa mère et Concini...

À cet instant, les encombrements de la route obligèrent Nicolas à chevaucher derrière moi et l'entretien s'interrompit. Ce n'est qu'au sortir d'Aytré, sur le chemin de bord de mer qui nous menait à Saint-Jean-des-Sables, que Nicolas put revenir au botte à botte avec moi.

— Monsieur le Comte, dit-il après un long silence, peux-je vous dire que je vous sais un gré infini de la peine que vous prenez pour m'instruire. J'ai davantage appris avec vous en un an qu'en toutes mes années d'étude à Clermont [1]. Vous ne me traiteriez pas autrement si j'étais votre fils.

Le diantre si je me ramentois comment je répondis à cela. Se peut par quelque gausserie sur les jésuites, lesquels seraient bien chagrins d'ouïr que leur ancien élève déprisait à ce point leur enseignement.

Cependant, je ne laissai pas que d'être fort touché de ces paroles comme de la naïve et sincère affection qu'elle laissait paraître. Me sentant d'humeur songeuse, j'abandonnai mes rênes sur l'encolure de ma jument, tant est que la maligne, ne se sentant plus bridée, se mit de soi au pas, étant lasse de cette longue chevauchée. Je tombai alors dans un grand pensement sur le

1. Le collège de Clermont que les jésuites avaient rendu célèbre par la qualité de leur enseignement.

mariage, dans l'enclos duquel mon père et ma bonne marraine [1], la duchesse de Guise, me voulaient enfermer. Le premier, parce qu'il désirait que le comte d'Orbieu assurât sa lignée, la seconde parce qu'elle ne rêvait, à l'ordinaire, que mari et enfants, alors même que le premier lui avait planté d'innombrables cornes et les seconds, plongée dans des peines et des angoisses qui ne peuvent se dire.

Comme Madame de Brézolles me l'avait fait observer la veille, il y avait assurément des ménages construits à chaux et à sable sur un immutable amour, comme celui de Monsieur de Schomberg et de sa femme. Mais justement, c'était toujours Monsieur de Schomberg que l'on citait à la Cour à ce propos. Et Louis. Mais Louis, avec cette réserve que sa fidélité à la reine relevait du devoir plus que de l'amour.

Pour ma part, ayant passablement voleté depuis mes maillots et enfances, de fleur en fleur, j'avais acquis, en ces volages exercices, des habitudes si invétérées et des chaînes si délicieuses que je doutais avoir jamais le courage ou même l'envie de m'en défaire un jour. Et pourtant, le premier devoir d'un gentilhomme est bien d'assurer sa lignée. Comment diantre en disconvenir? Mais d'un autre côté, comment ne point reculer devant le choix le plus hasardeux qu'il soit donné à un homme de faire? Ah! Certes! Si le Seigneur, dans sa bienveillance — laquelle je ne mérite peut-être pas —, me donnait un fils comme Nicolas, ne serais-je pas le plus heureux des hommes! Mais si ce fils, m'avisai-je

1. Sa mère, en réalité.

aussitôt, était le contraire de Nicolas ? S'il était, par malheur, plus chattemite que matou, plus étourdi que linotte, plus indocile que mule, plus couard que lièvre, plus pernicieux qu'une pochée de souris ? S'il n'avait, pour le dire en bref, aucune des vertus qui brillent en Nicolas, s'il n'avait ni sa beauté, ni son esprit, ni son amour du prochain, ni sa vaillance, ni son émerveillable tact ? Et si je m'étais de prime trompé dans le choix de sa mère ? Si cette pimpésouée avait adroitement réussi à pimplocher ses défauts sous de fausses couleurs et m'avait fait croire à des perfections qui n'étaient que grimaces ? Tant est que je retrouverai à la parfin, en ce fils, tout ce que j'avais été amené à dépriser et à détester chez cette façonnière. Que cruel et longuissime serait alors ce double boulet que j'aurais à traîner jusqu'à la fin de mes terrestres jours !

Ma jument qui, insensible à mes pensées, avait senti, bien qu'elle fût encore lointaine, la bonne odeur de son écurie, se mit tout soudain à trotter bon train, ce qui, me forçant à reprendre les rênes en mains, me retira de mes songes, mais non de l'abîme d'irrésolution où j'étais plongé. Sanguienne ! m'apensai-je, que de choses on jette au hasard quand on vole, toutes plumes dehors, dans les filets de la matrimonie ! Et on n'y peut voler, hélas, qu'à l'aveuglette, puisqu'on ne peut juger de l'objet aimé sans avoir pris habitude à lui dans le commerce du quotidien.

CHAPITRE II

Ce qui précède n'est pas à dire que le rideau de mon récit va retomber, ne fût-ce qu'un instant, sur des pensées mélancoliques. De retour à Brézolles, le soleil déjà plus qu'à demi disparu derrière le bord occidental de l'océan, nous franchîmes, entre chien et loup, les grilles bleues du château et notre premier soin fut d'aller droit aux écuries et de confier à mes Suisses nos pauvres juments qui avaient tant souffert de la pluie et de la bise afin qu'elles fussent séchées, bichonnées, nourries et douillettement recouvertes d'une épaisse couverture de bure pour passer la nuit, laquelle en ces régions est déjà froidureuse.

Au sortir des écuries, nous encontrâmes Monsieur de Vignevieille branlant, soufflant et claudiquant, lequel tenait d'une main une canne pour soutenir ses pas et de l'autre une sorte d'ombrelle pour se protéger de la pluie, tant est qu'on pouvait se demander avec quelle main, en cas de besoin, il pourrait tirer son épée. Il me dit que Madame de Brézolles m'attendait pour souper dans une demi-heure, et que pour lui, il aurait l'honneur de partager son repas avec Monsieur de Clérac. Mon pauvre Nicolas lui fit mille mercis, tout désolé qu'il fût, une fois de plus, de ne pouvoir assister au souper de la marquise et, à la dérobade, de la boire des yeux.

Ce qui se dit et se fit ce soir-là au bec à bec entre Madame de Brézolles et moi fut si étonnant que j'éprouve une sorte de vergogne à le conter, tant je redoute, lecteur, que tu révoques en doute ma fidélité aux faits. Et cependant, là comme ailleurs, elle est adamantine, et je le jurerais volontiers sur ma foi, si le cardinal ne m'avait recommandé de ne jamais mêler le sacré aux affaires humaines.

De peur qu'on trouve cet entretien non seulement incrédible, mais aussi quelque peu disconvenable, je pourrais certes prendre le parti de n'en rien déclore. Mais encore une fois, ce qui se dit et se fit en cette nuit fut de si grande conséquence dans le déroulement subséquent de ma vie qu'il serait contraire à toute logique, comme à toute franchise, de passer l'événement sous silence.

Monsieur de Vignevieille, si bien vous vous ramentevez, m'ayant dit que Madame de Brézolles m'attendait dans une demi-heure, je gagnai ma chambre et fus surpris d'y trouver un valet fort propre [1] et fort poli qui avait rangé mes vêtures, ciré ma seconde paire de bottes et refait mon lit. Il me dit qu'il se nommait Luc, et que Madame de Brézolles l'avait d'ores en avant attaché à mon service.

Cela ne laissa pas de m'étonner, car dans les

1. Bien vêtu, soigné.

grandes maisons qui, comme Brézolles, peuvent se paonner d'un nombreux domestique, ce sont aux chambrières et non aux valets que l'on confie ces tâches. J'en conclus qu'après les confidences que Madame de Brézolles m'avait arrachées touchant les petites personnes qui se trouvaient dans ma vie, elle avait désiré que je fusse, du moins en sa demeure, à l'abri des tentations... Vraie ou fausse, cette supposition ne laissa pas de m'ébaudir et je m'en fis en mon for quelque petite gausserie qu'il n'est pas utile de répéter ici.

Bien qu'il soit malcommode de se laver dans une cuvette emplie, vidée, remplie derechef par un valet, je fis de mon mieux pour m'approprier après cette longue chevauchée, regrettant ce faisant, et les baquets de mon enfance, et les cuves à baigner des étuves parisiennes, lieux charmants et délassants, mais qui, à vrai dire, tenaient quelque peu du bordeau, les serveuses étant de jeunes, rieuses et accortes garces qui ne lavaient pas que le dos. Raison pour laquelle notre Sainte Église a succédé à fermer lesdites étuves, la vertu des Français y gagnant peut-être, mais leur propreté y perdant prou.

Il me parut qu'on avait fait plus de frais pour ce souper-là que celui de la veille. Car la table y était superbement ornée d'une nappe damassée sur laquelle brillaient une vaisselle de vermeille et des verres de cristal. Et enfin, séparant Madame de Brézolles et moi comme une frontière, mais une frontière très facile à franchir, s'étendait sur la nappe une petite rangée de fleurs pourpres et odorantes couchées dans un léger feuillage.

J'eusse voulu demeurer debout pour accueillir

Madame de Brézolles à son entrant, mais Monsieur de Vignevieille, tout branlant et chenu qu'il fût, mit tant de force à me demander de m'asseoir, qu'à la parfin j'y consentis. Sans doute pensait-il que ma solitude serait longue, sa maîtresse étant à sa toilette. Et pourtant longue, elle ne le fut pas, ou plutôt elle ne le fut ni trop ni pas assez, Madame de Brézolles pesant tout, je le savais déjà, dans de fines balances, tant est qu'elle me fit attendre assez longtemps pour que son retardement fût un peu taquinant, mais pas assez pour qu'il devînt discourtois.

Elle apparut enfin, atiffurée d'un vertugadin et d'un corps de cotte bleu pâle, semé de fleurs brodées, et non de cette profusion de perles par laquelle nos dames de Cour se flattent d'ajouter à leur beauté. L'ensemble était fort élégant, mais avec une retenue du meilleur goût, qui se voyait aussi dans un pimplochement discret, bien différent de celui de nos pimpésouées qui se badigeonnent de rouge, de céruse et de peautre de façon si outrée qu'on aurait dit que Dieu leur ayant donné un visage, elles aspirent à s'en façonner un autre. Mais revenons à Madame de Brézolles. Sobre en bijoux comme en pimplochement, elle ne portait qu'un seul collier d'or finement ouvragé qui mettait en valeur son cou blanc, délicat et délicieusement rondi. À l'annulaire de sa main gauche, une seule bague, laquelle était si belle qu'elle ne pouvait souffrir aucune autre sœur à aucun autre doigt. Et enfin, Madame de Brézolles avait cette qualité qui, chez une femme, me charme toujours : une voix basse, douce et musicale.

Je me levai, et commença alors cet échange de

salutations et de révérences qui sont imposées par la tyrannie de nos coutumes. Mais, Dieu merci, Madame de Brézolles y mit fin sans tant languir, en me présentant ses doigts sur le bout desquels je déposai le semblant d'un baiser. En bref, nous fûmes tous deux, en cette deuxième encontre, si chattemitement réservés que vous eussiez cru voir en nous ces personnages de *L'Astrée* dont la violente amour demeure jusqu'à la mort chaste et pure à pleurer.

La chère fut aussi exquise que la veille, mais le bec à bec, point du tout animé, Madame de Brézolles demeurant close et coite, ses beaux yeux mordorés fixés songeusement sur moi, ce qui me donna à penser qu'elle méditait un bargoin aussi avantageux pour elle que celui qu'elle avait conclu avec moi la veille, acquérant une garde de onze Suisses en échange du vivre et du couvert pour deux personnes.

Mais à la vérité, c'est mal dire les choses que de les dire ainsi, car, à mon avantage et il n'était pas petit, il fallait inscrire l'émerveillable bienfait d'une douce présence féminine, après tous ces mois d'aridité et d'horreur dans la citadelle de Saint-Martin-de-Ré.

Comme mon hôtesse restait aussi coite qu'un ange de marbre, je pris peine pour donner voix à ce muet commerce, fournissant quelques petites pailles de peu de conséquence pour que le feu pût prendre, mais Madame de Brézolles ne répondant ni mot ni miette, sans toutefois discontinuer de m'envisager de la façon la plus gracieuse, à la parfin je me tus aussi. Et nous finîmes ce délicieux repas comme il avait commencé, j'entends par un échange quasi continu de regards qu'aucune parole n'accompagnait.

L'œil étant plus friand que la bouche, nous mangeâmes fort peu et la repue prestement expédiée, nous passâmes au petit salon où nous attendaient nos tisanes, Madame de Brézolles donnant l'ordre au valet qui nous servait de lui apporter un petit coffret d'argent qui se trouvait dans sa chambre sur sa table de chevet. Toutefois, quand le valet revint et remit le coffret à sa maîtresse, elle le posa négligemment à côté d'elle sur le siège de sa chaire à bras et, ayant dit un merci poli au valet, lui donna son congé. C'est alors qu'elle prit la parole, non sans m'avoir au préalable très particulièrement envisagé, tout en buvant sa tisane, tant est que ses yeux mordorés, où la lumière des bougies allumait des reflets changeants, apparaissaient juste au-dessus de la tasse d'un bleu tendre qu'elle appuyait contre sa lèvre.

— Monsieur, dit-elle enfin en reposant sa tasse, si je ne me trompe pas, il semblerait, à vos regards, que vous me trouvez belle...

— Madame, dis-je avec un sourire (car il me paraissait que les choses commençaient bien), si mes yeux me trahissent, du moins ne trahissent-ils pas la vérité. Il est constant que j'ai, me faisant face, la *bellissima donna de la creazione* [1].

— Est-ce tout, Monsieur ? dit Madame de Brézolles en levant le sourcil d'un air mutin. Ne suis-je pour vous qu'un tableau qu'on admire ? Autant alors demeurer béant devant celui de mon arrière-grand-mère que vous avez pu voir

1. La plus belle femme de la création (ital.).

dans mon escalier, laquelle était, en sa jeunesse, d'une beauté parfaite.

— Madame, il y a une grande différence. Votre si belle aïeule, hélas, n'est plus que toile et couleurs, et vous êtes vivante. Et le vivant, Madame, quand il est pareil à vous, produit sur moi des émeuvements qui vont bien au-delà du sentiment de l'art.

— Voilà qui n'est pas clair ! De grâce, Comte, expliquez-vous ! Parlez à la franche marguerite ! Cet amphigouri veut-il dire que vous avez appétit à moi ?

— C'est en effet, Madame, ce que j'aurais dit, si vous m'y aviez autorisé.

— Mais il n'est plus nécessaire, dit-elle avec un petit rire, que je vous le permette, puisque vous l'avez dit.

— Il est vrai, aussi, que je ne l'aurais pas dit si vous ne m'y aviez pas encouragé.

— Mais, Monsieur, pouvais-je, sans manquer à la charité, vous laisser vous débattre, seul et sans aide, dans les affres de la confession ?

— Madame, croyez bien que je vous serai reconnaissant jusqu'à mon dernier souffle de m'avoir aidé à me déclarer.

— C'est donc une déclaration ?

— Et quoi d'autre, Madame ?

— Eh bien, dit-elle après un instant de réflexion, qu'allons-nous en faire ?

— C'est vrai : qu'allons-nous faire ?

— Monsieur, j'ai dit : « Qu'allons-nous *en* faire ? » Ne supprimez pas cet « en » : c'est ma dernière défense.

— Ma fé ! Madame, comme il est peu prudent

de m'avouer cela ! Je ne vous aurais pas confié le commandement de la citadelle de Saint-Martin !

— C'est que je ne suis pas une citadelle, Monsieur, mais une faible femme dont cet « en » est la dernière redoute.

— Et comment emporter la dernière redoute ?

— Monsieur, vous m'avez fait une déclaration. C'est à moi d'en délibérer. Vais-je vous être cruelle, ou me plier à vos volontés ?

— Et pourquoi non, Madame, si les vôtres sont semblables aux miennes ?

— C'est là justement le point : sont-elles semblables ? Toutefois, Monsieur, je sens que s'agite en moi un méchant petit traître qui ne demande qu'à vous aider.

— Ah ! m'écriai-je, traître ! gentil traître ! Qu'as-tu à me dire ?

— Ceci. Dans votre chambre, Monsieur, il y a deux portes. L'une par laquelle vous entrez et sortez à loisir, l'autre qui est close à double tour. Celle-ci est la porte de la citadelle. Mais bien sûr, il y a une clé.

— Où est-elle ?

— Dans le coffret que vous voyez là, dit-elle en relevant le côté de son vertugadin pour me le laisser voir. Ce coffret, Monsieur, il se peut que par étourderie je l'oublie sur cette chaire quand je prendrai congé de vous. Il se peut aussi qu'après mon partement, vous l'emportiez avec vous dans l'honorable intention de me le rendre, et pour cela que vous essayiez la clé qu'elle contient sur la porte que j'ai dite. Bien entendu, c'est cet effronté petit traître qui vous confie tout cela. Pour moi, je n'y suis pour rien. Il se peut même, poursuivit-elle avec un soupir, que pour punir ce vilain drôle je tire le fort verrou qui se trouve de l'autre côté de la porte, rendant ainsi votre clé tout à plein inutile...

— Juste ciel, Madame ! Mais ce serait là trahir votre petit traître ! Et de la façon la plus odieuse ! Et me jouer aussi à moi le plus cruel tour du monde, puisque après la dernière redoute je trouverai une autre redoute que je ne saurais franchir !...

— Pourtant, Monsieur, vous savez qu'il est de bonne guerre d'échelonner les défenses.

— Ce le serait, si nous étions en guerre, mais je tâche, bien au rebours, de nouer avec vous, Madame, les liens les plus doux et les plus pacifiques.

— Eh bien, Monsieur, prenez-en la gageure ! Pour moi, je vais de ce pas disputer avec mon petit traître pour résoudre ce que nous devons faire : pousser ou ne pousser point le verrou.

Ce disant, elle se leva. Je me levai aussi et lui fis d'un air quelque peu froidureux un profond salut.

— Madame, dis-je, qu'il soit fait selon ce que vous désirez...

— Monsieur, dit-elle en ouvrant grands les yeux, seriez-vous, par aventure, un bel ange du ciel ? Eh quoi ? Point de rancune ! Point de haine ! Si je me dérobe après vous avoir, il faut le dire, si effrontément provoqué, n'allez-vous pas devenir violent et injurieux ? Serait-ce Dieu possible ? Ni juron ? Ni menace ? Ni paroles sales et fâcheuses ? Vous ne fuirez pas ces lieux maudits en jurant que de votre vie, vous ne reverrez plus la plus odieuse coquette de la création, à qui vous garderez, pour cette écorne, une mauvaise dent éternelle...

— Mais rien de tout cela, Madame. Vous êtes libre. Qu'ai-je à dire à l'usage que vous faites de votre liberté ? Je quitterai ces lieux sans doute avec chagrin, mais sans la moindre acrité ni colère, et en toute gratitude pour votre hospitalité et le grand privilège que vous m'avez donné d'avoir eu l'occasion de contempler votre beauté, même si comme celle de votre aïeule peinte, elle me demeure inaccessible.

Sur ces mots, Madame de Brézolles m'envisagea derechef songeusement, et me dit à la parfin d'une voix caressante :

— Comte, je vous savais vaillant, mais vous avez aussi beaucoup d'esprit, et ce qui vaut mieux que l'esprit, vous êtes fait d'une étoffe si humaine et si tendre qu'il serait difficile de ne vous aimer point. Si j'étais vous, je relèverais le défi que je vous ai lancé...

Ayant dit, elle saisit un des deux chandeliers qui éclairaient la table et se dirigea vers l'huis dont le valet, sur son ordre, avait laissé ouverts les deux battants. Je fis le geste de me lever et de la décharger du chandelier, mais elle noulut, disant qu'elle voulait gagner seule son appartement, où l'attendait sa chambrière pour délacer son corps de cotte et la déshabiller. Je devais donc attendre céans un petit quart d'heure avant de regagner moi-même ma chambre. Ayant dit, elle quitta la place, le chandelier au poing, dans un grand balancement de son vertugadin, lequel me fit penser à un voilier qui prend le large. Ma fé ! Le petit navire arriverait à bon port, j'en étais bien assuré : le capitaine était si habile !...

Madame de Brézolles franchit l'huis et enfin disparut. Et comme le petit salon me parut terne, pauvre, triste et sans attrait quand il fut devenu orphelin de sa présence ! Et comme me laissait béant l'émerveillable adresse de la marquise à diriger le jeu, m'ayant fait de prime les plus dévergognées avances, mais ne me baillant de l'espoir que pour me le retirer aussitôt, et pour finir, me le redonnant, mais atténué par le doute ! Tant est que je me retrouvai meshui en posture de solliciteur, moi qu'on avait de prime si hardiment sollicité ! Ventrebleu ! m'apensai-je, Machiavel n'a rien dit de nouveau ! Le *gentil sesso* connaissait d'instinct bien avant lui tout ce que sa lourde science a cru inventer plus tard.

Ce qui, à réfléchir plus outre, m'intriguait le plus, c'est que Madame de Brézolles eût tant précipité les choses. Tête bleue ! Pourquoi tant galoper ? Je ne la connaissais que de la veille, mais dès la veille, une si charmante connivence s'était établie entre nous que l'issue vers laquelle nous glissions doucement ne faisait guère de doute. Pourquoi dès lors courir la poste ? Brûler les étapes ? Galoper à brides avalées ? Pourquoi tant de hâte ? Où était l'urgence ? On eût dit que Madame de Brézolles s'était fait un livre d'*agenda* rigoureux auquel, jour par jour, heure par heure et minute par minute, elle devait se tenir. Prenant de ma main dextre le chandelier que m'avait laissé Madame de Brézolles, je saisis de la main senestre le petit coffret qui me sembla infiniment plus précieux que s'il avait valu son pesant d'or et, pour le porter plus commodément, je l'appuyai contre ma poitrine, où, s'il avait été magique, il aurait pu ouïr les battements de mon cœur. En gravissant l'escalier monumental qui menait à l'étage noble, il me sembla que l'aïeule de Madame de Brézolles — qui demeurait belle à jamais dans son cadre d'or — me souriait d'un air connivent. Je ne sais, à la vérité, si ce sourire était, ou n'était pas dû aux lumières dansantes des bougies, mais j'en acceptai l'augure.

Et je me dis aussi que j'étais bien sot, à la parfin, de trouver la mariée trop rapidement pliable à mes volontés et que je n'avais diantre pas à faire la fine bouche, si la citadelle se démantelait de soi pour me donner l'entrant.

Dans ma chambre, après avoir fermé à deux tours l'huis, je ne me dévêtis qu'à demi, retirant mes bottes et mon pourpoint, me lavai les mains et la bouche. Puis non sans émeuvement je retirai du coffret la clé, je n'oserais dire de l'Éden, craignant ainsi d'offenser par trop le Seigneur, mais du seul petit paradis terrestre et passager qui soit accessible en ce monde aux humains. Et je l'introduisis dans la serrure où elle tourna deux fois avec un silence et une suavité qui me persuadèrent que Madame de Brézolles l'avait fait huiler depuis mon arrivée, ou mieux encore, l'avait huilée elle-même de ses douces mains, afin de ne pas éveiller les soupçons de son domestique.

À mon infini soulagement, l'huis tourna lentement sur ses gonds et l'ayant reclos aussitôt sur ma chambre, je m'avisai, mais n'eussé-je pas dû le deviner plus tôt ? que du côté de Madame de Brézolles il n'y avait pas l'ombre d'un verrou... Je n'avais donc pas à redouter une deuxième redoute après la première. La place était à moi.

Ou devrais-je dire plutôt que j'étais à elle? J'avais si peu fait pour vaincre et l'ennemie m'avait tant secouru! Celle-ci, de reste, ne paraissait rien redouter de mon entrant, étant vêtue de ses robes de nuit, assise fort à l'aise dans une chaire à bras, étendant douillettement ses pieds nus aux flammes de la cheminée.

— Mon ami, dit-elle doucement en tournant vers moi ses yeux mordorés, comme vous fûtes long!

— Un quart d'heure, Madame, comme vous me l'aviez prescrit.

— Un quart d'heure? Un siècle, voulez-vous dire!

Ému par ce tant aimable accueil, je mis devant elle un genou à terre et posant sur l'autre genou ses pieds nus, j'entrepris de les caresser. Ils étaient froids, en effet, et je les réchauffai, non seulement de mes doigts, mais de mon haleine.

— Mon ami, dit-elle à la parfin, de grâce, portez-moi sur ma couche. Je ne sais pourquoi je me sens soudain si lasse.

C'était façon de dire, car lorsqu'elle me mit les bras autour du cou pour m'aider à la soulever, son visage se rapprocha de moi et ses yeux fixés sur les miens brillaient comme des étoiles.

— Mon ami, dit-elle d'une voix languissante, dès qu'elle fut étendue, n'éteignez que votre chandelier. Portez le mien sur la table de chevet. Et de grâce, de grâce, tirez les rideaux tout autour de nous. À quoi sert donc un baldaquin, si on n'en tire pas les courtines?

Belle lectrice, qui me lisez si attentivement que parfois vous me ramentevez des phrases de mes Mémoires que j'avais oubliées, plaise à vous de porter témoignage : lorsque dans mes écrits les courtines d'un baldaquin se ferment sur un couple, je ne pousse pas mon récit plus avant. Règle que je me suis donnée au rebours de mon père qui dans *En nos vertes années* me parut avoir décrit avec un excès de détails ses amours avec la vicomtesse de Joyeuse : ce qu'il m'a dit avoir regretté depuis, sans que, du reste, la vicomtesse, alors même qu'elle était devenue vieillotte et dévote, ne lui en gardât jamais la moindre mauvaise dent.

J'ose espérer du moins, belle lectrice, que je ne vais pas offenser votre pudeur et que vous voudrez bien me pardonner les quelques remarques que je vais faire ici, pour les raisons qu'elles ne sont pas frivoles, mais absolument nécessaires à l'intelligence de mes relations, tant présentes que futures, avec Madame de Brézolles.

Deux choses me donnèrent fort à penser dans le clos des courtines. Des femmes que j'avais jusque-là encontrées, Madame de Brézolles m'apparut comme la plus naïve et la plus ignorante des choses de l'amour, exception faite, il va sans dire, de ce que nous avons de commun avec les autres mammifères, qui est assurément l'essentiel pour la survie de l'espèce, mais qui ne se peut comparer à l'émouvante richesse des caresses que le génie humain a imaginées.

Cette découverte me donna la plus pauvre opinion de feu Monsieur de Brézolles et j'entrepris aussitôt d'instruire sa veuve en ces enchériments qu'on ne lui avait jamais enseignés. Elle fut, je dois le dire, une écolière fort douée et fort avide de s'instruire. Mais, à ma prodigieuse surprise, alors même qu'elle acceptait de bon cœur d'apprendre les complaisances, elle refusa les précautions avec la dernière fermeté.

— Mais, M'amie, dis-je, si nous ne faisons pas cela que je vous dis, vous courez le risque d'être mère.

— Je le courrai.

— Madame, aurez-vous un enfant hors mariage ?

— Peu me chaut ! La Dieu merci, je ne dépends de personne ! J'ai de grands biens qui me sont propres. J'en aurai de plus grands encore quand ma belle-famille cessera de me disputer l'héritage de mon défunt mari.

— Mais, Madame, le scandale !

— Il n'y aura pas de scandale.

— C'est donc que vous allez marier à la va-vite le premier venu pour justifier la présence en ce foyer de cet enfantelet ?

— Cela vous fâcherait-il ? dit-elle d'un air de surprise heureuse.

— Assurément, je n'aimerais pas que mon enfant soit élevé par un faquin...

— Comte, comme vous êtes touchant ! Vous avez dit « mon enfant ». Il n'est pas encore fait.

— Mais s'il se fait, n'aurai-je pas quelques droits sur lui ?

— Comte, vous les aurez tous, si vous m'épousez !

— Madame !

— Mon ami, dit-elle, ne prenez pas, de grâce, cet air épouvanté ! Je ne revendique pas votre alliance ! Et même si ce jour d'hui vous aviez l'imprudence de me la proposer, je ne pourrais que vous opposer le refus le plus ferme.

— Et pourquoi donc ?

— Vous ne m'aimez pas encore assez.

Cette réplique me laissa sans voix.

— Vous pensez donc, Madame, dis-je au bout d'un moment, qu'un jour viendra où je vous aimerai à votre suffisance ?

— Assurément.

— M'amie, vous êtes bien sûre de vous !

— Non, mon ami, c'est de vous que je suis sûre. Je connais votre humeur. Vous aimez les gens. Vous savez vous faire aimer d'eux. Et dès lors qu'ils vous aiment, vous les en aimez davantage.

— C'est donc ainsi qu'à votre sentiment, les choses vont se passer, M'amie. Peux-je vous poser question ? Suis-je ici parce que vous avez goût à moi, ou parce que vous voulez un enfant ?

— Je réponds « oui » à votre première question et « oui » à la seconde. Me l'allez-vous reprocher, Monsieur ? J'ai attendu dix ans un enfant que n'a pu me donner Monsieur de Brézolles. Savez-vous comme vous m'êtes apparu quand vous êtes entré dans cette demeure ?

— Je n'en ai aucune idée.

— J'ai presque vergogne à vous le dire tant cela va vous paraître insensé. Vous m'êtes apparu comme un *missus dominicus* [1].

— M'amie, dois-je vous croire ?

— Vous le devez. J'avais tant prié pour encontrer enfin un gentilhomme qui, à de certains signes, me ferait connaître qu'il serait digne d'être le père de mon enfant. Hélas, j'ai tant prié, et en vain ! Et juste comme je désespérais, vous avez franchi mes grilles, et vous êtes

1. Envoyé par le Seigneur (lat.).

apparu céans tel un saint Georges suivi de son bel écuyer. La lumière s'est faite alors en moi. Mes prières, par miracle, étaient exaucées.

Je fus à la fois troublé et déquiété par ce récit, car bien que ce ne fût, à mon sentiment, que le songe d'une femme à laquelle la maternité avait cruellement failli, il me toucha fort pour la raison qu'une vie inachevée et vide y laissait entendre sa plainte.

— Madame, dis-je le plus doucement que je pus, le miracle, c'est à la fois le siège de La Rochelle et le besoin où j'étais de trouver un logis. Je serais le dernier des imposteurs si j'allais admettre que le Seigneur m'a donné l'ordre de me rendre auprès de vous.

— Mais j'entends bien! dit Madame de Brézolles nullement désarçonnée par cette remarque terre à terre. C'est qu'un ordre du Très-Haut n'était pas nécessaire. Le Seigneur s'est contenté d'arranger les circonstances de telle sorte que notre encontre devînt inévitable. Si vous êtes croyant, vous devez bien admettre qu'il n'y a pas de hasard, et que pas un passereau ne tombe d'un arbre que la Providence ne l'ait ainsi décrété.

— Il est vrai, dis-je, qu'on nous l'enseigne ainsi. Mais à quels signes avez-vous reconnu que j'étais bien l'élu?

— Oh, dit-elle, les signes furent certains et indubitables! Ramentez-vous, de grâce : dans mon ardeur à vous connaître, je vous ai posé un milliasse de questions indiscrètes, fâcheuses et messéantes et à toutes vous avez répondu sans jamais me rebuffer, avec une patience angélique.

Mon Dieu, m'apensai-je, j'étais de prime un

saint Georges ! Me voici devenu un ange ! De quelles éclatantes ailes la belle me revêt pour que je me livre à cette humble tâche de géniteur ! Ah certes ! Je le conçois ! L'imagination de Madame de Brézolles n'est si prompte à arranger les choses que pour ne pas souffrir, au mitan de son bonheur et de ses espérances, les affres du péché qui s'attache à l'amour hors mariage.

Dans tous les cas, dès qu'elle eut estimé m'avoir éclairé assez sur ses desseins, elle se remit, avec un indéfatigable zèle, à la tâche qu'elle s'était prescrite, tant est que le reste de la nuit s'écoula à notre commune satisfaction, sans babiller plus avant, ni dormir le moindre.

Le lendemain à potron-minet, je repris avec Nicolas le chemin d'Aytré pour assister au lever du roi. J'étais pénétré de cette délicieuse lassitude que nous donne la nature pour nous récompenser de la peine que nous avons prise à perpétuer l'espèce. Je laissai flotter les rênes sur le cou de mon Accla, laquelle, jugeant bien que j'étais moulu et ensommeillé, prit sur elle-même de se mettre au pas pour faire ce chemin que nous avions parcouru la veille au trot. Nicolas, clairvoyant, mais discret, me suivit sans piper mot. Toutefois, je ne dormais point. J'étais plongé dans mes songes. Aimais-je déjà Madame de Brézolles ? Et si je l'aimais, l'aimais-je, comme elle disait, à « sa suffisance » ? Mais, par-dessus tout, j'étais la proie d'un sentiment que je n'avais jamais jusque-là éprouvé. Depuis mes adolescences, je n'avais vécu que des amours qui se voulaient infécondes et celle-ci, qui ne voulait pas l'être, me donnait un émeuvement nouveau, fait à la fois de surprise et d'une étrange joie.

*
* *

À Aytré, la Cour n'était plus tout à fait la Cour, pour la raison que les dames ne s'y trouvaient pas, d'aucunes étant restées en Paris, d'autres cantonnées à bonne distance du camp, mais ayant néanmoins la permission de s'en approcher en carrosse pour admirer de loin les duels de canonnades entre les royaux et la flotte anglaise quand celle-ci apparut dans la baie pour secourir La Rochelle.

Quant aux courtisans, ils avaient eu à cœur presque tous de prendre les armes au côté de Louis, ce qui donnait au lever du roi l'aspect d'une assemblée d'officiers où, de reste, il n'était permis que de parler du service, toute requête d'ordre personnel étant pour l'instant bannie.

Dès que je me fus approché des balustres qui entouraient le lit royal, Berlinghen me vint dire à l'oreille que Louis s'entretenait, comme je voyais, avec Monsieur de Schomberg, mais qu'il me voulait voir dès qu'il en aurait fini avec le maréchal. J'attendis donc, mon œil ne quittant pas le roi, lequel, comme je m'en aperçus aussitôt, ne portait pas cet air d'ennui, d'ombrage, de méfiance ou de muette irritation qu'il avait le plus souvent au Louvre, mais paraissait, bien le rebours, alerte et rayonnant. J'en fus content, mais point pour autant étonné. Et plaise au lecteur de me permettre de lui en dire ma râtelée, le rôle que joua Louis pendant le siège de La Rochelle ayant été de grande conséquence.

Nul à la Cour ne l'ignorait, Louis n'était jamais si heureux que lorsqu'il se trouvait à la tête de ses armées. Non qu'il fût belliqueux et aspirât à rober des provinces aux royaumes voisins, mais parce qu'il tenait que son premier devoir était d'être, comme son père, un roi-soldat et de maintenir dans son entièreté un royaume qu'Henri IV avait eu tant de mal et avait passé tant d'années à reconquérir, au point de ne pouvoir entrer dans sa capitale qu'après le plus long et le plus terrible des sièges.

Sous la régence, écarté du pouvoir par une mère désaimante qui aspirait à régner seule, Louis avait appris, dès ses enfances, et de soi, avec une émerveillable application, les disciplines et les secrets du métier des armes dont, à dix-sept ans, il savait tout, sans avoir encore combattu. Mais, après qu'il eut pris le pouvoir, l'occasion, certes, en était venue vite, comme bien on sait, les ennemis se levant sans répit et de tous côtés contre son sceptre, les armes à la main, à commencer par sa propre mère.

Je me suis souvent apensé que s'il n'avait été roi, Louis eût pu faire un maître de camp excellentissime, tant il veillait à tout et dans tous les détails : aux vivres, à l'état des canons et des mousquets, aux réserves de poudre, au nombre de boulets disponibles, à l'avancement ou au retard des redoutes qu'on bâtissait, et je cite à la fin ce souci, bien qu'il ne fût pas le moindre, aux pécunes qu'il fallait bien trouver pour payer les hommes.

« La solde, opinait Richelieu en sa belle rhétorique, est l'âme du soldat et l'entretien de son courage. » Ce que j'ai ouï le roi exprimer plus prosaïquement en ces termes : « Si on ne les paye pas, ils décampent. »

Fort de cette expérience, Louis ordonna qu'en

particulier pour ce siège, qui était d'une importance telle et si grande pour l'avenir du royaume, on ne lésinât pas sur leur paie : dix sols par jour pour le soldat, et s'il était volontaire pour travailler aux ouvrages (et plus tard à la digue) vingt sols de plus. Un pactole pour ces pauvres gens !

Quant au versement des fonds, Louis prit deux ordonnances tout à plein remarquables. Ils ne seraient plus versés aux capitaines, afin qu'ils les distribuassent ensuite aux hommes (pratique qui donnait lieu aux abus qu'on devine), mais directement aux hommes par des Intendants choisis pour leur probité. Méthode par laquelle Louis supprima la groigne et le déprisement des soldats pour leurs officiers — sentiments qui nuisaient au respect qu'ils leur devaient, et par conséquent à la discipline.

Louis, comme son père, connaissait bien ses hommes. Il reconnaissait ses vieux soldats, et les appelait par leur nom. Et surtout, il n'ignorait rien de leurs humeurs. Il savait, par exemple, qu'en campagne ils devenaient tout soudain fort prodigues et vidaient leurs bourses pour acheter des riens, la précarité de leur existence les poussant à jouir de l'instant présent. Pour éviter ces gaspillages qui leur étaient si funestes, Louis prit une autre ordonnance, tout aussi pertinente que la première : afin d'éviter que les hommes se retrouvent trop vite dépourvus, Louis ordonna qu'ils fussent payés non pas mensuellement, comme les officiers, mais tous les huit jours ; ce qui eut pour effet de réduire leurs dépenses.

Louis se souciait aussi de leurs vêtures que la vie de camp usait vite. Tant pour le prestige de son armée, le moral des troupes et leur bonne santé, il ne souffrit pas que ses soldats allassent en loques, comme les pauvres soldats anglais à la fin du siège de Saint-Martin-de-Ré.

Louis imagina un nouveau moyen d'y pourvoir. Il ordonna aux dix principales villes de France d'habiller, chacune, un de ses dix régiments. Par souci d'épargne, il commanda que ces vêtures fussent, non de laine raffinée, mais de bure grossière. Toutefois, par une délicatesse à la fois touchante et naïve, il voulut, pour ne pas humilier ses soldats en les vêtant comme des moines, que cette bure fût « teintée laine ».

Le cardinal, toujours suave, du moins en son parler, disait que pour maintenir cette tant grande armée dans le devoir, il fallait « une sévérité douce ». Mais Louis ne l'oyait pas de cette benoîte oreille : était pendu tout homme qui, par trois fois, avait gravement désobéi à son officier. Était voué pareillement à la corde quiconque robait, pillait ou forçait filles.

Pour Louis et le cardinal, il allait sans dire que la discipline des armées ne se pouvait préserver sans la discipline des âmes. Tout soldat était tenu d'ouïr messe et d'aller à confesse. Le dimanche étant le jour du Seigneur, Louis ne voulut pas qu'on l'endeuillât par des canonnades et des mousquetades. Voyant quoi, les huguenots, ne voulant pas se montrer moins bons chrétiens que nous, respectèrent eux aussi le repos dominical.

Ce jour sans grondements terrifiants de canons, ni perfides sifflements de balles, et par conséquent sans blessé ni tué, fut pour nos troupes et les Rochelais à la fois un petit répit et un grand soulagement, lequel était attendu des deux côtés à partir du lundi. Comme les huguenots et nous adorions le même Dieu, quoique de façon différente, plus d'un osa sans doute se demander en son for pourquoi nous ne pouvions pas étendre cette trêve aux autres jours de la semaine. Après tout, ces jours-là aussi appartenaient au Seigneur.

Prude et pieux, Louis eût voulu empêcher ses soldats de s'aller emmistoyer en des ribaudes vivant au camp en vilité publique. Mais là, comme disait à mon grand-père, le baron de Mespech, l'un de ses serviteurs : « C'était par trop brider la pauvre bête. » Et en ce domaine du moins, la Nature, par mille détours, parla plus haut que les ordonnances.

Tout occupé qu'il fût du salut des âmes, Louis n'oubliait pas par autant la santé des corps. Les médecins, les chirurgiens et les apothicaires — ceux-ci fort bien garnis en remèdes — étaient dans le camp presque aussi nombreux que les prêtres et tout aussi actifs, le temps étant alors si mauvais sur cette côte d'Aunis où abondaient les vents et les orages.

De douze mille hommes, l'armée assiégeante passa peu à peu à trente mille hommes. Jamais de mémoire d'homme on n'avait vu une aussi grande armée, ni aucune qui fût si bien nourrie, équipée, disciplinée, payée. Mais il y fallait dépenser chaque jour une quantité inouïe de pécunes et c'était bien là où le bât blessait le plus cruellement le roi et Richelieu. J'ai déjà compté qu'au début du siège, Richelieu avait emprunté un million deux cent mille livres en gageant ses propres biens. Mais si forte que fût cette provision, elle s'épuisa vite. On fit alors des levées, on engagea des parties du domaine royal, on racla tout. Et vers le milieu du siège, Louis, à bout de ressources, demanda aux évêques et archevêques de France une contribution de conséquence pour poursuivre le siège. Mais que le lecteur me permette d'anticiper ici dans mon récit. J'accompagnai Louis quand il se rendit le vingt-quatre mai 1628 à Fontenay-le-Comte où les prélats se devaient rassembler pour en décider. Je me ramentevrai jusqu'au terme de mes terrestres jours comment les choses se passèrent entre les soutanes violettes et le roi. À vrai dire, fort mal : il leur avait demandé trois millions de livres. L'assemblée ne lui en accorda que deux...

Lecteur ! Qui n'a pas vu alors Louis en ses fureurs n'a rien vu ! Et je n'en crus ni mes yeux, ni mes oreilles : je retrouvai son père, en cette circonstance fameuse où il tança vertement le Parlement de Paris qui rechignait à enregistrer l'édit de Nantes. C'était la même verve abrupte et populaire, coulant en un flot de paroles véhémentes, où pas une n'était mâchée, mais lancée toute crue à la face de ces grands dignitaires...

— Deux millions ! s'écria Louis, les yeux étincelants. Vous avez dit deux millions ! J'en veux beaucoup davantage, ou n'en veux point du tout ! Ce vous est une grande honte que pour le bien de l'Église et du royaume, vous n'y contribuiez pas pour un tiers de vos biens ! Il y serait mieux employé que non pas aux festins que vous faites tous les jours ! Deux millions ne sont que pour un mois. Je vous dis encore une fois que j'en veux davantage ou point du tout !

Louis se tut, mais ce ne fut que pour reprendre son souffle et planter ses crocs plus avant dans les mollets de ces pauvres prélats. Et que dure, blessante et dévastatrice fut cette morsure-là, et cinglante, l'ironie dont Louis l'enveloppa !

— Messieurs ! dit-il, des tonnerres grondant et roulant dans sa voix, ce sera une grande honte à tout le clergé qu'on dise partout qu'il n'y aura eu que le clergé et les huguenots qui n'aient point contribué au siège de La Rochelle !...

Je m'apensai, en oyant ces paroles terribles, qu'il n'y avait que le roi qui pût impunément en son royaume les prononcer et en même temps amalgamer « les princes des prêtres » (comme disait déjà l'Évangile qui, à vrai dire, n'était pas non plus des plus tendres pour eux) et ceux que lesdits princes considéraient comme des hérétiques voués à male mort.

Qui osa, parmi ces évêques, frémissants de l'outrage qu'ils venaient de subir, élever la voix, mais à vrai dire, sans se montrer, je ne le sus jamais. Mais ce que dit ce quidam, outre que la vérité n'y était pas respectée, me parut tout à plein malhabile.

— Sire, dit-il, c'est que nous ne sommes pas si riches !

À quoi, Louis, rougissant d'indignation, répliqua par une rebuffade qui sous-entendait une menace telle et si grande qu'il pensa ne mieux faire que de terminer par elle sa diatribe.

— Vous me remontrez votre nécessité ! dit-il avec colère. Et n'êtes-vous pas tant de prélats et d'ecclésiastiques qui avez des cent, des vingt-cinq et des trente mille livres de rentes ! C'est sur vous qu'il faudrait lever des décimes et des levées nouvelles et non sur les pauvres curés...

Si, en effet, on avait inversé les choses et fait

payer les évêques au lieu de faire payer les curés, c'eût été bien plus de trois millions que les évêques eussent perdus. Sans compter qu'au siècle qui avait précédé le nôtre, un funeste événement avait montré qu'un roi de France, François Ier, pouvait impunément s'emparer de toutes les terres du Haut Clergé pour remparer les finances de l'État.

— Sire, dit l'archevêque qui présidait l'assemblée, plaise à vous de nous permettre de délibérer derechef, afin de voir si, en unissant nos efforts, nous pouvons satisfaire Votre Majesté.

Louis acquiesça et une demi-heure plus tard, le président revint dire à Sa Majesté que, l'ayant ouï, et se trouvant émus par les difficultés qu'il encourait dans une noble cause touchant la défense de la religion catholique, les évêques et les archevêques avaient décidé à l'unanimité de l'aider par une contribution de trois millions de livres...

*

* *

Plaise à toi, lecteur, de me permettre de retourner huit mois en arrière, j'entends au mois d'octobre 1627, à l'instant où, derrière les balustres qui défendent le lit royal, j'attendais, sur la recommandation de Berlinghen, que le roi en eût fini avec Monsieur de Schomberg pour le pouvoir, à mon tour et sur son ordre, rejoindre.

Il me semble que l'entretien entre le maréchal et Sa Majesté ne se passait pas si bien, le premier paraissant penaud et mortifié et le roi lui chantant pouilles d'un air malengroin, mais parlant à voix si basse que pas un mot ne se pouvait ouïr derrière les balustres. La remontrance, toutefois, dura peu et le roi ayant dit son fait au maréchal, il lui tendit la main, laquelle le malheureux, en se génuflexant, baisa avec élan — cette main tendue signifiant qu'il était sermonné, mais non, la Dieu merci, disgracié. Se relevant, la face encore toute chaffourrée de chagrin, le maréchal passa à côté de moi sans me voir, en faisant effort, sans grand succès d'ailleurs, pour offrir une face imperscrutable à tous ceux qui se trouvaient là.

Sur un signe de Berlinghen, je franchis alors les balustres et me génuflexai devant Louis qui me fit signe aussitôt de me relever.

— *Sioac,* dit-il, en me parlant à moi aussi *sotto voce*, le temps me presse. Voici, en bref, ce que j'ai à te dire. À notre advenue, une sorte de zizanie s'est élevée soudain entre d'une part le duc d'Angoulême, et d'autre part Schomberg et Bassompierre. Cours de ce pas chez Monsieur le Cardinal. Il t'en dira plus.

Là-dessus, il me donna mon congé en me souriant de l'air le plus gracieux, ce qui ne laissa pas d'intriguer ceux qui se trouvaient là. La brièveté de l'entretien augurait mal en ma faveur, mais le sourire final contredisait cette hypothèse ou, devrais-je dire, cet espoir, tant la malignité est répandue à la Cour, où toute disgrâce — sauf celle d'un ami ou d'un proche — est accueillie avec un apparent regret et un secret plaisir.

Comme je me démêlais enfin de la foule qui assistait au lever du roi, je me sentis happé par le bras dextre et, me retournant, je vis le chanoine Fogacer, lequel me souriait du haut de sa haute taille, ses sourcils blancs relevés sur ses tempes. Il était fort étrangement vêtu pour un chanoine d'un haut-de-chausses et de grandes bottes noires qui lui montaient au-dessus du genou.

— Mon ami! dis-je, que faites-vous céans? Et comme vous voilà fait! Vous êtes-vous réduit à l'état laïque?

— Je suis céans, dit Fogacer, avec ce long et sinueux sourire que mon père, en ses Mémoires, a si bien décrit, parce que le nonce apostolique s'y trouve, comme, du reste, quasiment tous les ambassadeurs des royaumes étrangers, afin d'observer le siège.

— Eh quoi! dis-je en souriant, appellerez-vous le Vatican un royaume étranger?

— Assurément non, le Saint-Père est notre père à tous et les catholiques, étant tous ses fils, ne sauraient le considérer comme un étranger. Cependant, le Vatican, s'il n'est pas étranger, est tout du même un État distinct du nôtre...

— J'aime ce distinguo.

— Je l'aime aussi. Il explique que le nonce se trouve céans, et moi de même.

— Monsieur le Chanoine, je trouve votre entretien toujours si agréable : vous expliquez toujours tout si bien. Y a-t-il aussi une raison pour ces émerveillables bottes qui vous montent au-dessus du genou?

— Évidente : le camp autour de La Rochelle n'étant qu'un vaste marécage, la seule question raisonnable qui se pose à tous est de savoir si on va patauger dans la boue avec ou sans bottes.

Il ajouta en baissant la voix :

— Et de reste, puisque vous allez voir une robe pourpre, vous la trouverez attifurée comme moi.

— Mon ami, comment savez-vous que je vais voir cette robe-là ?

— Louis vous a donné à voix basse le principe d'une mission. De toute évidence, la robe pourpre vous en précisera les détails. C'est ainsi, j'imagine, que les choses se passent entre vous.

— Savez-vous aussi où gîte celui que vous dites ?

— Assurément. Au Pont de Pierre.

— Du diantre si je sais où cela se trouve...

— Voulez-vous que je vous y conduise ? Oh ! Comte ! Vous voilà tout soudain réticent ! Rassurez-vous ! Je vous montrerai le logis de loin mais je n'y mettrai pas le nez ! Le nonce prendrait des ombrages et des soupçons, si on me voyait entrer chez celui que vous dites.

— J'accepte alors volontiers votre offre. Mais je n'ai point de carrosse. Êtes-vous monté ?

— De force forcée, bien que cela convienne peu à un chanoine.

— Et où est votre monture ?

— Mais aux mains de votre écuyer, auquel je l'ai donnée à garder avant d'entrer céans. Que je le dise en passant, votre Nicolas est joli à damner un saint, ou, devrais-je dire plutôt, une sainte. Comte, vous avez bien de la chance. Étant connu *urbi et orbi* pour un fervent adorateur du *gentil sesso,* personne, en voyant votre Nicolas, n'irait vous soupçonner d'être de l'homme comme un bourdon.

— Mon cher Chanoine, à ouïr ce propos, il me semble qu'il trahit un certain regret des tumultes de votre vie passée.

— Hélas ! dit Fogacer, avec son long et sinueux sourire, il y a deux sens au mot « regretter ». Ou bien vous regrettez vos folies. Ou bien vous regrettez le temps où vous les avez commises.

— Et lequel de ces deux sens a votre préférence ?

— Là-dessus, Comte, je resterai bouche cousue.

— Et à y penser plus outre, vous faites bien. Je n'ai pas vocation à ouïr les péchés des autres. Les miens me suffisent.

— Plaise à vous, Comte, de revenir à nos moutons. Donc, vous me prenez pour guide ?

— Avec joie.

— La grand merci, Comte. Et pour vous mercier plus outre, je vous dirai en chemin tout ce que je sais sur Monsieur le duc d'Angoulême.

— Vous êtes donc apensé que j'aurai affaire à lui ?

— Comte, ne le pensez-vous pas ? Il est partie en cette affaire...

— Je ne sais, mais m'aimant instruire, je vous orrai bien volontiers.

*

* *

Le chemin fut long d'Aytré à Pont de Pierre, et tout aussi longue la râtelée de Fogacer sur le duc d'Angoulême, sur qui, en effet, il connaissait plus de choses que moi. Mais comme son conte comportait des digressions dont le lecteur n'a que faire, je voudrais le résumer ci-après, tout en gardant les petites saillies, gausseries et verdeurs dont Fogacer aimait à parsemer ses récits.

Tout était hors du commun chez le duc, et sa naissance et sa destinée. Il avait pour père

Charles IX, l'auteur ou l'un des auteurs de la Saint-Barthélemy, et pour mère illégitime, la douce Marie Touchet, huguenote non convertie. Après le décès prématuré de Charles IX (on dit qu'il fut dû au regret d'avoir fait massacrer tant de monde, mais à la vérité je le décrois, car tant s'en faut qu'il ait eu le cœur et l'imagination qu'il eût fallu pour se remordir de tout ce sang), le bel et vaillant bâtard, choyé et gâté au-delà du raisonnable par Henri III, fut nommé, par ses soins, Grand Prieur de France. Cette dignité comportait de gros revenus, mais la Dieu merci, pas d'obligations religieuses, car le béjaune les eût toutes déprisées, étant si léger et voletant de fleur et fleur.

Toutefois, il avait le cœur bon, et quand à Saint-Cloud Henri III fut assassiné par Jacques Clément, il pleura sa mort et, tout à plein désemparé, s'attacha à Henri IV qu'il servit avec tant de vaillance aux batailles d'Arques, de Vitry et de Fontaine Française qu'Henri le nomma comte d'Auvergne. Ce titre eût dû l'amener doucettement à un duché-pairie et à une fort plaisante existence, si par malheur sa mère, Marie Touchet, à la mort de Charles IX, ne s'était pas remariée avec François d'Entragues.

Or ce gentilhomme appartenait à cette sorte de poissons des grandes profondeurs qui ne nage bien que dans l'intrigue. En attendant d'y briller de tous ses feux, il eut avec Marie Touchet une fille, Henriette, belle, brunette et maigrelette qui possédait de grands pouvoirs sur les hommes, tant est qu'en un tournemain, elle tourna la tête d'Henri IV.

— Vous remarquerez, dit Fogacer, que dans

cette étrange famille les femmes sont maîtresses royales de mère en fille...

Toutefois Henri dans ses filets, la belle fit la difficile : elle ne céderait que si le roi lui faisait une promesse écrite de la marier. Le malheureux signa, tant l'amour l'aveuglait. Et l'encre à peine sèche, il épousa Marie de Médicis, si bien que gourmandé à dextre, il le fut aussi à senestre, ses deux paradis devenant un enfer. À la parfin, il disgracia Henriette.

Le clan des Entragues se voulut mortellement offensé par cette écorne, et Henriette n'eut de cesse qu'elle ne convainquît son père, François d'Entragues, et son demi-frère, le comte d'Auvergne, qu'on ne pouvait s'en revancher qu'en jetant Henri au bas de son trône. Jamais on ne vit intrigue plus folle ni plus sotte. Les d'Entragues allèrent jusqu'à s'aboucher avec l'Espagne, laquelle, à tout hasard, promit son aide. Mais à l'Espagne non plus une promesse ne coûtait guère...

Ce feu de paille était si ridicule qu'il s'éteignit en un battement de cils. Les conspirateurs furent en un tournemain découverts, arrêtés, jugés et condamnés : François d'Entragues et le comte d'Auvergne à mort, Henriette, qui était pourtant l'âme du complot, à la prison.

La Cour entendit bien la raison de l'indulgence dont elle bénéficiait et comment les choses allaient tourner. Henriette aussi, qui écrivit à notre Henri, du couvent où elle était serrée, une lettre sanglotante où elle le suppliait de la venir visiter en sa geôle avant qu'elle ne succombât à l'inapaisable douleur d'être séparée de lui... Henri, homme de toutes les faiblesses quand il s'agissait des femmes, céda. Il vint, il vit, il fut vaincu.

Henriette s'envola alors de son couvent (où elle ne s'était guère sanctifiée) le bec haut et les ailes frémissantes et obtint que la peine de mort de son père et son demi-frère fût commuée en prison. Ici, les destins se séparèrent. François d'Entragues, vieil et mal allant, fut libéré assez tôt, mais le comte d'Auvergne, qui savait la guerre, était tenu pour dangereux. Il demeura en geôle pendant douze ans. Vous avez bien ouï, lecteur, douze années ! Les illustres étrangers à qui on faisait visiter la forteresse où il était serré désiraient tous voir, de leurs ycux, « le plus ancien prisonnier de la Bastille ».

Marie de Médicis le libéra en 1616, parce que tant de grands se liguaient contre elle que le concours d'un gentilhomme qui avait porté valeureusement les armes lui parut souhaitable. Et pour une fois, elle ne fut pas déçue. Quatorze ans de Bastille ayant mis du plomb en les mérangeoises du comte d'Auvergne, il montra une adamantine fidélité et à la régente, et à son fils, quand il eut pris le pouvoir. En 1617, Louis lui confia une armée. Peu après, il le fit duc et pair et quand Buckingham envahit l'île de Ré, il lui confia, en attendant qu'il se remît de son intempérie pour aller sur place, le commandement de la forte armée qui devait encercler La Rochelle.

Les instructions de Louis furent précises et le duc d'Angoulême les appliqua aussitôt. Dès son advenue dans la place, il s'empara sans coup férir de Coureille, à la pointe sud de la baie de La Rochelle. Mais comme j'ai déjà parlé, en ce premier chapitre de ces Mémoires, de l'importance de cette place qui, avec Chef de Baie au nord, nous assurait la possession des deux pointes de la baie de La Rochelle, je n'y reviendrai que plus loin en ce récit, au moment où l'on conçut et construisit la fameuse digue dont le monde entier a parlé.

— Mon cher Chanoine, fis-je remarquer à Fogacer en cet instant de son récit, si Louis était si content du duc d'Angoulême, pourquoi envoya-t-il pour commander l'armée de La Rochelle son frère, qu'il aimait et qu'il estimait si peu ?

— Il y eut, dit Fogacer, deux raisons à cette décision, l'une apparente, l'autre cachée, mais l'une et l'autre, finement pesées par le roi et le cardinal. La première fut de donner à Monsieur, le roi étant encore si mal allant, le commandement qu'il réclamait depuis toujours, ne fût-ce que pour acquérir quelque lustre et faire oublier à la France et au monde ses farces, ses facéties et ses pantalonnades.

Derrière cette apparence se cachait un calcul. Un an auparavant, Monsieur ayant songé, pour faire pièce au roi, à s'allier aux Rohan et à s'installer à La Rochelle, il allait sans dire qu'en lui confiant le commandement de l'armée qui assiégeait La Rochelle, on le brouillait à mort à jamais avec la citadelle huguenote...

— Cornedebœuf ! dis-je, quelle belle chatonie ! Machiavel n'eût pas fait mieux ! Et à qui attribuez-vous ce beau coup de moine ? Au roi ou à Richelieu ?

— Point nécessairement à celui auquel vous pensez. Louis est fort capable de l'avoir, seul, imaginé. Ramentez-vous les méchants tours qu'il a joués à ses ennemis...

— Mais pour en revenir à notre armée devant La Rochelle, le duc d'Angoulême n'a pas dû être aux anges d'être subordonné à Monsieur.

— Pas le moindrement du monde. Tout avait été arrangé de main de maître. Monsieur eut le titre de lieutenant général des armées et le duc d'Angoulême conserva le pouvoir.

— Et comment Monsieur se comporta-t-il, lui qui ne savait pas la guerre ?

— Bien. Trop bien, même. À peine fut-il arrivé que les Rochelais firent une sortie, et Monsieur se porta en avant avec une folle intrépidité. Le duc d'Angoulême, le lendemain, l'en blâma à mi-mot, en disant qu'il s'était montré « trop soldat pour un capitaine ». Et les officiers du camp qui ne l'aimaient pas, en raison de ses allures et de ses conduites, s'en gaussèrent entre eux, appelant cette escarmouche « la drôlerie de Monsieur », comme s'il se fût agi d'une autre de ses farces.

— Mais n'est-ce pas quelque peu injuste ? dis-je. Si Monsieur s'était tenu éloigné du combat, on n'aurait pas manqué de le traiter de couard.

— Hélas ! dit Fogacer, c'est là un point intéressant, mais nous ne pouvons en discuter. Nous voici arrivés. Le logis du cardinal est là, gardé et bien gardé. Comme je vous l'avais promis, Comte, je me retire.

Et avant que j'eusse le temps de le mercier derechef, et de m'avoir guidé et de m'avoir tant appris en si peu de temps, il fit virevolter sa monture et s'en alla au petit trot.

*
* *

Je m'aperçus plus tard que Fogacer m'avait fait trotter beaucoup plus qu'il n'eût été nécessaire, Pont de Pierre étant fort proche d'Angoulins, petit village de bord de mer, lui-même assez proche d'Aytré où logeait le roi, et point si loin non plus de Saint-Jean-des-Sables où j'étais moi-même logé.

Il n'y avait pas moins d'une compagnie de mousquetaires [1] qui bivouaquait autour de la maison de Richelieu, laquelle était fort belle et fort vaste, mais non point fortifiée. Je n'avais pas fait dix pas dans sa direction qu'un exempt s'approcha et quit de moi un laissez-passer et un autre pour mon écuyer. Mais à peine portai-je la main à la manche de mon pourpoint pour le satisfaire, que l'exempt, écarquillant les yeux, s'écria :

— Monsieur le comte d'Orbieu, je vous fais mille pardons ! À l'abord, je ne vous avais point reconnu !

— Mais moi, en revanche, je vous reconnais fort bien, Monsieur de Lamont !

— Comment cela, Monsieur le Comte ? dit Lamont en rougissant de plaisir, vous vous ramentevez de moi ! Et de mon nom !

— Autant que vous vous ramentevez, j'espère, de ma bague au rubis.

— Elle ne sera plus nécessaire cette fois, Monsieur le Comte, dit Lamont avec un sourire. Monsieur le Cardinal vous attend. Toutefois,

1. On ne les appelait pas encore les mousquetaires du cardinal. Et ils n'étaient encore que cinquante.

Monsieur le Comte, j'aimerais jeter un œil sur vos laissez-passer.

— Ma fé, Lamont ! Avez-vous encore quelque doute sur ma personne ?

— Pas le moindrement du monde. Mais Monsieur le Comte entend bien qu'après tout, un ordre est un ordre.

Je me gardai de sourire ou de m'offusquer de cette rigueur militaire et je lui tendis les laissez-passer de Nicolas et de moi-même. Il y jeta un coup d'œil si bref que je doutai qu'il les eût lus, mais cela, apparemment, suffit à rassurer sa conscience, car il me les rendit avec un chaleureux sourire.

— C'est donc ici, dis-je en rangeant les laissez-passer dans la manche de mon pourpoint, que loge Monsieur le Cardinal !

— Oui-da, Monsieur le Comte. Et comme on dit dans la parladure d'Aunis, c'est un *ben biau mes* [1]. Il appartient à Jean Berne, seigneur d'Angoulins, ancien maire de La Rochelle, lequel, à la venue de Monsieur le Cardinal, s'en est courtoisement retiré pour vivre dans sa maison des champs [2].

— Et Monsieur le Cardinal n'a point à se plaindre, dis-je. Il a une belle vue sur la mer.

— Ah ! Monsieur le Comte ! Peu lui chaut ! Il n'a pas le temps d'y jeter ne serait-ce qu'un bref coup d'œil. Il est à sa tâche de l'aube à la nuit, si ce n'est même jusqu'à minuit.

1. Une bien belle maison (oc).

2. En fait, il était demeuré à La Rochelle, prétendant se faire élire maire. C'est seulement après son échec qu'il se retira dans sa maison des champs. (Note de l'auteur.)

Quand je pénétrai dans la maison de l'ancien maire, je vis Charpentier venir à moi, lequel continuait à me saluer dans toutes les formes protocolaires, malgré que je lui eusse dit de s'en dispenser pour la raison qu'il avait si vaillamment combattu à mes côtés dans la périlleuse embûche de Fleury en Bière [1].

— Monsieur le Comte, dit-il, cette fois, vous pouvez garder votre bague à votre doigt. Elle n'est pas nécessaire. Monsieur le Cardinal vous recevra dans quelques minutes.

— Comment va-t-il ? dis-je, *sotto voce.*

— Fort bien depuis qu'il est à la mer. Ses maux de tête l'accablent beaucoup moins que dans notre puante Paris. Au surplus, montant à cheval presque tous les jours, ne serait-ce que pour se rendre chez le roi, il ne laisse pas de prendre un peu d'exercice, ce qui lui fait beaucoup de bien.

— Et son humeur ?

— Fort bonne !

— Fort bonne ?

— Oui-da. Il y a céans des absences qui lui font le plus grand bien, dit Charpentier avec un sourire.

Comment eussé-je pu ne pas entendre de quelles absences il s'agissait : la reine-mère, la reine, le cercle des vertugadins diaboliques et Monsieur.

Monsieur qui, après l'arrivée de son frère, s'était senti quelque peu inutile à La Rochelle et s'en était retourné à Paris avec ses folâtres amis.

1. Allusion à la tentative d'assassinat que le comte d'Orbieu avait déjouée. Cf. *Le Lys et la Pourpre.*

Mais là, loin de gagner son appartement du Louvre — trop proche à son goût des yeux et des oreilles de sa mère —, il s'était installé en un hôtel parisien et y commettait mille folies. Le père Joseph qui l'espionnait à Paris écrivait au cardinal : « Le jeune escholier (c'était là le nom qu'ils étaient convenus de donner à Gaston) fait de mal en pis. Priez Dieu avec instance pour son amendement. »

Richelieu, à mon entrant, me jeta un coup d'œil amical et me fit de la main un signe qui, tout à la fois, m'accueillait et me priait d'attendre qu'il eût fini la lettre qu'il était occupé à dicter à un de ses secrétaires.

Tout en dictant, il marchait de long en large dans la pièce, la tête haute, les mains derrière le dos et sans un regard, en effet, pour les fenêtres qui donnaient de belles vues sur l'océan. Fogacer m'en ayant prévenu, je ne fus pas étonné de son attifure. Il portait un haut-de-chausses, de hautes bottes qui lui couvraient les genoux et un pourpoint noir dont le seul ornement était une croix pectorale en or. C'est seulement à cette croix et à la petite calotte pourpre qui couvrait l'arrière de sa tête qu'on pouvait deviner à qui on avait affaire.

Comme à son ordinaire, le cardinal, des pieds à la tête, reluisait de propreté immaculée : les contours de sa fine moustache et de sa courte barbe en pointe minutieusement rasés, le cheveu coiffé en arrière et retenu par sa calotte, et pas un poil ne passant l'autre, les mains blanches et manucurées et le grand col qui serrait son cou, d'une blancheur éclatante. Pas une tache ni le moindre grain de poussière, et pas l'ombre de boue non plus sur ses hautes bottes noires, lesquelles étaient cirées à la perfection et, à ce que je supposais, deux ou trois fois par jour, tant il était impossible au camp d'échapper à la boue, ne fût-ce qu'en descendant de cheval. Les ennemis du cardinal, qui cultivaient à son endroit une haine qui ne se peut imaginer (et jusqu'à le vouloir assassiner), raillaient ses habitudes de propreté comme étant trop du monde et incompatibles avec sa vocation d'Église. Mais, m'apensai-je, qu'eussent-ils dit, si le cardinal avait été crasseux ?

Je ne faillis pas d'apercevoir que Richelieu paraissait plus heureux dans ses bottes et son haut-de-chausses que dans la majestueuse soutane pourpre que son état commandait. La raison en était sans doute qu'il était fort entiché de sa noblesse, et n'avait choisi la robe ecclésiastique que par rencontre et raccroc, son frère à qui elle serait revenue l'ayant refusée, et son père voulant garder dans sa famille une fonction qui y était par la faveur des rois successifs, depuis François Ier, et donnait lustre et revenus à un cadet impécunieux.

Cependant, Richelieu, une fois évêque, s'était mis à son évêché avec tant de soin, de labour et d'amour qu'il était devenu un prêtre exemplaire, s'efforçant, par la parole et l'écrit, d'instruire des curés frustes et déréglés et de les mieux former à leur tâche paroissiale. En outre, il leur donnait un exemple que peu d'évêques donnaient : il était chaste.

Tandis que j'envisageais le cardinal marchant de long en large, la taille svelte et droite, le menton haut, les bottes frappant avec assurance le parquet, je me ramentus soudain, non sans m'en égayer quelque peu, que la parentèle dont ce grand seigneur était si fier avait néanmoins reçu une goutte de sang bourgeois. Je m'en égayais parce que je pouvais en dire autant de la mienne, mon arrière-grand-père paternel étant apothicaire. « Du diantre, disait mon père, si j'ai honte de cette goutte-là ! Bien le rebours, qui sait si sans elle j'aurais eu cet appétit de savoir qui fit de moi un bon médecin. Et comment oublier aussi que dans le Périgord les gentilshommes de mon âge, qui étaient mes amis, ne pensaient qu'à la chasse, aux dés, à l'escrime et au bal. En revanche, la plupart savaient à peine lire et encore moins écrire. D'aucuns même opinaient, pour s'en excuser, que "l'étude affaiblit le courage". »

— Monsieur d'Orbieu, dit le cardinal avec sa courtoisie coutumière, je vous remercie de votre patience. J'en ai fini, du moins pour le moment. Plaise à vous de me suivre !

Et je le suivis, en effet, dans un petit cabinet attenant à la salle où ses trois secrétaires usaient leurs plumes sur le papier. Oh ! Oh ! me dis-je, non sans me paonner quelque peu en mon for, l'affaire est de conséquence, puisque Richelieu ne m'en veut toucher mot qu'au bec à bec.

Ledit bec à bec me fut d'ailleurs confirmé par le fait qu'il n'y avait dans le cabinet que deux chaires à bras.

Une fois que nous y fûmes assis, le cardinal, fixant sur moi des yeux graves, me dit :

— Sa Majesté vous en a touché un mot. Une dangereuse querelle s'est élevée entre le duc d'Angoulême d'une part, et d'autre part Schomberg et Bassompierre. En voici la raison. Le duc exige la prééminence sur eux, *primo* parce qu'il fut le premier à commander céans, étant nommé lieutenant-général de l'armée de La Rochelle, *secundo* parce qu'il porte les armes depuis quarante ans, *tertio* parce qu'il est prince du sang et le dernier Valois vivant. Comte, que pensez-vous de ces arguments ?

— Qu'ils ne furent valables que jusqu'à l'advenue du roi. Que veut le roi, la loi le veut.

— Bien dit, Comte ! dit Richelieu. Toutefois, Schomberg et Bassompierre renâclent et le roi ne veut pas trancher. Ce serait, en effet, s'aliéner l'un ou l'autre des trois protagonistes. Or, il veut les garder tous les trois. Il désire donc un accommodement et il a pensé à vous pour le moyenner.

— Monseigneur, dis-je aussitôt, je le ferai puisque le roi l'ordonne, mais ce ne sera point tâche aisée. Et d'autant que, sur les trois illustres personnages dont vous avez parlé, deux ont dépassé la cinquantaine et le troisième va l'atteindre. Que suis-je à leurs yeux sinon un béjaune sans expérience et qui ne sait pas la guerre !

— Vous n'êtes pas sans la connaître, Comte, ayant été au feu à Sablanceaux et dans la citadelle de Saint-Martin. En outre, vous-même et votre père ne faillez pas avoir des liens avec les personnages que j'ai dits. Le marquis de Siorac a fort bien connu et conseillé le duc d'Angoulême alors qu'il n'était encore que le Grand Prieur. Schomberg, de son côté, vous sait le plus grand gré de l'avoir aidé à se relever de sa disgrâce. Et quant à Bassompierre, ami de longue date de

Monsieur votre père, il est fort proche de vous, ayant épousé en secret votre demi-sœur, la princesse de Conti.

— Hélas ! Monseigneur, ce rapprochement-là n'a fait que nous éloigner.

— Toutefois, c'est Bassompierre qui, à ma connaissance, vous a averti de l'embûche où vous alliez tomber à Fleury en Bière.

C'était vrai et d'où le cardinal le tenait, Dieu seul aurait pu le dire, car je n'en avais touché mot qu'à mon père et à lui seul.

— Mais, dis-je, Bassompierre eut l'air bien penaud de me sauver la vie. On eût dit qu'il regrettait d'avoir à trahir son camp.

— Il est donc à penser, dit Richelieu, que demeure en lui, malgré son épouse, un reste d'amitié pour vous.

— Je l'espère.

— Je l'espère aussi ! dit Richelieu en se levant, et je souhaite de tout cœur que vous succédiez en cette mission. Elle est de grande conséquence, car si cette zizanie s'aggrave entre les chefs de notre armée, nous ne pourrons jamais venir à bout de La Rochelle.

*

* *

De toutes les missions que j'avais reçues jusque-là, y compris mon truchement entre Toiras et Buckingham, celle-ci était sans aucun doute la plus délicate. Car, dans l'île de Ré, il ne s'était agi que d'empêcher Toiras d'en dire trop, et d'endormir Buckingham dans l'illusion d'une guerre en dentelles. L'affaire, meshui, étant donné le rang, la hauteur et les ambitions des trois protagonistes, me parut à première vue tant escalabreuse que je doutais fort de mener mon entreprise à bien.

Cependant, ce ne fut que l'humeur d'un moment, et comme je m'en remettais, qui me vint visiter, ayant fait tout le longuissime voyage de Paris à La Rochelle malgré son âge ? Mon père, le marquis de Siorac, et son immutable ami, le chevalier de La Surie. Ne sachant où je gîtais, La Surie, toujours bien avisé, chercha et trouva le gîte du nonce et là, comme il s'y attendait, il encontra Fogacer qui, comme le cardinal, mais à une moindre échelle, savait toujours tout sur tous, et le conduisit tout droit au château de Brézolles, où je ne lui avais pourtant jamais dit que je demeurais. Du diantre si je sais pourquoi ces soutanes sont toujours si bien renseignées ! À moins que nous devions y voir un mystérieux effet de la grâce divine...

Quant à Madame de Brézolles, dès qu'elle eut vu mon père, elle fut dans le ravissement de sa grande allure, de ses cheveux de neige, de ses manières courtoises, de sa juvénile vivacité d'esprit et de langage, et aussi de l'admiration qu'il ne laissa pas de lui témoigner, dès qu'il eut jeté l'œil sur elle.

Elle l'invita incontinent à loger en sa demeure, ainsi que La Surie, sans excepter — je la cite en dernier, bien qu'elle ne fût pas la moindre, Margot — notre petite voleuse de bûches ! Margot, dont mon père n'avait pas eu le courage de se séparer. Madame de Brézolles avait l'âme généreuse et entendant bien que la garcelette était, pour le marquis de Siorac, la consolation de son vieil âge, loin de sourciller à sa présence, elle en fut à la fois ébaudie et touchée, et bailla à Margot une chambrifime qui jouxtait la chambre qu'elle donna à mon père. La nuit venue, elle me dit au bec à bec :

— Mon ami, si vous pouvez m'assurer que dans cinquante ans d'ici vous ressemblerez à Monsieur votre père, que vous le vouliez ou non, je vous prends tout de gob pour époux...

Je fus si heureux de l'advenue du marquis de Siorac qu'au rebours de mon us, je faillis à m'ensommeiller après les tumultes dont les courtines de Madame de Brézolles étaient les nocturnes témoins. L'œil grand ouvert dans le clair-obscur rose du baldaquin, éclairé à travers le tissu des rideaux par les bougies parfumées que l'on laissait brûler jusqu'à consomption, je tombai dans un long pensement de la grande amour que mon père nourrissait pour moi (et moi pour lui) et je lui sus un gré infini de s'être mis, à son âge, à toutes les incommodités de ce long voyage pour me venir aider et conseiller, comme il l'avait fait si heureusement déjà, lors de l'embûche déjouée de Fleury en Bière.

Il m'avait été alors d'un très grand secours et soutien, et l'idée me vint tout soudain qu'il pourrait l'être derechef en mon présent prédicament, du fait qu'il connaissait mieux que moi deux des trois protagonistes de cette grande zizanie : le duc d'Angoulême, pour l'avoir protégé et consolé lors de l'assassinat d'Henri III ; et Bassompierre, qu'il tenait pour un de ses plus intimes amis, encore que depuis son mariage avec ma demi-sœur, et sachant ce qu'il savait, il ne laissât pas de le voir moins souvent.

CHAPITRE III

Le lendemain de l'advenue de mon père, nous déjeunâmes tous quatre à potron-minet, mais hélas ! sans Madame de Brézolles qui nous fit dire, par Monsieur de Vignevieille, qu'elle était encore « trop dolente d'une nuit désommeillée pour se joindre à nous », la vérité étant sans doute qu'elle ne voulait paraître devant quatre gentilshommes que dans tous ses joyaux et affiquets, la face pimplochée à ravir, et le cheveu testonné et perlé.

Cependant, la nuit « désommeillée » ne fut pas perdue pour tout le monde. Mon père me jeta un œil vif, ouvrit la bouche et la cousut aussitôt, tandis que l'ombre d'un souris se dessinait à la commissure des lèvres de Miroul [1], mais n'alla pas plus loin, un regard de mon père l'ayant arrêté.

Quant à Nicolas, il se tint comme toujours clos et coi, l'image même de la sainte ignorance. J'observai avec contentement que mon père, malgré le long voyage de Paris à La Rochelle,

1. Surnom du chevalier de La Surie.

paraissait vif et dispos et mangeait à dents aiguës les tranches de pain que Margot, assise à son côté sur une escabelle, lui tartinait tendrement de beurre frais. J'observais aussi que les années s'étaient effeuillées sur Margot sans la toucher le moindre. Son frais minois était toujours aussi beau que ce jour d'hiver où, dans son dénuement, elle avait tâché de nous rober une bûche, larcin béni des dieux, puisque ses cheveux d'or demeurèrent dans notre maison pour illuminer la vie de mon père.

Par ce même temps pluvieux et tracasseux que la veille, nous trottâmes de concert dans la boue jusqu'au bourg d'Aytré pour présenter mon père au roi, lequel l'accueillit fort bien ainsi que La Surie.

Cependant, Sa Majesté fut brève, étant assaillie par les officiers du camp. Fogacer se trouvait au-delà des balustres et dès que nous eûmes tiré quelques pas en arrière pour les franchir, mon père et lui s'embrassèrent à l'étouffade, ayant étudié de concert, en leurs vertes années, à l'École de médecine de Montpellier.

Notre chanoine sachant tout, il nous apprit que Toiras était toujours maître de camp de Bassompierre mais, depuis la veille, à Chef de Baie et non plus à Coureille où, d'ores en avant, commandaient le duc d'Angoulême et Schomberg.

Il nous fallut donc, après avoir quis du tonitruant Du Hallier des laissez-passer pour mon père et La Surie, refaire l'interminable chemin d'Aytré à Coureille pour visiter Monsieur de Schomberg, lequel nous trouvâmes dans la commode petite maison que Toiras venait à peine de quitter.

J'avais choisi Monsieur de Schomberg comme l'objet de ma première négociation pour ce que je savais qu'il gardait, et garderait jusqu'à la fin des temps, en sa remembrance, le service que je lui avais rendu au moment où il avait, sur un méchant rapport, encouru l'ire et la disgrâce de Louis. Il n'ignorait pas qu'en intervenant auprès de Sa Majesté pour qu'Elle redressât cette injustice, je courais moi-même le risque d'être « tronçonné », tant Louis était jaloux de son pouvoir et ne souffrait pas d'être contredit, une fois qu'il avait tranché.

Belle lectrice, j'aimerais que votre cœur s'intéresse à Schomberg, ne serait-ce que pour la raison qu'on le tenait, *urbi et orbi,* pour le parangon de la fidélité conjugale : vertu que tous admirent et que bien peu pratiquent, en particulier à la Cour.

Il y avait vingt-neuf ans que Monsieur de Schomberg avait marié la belle Françoise d'Épiant et il l'aimait comme au premier jour. Il était meshui âgé de cinquante-deux ans, mais on eût été fort malvenu de le traiter de barbon. Il était grand, l'épaule large, l'œil bleu, la face carrée et pas l'ombre d'une bedondaine. Assurément, il n'avait pas les traits aussi délicatement ciselés que My Lord Duke of Buckingham. Mais il était plus mâle et il ne faillait pas à la Cour de pimpésouées qui eussent aimé se frotter à sa rude écorce. Mais Schomberg ne voyait ni ne sentait ces pattes de velours et ces regards en dessous. Il aimait sa femme et craignait Dieu.

Il était, en effet, dévot, mais dévot non politique, sans le moindre penchant pour ces ultramontains qui tiennent que le pape, outre ses pouvoirs spirituels, est aussi le prince des rois et des empereurs et détient le droit de commander leurs alliances : opinion à laquelle Louis opposait une hostilité telle et si vive qu'il accusa un jour ses évêques de n'être pas « de véritables Français ».

Français par le sol sinon par le sang, Schomberg était issu de bonne noblesse saxonne. Quand son père, colonel des reîtres allemands, devint français par la grâce de Charles IX, il n'eut pas le moindre mal à changer son *von* en *de*. Son fils, à qui ce « de » paraissait naturel, puisqu'il l'avait toujours porté, se sentait lui tout à plein français, tout en ayant hérité de son père de solides vertus allemandes, dont la méticulosité et la fidélité n'étaient pas les moindres. À sa mort, il hérita aussi de ses charges : le gouvernement de la Marche et le maréchalat de camp des troupes allemandes en France. On disait à la Cour que le roi n'aurait jamais pensé à prendre comme valet de chambre un autre homme qu'un Berlinghen, ni à se passer d'un Schomberg dans ses armées. Dès que Louis l'eut détronçonné, Schomberg, tout au bonheur de son retour en grâce, ne garda jamais la moindre mauvaise dent à son souverain. Bien le rebours. Le roi lui avait rendu justice : il ne l'en aima que davantage et ne l'en servit que mieux. Et Louis, reconnaissant au cours des ans sa vaillance, son expérience, sa rigueur et sa fidélité, le nomma en 1625 maréchal de France. Ce fut un grand jour pour Schomberg quand le roi, en accueillant le nouveau maréchal au Louvre, observa strictement le protocole et l'appela « mon cousin ».

Dès que nous nous fîmes connaître par son exempt, Schomberg, après les brassées que l'on devine, nous accueillit à sa table, nous invitant tous, y compris Nicolas, étant lié avec son frère aîné, lequel était, si l'on s'en ramentoit, capitaine aux mousquetaires du roi. C'était la première fois que Schomberg voyait mon père, lequel fit naître en lui un vif émerveillement et point seulement pour la raison que le marquis de Siorac avait vingt ans de plus que lui, mais parce que, ne mettant jamais le pied à la Cour, il était devenu une sorte de légende, ses missions périlleuses sous Henri III et Henri IV étant connues de tous, et plus encore cette fameuse botte de Jarnac qu'à la mort de Giacomi, il avait été le seul à posséder en France jusqu'au moment où il avait pris soin de m'en instruire à mon tour, craignant que les bretteurs de la Cour ne voulussent ajouter à leur gloire en me tuant : grandissime service qu'il m'avait rendu là, ces duellistes ne faisant pas plus de cas de la vie d'un homme que de celle d'un poulet, mais redoutant, quoi qu'ils en eussent, cette fameuse botte qui ne vous tue pas, mais fait pis : en vous coupant le jarret, elle vous estropie à vie. Et comment diantre conter fleurette à nos belles de Cour sur une seule jambe ? Ou pis encore, une béquille sous le bras ?

— Monsieur le Maréchal, dis-je entre la poire et le fromage, quelque joie que j'éprouve à vous revoir, je viens à vous chargé de mission par le roi que le différend entre vous et le duc d'Angoulême inquiète excessivement, tant est qu'il voudrait que nous trouvions de concert un moyen de l'apazimer. Voulez-vous que nous en parlions au bec à bec ou en compagnie de ces messieurs ?

— Le bec à bec n'est pas nécessaire. Mon opinion est connue, dit Schomberg roidement. Personne au camp ne l'ignore. La raison pour laquelle Louis a nommé le duc d'Angoulême lieutenant général des armées de La Rochelle, c'était, comme vous savez, qu'il était atteint alors d'une grave intempérie, au moment même où il se rendait lui-même sous les murs de la ville pour en faire le siège. Il a cherché alors un prince de sang royal pour le remplacer, afin de faire connaître au monde l'importance qu'il attachait à cette campagne. Or, soucieux de ramener un jour les huguenots à son trône, il noulut choisir le prince de Condé, car le prince est connu pour être un ennemi encharné des protestants, lesquels, de leur côté, ne lui pardonneront jamais l'odieux massacre de Nègrepelisse. Sa Majesté employa donc le prince de Condé à poursuivre le duc de Rohan qui s'attachait à soulever le Languedoc protestant pour aider La Rochelle. Cette opération était sans danger aucun pour personne : Condé étant si lent et le duc de Rohan si vif, le premier ne pourrait jamais rattraper le second.

— Néanmoins, il le fera courir, dis-je en souriant, et ce sera une bonne diversion.

— Je vous le concède, Monsieur de Siorac, dit Schomberg d'un ton plus doux. Mais revenons-en à Angoulême. À mon sentiment, dès lors que Sa Majesté est advenue au camp, c'est Elle et personne d'autre qui se peut dire lieutenant général des armées et Angoulême n'a plus à exiger la prééminence sur moi. Étant maréchal de

France, je ne peux commander en second, sinon sous le roi.

— Toutefois, dis-je, le duc est un prince du sang.

— Mais non successible, puisqu'il est bâtard. En outre, étant maréchal, je suis hors pair avec la noblesse de France.

À cela, qui était l'évidence, je n'avais rien à dire et je me demandais comment j'allais relancer l'entretien, tant il me paraissait clos, quand mon père, après m'avoir consulté de l'œil, prit la parole.

— Monsieur le Maréchal, dit-il, me permettez-vous d'intervenir dans cette discussion ?

— Monsieur de Siorac, dit Schomberg en s'inclinant avec une considération des plus marquées, j'orrai volontiers votre avis, quel qu'il soit. Je ne suis pas sans connaître, en effet, votre expérience et votre sagesse.

— Vous allez l'aimer, Monsieur le Maréchal : je vous donne raison d'un bout à l'autre. Cependant...

— Cependant ? dit Schomberg avec un sourire.

— Le roi ne peut se passer ni de vous, ni de Monsieur de Bassompierre, ni du duc d'Angoulême. Il vous veut tous les trois. Et, de force forcée, vous ne pouvez que vous ne tâchiez de le satisfaire d'une manière ou d'une autre.

— Oui, mais comment s'y prendre ? dit Schomberg, son mâle visage exprimant tout à la fois la fidélité au devoir et sa perplexité quant au moyen qui lui permettrait de l'accomplir.

Je jugeai le moment venu de reprendre à mon père les dés et je dis :

— Monsieur le Maréchal, il n'y a guère le choix. Il faut que nous trouvions un compromis.

— Un compromis ! s'écria Schomberg en levant ses bras au ciel. Voilà qui me ragoûte peu ! Chaque fois que dans ma vie j'ai accepté un arrangement, en fait de compromis, il n'y eut que mes intérêts qui le furent...

Je n'eusse pas cru Schomberg capable d'improviser un pareil *gioco di parole* [1] car il n'était pas connu à la Cour pour un homme d'esprit. En quoi la commune opinion se trompait fort : parce qu'il était si grand, si large, si roide et si consciencieux, on le croyait un peu sot. Et quand on ramentevait à nos bons caquets de Cour les circonstances où le maréchal avait montré de la finesse, ils répliquaient : « Nenni ! Nenni ! Fin, il ne l'est pas ! Nous dirons qu'il est finaud ! » Ce qui était une autre façon de le rabaisser.

— Ah, Monsieur le Maréchal, dis-je avec un sourire, tout n'est pas compromis par le compromis ! Puis-je vous donner un exemple ? Imaginons, si vous le permettez, que le roi établisse une parfaite égalité entre le duc et vous et déclare : chacun commandera l'armée de Coureille à tour de rôle.

— C'est à y réfléchir, dit Schomberg. Cependant, même dans cette hypothèse, le duc sera toujours le lieutenant général des armées.

— Certes ! Il serait, en effet, messéant de lui retirer ce titre, mais ce titre ne sera plus qu'une coquille vide puisque le roi est meshui présent, et devient, de ce fait, le commandant suprême.

1. Jeu de mots (ital.).

— Et comment, dans cette hypothèse que vous suggérez, dit Schomberg d'un air circonspect, arrangerait-on le tour de rôle ?

— Un jour, lui. Un jour, vous.

— Oh oh ! dit Schomberg. Voilà qui est peu orthodoxe au regard de la stratégie.

— Je vous donne tout à plein raison, Monsieur le Maréchal, dit mon père qui vola à point nommé à mon secours. Rien ne serait, en effet, plus désastreux que d'avoir en alternance deux commandants dans une guerre de mouvement, l'un tirant à hue et l'autre tirant à dia. Mais dans un siège où, par définition, on ne change pas le dispositif, puisqu'on se bat aux mêmes emplacements, l'alternance ne peut guère introduire de changement qui soit néfaste à la conduite de la guerre.

J'eusse dû me douter que lorsque mon père avait dit (pour la deuxième fois) au maréchal : « Je vous donne raison », c'était pour lui prouver subrepticement et sans l'offenser que, dans le cas présent, il avait tort.

Et en effet, une fois de plus, la douce et subtile adresse de mon père succéda à persuader Schomberg et il dit :

— Ma fé ! Cela ne laisse pas d'être vrai.

Puis tout soudain, il se tourna vers moi d'un air suspicionneux et me dit :

— Comte, avez-vous déjà proposé cet arrangement au duc d'Angoulême ?

— Nullement, dis-je. Vous en avez bien évidemment la primeur. Si vous l'acceptez, j'en parlerai au roi, et si le roi l'accepte, je transmettrai ses ordres à Monsieur le duc d'Angoulême.

*
* *

L'accord du roi à notre arrangement me fut donné à l'oreille dans le chaud du moment et sans même qu'il en référât à Richelieu, Sa Majesté se faisant quand et quand de petits plaisirs en lui cachant des décisions mineures, sans jamais toutefois lui dissimuler les affaires de grande importance. Cette cachotterie-ci me mettait en position délicate à l'endroit du cardinal, puisque c'était lui qui m'avait détaillé ma mission. Et le jour même, j'en glissai un mot à l'oreille de Charpentier qui en informa au bec à bec Richelieu, lequel fit mine de tout ignorer, quand le roi lui en toucha mot, un jour plus tard.

Ces petites malices ne laissaient pas de m'ébaudir, car elles me faisaient penser à ces vieux couples qui, malgré qu'ils soient soudés l'un à l'autre par une inébranlable fidélité, ne laissent pas qui-ci qui-là de se divertir en se cachant l'un à l'autre des petits secrets de nulle conséquence.

Le roi me donnant mon congé, il fallait maintenant informer le duc d'Angoulême, non certes des « ordres », mais de la prière dont nous étions porteurs.

Peut-être dois-je ici ramentevoir, ma belle lectrice, que le duc, âgé d'un an à la mort de son père Charles IX, avait été élevé avec beaucoup de soin et d'amour par son oncle Henri III, et lui rendait au centuple son affection, tant est que lorsque Henri fut frappé mortellement au ventre par le couteau de frère Clément, le Grand Prieur, comme on appelait alors Angoulême, pâtit d'une immense peine et le roi expirant, le béjaune, qui avait à peine seize ans, chut de tout son long sur le sol, inanimé. Mon père, aidé de Bellegarde, le porta sur sa couchette, et eut beaucoup de mal à le tirer de sa pâmoison. Mais quand, enfin, le jouvenceau revint à la vie, il retrouva son tourment et sa désespérance, disant qu'il perdait là non seulement le meilleur des pères, mais aussi le seul protecteur qu'il eût à la Cour et que d'ores en avant il ne saurait plus que faire de sa vie. Mon père lui prodigua alors ses soins et ses consolations, et lui faisant un grand éloge du roi de Navarre — qu'Henri III expirant avait reconnu comme son successeur — il lui conseilla de s'attacher à lui, alors même que tant de Grands, et d'Épernon à leur tête, infidèles au serment solennel qu'ils venaient à peine de prêter au souverain mourant, abandonnaient sans vergogne le roi de Navarre, emmenant avec eux leurs troupes et ne lui laissant plus qu'un squelette d'armée.

Le Grand Prieur suivit le conseil de mon père, fit acte d'allégeance à Henri IV, fut par lui bien traité, et à ses côtés combattit. Le reste de l'histoire fut infiniment moins heureux, puisque douze mortelles années en Bastille s'écoulèrent avant que le comte d'Auvergne — comme l'avait nommé Henri IV — pût se retrouver en selle et derechef galoper, l'épée aux côtés, le visage fouetté par le vent.

Quand nous fûmes introduits dans la demeure du duc d'Angoulême, nous ne le pûmes voir de prime que d'assez loin, debout, entouré de ses officiers, et conversant avec eux, mais pas du tout sur le ton d'un homme qui donne des ordres, tout au plus des conseils amicaux prononcés sur un ton aimable.

Le duc était de taille moyenne, mais très bien pris et sa face, la Dieu merci, ne ressemblait en rien à celle de son père Charles IX, dont l'expression, d'après le marquis de Siorac, était dure et butée, mais par bonheur, à celle de sa mère, la douce et touchante Marie Touchet qu'il suffisait de voir pour chérir, tant elle semblait avoir aspiré, avec la première goutte du lait maternel, un sentiment de tendresse pour tout le genre humain.

Cependant, chez Angoulême, cette expression de bonté n'ôtait rien à la fermeté de ses traits. Bien le rebours, elle y ajoutait. Car en même temps qu'il était avec tout un chacun si aimable, il y avait en ses yeux un certain air de hauteur qui montrait assez qu'il savait son rang et qu'il n'était pas homme à se laisser morguer.

Par-dessus tout, ce qui me frappa en lui, et je ne fus certes pas le seul, ce fut cet air de jeunesse qui rayonnait de ce prince qui avait déjà passé cinquante ans. « C'est à croire, dit La Surie sur le chemin de retour, que ses années de Bastille l'ont conservé !... Ma fé ! À part un peu de blanc à ses tempes et quelques rides autour des yeux, qui pourrait deviner son âge ? À telle enseigne qu'à le voir, on se demande à qui on a affaire : à un jeune barbon ou à un vieux jeune homme ? »

Angoulême avait bien connu le marquis de Siorac à Saint-Cloud, tout au long des campagnes d'Henri IV et aussi en Paris avant son embastillement. Mais quand il émergea enfin de sa geôle, mon père s'était depuis longtemps éloigné de la Cour et vivait très retiré, soit en son hôtel de la rue du Champ Fleuri, soit en son domaine du Chêne Rogneux, en Montfort l'Amaury. Tant est qu'à le voir, après tant d'années, Angoulême poussa un cri de joie, et sans un mot, le prit dans ses bras, lui mouillant la joue de ses larmes. Cette scène figea d'étonnement la dizaine de gentilshommes qui se trouvaient là, et d'autant que nul d'entre eux, vu leur âge et l'âge de mon père, n'avait pu le connaître.

— Ah Siorac ! dit enfin Angoulême, que de souvenirs heureux et malheureux vous me ramentevez ! Et quelle gratitude je vous ai gardée pour tout ce que vous avez fait pour moi à Saint-Cloud.

Évoquer Saint-Cloud, c'était, par malheur, évoquer l'assassinat d'Henri III par Clément le mal nommé, ce qui, à son tour, plongea mon père dans un émeuvement tel et si grand qu'il eut les larmes au bord des yeux. Car s'il avait estimé, admiré et servi Henri IV, les sentiments qu'il avait éprouvés à l'endroit de son prédécesseur avaient été infiniment plus vifs, comme je m'en étais aperçu en lisant dans ses Mémoires le portrait affectueux et admiratif de ce bon roi que la légende a si injurieusement desservi.

Cependant, Angoulême dut éprouver quelque vergogne de s'être laissé aller aux pleurs devant ses officiers, car en quelques mots brefs, mais toujours prononcés sur un ton aimable, il les incita à se retirer, et se tournant vers moi qui le saluais profondément, il dit :

— Et voilà, à n'en pas douter, le comte d'Orbieu ! Portrait frappant de son père, mais qu'on voit si peu à la Cour, car il est toujours à courir les grands chemins au service du roi pour défaire les cabales ou refaire les amitiés. Eh bien, Comte, ajouta-t-il, après avoir adressé un signe de tête et un sourire au chevalier de La Surie (lequel en rougit de plaisir), qu'avez-vous affaire à moi et quel message m'apportez-vous, et de qui ?

— Mais du roi, Monseigneur, et ce message est une prière.

— Oh ! Une prière ! s'écria Angoulême, qui ne faillait pas en finesse. Ma fé ! ajouta-t-il avec un sourire, une chose est claire : du fait qu'on ne peut répondre « non » à la prière du roi, cette « prière » ressemble fort à un ordre...

— Toutefois, dis-je, un ordre donné par le roi à un prince du sang est susceptible d'être aménagé.

— Et vous êtes céans, Comte, pour procéder à cet aménagement ?

— Seulement avec votre agrément, Monseigneur, dis-je avec un salut.

— Eh bien, voyons ce qu'il en est, dit Angoulême avec bonhomie. Tirez droit de l'épaule, Comte. Vous trouverez en moi un interlocuteur des plus accommodants, vu que l'essentiel me semble préservé.

Je lui dis alors ce qu'il en était du commandement alterné de Schomberg et de lui, sans préciser toutefois que j'avais eu l'idée de ce partage de pouvoir et que le roi n'avait fait que l'entériner.

À quoi, après être demeuré clos et coi quelques instants, Angoulême releva la tête et me dit :

— Pourquoi pas ? S'agissant d'un siège, la chose est possible sans grand inconvénient. Et Schomberg n'est pas un homme difficile à vivre. C'est un bon soldat, et ses manières, bien que frustes, ne sont pas messéantes. Toutefois, l'essentiel reste à déterminer.

— Et quel est l'essentiel, Monseigneur ?

— Garderai-je mon titre de lieutenant général des armées ?

— Le roi ne l'a pas précisé, mais cela va sans dire.

— Il me semble pourtant que cela irait mieux encore, si Sa Majesté me faisait la grâce de me le dire.

— Je prierai donc Sa Majesté de se prononcer là-dessus.

— S'il le fait dans le sens que j'espère, j'aimerais garder les émoluments qui sont attachés à ce titre.

— Cette demande, Monseigneur, me semble tout aussi équitable. Elle fera partie des précisions que je réclamerai au roi.

Je me fis en mon for cette réflexion que, pour « un interlocuteur des plus accommodants », le duc savait très bien ce qu'il voulait et avait l'œil sur ses intérêts. Il est vrai que, gâté en ses vertes années par les excessives libéralités d'Henri III, il était devenu le plus grand dépenseur de la création. Tant est que la pécune lui faillait toujours. Mon père m'a raconté qu'à Saint-Cloud, la veille de l'assassinat de son oncle, le Grand Prieur avait donné à souper à pas moins de quarante gentilshommes. Là-dessus, passant avec Biron devant la salle où se donnait le festin, Henri III avait remarqué, mais sans se fâcher le moindre : « Voyez, Monsieur le Maréchal ! Voilà le Grand Prieur qui mange mon bien. »

Angoulême, qui était sur son partement pour passer en revue — avec Monsieur de Schomberg

— les troupes de Coureille, ne voulut pas toutefois nous quitter sans nous régaler d'un flacon de son vin de Bourgogne.

Il en but lui-même coup sur coup deux gobelets, ce qui, loin de lui réjouir le cœur, comme le veut le proverbe latin, le porta bien au rebours à la mélancolie. Comme mon père lui disait qu'il n'était point pour demeurer longtemps à La Rochelle, car il comptait sous peu départir pour Nantes pour y visiter deux autres de ses fils, Pierre et Olivier, lesquels y étaient armateurs et capitaines de vaisseaux de charge, il lui dit :

— Ah ! Mon cher Siorac ! Comme j'aimerais être à votre place ! Vous ne sauriez croire comme je suis las de ce siège ! D'autant que j'y fus bien avant tout le monde et y suis, en fait, le plus ancien demeurant. Je ne compte pour rien les pluies, les orages et les vents glacés en cette côte inhospitalière. Mais Vramy ! Je ne me ramentois point avoir jamais vécu une vie aussi ennuyante !

À cela mon père, voyant qu'un demi-sourire plissait la lèvre de La Surie, lui voulut ôter de la bouche quelque petite impertinence, et dit à la franquette :

— Eh, quoi, Monseigneur ! Ennuyante ! Mais la Bastille !...

— Oh ! mais la Bastille était une sorte de paradis comparée à ceci ! J'y avais une cellule vaste assez et meublée de mes meubles, avec un lit à baldaquin, une cheminée, un valet pour approprier le tout et un cuisinier pour me nourrir. Et bien que ma fenêtre fût barreautée, je pouvais, en passant la tête entre les barreaux, voir cette grande et belle Paris en son entièreté, de la porte de Saint-Jacques à la porte Saint-Martin, et au milieu, la Seine, avec ses îles, Notre-Dame de Paris sur la plus grande, et plus loin, à ma dextre, les tours du Louvre, et à ma senestre, sur l'autre bord, la haute tour de l'hôtel de Nesle, et encore, à mes pieds, en me penchant quelque peu, je pouvais voir le petit peuple parisien courant de tous côtés, grouillant comme d'affairées fourmis.

— Cependant, dis-je, vous deviez faillir en occupations.

— Mais point du tout ! J'avais des livres et je lisais. Je jouais aux dés et aux cartes avec l'exempt et ses gardes ! Je faisais des armes avec le maître ès armes du gouverneur, lequel m'invitait souvent à sa table et me régalait en même temps de ses musiciens, je me promenais sur les remparts, et enfin — je devrais dire surtout — je recevais des visites.

— Les visites étaient donc permises ? dis-je béant.

— Oui, mais seulement dans ma cellule et seulement celles du *gentil sesso*. On craignait qu'il se trouvât des gentilshommes pour m'inciter à cabaler derechef.

— C'était bien pourtant une femme, dit mon père, qui vous avait induit à comploter.

— Mais celle-là, dis-je, elle n'était plus dangereuse, étant derechef dans la couche du roi.

— Et vous aviez beaucoup de visiteuses ?

— J'aurais pu en avoir une par jour, pour peu que je l'eusse voulu : le *gentil sesso* est si compatissant ! Je vous vois sourire, mon ami ! Nenni ! Nenni ! Détrompez-vous ! La plupart de ces visiteuses étaient innocentes et charitables. Elles m'apportaient des dragées, des massepains, du miel et même me cuidant redevenu un peu enfant, des totons [1] et des bilboquets. Seules, quelques-unes dépassaient avec moi, comme dit si joliment saint Augustin, « le seuil lumineux de l'amitié ». Et moi qui ai tiré tant de bonheur de leur tendresse, dois-je leur jeter la pierre ? Tout le rebours. Si au lieu d'avoir été leur amant j'étais meshui leur confesseur, il me semble que j'aurais pour elles les plus grandes indulgences. Quoi de plus romanesque qu'une cellule en haut de ce nid d'aigle, ces murs épais d'une demi-toise [2], ces fenêtres barreautées, cette lourde porte de chêne, aspée de fer et fermée par d'énormes serrures, et ce judas si courtoisement fermé tout le temps que durait la visite ? Et comment une visiteuse ne se serait-elle pas sentie émerveillablement en sûreté en ce lieu clos, inaccessible et inviolable, à l'abri du regard d'un mari rechigné ou des caquets perfides de la Cour ?

— Pourtant, dit mon père, il fallait bien que les belles sortissent à la parfin de la Bastille. N'était-ce pas alors pour elles un moment périlleux ?

— Nenni, nenni. Elles partaient comme elles étaient venues. Anonymement. Un masque et une carrosse [3] de louage faisaient l'affaire.

Et comme le duc d'Angoulême se taisait, perdu dans un songe heureux, mon père dit avec un sourire :

1. Toupies.
2. Un mètre.
3. *Carrosse* vient de l'italien *carrozza* et était du féminin jusqu'à la moitié du XVIIe siècle.

— Monseigneur, à vous ouïr, on dirait que ce n'est pas sans plaisir que vous vous ramentevez vos années de Bastille.

— C'est sans doute l'effet du temps, dit Angoulême avec un soupir. Longues, ces années quand je les ai vécues. Courtes, quand je pense à elles, en n'en retenant que le meilleur : les lectures, les leçons d'escrime, la gentillesse de l'exempt, la courtoisie du gouverneur et la compassion des visiteuses. Mais le secret de l'alchimie de ma remembrance, je vais vous le dire : j'étais jeune alors ! J'avais trente ans.

Là-dessus, le duc se reprit comme s'il se réveillait d'un rêve, jeta un œil à la montre horloge qu'il tira de la manche de son pourpoint et se leva d'un bond.

— Ah ! Mes amis ! Pardonnez-moi ! Il faut que je vous quitte sans tant languir. Les troupes m'attendent ! Il faut que je les passe en revue. Il ne manquerait plus que Monsieur de Schomberg m'accusât en son for d'inexactitude ! Adieu, mes amis ! S'il plaît à vous, j'aimerais vous avoir sous peu à ma table !

Je le suivis de l'œil, comme il quittait la pièce, l'allure aussi vive, aisée et désinvolte que celle d'un jeune homme.

Comme on s'en retournait à Aytré pour trouver le roi, suivant ce long chemin boueux, encombreux et bruyant qui traversait l'incroyable grouillement du camp, La Surie poussa son cheval au botte à botte du mien et me dit à l'oreille :

— Monsieur le Comte, à peu que je ne souhaite être un jour serré moi-même en Bastille...

— Chevalier, dis-je en riant, on n'enferme en

Bastille que ce qu'il y a de plus précieux : l'or du royaume et les grands personnages. Moi-même je ne saurais y être admis. Et Miroul, pour ta part, ne le regrette pas trop ! Le Vert Galant tolérait les visiteuses, mais il ne faudrait pas se flatter de l'espoir que Louis XIII et Richelieu fassent jamais de même : les plus grands hommes sont sans faiblesse pour les faiblesses qui ne les tentent pas.

*

* *

Louis ne fit aucune difficulté pour assurer à Angoulême, par courrier royal, qu'il garderait son titre de lieutenant général des armées, ainsi que les émoluments qui y étaient attachés. Du côté de Coureille, au sud de la baie, tout allait donc pour le mieux. Mais tout restait à faire au nord, à Chef de Baie, où Bassompierre commandait, et Bassompierre était fait d'un tout autre métal que le duc. Il était déjà dix heures de la matinée quand nous quittâmes le roi, et Madame de Brézolles nous ayant invités, par le truchement de Monsieur de Vignevieille, à partager avec elle la repue de midi, appelée improprement ainsi puisque la coutume veut qu'on la prenne entre onze heures et onze heures et demie, nous remîmes à l'après-dînée notre escabreuse visite à Bassompierre et nous reprîmes le chemin de Saint-Jean-des-Sables.

Madame de Brézolles, qui avait fait toilette, comme chaque jour, avec la dernière minutie, apparut à notre table, superbement parée et, me semble-t-il, infiniment confortée par le flot d'admiration qui, de nous, montait vers elle et qui était tel, si grand et si puissant qu'il eût fait le bonheur d'au moins une douzaine de nos belles de Cour. Ce flot grandit encore quand elle parla, et comme toujours, avec beaucoup de charme, d'esprit et cette exquise gentillesse qui lui ouvrait tous les cœurs. Je crains bien que le mien, lui, était non seulement grand ouvert, mais gagné et acquis plus que ne l'aurait voulu ma prudence.

Observant que le marquis de Siorac avait l'air quelque peu lassé de notre chevauchée matinale, je suggérai que, devant nous remettre en selle dans l'après-dînée, il serait opportun que nous fassions une sieste d'une heure avant de reprendre la route. Cette proposition fut promptement adoptée par mon père, lequel, comme je l'avais senti, éprouvait le besoin de se rebiscouler et, par voie de conséquence, par Nicolas et La Surie, lequel, cependant, ne put se retenir de me faire un petit souris connivent. Mais cet *innuendo* [1] muet perdit aussitôt toute pertinence, Madame de Brézolles disant que, ses hôtes reposant, elle allait, quant à elle, faire atteler sa carrosse et rendre visite à une amie.

Chacun se retira alors dans sa chacunière, et les courtines de mon baldaquin me protégeant de la lumière, je m'égayai tendrement au souvenir de Jeannette qui, lorsqu'elle partageait à midi ma couche, me demandait toujours si ma sieste allait être « bougeante ou paressante ».

Elle fut paressante, mais plus rêveuse encore, car ma mission auprès de Bassompierre me tracassait fort, tant je craignais qu'elle échouât.

J'avais douze ans quand j'ouïs pour la pre-

1. Insinuation (ital.).

mière fois parler de Bassompierre, non par mon père, mais par une soubrette qui avait servi chez lui avant d'entrer à mon service. Le lecteur ne peut qu'il ne se ramentoive qu'elle s'appelait Toinon et qu'en mon adolescence, je vécus avec elle en un vert paradis, dont le pensement me point le cœur, quand son joli et franc visage apparaît dans mes songes.

Or, comme je demandai un jour à Toinon si elle ne regrettait pas l'hôtel de Bassompierre, elle m'assura vivement que non, car dans ledit hôtel où tout était jeux et ris, on dormait si peu qu'elle se sentait souvent excessivement lasse, étant quant à elle aussi dormeuse que marmotte.

— Cependant, ajouta-t-elle, Monsieur de Bassompierre et ses amis (au nombre desquels elle cita — ô rencontre ! — le comte d'Auvergne [1] !) sont fort aimables, et en outre, si beaux et si bien faits, qu'il n'est pas possible de plus...

Je répétai à mon père ce propos et il rit à gueule bec de ce « de plus » qui lui paraissait peu grammatical et voulant aussitôt corriger l'impression que Toinon avait pu me donner de Bassompierre, il reprit :

— Monsieur mon fils, gardez-vous de vous fier aux apparences. Bassompierre est, en effet, un grand galant devant l'Éternel ou, devrais-je dire plutôt, devant le diable, mais il est aussi le gentilhomme le plus instruit de la Cour. Il entend le grec et le latin. Il parle quatre langues étrangères. Sa bibliothèque est l'une des plus riches de France. Et soyez bien assuré que les livres ne sont pas là que pour la montre. Il les a

1. Le futur duc d'Angoulême.

lus. Bref, il a des lumières sur tout et l'esprit si vif, si prompt et si délié qu'il pourrait, avec un peu d'étude, briller dans tous les domaines où le roi le pourrait employer.

— Toinon m'a dit qu'il était allemand.

— Il ne l'est qu'à demi, sa mère est française et fort bien apparentée, puisqu'elle est la nièce du maréchal de Brissac. Son père, originaire en effet de Lorraine, s'appelait Betstein. À sa mort, Bassompierre fut présenté par sa mère à Henri IV, obtint de lui sa naturalisation et traduisant son nom en français, de « Betstein » il fit « Bassompierre ».

Mon père ne s'était pas trompé sur l'avenir brillant qui attendait Bassompierre et nous pûmes, au cours des années qui suivirent, assister à son émerveillable ascension. Parfait courtisan, et se voulant toujours, selon ses propres paroles, « le paroissier de qui est le curé », il servit avec la même souplesse et la même fidélité nos successifs souverains : Henri IV, Marie de Médicis et Louis. Et il les servit fort bien. Chef d'armée toujours heureux en ses campagnes, il mena aussi à bonne fin des missions diplomatiques délicates en Espagne, en Suisse et en Angleterre.

Ces talents et ces services furent récompensés. En 1622, Louis le nomma maréchal de France et, parvenu à ce sommet, Bassompierre put enfin épouser la dame qu'il admirait le plus à la Cour de France : ma demi-sœur, la princesse de Conti. Notre homme se crut à la fois au sommet de ses ambitions et au comble du bonheur. Il ne savait pas combien ce mariage allait lui être fatal et raccourcir la distance qui sépare le Capitole de la roche Tarpéienne [1].

*

* *

— Belle lectrice, plaise à vous de me secourir dans l'embarras où je me trouve en cet endroit de mon récit.

— Vous, Monsieur, embarrassé ? Il n'y paraît pas. Où est l'écueil ?

— Cet écueil, Madame, est la répétition. Car j'en suis arrivé au point que, pour parfaire mon portrait de Monsieur de Bassompierre, je me dois de rappeler, fût-ce en bref, certains traits dont déjà j'ai dit ma râtelée dans le volume précédant celui-ci...

— Devez-vous à force forcée nous les redire ? Ne faites-vous pas plus fiance aux mérangeoises de vos lecteurs ? Ont-ils déjà tout oublié ?

— Nenni ! Je crains seulement que ceux d'entre eux qui liront ce volume-ci de mes Mémoires sans avoir lu le précédent ne soient pas à même d'entendre mon différend avec Monsieur de Bassompierre.

— Mais pour ma part, comte, je me ramentois fort bien les raisons de ces estrangements. Vous avez mis en garde votre demi-sœur bien-aimée contre les dangers qu'elle courait en trempant dans les complots scélérats de la Chevrette [2] —

1. Le Capitole était un temple romain où l'on conduisait les généraux vainqueurs à qui le Sénat avait accordé le triomphe. De la roche Tarpéienne, proche du Capitole, on jetait dans le vide les condamnés à mort.

2. La duchesse de Chevreuse.

cette succube échappée de l'Enfer! Mais la princesse, étant fort haute, vous a rudement rebuffé, jurant de ne plus vous voir. Là-dessus, Bassompierre épouse la princesse et épouse du même coup toutes les partialités des vertugadins diaboliques [1] : notamment leur haine à l'endroit de Richelieu, leur déprisement du roi, et de ceux qui les servent.

— C'est bien cela! Mais comment entendre, belle lectrice, qu'une femme comme la princesse de Conti, vive et spirituelle, mais sans étude ni talent, puisse acquérir une telle emprise sur un homme comme Bassompierre? N'est-ce pas là un parfait exemple de ce qu'on a appelé « la tyrannie du faible sur le fort »?

— Oui-da, Monsieur, voilà qui est bel et bon! Mais d'un autre côté, si le fort se laisse tyranniser par le faible, ne serait-ce pas qu'il est moins fort qu'il n'a cru?

— Belle lectrice, je vous admire. Quoi que je dise, vous le tournez toujours à l'avantage des femmes.

— N'est-ce point mon devoir de défendre le *gentil sesso* auquel j'appartiens? N'en êtes-vous pas vous-même furieusement raffolé? Auriez-vous, par aventure, vergogne à nous tant aimer?

— Pas du tout. C'est la joie de ma vie.

— Pour revenir à Bassompierre, vous n'avez pas lieu, à mon sentiment, de craindre de sa part

1. Le cercle des vertugadins diaboliques comprenait Mademoiselle de La Valette, bâtarde d'Henri IV, ma demi-sœur la princesse de Conti, et pour la citer en dernier lieu, bien qu'elle ne fût pas la moindre, la duchesse de Chevreuse, « démone avérée », disait le roi. (Note du comte d'Orbieu.)

un accueil malgracieux. Richelieu a raison. Il doit nourrir secrètement pour vous « un reste d'amitié », puisqu'il vous a prévenu de l'embûche qu'on vous préparait sur le chemin de Fleury en Bière.

— Oui-da, belle lectrice, mais la façon! la façon dont il m'a averti! Mon cœur en saigne encore! Au milieu d'un escalier désert du Louvre, l'œil épiant et fixé tantôt sur les marches montantes et tantôt sur les descendantes, parlant à voix basse, m'avisant à mi-mot d'une façon tout à la fois penaude et furtive... vous eussiez dit qu'il se reprochait d'avoir à trahir son parti pour me sauver la vie!

— N'empêche! Il l'a sauvée! Et vous lui rendrez à votre tour un service de conséquence, si vous trouvez un arrangement qui lui permettra de s'accorder au roi et d'échapper à son ressentiment.

Le chemin étant bien plus court d'Aytré à Chef de Baie que d'Aytré à Coureille, il me vint à l'idée, au réveil de ma sieste, ou devrais-je dire plutôt, de mes songes, de dépêcher Nicolas à Chef de Baie, à la fois pour annoncer notre visite à Bassompierre et pour demander à son frère aîné, le capitaine de Clérac, comment les choses se passaient dans cette partie du camp.

— Me faudra-t-il, Monsieur le Comte, poser des questions sur le maréchal de Bassompierre? dit Nicolas, sa belle et franche face paraissant tourmentée.

— Nenni, nenni, ne lui pose que des questions banales et générales et ne pousse pas plus loin ton enquête, surtout si ton frère te semble rebelute à y répondre. Du diantre! Nous sommes des gentilshommes au service du roi et non des agents à la solde du cardinal! Toutefois, pour bien entendre une situation, il est toujours utile d'en connaître le mieux possible à l'avance les quoi et les qu'est-ce. Tu n'es pas que mon écuyer, Nicolas. Tu es aussi mon homme de confiance et, dans les occasions, mon ami et mon conseiller.

— Je m'y efforce à tout le moins, dit Nicolas, non sans marquer quelque émeuvement. Monsieur le Comte, je ferai comme vous avez dit, et j'espère y mettre le tact et la légèreté de main qu'il y faudra.

Deux heures plus tard, je vis par ma fenêtre mon Nicolas revenir au grand trot et quelques minutes après, toquer à mon huis et moi, jugeant à son entrant qu'il avait les yeux brillants et les joues comme gonflées de nouvelles, je priai mon père qui se trouvait dans ma chambre d'y demeurer afin d'ouïr avec moi ce qu'il avait à dire.

— Monsieur le Comte, dit Nicolas d'une voix haletante, le maréchal de Bassompierre vous recevra avec plaisir ainsi que Monsieur le marquis de Siorac, sur les cinq heures de l'après-dînée.

— Seulement sur les cinq heures? dis-je. Est-il si occupé?

— Nenni. Il ne fait rien.

— Rien?

— Rien... Monsieur le Comte, je vous redis ce qu'on m'a dit.

— Et en quoi consiste ce rien?

— Suivi de ses maîtres de camp, il se trantole à cheval dans le camp et fait des critiques acrimonieuses sur les forts et les redoutes construits par Angoulême au début du siège.

— C'est peu courtois.

— Encore moins courtoise, la façon dont il traite les missives qu'il reçoit du duc.

— L'as-tu vu les recevoir ?

— Non, on me l'a conté. Il ouvre ladite missive, y jette un œil, ricane, la froisse, et la fourre dans la poche de son pourpoint. On me dit que lorsqu'il en reçoit une le soir à la chandelle, il fait pis ! Il la brûle aussitôt sans rien dire.

— Pourvoit-il seulement à ses sûretés dans son camp ?

— À ce qu'on m'a dit, excellemment. Il tient aussi la main à la discipline des soldats, comme à l'ordre et la propreté de sa partie du camp.

— T'a-t-on dit qu'il ait essayé d'entrer en contact avec les insurgés de La Rochelle ?

— Point du tout. Eux non plus n'échappent pas à ses mordantes critiques. Ce sont, dit-il, de grands fols : l'amour de la pécune les a perdus. Quand Buckingham occupait l'île de Ré, ils lui ont vendu à gros prix toutes leurs viandes, sans réfléchir qu'ils se trouvaient déjà encerclés sur terre et qu'ils le seraient un jour sur mer. D'après nos mouches, ils ont accumulé une grande quantité de mousquets, de canons, de boulets et de poudre, mais ils ont oublié l'essentiel : les viandes.

— Nicolas, repris-je, comment Bassompierre a-t-il pris l'annonce de notre visite ?

— Il a ri.

— Il a ri ?

— Mais point du tout avec dépris et méchantise. Tout le rebours.

— Qu'a-t-il dit exactement ?

— « Diantre ! Diantre ! s'est-il écrié. Louis s'est ému à la parfin ! Il m'envoie sa grosse artillerie ! Siorac ! D'Orbieu ! Ceux-là, au moins, j'aurai plaisir à les rencontrer ! Qu'ils viennent ! Mais qu'ils ne pensent pas que leur artillerie va faire de gros trous dans ma redoute ! Ma décision est prise. Je vais quitter ces lieux. On n'y fait rien qui vaille ! Et de reste, ces pluies, ces marécages, ces vents glacés dérangent mes humeurs. » Là-dessus, Monsieur le Comte, il m'a donné mon congé.

— Qu'en pensez-vous, Monsieur mon père ? dis-je quand Nicolas fut sorti de ma chambre.

— Pour le dire tout à cru, c'est, à mon sentiment, moins une querelle de préséance avec Angoulême qu'un mauvais vouloir à l'égard du roi. Vous ramentevez-vous ce qu'il vous a dit en vos vertes années lors du bal de la duchesse de Guise : « Je suis le paroissier de qui est le curé » ? Il ne l'est plus. Il est de cœur meshui avec une autre paroisse. Et celle-là a une odeur qui me déplaît.

— Eh bien, dis-je, le moment est venu d'aller respirer de plus près cette odeur. Notre nez nous dira si elle est véritablement méphitique.

Ce n'est pourtant pas d'un cœur bien léger que nous prîmes le chemin de Chef de Baie, tant nous tourmentait l'idée que notre ami de jadis et de toujours tissât meshui cette mauvaise laine que filaient à la Cour les vertugadins diaboliques.

*

* *

Bassompierre, bien qu'il jouât au mal content et qu'il se plaignît de tout, se trouvait, à tout le moins, fort bien logé, quasiment à la pointe de Chef de Baie dans une très belle demeure qui offrait de belles vues sur l'océan. Quand nous fûmes admis en sa présence, il nous accueillit avec une grande courtoisie à laquelle il ajouta, toutefois, un brin de distance et de défiance.

Il approchait alors de la cinquantaine, mais comme eût dit mon père qui affectionnait les expressions bibliques, « il avait encore beaucoup à se glorifier dans la chair », étant un fort beau cavalier, mince, droit, l'épaule large, l'allure d'un homme qui s'est livré, sa vie durant, à toutes sortes d'exercices physiques sans jamais abuser de la chère ni du vin. Il avait six ans de moins qu'Angoulême, et paraissait cependant un peu moins jeune que le duc, à qui son humeur insouciante et joueuse avait gardé un visage lisse et bon enfant, alors que celui de Bassompierre, qui brillait de plus d'esprit et de lumière, paraissait s'être creusé sous l'effet de ses passions, dont l'orgueil et l'ambition n'étaient sans doute pas les moindres.

Mon père m'avait dit, à Brézolles, qu'en sa jeunesse, Bassompierre ne portait point cet air fier et mécontent qu'on lui voyait meshui. Il s'était imprimé sur son visage au fur et à mesure de sa prodigieuse ascension. Quant à La Surie, qui aimait gausser de tout, il prétendait que cet air-là n'était pas venu à Bassompierre avec son maréchalat, mais depuis son mariage avec ma demi-sœur. « Ma fé, disait-il, depuis qu'il a marié une princesse, le galant croit que par contact et mélange il est lui-même devenu prince ! »

Bassompierre nous régala d'un gobelet de vin de Loire, et prit aussitôt le commandement de l'entretien, ce qui me parut quelque peu *disinvolto*[1], puisqu'il ne pouvait ignorer que nous étions les messagers du roi.

— Messieurs, dit-il, il me paraît inutile que nous perdions notre temps en préambules. Je n'ignore pas pourquoi vous êtes céans, quel accommodement vous cherchez avec moi, et sur l'ordre de qui. Plaise à vous de me laisser vous dire, à la franquette, mon sentiment au regard de votre mission.

Là-dessus, il commença par nous tenir quasiment les mêmes propos que nous avions déjà ouïs de la bouche de Monsieur de Schomberg : étant maréchal de France, il nc pouvait commander en second. Dès lors que Sa Majesté était advenue au camp, c'était à Elle et à Elle seule que la lieutenance générale des armées était dévolue et non pas à Angoulême.

Il ajouta, cependant, un argument de droit que son savoir, qui était grand en tous domaines, lui inspira : « De reste, dit-il, Angoulême a été nommé non par commission, mais par lettre de cachet, et celle-ci étant temporaire, elle est à tout instant révocable. »

— Le duc, dis-je, pourrait garder le titre sans vraiment exercer l'emploi.

— Ce serait une possibilité, dit Bassompierre avec un petit brillement de l'œil. Et si le duc d'Angoulême s'en accommode, il fera fort bien, car ses titres guerriers, que je le dise enfin, sont extrêmement faibles. Il se paonne d'avoir porté

1. Désinvolte (ital.).

les armes pendant quarante ans ! Mais de ces quarante ans, il faut d'abord soustraire douze ans de Bastille où il ne commanda qu'à ses belles...

— Toutefois, dit mon père, il se battit sous Henri IV à Arques, à Vitry et à Fontaine Française.

— Comme vous-même, mon cher marquis, dit Bassompierre avec un salut, et comme vous-même, fort vaillamment, mais en chevalier, et point du tout en chef de guerre.

— Toutefois, dis-je, après sa sortie de Bastille, la régente lui confia une armée, et plus tard, le roi aussi.

— Mais qu'en fit-il ? Quelle victoire décisive remporta-t-il ? De quelle ville importante s'est-il emparé ? Qu'il nous montre donc le pied de la bête qu'il a prise !

Il n'y avait rien là que de vrai. Et Schomberg, lors de ma visite, en eût pu dire tout autant. Mais justement, il ne l'avait pas dit, et rétrospectivement, je lui sus gré de cette réserve délicate, tant je trouvais messéant chez Bassompierre ce déprisement d'Angoulême.

— Monsieur le Maréchal, dis-je, je sais maintenant ce que vous ne voulez pas. Mais je ne sais pas encore ce que vous désirez.

— Le second découle du premier, dit Bassompierre. Je ne veux pas d'Angoulême pour maître et si on me le veut imposer, je demanderai mon congé au roi et retournerai sans me plaindre en Paris pour y faire le bourgeois, et attendre de Sa Majesté un autre commandement.

Ce langage me laissa béant. Il n'était plus celui d'un serviteur du roi, mais de quelqu'un qui se croyait assez haut pour traiter avec son souverain au lieu de lui obéir.

Le sens des paroles que je venais d'ouïr me paraissait en effet évident, même si Bassompierre le voilait en se posant en victime par un peu convaincant stoïcisme. Il partirait, disait-il, « sans se plaindre » alors que c'était justement ce qu'il n'avait cessé de faire depuis le début. Et je n'aimais pas davantage la feinte bonhomie de son désir de faire « en Paris le bourgeois ». Ce qui revenait à dire : « Voyez comme on me traite ! Me voilà contraint de remettre l'épée au fourreau et de vivre comme un faquin du Tiers-État ! »

Il y avait là, s'adressant par mon truchement au roi, une arrogance telle et si grande qu'elle me laissa sans voix. Je ne trouvai là rien de commun non plus avec les éclats de Toiras, que son ire, sa verve et sa piaffe portaient à des propos inconsidérés, prononcés dans le chaud du moment, oubliés le lendemain. Bassompierre avait débité son discours froidement et poliment, chaque mot étant pesé dans les fines balances d'un homme rompu dans l'art diplomatique de laisser entendre beaucoup de choses sans les dire tout à plat.

Cependant, mon père, sentant que mon silence, en se prolongeant, pouvait paraître désapprobateur et piquer Bassompierre, me donna du coude et dit *sotto voce* :

— Eh bien ! Que faisons-nous maintenant ?

Sur quoi, me réveillant de mon mutisme, je me tournai vers Bassompierre et lui dis d'une voix qui, j'espère, ne trahissait pas l'inquiétude où m'avait jeté son discours :

— Monsieur le Maréchal, vous nous avez dit ce que vous refusiez. Plaise à vous de nous dire maintenant ce qu'il faudrait faire pour que vous n'alliez point faire le bourgeois en Paris, mais demeuriez céans parmi nous.

— Mon cher Comte, dit Bassompierre, je ne doute pas que vous succédiez à merveille dans les missions que le roi vous confie. Vous possédez la première qualité d'un homme d'esprit : vous savez quand un « non » veut dire « peut-être » et quand un « non » veut dire « non ». Et cela m'encourage à vous parler sans fard. Voici ce que je veux : avoir à Chef de Baie ma propre armée avec son artillerie, ses vivres, et ses finances...

— Mais c'est exorbitant ! m'écriai-je, stupéfait que Bassompierre se voulût mettre quasiment sur le même pied que le roi.

— Souffrirez-vous à tout le moins de recevoir encore des ordres ? dit mon père d'une voix douce.

— Oui-da, dit Bassompierre, du roi, mais du roi seul.

— Monsieur le Maréchal, dis-je avec un salut, je ne faillirai pas de rapporter fidèlement vos exigences à Sa Majesté.

— Mon cher Comte, ne dites pas « exigences », dites « demandes » : c'est plus poli.

Il nous offrit alors de boire « le coup de l'étrier » mais nous noulûmes et il se mit alors debout, ne nous laissant guère de doute sur ce qui nous restait à faire. Toutefois, avant de passer au salut, mon père voulut lui poser une dernière question :

— Monsieur le Maréchal, un mot encore. Que pensez-vous de ce siège ?

— Ce que j'en pense ? dit Bassompierre en levant le sourcil avec un petit rire. Ce que j'en pense ? répéta-t-il. Voici : vous verrez que nous serons si fous que de prendre La Rochelle...

*

* *

À la minute même où nous quittâmes Chef de Baie, l'orage éclata avec violence, le ciel noir croulant sur nos têtes en trombes d'eau glacée avec un accompagnement d'éclairs aveuglants et d'un roulement quasi ininterrompu de tonnerre. À ouïr cette épouvantable noise, on pouvait entendre que les Anciens aient imaginé que la foudre était une punition divine. Mais si tel était le cas, pourquoi donc couper en deux un pauvre arbre innocent au lieu de foudroyer le premier coquin venu ?

Malgré nos hongrelines, nous ne laissâmes pas que d'être percés jusqu'aux os et nos pauvres montures ruisselaient, baissaient tristement le col, pataugeaient et glissaient dans la boue et, en leur for, hennissaient après leurs avoines et la tiédeur de l'écurie. Elles y parvinrent enfin et nos Suisses ne laissèrent à personne le soin de les essuyer et de les bichonner tandis qu'elles enfonçaient leur chanfrein dans les râteliers, leurs grosses dents broyant le foin avec une allégresse qui faisait plaisir à ouïr. Et comment ne pas les envier, en effet, d'atteindre aux félicités suprêmes après la géhenne dont elles étaient sorties ?

Mettant notre dignité sous le pied, nous courûmes de l'écurie au château et là nous accueillit, caquetant comme une vieille poule, Monsieur de Vignevieille, lequel commanda aux domestiques de nous ôter nos hongrelines et nos chapeaux, dont les panaches hachés par la pluie s'affaissaient sur le feutre. Si Monsieur de Vignevieille eût osé, il eût quis aussi de nous d'ôter nos bottes qui déshonoraient ses tapis et il fut infiniment soulagé quand mon père, devinant ses inquiétudes, et nous donnant l'exemple, retira les siennes. C'est donc sur nos bas que nous gravîmes tous les quatre, l'un derrière l'autre, le monumental escalier qui menait à l'étage noble, un valet devant chacun de nous, portant précautionneusement nos candales [1]. J'eus quelque vergogne à passer ainsi devant le portrait de la belle aïeule dont les yeux me suivirent avec quelque dédain mais, en fait, je craignais surtout, en gagnant ma chambre, d'encontrer Madame de Brézolles en ce ridicule appareil.

Luc, mon valet — et le lecteur se ramentoit sans doute pourquoi Madame de Brézolles m'avait baillé un valet et non une chambrière —, me demanda, après avoir clos l'huis sur moi, la permission de jeter le contenu de mes candales dans le vase de nuit. J'acquiesçai, et, fort étonné de la quantité qui se déversa alors, je me fis cette réflexion que ces bottes, certes, plaisantes à l'œil, et commodes au mollet, avaient cependant ce désavantage d'accueillir beaucoup trop la pluie dans leurs entonnoirs [2].

1. Bottes Louis XIII.

2. On appelait — non sans raison — entonnoir la partie haute très évasée de la botte Louis XIII.

Tandis que j'écris ceci, il me vient en cervelle combien notre remembrance s'attache obstinément à de petits détails, lesquels me reviennent tout soudain en mémoire, probablement parce qu'ils précédèrent l'entretien qui suivit dans ma chambre et qui, lui, fut de la plus grande conséquence.

Luc, dès qu'il m'avait vu, de la fenêtre de ma chambre, courir de l'écurie au château, trempé comme un barbet, avait battu le briquet et allumé l'échafaudage de branches sèches et de bûches qu'il tenait toujours prêt dans l'âtre de ma cheminée, tant est que je me défis, avec son aide, de ma vêture mouillée, devant des flammes hautes et crépitantes qui, rien qu'à les voir, me chauffaient déjà le cœur. Une fois que je fus nu en ma natureté, Luc me sécha puis me frotta à l'arrache-peau et m'aida à m'habiller d'habits secs, encore tout parfumés de la lavande que, sur l'ordre de Madame de Brézolles, le domestique mettait dans les coffres à habits de nos chambres. J'eusse, assurément, préféré recevoir tous ces soins des mains d'une Jeannette ou de Louison. Pourtant, il n'y avait rien à redire aux attentions véritablement maternelles et touchantes dont Luc m'entourait.

Cette douceur chez ce valet étonnait et d'autant plus que son physique ne l'annonçait en aucune manière, l'homme étant trapu, noir de poil, de peau, le front petit, le nez gros, la mâchoire carrée, une voix forte et rude dont il tâchait en vain d'atténuer l'éclat en la baissant jusqu'au murmure.

— Monsieur le Comte, souffla-t-il dans un *sotto voce* qui eût pu s'entendre à dix toises de là,

Monsieur de Vignevieille a demandé aux cuisines pour Monsieur votre père et vous-même une pinte de vin chaud.

— Que voilà, dis-je, une aimable pensée ! Veux-tu dire à Monsieur de Vignevieille que je l'en remercie et que je le prie de me faire la grâce d'ajouter une autre pinte pour Monsieur de La Surie et Monsieur de Clérac, et quand le vin sera là, Luc, prie ces Messieurs de me venir visiter céans, afin que nous puissions nous régaler ensemble, ayant été ensemble à la peine.

— Monsieur le Comte, dit Luc d'une voix qu'il croyait basse, peux-je vous demander quels sont ces Messieurs que vous désirez recevoir céans ?

— Ne les connais-tu pas ? Monsieur de Siorac, Monsieur de La Surie et Monsieur de Clérac.

— Je vous remercie, Monsieur le Comte, dit Luc avec un salut. Je vous avais donc bien entendu.

Et avec un nouveau salut (monnaie dont il n'était pas chiche), Luc se retira. Je m'avisai alors, non sans m'en ébaudir en mon for, que son hésitation à m'entendre venait sans doute de ce qu'il se demandait si Monsieur de Clérac, étant noble mais sans titre et, qui pis est, écuyer recevant des gages, avait bien sa place parmi nous. Peut-être pensait-il que sa tâche était à peine supérieure à la sienne et se peut même, en quelque mesure, inférieure, car si Nicolas avait le privilège de brosser ma jument, il avait, lui, l'honneur de me bichonner. Ma fé ! m'apensai-je, ces valets de grande maison sont quasiment aussi férus de préséance que les princes, les ducs et les maréchaux.

Je m'assis dans une chaire devant le feu, et

tendis vers lui mes jambes chaussées maintenant de bas secs et de souliers. J'envisageai tantôt mes pauvres bottes couchées à plat, la gueule béant devant les flammes qui finiraient par les sécher en profondeur, et tantôt les flammes elles-mêmes dont la danse et les couleurs possèdent, comme on sait, cet étrange pouvoir de faire prisonniers nos regards. De reste qu'il y avait-il à regarder d'autre ? La nuit tombait et la pluie, au surplus, brouillait les vitres qu'elle toquait avec tant de force que je me demandais si elle n'allait pas les rompre. Mais ce n'était là qu'une petite peur sans conséquence que je me donnais, se peut pour jouir davantage de l'instant présent. Pourtant, tout réchauffé et dispos en tous mes membres que je fusse, le moins que je puisse dire, c'est que je ne me sentais pas très heureux, tant l'entretien que nous venions d'avoir avec Bassompierre m'avait chaffourré et par la distance qu'il avait mise entre nous, lui qui avait été, pour mon père et moi, un si proche et si cher ami, et par la dernière phrase qu'il avait prononcée, laquelle je ressassais sans cesse en ma cervelle — véritable flèche du Parthe décochée au départir et qui, dès lors qu'elle m'atteignait en ma dévotion au roi, m'avait plongé dans des inquiétudes, des doutes et des soupçons qui ne peuvent se dire.

Ils furent dits, pourtant, quelques minutes plus tard, ces « Messieurs », y compris Nicolas, étant assis à dextre et à senestre de moi, un gobelet de vin chaud à la main. L'entretien débuta par une petite dispute un peu futile sur le langage, mon père affirmant que Bassompierre avait dit : « Vous verrez que nous serons si fous que de prendre La Rochelle », et La Surie opinant que la phrase qu'il avait ouïe et qui lui paraissait plus correcte était celle-ci : « Vous verrez que nous serons assez fous pour prendre La Rochelle. »

— Je ne sais pas, dis-je à mon tour, si « Nous serons assez fous pour prendre La Rochelle » est plus correct que « Nous serons si fous que de prendre La Rochelle » mais, de toute manière, Bassompierre est lorrain par son père, n'est advenu en France qu'à l'âge de vingt ans et, si grand lettré qu'il soit, il a parfois son langage à lui. Par exemple, il disait, du temps d'Henri IV, vous vous en souvenez : « Je suis le paroissier de qui est le curé » au lieu de dire : « Je suis le paroissien de qui est le curé. » Mais, de toute façon, il importe peu, d'une façon ou d'autre, la phrase dit bien ce qu'elle dit.

Il y eut alors, parmi nous, une mésaise et un silence que rompit à la parfin mon père.

— Vous avez raison, dit-il, il n'importe pas. Et si la phrase s'entend aisément dans son sens littéral, elle comporte un sous-entendu qui est loin, bien loin d'être clair.

— Bah ! C'est une gausserie ! dit La Surie.

À cela Nicolas ouvrit la bouche, puis la clouit, une rougeur juvénile couvrant sa belle face.

— Nicolas, dis-je, tu n'es point céans pour jouer les muets du sérail. Si tu as une opinion, donne-la sans t'émouvoir.

— Monsieur le Comte, dit Nicolas, je n'étais point présent à cet entretien, je gardais les chevaux. Mais si Monsieur de Bassompierre a prononcé la phrase que vous dites, je n'y vois pas une gausserie, mais une méchantise.

C'était naïvement dit, et je ne l'aurais pas

exprimé ainsi, mais je sentis que le béjaune avait senti d'instinct l'essentiel. Et La Surie dut avoir le même sentiment car, sans se piquer le moindre d'être contredit, il demanda :

— Une méchantise à l'égard de qui ?

— Mais, dit Nicolas, à l'égard du roi qui a entrepris à grand-peine, labour et dépense le siège de La Rochelle.

— En effet, dis-je, qui peut ignorer que Sa Majesté et le cardinal attachent la plus grande importance à se saisir de La Rochelle qui a été, depuis Charles IX, la citadelle inexpugnable des huguenots ? S'ils l'ont fait, c'est pour mettre une fois pour toutes un terme aux continuelles rébellions dont les huguenots se sont rendus coupables après la mort d'Henri IV.

— Bassompierre, dit La Surie en se tournant vers mon père, aurait-il des sympathies secrètes pour la religion réformée ?

— Nenni ! nenni ! pas le moindre ! dit mon père, Bassompierre est un catholique à gros grain, et rien que pour cette raison il devrait souhaiter la prise de La Rochelle, au lieu de dire que nous serions fous de la prendre.

— Mais ce « nous », dit La Surie, qui sont-ils ? Les soldats ? Les lieutenants ? Les capitaines ? Ceux qui les commandent ?

— Ce « nous », dis-je, c'est Bassompierre et Bassompierre seul. S'il pense que c'est folie de prendre La Rochelle, on entend mieux pourquoi il envisage de nous quitter pour s'en retourner en Paris « y faire le bourgeois ». Paris où il retrouvera, hélas, la princesse de Conti et la duchesse de Chevreuse, ces ennemies encharnées du roi et du cardinal...

— On peut aussi se demander, dit mon père, si les conditions que pose Bassompierre pour rester à Chef de Baie, à savoir une armée quasi indépendante, ses finances propres, etc., ne sont si exorbitantes que pour amener le roi à les rejeter. Ce qui lui rendrait plus facile alors de quérir à Sa Majesté son congé et de s'en retourner à Paris...

Là-dessus, on toqua à l'huis, je donnai l'entrant, Luc apparut, et après avoir fait un grand salut à la ronde, il dit d'une voix étouffée :

— Monsieur le Comte, Monsieur de Vignevieille vous prie de lui faire la grâce de descendre avec ces Messieurs. Madame de Brézolles vous attend pour le souper.

Je me levai. Mes hôtes prirent congé de moi, mais au moment où ils départaient, je retins mon père sur le seuil.

— Monsieur mon Père, de grâce, un mot encore !

— Je vous ois, dit-il en refermant l'huis sur nous.

— Monsieur mon Père, dois-je répéter au roi les propos fâcheux de Bassompierre ?

— Pensez-vous que vous ne le devez pas ?

— C'est la question que je me pose. Quand le roi juge que son autorité est atteinte, son ire va jusqu'à la fureur, et dans le chaud du moment, il peut punir trop vite et trop fort, comme il a fait pour Monsieur de Schomberg. Mais d'un autre côté, l'énormité du propos de Bassompierre me met sur les épines. On dirait que Bassompierre redoute que la prise de La Rochelle n'apporte au roi et au cardinal une autorité telle et si grande que leur pouvoir en sera immensément fortifié.

Force est donc de conclure que, dans l'affaire du mariage de Monsieur, les conjurés ont bel et bien tenté d'assassiner le cardinal et le roi. Cette hydre a perdu quatre têtes : d'Ornano qui est mort en prison, les frères Vendôme qui sont serrés en geôle et Chalais qui a été décapité. Mais d'autres têtes sont visiblement en train de repousser, lesquelles ne me paraissent pas moins redoutables.

— Mon fils, dit le marquis de Siorac, si vous avez cette pensée, il faut laisser de côté les scrupules d'une amitié qui n'est plus, à vrai dire, que l'ombre d'elle-même. Il faut répéter les propos de Bassompierre, mais seulement au cardinal. Il est infiniment plus circonspect que Louis. Et chacune de ses décisions est le résultat de minutieux calculs où le pour et le contre sont pesés avec le plus grand soin et le plus grand souci de ne rien omettre. Richelieu répétera ou ne répétera pas à Louis le propos de Bassompierre mais, dans sa conduite future et présente avec le maréchal, il ne laissera pas de s'en ramentevoir.

CHAPITRE IV

Mon père noulut le lendemain m'accompagner chez le roi et le cardinal, arguant que c'était à moi qu'ils avaient confié l'apaziment des maréchaux, et que c'était donc à moi et à moi seul qu'il incombait de rendre compte du résultat au souverain et à son ministre. Je ne laissai pas pour autant de le mercier de l'aide qu'il m'avait apportée en ce prédicament, mais il protesta généreusement qu'en l'affaire, il n'avait été que la cinquième roue de la carrosse, ajoutant que, sans lui, j'aurais tout aussi bien succédé en cette entreprise.

Le plus marri de la décision paternelle ſut assurément le chevalier de La Surie qui eût tant aimé voir derechef le roi, et mieux encore, être vu de lui, estimant sans doute que le seul regard posé sur lui par l'oint du Seigneur lui eût apporté un surcroît d'honneur et de dignité.

C'est au déjeuner de ce matin-là, qui fut assez tardif pour que Madame de Brézolles y pût assister, que mon père, qui m'en avait prévenu la veille, lui annonça — après mille grâces et merciements pour son hospitalité — son intention de départir pour Nantes pour y visiter mes deux demi-frères, Pierre et Olivier de Siorac.

À mon immense surprise et dépit, Madame de Brézolles dit alors à mon père qu'elle lui aurait la plus grande gratitude s'il voulait bien permettre à sa carrosse de suivre la sienne jusqu'à Nantes, ce qui lui permettrait d'être protégée sur les grands chemins par une puissante escorte qu'elle n'aurait pu, en aucun cas, recruter elle-même sur place, tous les hommes valides étant employés au siège. Le marquis de Siorac acquiesça et j'eus beaucoup de mal à ne pas laisser paraître le chagrin que me donnaient le brusque et inexplicable département de Madame de Brézolles, et pis encore, la façon inattendue dont il avait été annoncé, alors qu'il me semblait que j'eusse dû, au regard de nos tendresses, en avoir la primeur.

Mais le moment n'était pas aux explications devant tant de témoins et, suivi du seul Nicolas, je m'en fus, fort déconforté, sous un ciel noir et une petite pluie fine et froide, jusqu'à Aytré où j'appris que le roi, levé tôt comme à son ordinaire, était departi pour Coureille afin d'y inspecter quelques travaux qu'on y faisait. Je ne fus pas dépité par cette absence, car elle me baillait, tout le rebours, une bonne excuse pour aller visiter, en premier lieu, Richelieu, et lui citer, en fin de rapport, le propos déquiétant de Bassompierre, en le laissant, comme je l'ai dit déjà, juge de le répéter ou de ne le répéter point à Louis.

La première fois que j'avais visité le cardinal en sa maison du Pont de Pierre — laquelle donnait des vues si belles et, comme on sait, si peu envisagées —, elle n'était entourée que par les cinquante hommes de sa garde personnelle, laquelle le roi lui avait commandé de recruter en septembre 1626, pour se protéger des assassinats de la cabale.

Meshui, cependant, pas moins de trois cents mousquetaires du roi étaient venus s'ajouter à la garde cardinalice et on aurait dit, à leur air méfiant et vigilant, qu'ils s'attendaient à ce qu'on leur tombât sus d'une minute à l'autre. Ils nous demandèrent pas moins de trois fois nos laissez-passer avant de nous permettre de franchir les barrières successives qu'ils avaient dressées autour de la demeure de Richelieu. Et Nicolas m'apprit, sur le chemin du retour, que lorsqu'on l'amena à l'écurie, les gardes le fouillèrent de haut en bas, sans même exclure de leur examen les arçons de nos montures.

— Voilà bien les soldats ! dit Nicolas. Ou bien ils n'en font pas assez, ou bien ils en font trop.

— Nicolas, dis-je avec une feinte sévérité, sois bien assuré que je ne laisserai pas de répéter à un certain capitaine des mousquetaires ton damnable propos.

— Mais, dit Nicolas en souriant d'un seul côté de la bouche, c'est de lui que je le tiens.

À quoi je ris et il rit aussi et nous fûmes de concert heureux de notre bonne entente. La seule chose qui me déquiétait, c'était que Nicolas aurait un jour, et un jour proche, à me quitter pour rejoindre les mousquetaires du roi où, sous l'égide de son frère, il ne faillirait pas de faire la belle carrière que méritaient ses vertus. Mais quels seraient alors mes regrets et comment retrouverai-je jamais un autre Nicolas !

Je sus plus tard la raison de cette surveillance sourcilleuse autour de la demeure de Richelieu.

Le cardinal entretenait des mouches, qu'on appelait céans des *rediseurs*, pour espionner les Rochelais. Et d'aucunes avaient été assez fines pour faire croire aux Rochelais qu'elles espionnaient à leur profit. C'est ainsi qu'ayant gagné leur confiance, elles apprirent que trois cents ou quatre cents soldats anglais, montés sur des galiotes ou des pinasses — petits navires légers et rapides naviguant aussi bien à l'aviron qu'à la voile —, projetaient de débarquer à la nuitée sur la côte la plus proche de Pont de Pierre et d'enlever le cardinal après avoir submergé sa garde sous le nombre.

En attendant que Richelieu me donnât l'entrant, j'eus un petit bec à bec avec Charpentier, lequel, depuis l'embûche déjouée de Fleury en Bière, j'aimais et j'estimais fort.

— Ma fé ! Monsieur le Comte ! dit Charpentier, comme je lui demandai des nouvelles du cardinal, il va aussi bien que peut aller une créature de Dieu qui travaille, non pas même du matin au soir, mais du matin au matin suivant...

— Eh quoi ! Ne dort-il jamais ?

— Trois ou quatre heures, quand et quand, robées à son immense labeur. Savez-vous ce que Malherbe vient d'écrire sur lui ?

— Nenni.

— Un poème qui commence ainsi : « *Grande âme aux grands travaux sans relâche adonnée.* »

— Malherbe serait-il céans ?

— Il est arrivé avant-hier et ne plaint pas à se donner peine. Il a déjà écrit — lui qui écrit si lentement — deux poèmes, l'un adressé au roi, l'autre au cardinal.

— Et que dit-il au roi ?

— « *Prends ta foudre, Louis, et va comme un lion donner le dernier coup à la dernière tête de la rébellion.* » Pardonnez-moi, Monsieur le Comte, je n'en sais pas plus.

— Eh bien ! dis-je, ce sont là des vers bien frappés. Et comment va notre poète dans sa corporelle enveloppe ?

— Hélas ! Plus mal que le docteur Héroard, qui lui-même ne va pas bien du tout. Il est vrai que le camp est un vrai marécage, comme vous savez, et n'est pas un lieu béni pour d'aussi vieilles personnes. Si je ne m'abuse, Malherbe a passé soixante-dix ans, et le docteur Héroard, soixante-dix-sept. On les verrait plutôt empantouflés devant un bon feu, et buvant des tisanes.

— Mon ami, dis-je, voudriez-vous, à votre loisir, transcrire pour moi ces deux poèmes. Je les voudrais apprendre par cœur afin de les réciter plus tard à mes enfants et mes petits-enfants.

J'éprouvai alors quelque mésaise d'avoir parlé de mes enfants et petits-enfants, alors que je n'étais même pas marié. « À trente ans ! » disait mon père, qui, courtoisement, n'en disait pas plus. Mais ce « À trente ans » me restait sur le cœur et, pis encore, mille fois répétée la maxime paternelle en mes enfances : « Le premier devoir d'un gentilhomme est d'assurer sa lignée. »

Charpentier acquiesça à ma demande et reprit :

— Savez-vous, Monsieur le Comte, que Malherbe n'est pas le seul grand homme que nous ayons céans...

— Charpentier ! Fi donc de ces rébus ! Nomme-le-moi tout à trac !

— Descartes.

— Descartes ? Qui est Descartes ?

— D'après ceux qui l'ont ouï parler, il est le nouvel Aristote.

— Et qu'a-t-il écrit pour justifier cet émerveillable titre ?

— Il n'a encore rien publié.

— Voilà, m'écriai-je en riant, qui sort tout à plein de l'ordinaire : la gloire précède l'œuvre ! Et que fait ce Descartes céans ? Le soldat ?

— Oui, mais un soldat sans grade, sans régiment, sans solde et sans emploi. Il vit dans une petite masure avec un grand poêle et une petite servante pour le réchauffer plus outre.

— À la bonne heure ! Voilà un philosophe qui a reçu en partage une bonne dose de bon sens ! Et à part le poêle et la petite servante, que fait-il ?

— Il réfléchit. Il se trantole par le camp. Il considère longuement les tranchées, les forts et les redoutes, il s'intéresse au projet de digue qu'on veut établir entre Coureille et Chef de Baie pour barrer la baie et empêcher les Anglais d'envitailler La Rochelle par mer.

— Votre Descartes serait donc une sorte d'ingénieur ?

— Point du tout, bien qu'il soit très savant en la mathématique. Il dit qu'il cherche des règles pour diriger l'esprit humain.

— Oh ! Oh ! dis-je, voilà une ambition qui sent le diable !

— Le diable, Monsieur le Comte ?

— Passe encore que la mathématique ait des règles à elle ! Mais pour toutes les autres sciences terrestres, notre Sainte Église tient que c'est elle qui y pourvoit. Je le répète, votre Descartes sent le soufre.

— Nenni, nenni, Monsieur le Comte. On dit même que par la seule force de sa raison il a trouvé une nouvelle preuve de l'existence de Dieu.

— De mal en pis ! Nos dévots, qui sont gens redoutables, vont crier que l'existence de Dieu est prouvée par la révélation et que c'est bien de l'arrogance que d'y vouloir mêler notre pauvre raison humaine.

Mais à cela Charpentier ne put répondre mot ni miette, car à ce même instant entra dans l'antichambre Monsieur de Lamont, lequel me vint dire que Son Éminence m'attendait dans le petit cabinet bleu où nous avions eu notre premier bec à bec.

Le cardinal était assis sur une chaire à bras, la tête appuyée contre un coussin, et à la façon dont, en entrant, il déclouit les yeux en battant les paupières, je ne laissai pas d'apercevoir qu'il venait de s'accorder quelques minutes de sommeil. Il n'était pas seul. Son chat dormait sur ses genoux.

Ce chat, ou plutôt cette chatte, vêtue d'un manteau blanc, comme celui des carmélites, paraissait, comme elles, vouée à un silence rigoureux, car elle ne laissait jamais échapper miaulerie ni ronronnement. Elle avait reçu, on ne savait quand, ni comment, la permission tacite de sauter sur les genoux de Richelieu dans ses moments de repos, et de s'y allonger de tout son long, la tête tournée vers son maître, attentive et coite.

De son côté, le cardinal, comme étonné d'avoir, dans un moment de faiblesse, autorisé ce contact charnel, se gardait comme du diable d'aller plus loin et ne la caressait jamais, ses longues mains blanches reposant, sans les toucher, le long des flancs soyeux de l'animal. Cependant, quand Richelieu ouvrait l'œil à demi, la chatte, par une sorte d'infaillible instinct, ouvrait aussitôt le sien, pour jeter à l'unique objet de son attention un de ces regards énigmatiques dont son espèce a le secret.

Cependant, dès que Richelieu, à mon entrant, commença à parler, la chatte reclouit ses yeux voluptueusement, trouvant, j'en suis bien assuré, autant de plaisir à ouïr la voix de son maître, qu'elle en avait eu l'instant d'avant à écouter le souffle régulier et rassurant de son sommeil.

Au premier abord, je trouvai le cardinal maigri, les traits tirés, mais dès qu'il ouvrit les yeux et carra son dos contre le dossier de la chaire à bras, je sentis revenir dans ses yeux, sa voix et dans son torse redressé des réserves de force.

— Comte, dit-il, foin des bonnetades et des génuflexions ! Venons au fait.

Je poursuivis néanmoins mes salutations, sachant bien que si je les omettais, fût-ce sur son ordre, le cardinal en serait piqué, aimant à ce qu'on le traitât avec la considération due à ce qu'il était : le deuxième personnage de l'État.

Je dis l'État, et non le royaume, car dans le royaume la reine-mère, la reine et Monsieur étaient tout après le roi, et Richelieu n'était rien. Le rang et le pouvoir ne se trouvaient pas du même côté. Et c'était là, je le dis tout à trac, la source de tous nos troubles et de nos rébellions. Car, par malheur pour lui, le rang n'avait à aucun degré l'esprit, l'étude, l'application, la suffisance[1], le zèle qu'il eût fallu pour diriger les grandes affaires. Il n'en était pas moins outré que le pouvoir se trouvât entre d'autres mains que les siennes, et qu'il fût tombé entre celles d'un rejeton de petite famille noble, tout au plus digne de recevoir en province un petit évêché crotté. Et comme le rang ne pouvait s'en prendre au roi qui était le premier du royaume, il nourrissait une haine âpre, amère et jusque-là impuissante à l'endroit de celui qu'il appelait « ce faquin de cardinal », remuant contre lui des projets d'assassination si sottement conçus et si pauvrement exécutés qu'on n'avait pas eu de peine, jusque-là, à les contrecarrer, mais non pas, hélas, à en supprimer la cause en punissant leurs auteurs. Mais comment faire un procès, en effet, à la reine, à Monsieur ou à la reine-mère ? Le rang était sacro-saint et, pour le roi lui-même, à peu près inviolable.

— Comte, prenez un siège, dit le cardinal, et dites-moi sans tant languir ce qu'il en est de Bassompierre.

J'ouvris la bouche, mais c'est tout ce que je pus faire, car à ce même moment on toqua à l'huis, Richelieu donna l'entrant d'une voix irritée et Monsieur de Lamont apparut, et craignant d'être tabusté par le cardinal pour l'avoir dérangé sans son ordre, il cria aussitôt d'une voix forte :

— Sa Majesté le roi !

Richelieu, avec une vivacité qu'on n'eût pas attendue de lui, se leva comme un ressort qui se détend et le mouvement fut si rapide que la chatte tomba en arrière et, se retournant en vol,

1. La compétence.

toucha terre de ses pattes et s'alla coucher avec un air de dignité tranquille sous la chaire de son maître, tant est qu'elle était déjà invisible quand le roi entra. Il n'y eut pas faute de notre part de bonnetades et de génuflexions quand Louis pénétra dans la pièce, précédant de peu une chaire qu'un valet apportait dans le cabinet bleu, lequel parut soudain beaucoup plus petit quand Louis y prit place.

— Sire, dit Richelieu, je vous croyais à Coureille.

Le roi expliqua alors qu'il était sur le chemin quand on vint lui dire que les pluies avaient endommagé l'ouvrage qu'il voulait inspecter. Retournant alors sur ses pas, un autre courrier lui apprit que, ne le trouvant pas à Aytré, je m'étais rendu chez le cardinal. Et impatient qu'il était de savoir comment s'était passé mon entretien avec Bassompierre, il avait poussé jusqu'à Pont de Pierre pour l'apprendre.

— Monsieur d'Orbieu ne vient que d'advenir, dit Richelieu. Il n'a pas encore commencé son récit.

— Mais avant qu'il le commence, mon cousin, j'ai deux mots à vous dire sur le projet de digue entre Coureille et Chef de Baie qui me tracasse infiniment. Demeurez, d'Orbieu. Je connais votre discrétion.

À vrai dire, je n'écoutai que d'une oreille, tenant alors le projet de digue pour tout à plein chimérique. Raison pour laquelle j'envisageai le roi d'abord avec une certaine anxiété, car il avait été fort mal allant, mais me rassurant au fur et à mesure de mon examen. Il avait alors vingt-six ans, et son visage était loin encore d'avoir perdu les rondeurs de l'enfance, montrant des joues pleines et des lèvres si charnues qu'elles paraissaient boudeuses. Le nez était droit, les yeux noirs, pensifs, méfiants, mélancoliques, le front voilé par une frange de cheveux qui tombaient jusqu'aux sourcils. Sa chevelure était châtain foncé, abondante et ondulée et elle tombait en larges boucles sur ses épaules. Je ne trouvai pas sur son visage l'ombre d'une ride, mais pas l'ombre non plus d'un sourire.

Louis paraissait, en effet, à la fois plus jeune et plus grave que son âge, et cette gravité corrigeait, à mon sentiment, ce que ce visage, dans ses rondeurs et son apparente douceur, eût pu avoir de féminin. Je dis apparente, car Louis, comme son père, s'irritait facilement et quand son ire éclatait, ses yeux lançaient des éclairs, son visage se crispait, et sa voix devenait rauque.

À le voir, il paraissait en bonne santé et il l'était en effet, par moments, chassant alors, le cul sur selle, du matin au soir, insensible au vent, au froid, à la pluie, buvant à lut [1] et mangeant prou. Il souffrait pourtant d'une intempérie des entrailles qui le mettait quand et quand aux portes de la mort. Le bon docteur Héroard, qui l'adorait, le soignait, et, selon mon père, le soignait mal, lui donnait des purgatifs quand il avait la diarrhée et le saignait au moindre catarrhe [2]. Louis pâtissait aussi, par moments, d'une mélancolie profonde qui lui venait sans doute d'avoir perdu à neuf ans le père qu'il adorait et d'avoir ensuite été élevé par une mère

1. Beaucoup.
2. Rhume.

dure et désaimante qui le rabaissait, le déprisait, le voulant tenir en lisière jusqu'à la fin des temps pour conserver, seule, ce pouvoir qu'elle aimait tant et qu'elle exerçait si mal.

Son aparté terminé, Louis se tourna vers moi, me sourit avec beaucoup de bonne grâce et dit :

— Eh bien, d'Orbieu, parlez-nous de ce superbe Bassompierre ! Que dit-il ? Que veut-il ? Jusqu'où poussera-t-il l'audace ?

Voilà qui me prenait sans vert, mon intention, comme j'ai dit déjà, avait été de conter de prime au cardinal la phrase fort déplaisante de Bassompierre afin de le laisser juge de la répéter ou non au roi. Mais dès lors que Sa Majesté m'interrogeait le premier, je ne pouvais que la lui dire moi-même au terme de mon récit, sous peine de lui faire une cachotte, ce qui lui eût donné à mon égard des ombrages et des soupçons, s'il avait appris d'un tiers ce qu'il en était.

Je fis donc au roi et à son ministre le récit complet de mon bec à bec avec Bassompierre, non sans être interrompu par Louis, lequel si prudent, méfiant et taciturne qu'il fût en public, ne laissait pas, seul avec ses fidèles serviteurs, d'exprimer, souvent en termes véhéments, ses sentiments les plus vifs. Ainsi quand j'évoquai le désir de Bassompierre d'avoir une armée indépendante avec ses vivres, son artillerie, et ses finances propres, Louis laissa éclater son indignation.

— Et pensez-vous, d'Orbieu, que dans cette hypothèse Monsieur de Bassompierre consentirait encore à obéir aux ordres du roi ?

— Sire, il s'y est engagé.

— Quelle noble bénévolence ! Qu'elle est belle !

Et combien elle me touche ! Ma fé ! Je n'ai jamais rien ouï de plus extravagant ! Une armée indépendante ! Et que veut-il d'autre ? La connétablie ? Ou encore la régence de Paris, tandis que je serai occupé à guerroyer céans ? Mon cousin, poursuivit-il, en se tournant vers Richelieu, que pensez-vous de ce fol ?

— Qu'il est fol en effet, dit Richelieu, mais d'un air plus amusé qu'indigné, que son mariage lui a dérangé les mérangeoises, et qu'il a eu bien tort de marier la princesse de Conti, laquelle pense qu'il n'y a rien de plus haut qu'elle dans le royaume. Cette intempérie l'a gagné : dans ses rêves, notre homme se voudrait déjà vice-roi.

— Eh bien, mon cousin, dit Louis après un moment de silence, qu'allons-nous faire ?

— Sire, ce que vous aurez décidé, dit Richelieu, en s'inclinant.

— Monsieur le Cardinal, dit Louis d'un air impatient, répondez, je vous prie. Je vous ai demandé votre avis.

— Et je m'empresse, Sire, de vous satisfaire, dit Richelieu en croisant les mains sur sa poitrine et en s'inclinant avec une parfaite humilité.

Mais cela dit, le cardinal ne se pressa en aucune façon, et demeura un petit moment clos et coi, les yeux baissés. J'entendis bien alors que nous allions ouïr un petit discours fort bien articulé qui allait plaider le pour et le contre, les justifiant l'un et l'autre par de fines et minutieuses raisons, sans rien omettre des circonstances ni des conséquences, et pour finir, laissant le roi libre de choisir celle des deux solutions qui lui agréerait le mieux — et qui serait celle aussi qui, sans qu'il le montrât en aucune façon, avait la préférence de son ministre.

— Sire, dit Richelieu, supposons *primo* que vous acceptiez la demande exorbitante de Bassompierre, et *secundo,* supposons que vous la refusiez. Quels seraient, dans chacun des deux cas, les avantages et les inconvénients ?

— Poursuivez, mon cousin, dit Louis, en se carrant, l'air fort attentif, dans sa chaire à bras.

— *Primo,* nous accordons à Bassompierre une armée soi-disant indépendante. Quels sont les inconvénients de ce choix pour Votre Majesté ? Aucun. Car les régiments de Bassompierre, Sire, ce sont les vôtres. Les colonels de ces régiments, Sire, c'est vous qui les avez nommés. Bassompierre, certes, aura les canons, mais c'est vous, Sire, qui lui fournirez les boulets. Il aura des finances mais d'où viendront les pécunes ? De vous encore. Y a-t-il apparence que Bassompierre puisse dans ces conditions se rebeller contre Votre Majesté et lui jouer de méchants tours ?

Ici, Richelieu se tut, les yeux fixés sur le roi, avec toutes les apparences d'une benoîte humilité comme s'il pensait que les raisons qu'il venait d'exposer ne seraient bonnes à ses yeux que si son maître les tenait pour telles.

— Poursuivez, mon cousin, dit le roi.

— *Secundo,* reprit Richelieu. Nous refusons à Bassompierre son armée indépendante. Il nous demande alors son congé, et l'ayant rebuté une première fois, nous ne pouvons pas le rebuter une deuxième fois et nous le lui accordons. Et voilà notre homme qui retourne en Paris, loin de nos yeux et de nos oreilles, pour y faire « le bourgeois », en réalité, pour se vautrer dans les filets et les ensorcellements des vertugadins diaboliques. Le péril serait alors très grand, pour la raison que, pendant que nous sommes céans au diable de vauvert, occupés à ce siège, nos chers amis, le duc de Lorraine, le duc de Savoie et l'empereur d'Allemagne qui, depuis le début du siège, complotent contre Votre Majesté et se demandent s'ils ne vont pas tirer parti de votre éloignement pour empiéter sur vos terres, trouveraient peut-être expédient de recruter Bassompierre et de lui donner des soldats, des armes et des pécunes pour faire le dégât à nos frontières et, qui sait même, à Paris.

— J'y vais songer, dit Louis qui, à mon sentiment, avait déjà pris son parti mais ne voulait le dire si promptement. Monsieur d'Orbieu, avez-vous autre chose à ajouter à votre récit de votre entretien avec le maréchal de Bassompierre ?

Cette fois, je pris mon parti sans hésiter le moindre, puisque Richelieu m'avait convaincu en même temps que le roi du danger de laisser départir Bassompierre.

— Sire, dis-je, au moment de le quitter, mon père demanda au maréchal ce qu'il pensait de ce siège et le maréchal répondit par une boutade.

— Qu'a-t-il répondu ? répliqua le roi avec une défiance.

— Voici, Sire, ses paroles, sans addition ni retranchement : « Vous verrez que nous serons si fols que de prendre La Rochelle. »

Le roi pâlit :

— C'est là, s'écria-t-il, une parole traîtreuse !

— Ou frondeuse, dit Richelieu avec un sourire. Vous connaissez, Sire, le goût du maréchal pour les paradoxes et les bons mots, fussent-ils d'un goût douteux. Sire, me permettez-vous un avis ?

— Je vous ois.

— Jetez, Sire, cette petite braverie dans la gibecière de votre remembrance. Vous l'en retirerez dans les occasions, si de telles occasions se représentent.

— Soyez bien assuré, alors, que je n'y manquerai pas, dit Louis, les dents serrées.

*
* *

Il me restait à annoncer à Bassompierre qu'il avait partie gagnée, et que le roi acceptait ses exigences. À ouïr cette étonnante nouvelle, il n'eut pas l'air aussi satisfait qu'il eût dû l'être et l'idée me vint qu'il eût préféré partir sur un refus, tant, sans doute, l'idée le ragoûtait peu de contribuer, par sa valeur, à une victoire dont les conséquences, glorieuses pour le roi et le cardinal, allaient à l'encontre des intérêts de la cabale à laquelle, meshui, il appartenait. Si nous avions été sur le même pied d'amitié qu'autrefois, je n'aurais pas laissé de lui dire qu'il s'était fort compromis par sa messéante boutade, que ni le roi ni le cardinal ne l'oublieraient facilement et que, de ce jour, à leurs yeux, il devenait suspect. Mais sa froideur et sa distance à mon endroit me découragèrent de l'avertir du péril qu'il courait, convaincu que j'étais que mon intervention ne serait de nulle conséquence, Bassompierre étant, d'ores en avant, sourd à toute voix qui ne fût pas celles de ses sirènes.

Sur le chemin du retour, je tombai dans un

grand pensement sur la mission que j'avais non sans peine accomplie en apazimant la querelle des chefs. J'avais lieu d'en être, pour ma part, satisfait, et pourtant, je l'étais assez peu, songeant avec beaucoup d'appréhension à l'avenir, car il ne m'échappait pas que même la prise de La Rochelle ne mettrait pas fin à la cabale, puisqu'il m'avait été donné d'assister à cet éhonté spectacle : un maréchal de France souhaitant implicitement la défaite des armées de son roi.

Nicolas se gelait dans une écurie mal close et fut fort aisé de prendre avec moi le chemin du retour. Nos juments glissaient dans la boue et il tombait cette même petite pluie froidureuse qui ne nous avait quasiment pas quittés depuis notre advenue céans. Le ciel, si on peut encore parler de ciel, n'était qu'un couvercle bas et noir sans aucune faille blanche qui eût pu laisser espérer qu'il existait encore un soleil. Mais, lecteur, que je le dise enfin, le paysage de mes mérangeoises était plus sombre encore. Toute lumière l'avait quitté depuis que j'avais appris — et de quelle imprévue façon ! — que Madame de Brézolles allait le lendemain départir pour Nantes. À éprouver tant de dépit et de chagrin, j'entendis bien avec quelle force je m'étais attaché à elle et en si peu de jours, alors que je tâchais de croire jusque-là qu'il ne s'agissait que de l'une de ces amourettes que mon père a si souvent contées en ses Mémoires, lesquelles, nées des hasards d'un séjour, meurent quand le séjour s'achève, sans laisser d'autres traces qu'un souvenir qui revient quand et quand en la remembrance, accompagné d'une pensée de tendresse et d'un petit pincement de regret.

Nicolas trottait à mes côtés sans desserrer les dents, sentant avec un infaillible tact le moment où il ne fallait rien dire. J'eusse gagé qu'il savait aussi bien que moi le partement de Madame de Brézolles ; ne fût-ce que par les palefreniers qui préparaient déjà la carrosse de leur maîtresse, referrant les chevaux, changeant les essieux usés et les roues branlantes, comme on le fait à l'accoutumée à la veille d'un long voyage.

Le souper fut fort savoureux, mais je le savourai peu, faisant quelque effort pour parler avec enjouement, alors que j'étais si chaffourré de chagrin et mon père, de reste, ne me renvoyant la balle que très faiblement, m'aimant au-dessus de ses enfants légitimes et étant fort rebroussé à l'idée de me quitter, d'autant, comme il le confia un jour à La Surie, dans un moment de faiblesse (car, à son ordinaire, il ne se plaignait jamais), qu'il n'était pas certain — le siège menaçant de durer longtemps — de me jamais revoir, vu son âge.

De nous trois, c'était assurément Madame de Brézolles qui gardait le mieux la capitainerie de son âme. Et je l'eusse, se peut, accusée de froideur et de sécheresse, si je n'avais pas remarqué le petit tremblement qui, par moments, faisait osciller ses boucles d'oreilles, alors même que son beau visage était calme et serein. À la fin du souper, mon père, sous prétexte qu'il était las, déclina l'offre de la tisane quotidienne dans le petit salon, et sur un œil qu'il lui jeta, La Surie en fit autant, tant est que je demeurai seul avec Madame de Brézolles, laquelle, toutefois, attendit que son valet, sur son ordre, se retirât pour faire face au bec à bec contraint qui nous attendait.

— Mon ami, dit-elle doucement, je vois bien que vous êtes dans une grande fâcherie à mon endroit, et j'en entends bien la raison. Je ne vous ai jamais touché mot de la grande nécessité où j'étais de me rendre à Nantes le plus tôt que je pourrais. Quand vous êtes entré dans cette maison pour mon plus grand bonheur, sachez que je désespérais de pouvoir y aller, n'étant jamais parvenue à rassembler, en raison du siège, une escorte suffisante pour ce long et hasardeux voyage. Tant est que lorsque votre père parla lui-même de se rendre à Nantes pour y visiter vos demi-frères, femme de prime saut que je suis, je trouvai si miraculeuse et si inespérée l'occasion, protégée par ses soldats, de départir avec lui, que je lui en fis à la volée la demande que vous savez, sans réfléchir que j'eusse dû vous en parler de prime et vous expliquer le pourquoi de mon partement.

— Madame, dis-je avec quelque gravité, vous m'avez accueilli si généreusement en votre maison et m'avez donné tant de marques de l'estime où vous me tenez qu'il serait de ma part messéant de vous adresser des reproches que vous ne méritez pas, et pis encore d'exiger de vous des explications sur la nécessité pressante où vous êtes de vous rendre à Nantes.

— « Estime », reprit Madame de Brézolles, avec un petit sourire à la fois tendre et taquinant, n'est pas tout à fait le nom que j'aurais donné à mon attachement pour vous, bien qu'assurément l'estime y ait aussi sa place. Quant aux explications que vous voulez quérir de moi, je vais néanmoins vous les donner. Si j'en prends l'initiative, j'espère que vous les accueillerez volontiers et je vous prie, en tout cas, de me faire la grâce de les ouïr.

— Madame, dis-je, assez attendrézi par le sourire qu'elle venait de m'adresser, je suis et serai en toute occasion votre dévoué serviteur. Je vous écouterai très volontiers et vous aiderai, si je le puis.

— Mon ami, votre dévouement, alors même que vous avez quelque occasion de rancune à mon endroit, me touche infiniment et soyez bien assuré qu'il ne sortira jamais de ma remembrance. Je possède un hôtel à Nantes qui me vient de mon mari. J'y loge habituellement, ne venant à l'ordinaire à Saint-Jean-des-Sables qu'à la belle saison. Or, après le décès de Monsieur de Brézolles, lequel était dû autant aux excès que vous savez qu'à sa blessure, je tombai, en rangeant ses agendas, sur notre contrat de mariage, lequel avait été signé par mon père, et non par moi, comme le veut notre fâcheuse coutume. Et lisant ce contrat, j'y découvris une clause si artificieuse et si scélérate qu'elle me devait rober, à la mort de mon mari, mon hôtel de Nantes, lequel reviendrait alors à ma belle-famille. J'écrivis aussitôt au juge de Nantes pour faire opposition à cette iniquité. Par malheur, nul n'ignore qu'en de telles circonstances, le premier tort d'un plaignant — le tort irréparable — est d'être absent, car on ne sollicite bien les juges qu'au bec à bec, et si je puis dire, de la main à la main...

— La grand merci, Madame. J'entends enfin

pourquoi il était si impérieux pour vous de départir pour Nantes. Cependant, puis-je encore vous poser question ? J'ai quelque connaissance de nos lois, et si vous vouliez bien me dire de quelle clause il s'agit, il se peut que je puisse vous aider.

— Mon ami, dit Madame de Brézolles avec un soupir et un petit air languissant, pardonnez-moi, mais je ne désire pas parler plus avant de ce contrat. Cela nous enliserait dans un marécage de faits qui nous roberait trop de temps alors que le temps qui nous reste est si compté et, partant, si précieux qu'il pourrait être consacré à de plus aimables propos.

Là-dessus, elle se leva de sa chaire à bras, et me dit d'une voix basse et trémulante :

— Dans un quart d'heure, mon ami, je serai dans mes courtines et j'ai l'espoir que vous m'y viendrez retrouver.

Elle s'éloigna alors, accompagnée par le long balancement de son vertugadin dont elle savait bien que je le suivrais des yeux jusqu'à la porte du salon qu'elle allait franchir de biais en soulevant des deux mains son ample vêture. Ce geste, je le guettais toujours tant je lui trouvais une grâce infinie et cette fois encore, qui allait être la dernière, tout chaffourré que je fusse, je n'y manquai pas.

Madame de Brézolles départie, elle ne quitta pas mes pensées et je demeurai à son endroit dans une grande confusion. Non que je ne fusse pas convaincu du véritable objet de son voyage à Nantes : les contrats de mariage étant, jusqu'à la moindre virgule, si traîtreux et les querelles d'héritage qui en résultaient si âpres, que le prédicament dans lequel se trouvait Madame de Brézolles n'était que trop coutumier pour que je pusse le révoquer en doute. Je n'ignorais pas non plus que Madame de Brézolles, ayant passé avec moi un bargoin qui lui était si profitable, avait l'œil grandement sur ses intérêts, et dans un cas comme celui-ci, qu'elle allait se battre pour les soutenir, et du bec et des griffes.

J'étais cependant quelque peu rebroussé qu'elle eût, même avec sa suavité coutumière, refusé toute explication sur la clause scélérate qui la menaçait. Il m'eût semblé plus naturel qu'elle s'en ouvrît à moi puisqu'elle l'avait tant sur le cœur et, outre que son refus avait quelque chose d'un peu désobligeant, je ne pouvais entendre la raison de cette cachotterie.

Plus tard, bien plus tard, quand enfin je connus cette clause et d'autres choses aussi de plus grande conséquence, que Madame de Brézolles m'avait tues à son département, j'entendis combien elle avait été habile et prudente en restant close et coite, car j'aurais alors si mal entendu sa conduite que j'eusse pu désirer, dans le chaud du moment, la chasser de mon cœur.

Comme à tout homme, on m'a appris, en mes maillots et enfances, qu'il était messéant à mon sexe de pleurer, et cette interdiction s'est ancrée si profond en ma cervelle que je voudrais meshui verser des larmes que je ne le pourrais pas. Elles n'en disparaissent pas moins pour autant et elles restent jusqu'au plus profond de ma gorge sans remonter jusqu'à mes yeux. Toutefois, dans ladite gorge, elles ne me sont pas à moins de peine et tourment que si elles coulaient le long de mes joues. Tant est que dans cette ultime nuit passée auprès de Madame de Brézolles je les sentis plus d'une fois me serrer le gargamel dans un douloureux étau.

Cela paraît étrange qu'on puisse coqueliquer tristement et pourtant c'est ce que nous fîmes, tant il est vrai que la tête a une logique et le corps en a une autre. Non que les délices fussent moindres sur le moment, mais quand survenait la bonace entre deux tempêtes, nous redevenions l'un et l'autre des êtres pensants et la pensée que nous allions perdre notre petit paradis pour un temps assurément longuissime nous laissait sans voix, Madame de Brézolles versant sans bruit des pleurs et moi les essuyant, la gorge affreusement serrée.

Nous aimions ce lit dont les courtines roses, soie d'un côté, taffetas de l'autre, laissaient passer la lumière vacillante des bougies, assez en tous les cas pour que je puisse voir le beau visage de Madame de Brézolles et ce corps féminin qui « *tant est tendre, suave, poli et caressant* », comme l'a si bien dit le poète [1].

Comme nous aimions nous le dire, quand les soupirs laissaient place à la parole, le baldaquin nous donnait à l'ordinaire, et nous donna plus encore ce soir-là, le sentiment qu'il nous protégeait d'un monde de ténèbres, et nous le vîmes — à peu même que nous ne le sentîmes — voguer sur une mer frappée par les orages, comme une sorte d'arche de Noé dont nous étions le seul couple, ayant reçu mission du Tout-Puissant de repeupler le monde, quand les eaux du déluge se seraient retirées des terres.

1. Villon.

Le lendemain, dans ma chambre, tandis que je m'habillais, aidé de Luc, on toqua à l'huis, et sachant bien qu'à cette heure nul ne me pouvait visiter hors mon père, je donnai l'entrant.

— Mon fils, dit-il, peux-je vous dire quelques mots avant mon département ?

— Avec joie, Monsieur mon père, dis-je avec un salut.

Je fis signe à Luc de se retirer.

— Mon fils, reprit le marquis de Siorac, peux-je vous poser une question qui touche à votre particulier ?

— Posez, mon père, dis-je, articulant ces mots avec toute la bonne grâce qu'il était possible d'y mettre.

— C'est, reprit-il, que je ne voudrais pas vous offenser par des questions dont les réponses ne relèvent que de votre libre choix.

— Posez, de grâce, mon père, dis-je en souriant.

— Mon fils, reprit-il après un petit silence, avez-vous un sentiment pour Madame de Brézolles ?

— Il me semble, dis-je, souriant toujours, que cela se pourrait, en effet, exprimer ainsi.

— En ce cas, c'est bien réciproque : la dame est de vous raffolée.

— Mon père, dis-je, à quoi avez-vous vu cela ? Elle est si prudente en ses conduites.

— À ce qu'à table — dîner ou souper — elle ne jette jamais l'œil sur vous.

— Et cela, c'est une preuve ?

— Tout autant que si elle ne vous quittait pas des yeux : sa crainte de se trahir l'a trahie.

— Mon père, ce *gioco di parole* est excellent. Il faudra le répéter à Miroul.

À quoi nous rîmes, ce qui eut pour effet de détendre ce qu'il y avait d'un peu tendu dans ce dialogue.

— Je ne vous célerai pas, reprit mon père, que j'ai la meilleure opinion de Madame de Brézolles.

— Mais moi aussi.

— Savez-vous pourquoi elle se rend à Nantes ?

— Défendre l'héritage de son défunt mari contre sa belle-famille, laquelle tente de le lui rober.

— Et elle le défendra très bien, dit mon père, ayant la tête aussi ferme que le cœur est tendre.

Et comme je ne répondais rien, il reprit :

— Mon fils, est-ce que ce propos vous déplaît ?

— Nenni, mon père. Rien de ce qui est dit à l'éloge de Madame de Brézolles n'est susceptible de m'offenser.

J'envisageai alors mon père avec toute l'affection que j'éprouvais pour lui, et je lui dis sur le ton du badinage :

— Monsieur mon père, ferais-je tort à votre pensée en disant que vous seriez charmé si Madame de Brézolles devenait votre bru ? Et pourquoi pas, en effet ? Elle est jeune, elle est belle, elle est bien née et elle a, pour vous citer, la tête aussi ferme que le cœur est tendre. Et si j'entends bien, même sans l'héritage de son défunt mari, elle n'est pas pauvre.

— Mais vous ne l'êtes pas non plus. Et vous avez les faveurs du roi et l'espoir d'un duché. Tant est que vous êtes l'un pour l'autre un très beau parti. Dès lors, que vous arrête ?

— Ce « que » est un « qui » : Madame de Brézolles. Elle me dit qu'elle ne me veut marier que lorsqu'elle sera certaine que je l'aime à sa suffisance.

— Que veut dire ceci ? dit mon père en levant le sourcil.

— Qu'elle est prudente et quant à moi, je ne veux rien presser non plus. Ce sentiment est neuf. Je voudrais lui laisser le temps de croître et de mûrir.

Je ne dis rien là que je ne pensais, mais ce n'était encore que la moitié de la vérité, car je voulais aussi, et je voulais surtout, être éclairé par Madame de Brézolles sur une ou deux choses qu'elle m'avait cachées et dont l'ignorance me retenait d'avoir pour elle cette parfaite fiance qui est si nécessaire aux amours naissantes.

Madame de Brézolles n'emmena avec elle dans sa carrosse que Monsieur de Vignevieille et ses deux chambrières, et nos adieux, prononcés de part et d'autre, avec un visage serein, furent si exactement polis que le jésuite le plus suspicionneux n'y eût rien trouvé à redire. Avec mon père, avec La Surie, ce furent de fortes et prolongées brassées, des paroles convenues, des sourires contraints, une joyeuseté de commande. Margot, avant de monter dans la carrosse paternelle, me fit une profonde révérence, et en réponse, je tapotai sa joue fraîchelette, mais sans la poutouner, mon père étant si jaloux de sa belle.

Les Suisses de mon père — sans compter ses deux soldats, Pissebœuf, Poussevent, et le cocher Lachaise — n'étaient pas moins de quinze pour escorter les deux carrosses et la charrette dans laquelle s'entassaient les bagues, les mousquets, les pétards et les munitions. Quatre chevaux de trait suivaient, le col libre, la religion de mon père étant qu'un cheval attelé ne doit pas trotter plus de douze lieues par jour sans être relayé, et moins de douze lieues, si le chemin est monteux et malaisé.

Les grilles ouvertes par mes Suisses, lesquels faisaient une haie d'honneur de chaque côté de l'allée pavée, le convoi s'ébranla, et alors apparurent quasiment à toutes les fenêtres du château pour le regarder départir valets, laquais et chambrières, d'aucunes de celles-ci pleurant par peur des traîtrises et des périls du grand chemin que leur maîtresse allait, se peut, affronter, si fortement accompagnée qu'elle fût.

— Eh bien, Monsieur le Comte, dit Nicolas pour me tirer de ma morose rêverie, nous voilà seuls tous les deux.

— Comment « tous les deux », Nicolas? N'as-tu pas céans une amourette avec une soubrette?

— Hélas, Monsieur le Comte, c'est justement une des deux chambrières que Madame de Brézolles a emmenées à Nantes.

— Voilà qui est fâcheux et pour toi et pour la pauvrette. As-tu usé avec elle des précautions que je t'ai dites?

— Je n'y ai pas failli.

— Et tu fis bien. Ce serait pitié que la garcelette ne tirât de votre heureux commerce que le malheur d'être grosse.

Par un retour sur moi, je pensai alors à Madame de Brézolles qui avait, de sa propre et expresse volonté, repoussé bien au rebours lesdites précautions, aspirant à être mère de mon fait, sans exiger de moi le mariage : conduite qui, à y réfléchir encore, me laissait béant.

— Aimais-tu ta soubrette, Nicolas? dis-je en voyant sa belle face toute chaffourrée de chagrin.

— Ma fé! Je l'aimais prou, et si elle avait été noble, je l'eusse tout de gob mariée.

— Te voilà donc aussi dans les peines!

— Oui-da, Monsieur le Comte, et comme c'est la première fois que mon cœur est touché, et point uniquement la pauvre bête, je ne sais que faire.

Et il ajouta, mi-sérieux, mi-gaussant :

— Vais-je pleurer?

— Nenni! Nenni! Selle nos juments, Nicolas! Un bon trot jusqu'à Aytré sera la curation, surtout si le roi nous confie une mission qui occupera nos jours. Nous réserverons alors les larmes pour les nuits...

Mais ce n'était là qu'une vanterie de bragard, car la nuit après le département de mon hôtesse j'eus grand-peine à m'ensommeiller et tombai alors dans un long pensement de Madame de Brézolles, lequel me fit grand mal.

*

* *

Il est bien dommage que le cardinal, qui pensait à tout, n'eût pas pensé à emmener dans ses bagues un historiographe qui eût pu relater avec précision l'élévation de cette digue célèbre qui fut construite de la pointe de Coureille à la pointe de Chef de Baie afin de fermer ladite baie et d'empêcher une flotte anglaise de secours d'entrer dans le port et d'envitailler les Rochelais. Selon la pensée de ceux qui la conçurent, la circonvallation des murs devait être poussée jusque dans la mer afin d'achever d'enfermer sur soi la cité rebelle, et de l'amener par la famine à composition.

Il est vrai que nous avions sur place un Malherbe, mais Malherbe n'usait de sa belle rhétorique que pour encenser en vers le roi, la reine, la reine-mère, le cardinal et même la princesse de Conti. Suivant l'exemple d'Homère, contant dans l'*Iliade* le siège de Troie, notre poète de cour eût jugé indigne de lui de relater en prose des événements guerriers, fût-ce même la construction de cette digue pharaonique qui fit l'admiration de l'Europe, et qui employa de jour comme de nuit des milliers d'ouvriers.

Faute d'un historiographe, ou à tout le moins d'un Malherbe qui eût consenti à l'être, la date même où furent jetées dans la vase de la baie les premières pierres perdues reste douteuse. Les uns assurent que la digue fut commencée en décembre 1627 et terminée, quatre mois plus tard, en mars 1628. D'autres, qui, d'après ma propre remembrance, me paraissent plus proches de la vérité, assurent que ce fut en novembre 1627 que le premier ouvrier déversa dans la baie la première hotte de pierres. Sans être tout à plein terminée six mois plus tard, la digue fut déjà assez forte pour tenir, en mai, en échec la première expédition anglaise.

Dans la matinée qui suivit le département de mon père et de Madame de Brézolles, j'allais, comme je faisais tous les jours, assister au lever du roi à Aytré et le trouvai au lit, mal allant d'un catarrhe qui lui était chu sur le nez et la gorge, mais la Dieu merci, sans fièvre, comme l'en assura le docteur Héroard qui achevait de prendre le pouls royal tandis que je franchissais les balustres.

— Sire, dit Héroard, il faut que vous demeuriez à repos deux jours dans votre lit.

— Et m'allez-vous aussi mettre à diète ? dit Louis avec quelque mésaise, étant, comme tous les Bourbons, grand mangeur.

— Point du tout, Sire. Les viandes nourrissent le sang et le sang est un grand curateur des catarrhes. Sire, fûtes-vous à la chaire percée ?

— Berlinghen, montrez ! dit Louis.

Berlinghen montra et le docteur Héroard eut l'air satisfait d'un *magister* qui donne une bonne note à un élève.

— Bien ! Bien ! Fort bien, Sire ! dit-il en hochant la tête d'un air approbatif.

Et Louis parut soulagé de n'avoir point cette fois à redouter purge ou clystère, médications dont Héroard était prodigue.

— Toutefois, dit-il d'un air maussade, le nez me coule.

— Sire ! dit Héroard gravement, laissons-le couler. C'est une bonne chose : il se purge de soi.

— Et qui n'attraperait catarrhe céans ? dit Louis, fort malengroin. L'endroit est, à la vérité, très mauvais. Ce ne sont que pluies, vents glacés et froidure.

— La faute en est à l'océan, Sire. Toutefois, en été, la chaudure n'est jamais excessive.

— Ah *Sioac* ! dit le roi. Te voilà enfin !

— Je vous demande mille pardons de mon délaiement, Sire. Le marquis de Siorac est departi ce matin pour Nantes.

S'il y eut jamais un sentiment que Louis entendît à merveille, c'était l'amour d'un fils pour son père. Il avait neuf ans quand notre bon roi Henri mourut assassiné et cette blessure-là fut la plus cruelle qu'il subît jamais.

— *Sioac,* dit-il, tu es pardonné pour l'amour de ton père. Et que le ciel te fasse la grâce de le garder longtemps encore sain et gaillard, comme je l'ai vu céans.

— Que le ciel vous entende, Sire! dis-je non sans émeuvement.

— *Sioac,* poursuivit le roi, je n'ai pu hier et ne pourrai demain visiter la digue et je voudrais que tu te rendes à Chef de Baie pour voir ce qu'il en est de l'avancement des travaux, et me dire aussi ce que tu es apensé de la digue elle-même sur laquelle j'ai des doutes.

— Peux-je quérir de vous, Sire, si vos doutes portent sur l'avancement des travaux ou sur la digue elle-même?

— Sur la digue elle-même. L'idée d'une digue me semble bonne en soi, dit Louis, mais je crains que la première tempête un peu forte réduise à néant les peines et les pécunes que nous y aurons prodiguées.

— Sire, je suis à vos ordres tout dévoué. Toutefois, je ne suis ni marin, ni ingénieur, ni maçon.

— Mais tu as du nez, *Sioac,* et je me suis toujours bien trouvé de tes avis. Pars pour Chef de Baie sans tant languir. Schomberg te montrera les travaux.

Là-dessus, il me donna mon congé et bien que ce fût fort flatteur d'ouïr de la bouche d'un si grand chasseur qu'il me trouvait « du nez », la mission, outre qu'elle passait ma suffisance, me parut fort délicate. Nul n'ignorait, en effet, qu'au camp le cardinal, bien plus que le roi, faisait fond sur la digue, estimant, quant à lui, que toute entreprise, si escalabreuse qu'elle parût de prime, ne pouvait que succéder, pour peu qu'on s'y engageât avec foi, labeur et constance. Ainsi, quoi que conclût « mon nez » sur la durabilité de la digue, j'étais certain de plaire à l'un et de déplaire à l'autre.

À Chef de Baie, le géantin Schomberg m'accueillit à bras ouverts, lesquels, à mon grand dol, il renferma sur moi, me baillant une étouffante brassée avec claques dans le dos dont même un ours eût pâti. Là-dessus, ayant fait subir le même sort à Nicolas qui eut peine à ne pas tordre le bec à ces effusions, Schomberg nous invita incontinent à partager son rôt : un gigot d'agneau fumant et odorant, lequel, se mettant aussitôt ventre à table, Schomberg entreprit lui-même de découper.

À ce moment, l'exempt introduisit l'aîné de Nicolas, le capitaine de Clérac, qui venait d'arriver, porteur d'un ordre du roi. Il échappa seul aux embrassements du maréchal qui, trop occupé à son découpage, lui donna l'ordre de s'asseoir sans tant languir avec nous. Après quoi, ayant fini sa tâche, Schomberg nous commanda de lui tendre nos écuelles, chacun son tour et selon l'ordre hiérarchique, moi-même de prime, le capitaine de Clérac ensuite et, enfin, l'écuyer Nicolas, lequel, toutefois, ne fut pas le moins bien servi.

Les premières bouchées et les premières lampées de vin de Loire furent glouties en silence tant il nous parut de la plus grande conséquence de nourrir de prime la pauvre bête, mais la première faim apazimée — et ce n'est pas à dire que nous allions négliger la seconde — nous revînmes au langage articulé qui est le propre de l'homme.

— Çà, Clérac ! dit Schomberg, que vous amène céans ?

— Monsieur le Maréchal, dit Clérac, j'apporte deux messages de Sa Majesté. L'un qui est écrit et qui vous est destiné et le second, qui est oral, pour Monsieur le comte d'Orbieu.

— Avec votre permission, Comte, dit Schomberg, voyons de prime la lettre du roi.

Bien que Clérac, qui était à la gauche du maréchal, n'eût qu'à avancer la main pour lui bailler la lettre, il se leva, se mit au garde-à-vous et, au bout de son bras raidi, tendit le pli royal à Schomberg en le saluant de la tête. Après quoi, il demeura debout, attendant ses ordres.

— Que diantre ! Asseyez-vous, Clérac ! dit Schomberg qui, toutefois, eût trouvé mauvais que le capitaine ne se levât pas pour rendre cet hommage à la fois au roi et à lui-même.

Clérac se déraidit aussitôt et se rassit, mais sans toucher à ses viandes, l'œil fixé avec déférence sur Schomberg qui rompait le cachet royal d'un air à la fois important et soucieux, car ce n'était jamais sans appréhension qu'on ouvrait une lettre de Louis, lequel blâmait plus souvent qu'il ne louait.

Toutefois, dès que Schomberg eut parcouru le contenu du pli, son visage brilla de la joie la plus vive et il dit d'un ton quasi triomphant :

— Messieurs ! Oyez ce que le roi m'écrit ! Il me

demande qui de moi ou du duc d'Angoulême commandait hier l'armée de Chef de Baie !

Là-dessus, Schomberg se mit à rire à gueule bec, tandis que nous l'envisagions, béants, n'entendant rien à cette hilarité.

— Et qui, Messieurs, commandait hier l'armée de Chef de Baie ? reprit Schomberg, riant toujours. Qui, Messieurs, sinon le duc d'Angoulême ?

Clérac, Nicolas et moi échangions des regards étonnés, souriant à demi pour ne pas offenser le maître de maison, mais toujours sans rien entendre.

— Monsieur le Maréchal, dis-je à la parfin, que s'est-il donc passé hier à Chef de Baie pour que le roi veuille savoir qui y commandait ?

— Comment ? Vous ne le savez point ! s'écria Schomberg, toujours souriant. Je vais vous le dire, ce n'est pas un secret. Tout le camp connaîtra l'affaire avant ce soir. Hier, à la nuitée, les Rochelais ont fait une sortie. Ils nous ont surpris, bousculé deux compagnies, fait une dizaine de prisonniers, et qui pis est, capturé cinq ou six bœufs qui paissaient entre les tranchées. Je dis « qui pis est », car les Rochelais, étant en bons huguenots, gens de bargoin et de commerce, nous rendront les nôtres moyennant rançon. Mais ils ne rendront pas les bœufs. De reste, ils les ont déjà sacrifiés. Et ce matin, ils en promenaient joyeusement des morceaux à notre vue du haut de leurs remparts. Pauvre Angoulême ! conclut-il. À peu que je ne le plaigne ! Comte, que pensez-vous que Louis va lui faire ? Le renvoyer à Paris ?

— Il ne le peut, Monsieur le Maréchal ! S'il le

renvoyait à Paris, les vertugadins diaboliques ne seraient que trop heureux de recruter un prince du sang. Le duc va s'en tirer, je pense, avec une verte semonce et une bouderie royale.

— Une bouderie royale ? dit Schomberg, sans cacher sa déception, car visiblement il avait escompté le pire. Une bouderie ? Qu'est cela ? Une bouderie pour une faute aussi grave que le manque de vigilance face à l'ennemi ?

— Oh ! Monsieur le Maréchal ! Ce ne sera pas si facile à vivre pour le duc ! Pendant dix à quinze jours, Louis ne lui adressera pas la parole et ne jettera pas l'œil sur lui ! Et si le malheureux ose s'adresser à lui, il feindra de ne pas l'ouïr. Et voilà notre pauvre Angoulême fort humilié, étant devenu invisible et inaudible devant toute la Cour.

— Comte, vous l'expliquez si bien ! Avez-vous déjà été boudé ?

— Oui, mais c'était, pour ainsi dire, une bouderitille ! Elle n'a duré qu'une journée ! Le cardinal, m'estimant innocent, m'a fait la grâce d'intervenir pour moi et, dès le lendemain, le roi voulut bien me redonner son œil, sa parole et son oreille.

Schomberg rangea dans la manche de son pourpoint la lettre de Sa Majesté, puis grommelant des paroles indistinctes, il se tailla deux tranches d'agneau qu'il se mit à gloutir avec élan comme si elles allaient le consoler de sa déception. Personne n'osant alors mot piper, je me pris à penser que c'était vraiment étrange que Schomberg parût davantage chagrin de la demi-impunité d'Angoulême que du revers que son armée avait subi. Car, bien qu'il ne la commandât qu'un jour sur deux, c'était malgré tout la sienne. Et encore que le succès des Rochelais fût partiel et petitime, il renforçait malgré tout leur ardeur combative et leur espérance de vaincre.

Ayant satisfait sa deuxième faim, sans même parler de sa deuxième soif, Schomberg saillit enfin de son silence et son bon naturel reprenant le dessus, il fit quelque effort pour envisager les choses avec moins de passion.

— À bien voir, dit-il, le duc n'est pas sans qualités. Il est vaillant et il sait la guerre, quoiqu'il la sache comme la concevait Henri IV : une folle charge de cavalerie contre les piques de l'infanterie ennemie. Mais il est impropre à conduire un siège, étant léger, insouciant, peu méthodique et si rebelute à se donner peine que les soldats le sentent et se relâchent aussi. Tant est que lorsque revient mon tour de commander, mon principal souci est de resserrer la discipline et, partant, la vigilance.

Ayant fait cet effort d'équité qui ne fut pas sans rehausser l'estime — de reste légitime — qu'il se portait à lui-même, Schomberg se rasséréna, gloutit viandes et vin à cœur content et, se tournant à la fin vers le capitaine de Clérac, dit sur ce ton cavalier, enjoué et militaire qu'il prenait avec les officiers, je dis avec « les officiers » et non avec « ses officiers » car les mousquetaires du roi ne dépendaient que de Sa Majesté :

— Eh bien, Clérac ! Que diantre est devenu ce message oral que tu devais délivrer au comte d'Orbieu ? L'aurais-tu avalé ? Ou ne serait-il propre qu'aux seules oreilles du comte ?

— Le message n'est nullement secret, Monsieur le Maréchal, dit Clérac. Il concerne mon frère Nicolas. Le roi avait arrêté de longue date qu'il devait, à la fin de ce mois-ci, rejoindre les mousquetaires. Mais le roi, considérant qu'il serait malaisé à Monsieur le comte d'Orbieu de recruter un autre écuyer en pleine guerre, le laisse libre de garder Nicolas jusqu'à la fin du siège, si tel est son désir.

— Cela m'agréerait fort, dis-je aussitôt, pourvu que Nicolas soit consentant.

— Et comment ne le serais-je pas, Monsieur le Comte ? dit Nicolas, sa tant belle et juvénile face rosissant de plaisir.

— Dès lors, tout va bien qui finit bien, dit Schomberg qui eût toutefois souhaité que les choses se fussent autrement terminées, à tout le moins quant aux destinées d'Angoulême. Comte, dit-il en se levant, si vous voulez voir la digue, il est temps d'y aller, car le soleil, si soleil il y a, se couche tôt en ces mois froidureux.

CHAPITRE V

Par le fait, quand nous saillîmes du logis de Monsieur de Schomberg, il n'y avait pas le moindre soleil en vue, mais un ciel bas et noir, une pluie qui tombait à seaux et un vent si violent qu'un homme avait peine à se tenir debout. L'orage, en outre, était glacé, et en raison du vent, au lieu de vous tomber sus, il vous frappait en oblique avec tant de force qu'il vous contraignait à lui tourner le dos, autant pour échapper aux coups d'épingle dont il vous eût criblé la face que pour ne point qu'il vous clouît le bec et vous fît perdre vent et haleine.

— Or çà ! dit Schomberg, prenons ma carrosse pour gagner la pointe ! Que nous rapporterait d'y aller à cheval et d'être trempés comme des soupes ? C'est assez que nos pauvres soldats poursuivent leur labeur sur la digue par un temps pareil.

Mais dès que la carrosse se mit à rouler, les rafales la secouèrent comme prunier et les chevaux de tête peinaient fort pour ne marcher qu'au pas, alors même que la route de la circonvallation avait été creusée dans la terre de six bons pieds pour échapper au tir des Rochelais. Ce que je trouvais fort rassurant, car le chemin creux nous protégeait non seulement des mousquetades mais aussi, en partie, des brusques bourrasques qui, à mon sentiment, étaient assez fortes pour projeter carrosse, chevaux et nous-mêmes dans la boue.

On parvint enfin à la pointe elle-même, laquelle était située à quelque distance au nord du village de Chef de Baie et là, en mettant pied à terre, nous fûmes si sauvagement accueillis par un coup de vent que Schomberg, nous criant de le suivre, courut se réfugier dans une baraque de bois, laquelle était ancrée par des câbles dont l'extrémité était fixée au sol par des crochets noyés dans un mortier. J'aperçus deux de ces câbles d'un œil en me mettant à l'abri, mais je supposai qu'il y en avait d'autres et qu'il en fallait bien au moins quatre pour que la baraque elle-même ne fût pas emportée par la tempête.

L'huis une fois reclos sur nous, je ne vis rien d'autre de prime qu'un poêle, une grande table entourée de chaises rustiques, et dont le large tableau était encombré de feuilles quadrillées, maintenues aux quatre coins par des galets. Deux hommes se trouvaient là, simplement et chaudement vêtus, desquels Schomberg me donna le nom et la qualité : l'ingénieur Métezeau et Monsieur Thiriot, maître d'œuvre.

— Comte, dit Schomberg, ces deux messieurs répondront à toutes vos questions. L'un a fait les plans de la digue, et à l'autre le roi a confié sa construction.

— Monsieur le Maréchal, dit Métezeau, qui, tout maigre, estéquit et grisonnant qu'il fût, paraissait cependant bien allant, à en croire sa parole, qui coulait de source, distincte et bien timbrée : j'ai, en effet, dessiné les plans de la digue, mais les améliore tous les jours en suivant les avis du maître d'œuvre, ici présent.

— Oh ! Maître d'œuvre ! dit le deuxième homme, lequel était trapu et la face aussi rouge que celle d'un jambon, maître d'œuvre est un bien grand mot ! Je suis le maçon et encore, un maçon qui ne maçonne pas, puisque nous travaillons à pierres perdues.

— Quelles pierres appelez-vous ainsi ? dis-je alors.

— Des pierres qui ne sont pas liées par du mortier, mais tiennent l'une sur l'autre par leur poids et leur équilibre.

— Et pourquoi, Monsieur, ne pas les lier avec du mortier ?

— Parce que nous ne pouvons travailler qu'à marée basse, quand la baie se découvre et la marée haute revenant, le mortier serait emporté par la montée du flot sans avoir le temps de sécher.

— Vous ne liez donc pas ?

— Si, Monsieur le Comte, mais avec la vase.

— Et la vase n'est pas emportée ?

— En partie oui, mais il en reste toujours assez, et la vase est moins chère et plus accessible que le mortier. À part quelques rochers ici et là, toute la baie n'est que vase. Il n'y a qu'à se baisser.

— On dit, à Aytré, que vous travaillez nuit et jour sur la digue.

— C'est très flatteur de dire cela de nous, dit l'ingénieur Métezeau avec un sourire, mais à la vérité, c'est que nous ne pouvons travailler qu'à marée basse, quand la baie découvre, c'est-à-dire six heures par jour. Ce n'est que lorsque la marée basse survient après le coucher du soleil que nous travaillons la nuit.

— Vous ne travaillez donc que six heures par jour, dit Schomberg avec une nuance de désapprobation qui n'échappa ni à Métezeau ni à Thiriot, lequel, de rouge, devint pourpre.

— Le moyen, Monsieur le Maréchal, de faire autrement ! dit Métezeau d'une voix égale et polie. La marée haute dure six heures et nous ne pouvons pas travailler sous l'eau.

— J'ajouterai, avec votre permission, Monsieur le Maréchal, dit Thiriot avec une voix un peu moins suave, que ce travail-là est si pénible que s'il durait plus de six heures, il excéderait les forces humaines.

— Monsieur Métezeau, dis-je, assez mécontent des remarques que Schomberg venait de faire et qui me paraissaient fort déplacées, vous construisez la digue en pierres. N'a-t-il pas été question au début de la construire en bois ?

— En effet, dit Métezeau, non sans ironie, c'était une idée de l'ingénieur italien Pompeo Tagone, et ce n'était point une idée neuve : ce qu'il proposait n'était rien d'autre, à bien voir, qu'une estacade.

— Et qu'est-ce qu'une estacade ? dis-je.

— C'est une sorte de rempart marin dont on protège une flotte au mouillage dans une baie pour éviter que, la nuit, des pinasses ou des galères s'infiltrent entre les vaisseaux et y fassent le dégât. L'estacade est faite de pontons, de poutres et de vieux mâts, liés ensemble par des chaînes et des cordes. C'est là un vieil expédient bien connu des marins et qui dure ce qu'il dure : le temps d'un mouillage.

— Est-ce à dire qu'une tempête peut rompre des chaînes de fer ?

À cette question qu'il jugeait naïve, Métezeau réprima un sourire et répondit avec une parfaite bonne grâce.

— Une forte mer, Monsieur le Comte, peut rompre une chaîne de fer aussi facilement qu'une corde de chanvre.

— Et même plus facilement, dit Thiriot, car la corde de chanvre possède une certaine élasticité que le fer ne possède pas.

Là-dessus, Métezeau ne parut pas tout à plein d'accord, mais se tint coi, ne voulant pas, à ce qu'il me sembla, contredire Thiriot devant le maréchal.

— Eh bien, dis-je, que se passa-t-il quand Tagone eut construit son estacade ?

— Eh bien, elle fut fort plaisante et confortante à voir et à admirer pendant huit jours, et le neuvième jour, la tempête, à marée montante, la mit en pièces.

— Et Sa Majesté, dit Thiriot, renvoya Pompeo Tagone en lui donnant dix mille écus. Jamais on ne vit aussi bien payé un ingénieur aussi insuffisant.

— Monsieur Thiriot, dit Schomberg roidement, ne critiquez pas le roi !

— Monsieur le Maréchal, dit Thiriot en s'empourprant derechef, loin de moi la pensée de critiquer Sa Majesté...

— Monsieur Métezeau, enchaînai-je aussitôt,

quelles dimensions a la digue que vous êtes en train de construire ?

— Elle est large de huit toises [1] à la base et de quatre toises au sommet. Sauf qu'elle ne se termine pas en pointe, mais en plateau. Elle a une forme fortement pyramidale qui, présentant des côtés en pente, évitera que les vagues ne se brisent contre eux avec autant de force que si ses côtés avaient été verticaux. En outre, de place en place, des trous à sa base ont été pratiqués, afin que s'y engouffre une partie du flux, ce qui diminuera d'autant le volume, et partant la force des lames qui s'écrasent sur ses flancs. Au centre de la digue, permettant l'entrée et la sortie des vaisseaux, ainsi qu'une partie du flux montant et du flux descendant, il y aura un goulet de trente toises de large.

— Monsieur, dis-je, il me semble que ce goulet implique qu'une longueur de digue est construite céans, à partir de Coureille, et une autre, de l'autre côté de la baie, à partir de Chef de Baie.

— C'est cela même, Monsieur le Comte. De reste, le ciel s'étant éclairci et la pluie ayant cessé, vous plairait-il de sortir pour distinguer la partie de la digue qui part de Chef de Baie ?

J'acquiesçai à cette suggestion, mais non le maréchal de Schomberg qui dit connaître l'autre côté et préféra demeurer dans la baraque. Monsieur Métezeau proposa alors de lui faire apporter du vin chaud, proposition que le maréchal, pour une fois gracieux, accepta.

Nous remîmes hongrelines et chapeaux, mais la Dieu merci, l'huis passé, nous ne fûmes pas

1. Une toise égale deux mètres.

assaillis par la rafale que nous attendions, mais par un vent qui, si froidureux qu'il fût, n'était pas tant violent et insufférable.

— Cela va mieux, dit Thiriot, le temps soulage. Mais il ne soulagera pas longtemps. Ce n'est qu'une bonace entre deux bourrasques. Monsieur le Comte, voici une longue-vue. Vous verrez mieux les travaux qui se font de l'autre côté de la baie.

Je lui sus gré de ce prêt et lui dis un merci qui fut accompagné d'un sourire auquel il répondit par un sourire tout aussi chaleureux. Ce gros homme était fin et il n'avait pas été sans apercevoir que la rebuffade de Schomberg à son endroit m'avait fort rebroussé.

Le ciel d'un noir d'encre à notre advenue était devenu gris foncé, et sur ce gris, les pierres blanches du tronçon de digue à Coureille se distinguaient assez bien, mais les soldats, ou si l'on préfère les ouvriers, n'étaient que des petites taches sombres qui s'agitaient sur du blanc.

— Monsieur Métezeau, dis-je, à défaut de voir comment on procède à Coureille pour construire la digue, pourrait-on s'approcher céans plus près du bord afin de voir vos hommes à l'ouvrage ?

Peut-être dois-je expliquer ici, pour la clarté du récit, que le grand chemin de la circonvallation, en arrivant à la pointe de Coureille, se divisait en deux, une branche sur la dextre montant jusqu'à la petite hauteur où s'élevait la baraque dont nous venions de saillir et l'autre branche aboutissant à la mer. Tant est qu'en revenant à pied sur nos pas, jusqu'au carrefour que nous avions traversé en carrosse quelques minutes plus tôt, nous aboutîmes à un terre-plein creusé dans la terre et le roc, et large assez pour accueillir les chariots qui déchargeaient continuellement des pierres, celles-ci étant aussitôt grossièrement mises en tas par les soldats, de façon à libérer assez d'espace pour le charroi suivant. Les arrivées de ces chariots étaient si fréquentes qu'on avait placé une sentinelle à la croisée des deux chemins pour que le chariot survenant se garât sur l'embranchement de dextre afin de laisser passer le chariot qui repartait à vide.

Il n'est pas que ma belle lectrice n'ait vu, au moment des vendanges, ce que c'est qu'une hotte : un grand panier, de forme oblongue, que l'on porte derrière le dos, grâce à des bretelles qui pèsent sur les épaules. Une hotte qui transporte de grosses pierres et non pas des raisins est, d'évidence, plus solidement construite, ainsi que les bretelles qui les soutiennent et, puis-je aussi ajouter, les épaules et les dos de ceux qui portent le tout.

Voici comment le chargement se faisait. Le porteur (il n'y en avait pas qu'un, mais plusieurs douzaines et d'ailleurs, ils se relayaient) présentait sa hotte vide en tournant le dos aux deux chargeurs de son équipe, et ceux-ci déposaient les pierres dans la hotte non sans quelque délicatesse, pour que leur poids, en retombant, ne donnât pas une secousse aussi inutile que douloureuse au porteur, lequel déjà bandait fort ses muscles pour ne pas succomber sous le poids. Là-dessus, le porteur marchait à petits pas branlants sur les planches qu'on avait jetées sur le tronçon de digue déjà construit jusqu'à deux autres « chargeurs » qui avaient, en fait, la mission de décharger le contenu de la hotte et de placer les pierres à l'endroit précis désigné par les maçons.

— Il me semble, dit Nicolas *sotto voce*, que j'aimerais mieux être chargeur que porteur.

— Et vous n'y gagneriez rien, Monsieur l'Écuyer, dit Thiriot. Un homme n'est jamais porteur plus de dix minutes. Après quoi, il devient chargeur, et ainsi de suite. Le labeur est accompli par équipes de cinq hommes : deux hommes pour charger, deux hommes pour décharger et un porteur. Et ne croyez pas que la tâche du chargeur soit si facile ! Les pierres sont lourdes et peu douces aux mains quand on les manie six heures de suite.

— Tous les soldats que je vois là, dis-je, sont volontaires pour ce travail exténuant ?

— Oui-da, Monsieur le Comte, dit Thiriot, tous volontaires. Et vous voyez, nul ne répugne à se donner peine.

— Il n'y a point de paresseux ici, dit Métezeau qui avait encore sur le cœur la remarque du maréchal.

— Sont-ils payés en sus ?

— Oui-da ! Un mereau par hotte transportée.

— Que vaut le mereau quand on le remet à l'Intendant ?

— Un sol.

— Dès lors, pourquoi ne leur donne-t-on pas tout aussi bien un sol sonnant et trébuchant ?

— Pour éviter les roberies, Monsieur le Comte. Un mereau ne vaut rien, si le soldat n'est pas inscrit comme volontaire sur le rollet des Intendants. Tant est que des mereaux robés aux travailleurs vous mènent le robeur droit et court au gibet.

— Y en eut-il ?

— Deux ou trois. Jusqu'à ce que les robeurs eussent compris que les roberies de mereaux ne pouvaient faillir d'être décloses.

— Combien un soldat peut-il porter de hottes en six heures de marée basse ?

— Vingt. Jamais plus.

— Et il reçoit, lors, vingt sols par jour ! Plus sa solde de soldat qui est de dix sols ! Diantre ! Un demi-écu quotidien ! Le voilà riche !

— Oui-da, le voilà riche ! Mais à quel prix ! Grâce à un travail de forçat, exécuté dans le vent, la froidure et la pluie. Il y a des façons plus douces, ajouta Thiriot, de s'enrichir dans ce monde où nous sommes...

Remarque qui eût valu à Thiriot, si Schomberg l'avait ouïe, une sévère sourcillade, toute critique du train où allaient les choses en ce royaume lui paraissant impie, puisque Louis en était le roi et puisque le roi l'avait fait maréchal.

— Monsieur le Comte, dit Métezeau, le ciel noircit derechef. Une nouvelle bourrasque ne va pas tarder à fondre sur nous. Si vous avez vu tout ce que vous vouliez voir, nous pourrions nous retirer dans la baraque, où un vin chaud nous attend.

J'acquiesçai et fus proprement suffoqué par la chaleur en pénétrant dans la baraque, alors même que mes pieds et mes mains restaient de glace. Schomberg était assis à la table, tournant le dos au poêle dont le ronflement à lui seul était déjà fort confortant. Le maréchal tenait à deux mains un gobelet auquel il buvait des petites goulées prudentes, tant sans doute le vin chaud lui brûlait la langue.

— Monsieur Métezeau, dis-je, après avoir bu moi-même le confortant breuvage, me tromperais-je en disant que le tronçon qui part de la digue de Chef de Baie n'est pas tout à fait en face de celui qui part de Coureille ?

— Monsieur le Comte, dit Métezeau, rien de plus vrai, ni de plus voulu. Ce décalage fait partie du plan élaboré par Monsieur Thiriot et moi-même. Les tronçons ne se terminent pas, en effet, en face l'un de l'autre, ce qui rendra plus difficile le passage du goulet de trente toises qui les sépare. Cette disposition va contraindre les vaisseaux qui, venant de la mer, désirent entrer dans la baie, à faire un détour qui prendra la forme d'un « s » : détour difficile, même par temps calme, car il faudra changer très rapidement les amarres des voiles pour effectuer ce contournement et il est douteux qu'un vaisseau de haut bord ait assez de place ni de temps, ni une brise assez complaisante, pour exécuter une aussi délicate manœuvre et pour l'exécuter sous le feu de nos canons.

— Car la digue sera garnie de canons ?

— Assurément, Monsieur le Comte. En outre, chacune des deux extrémités du goulet comportera, côté mer, et à faible distance de leurs pointes respectives, une jetée construite perpendiculairement à la digue. Ces deux jetées, elles aussi garnies de canons, pourront battre par le travers tout vaisseau tâchant de zigzaguer pour passer le goulet. En outre, devant la digue côté mer, nous allons dresser en quinconce plusieurs palissades de bois qui vont gêner considérablement l'avance d'une flotte ennemie.

— Comment seront faites ces palissades ?

— De gros pieux enfoncés profondément dans la vase et reliés entre eux par des chaînes.

— Est-ce que la tempête ne va pas en avoir facilement raison ?

— Nenni, Monsieur le Comte, pour la raison que des intervalles seront ménagés entre les pieux qui permettront à l'eau de passer. D'un autre côté, ces palissades briseront quelque peu la force des vagues et, par là même, protégeront la digue. Monsieur le Maréchal, poursuivit-il, votre gobelet est vide. Vous plairait-il qu'il fût rempli derechef ?

Schomberg acquiesça, et moi aussi, combien que je n'en eusse guère envie, mais je noulus laisser le maréchal boire seul, car cela aurait augmenté son humeur escalabreuse. Elle l'était déjà bien assez : Schomberg ne croyait visiblement pas à l'utilité de la digue. Il n'aimait pas les ingénieurs, ni les maçons, ni ces gens qui voulaient rober la victoire aux soldats et à leurs chefs par des inventions mécaniques. Il plaignait aussi chattemitement les pécunes qui s'engloutissaient là, estimant que ces travaux futiles ne servaient à rien, la guerre contre La Rochelle devant être gagnée par des soldats et non par des cailloux mis en tas.

Tout en buvant mon deuxième gobelet de vin, j'envisageai tour à tour Métezeau et Thiriot ; une question me brûlait les lèvres que je noulais pourtant poser en présence de Schomberg, craignant qu'il n'ouït la réponse et la répétât dans le camp. Comme le silence se prolongeait, Thiriot, le plus fin des deux, entendit et mon regard et ma réticence et dit, s'adressant à Schomberg :

— Monsieur le Maréchal, au premier étage de

cette baraque, il y a une fenêtre qui donne de bonnes vues sur l'ensemble de la construction. Voulez-vous y jeter un œil ?

— Merci, j'en ai assez vu comme ça, dit Schomberg, le nez dans son gobelet.

La même suggestion me fut alors faite, laquelle j'acceptai aussitôt. Tant est que Méte-zeau, Thiriot et moi-même prîmes l'escalier de bois qui montait au premier, et comme cet escalier était fort branlant, nous montâmes sur la pointe des pieds et sans mot piper, comme si l'absence de noise avait pu alléger notre poids.

— Messieurs, dis-je, après avoir jeté le plus bref des coups d'œil à la fenêtre, je suis bien aise de vous parler au bec à bec, voulant vous poser des questions délicates dont je voudrais bien ouïr, seul, les réponses. Mais je voudrais vous dire de prime que je n'ai aucun préjugé *a priori* contre la digue, la trouvant bien au rebours émerveillablement conçue et construite. Voici ma question. Toutefois avant de la formuler, je voudrais vous prier encore de ne voir rien d'hostile à votre œuvre. Ma question est posée de bonne foi : la digue sera-t-elle utile ?

Il y eut là-dessus un assez long silence, Méte-zeau et Thiriot se concertant de l'œil. Puis Méte-zeau répondit, non sans quelque gravité :

— Monsieur le Comte, il y a plusieurs réponses à votre question, mais la première et, se peut, la plus importante me paraît être celle-ci : Monsieur le Cardinal, depuis l'occupation de l'île de Ré par Buckingham dont l'Anglais fut délogé à grand-peine, a déployé une émerveillable activité pour doter le roi d'une marine puissante. Mais à l'heure où nous sommes, elle n'est pas encore assez forte pour battre en pleine mer une flotte anglaise qui viendrait envitailler La Rochelle. Toutefois, la même flotte, placée en avant-garde de notre digue et soutenue par nos canons, pourrait faire le plus grand mal aux envahisseurs. D'autre part, Monsieur le Comte, vous n'ignorez pas que Monsieur de Bassompierre est en train de construire, près de Fort Louis, un port que nous appelons Port Neuf. On y doit mouiller la flotte française et elle sera alors si proche de nous qu'elle ne peut faillir de se joindre à la défense de la baie, dès que les voiles anglaises apparaîtront dans le pertuis breton. Plaise donc à vous, Monsieur le Comte, de considérer la digue comme une fortification immobile qui a pour fin d'appuyer et de renforcer, par sa puissance de feu, une force mobile.

Tout homme d'esprit que fût Monsieur Métezeau, ce langage m'eût surpris dans sa bouche, si je n'y avais pas reconnu les façons de dire et la pertinence du cardinal de Richelieu. Et quand Thiriot prit la parole, sa réponse eut le même son.

— Monsieur le Comte, dit-il, il y a une autre réponse à votre question et je vous la donnerai à la franche marguerite. La digue — sauf tempête gravissime — sera terminée dans six mois. Si l'Anglais attaque avant qu'elle le soit, elle servira peu. Si l'Anglais attaque en mai, elle servira prou. Or Monsieur le Cardinal opine que le gouvernement anglais a de si grands embarras d'argent qu'il ne pourra constituer une grande flotte avant le printemps.

— Merci, Messieurs, de votre patience à me répondre, dis-je. Puis-je vous poser encore une question qui, si elle est la dernière, n'est toutefois pas la moins importante : est-ce qu'une très violente tempête peut détruire la digue, qu'elle soit ou non finie ?

— Nous devons en courir le risque, dit Métézeau, surtout pendant les mois d'hiver, et prier Dieu qu'il protège notre digue, puisqu'elle peut seule donner la victoire au roi.

Dans sa carrosse sur le chemin du retour, Schomberg me parut plus malengroin que jamais. Il s'enfonça de prime dans un silence revêche dont il ne saillit que pour me dire :

— Quand il ne pleut pas à seaux, le roi est tous les jours sur la digue. Il s'y enquiert de tout, il la connaît mieux que personne. Il lui arrive même dc travailler avec les maçons au placement des pierres perdues. Et du diantre si je sais pourquoi il vous a confié la mission qui est la vôtre ?

— Monsieur le Maréchal, dis-je avec un sourire et une pensée pour le pauvre Thiriot, critiquez-vous le roi ?

— Nenni ! Nenni ! dit Schomberg qui, malgré sa rude face, sa peau tannée, sa forte moustache et ses gros sourcils, eut l'air tout soudain d'un petit écolier pris en faute. Je ne suis qu'un sot, reprit-il, Sa Majesté sait ce qu'Elle fait.

Cette humilité chez ce vieux serviteur du roi me toucha et, l'ayant piqué, je pris le parti de verser un peu de baume sur la piqûre.

— Monsieur le Maréchal, dis-je, ma remarque n'était que badinerie. Il est naturel que vous vous inquiétiez de l'avenir de cette entreprise, étant ce que vous êtes : un des piliers de l'État.

Cette petite cuillerée de miel lui remit le cœur en place, et il m'envisagea de façon plus amicale qu'il ne l'avait fait jusque-là. Tant est qu'au bout d'un moment, il me dit d'un air hésitant :

— Mon ami, il y a tant à dire sur cette diantre de digue ! Et du contre et du pour. Et vous-même, qu'en pensez-vous ?

Je levai les yeux au plafond de la carrosse — lequel était virilement de cuir, et non de satin rose comme celui de la duchesse de Guise —, secouai légèrement les épaules, ouvris et fermai les mains, mimique qui indiquait l'incertaineté et amusa beaucoup Nicolas, assis en face de moi, lequel Nicolas, à ouïr la question tant abrupte et naïve du maréchal, eut un petit brillement de l'œil fort connivent, alors que son juvénile visage demeurait, vis-à-vis du maréchal, attentif et respectueux.

— Que vous répondre, Monsieur le Maréchal ? dis-je à la parfin. J'ai jeté meshui dans la gibecière de ma mémoire tant de faits et de détails qu'il va falloir que je trie et débrouille le tout et y réfléchisse encore avant de me permettre d'avoir sur la digue une opinion dont Sa Majesté, bien évidemment, doit avoir la primeur. Toutefois, dès qu'il l'aura connue, je ne faillirai pas à vous en informer.

C'était là une petite rebuffade, mais prononcée d'une manière si amicale et une voix si polie qu'elle glissa sur le cuir du maréchal sans du tout l'entamer. Et à Chef de Baie, sa carrosse une fois remisée, nous nous séparâmes bons amis, non sans subir de sa part quelques brassées à l'étouffade dont je me serais bien passé. Nous fûmes heureux, Nicolas et moi, de nous retrouver sur nos juments, encore que les pauvrettes ne pussent nous garantir, elles, ni des orages, ni des éclaboussures, ni de la boue.

— Monsieur le Comte, dit Nicolas, le visage ruisselant de pluie, comment se fait que vous n'ayez pas droit à votre carrosse, étant conseiller du roi ?

— Parce que, vu l'encombrement du grand chemin de circonvallation, l'usage de la carrosse est réservé au roi, au cardinal, aux maréchaux et au duc.

— Alors, dit Nicolas, plaise au ciel que le roi vous fasse duc avant qu'il ne me fasse mousquetaire !

— Amen, dis-je, comme chaque fois que ce titre me revenait en les mérangeoises.

J'étais alors mi-content mi-chagrin, car je ne laissais pas de trouver en mon for que Louis me tantalisait un peu trop.

Je ne trouvai pas le roi à Aytré — il était départi, me dit Du Hallier, inspecter le port que Bassompierre était occupé à construire près de Fort Louis. Je dis alors à Du Hallier, lequel le roi venait de nommer maître de camp en le plaçant sous les ordres de Bassompierre :

— Monsieur le Maître de Camp, dis-je en faisant ronfler son titre neuf (ce qui, à voir sa trogne épanouie, la chatouilla délicieusement), plaise à vous de dire à Sa Majesté que je vais lui faire un rapport écrit touchant la mission qu'il m'a baillée et que je lui remettrai demain ledit écrit, dussé-je y passer la nuit.

Le mot « nuit » fit sourire Nicolas. Mais j'attendis d'être en selle à ses côtés pour lui bailler une bourrade du plat de la main en lui disant :

— Que diantre, Nicolas ! Ne sais-tu pas qu'à la Cour, il ne suffit pas de bien faire, il faut aussi faire entendre qu'on fait bien, et assez haut et assez clair pour être ouï.

*

* *

À Brézolles, à la nuitée, je retrouvai avec plaisir le petit salon — où Madame de Brézolles et moi avions si souvent bu au bec à bec la tisane du soir. Il était, en l'honneur de mon advenue, brillamment éclairé par les bougies parfumées du lustre et des chandeliers et, en outre, chauffé par un feu flambant haut et clair dans la monumentale cheminée. Cependant, étonné que Luc, à mon advenue, ne fût pas accouru pour m'ôter mes bottes boueuses et me chausser plus proprement, j'appelai à la cantonade et vis entrer presque aussitôt une fort blondette chambrière, laquelle me dit d'une voix douce, mais nullement timide, qu'elle s'appelait Perrette, que Madame de Brézolles lui avait donné l'ordre de se mettre d'ores en avant à mon service pour ma chambre et pour ma personne.

Je fus béant et pendant que la garcelette me tirait les bottes des pieds avec une force et une dextérité que je n'eusse pas attendues d'elle, je lui demandai où diantre était Luc. Elle fixa alors sur moi ses tendres yeux azuréens, puis elle me dit avec un soupir qu'elle ne le savait mie, ajoutant que, de tout le jour, elle ne l'avait vu au château.

Là-dessus, elle alla quérir dans ma chambre des chaussures plus nettes et surtout plus propres assurément à marcher sur le tapis. Je la quis alors de prier Madame de Bazimont de me venir encontrer céans, désirant avoir avec elle un bec à bec. Perrette me fit alors une profonde révérence qui me donna beaucoup à voir, son décolleté n'étant pas conçu pour décourager les regardants. Et se relevant ensuite avec grâce, et me baillant au surcroît le bel œil, elle s'en fut avec un joli balancement des hanches qui devait être aussi agréable pour elle que pour moi, car elle ne pouvait ignorer que je le suivais des yeux.

À la vérité, lecteur, ce regard quasi machinal mis à part, je ne savais que croire et que penser. À vue de nez, Perrette semblait être une sorte de présent que me faisait Madame de Brézolles à son départir, afin que je ne vécusse pas son absence comme moine escouillé en sa cellule. Mais si c'était là une générosité, elle me retirait, si j'ose dire, d'une main ce qu'elle me donnait de l'autre, car ce qu'elle m'ôtait — la créance où j'étais que Madame de Brézolles avait un sentiment pour moi — l'emportait d'un million de fois sur le cadeau qui me devait consoler de son absence.

À tourner et retourner l'affaire dans mon esprit, je ne trouvai qu'incertaineté : comment entendre que Madame de Brézolles qui s'était montrée si suspicionneuse de mon penchant pour le *gentil sesso*, et qui m'avait baillé pour le service de ma chambre un valet plutôt qu'une chambrière, fût devenue d'un coup assez indifférente à mon égard pour remplacer Luc par une soubrette aussi frisquette que Perrette.

J'en étais là de ces pensées incertaines, douteuses et confuses quand apparut, à pas menus et comptés, Madame de Bazimont. Elle devait ce

« de » à une terre que son mari avait achetée avec l'épargne de toute une vie : procédé fort courant que nos gentils nobles appellent méchamment « une savonnette à vilain ». Cependant, Madame de Bazimont, n'osant pas aller jusqu'au bout de ses prétentions, portait, comme j'ai dit déjà, un cotillon si étoffé qu'il ressemblait à un vertugadin, sans en être un tout à fait : petite vanité sur laquelle Madame de Brézolles clignait doucement les yeux, ne voulant pas rabaisser une personne qui, depuis tant d'années, la servait si bien et avec tant d'amour.

Dès qu'elle me vit, Madame de Bazimont vint à moi aussi promptement que lui permettaient son âge et ses jambes, et me faisant de prime une demi-révérence, ses genoux ne lui permettant pas de faire plus, elle m'assura qu'elle était tout entière dévouée à mes ordres. Comme j'observais qu'elle était accompagnée d'un petit page sur l'épaule de qui elle s'appuyait pour faciliter sa marche, je la priai de s'asseoir. Elle refusa de prime d'un air quelque peu confus. Mais, sur mon insistance, elle finit par consentir avec un grand merci. Elle me parut fort chenue, mais l'œil vif et bon, l'esprit plus alerte que les jambes et, en outre, le cœur sans malice aucune et ouvert à la gratitude comme elle me le montra aussitôt, étant si heureuse que je lui eusse demandé de prendre place.

— Madame, dis-je, il était entendu avec Madame de Brézolles que je paierais de mes deniers l'entretien de mes Suisses, mais considérant qu'à son départir pour Nantes, elle n'a emmené avec elle que Monsieur de Vignevieille et deux de ses chambrières, et non l'ensemble de son domestique, lequel elle n'a laissé céans que pour me servir, je pense qu'il serait équitable que je paye les gages de vos gens. À tout le moins tout le temps que je serai céans. Ainsi ferai-je à la fin de ce mois, avec votre agrément.

— Monsieur le Comte, dit Madame de Bazimont, ce n'est point tant mon agrément qu'il vous faut obtenir que celui de ma maîtresse. Aussi vais-je lui écrire incontinent à Nantes pour la consulter là-dessus.

— Eh bien, faites-le, Madame (elle parut fort heureuse d'être une deuxième fois « madamée »), mais en attendant sa réponse, mon écuyer vous remettra les pécunes qu'il y faut, pour peu que vous lui en indiquiez le montant.

À quoi, avec mille mercis, elle acquiesça.

— Madame, repris-je, j'ai une question encore à vous poser. Comment se fait-il que Luc ait été remplacé par Perrette après le département de Madame de Brézolles ? Est-ce Madame de Brézolles qui l'a ordonné ainsi ?

— Nullement, Monsieur le Comte. Mais, Madame étant à Nantes, elle ne pouvait pas prévoir que Luc, ce matin même, allait être saisi d'une forte fièvre, avec toux et faiblesse.

— Pauvre Luc ! L'avez-vous fait soigner ?

— Assurément, Monsieur le Comte, dit Madame de Bazimont en portant haut la crête, nous ne sommes pas céans de ces grandes maisons qui, lorsque quelqu'un de leur domestique est mal allant, le jettent à la rue sans autre forme de procès. Quiconque souffre à Brézolles d'une intempérie, fût-ce le dernier des valets d'écurie, est bien assuré que Madame la Marquise appellera incontinent pour lui un médecin et paiera et le médecin et les drogues qu'il aura commandées. Et c'est bien ce que j'ai fait pour lui.

— Et qu'a dit le médecin ?

— Ma fé, dit Madame de Bazimont, comme il l'a dit en latin, je n'y ai entendu goutte.

— Et qu'a-t-il fait ?

— Il a saigné Luc et l'a mis à la diète.

— Il l'a donc deux fois affaibli, dis-je, me ramentevant des bonnes leçons de mon père. Madame de Bazimont, je désire voir Luc.

— C'est que, Monsieur le Comte, moi-même je n'ose pas entrer dans la chambre de ce pauvre garcelet, craignant que l'air qui s'y trouve ne m'insuffle son intempérie.

— Madame, dis-je, rien ne vous oblige à y mettre le pied. J'entrerai seul. De grâce, Madame, conduisez-moi.

— Monsieur le Comte, pour dire le vrai, je crains, ce faisant, d'encourir la colère de Madame de Brézolles, laquelle m'a bien recommandé de prendre de vous le plus grand soin.

— Voilà qui est de sa part fort aimable, dis-je, me baillant peine pour dissimuler la profonde joie que ce propos me donnait. Mais, ajoutai-je, comme je me sens, en l'absence de Madame de Brézolles, responsable non seulement des sûretés de son château, mais en général de tout ce qui se passe céans, je vous prierais, Madame, de consentir à faire ce que je veux.

— Monsieur le Comte, dit Madame de Bazimont, fort heureuse que je prisse tant de gants pour la commander, je vous prie de me croire toute dévouée à vos ordres.

Là-dessus, elle se leva non sans mal de sa chaire à bras et commandant au page de prendre un chandelier, elle s'appuya sur son épaule et me précéda à pas menus jusqu'à l'étage noble, puis monta, non sans quelque lenteur et essoufflement, les marches plus rudes qui menaient au second étage où était logé le domestique. Le bruit qu'à nous trois nous faisions amena quelques portes à s'entrebâiller, montrant à dextre et à senestre quelques minois de chambrières, mais Madame de Bazimont ayant dit d'un ton plus maternel que menaçant : « Allons ! Les filles ! Allons ! », les têtes disparurent en un battement de cils, mais une fois l'huis reclos, je gage que les oreilles restèrent collées à la serrure.

Madame de Bazimont toqua à la dernière porte du passage, et sans attendre l'entrant, l'ouvrit, et laissant passer le page et moi, elle demeura sur le seuil, pressant sur sa bouche un mouchoir de dentelles.

La chambrette était proprette, mais froidureuse assez, n'y ayant pas le moindre feu de foyer et pas de foyer pour faire le feu. Quant à Luc, je lui trouvai le teint un peu rouge et, à y porter la main, le front un peu chaud, mais les membres non trémulants. Je lui demandai de se découvrir et quand je le vis nu en sa natureté, je fus fort soulagé de ne découvrir aucun bubon de peste sur sa peau.

— Eh bien, Luc, dis-je, tu n'es pas si mal allant.

— L'opinez-vous ainsi, Monsieur le Comte ? dit Luc qui se voyait déjà au grabat et quasiment aux portes de la mort.

— Je ne le crois pas ! je le vois. As-tu faim ?

— Oui-da, Monsieur le Comte, quelque peu,

mais d'ordre du médecin, on ne me donne miette.

— Et soif aussi peut-être ?

— En effet, Monsieur le Comte.

— As-tu froid ? dis-je, observant qu'il n'avait sur son lit qu'une couverture de cheval.

— Oui-da, Monsieur le Comte, quelque peu. Il vient un air bien tracasseux par le carreau cassé de ma fenêtre.

— Madame, dis-je en me tournant vers Madame de Bazimont, voici ce que nous allons faire : nous allons bailler à Luc une bonne soupe de légumes matin et soir et nous allons commencer incontinent.

— Mais, dit Madame de Bazimont, le médecin l'a défendu.

— Nous passerons outre à ses défenses, dis-je d'un ton sévère. Luc recevra, en outre, une tisane chaude trois fois par jour. Et dès ce soir, il faudra sans tant languir une couverture en supplément de celle-ci et remplacer dès ce jour son carreau cassé, ne fût-ce que par un carton.

— Mais, c'est Luc qui l'a cassé, dit Madame de Bazimont d'un air justicier, et il n'a qu'à s'en prendre à lui-même, s'il a pris froid.

— Il en a été assez puni, dis-je. Madame, à tout péché miséricorde !

— Monsieur le Comte, dit Madame de Bazimont avec un soupir de coquetterie, je ne voudrais pas que vous pensiez que je suis impiteuse.

— M'amie, dis-je, du ton le plus doux, je suis bien certain que vous êtes tout le rebours.

Ce « M'amie », prononcé devant Luc et le page, combla d'aise Madame de Bazimont.

— Je vais, repris-je, bailler à Luc un peu de la

« poudre des jésuites », laquelle abaissera la fièvre et demain, si elle persiste, je demanderai au révérend docteur médecin Fogacer, chanoine de Notre-Dame de Paris, de venir visiter notre mal-allant.

— Un chanoine ! s'écria Madame de Bazimont, et en outre, un médecin ! Mais il le faudra payer gros !

— Fi donc ! Madame ! Vous ne connaissez pas le chanoine Fogacer ! Il ne vous demandera que des prières.

— Oh pour cela, je lui en donnerai tout son plein ! dit Madame de Bazimont ! Un chanoine ! Et un chanoine médecin !

À ce moment, j'aperçus, se cachant derrière le demi-vertugadin de Madame de Bazimont, la fraîche et mutine face de Perrette.

— Que fais-tu céans, Perrette ? dis-je avec la grosse voix.

— Monsieur le Comte, dit-elle sans du tout s'émouvoir (sachant déjà jusqu'où elle pouvait aller avec moi), vu que je suis à votre service, j'ai cru bon, Monsieur le Comte, de vous suivre, pensant vous être utile dans les occasions.

— Et fourrer ton petit nez partout ! Mais puisque tu es là, Perrette, tu vas nous servir, en effet. Gagne tout de gob ma chambre. Dans le tiroir de mon chevet, prends une petite boîte blanche. Garde-toi de l'ouvrir. Elle contient la fameuse « poudre des jésuites », lesquels la vendent excessivement cher. Si tu en verses fût-ce deux ou trois grains par terre, je te pendrai de mes mains à l'aube. Prends aussi, dans le même endroit, un petit cuiller, un gobelet que tu rempliras d'eau et apporte-moi le tout sans tant languir.

— Me pendrez-vous vraiment, Monsieur le Comte ? dit Perrette en me faisant des petites mines plaintives.

— Obéis, effrontée façonnière ! dit Madame de Bazimont. Et obéis sur-le-champ ! Ou je vais te bailler, moi, la plus grande buffe qui se puisse donner.

Là-dessus, Perrette disparut comme souris dans son trou, et Madame de Bazimont dit en secouant la tête :

— Je ne sais si j'ai bien fait de la mettre à votre service, Monsieur le Comte, dit-elle. Elle est vive, certes, et très dévouée et ne craint pas sa peine, mais je la trouve bien impertinente.

— Nenni, Madame. Ne changez rien à vos dispositions. Perrette fera l'affaire. Et quant à son impertinence, je me fais fort de la brider.

Un moment plus tard, Perrette, apportant le gobelet plein d'eau, un petit cuiller et la « poudre des jésuites », je donnai de celle-ci quelques grains à Luc, lequel les reçut comme le Saint-Sacrement. Comme bien sait ma belle lectrice, si elle a lu le tome de mes Mémoires précédant celui-ci, cette poudre n'était autre que l'écorce d'un arbre appelé *quinaquina* dont les Indiens d'Amérique et après eux les jésuites faisaient une poudre, laquelle possédait la vertu miraculeuse d'abaisser la fièvre la plus haute. Je laissai donc Luc tout rebiscoulé par l'espoir d'une prompte guérison et soupai au bec à bec avec Nicolas à qui je ne dis quasiment ni mot ni miette pendant le repas, pensant à la digue, aux longueurs de l'hiver, à l'incertitude de la guerre, à mon domaine d'Orbieu et à Madame de Brézolles, et aussi — que Dieu me pardonne ! — aux impertinences de Perrette...

Je ne m'attardai pas à prendre la tisane du soir, étant las et me voulant mettre entre deux draps sans tant languir. Mais j'avais à peine gravi les marches qui conduisent à l'étage noble que Perrette surgit quasiment de nulle part et ouvrit la porte de ma chambre.

— Mais que fais-tu là, Perrette ? dis-je.

— Accomplir une de mes tâches, Monsieur le Comte : vous aider à vous déshabiller.

Ce qu'elle fit devant un beau feu flambant, l'huis reclos sur nous, avec une dextérité qui montrait qu'elle n'ignorait rien des vêtures masculines. Toutefois, son adresse n'avait rien de commun avec celle de Luc. Elle était tendre, délicate et quasiment caressante. De sa taille, elle avait une tête de moins que moi, tant est qu'elle me considérait de bas en haut d'un air doux et languissant, lequel, tirant ma vue vers le bas, me forçait de m'attarder sur ses beaux yeux bleus, sa face fraîchelette et son décolleté généreux.

Dès que je fus nu en ma natureté, elle m'assura que le feu m'avait fait transpirer et, saisissant une serviette, elle entreprit de me bichonner de haut en bas. Ce qu'elle fit avec une force et une douceur qui me comblèrent d'aise en même temps qu'elle me babillait des louanges sans fin sur ma netteté — la plupart des hommes, affirma-t-elle, étant sales —, sur mes bonnes proportions, ma bonne mine, la douceur de ma peau, et la vigueur de ma membrature. Elle eût continué une minute de plus à me caresser ainsi de la voix et de la main, c'en était fait, j'étais déjà tout alangui, encore que ce ne soit pas là le terme le plus propre à décrire mon état. À la parfin, je me ressaisis, lui dis que j'avais trop sommeil pour être bichonné, la remerciai, lui donnai son congé, refermai l'huis sur elle, content, mais non heureux de l'avoir repoussée de ma couche, sinon, hélas, de mes pensées, me demandant, dans la nuit désommeillée qui suivit, si j'avais bien fait de m'exposer à tous les tourments de la chair en résistant à la tentation.

Toutefois, belle lectrice, tenant prou à votre estime, je ne voudrais pas que vous puissiez croire que je fais ici le chattemite et me paonne de mérites que je ne possède pas. Car pour vous parler à la franche marguerite, je n'aimerais pas vous donner à penser que ce fut par vertu que je renvoyai, insatisfait, Perrette insatisfaite. Ce fut la prudence, et la prudence seule, qui me dicta le triste courage d'agir ainsi en ce prédicament, car la garcelette, outre qu'elle babillait sans doute à l'infini, était fort glorieuse, et je craignis que, passant outre à mes défenses, elle ne fît par le menu le conte de nos amours à tout le domestique : conte qui ne pouvait faillir d'atteindre les oreilles de Madame de Bazimont, et par voie de conséquence celles de Madame de Brézolles, laquelle me voudrait mal de mort de cette trahison.

Ne voulant pas souffrir deux fois les affres de la tentation, je me résolus de prier Madame de Bazimont de préposer, en attendant le rebiscoulement de Luc, un autre valet, sans faire de reste aucune plainte sur Perrette que je couvris, bien au rebours, d'éloges, mais arguant toutefois qu'il me paraissait à l'épreuve quelque peu messéant de me faire déshabiller par une garcelette.

Madame de Bazimont loua fort ce scrupule, en conçut de moi une opinion que je ne méritais pas et me donna les services de François, gros garçon du plat pays qui, de ses gros doigts, faisait si mal pour me déboutonner ce que Perrette faisait si bien et qu'elle aurait encore mieux fait, si j'avais consenti à me laisser prendre à ses enchériments. Ayant été si vertueux une fois, je décidai de ne pas l'être deux fois quoique dans un tout autre sens. Je résolus donc de ne pas écrire le rapport au roi sur la digue, puisqu'aussi bien il ne l'avait pas demandé et, pour tout dire, craignant aussi que le cardinal ne vît d'un mauvais œil que je l'imitasse. Je me contentai de repasser en mes mérangeoises, en tâchant d'y mettre de l'ordre, tout ce que j'avais appris et tout ce que j'avais pensé sur cette entreprise.

Cela fait, je m'appliquai à m'ensommeiller et j'y réussis assez mal, ma bonne action me pesant sur le cœur, tout à plein persuadé que j'étais que dans les années à venir, dès que le nom ou le frais visage de Perrette apparaîtraient dans ma remembrance, il serait accompagné de l'amer regret que vous laisse, votre vie durant, une occasion perdue.

*

* *

Dès que j'apparus le lendemain, au lever du roi, à Aytré, Sa Majesté dépêcha un chevaucheur à Pont de Pierre pour prier le cardinal de le venir rejoindre et, en attendant, il se mit à son déjeuner, lequel était fait d'un grand bol de lait et d'une douzaine, je dis bien une douzaine, de grandes tartines de beurre frais. Le docteur

Héroard, qui me parut si faible et si mal allant qu'il avait peine à se tenir debout, regardait Louis engloutir cette gargantueuse repue sans mot piper. Au rebours de ce qu'eût fait mon père qui, s'il avait été dans son emploi, eût tâché de modérer la goinfrerie royale, pour la raison que notre pauvre Louis pâtissait fort et pâtissait souvent d'un dérèglement douloureux des boyaux. En fait, toutes les intempéries dont il avait souffert en sa vie venaient de cette faiblesse de ventre, et un régime plus modéré eût pu, selon mon père, améliorer son état et, peut-être, prolonger sa vie.

Dès que le cardinal fut là, le roi coupa court, avec quelque rudesse, à ses révérences et salutations, et s'enferma, avec Richelieu et moi-même, dans un petit cabinet attenant, lequel comportait une cheminée où flambait un grand feu. Il fut le très bienvenu, car le temps, en cette mi-janvier, était plus froidureux que jamais, non qu'il neigeât, mais le vent était violent et glacé, et la pluie quasi perpétuelle, tant est que le camp, comme j'ai dit déjà, n'était que morne marécage sous un ciel uniformément noir où presque jamais n'apparaissait une faible faille par où le soleil eût pu arriver jusqu'à nous pour nous réchauffer le cœur, sinon le corps, ses rayons étant si faibles quand, par aventure, ils parvenaient à percer.

J'eusse cru que le roi m'allait bailler incontinent la parole, puisqu'il avait fait venir le cardinal tout exprès pour m'ouïr. Il n'en fut rien. Les yeux fichés à terre, il paraissait malengroin et mélancolique.

Ce n'était un secret pour personne : il n'aimait ni Aytré, ni l'Aunis, ni la côte. Il disait que le lieu était « très mauvais », qu'on y vivait dans une boue perpétuelle, que le climat était exécrable, l'air humide et pourri et, à la vérité, qu'il ne pouvait plus le souffrir, que tout cela le tuait...

Ce qu'il ne disait point, mais qui était vrai tout autant, c'est qu'il regrettait Paris, son Louvre, ses belles salles, les vues qu'elles donnaient sur la Seine, et aussi sa guitare, ses dessins, la musique qu'il composait, et par-dessus tout, ses chasses, ses merveilleuses chasses, dans les forêts de Fontainebleau, de Rambouillet ou dans la garenne du Peq [1] où l'on trouvait cerfs aussi bien que lapins.

Malcontent, il tournait à l'aigre. Il reprochait tout à tous, gourmandait ses maréchaux pour de très petites fautes, tabustait son entourage, et au cardinal même faisait la mine.

Quand, après avoir fait peser sur Richelieu et sur moi ce silence déquiétant, Louis parla enfin, ce fut pour me dire du ton le plus brusque :

— Eh bien, d'Orbieu ? Qu'attendez-vous ? Parlez !

C'était là une apostrophe à vous geler le bec. Il m'appelait froidureusement « d'Orbieu » et non chaleureusement « *Sioac* » comme il était depuis l'enfance accoutumé. Et il me reprochait de ne parler point, alors même qu'il ne m'avait pas baillé la parole.

Ici, Richelieu, sans m'envisager le moindre, poussa un petit soupir, comme pour me faire entendre que je n'étais pas le seul à pâtir de l'humeur du roi et il fit un petit signe de tête comme pour m'encourager à parler.

1. Le Pecq.

— Eh quoi ! Mon cousin ! dit Louis aigrement. Vous branlez du chef ! Vous sentez-vous trop vieil ou trop mal allant pour soutenir ce siège plus longtemps ?

— Nullement, Sire, dit Richelieu avec une humilité tout évangélique. Je me porte, grâce à Dieu, tolérablement bien. Et si le siège, comme celui de Troie, devait durer dix ans, et que ce soit votre commandement de le poursuivre, je ne laisserais pas d'y obéir.

À cela Louis ne répondit mot ni miette et, se tournant vers moi, me dit d'un ton fort picanier :

— Et vous, d'Orbieu, êtes-vous céans pour être envisagé ou pour être ouï ?

— Sire, pour être ouï. Et puisque vous me l'ordonnez, voici ce que je pense de la digue que Votre Majesté fait construire de Coureille à Chef de Baie.

— Je la connais, dit Louis avec humeur. J'y ai travaillé de mes mains. Si je n'y travaille plus, c'est qu'il fait si mauvais temps. Ce n'est pas une description de la digue que je veux, d'Orbieu. C'est votre sentiment sur son utilité. Et au plus bref que vous pouvez.

— En bref, Sire, la digue, quoique fort bien conçue et fort bien construite, est soumise à deux aléas. Le premier, le voici : si les Anglais attaquent avant le printemps, elle ne sera pas finie.

— Peux-je dire un mot, Sire ? dit Richelieu humblement.

— Je vous ois.

— Je suis prêt, Sire, à prendre la gageure que les Anglais n'attaqueront pas avant le printemps. Pour trois raisons. *Primo* : les Anglais ont deux grandes qualités : ils sont vaillants et tenaces. *Secundo* : ils ont aussi un grand défaut : ils sont lents. *Tertio* : ils n'ont plus un seul sol vaillant et il leur faudra tout racler et cela prendra du temps pour mettre sur pied une nouvelle armada.

— D'Orbieu, dit le roi, quel est le second aléa ?

— Nous sommes, Sire, au milieu de l'hiver, et une forte tempête d'hiver peut détruire partie, ou totalité, de la digue à tout moment. Peux-je, Sire, ajouter aux constatations que je viens de faire une conclusion qui n'est pas de mon cru, mais du roi votre père ?

— Est-ce un bon mot ? demanda Louis avec quelque défiance. Il y en a tant qu'on lui prête et qui ne sont pas de lui ! D'où tenez-vous celui-là ?

— Sire, ce n'est pas un bon mot, c'est une maxime. Et je la tiens du marquis de Siorac qui l'a ouïe de ses oreilles.

— La source est bonne. Continuez.

— À Sully qui critiquait un de ses plans de campagne, le roi votre père répliqua : « Cela est vrai, mais à la guerre, on ne peut que jeter beaucoup de choses au hasard. »

— Et Dieu sait, dit Louis, si avec cette digue il en faut jeter !

Et disant cela, se peut parce que j'avais évoqué le souvenir de son père — son héros et son modèle —, il dit sur un ton beaucoup plus amène :

— Merci, *Sioac*. J'ai eu raison de faire confiance à ton jugement.

Et là-dessus, il demeura les yeux fichés à terre dans un grand pensement. Je me demandais, quant à moi, à quoi et à qui il pensait. À son père qu'il tâchait d'imiter en tout, sauf en sa vie dissolue ? Ou à sa mère, marâtre désaimante, rabrouante, rabaissante et bornée ? Est-ce à elle qu'il fallait attribuer le peu d'amour que Louis portait au *gentil sesso,* lequel avait été pour lui, en ses maillots et enfances, *il cattivo sesso* [1], le privant à jamais de tendresse pour la moitié la plus charmante de l'espèce humaine et, à la parfin, réduisant l'amour conjugal à un devoir dynastique accompli avec conscience, mais sans gaieté de cœur, ni de corps, cinq ou six fois par mois ? Mais, à parler ici à la franche marguerite, quel roi aurait pu aimer d'amour tendre une reine qui avait été subrepticement partie à un complot visant à l'assassiner pour que son frère pût l'épouser ?

Richelieu gardait, lui aussi, les yeux baissés mais, pas plus que son chat, il n'avait besoin de ses yeux pour sentir l'humeur de son maître, laquelle, bien qu'assouagée, se ressentait encore de l'orage qui l'avait précédée. Le roi baissant les yeux à son tour, le cardinal releva les siens vivement et m'adressa un regard connivent et j'entendis alors que le cardinal se trouvait fort content de ce que j'avais dit à propos de la digue. Car à ouïr les plaintes désolées du roi sur le lieu, le climat et l'extrême ennui qu'il y trouvait, Richelieu n'avait pas laissé d'entendre que Louis chancelait dans sa résolution de poursuivre les travaux de la digue — gouffre peut-être inutile de peines et de pécunes — et pis encore, que la tentation grandissait en lui de tout planter là et de se retirer à Paris.

1. Le méchant sexe (ital.).

— Mon cousin, dit enfin le roi en sortant de ses rêves, j'ai reçu ce matin une lettre-missive de la duchesse douairière de Rohan que j'aimerais que vous lisiez.

— Sire, dis-je, conscient que cette lettre ne me concernait pas, peux-je quérir de vous mon congé ?

— Nenni, *Sioac,* dit Louis en retrouvant à mon endroit son affabilité coutumière, tu es membre de mon Conseil, et quand mon cousin le cardinal aura opiné, j'aimerais aussi connaître ton avis.

Et mettant la main à la poche pratiquée dans la manche de son pourpoint, Louis en retira la lettre de la duchesse et la tendit au cardinal, lequel la parcourut de prime d'un œil rapide, et la relut ensuite, plus lentement, comme pour s'assurer que rien de son contenu ne lui avait échappé.

— Eh bien, mon cousin, qu'en pensez-vous? dit le roi avec quelque impatience, mais sans l'aigreur qu'il avait montrée au début de cet entretien.

— Sire, la supplique que vous adresse dans cette lettre-missive Madame la duchesse douairière de Rohan me paraît fort étrange, pour ne pas dire messéante. Elle a l'audace de vous prier de permettre aux femmes et aux enfants des Rochelais de sortir des murailles de leur ville afin qu'ils ne pâtissent plus longtemps des souffrances du siège. À l'endroit de cette supplique, je désirerais présenter à Votre Majesté les remarques suivantes : *primo,* la duchesse douairière de Rohan, non seulement par sa famille mais aussi par ses convictions, est désignée dans votre déclaration du quinze août 1627, déclaration que vous avez vous-même rédigée et que je citerai, Sire, avec votre permission : « *Soubise et tous les Français qui ont adhéré ou se joignent au parti anglais, le favorisent ou l'assistent, sont réputés rebelles, traîtres et perfides à leur roi, déserteurs à leur patrie, criminels de lèse-majesté au premier chef.* »

— Comment, mon cousin? dit le roi, vous connaissez ma déclaration par cœur?

— Oui, Sire, pour la raison que cette déclaration est de la plus grande conséquence. Elle établissait votre bon droit et, par conséquent, la légitimité de votre expédition contre les rebelles. Dans cette déclaration, trois criminels de lèse-majesté sont désignés : nominalement, Soubise; implicitement, le duc de Rohan qui tâche a'steure de soulever par les armes contre vous le Languedoc huguenot; et enfin la dernière, mais non la moindre, la duchesse douairière de Rohan qui est l'âme de la rébellion dans les murs de La Rochelle. Elle est donc, comme ses deux fils, responsable au premier chef de la guerre que les Rochelais nous ont déclarée en tirant les premiers le premier coup de canon contre celui de vos forts, Sire, qui porte votre nom. Avant que de laisser tirer ce coup de canon fatal, Madame de Rohan n'eût-elle pas dû penser aux femmes et aux enfants de La Rochelle qu'elle allait exposer pendant des mois aux pires pâtiments? Et meshui, quand elle ose vous prier de laisser sortir de ses murs les mêmes femmes et les mêmes enfants, est-ce véritablement au nom de la charité chrétienne qu'elle parle ou ne veut-elle pas plutôt débarrasser La Rochelle des bouches inutiles et obtenir, grâce à vous, un avantage dont la conséquence sera de prolonger le siège indéfiniment ?

— Mon cousin, dit le roi, vous opinez donc qu'il faut refuser tout à plein et tout à plat la prière de Madame de Rohan ?

— Nenni, nenni, Sire, ni tout à plein ni tout à plat. Le roi votre père disait souvent qu'on obtenait plus de choses avec une cuillerée de miel qu'avec une tonne de vinaigre.

— Et où allons-nous prendre le miel, mon cousin, si nous repoussons la prière de la dame ?

— Oh Sire, cela va de soi ! Nous lui dirons que les lois de la guerre nous interdisent de laisser sortir de La Rochelle les bouches inutiles. Mais en revanche, nous sommes prêts, si elle le désire, à lui donner un sauf-conduit afin de lui permettre de saillir de ce siège et de se retirer librement dans le château de son choix.

— Diantre ! Diantre ! Mon cousin ! dit le roi. Voilà qui est fort ! Et croyez-vous, ajouta-t-il d'un air dubitatif, que la duchesse de Rohan acceptera cette proposition ?

— En aucun cas, Sire. La dame est haute. Elle se veut la vestale de La Rochelle. Elle ne voudra pas renier son rôle historique. Mais elle fera connaître partout votre proposition généreuse, ne serait-ce que pour qu'on lui reconnaisse le mérite de l'avoir refusée. Et de ce fait, personne ne pourra dire à La Rochelle que vous êtes impiteux. Son refus fera oublier le vôtre.

— *Sioac,* dit Louis, qu'es-tu apensé de ce plan ?

— Qu'il est excellent, Sire.

— Accepterais-tu de porter le message à Madame de Rohan ?

— Certainement, Sire, pour peu que vous m'en donniez l'ordre.

— Je te l'ordonne. Et voici comment nous allons procéder, dit Louis d'un ton rapide et expéditif. Le chancelier Marillac va écrire au maire de La Rochelle et à son corps de ville pour lui demander l'entrant pour toi et pour ton écuyer, afin que tu puisses porter de ma part à la duchesse de Rohan un message oral.

— Un message oral, Sire ?

— Oui-da. Si c'était une lettre, le corps de ville et le maire seraient peut-être tentés de l'intercepter. Je ne sais, à vrai dire, s'ils oseraient te fouiller, mais dans tous les cas, si le message est oral, ils ne pourront pas lire dans tes mérangeoises.

— Il se peut, cependant, qu'ils m'interrogent sur la teneur de ce message.

— Tu répondras qu'à ta connaissance c'est un message d'affection et de compassion que j'adresse à ma cousine de Rohan et que d'ailleurs la duchesse sera libre de révéler sa teneur au corps de ville, si elle le trouve bon.

*
* *

Comme nous regagnions Saint-Jean-des-Sables, Nicolas et moi, il survint un événement d'autant plus surprenant qu'il fut précédé par une amélioration subite du temps. L'amoncellement de nuages noirs qui formait depuis des semaines sur nos têtes une sorte de coupole, qui nous dérobait la vue du soleil et nous condamnait à vivre dans un éternel crépuscule, disparut tout d'un coup alors que nous étions entre chien et loup, chassé sans doute par un vent violent, mais soufflant sans doute trop haut dans le ciel pour que nous en sentions sur terre les effets. Presque en même temps et comme pour nous combler d'aise, apparut, éclairant le ciel serein, une lune excessivement lumineuse qui nous parut, à tort ou à raison, beaucoup plus grosse et plus proche qu'à l'accoutumée.

Nicolas et moi bridâmes aussitôt nos chevaux pour la mieux contempler dans son extraordinaire beauté, et finalement, émus et surpris comme nous par ce spectacle d'une majesté quasi surnaturelle, ce fut tout le charroi, de part et d'autre du chemin creux de la circonvallation, qui s'immobilisa, les cochers, les cavaliers et les piétons n'ayant d'yeux que pour cette lune si ronde, si belle et qui répandait une telle clarté qu'on eût pu lire un livre aussi aisément qu'en plein jour.

Mais ce qui se passa ensuite nous remplit à tel point de stupeur et d'épouvante que d'aucuns d'entre nous, abandonnant chevaux et équipages, coururent se cacher au plus profond des tranchées les plus proches. Une large tache, sinon noire du moins noirâtre, ou si l'on veut charbonneuse, apparut sur le côté supérieur de la lune et commença à se répandre sur elle puis, s'élargissant peu à peu, la recouvrit en sa presque totalité. Je dis presque, car les bords se mirent en même temps à briller d'une étrange lumière rougeâtre comme si la lune flambait sous l'effet du monstre qui la recouvrait. Alors on n'entendit plus, s'élevant de tous côtés, du plus profond des tranchées, que des cris d'effroi, des plaintes, des prières et de sinistres prédictions. Si la lune brûlait, comme elle avait l'air de le faire, le soleil n'allait pas tarder à brûler, lui aussi, et la terre serait plongée dans des ténèbres glacées et ce serait la fin du monde et de l'espèce humaine.

Cette folie dura peu, car la lune se dégagea par degrés de l'ombre qui la recouvrait, et sa réapparition aurait se peut calmé les esprits, si un vent très violent ne s'était alors levé, suivi d'une effroyable tempête. Quand enfin nous parvînmes, aveuglés par la pluie et les éclairs à Saint-Jean-des-Sables, nous ouïmes, avant même que de les voir, des lames énormes déferler sur le rivage. Fort imprudemment, Nicolas et moi nous avançâmes nos chevaux assez loin à leur encontre sur la plage, mais tout soudain nos montures s'effrayèrent et faisant de soi fort brusquement demi-tour — ce qui faillit me désarçonner, car j'avais abandonné mes rênes sur l'encolure de mon Accla — elles galopèrent sur le sable jusqu'à la terre ferme, et non sans raison, car une vague monstrueuse, que leur instinct avait vue venir bien avant nous, leur balaya par-derrière les jambes jusqu'au ventre, le ressac qui s'ensuivit les faisant reculer de plusieurs pas, mais, la Dieu merci, sans réussir à les abattre. Le péril passé, nous n'eûmes pas à les éperonner, mais plutôt à les brider, car elles galopèrent comme fols jusqu'au château de Brézolles.

Nous trouvâmes l'écurie toute en révolution, non seulement en raison de l'éclipse de la lune, mais du fait du vent violent et des éclairs. Les chevaux étaient inquiets, agités, hennissants, frappant parfois du sabot les parois qui les séparaient les uns des autres et nous vîmes nos Suisses très occupés à courir de tous côtés pour resserrer les liens et assurer les verrous et aussi à boucher avec de la paille les ouvertures qui avaient été pratiquées entre le toit et les hauts de murs pour aérer les chevaux. Nous leur baillâmes nos montures à bichonner et un peu plus tard, je fis porter à Hörner par un valet cinq flacons de mon vin de Loire pour les rebiscouler, ses hommes et lui de leurs frayeurs, de leurs peines et du froid.

Dans le château, quand enfin nous y trouvâmes refuge, mouillés comme des barbets et quasi titubants, nous vîmes les valets courir eux aussi de tous côtés pour fermer ou consolider les portes, les fenêtres et les contrevents, et les chambrières (fort déconfortées de faire le travail des valets) portant les bûches dans les chambres pour allumer les feux, Madame de Bazimont, qui me parut la seule dans le tohu-bohu général à conserver la capitainerie de son âme, me dit que j'avais une grande heure pour me préparer au souper, que le révérend docteur chanoine Fogacer (elle n'omit aucun de ses titres) était en train de soigner Luc, et qu'elle l'avait invité à souper et aussi à coucher, car elle noulait le voir repartir dans le noir de cette horrible tempête pour regagner son logis.

Laquelle tempête, de reste, s'apaisa aussi subitement qu'elle était apparue. Madame de Bazimont, néanmoins, ne changea pas sa décision de loger Fogacer. Elle était tout à plein raffolée de lui et en la quittant, je me fis cette réflexion qu'il était heureux que Fogacer n'aimât pas les femmes — ou du moins ne les aimât pas dans leur chair — car il possédait une telle adresse à les conquérir qu'il se serait damné plusieurs fois, depuis qu'il était d'Église. Madame de Bazimont ajouta que François ne pourrait ni me déshabiller ni me rhabiller pour le souper ni passer la chaufferette sur mes draps, car il était occupé à consolider les contrevents, se trouvant céans le seul à le savoir bien faire. Elle m'assura toutefois qu'elle m'enverrait quelqu'un qui me donnerait satisfaction.

Une fois dans ma chambre, je noulus attendre le valet qu'elle m'allait dépêcher et ne craignis pas moi-même d'ajouter bûche sur bûche de mes propres mains pour me faire un feu flambant. Puis l'idée me vint de retirer moi-même mes bottes, qui étaient pleines d'eau et d'eau froidureuse, et j'exécutai l'opération avec une facilité qui m'étonna d'autant plus que je ne m'y étais jamais essayé.

Je me dis alors que, sauf à un gentilhomme pour se boucler dans sa cuirasse, ou pour une dame pour lacer par-derrière la basquine qui doit rehausser ses tétins, l'aide d'un écuyer pour le premier, ou d'une chambrière pour la seconde, était, en fait, de nulle nécessité. Poussant plus loin une pensée dont je ne m'étais jamais avisé à ce jour (l'habitude nous aveuglant sur le sens des choses), force forcée me fut de conclure que ces services-là ne sont requis que pour établir notre rang. De reste, ne juge-t-on pas de l'importance d'une maison par le nombre de son domestique ?

Me laissant aller alors à mes remembrances, je m'attendrézis au spectacle que m'avait donné en mes maillots et enfances la duchesse de Guise à sa toilette, quand elle me permettait d'y assister. J'en ai fait le compte un jour : elle n'exigeait pas moins de huit chambrières pour la seconder dans sa tâche. La première tenait les épingles qu'elle passait une à une à la coiffeuse, l'autre tendait tour à tour le peautre et la céruse pour le pimplochement de la face, la quatrième portait le fer à friser pour transformer les cheveux de la frange en folles bouclettes, la cinquième portait la boîte aux mouches et procédait à leur mise en place sur le visage, la sixième qui était la curatrice aux pieds de Son Altesse (et pour cette raison que l'on distinguait à peine) coupait les ongles des pieds, la septième passait un onguent adoucissant sur les mains ducales, la huitième et dernière attendait, pour présenter les bijoux, que frisure, pimplochement et autres soins fussent terminés.

Comme j'achevais cette étonnante prouesse de me déshabiller seul comme le dernier de mes manants, on toqua à l'huis, et moi, croyant que c'était là le valet que l'Intendante m'avait promis de me dépêcher, j'allai ouvrir, nu en ma natureté et me trouvai au bec à bec avec Perrette, l'œil bleu, le cheveu blond, la face fraîchelette, et pour le reste, si bien nantie par la nature.

— Mais Perrette, dis-je béant, que fais-tu là ?

— Eh quoi, Monsieur le Comte, dit-elle avec reproche, vous voilà tout déshabillé et tout seul ? — étant, à ce qui m'apparut, bien moins choquée par ma nudité que par mon déprisement des droits qui convenaient à mon rang.

— Que diantre ! dis-je, étonné assez d'avoir à excuser ma conduite à une chambrière, je gelais dans ma vêture mouillée et mes bottes crachaient l'eau ! J'allais attraper la mort !

— Mille excuses, Monsieur le Comte, de mon retardement, dit Perrette, mais toute la maison est dans le sens dessus dessous. Les valets courent de tous côtés pour boucher les fuites tant est que Madame de Bazimont, pour ce soir, a cru bien faire en dérogeant à vos principes, Monsieur le Comte, et en vous dépêchant une chambrière pour vous déshabiller.

Je ne doutai pas que Perrette ne me répétât mot pour mot la phrase de Madame de Bazimont, car « déroger à mes principes » n'était pas dans son vocabulaire, encore qu'elle parlât fort bien le français pour s'être frottée dès sa prime jeunesse à des dames de bon lieu, dont elle avait appris à la fois la langue, les usages et les préjugés.

— Monsieur le Comte, vous êtes encore tout mouillé, dit-elle, si vous voulez bien me permettre, je vais vous bichonner devant le feu.

Ce qu'elle fit avec une adresse et une vigueur qui me comblèrent. Je lui en fis compliment et elle me dit :

— Et pourtant, Monsieur le Comte, ma petite personne vous ragoûte si peu que vous m'avez renvoyée de votre emploi au nom de vos principes.

— Au diantre les principes ! La vérité, Perrette, je vais te la dire. Je n'ai pas voulu de toi comme chambrière parce que, tout le rebours, tu me ragoûtais trop.

Elle s'immobilisa, le bichon au bout de son bras et m'envisagea, son œil bleu étincelant de joie.

— Je vous ragoûtais trop ? dit-elle, le sourcil levé. Et pourquoi trop ?

— Parce que je craignais, si la chose se faisait, que tu ailles en caqueter à ta meilleure amie, laquelle l'eût répétée à tout le domestique.

— Je n'ai pas de meilleure amie que moi, dit Perrette, et même à moi, je ne me dis pas tout...

À cela, je ris à gueule bec, tant je trouvai la mâtine éveillée et finaude.

— C'est donc, dis-je, que tu as, toi aussi, quelques bonnes raisons d'être discrète.

— Oui-da, Monsieur le Comte, dit-elle avec une petite grimace, je suis fiancée à un matelot de Nantes.

— Fiancée comment ?

— Pâques avant les Rameaux. Il n'eût pas voulu de moi sans cela, vu que je n'ai pas un seul sol vaillant.

— T'a-t-il au moins juré sa foi ?

— Oui-da, Monsieur le Comte, après coup et devant témoins.

— Et tu n'es pas tombée grosse ?

— Nenni, la Providence m'a protégée.

— Et tu ne crains pas derechef d'affronter la Providence avec moi ?

— Nenni, dit-elle en riant, avec vous, Monsieur le Comte, il n'y a pas péril.

— Et d'où le tiens-tu ?

— Franchon me l'a dit.

— Franchon ? Qui est Franchon ?

— Mais la soubrette que Madame de Brézolles a emmenée avec elle à Nantes.

— Et que t'a-t-elle dit ?

— Elle a appris de Nicolas les herbes et où les

mettre, et c'est vous, Monsieur le Comte, qui les auriez enseignées à Nicolas.

— Franchon n'est pas tant discrète que toi avec sa meilleure amie.

— Elle n'a pas de fiancé.

— Aimes-tu le tien ?

— Pour parler à la franquette, assez peu. Il est violent, boit plus que de raison, court la ribaude et sème ses pécunes à tout vent. Cependant, comparé aux autres, il est assez bravet.

— Pourquoi le vas-tu épouser, si tu l'aimes si peu ?

— Qui aimerait, à mon âge, rester fille et être au surplus déprisée de tous ? Et quel choix a une garce qui est tant pauvre et dépourvue qu'elle n'a que son devant à donner ? Mon mari, à tout le moins, ne me sera pas trop encombrant : il sera en mer un mois sur deux.

Le bichonnage terminé, je m'allai asseoir sur ma chaire à bras devant le feu et, plongé dans mes songes, je m'y tins clos et coi un long moment. Je voyais Perrette pour la deuxième fois et en dix minutes, j'avais tout appris de sa vie, alors que Madame de Brézolles, à son département, m'avait caché et la cause précise de son procès et l'atout maître qui la rendait si sûre de faire triompher sa cause. Je le voyais donc bien, à ma grande confusion : la grande dame que j'aimais était moins transparente que la soubrette et m'avait fait des cachottes. Cependant, je l'aimais et je l'allais probablement marier, quand tous ces petits mystères seraient enfin éclaircis. Mais n'était-il pas infiniment malheureux que je n'eusse pas encore pour elle cette confiance entière sans laquelle une naissante amour ne peut croître et durer ?

L'avenir de Perrette, tel qu'elle l'avait décrit, et sans même se plaindre, me remplissait de tristesse. Plus même qu'à Orbieu, j'avais touché du doigt le sort d'une garcelette dont le mérite ne servait à rien, du moment qu'elle ne possédait ni le rang ni la pécune.

— Monsieur le Comte, dit-elle, j'ai un peu froid. Peux-je m'approcher du feu et m'asseoir sur le tabouret que vous n'employez pas ?

— M'amie, dis-je doucement, je ne te chasse pas, mais pourquoi demeures-tu céans ?

— Mais, Monsieur le Comte, dit-elle comme étonnée, ne faut-il pas que je vous habille tout à l'heure pour le soupcr ?

— C'est vrai, dis-je. J'avais oublié. Assieds-toi, Perrette.

Elle prit place sur le tabouret à mes pieds, et au bout d'un moment, sentant l'émeuvement que son sort m'inspirait, elle posa doucement sa tête sur mon genou.

CHAPITRE VI

Le lendemain de l'éclipse, le vingt-deux janvier au soir, un de nos *rediseurs* réussit à s'échapper de La Rochelle et à passer dans le camp royal. On ne l'y reconnut pas de prime pour ce qu'il était et le capitaine de Bellec, qui patrouillait dans le camp, le trouvant sans laissez-passer, l'eût pendu sans autre forme de procès, si le malheureux n'eût cité mon nom comme quelqu'un qui pouvait acertainer qui il était. On me l'amena comme je montais à cheval avec Nicolas pour me rendre à Pont de Pierre, et je reconnus le coquart comme un barbier nommé Pottieux dont j'avais requis les services trois ou quatre fois depuis mon arrivée au camp.

Cet homme avait la plus belle face fouinarde, chattemite et traîtreuse qui se puisse imaginer, tant est que même quand il disait la vérité, on inclinait à le décroire.

— Monsieur le Comte, dit Bellec, qui parlait bien et qui aimait s'ouïr, le fait que ce barbier vous ait coupé le poil ne va pas m'empêcher de lui couper le cou. Il est sorti sans sauf-conduit de ce nid de guêpes huguenotes.

— Pottieux, mon capitaine, n'est pas une guêpe, mais une mouche. Et couper la tête à une mouche serait mal avisé, surtout quand elle volette à l'ordinaire dans les alentours de Monsieur le Cardinal.

— Et que fait-elle là ? dit Bellec, qui, au nom de Richelieu, perdit quelque peu de sa piaffe.

— Elle vrombit comme un petit frelon et ce vrombissement doit intéresser le cardinal au dernier point puisqu'il l'écoute au bec à bec.

— Mais se peut, dit Bellec, que ladite mouche vrombit aussi chez les guêpes huguenotes ce qu'elle a ouï et vu dans ce camp !

— En quoi il se peut qu'elle soit utile *aussi* au cardinal, surtout s'il la nourrit de fausses nouvelles.

— Vous êtes trop profond pour moi, Monsieur le Comte, dit Bellec, qui n'aimait pas ne pas avoir le dernier mot dans un entretien. Vous plairait-il de prendre le quidam en charge et de le remettre vous-même à Monsieur le Cardinal ?

— Capitaine, bien que ce ne soit pas là ma mission, je crois servir le roi en accédant à votre prière. Je me charge donc de remettre votre prisonnier et je vous décharge en même temps de toutes vos responsabilités à son endroit.

Bien qu'il y eût une petite pique noyée dans le sein de ce courtois propos, Bellec fit mine de ne pas l'entendre, me remercia à son tour fort poliment et me recommanda de renvoyer à son régiment le cheval sur lequel Pottieux était ficelé. Il était, en fait, fort soulagé de me laisser dans les mains cette pierre qui lui brûlait les siennes, dès lors qu'il savait de quel genre de pierre il s'agissait.

— Nicolas, dis-je aussitôt, délie les mains de ce malheureux.

— Monsieur le Comte, et s'il s'ensauvait ? dit Nicolas.

— Moi, m'ensauver ? s'écria Pottieux avec aigreur. Pour courir après ce petit capitaine de merde et le prier de me pendre ! Me pendre, morbleu ! Voilà comme je suis récompensé de me mettre à tant de soins et périls pour servir mon roi ! Je ne suis pas capitaine, assurément, et ne suis pas monté sur un grand cheval, mais je rends au roi plus de services que ce grand façonnier. Sur la bonne centaine de capitaines qu'il y a dans ce camp, on pourrait sans inconvénient aucun en économiser une vingtaine qui ne sont là que pour se paonner. Mais quelle armée pourrait se passer de *rediseurs* ? Moi et mes pairs, nous sommes, pour ainsi parler, les yeux et les oreilles du roi.

— Assurément, maître Pottieux, dis-je avec bonne humeur, vous courez de grands dangers. Mais d'après ce que j'ai ouï dire, on vous baille aussi maintes pécunes.

— Cela est vrai, côté cardinal, mais cela est faux, côté huguenot. Ils sont chiche-face à pleurer. Et avec cela, vous pouvez être bien assuré que je suis avec eux fort épargnant aussi de mes redisances. Et d'autant que je suis autant fidèle au roi que je peux l'être, sans pourtant nuire à mes intérêts.

Nicolas me jeta un œil, et je sus qu'il pensait comme moi que ce Pottieux était le plus effronté et dévergogné traîtreux de la création et qu'il y aurait eu peu de perte à le pendre, s'il n'avait été si utile au cardinal.

À Pont de Pierre, à peine eus-je mourmonné le nom de ce coquin à l'oreille de Charpentier que je me retrouvai dans le petit cabinet que l'on sait, le cardinal faisant porter incontinent une chaire aussi pour moi, pour ce qu'il pensait sans doute qu'en raison de la mission que j'allais accomplir auprès de la duchesse de Rohan, il me serait à profit d'ouïr Pottieux parler de ce qui se passait à l'intérieur de La Rochelle. Or le coquin m'instruisit en effet beaucoup, car il ne faillait ni en esprit ni en finesse, si bien qu'il avait beaucoup à dire, et il le disait avec une clarté, une couleur et une élégance qui me laissèrent béant. Je fus moins étonné, plus tard, lorsque j'appris qu'il avait été brillant élève chez les jésuites, lesquels, pour son malheur, le boutèrent hors de leur fameux collège pour avoir commis un larcin. Ce qui l'empêcha d'entrer à l'École de médecine de Montpellier pour suivre, comme c'était son projet, le cursus qui lui eût permis d'être reconnu comme barbier-chirurgien. Il dut donc se contenter d'être barbier, ce qui lui eût fait une bourse assez pauvre en pécunes s'il n'avait rajouté à son arc, en guerre comme en paix, la corde de *rediseur*, métier où il excellait, étant fort bon écouteur et sachant si bien jouer du plat de la langue pour conter ce qu'il avait appris et surpris.

— Monseigneur, commença-t-il, avant que de narrer ce qui s'est passé hier et ce matin, j'aimerais, avec votre permission, vous narrer la situation générale telle qu'elle m'est apparue. Au point de vue des viandes [1], la pénurie existe

1. « Viandes » avait alors le sens de « vivres ».

déjà, mais elle est fort mal partagée. Il n'est que de se promener par les rues pour le constater. D'aucuns — les plus riches — ont encore assez bonne mine. D'autres — les moins riches — sont passablement amaigris. Les pauvres, eux, sont maigres. Mais même ceux-là ne perdent pas fiance en la victoire de leur cause. Ils attendent avec fièvre et ferveur le secours de la flotte anglaise, laquelle, selon eux, doit apparaître au milieu d'avril dans le pertuis breton. Mais, dans cet espoir même, j'ai observé des fluctuations. Vous n'ignorez pas, Monseigneur, que la semaine dernière une patache a réussi, la nuit, à pénétrer jusque dans le port de La Rochelle, apportant des tonneaux de farine, des pois et du lard. Il y eut grande joie et délire à cette arrivée, grande sonnerie de cloches, grandes prières et prêches exaltés des prêcheurs qui assurèrent les fidèles que c'était là le signe indubitable que le Seigneur ne les abandonnerait pas. Et pourtant, quel durable remède pouvait apporter le contenu d'une patache à une ville de vingt-cinq mille habitants ?

— Avez-vous pu, dit le cardinal, acertainer le nombre des soldats anglais qui se trouvent dans la garnison ?

— Oui-da, Monseigneur, ils ne sont pas moins de six cents. Et c'est fort heureux pour la défense des murailles. Non que les huguenots n'aient pas le cœur au ventre, mais les Anglais l'emportent par l'expérience, la discipline et le calme. Ils vivent entre eux, clos et cois, sans désespérer, mais sans espérer trop non plus. Cependant, ils ne perdent jamais de vue leurs petits intérêts. Tout soudain, ils ont exigé une augmentation de solde et comme le corps de ville y renâclait, ils ont menacé de se mettre en tric [1].

— En tric? dit Richelieu béant. En tric en pleine guerre? Et comment?

— Eh bien, en s'abstenant de participer au combat et en refusant de prendre leur tour de garde.

— Et qu'a fait le corps de ville?

— À bon Anglais, bon huguenot : le corps de ville a barguigné. Et des deux côtés, ce fut un très âpre bargoin. En fin de compte, les Rochelais acceptèrent de verser aux Anglais une avance de cinq mille livres à valoir sur leur solde. À mon sentiment, peu devrait chaloir aux Anglais de recevoir cette somme. Si le siège n'est pas levé, ils seront tous dans leur tombe et ils n'en pisseront pas plus roide.

Cette saillie grossière et militaire eût fait sourciller le cardinal, s'il eut été en Paris ou au côté du roi en son Louvre. Mais en campagne, portant lui-même épée et cuirasse et visitant le camp au moins une ou deux fois par jour en cet appareil, il ne laissait pas quelque peu que de lâcher la bride aux verts propos qu'il entendait, ne réprimant que les blasphèmes et les ribauderies.

— Où en sont-ils plus précisément de leur envitaillement? dit Richelieu.

— Les farines deviennent rares et on fait meshui du pain avec un peu de froment mélangé avec de la paille, mélange fade et peu ragoûtant. La baie, il est vrai, regorge de poissons, mais les galères royales patrouillent nuit et jour en deçà

1. En grève.

de la digue, coulant et capturant les bateaux de pêche des Rochelais. D'aucuns s'aventurent à pied à marée basse dans la baie pour chercher des coquillages, des crevettes, des crabes ou des petits poissons dans les flaques. Mais ils sont tant à se passionner pour cette pêche qu'il n'y a plus grande picorée.

— À ton sentiment, Pottieux, dit le cardinal, les Rochelais peuvent-ils tenir jusqu'en mai ?

— Oui, Monseigneur. Hélas ! Je le crois. Maugré la faim qui les ronge, ils sont tous si résolus ! Les pasteurs et le peuple, parce qu'ils combattent pour leur foi, les négociants et les armateurs parce qu'ils combattent également pour leur foi, mais aussi pour conserver les franchises qui les ont cnrichis...

Richelieu se garda bien d'acquiescer à un jugement aussi offensant pour les bourgeois bien garnis de La Rochelle, mais je vis bien, à un petit brillement de l'œil, qu'il n'était pas loin d'y trouver du vrai.

— Pottieux, reprit-il, *quid* des choses étonnantes qui se sont passées hier et ce matin à La Rochelle ?

— Monseigneur, j'y viens.

— Raison de plus pour quc tu te ramentoives notre contrat. Dans tes redisances, prends garde à partager bien les choses : le bon pain croustillant pour le roi, et pour les rebelles, les miettes.

— Je n'aurai garde de l'oublier, Monseigneur.

— Poursuis.

— Le vingt et un au soir, Monseigneur, il y eut l'éclipse de lune.

— Il n'était pas nécessaire, dit Richelieu, d'être à La Rochelle pour l'observer. Moi-même je l'ai vue, si du moins on peut dire qu'on a vu une éclipse.

— Mais l'étonnant, Monseigneur, ce ne fut pas tant l'éclipse que la façon dont les Rochelais prirent la chose. Ils en furent excessivement effrayés. L'idée leur vint, je ne sais d'où, ni de qui, que ce prodige annonçait pour eux les pires calamités. Les pasteurs tâchèrent en vain de lutter contre cette superstition, arguant que si ce monstre noir, qui avait voulu dévorer la lune, à la parfin avait été rejeté par elle, c'était bien que la belle lumière de Dieu avait vaincu les ténèbres du diable... Pour une fois, les pauvres pasteurs ne furent crus qu'à demi. Des superstitions de marins qui se perdaient dans la nuit des temps inspiraient aux Rochelais une invincible terreur de ce que, de leurs yeux, ils avaient vu : une lune sur laquelle le diable, en passant, avait jeté le pan de son manteau noir. Et certes, si Satan rôdait dans les parages, il n'allait pas s'arrêter là : les plus grands malheurs allaient s'abattre sur La Rochelle. Tant est que cette nuit-là fut pour les Rochelais pleine de cauchemars et d'horreurs, et d'autant qu'une épouvantable tempête, grosse de vagues monstrueuses, avait succédé à l'éclipse, et dura toute la nuit.

— Poursuis, dit Richelieu.

— Le lendemain, Monseigneur, c'est-à-dire ce matin, le jour ne se leva pas. Un fort brouillard recouvrait la ville, le port et la baie. Tant est qu'au bout de son bras, on ne pouvait voir sa main. Les Rochelais, pour se rendre à leur travail, éclairaient leur chemin avec des lanternes, et comme à une demi-toise, on voyait la lanterne, mais fort confusément l'homme qui la portait, vous eussiez cru voir des fantômes errer de par les rues. À ce moment-là, personne n'osait même ouvrir la bouche, car ce brouillard, épais et noir comme de la poix, paraissait renforcer le présage sinistre de l'éclipse et à tous rendait quasi certaine la perte de leur ville et de leur vie, les grandes portes de La Rochelle s'ouvrant de soi par un sortilège démoniaque et la horde des soldats royaux, instruments de Satan, se répandant partout, tuant les hommes, forçant les filles, et incendiant les temples et les maisons...

— Que faisais-tu le temps que dura ce brouillard ? dit Richelieu.

— Je portais moi aussi une lanterne, Monseigneur. Et je tâchais de gagner le port pour acertainer si la tempête de la nuit avait fait ou non le dégât parmi les bateaux.

— Comment l'aurais-tu vu, dit Richelieu, avec quelque impatience, étant donné l'épais brouillard qui régnait alors ?

— Quand je me suis mis en marche, Monseigneur, un vent violent commença à souffler, et j'espérais qu'il allait dissiper la brume, et c'est bien ce qu'il fit, avec une rapidité telle et si grande qu'on eût pu croire qu'un rideau s'était brusquement levé. Je vis alors que les bateaux n'avaient pas souffert. Mais entendant autour de moi un grand cri qui n'était pas de terreur, mais de joie, je portai mes regards plus loin et je vis que la tempête de la nuit avait ouvert une forte brèche dans la digue... Les cris étaient assourdissants. D'aucuns, dans leur liesse, dansaient mais d'autres, dont le nombre peu à peu grossit, se mirent à chanter des psaumes pour remercier le Créateur. Les plus éloquents affirmaient bien haut qu'on avait préjugé de l'éclipse, de la tempête et du brouillard et que c'étaient là des signes, bien au rebours, favorables qui annonçaient sans doute possible que les Rochelais avaient guerre gagnée. Le Seigneur allait détruire de fond en comble l'orgueilleuse digue des papistes, comme il détruisit jadis la tour de Babel, et les royaux, abandonnant leur tâche impie, allaient se disperser, poursuivis par l'ire du Seigneur.

— Pottieux, dit le cardinal, la face imperscrutable, épargne-moi les descriptions pathétiques. Tu ne m'apprends rien de neuf. Dès que le brouillard s'est levé, Sa Majesté est allée reconnaître la brèche de la digue à Coureille et cette vue n'a en aucune façon ébranlé sa résolution. Elle a ordonné qu'on double là les travailleurs et le nombre des charrois. La brèche sera réparée dans dix jours, et pendant ce temps, le travail sur le tronçon de Chef de Baie se poursuivra comme devant. Veux-tu qu'on te donne un sauf-conduit pour voir de près ce qui se fait meshui sur la brèche ?

— Nenni, Monseigneur, dit Pottieux d'un air effrayé, ce sauf-conduit, si les Rochelais connaissaient son existence, me rendrait fort suspect à leurs yeux. Je me bornerai à répéter vos propos, en les prêtant aux « on-dit » de votre entourage. Cependant, Monseigneur, je voudrais attirer votre attention sur un point. Je ne peux pas non plus désespérer les assiégés. Leur soif d'être rassurés est telle qu'ils n'attacheraient plus aucune foi à mes redisances, s'ils n'y trouvaient une lueur d'espoir. Monseigneur, pardonnez-moi, mais je connais bien mon métier de *rediseur,* et si je ne leur apporte pas cette lueur, je perdrai auprès d'eux tout crédit.

Cela me parut étrange que Pottieux mendiât ladite lueur à celui qui avait le plus d'intérêt à la lui refuser. Mais je méconnaissais l'expérience émerveillable qu'avait acquise le cardinal dans le gouvernement de ses mouches, lesquelles il recrutait avec le plus grand soin et écoutait avec la plus grande attention, triant le vrai du faux et le faux du vraisemblable et récompensant lesdites mouches sans chicheté, pourvu que les renseignements qu'elles lui apportaient lui parussent dignes de foi.

— Eh bien, dit Richelieu, après un moment de réflexion, vous pourrez dire que Sa Majesté tient en grande horreur le vent violent, la froidure et les pluies qui règnent en ce pays, et qu'il le quitterait bien volontiers, n'était qu'il entend demeurer fidèle à son devoir.

Si c'était là une lueur d'espoir, elle n'était ni nouvelle (car le camp tout entier savait combien le roi pâtissait du mauvais temps) ni fort brillante, car le roi avait trop grande idée de ses obligations pour se dérober au siège.

Hélas, lecteur, l'avenir est un livre clos pour tous, même pour un cardinal. Comment Richelieu aurait-il pu, quand il prononçait ces paroles, imaginer que ce faible et vacillant espoir que le *rediseur* allait dispenser aux assiégés deviendrait, un mois plus tard, une désespérante réalité ?

*

* *

À l'encontre de ce que l'on pouvait croire, il n'était pas si malaisé, malgré les hauts murs dont

La Rochelle s'entourait, de passer d'un camp à l'autre. Les *rediseurs,* et ils étaient nombreux des deux côtés, avaient leurs passages propres, leurs propres heures propices, connaissant aussi les poignets qui se laissaient graisser pour entrebâiller une porte. Cependant sans ruse ni trichotterie, et tout à plein régulièrement, le courrier passait de la ville au camp sans encombre. Tant est que d'un bout à l'autre du siège, le dialogue ne fut jamais vraiment interrompu entre les rebelles et les royaux. On l'avait voulu ainsi des deux parts, dès le début du siège, ne fût-ce que pour permettre au roi de racheter aux Rochelais les soldats qu'ils avaient capturés lors de leurs sorties.

Les Rochelais, tant par habitude du négoce que pour ne pas avoir à nourrir des bouches inutiles, avaient établi des barèmes de rachat assez élevés qui allaient de cent livres pour un gendarme jusqu'à trois cents livres pour un courrier royal. Même pour un simple soldat, le prix pouvait atteindre deux cents livres, s'il était réputé vaillant (ce que leurs gardiens apprenaient en parlant à bâtons rompus, et comme innocemment, avec les autres prisonniers).

Après une capture, le roi dépêchait un de ses gentilshommes avec deux commis pour négocier les rachats, et le bargoin était parfois long et âpre avec les huguenots sur la valeur présumée de la marchandise.

Cependant, les Rochelais, fort sagement, ne relâchaient que le fretin. Ils enfermèrent dans la tour de Coureille le maréchal de camp Manassés de Pas qu'ils avaient eu l'honneur et le bonheur de capturer. Cependant, pour lui, point de rançon, fût-elle énormissime. Il était trop précieux. Mais fort humainement, ils permirent à un valet royal de pénétrer quotidiennement *intra muros* pour apporter à son maître sa repue quotidienne. Chose extraordinaire, si grande était la rigueur morale des huguenots qui gardaient le maréchal de Pas que jamais, même aux pires moments de la famine, ils ne prélevèrent la moindre parcelle des mets succulents qui passaient sous leur nez.

Plein d'admiration pour une honnêteté aussi rare, surtout en ce prédicament, Monsieur Manassés de Pas, voyant ses gardiens maigrir tous les jours, alors que, l'oisiveté aidant, lui-même grossissait, se résolut à partager ses viandes avec eux. Même alors, l'un des gardiens, pris de scrupules, alla quérir de son pasteur s'il ne trahissait pas la Cause en acceptant la nourriture de ceux qui la combattaient. Le pasteur lui répondit que non seulement il pouvait, mais qu'il devait accepter ce don, car Dieu savait ce qu'il faisait en touchant le cœur du prisonnier papiste et en lui inspirant cet acte de bonté. Y répondre par un refus serait non seulement injuste et injurieux à l'égard du prisonnier, mais irait visiblement à l'encontre de la volonté divine.

À la lettre-missive que le roi avait envoyée au maire de La Rochelle pour le prier de me donner l'entrant en la ville afin que je pusse rendre visite à sa cousine, la duchesse douairière de Rohan, pour peu qu'elle y fût elle-même consentante, le maire et la duchesse répondirent favorablement et fixèrent le jour et l'heure : le cinq janvier, à onze heures de la matinée, heure à laquelle je devais me présenter à la porte du Fort de Trasdon avec mon écuyer, précédé d'un tambour du roi qui, par un roulement approprié, devait signaler ma présence.

En me levant, le cinq janvier au matin, j'étais fort trémulant d'impatience et de curiosité à la pensée de pénétrer *intra muros* dans « ce nid de guêpes huguenotes », comme avait dit Bellec, chez ces Français qui étaient, hélas, nos ennemis, comme nous avions été les leurs en cette nuit infâme de la Saint-Barthélemy. Quant à moi, j'étais pourtant si proche d'eux et par mon grand-père, le baron de Mespech, et par mon père, le marquis de Siorac, lequel avait, comme on disait alors, « calé la voile [1] » sur la prière pressante d'Henri III, dont il n'eût pu être ni le médecin ni l'homme des missions secrètes, s'il n'avait consenti à ce sacrifice qui lui coûta d'autant plus qu'il dut élever ses fils et ses filles dans une religion qu'il estimait, comme La Boétie, « merveilleusement corrompue d'infinis abus ».

Tandis qu'il m'aidait ce matin-là à m'habiller, Nicolas, à la pensée d'être introduit avec moi dans les murs de La Rochelle, était plus excité qu'une pochée de souris et quit de moi s'il me pouvait question poser.

— Pose, Nicolas, pose !

— Monsieur le Comte, est-il possible qu'une fois les portes refermées sur nous, les huguenots nous retiennent prisonniers ?

— Fi donc ! Cette idée ne leur viendrait même pas en cervelle ! Ce sont gens rigoureux et loyaux dans le négoce comme à la guerre.

1. Il s'était converti au catholicisme.

— Soubise, pourtant, a trahi plus d'une fois la parole qu'il avait donnée au roi.

— C'est tout différent. Soubise est un cadet ambitieux et remuant. C'est un brouillon passablement puéril qui, à Londres, se donnait pour duc alors qu'il ne l'était pas. À La Rochelle, où du reste il se trouve être meshui alité et mal allant, il ne pèse plus lourd. Le pouvoir est dans les mains du maire, du corps de ville et des pasteurs. Toutefois, la mère de Soubise, la duchesse douairière de Rohan, exerce dans la ville une influence morale qui n'est pas négligeable et d'autant que son fils aîné, le duc de Rohan, étant hors des murs, bat la campagne et tâche de soulever le Languedoc huguenot contre le roi.

— Peut-il y succéder ?

— Pas tant que nous soutiendrons ce siège. Le duc de Rohan n'a ni assez de pécunes ni assez de troupes, et il est talonné par une armée royale commandée par le prince de Condé. En outre, les grandes villes huguenotes attendent sagement de savoir ce qu'il adviendra du siège de La Rochelle avant de basculer de son côté.

— Monsieur le Comte, avez-vous déjà encontré le duc de Rohan ?

— Oui, une fois. C'est un homme excessivement altier. Il est vrai qu'il est bien né et plus haut que lui en ce royaume vous ne trouverez mie. Quand il n'était que vicomte et général fort vaillant dans l'armée d'Henri IV, il s'était forgé une devise qui le dépeignait au plus vif : « *Roi ne puis, Duc ne daigne, Rohan suis.* » Toutefois, quand Henri IV le nomma duc, il daigna...

— Mais s'il a guerroyé sous Henri IV, Monsieur le Comte, le duc de Rohan ne doit plus être un jouvenceau.

— Il a quarante-neuf ans. Et à mon sentiment, c'est un excellent âge pour faire la guerre. Si l'on y est tué, on peut dire, en expirant, qu'on a vécu suffisamment...

— Monsieur le Comte, une dernière question. Le roi appelle la duchesse de Rohan « ma cousine ». Est-ce par courtoisie ?

— Point du tout. Elle a tous les droits à être ainsi nommée étant, par alliance, apparentée à Jeanne d'Albret, reine de Navarre, dont Henri IV, comme tu sais, est le fils et Louis XIII, le petit-fils. Nicolas, est-ce là ta dernière question ?

— Monsieur le Comte, je vous demande pardon d'avoir abusé de votre patience. Peux-je cependant vous demander si je dois, pour la circonstance, vous passer votre collier de chevalier du Saint-Esprit ?

— Nenni, Nicolas. Cela ne se peut.

— Monsieur le Comte, peux-je vous demander pourquoi ?

— L'ordre du chevalier du Saint-Esprit est à la fois royal et catholique. Tant est que le roi ne le peut décerner aux ducs protestants : Sully et Rohan. Ce qui les chagrine fort. À telle enseigne que Sully, en son temps, s'était fabriqué un ordre pour lui tout seul avec le portrait d'Henri IV en médaillon et je ne sais combien d'ornements guerriers tout autour, lequel ordre, tout en or ciselé et en perles, il portait en les grandes occasions. Tu vois par là qu'un grand homme peut avoir ses petites vanités.

— Et Henri IV souffrait cette extravagance ?

— Avec un brin de gausserie, mais qui n'allait pas plus loin qu'un petit brillement de l'œil.

— Donc, Monsieur le Comte, point d'ordre du Saint-Esprit aujourd'hui sur cette éclatante vêture !...

— Nenni ! Dût ma vanité en souffrir ! Je craindrais d'offenser la duchesse de Rohan qui doit être bien marrie, étant si bonne mère, que son fils aîné ne l'ait pas.

— Mais n'est-elle pas une dame fort avancée en âge, puisque son fils a quarante-neuf ans ?

— Une dame fort avancée en âge ! Que dis-tu là, discourtois Nicolas ! Une duchesse n'a pas d'âge ! Elle ne peut être que belle, étant duchesse, et tout un chacun la doit considérer comme telle.

— Je m'en ramentevrai, dit Nicolas.

Le tambour nous attendait à une jetée de pierre du Fort de Trasdon par où nous devions pénétrer dans la ville. Le soleil, pour une fois, brillait et faisait étinceler de mille feux la chatoyante livrée de tambour royal. Je ne sais pourquoi nos tambours sont vêtus de façon si éclatante, à moins que ce ne soit pour les rendre plus visibles de loin et pour qu'on ne leur tire pas dessus, quand ils s'approchent des murailles ennemies pour demander l'entrant d'un parlementaire.

Il est des roulements de tambour qui, belliqueusement, sonnent la charge. D'autres qui, à dessein, assourdissent les déserteurs que l'on va fusiller. D'autres encore, feutrés et mélancoliques, qui pleurent la mort d'un héros. Mais celui-ci, qui annonçait ma venue, était aussi joyeux et amical qu'on le peut souhaiter pour détendre, fût-ce un instant, les ressorts du ressentiment.

Au bout d'un moment qui me parut fort long, car les créneaux du fort s'étaient, à notre approche, incontinent hérissés de mousquets braqués sur moi, apparut le capitaine Sanceaux, dont la rude trogne n'annonçait pas des sentiments bien évangéliques. Il me demanda, du haut des murailles, et sans me donner mon titre (qu'il ne laissait pas pourtant de connaître) qui diable j'étais et pourquoi je demandais l'entrant.

— Capitaine, dis-je, je suis le comte d'Orbieu. Il est entendu avec le corps de la ville de La Rochelle que je dois vous demander l'entrant ce jour sur le coup de onze heures.

— Et à quelle fin ? dit Sanceaux.

— Afin que je puisse visiter Madame la duchesse de Rohan, laquelle est consentante à cet entretien.

— Et qu'avez-vous à lui dire ?

— Je lui porte un message de la part du roi.

— Nous allons faire descendre une corde au bout de laquelle je vous prie d'attacher ce message.

— Capitaine, ce n'est pas possible. C'est un message oral.

— Dans ce cas, dit Sanceaux du ton le plus malengroin, dites-moi ce qu'il en est de son contenu.

— Capitaine, il serait messéant que je ne réserve pas à Madame la duchesse de Rohan la primeur de ce message. Libre à elle ensuite d'en répéter la teneur au maire, au corps de ville, et à vous-même.

— Si je ne suis pas informé sur l'heure, dit

Sanceaux, je ne vous donnerai pas l'entrant. Je ne veux pas qu'une négociation secrète me passe sous le nez sans que j'en sois averti.

— Capitaine, ce n'est pas une négociation, mais un message personnel du roi à sa cousine. Le maire et le corps de ville vous ont sûrement informé qu'ils m'avaient accordé l'entrant.

— Nous sommes en guerre, dit Sanceaux. Je commande la Tour de Trasdon et n'en ouvre pas la porte sans savoir de quoi il s'agit.

— Capitaine, dis-je avec une angélique patience et du ton le plus poli, dois-je le répéter ? Je suis le messager du roi à qui le maire et le corps de ville de La Rochelle ont consenti l'entrant, afin que je puisse apporter un message oral à Madame la duchesse de Rohan.

À ce moment, je vis un quidam sur les remparts s'approcher de Sanceaux et lui parler à voix basse à l'oreille. Après quoi Sanceaux disparut et le quidam, sans dire mot ni miette, me fit un signe amical qui paraissait annoncer qu'on allait enfin me donner l'entrant. Nicolas poussa alors sa monture au niveau de la mienne et, se penchant, me dit à l'oreille :

— Ce Sanceaux est bien, mais si on supprimait la première syllabe de son nom, il serait mieux encore.

— Pis que cela, Nicolas ! dis-je, *sotto voce.* Le sire est bien pis qu'un sot. C'est un *important,* espèce fort pernicieuse, car les *importants* sont si à cheval sur ce qui leur est dû, qu'ils se piquent pour des riens, et peuvent alors se porter à des décisions qui, pour être stupides, n'en sont pas moins parfois infiniment nuisibles.

Comme j'achevais, la porte du Fort de Trasdon

s'ouvrit avec une lenteur majestueuse et dès que nous fûmes *intra muros,* un fort groupe de gendarmes entoura nos chevaux, mais sans nous montrer la moindre hostilité. D'autres tenaient à distance la foule des Rochelais, laquelle accourut aux nouvelles, croyant peut-être à une proche paix. L'un de ces regardants qui me parut être un bourgeois bien garni me salua courtoisement de prime et quit de moi, d'une voix fort polie :

— Monsieur, venez-vous pour traiter avec nous ?

À mon tour, je lui tirai alors fort gravement mon chapeau.

— Non, Monsieur, je n'ai pas ce pouvoir. Je suis céans pour visiter Madame la duchesse de Rohan et lui porter un message de la part du roi.

Une voix plus rude s'éleva alors parmi les survenants dont le nombre, à chaque minute, grossissait.

— Monsieur, cria cette voix dont les intonations n'étaient pas des plus raffinées. Si vous touchez à un seul cheveu de Madame la duchesse, nous vous mettrons en pièces.

Cette discourtoise menace provoqua de vives protestations incontinent chez le gros des Rochelais. Je noulus cependant la laisser passer sans y répliquer et, me dressant sur mes étriers, je dis d'une voix forte :

— Monsieur, je ne suis pas céans pour faire du mal à qui que ce soit. Et moins encore à Madame la duchesse de Rohan dont je respecte la personne et vénère le courage.

Il y eut alors un murmure d'approbation dans la foule, et un personnage chenu et barbu, s'approchant de moi, me dit d'une voix douce :

— Monsieur le Comte, je suis un des secrétaires du corps de ville. C'est moi qui ai convaincu le capitaine Sanceaux de vous donner l'entrant. Avec votre permission, je vous conduirai sans tant languir jusqu'à la demeure de Madame la duchesse de Rohan.

Ce qu'il fit en me précédant, mais sans tenir la bride de ma jument, ce qui eût pu être périlleux, mon Accla ayant la bouche si sensible. Le cheval de Nicolas m'emboîta le pas et les gendarmes et la foule suivirent.

Je ne laissai pas, pendant ce cheminement, de regarder autour de moi avec la plus grande attention.

La ville, que je voyais pour la première fois, me parut fort belle et richement construite. Elle portait néanmoins la trace des boulets rouges dont nous l'avions cruellement bombardée depuis le début du siège, car je vis plus d'une maison dont le toit s'était effondré et d'autres où le feu, communiqué aux meubles par les boulets, avait tout ravagé. Quant aux Rochelais qui m'entouraient, ce que je vis confirma ce qu'avait dit Pottieux au cardinal : les effets de la famine se voyaient surtout sur les faces des plus pauvres et même sur celles-là, la résolution et l'énergie ne manquaient pas.

Parvenu devant une fort belle demeure [1], le secrétaire du corps de ville s'arrêta et, se tournant vers moi, me dit que nous étions rendus. Je démontai alors et je dis d'une voix assez forte pour être entendue de ceux qui m'entouraient :

— Monsieur, il serait messéant que je me pré-

1. L'hôtel de Marsan.

sente à une aussi haute dame avec une arme à mes côtés. Auriez-vous la bonté de garder mon épée et celle de mon écuyer par-devers vous pendant la durée de ma visite ?

Pour parler à la franche marguerite, ce fut bien moins par bienséance que pour rassurer les Rochelais que je me défaisais ainsi de mes armes car ils étaient si affectionnés à leur duchesse que, contre tout bon sens, ils se seraient inquiétés pour elle, si je ne m'étais pas désarmé.

Quant à la raison de cette grande amour qu'ils lui portaient, je la connaissais. Ils lui savaient un gré infini d'être demeurée à La Rochelle et de partager avec eux les privations et les périls au lieu que de chercher refuge en quelque château du Languedoc où elle eût pu vivre dans le repos et la tranquillité que commandait son âge. Le majordome parut enfin, descendant les marches qui menaient à nous avec une lenteur majestueuse. Il me parut à la fois fort maigre et fort taciturne, sans que je puisse acertainer si sa maigreur était due à la faim, ni son silence à l'antipathie bien naturelle de l'assiégé pour l'assiégeant. Il est vrai qu'il savait déjà nos noms et nos qualités et qu'il n'avait en somme rien d'autre à faire que les répéter d'une voix forte et distincte une fois que nous fûmes introduits dans la grande salle de l'hôtel de Rohan et mis en présence de la duchesse, laquelle était assise fort droite, dans une grande chaire à bras, si dorée et si travaillée qu'elle me fit l'effet d'être un trône. À dextre et à senestre de la duchesse, assises sur des tabourets, deux personnes du *gentil sesso* dont l'une devait avoir la quarantaine, tandis que l'autre en face de qui le siège de Nicolas se trouvait miraculeusement placé, était fort belle et en la fleur de son âge. Nous n'omîmes aucune des salutations respectueuses que nous devions à ces hautes dames, mais en y ajoutant cette nuance de tendresse que nous éprouvions à l'égard de leur tendre sexe, nuance qui, à mon sentiment, ne fut perdue pour aucune des trois.

La duchesse répondit d'un signe de tête des plus gracieux à mon salut mais sans toutefois me tendre la main à baiser, réticence qui laissait entendre que, malgré tout, j'appartenais au camp des ennemis de sa ville et de sa religion.

Bien qu'elle eût alors à tout le moins soixante-dix ans, l'âge, s'il avait neigé sur ses cheveux, amolli son cou et ses joues, lui avait laissé un visage fort agréable à voir et de très beaux yeux bleus desquels émanait une impression tout à la fois de force et de douceur.

On disait à Paris de la duchesse de Rohan qu'elle avait été fort fidèle à son mari du vivant de celui-ci et, après sa mort, fort infidèle à sa mémoire. Mais c'était là pure médisance, si toutefois une médisance peut être pure. La dame était trop haute, trop bonne protestante et trop ménagère de sa gloire pour s'abaisser à des intrigues. La seule explication que les honnêtes gens purent trouver à ce méchant caquetage était que Madame de Rohan aimait les hommes et en son innocence, qui était grande, le laissait paraître, ce que n'eussent assurément jamais fait nos coquettes de Cour.

— Comte, dit-elle d'une voix basse et musicale, j'eusse aimé vous souhaiter la bienvenue céans en un moins triste prédicament. Mais le Seigneur, hélas, l'a voulu ainsi pour nous punir de nos péchés et nul ne peut savoir ce qu'il décide à la parfin de son peuple : s'il doit périr ou s'il doit être sauvé. Voici, enchaîna-t-elle sans transition, assise à ma droite, ma fille Anne et, à ma gauche, ma parente, Mademoiselle de Foliange qui eut l'infortune de me venir visiter céans alors que la guerre n'était point commencée, et se trouva, pour son plus grand malheur, enfermée dans nos murs, et fort injustement, car n'étant pas de la religion réformée, elle ne trouve même pas les consolations de la foi dans les épreuves qu'elle traverse avec nous.

Je me permis alors, comme j'avais fait pour Anne de Rohan, de saluer Mademoiselle de Foliange et de l'envisager quelques secondes sans que cela, de reste, la gênât en aucune façon car, dès le moment de notre entrant, ses yeux s'étaient attachés sur Nicolas avec tant de force que tout autre objet dans la salle, y compris sa parente, Anne ou moi-même, avait disparu du champ de sa conscience. Quant à mon Nicolas, il était tout autant passionnément regardant que regardé et déjà à ce point captif que je l'eusse fort étonné en lui ramentevant qu'il se trouvait dans l'hôtel de Rohan et en présence de cette haute dame, laquelle était de reste beaucoup trop naïve pour s'apercevoir de ce qui se passait entre ces deux-là, à moins d'une toise d'elle.

— Comte, dit Madame de Rohan, sans tant languir, venons-en à l'objet de votre visite. Louis va-t-il répondre favorablement à la requête que je lui ai adressée de laisser sortir de La Rochelle les femmes et les enfants ?

— Madame, dis-je, le roi, étant bon chrétien, s'est trouvé fort déquiété par votre requête et s'est demandé, non sans une profonde anxiété, comment il devait y répondre. D'une part, en effet, les femmes et les enfants ne portant pas les armes, on peut se demander s'il est juste et humain qu'ils supportent les peines et les périls d'un siège qui, en toute apparence, sera long et meurtrier. Mais, d'autre part, l'initiative de cette guerre a été prise par les Rochelais quand ils ont aidé les Anglais à se maintenir dans l'île de Ré et ont formé avec eux une alliance qui avait pour dessein déclaré de soustraire La Rochelle et l'Aunis à la souveraineté du roi de France. Louis, pour cette raison, peux-je vous le ramentevoir, les a le quinze août 1627 « déclarés rebelles, traîtres et perfides à leur roi, déserteurs à leur patrie et criminels de lèse-majesté au premier chef ». Néanmoins, il ne les a pas tout de gob attaqués. Pouvez-vous ignorer, Madame, que ce sont les Rochelais qui, peu ménagers alors de la vie de leurs femmes et de leurs enfants, les ont exposés à un siège terrible en tirant le premier coup de canon contre les forces du roi ? Dois-je vous ramentevoir, Madame, pour finir, que, dans la Bible, les petits-fils et même les arrière-petits-fils sont châtiés pour des crimes commis par leurs ancêtres ?

— Monsieur, dit-elle, comme étonnée et scandalisée qu'un papiste osât s'appuyer sur la Bible pour en remontrer à un protestant, c'est le Seigneur qui décide du châtiment du père coupable et de sa progéniture.

— J'en suis bien assuré, Madame, mais dans le cas présent, comment peut-on connaître la décision du Seigneur avant que le siège ne se termine en votre faveur ou en la nôtre ?

Madame de Rohan parut d'autant plus troublée par ce rappel des sévérités bibliques qu'elle ne s'attendait aucunement à ce que je justifiasse ce refus du roi au nom de ses propres croyances. Prévoyant le rejet de sa requête et ne l'ayant peut-être formulée que pour essuyer un refus, la faute retombant alors sur le roi seul, elle avait cru que j'allais justifier la décision de Louis par les nécessités cyniques de la guerre, l'assiégeant n'ayant pas intérêt à ce que l'assiégé se défasse des « bouches inutiles ». Ce qui ne pourrait que prolonger le siège et lasser ses efforts.

Mais bien que cet argument fût tout aussi valable que celui dont je m'étais remparé, je noulus l'utiliser, ne voulant pas qu'on pût dire que le roi était impiteux. Cependant, Madame de Rohan, passionnée comme elle l'était, ne tint aucun compte de ces nuances et, sa première surprise passée, elle se reprit et dit d'un ton fort déprisant :

— Mais quoi ! Faire la guerre aux femmes et aux enfants ! N'est-ce pas là une chose de la dernière cruauté ?

— Madame, dis-je, tous les assiégeants en sont là ! Votre noble fils lui-même, quand il assiège une ville catholique dans le Languedoc, en est réduit à cette même cruauté, quelle que soit la bénignité de son cœur.

Cette remarque piqua Madame de Rohan au plus vif pour deux raisons. De prime parce qu'elle était sans réplique, mais surtout parce qu'elle mettait en cause son fils aîné qu'elle chérissait bien au-dessus de ses autres enfants. Anne, en revanche, détournant la tête, eut un petit sourire qui me donna à penser qu'elle avait quelque raison pour ne pas affectionner le duc régnant, comme les lois et les us de cette puissante famille le commandaient.

— Comte, dit Madame de Rohan avec un petit brillement de l'œil qui n'était pas cette fois des plus doux, il me semble que le roi ayant rejeté ma requête, notre entretien touche à sa fin.

Cependant, elle ne dit pas qu'il était terminé, et ne paraissait pas non plus pressée de nous donner notre congé, prenant, se peut, quelque plaisir à cette visite de deux gentilshommes dans la morne monotonie de ses jours.

— Madame, dis-je, plaise à vous de me faire la grâce de m'ouïr plus avant, le roi désirant, par mon truchement, faire une offre qui concerne votre personne.

À ces mots, elle s'adoucit prou, et avant que de me dire « oui », elle appela son *maggiordomo* et lui commanda de glisser un coussin entre le dossier de sa chaire à bras et son dos, lequel, dit-elle, la doulait fort. Pendant qu'elle était ainsi occupée à cet ajustement, je jetai un regard à Mademoiselle de Foliange et à Nicolas. Leurs yeux étaient si emmêlés qu'on se demandait comment ils allaient faire pour les démêler, quand Nicolas, à ma suite, devrait quitter ce lieu si enchanteur. Sans doute, Mademoiselle de Foliange pensait-elle de son côté qu'une bonne fée allait apparaître qui, d'un coup de baguette magique, la rendrait invisible, afin qu'elle pût, sans être aperçue, monter en croupe sur le cheval de Nicolas et s'en aller avec lui hors la guerre vers les douces félicités que leurs regards s'étaient promis.

— Comte, dit Madame de Rohan, baignant

dans sa bénignité première, vous êtes un gentilhomme courtois et de si bonne mine que je vous écouterais volontiers jusqu'à la fin du jour, si je n'étais pressée par mes obligations, le corps de ville me devant visiter sur le coup de midi. Cependant nous en sommes loin encore. De grâce, Comte, parlez !

— Madame, dis-je, le roi n'oublie pas qu'il est votre cousin, et souffre mal les privations et les périls que vous affrontez. Il vous fait dire par mon truchement que si votre pâtiment devient tel et si grand qu'il puisse mettre votre vie en danger, il serait heureux de vous bailler un sauf-conduit qui vous permettrait de traverser le camp et de vous retirer loin des canonnades dans un château de votre choix.

— Comte, dit Madame de Rohan, de grâce, remerciez le roi de sa bonne pensée. Mais mon choix a été fait dès le début de cette épreuve : je désire partager jusqu'au bout le sort des Rochelais et je demeurerai avec eux jusqu'à la fin et, s'il le faut, jusqu'à la mort, si le Seigneur en décide ainsi...

À vrai dire, je trouvais qu'au terme de cet entretien, elle se drapait un peu trop dans le *peplum* de l'héroïsme. Mais après tout, dans toute vaillance, il y a une part de théâtre...

Pour le coup, elle me donnait mon congé, mais elle me le donnait noblement. Et Madame de Rohan, vivant ce qu'elle disait, sa résolution n'allait pas sans grandeur.

Je la saluai ainsi que sa fille et Mademoiselle de Foliange en mettant dans mon salut non seulement du respect, mais de l'affection, me sentant bien marri de les quitter pour retourner dans mon camp de soldats, ayant le sentiment d'être privé, je dirais presque sevré de cette douce présence féminine sans laquelle notre vie sur terre ne serait qu'un morne désert.

Mon pauvre Nicolas, presque aveugle pour avoir quitté les beaux yeux qui illuminaient depuis une petite heure sa jeune vie, marchait de façon quasi titubante et trébucha dans l'escalier, en grand danger de choir, si je ne l'avais retenu par le bras. Je fus tout content de retrouver Gilles Arnaud dans le vestibule, et dès qu'il m'eut remis mon épée, j'entrepris de la ceindre avec une extrême lenteur, ayant question à lui poser qui me brûlait les lèvres. Gilles Arnaud était un petit homme sec et noueux avec des yeux vifs et des lèvres gourmandes. Il me parut heureux de me parler au bec à bec hors de la vue et des oreilles de ses concitoyens.

— Monsieur, dis-je, *sotto voce,* pouvez-vous m'éclairer sur ce qui me paraît être une énigme ? Pourquoi le capitaine Sanceaux voulait-il me refuser l'entrant du Fort de Trasdon ? Le corps de ville ne l'avait-il pas averti de ma venue céans ? Et n'avait-il pas reçu de lui l'ordre de me laisser passer ?

— Que si fait ! Mais nous ne lui avions pas dit que vous alliez visiter Madame de Rohan et Sanceaux étant d'une humeur picanière et suspicionneuse, il s'est tout de gob imaginé que cette visite cachait l'amorce d'une négociation clandestine et il a aussitôt résolu de la tuer dans l'œuf. En fait, si je ne m'étais pas trouvé dans le fort par le plus grand des hasards, il ne vous aurait jamais ouvert.

— Mais, dis-je béant, c'est là, de la part d'un

capitaine, une gravissime entorse à la discipline. Est-ce à un soldat de décider de la guerre et de la paix ?

— Non, certes !

Ce « certes » trahissait le huguenot et m'attendrit, car mon grand-père l'employait et mon père tout autant, jusqu'au jour où, abandonnant la religion réformée, il abandonna aussi cet adverbe si étrangement soupçonné d'hérésie.

— Non, certes ! répéta le secrétaire, mais comme vous le savez, Monsieur le Comte, il y a dans notre ville le camp de ceux qui veulent traiter et ceux qui s'y refusent avec la dernière roideur. Sanceaux est de ceux-là.

À vrai dire, je connaissais les luttes et les divisions des Rochelais, mais je ne les croyais pas parvenues à ce degré de tension et de gravité. Précieux renseignement que je serrai aussitôt dans la gibecière de ma mémoire.

— Monsieur, dis-je, une dernière question, de grâce. Comment se fait-il qu'un conseiller du roi puisse pénétrer dans vos murs sans que le maire ou un membre du corps de ville cherche à l'encontrer ?

— Justement, Monsieur le Comte, pour ne pas être soupçonné d'amorcer avec vous une négociation secrète.

— Monsieur, dis-je, faut-il donc attendre que tous les Rochelais soient d'accord pour traiter ? Dans ce cas, on ne traitera jamais.

— C'est hélas ce que je redoute le plus ! dit Gilles Arnaud *sotto voce,* en hochant tristement la tête. Car, en attendant, nous dépérissons un peu plus chaque jour que Dieu fait et, bientôt, il ne les fera plus pour nous. Je suis, certes, autant croyant qu'un autre, je suis assidu au culte, je chante les psaumes et je prie, mais je ressors du temple l'estomac aussi creux qu'à l'entrant. Les psaumes, si beaux qu'ils soient, ne remplacent pas le pain.

*

* *

Devant la porte de l'hôtel de Rohan, une petite foule s'était amassée autour des gendarmes qui gardaient nos chevaux, et les gardaient non sans raison, car ils étaient si beaux et si luisants qu'ils auraient pu exciter la convoitise des regardants et une convoitise non tout à fait d'ordre équestre, si l'on entend ce que je veux dire.

Quand nous fûmes en selle, Nicolas et moi, une foule nous suivit jusqu'à la porte de Trasdon, sans geste de menace ni parole fâcheuse, mais bien au rebours, comme s'ils étaient marris que le souffle de liberté et de bien-être que nous avions apporté avec nous les quittât si vite. Comme nous n'étions plus qu'à quelques toises de la porte de Trasdon, un quidam qui dépassait la foule de la tête et des épaules m'ôta son chapeau et quit de moi d'une voix stentorine :

— Monsieur le Comte, Madame la Duchesse va-t-elle nous quitter ?

Cette question provoqua un grand émeuvement dans la foule et plusieurs voix la reprirent dans un long marmounement à la fois anxieux et plaintif.

Je bridai alors mon Accla. J'ôtai mon chapeau et, après avoir salué à la ronde, ce qui étonna si fort les Rochelais qu'ils se turent, je dis d'une voix assez forte pour me faire entendre de tous :

— Sa Majesté s'est inquiétée de la santé de sa cousine, la duchesse de Rohan, et au cas où elle fût plus mal, Elle lui avait offert de se retirer dans un château. Mais Madame la duchesse de Rohan noulut tout à plein, préférant demeurer avec vous jusqu'à la fin du siège.

À ouïr ces paroles, la liesse fut telle et si grande dans la foule que si d'aucuns poussèrent des cris et s'exclamèrent, d'autres, dans la véhémence de leur joie, ne purent retenir leurs larmes. D'autres encore me crièrent : « Mille mercis, Monsieur le Comte ! », ce qui me laissa béant car enfin, pour que la duchesse décidât de rester avec les Rochelais, il avait bien fallu que je lui demandasse de partir. De toute manière, il y avait une telle contagion dans ces réjouissances qu'à peu que je n'y prisse part et que je me sentisse heureux que l'objet de cette grande amour ne les quittât point.

Toutefois, je crus bon de ne pas m'attarder davantage et poussai mon Accla plus avant. Je craignais que quelqu'un, dans la foule, me posât question sur les femmes et les enfants : ce qui eût tout gâté pour mon maître et pour moi. Par bonheur, le capitaine Sanceaux — se peut parce qu'il était chagrin de l'accueil amical que j'avais reçu des Rochelais — fut aussi prompt à m'ouvrir les portes du Fort de Trasdon qu'il avait été rebellant à les déclore à mon advenue.

Le bruit que les portes firent en se refermant derrière moi me fit grand mal. Je retrouvai, moi, la liberté, mais les pauvres Rochelais demeuraient pris au piège dans leurs propres murs, bombardés par nous aux boulets rouges, réduits sinon déjà à la famine, du moins à la portion congrue et déçus chaque jour de ne pas voir apparaître dans le pertuis breton les voiles de la flotte anglaise de secours.

— Eh bien, Nicolas, dis-je, comme nos montures approchaient de Saint-Jean-des-Sables, te voilà bien clos et coi. Que penses-tu de tout cela?

— Des huguenots, Monsieur le Comte? dit Nicolas comme s'il s'éveillait d'un rêve.

— Soit! dis-je avec un sourire, ce sujet-là en vaut un autre. Parlons des huguenots.

— Je n'en avais jamais tant vu, dit Nicolas, mais il m'a semblé qu'ils sont de bonnes et honnêtes gens et tout aussi français que moi.

— Certes! Comme ils diraient. Mais ils ont quand même violé l'édit de Nantes et chassé de La Rochelle les prêtres catholiques, occupé les églises, en ont détruit les plus beaux ornements et se sont rebellés, ici et là, contre le roi depuis dix-huit ans...

Mais Nicolas ne me renvoya pas la balle, tant il était songeux et n'en dit pas davantage jusqu'à ce que nous parvînmes au château de Brézolles.

Le couvert du dîner était mis déjà et nos assiettes, nous assura Madame de Bazimont avec un sourire, s'ennuyaient de nous. Nous nous mîmes, les dents aiguës, à une savoureuse repue, et la dévorâmes, sans faire quartier, jusqu'au dernier morcel. Là-dessus, Madame de Bazimont nous fit apporter des tisanes très chaudes et très sucrées. Ce qu'elle ne faisait, à l'accoutumée, qu'après le souper. Mais elle avait jugé, dit-elle, qu'avec un temps si venteux et si froidureux, nous serions heureux de nous réchauffer et d'autant que chez Madame de Rohan il n'y avait pas grand feu, car d'où viendrait le bois ? les forêts ne poussent pas à l'intérieur des villes.

Toutes ces remarques, servies en même temps que les tisanes qui furent en effet les très bienvenues, avaient pour but d'amener des questions sur Madame la duchesse de Rohan à laquelle notre Intendante s'intéressait avec une curiosité dévorante. Je fis de mon mieux pour la satisfaire (sans lui en dire plus toutefois qu'il en fallait sur ma mission) tant je la trouvais avec nous bonne, attentionnée, et quasi cajolante. Sur quoi elle s'en alla, toute guillerette et fiérote, écrire tout ce que j'avais dit dans son journal qu'elle tenait, me confia-t-elle, depuis quarante ans, mais noulut jamais me laisser lire, pour ce que l'orthographe, disait-elle, n'en était pas fort bonne.

— Elle ne saurait être pis, lui dis-je, que celle de ma marraine la duchesse de Guise.

— J'entends bien, me dit alors Madame de Bazimont avec une révérence, mais pour Madame de Guise, il importe peu. Elle est duchesse...

Là-dessus Madame de Bazimont se retira et quand avec elle fut départie la parole, vous eussiez pu ouïr le bruit que faisaient nos gargamels pour happer nos tisanes, Nicolas, toujours clos et coi, étant perdu corps et bien dans ses songes.

— Est-ce bien toi qui es là, Nicolas ? dis-je à la parfin. Ou est-ce seulement ton apparence ? Ta mortelle enveloppe ? Ou dirais-je même : ton fantôme ? Quoi ? Pas un mot ! Pas un regard ! Pas le moindre mouvement ! T'a-t-on robé chez Madame de Rohan tout à la fois ton cœur, ton esprit, ta langue, ton ouïe et ta remembrance ? Quel mauvais ange t'a volé, Nicolas, ta bonne grâce, ton humeur accommodante, ton rire gai et facile, ta curiosité insatiable ? Et où en sont allés tes sentiments affectionnés à l'égard de ton maître que tu es devenu tout soudain pour lui un aussi triste compagnon ?...

— Ah ! Monsieur le Comte ! dit Nicolas, que cette accusation parut enfin désommeiller de ses songes. Vous ne pouvez en douter : je vous aimerai toujours. Mais vous voyez en moi l'homme le plus malheureux du monde.

— Malheureux ou amoureux, Nicolas ?

— Je suis hélas, dit Nicolas, les larmes coulant de ses yeux, tout ensemble amoureux et malheureux, l'un étant la conséquence de l'autre.

— Malheureux ? dis-je en sourcillant, et comment un gentilhomme le pourrait être qui, pendant une demi-heure, a été passionnément envisagé par une bachelette aussi émerveillable que Mademoiselle de Foliange qui, non contente d'être fort belle, se trouve apparentée à une des plus hautes familles de ce royaume.

— C'est là justement où le bât me blesse, dit Nicolas. Mademoiselle de Foliange est trop haute pour moi...

— Qu'est cela ? dis-je. N'es-tu point gentilhomme de bon lieu, frère d'un capitaine aux mousquetaires du roi, écuyer d'un conseiller du roi, mousquetaire toi-même dès la fin de ce siège ?

— Hélas ! Monsieur le Comte ! La solde ! La solde d'un mousquetaire ! Comment Mademoiselle de Foliange se pourrait-elle accommoder d'un aussi humble boursicot ?

— Et pourquoi pas ? Ois-moi bien, Nicolas. Et

recueille avec soin les perles de sagesse qui vont tomber de ma barbe.

— Je vais m'y employer, dit Nicolas avec un pâle sourire.

— *Primo* : supposons que Mademoiselle de Foliange soit une cousine pauvre de Madame de Rohan. Dans ce cas, étant faite à la pauvreté, elle épousera la tienne sans trop pâtir.

— Je serais pourtant bien remochiné qu'elle en pâtisse, étant si belle et si bien née.

— Bah ! L'amour réchauffe mieux la pauvreté que la richesse ne réchauffe l'amour...

— Monsieur le Comte, cet admirable apophtegme est-il de vous ?

— Je n'en suis pas si sûr. Mais qu'importe ! Les perles de sagesse appartiennent à tout le monde. *Secundo*, supposons maintenant, Nicolas, que Mademoiselle de Foliange soit une cousine riche de Madame de Rohan. Dans ce cas, sa richesse sera la fort bienvenue et sa parentèle poussera à ton avancement.

— Pourtant, si la demoiselle est bien garnie, dit Nicolas, il est peu probable que ses parents m'acceptent. Ils voudront quelqu'un de plus titré et de plus riche.

— Eh bien, supposons, pour résoudre cette difficulté, que ses parents soient morts.

— Oh, Monsieur le Comte !

— Eh quoi ? N'est-ce pas une possibilité ? Est-il mal de l'envisager du moment qu'on ne le souhaite pas ? Dans ce cas, Mademoiselle de Foliange est libre de sa destinée et de son choix.

— Et son choix serait moi ?

— Assurément. N'as-tu vu comme son œil te dévorait tout cru ?

— Il est vrai que son regard ne me quittait pas et qu'il était fort aimable.

— Mais le tien aussi, Nicolas.

— Le mien aussi, Monsieur le Comte? dit-il comme effrayé. Ciel! Ai-je été discourtois?

— Tu ne l'as point été, puisque la duchesse, toute à son entretien avec moi, ne s'est aperçue de rien.

— La Dieu merci! Et que dois-je faire, maintenant, Monsieur le Comte? Puis-je écrire à la belle?

— Holà! Holà! Garde-t'en bien! Une lettre de toi à une si haute demoiselle, que tu connais si peu, serait fort messéante.

— Que dois-je faire alors?

— Mais rien, Nicolas. Attendre.

— Attendre? dit Nicolas d'un air désespéré.

— Attendre. Et ne te point déquiéter plus avant. Nicolas, retiens bien ceci : ce que femme veut, Dieu le veut. Et si Mademoiselle de Foliange te veut, mort ou vif elle t'aura. Telle est l'implacable ténacité du *gentil sesso*.

— Monsieur le Comte, qu'est cela? Une autre perle de sagesse tombée de votre barbe?

— Oui-da et jette-la vivement dans la gibecière de ta remembrance. Le véritable sexe fort, Nicolas, ce n'est pas celui que l'on croit.

*

* *

La dernière goutte de tisane avalée, nous allâmes quérir et monter nos chevaux et ma pauvre Accla dut bien se demander pourquoi on l'avait si bien bichonnée et séchée à l'écurie, si c'était pour retourner incontinent dans la pluie et le vent froidureux. À la vérité, elle craignait le second plus que la première, et elle redoutait davantage encore de glisser dans la boue, les chemins du camp n'étant plus que marécages.

À Aytré, nous trouvâmes portes closes et l'exempt me dit que le roi était départi pour s'installer à Surgères, gros bourg situé à cinq lieues à l'est d'Aytré, où Sa Majesté serait assurément plus à l'abri du vent qu'à Aytré, et surtout mieux logé, car le comte de Surgères lui avait laissé son château, très beau bâtiment datant du quatorzième siècle.

Je gagnai alors Pont de Pierre où Charpentier, la face morose, m'introduisit dans le cabinet du cardinal, lequel était assis à sa table, l'œil baissé, la plume d'oie à la main, mais sans écrire le moindre, l'air triste et abattu. Son chat, assis sur sa table, entre deux dossiers bien rangés, ne bougeait pas d'un pouce, son regard attaché sur son maître et sentant fort bien, j'en suis assuré, que ce n'était pas le moment de bouger, ni d'espérer une caresse.

Je trouvai là, outre le père Joseph, Monsieur de Guron, gentilhomme replet et apoplectique, tout dévoué, lui aussi, au maître de céans. Richelieu, levant les yeux, me fit signe de la main de m'asseoir, à côté d'eux, sur une escabelle. Puis il se plongea derechef dans ses pensées qui devaient être fort amères, car il plissait le front, serrait les lèvres et paraissait quasiment au bord des larmes. Ce silence me sembla durer un temps infini. Et tout le temps qu'il dura, Monsieur de Guron, le père Joseph et moi échangions à la dérobée des regards gênés et malheureux, entendant bien que si le cardinal, dont la volonté était à l'accoutumée si ferme et si forte, se débattait en un tel désarroi, c'est qu'un événement gravissime menaçait le royaume.

— Messieurs, dit enfin Richelieu, vous m'avez servi si fidèlement tous les trois que j'ai voulu que vous soyez les premiers à ouïr, bien entendu sous le sceau du secret, une nouvelle qui me plonge dans des affres et des tourments qui ne peuvent se dire. Aussi bien, vous êtes hommes de bon conseil et si je vous fais part de mon affliction, ce n'est point pour que vous m'en plaigniez, mais pour recueillir votre avis et vos conseils touchant une décision susceptible d'ébranler, sinon même d'abattre, les colonnes mêmes de l'État.

Sa voix parut alors s'étrangler dans sa gorge, et il fut un moment avant de pouvoir retrouver son vent et haleine.

— Messieurs, reprit-il d'une voix basse et étranglée et à peine audible : le roi s'en va.

Aucun de nous trois n'entendit, ou ne voulut entendre, ce que cela voulait dire. Un long silence s'ensuivit et il eût duré davantage, si le père Joseph, qui était avec Richelieu sur un pied de familiarité, auquel ni Guron ni moi-même ne pouvions prétendre, eut l'audace de poser au cardinal la question qui nous brûlait les lèvres.

— Monseigneur, dit-il, où va le roi ?

— Le roi quitte le camp et s'en retourne à Paris, articula à voix basse et à peine audible Richelieu.

Nous demeurâmes tous les trois béants et sans voix, n'osant dire tout haut ce que chacun pensait en son for.

— Messieurs, reprit Richelieu, le visage pâle

et creusé, je vois que vous imaginez sans peine les conséquences gravissimes de cette décision. Si le roi part pour Paris et que je le suive, comme je le devrais, étant son ministre, ce sera hélas ! la débandade. Officiers et soldats abandonneront le camp en moins d'une heure. Le siège sera levé, la guerre perdue. À l'étranger, nos armées tomberont dans le plus grand déprisement et en France, toutes les villes du Languedoc protestant iront se rebeller une fois de plus contre le roi ! Dix-huit ans d'efforts et de luttes pour les soumettre à composition seront perdus, peut-être à jamais.

Ce sombre tableau, où éclatait une des grandes qualités politiques de Richelieu : la faculté non seulement de prévoir, mais d'imaginer l'avenir à partir des données du présent et de l'imaginer avec une précision, une couleur et un talent qui le rendaient infiniment crédible, me convainquit aussitôt qu'il ne se trompait pas. Je n'en étais pas moins béant, sachant combien Louis était consciencieux et rigoureux dans l'idée qu'il se faisait de ses devoirs de roi.

— Monseigneur, dis-je à la parfin, Sa Majesté n'est sans doute pas sans apercevoir les conséquences de sa décision. Dès lors, comment entendre qu'il l'ait prise ?

— J'ai fait de mon mieux, dit Richelieu, pour le dissuader. Mais je me suis heurté à un mur. Au point que, lassé de m'ouïr, le roi a quitté Aytré, et comme vous savez, il s'est installé à cinq lieues de céans, à Surgères, lequel Surgères, mauvais présage, est déjà sur le chemin de Paris.

— À mon sentiment, Monseigneur, dit le père

Joseph, il vaut mieux consentir à son projet avant qu'il ne se fâche davantage contre vous.

— C'est qu'il est déjà fort aigri contre moi, dit Richelieu avec tristesse. Je lui ai écrit à Surgères pour lui dire que s'il gagnait Paris, je lui demandais la permission de demeurer au camp pour tâcher d'éviter la débandade. Mais il m'a répondu avec la dernière sécheresse que s'il partait, « je ne serais pas plus respecté qu'un marmiton »...

En prononçant ces mots, deux larmes, grosses comme des pois, coulèrent sur ses joues. Ce n'était pas la première fois que je voyais Richelieu pleurer et je n'étais pas sans savoir que cet homme d'airain, quand il était submergé par un émeuvement profond, ne pouvait pas réprimer l'expression de son chagrin. Je n'ignorais rien non plus des grandes et petites disputes qui éclataient quand et quand entre le roi et son ministre. Mais ravaler Richelieu au rang de « marmiton » était assurément la plus cruelle méchantise que Louis pouvait dire à un grand serviteur de l'État, « grande âme aux grands travaux sans relâche adonnée », comme avait si bien dit Malherbe.

— Monseigneur, dit Monsieur de Guron après un silence, Sa Majesté vous a-t-Elle dit les raisons qui la poussaient à ce département ?

— Oui-da. Il m'a dit qu'il pâtissait prou du climat venteux et tracasseux de l'Aunis, et qu'il redoutait d'y laisser sa santé. Mais à cette crainte s'en ajoute une autre bien plus pressante à mon avis. Le docteur Héroard qui l'a soigné depuis le premier jour de sa naissance, c'est-à-dire depuis vingt-sept ans, avec un dévouement et une amour véritablement maternels, est sur le point de le quitter.

— Le docteur Héroard le quitte ! dit le père Joseph, contenant avec peine son indignation. Ne peut-il lui commander de demeurer céans dans son devoir ?

— Hélas ! dit Richelieu, Héroard obéit meshui à un autre maître que le roi. Il se meurt. Il est quasiment au grabat et sans ses remèdes et sans ses soins, le roi se sent perdu.

Cela me fit grand-peine d'ouïr cette nouvelle. J'aimais et j'estimais fort Héroard, bien que mon père, fidèle à l'École de médecine de Montpellier, ne laissât pas de le critiquer *sotto voce* pour ses saignées et ses purges, les jugeant plus nocives qu'utiles. Mais, à mon sentiment, l'important n'était pas là. Louis non seulement aimait son médecin, mais avait une fiance en lui telle et si grande qu'il le croyait capable de le guérir de tout, alors même qu'il s'était tiré jusque-là de ses intempéries davantage du fait de sa jeunesse que des remèdes qu'on lui avait prescrits. Là comme partout, la foi faisait merveille.

— Messieurs, reprit Richelieu après un moment de silence, que me conseillez-vous dans le prédicament où le royaume se trouve ?

— Monseigneur, dit le père Joseph, si le roi part contre votre gré, et sa propre conscience, par ailleurs, le tourmentant, il va concevoir des remords et ces remords vont se retourner contre vous. Je suis donc d'avis que vous vous rendiez à Surgères et que, prenant le contre-pied de ce que vous avez dit jusqu'ici, vous pressiez le roi de départir, sa santé étant la chose la plus précieuse en ce royaume.

Bien que je n'eusse voulu en faire la remarque en aucun cas — le père Joseph étant capucin et détestant fort les jésuites, parce qu'ils étaient à ses yeux trop mondains — je trouvais qu'il y avait en ses propos une finesse tout à fait digne d'eux.

— Qu'en pensez-vous, d'Orbieu ? dit le cardinal.

— Le père Joseph a parlé d'or, mais dans le cas où sa suggestion vous agréerait, il me semble que le roi devrait vous placer en bonne et due forme à la tête de l'armée, du camp et des provinces avoisinantes.

— Monsieur de Guron ? dit Richelieu.

— Oui, dit Monsieur de Guron, mais qu'il le fasse par commission, et non par lettre de cachet, une lettre de cachet étant trop facilement révocable.

— Messieurs, je vous remercie, dit Richelieu en se levant.

Soit qu'elles eussent séché de soi, soit qu'il les eût essuyées sans que je m'en aperçusse, il n'y avait plus trace, sur son visage serein et quelque peu altier, des larmes qu'il avait répandues.

— Je vais dormir sur vos bons conseils, Messieurs, poursuivit-il, et au matin, la nuit portant conseil, je prendrai une décision. Il se peut, reprit-il avec un petit brillement de l'œil, que je fasse un bon général, si je trouve une bonne *marmite* pour y mijoter à loisir...

Sans nous permettre le moindre sourire, nous nous retirâmes, avec les coutumières révérences, et comme j'atteignais la porte, Richelieu me rappela.

— Monsieur d'Orbieu, voulez-vous, je vous prie, demeurer ?

La porte s'étant reclose sur Guron et le père Joseph, le cardinal me dit sur un ton vif et expéditif :

— Monsieur d'Orbieu, voulez-vous être céans demain sur le coup de neuf heures ? Je vous emmènerai avec moi en carrosse à Surgères, et vous pourrez conter au roi votre visite chez Madame de Rohan.

— Je serai là, Monseigneur, dis-je avec un nouveau salut.

Je retrouvai Nicolas, ma jument et la pluie — la pluie interminable. Et tout en cheminant, je me fis à moi-même trois remarques dont je voudrais faire une relation en trois parties selon la méthode chère au cardinal.

Primo, le père Joseph n'avait suggéré son souple et habile plan que parce que, connaissant bien Richelieu, il savait que c'était là le parti où il s'arrêterait. *Secundo,* le cardinal ne m'emmenait avec lui à Surgères que pour avoir un prétexte plausible pour voir le roi. *Tertio,* il n'allait pas « dormir sur sa décision » : elle était déjà prise.

CHAPITRE VII

Nicolas se trouva fort déconfit le lendemain, quant on eut atteint la maison du cardinal à Pont de Pierre : il apprit de ma bouche qu'il allait y demeurer seul en garde de nos montures, le cardinal ayant décidé de m'emmener dans sa carrosse visiter le roi à Surgères.

— Eh quoi ! Nicolas ! dis-je. Te voilà tout remochiné ! Ramentois que si l'envie te prend de jouer du plat de la langue, tu trouveras toujours quelque garde du cardinal avec qui clabauder.

— Moi ! dit Nicolas, faisant par gausserie le fier et le fendant (ce qu'il n'était à aucun degré), moi, futur mousquetaire du roi, j'irais me commettre avec un mousquetaire du cardinal qui, se peut, ne sera même pas gentilhomme !

— Nicolas, dis-je, affectant de prendre sa remarque au sérieux, c'est le service qui ennoblit et rien d'autre. Et le titre n'est rien, si le gentilhomme ne continue pas à le mériter par les peines et les périls encourus au service du roi.

— Monsieur le Comte, dit Nicolas, je vais serrer avec respect cette autre perle de sagesse dans la gibecière de ma mémoire.

— Impertinent Nicolas ! Je ne sais ce qui me retient de te bailler incontinent quelques bonnes buffes et torchons !

— C'est qu'il se peut, Monsieur le Comte, que je sois bien dépité ce jour d'hui de n'être point présent à ce qui se va passer à Surgères. Je trouve déjà si émerveillable de vous suivre partout, et à mon âge et à mon rang, de voir le roi si souvent. J'en ferai des contes à l'infini à mes enfantelets.

— Tes « enfantelets » ! Que voilà du nouveau ! Mais, dis-moi ! N'est-ce pas mettre la charrue avant les bœufs ? Allons, Nicolas, d'ores en avant, tu ne seras pas si seul en mes absences : un beau visage, dans tes songes, te tiendra compagnie...

— Il ne me quitte pas, dit Nicolas. Mais c'est tout ensemble plaisir et déplaisir. Qu'est le pensement sans la présence ?

— Allons ! Allons ! Nicolas ! Réchauffe-toi le cœur avec un beau feu d'espoir ! Patience ! Pourquoi perdrais-tu ton petit paradis ? La belle n'a pas dit son dernier mot ! Et dès que l'amour chez les dames prend de la force, il passe fer et feu et saute les murailles.

Là-dessus, étant son père plus que son maître, je le pris dans mes bras et lui donnai une forte brassée, laquelle il me rendit, les larmes au bord des cils.

Le cardinal, à mon advenue, fut bref en son discours et une fois dans la cahotante carrosse qui nous emmenait à Surgères, il se tint clos et coi, mais sans pour autant prier. Non qu'il manquât à la piété qui convenait à sa robe, mais il avait requis et reçu du pape une rarissime dispense : il n'avait pas, comme on sait, à lire quotidiennement son bréviaire, lequel eût consumé chaque jour une heure de son temps.

Dans mon coin, je me tenais aussi quiet que souris dans son trou. Toutefois je ne laissai pas de jeter quand et quand un œil à mon illustre compagnon, dont le profil immobile se détachait avec tant de relief sur la vitre de la carrosse. Richelieu avait alors quarante-deux ans, âge auquel on est accoutumé dans ce pays à vous considérer comme un barbon. Mais ce barbon-là n'allait pas sans vigueur. Il avait le front grand, le cheveu rejeté en arrière, couvrant des deux côtés les oreilles mais, sur la nuque, n'allant pas plus bas que le cou, alors que chez le roi la chevelure descendait en larges boucles plus bas que les épaules. L'œil était beau, vif, parlant, très enfoncé dans les arcades, le nez long et bossué en son milieu, les pommettes saillantes, les joues creuses, le menton avancé en proue, qu'une petite moustache et une barbiche faisaient paraître triangulaire. La calotte cardinalice était très rejetée en arrière sur le crâne, ce qui donnait à penser qu'elle devait être fixée par des attaches discrètes, car personne ne l'avait jamais vue arrachée du chef par les bourrasques de l'Aunis. Le cardinal, pour parcourir le camp, portait cuirasse, haut-de-chausses et hautes bottes. Cependant, pour se rendre chez le roi à Surgères qui était à cinq lieues du camp, il ne portait ni cuirasse ni épée, mais toutefois demeurait fidèle aux hautes bottes, si nécessaires en ce pays boueux. Faut-il le dire ? Il n'y avait ni dans ses traits, ni dans l'expression de son visage, la moindre trace d'onction épiscopale. En revanche, à son front plissé, à ses lèvres serrées, à sa studieuse immobilité, on sentait la tension d'une réflexion habile à peser dans de fines balances le pour et le contre d'une situation difficile.

Il me parut tant clos sur soi que je fus fort béant d'ouïr sa voix au bout d'une demi-heure de route cahotante et malaisée. À vrai dire, je n'oserais gager qu'il parlât à moi, s'adressant à ma personne, ou même attendît de moi une réponse. Mais je ne saurais non plus affirmer qu'il pensât tout haut, n'étant pas coutumier du fait, et aussi parce qu'il prononça des paroles d'une humilité qui convenait davantage à sa robe qu'à son personnage.

— J'étais, dit-il, d'une voix basse et distincte, un zéro qui signifiait quelque chose quand il y avait un chiffre devant moi, mais s'il plaît au roi de me mettre seul en tête, je serai le même zéro, mais ne signifiant rien.

À ces mots, si amers et si rabaissants, j'entendis bien que Richelieu n'était pas encore guéri de la navrure que le roi lui avait infligée en le comparant à un « marmiton » en son absence, et à tort ou à raison, j'entrepris de verser quelque baume sur cette plaie.

— Monseigneur, dis-je, me permettez-vous de faire une remarque qui ne regarde en rien les personnes, mais qui s'inspire de la mathématique ?

— Savez-vous donc aussi la mathématique, Monsieur d'Orbieu ? dit le cardinal, comme surpris d'être dérangé dans ses pensées.

— Je ne la sais pas aussi bien que Monsieur Descartes, mais j'en ai appris les éléments en mes vertes années. De reste, ce que j'ai à dire, Monseigneur, n'est pas très savant.

— Je vous ois.

— S'il est vrai qu'un zéro qui n'a pas un chiffre devant lui ne signifie rien, il est vrai aussi qu'un chiffre qui n'a pas de zéros derrière lui est un peu maigrelet.

Là-dessus, un silence tomba qui me parut tant plein de périls pour moi que je mordis et maudis incontinent ma langue parleresse.

— Monsieur d'Orbieu, dit enfin Richelieu avec l'ombre d'un sourire, du moment que votre remarque ne concerne que la mathématique, elle ne porte ombrage à personne. Toutefois, je n'aimerais pas vous l'ouïr répéter.

— La voilà donc mort-née, Monseigneur, et je l'enterre incontinent dans le tombeau de mes oublis. Mais si, en sa brève vie, elle a pu vous égayer quelque peu, Monseigneur, j'en serais heureux.

— Vous avez donc tout lieu de l'être, d'Orbieu, dit Richelieu, mi-figue mi-raisin.

Là-dessus, de façon peu épiscopale, il étendit ses jambes bottées devant lui, posa les pieds sur sa chaufferette puis, se rencognant commodément, il laissa tomber sa tête sur sa poitrine et ferma les yeux. Ce qui ne voulait pas dire qu'il allait s'ensommeiller, mais qu'il mettait fin à notre bec à bec, ayant encore beaucoup à disputer et à décider en son for avant d'atteindre Surgères.

J'avais calculé sur ma carte que cinq lieues séparaient Surgères de la côte, mais je n'avais pas tenu compte des sinuosités de la route et, en réalité, il nous fallut trois bonnes heures pour atteindre le bourg et voir se dresser devant nous les remparts de son imposant château. Il me parut fort vaste et en fort bon état, trois siècles s'étant effeuillés sur lui sans qu'il perdît pierre ou tuile. À peine eût-on pu dire que le temps l'avait quelque peu patiné, mais sans aucune de ces traînées noirâtres qui parfois déshonorent nos anciens bâtiments et leur donnent un aspect mélancolique. Le château de Surgères, quoiqu'il me parût, en tant que citadelle, inexpugnable (pour peu que les occupants fussent bien garnis en armes et en viandes), avait, malgré ses vastes dimensions et son aspect guerrier, un air pimpant et accueillant, lequel était dû au parc, à ses belles allées, à ses haies et à une haute futaie de châtaigniers et de noyers séculaires. À les voir, j'entendis pourquoi ce lieu, si bien abrité des vents de l'Aunis par l'arbre et par la pierre, avait pu attirer le roi.

Il va sans dire que Sa Majesté était à Surgères fort bien protégée de ses sujets protestants, non seulement par les nombreuses tours et les hautes murailles crénelées du château, mais aussi par de forts détachements des gardes françaises, des gardes suisses et des mousquetaires du roi, lesquels, tour à tour, arrêtèrent notre carrosse avec le plus grand respect pour acertainer la qualité de ses occupants, comme si aucun des trois corps ne se pouvait fier au zèle et à la vigilance de ceux qui les avaient précédés dans cette inspection.

La *garde du dehors*, comme on les appelait à la Cour (confondant d'un mot ces corps qui se voulaient si distincts), nous arrêta, une quatrième et dernière fois devant la première poterne du château. Je ne devrais pas dire « nous arrêta », car les chevaux du cardinal étaient si habitués à ces manèges qu'à la vue d'un uniforme, quel qu'il fût — et ils étaient tous les trois différents —, ils s'immobilisaient d'eux-mêmes. Et d'eux-mêmes aussi (bien que notre cocher chamarré eût à coup sûr un sentiment contraire) ils passèrent au pas le pont-levis et la poterne d'entrée, et une fois dans la cour d'honneur, en firent majestueusement le tour au petit trot avant de s'arrêter devant la grande salle du rez-de-chaussée.

À ce moment-là, une partie de la *garde du dedans* saillit des portes et s'aligna devant nous pour nous saluer, et non pas pour nous inspecter, ayant été prévenus de notre advenue par des roulements de tambour repris de proche en proche jusqu'à la première poterne.

En pénétrant dans la grande salle, je ne vis d'autre visage que celui du nonce Zorzi. Il se leva à notre approche, et les deux cardinaux — le ministre d'un grand roi et l'ambassadeur du pape — allèrent à l'encontre l'un de l'autre d'un pas mesuré (car tout empressement eût avoué, de la part de l'empressé, que l'autre avait le pas sur lui), se saluèrent avec un respect mutuel et une apparente amitié, le nonce tenant en son for Richelieu pour gallican et anti-espagnol, et Richelieu gardant, autant que Louis, une fort mauvaise dent au pape pour l'appui qu'il avait apporté aux Habsbourg d'Espagne dans l'affaire de la Valteline.

Zorzi était accompagné de Fogacer, lequel, pendant les salutations cardinalices, me caressa affectueusement de l'œil, mais très à la discrétion, et, après les salutations, se retira avec son maître sur des sièges qui faisaient face à ceux où Richelieu et moi avions pris place. De cette façon, chacune des deux parties pouvait observer l'autre sans avoir l'air d'y toucher.

Noir de cheveu et brun de peau, Monseigneur Zorzi était un Italien aimable et savant, mais aussi fort nerveux, impatient, passionné, traversé de seconde en seconde par mille émeuvements qui se lisaient à livre ouvert sur un visage aussi mobile et expressif que celui d'un comédien : caractéristique très étonnante chez un diplomate, dont on se serait attendu qu'il gardât en toute circonstance une face imperscrutable. Cependant, loin de nuire à Monseigneur Zorzi, cette humeur primesautière le servait au rebours fort bien, car elle lui donnait une apparence naïve et bon enfant qui prévenait tant en sa faveur qu'il fallait se retenir pour ne lui point faire des confidences que la prudence eût condamnées.

De toute évidence, le nonce attendait une audience royale, et en voyant apparaître Richelieu, sembla fort désolé, craignant sans doute que les grandes affaires dont Son Éminence avait à parler n'allassent passer avant les siennes. Cependant, Berlinghen, survenant du pas rapide et important qui était le sien quand il portait un message du roi, vint s'incliner devant Monseigneur Zorzi, et lui dit que Sa Majesté l'allait recevoir incontinent dans son cabinet. Zorzi, alors, se rasséréna, puis en un éclair se déconsola derechef, soupçonnant que Louis l'allait expédier en un tournemain, tant, sans doute, il était impatient, dans le prédicament qui était le sien, de s'entretenir avec Richelieu. Mais les émeuvements et changements de visage du nonce ne s'arrêtèrent pas là, et en départant, il eut l'air de nouveau satisfait, pensant sans doute qu'en restant dans la grande salle, à l'issue de son audience, il pourrait voir le cardinal à l'issue de la sienne, et juger à son air s'il était vraiment en disgrâce, comme le bruit en avait délicieusement couru.

Comme Zorzi l'avait deviné, son audience ne fut pas longue, et dès qu'il retourna dans la salle, sans aucun désir de la quitter, Berlinghen nous appela auprès du roi, lequel nous reçut dans un petit cabinet où dans la cheminée une belle flamme flambait qui nous conforta grandement après le long voyage en carrosse, lequel fut fort froidureux, malgré les chaufferettes sur lesquelles nos pieds avaient reposé.

Louis, la face sereine et quasi enjouée, nous reçut avec la courtoisie qui était la sienne, quand il n'était pas dans ses humeurs et ses soupçons, et me questionna tout de gob sur ma visite à Madame de Rohan. Je lui en dis ma râtelée, mais aussi brève que je pus, insistant en ce qui regardait les femmes et les enfants sur le fait que les Rochelais eussent dû bien songer à la détresse et famine qui seraient leur lot avant de tirer contre nous le premier coup de canon du siège. Louis parut fort satisfait que j'eusse mis sur le compte des huguenots une responsabilité qu'ils voulaient lui faire endosser en le dénonçant *urbi et orbi* comme un souverain impiteux, ce que assurément il n'était pas, ayant toujours octroyé des conditions fort douces aux villes rebelles qui se rendaient à lui.

Il ne s'offensa en aucune façon que la duchesse

eût tout de gob refusé le sauf-conduit royal qui lui eût permis de saillir hors les murs de La Rochelle pour s'établir dans le château de son choix. En fait, il s'en étonna si peu que cela me donna à penser qu'il ne lui avait fait cette offre que pour montrer une générosité que les huguenots tâchaient dans le même temps de remettre en question.

— Adonc, dit-il, ma bonne cousine de Rohan demeure héroïquement en son poste, tant elle aspire à passer pour la nouvelle Jeanne d'Arc ! Elle oublie que Jeanne d'Arc, l'épée au poing, combattait pour son roi et non pas contre lui ! Raison pour laquelle je doute que Madame de Rohan passe jamais dans l'Histoire. Eh bien ! Mon cousin ! dit-il en se tournant vers le cardinal, si nous parlions de nos affaires ?

— Sire, dis-je, priant ardemment en mon for pour que Sa Majesté repoussât ma requête, peux-je quérir de vous mon congé ?

— Demeurez, *Sioac,* dit Louis, vous faites partie de mon Conseil et vous pouvez m'être utile céans en cette capacité.

Il y eut alors un assez long silence et un échange de regards entre le roi et son ministre. Ces regards étaient riches en nuances contradictoires, Louis étant à la fois le maître et l'élève de Richelieu, et celui-ci étant, tout ensemble, son *magister* et son sujet. Comment s'étonner dès lors si cette situation paradoxale fit naître entre eux des différends et parfois même des disputes ? Tant est que ces querelles eussent à la longue abouti à une rupture, s'il n'y avait pas eu, d'un côté comme de l'autre, une grandissime estime et qui plus est, une profonde affection, à l'ordinaire retenue et discrète, mais qui allait se révéler tout à plein, à l'occasion de cette séparation que je vais maintenant conter.

Comme Louis, après avoir disposé rapidement de la duchesse de Rohan, ne paraissait pas prêt à rompre le silence, Richelieu se décida, un pied en avant et l'autre déjà sur le recul, à prendre la parole.

— Votre Majesté a-t-elle décidé ce qu'Elle voulait faire concernant son retour en Paris ?

— Je balance encore, dit Louis, la décision me paraissant si grosse de conséquences.

— Sire, votre auguste père l'a dit : à la guerre on ne peut rien décider sans jeter beaucoup de choses au hasard.

— Je sais, dit Louis, je me le répète tous les jours. Néanmoins, j'hésite encore. Je répugne à vous abandonner céans.

— Sire, dit Richelieu, de grâce, n'hésitez pas davantage ! Il y va de votre santé. Et votre santé est ce qu'il y a de plus précieux au bien de ce royaume...

— Mais si je pars, dit le roi, ne sera-ce pas la ruine du grand dessein que j'ai entrepris ?

— Je demeurerai, Sire, et ferai de mon mieux pour le poursuivre.

— Mais vous ferez-vous obéir de Messieurs les Maréchaux ? Angoulême est hautain, Schomberg, escalabreux et Bassompierre, si rechignant à ce siège.

— Il se peut, Sire, que si vous me donnez le commandement de l'armée et le commandement du camp, il se peut, dis-je, que chacun de ces illustres chefs soit plus enclin à m'obéir à moi qu'à aucun des deux autres. Ma robe ne leur portera pas ombrage.

— Mais où trouverez-vous la force de tout faire sans moi ?

— J'y mettrai tout mon cœur, Sire, reprit Richelieu, d'une voix basse et grave. Sire, je ne me dissimule nullement la difficulté de ma tâche. Je ne m'estime pas plus que les autres, reprit-il en baissant les yeux d'un air modeste. J'étais un zéro qui signifiait quelque chose quand il y avait un chiffre devant moi, mais sans ce chiffre, je ne signifie rien...

Je fus béant d'entendre Richelieu répéter mot pour mot la phrase qu'il avait prononcée devant moi dans la carrosse et je compris qu'il avait alors fait une sorte de répétition de ce qu'il allait dire au roi, essayant sur moi ce beau morceau de modestie pour savoir comment je réagirais et comment, en toute probabilité, le roi la recevrait à son tour. Il ne fut pas déçu.

— Mon cousin, dit Louis, il va sans dire que les zéros derrière moi décuplent singulièrement ma force.

— Rien au monde, Sire, dit le cardinal, avec un émeuvement qui n'était pas feint, ne pouvait me rendre plus heureux que ce qu'il a plu à Votre Majesté de me dire à l'instant, même si je pense qu'en sa grande bonté, elle a exagéré mes mérites.

— Mon cousin, dit Louis, qui décida de couper court à ces assauts d'humilité, croyez-vous que vous succéderez à tenir seul ce siège ?

— Votre Majesté, reprit le cardinal avec plus d'assurance qu'il n'en avait montré jusque-là, n'ignore pas que je ne m'attache délibérément qu'aux entreprises qui peuvent réussir. Et à celle-ci, qui est de si grande conséquence pour votre royaume, je n'épargnerai ni mes peines ni mes veilles. Je serais pourtant très déconsolé de ne pas voir Votre Majesté tous les jours, comme je faisais céans, ajouta-t-il avec un émeuvement qui me parut bien plus véritable que l'humilité qu'il avait montrée jusque-là.

— Vous me manquerez aussi, dit Louis sobrement.

— Sire, je vous enverrai un rapport tous les jours, lequel sera assez détaillé pour que vous puissiez suivre toutes les péripéties du siège et me bailler là-dessus vos avis.

Il y eut alors un long et lourd silence, comme si l'un et l'autre touchaient du doigt, non sans angoisse, que la séparation envisagée depuis huit jours allait devenir à la parfin une réalité.

— Sire, dit Richelieu d'une voix basse et comme essoufflée, je ne consulte pas mon intérêt en demeurant céans. Je prends le parti le plus utile à Votre Majesté et le plus dangereux pour moi. Car je n'ignore pas qu'en me tenant absent de Votre Majesté, je m'expose ouvertement à ma perte, connaissant assez les offices que la Cour peut rendre aux absents...

— Mon cousin, dit Louis avec résolution, si à la Cour on vous attaque devant moi ouvertement ou indirectement, je prendrai aussitôt votre parti, et serai votre second.

Cette dernière phrase me parut savoureuse dans la bouche d'un roi qui avait réprimé les duels, mais il n'y avait pas à douter de la sincérité de cette promesse. Elle était faite du bon du cœur et elle serait certainement tenue.

Le cardinal ne dit ni mot ni miette pendant le voyage de retour à Pont de Pierre et il me fut impossible de distinguer la moindre expression sur son visage. Pourtant, ému, il avait quelque raison de l'être, et aussi satisfait. Sa Majesté avait de soi limité son absence à six semaines. Elle lui avait donné le pas sur Angoulême et sur les maréchaux et enfin dissipé toutes ses craintes en lui assurant que quiconque l'attaquerait à la Cour en son absence, serait aussitôt rebuffé. À mon sentiment, c'est au moment où le cardinal avait dit qu'« il s'exposait ouvertement à sa perte en se tenant absent de Sa Majesté » que Louis avait été le plus touché par son dévouement.

Le lendemain, sur le coup de midi, se tint à Aytré une assemblée qui réunit autour du roi son Conseil, le cardinal, le duc d'Angoulême, les maréchaux de France et les maréchaux de camp. Louis parla avec une majesté écrasante. Et nul des présents, y compris les rebelutes et les escalabreux, n'osa piper mot après qu'il eut terminé sa roide déclaration : il partait pour six semaines et le cardinal de Richelieu recevrait par commission, en son absence, le commandement des armées, de l'Aunis et des provinces circonvoisines. D'ailleurs, ouvrir le bec, personne n'en eut même le temps, car à peine eut-il terminé qu'il déclara la séance close et s'en alla.

Comme il saillait de l'assemblée, Berlinghen vint tout courant lui dire que le docteur Héroard, dont l'intempérie avait tout soudain empiré, défaillait de faiblesse et se trouvait en telle agonie et extrémité que les médecins pensaient qu'il allait passer avant la fin du jour. Bien que Richelieu fît de son mieux pour l'en détourner, Louis décida, dans le chaud du moment, d'aller visiter le mourant. Il me pria de l'accompagner, se ramentevant sans doute que mon père avait étudié avec le docteur Héroard à l'École de médecine de Montpellier et que moi-même, j'estimais fort son médecin, ne serait-ce qu'en raison de l'amour qu'il avait montré à l'enfantelet royal, tristement désaimé par sa mère dès le premier jour de sa naissance.

Les médecins qui entouraient Héroard ne laissèrent pas approcher le roi de plus d'une toise du mourant, craignant qu'il ne fût par lui contagié. Le pauvre Héroard, que je n'avais vu d'une semaine, me parut pâle, amaigri, exténué et quasi réduit à une ombre. Toutefois, ses yeux étaient vifs encore et s'illuminèrent quand il vit le roi qu'il avait, à peine sorti du sein ingrat de sa mère, entouré de soins quasi maternels, lui continuant ces mêmes soins pendant vingt-sept ans en ne prenant de repos qu'une seule fois et pour quelques jours seulement, dans sa petite seigneurie.

Louis, l'envisageant et atterré par sa maigreur et sa pâleur, n'osa quérir de lui comment il allait, tant il voyait qu'il allait mal. Et ne sachant véritablement que dire, il quit de lui s'il pâtissait prou.

À quoi l'ombre d'un sourire se dessina sur le visage émacié d'Héroard et il dit dans un souffle :

— Sire, quiconque meurt meurt à douleur.

Il ne put en dire plus. Il aspira l'air deux fois convulsivement et son corps, tendu par un dernier sursaut, tomba lourdement sur le lit. On entraîna le roi jusqu'à sa carrosse où, dès qu'il fut assis, des larmes grosses comme des pois roulèrent sur sa joue. Je gage qu'il les avait retenues jusque-là, les jugeant indignes de lui. Comme la carrosse s'ébranlait, Louis se détourna pour essuyer ses pleurs et fit même quelque effort pour parler, pensant sans doute que la parole l'aiderait à reprendre la capitainerie de son âme.

— Monsieur d'Orbieu, dit-il, d'une voix qu'il s'efforçait de raffermir, vous ramentez-vous les paroles que le docteur Héroard a prononcées en réponse à ma question ?

— Oui, Sire : « *Quiconque meurt meurt à douleur.* »

— Qu'est cela, Monsieur d'Orbieu ? Est-ce un proverbe ?

— Nenni, Sire. C'est le premier vers d'un quatrain de François Villon que le docteur Héroard aimait à citer de son vivant.

— Connaissez-vous tout le quatrain, Monsieur d'Orbieu ?

— Oui, Sire.

— Plaise à vous de me le réciter.

— *Quiconque meurt meurt à douleur.*
Celui qui perd vent et haleine
Le fiel lui tombe dessus son cœur,
Puis sue Dieu sait quelles sueurs.

— C'est un *memento mori* fort saisissant, dit le roi. Monsieur d'Orbieu, voudriez-vous jeter sur le papier ces vers que voilà. J'aimerais les garder par-devers moi.

— Je le ferai, Sire.

Louis reprit après un long silence :

— Le docteur Héroard était fort vieux, je crois.

— En effet, Sire. Il avait soixante-dix-sept ans.

— Soixante-dix-sept ans ! Mais c'est un très vieil âge !...

À la mélancolie qui envahit alors le visage du roi, j'entendis bien la pensée qui lui poignait le cœur. « Pour moi, je ne vivrai pas si vieux. » Et je fus bien confirmé qu'il faisait là un retour sur lui-même et pensait aux rechutes toujours plus fréquentes et graves de son intempérie, quand il ajouta avec un soupir :

— Pauvre Héroard. J'avais encore bien besoin de lui...

*

*   *

Nicolas et Madame de Bazimont, dès la minute où j'eus mis le pied dans le château, ne furent pas sans s'apercevoir que j'étais tout chaffourré de chagrin. Mais si Nicolas n'osa pas me poser à ce sujet les questions qui lui brûlaient les lèvres, Madame de Bazimont était à la fois trop curieuse et trop maternelle pour ne pas quérir de moi le pourquoi de cette mélancolie. Et pour moi, je lui avais trop de gratitude pour les soins infinis dont elle nous entourait pour ne point désirer de la satisfaire.

— Mon Dieu ! s'écria-t-elle. Le docteur Héroard est mort ! Le médecin du roi ! Faut-il qu'il ait été savant en sa médecine pour qu'on lui permît de soigner le souverain ! Et le voilà mort ! N'est-ce pas étrange que les grands médecins meurent ! Eux qui savent tous les remèdes !...

Cette naïveté titilla mon Nicolas et je lui jetai un œil sévère pour qu'il réprimât le sourire qui naissait sur les commissures de ses lèvres.

— C'est qu'il était fort avancé en âge, dis-je, et très lassé de son grand labeur.

Là-dessus, Luc, qui s'était pour sa part fort bien rebiscoulé de son intempérie, vint nous annoncer que le dîner était servi. Et avec sa coutumière discrétion, Madame de Bazimont nous quitta dans un grand froissement de son demi-vertugadin — qui, comme bien sait ma belle lectrice, était la grande coquetterie de sa vie.

Dès que nous fûmes au bec à bec à table, mangeant tristement notre rôt, mon Nicolas me demanda *sotto voce* si Héroard était un aussi bon médecin qu'on le disait à la Cour.

— D'après mon père, dis-je, c'était un médecin dans la tradition du Maître Rondelet de l'École de médecine de Montpellier. Il croyait que le mal, venant de *réplétion,* ne manquait d'être guéri par l'*évacuation* : clystère, purgation et saignée. Ajoutons la diète, pour faire bonne mesure. Et voilà notre malade déjà très affaibli.

— Ce n'était donc pas un bon médecin ?

— Mais si, Nicolas. Bon, il l'était sous certains aspects. Il aimait Louis de grande amour et lui était corps et âme dévoué et lui rendait de grandissimes services en refrénant sa goinfrerie, en l'empêchant de s'exténuer à la chasse, en l'obligeant de se coucher tôt et en combattant ses accès de fièvre par la quinine. En outre, Louis avait grande fiance en lui et la fiance est, comme on sait, la moitié de la guérison. Sans Héroard, Louis doit se sentir aujourd'hui perdu. Et à mon sentiment, la disparition de son médecin n'est pas étrangère à sa décision de se retirer quelques semaines en Paris. Et d'autant qu'il sera, en sa capitale, plus à même de recruter un nouvel Esculape de quelque renommée.

Notre repue avalée, Luc et les valets furent prompts à enlever nappe et couverts de la table et nous passâmes alors comme à l'accoutumée dans un cabinet fort bien accommodé en meubles où Luc installait déjà les pots de la tisane du soir. Là-dessus, Madame de Bazimont réapparut, ses cheveux d'un blanc neigeux fort bien recoiffés et, renvoyant le valet, désira nous servir de ses mains. À vrai dire, je me serais bien passé, ce soir-là, de cette petite cérémonie, mais il eût été, à mon sentiment, fort désaimable d'en priver Madame de Bazimont, car c'était pour elle une occasion fort attendue de jaserie et de caquet avec « ses gentilshommes », comme elle nous appelait. Je la priai de s'asseoir avec nous, ce qu'elle refusa de prime, comme à l'accoutumée, et finit, sur mes instances, par accepter, et ce que j'étais bien certain qu'elle ferait, sinon pourquoi aurait-elle fait apporter trois tasses et non point deux par le valet ?

— Monsieur le Comte, dit-elle, dès que nous fûmes assis, j'ai reçu ce matin une lettre-missive de Madame de Brézolles et je dois, de sa part, vous transmettre les mille merciements qu'elle vous fait pour le remparement de ceux des murs de son parc à demi écroulés que vous avez entrepris de relever avec l'aide du capitaine Hörner et de ses Suisses, payant, au surplus, de vos deniers, le sable, la chaux, les pierres et le charroi.

— C'était bien le moins, Madame, dis-je avec un petit salut de la tête, que j'en fasse les frais, bénéficiant depuis des mois, de la part de votre maîtresse, d'une aussi généreuse hospitalité. Et d'un autre côté, je suis bien aise d'occuper ainsi mes Suisses qui ne peuvent se battre, comme l'envie les en démange, vu qu'ils ne sont pas les soldats du roi, mais ma garde personnelle, attachée à ma personne et à celle de Madame de Brézolles, par conséquent, et à la sûreté de ses gens et de sa demeure.

Ce discours enchanta si fort Madame de Bazimont qu'elle posa sa tasse de tisane sur la soucoupe, ses mains étant tremblantes de son émeuvement.

— Monsieur le Comte, dit-elle, les larmes au bord des cils, je ne faillirai pas de conter à Madame de Brézolles ce que vous venez de dire, et elle vous sera sans doute, comme moi-même, fort reconnaissante des soins généreux que vous prenez de sa maison et de son domestique.

Madame de Brézolles ne m'ayant jamais écrit la moindre ligne depuis son département pour Nantes, j'avais observé moi-même, vis-à-vis d'elle, le même prudent silence, et à l'ordinaire, je parlais fort rarement d'elle à Madame de Bazimont, craignant qu'elle ne découvrît dans ma voix et mes yeux, sinon dans mes propos, plus d'intérêt et de passion que je ne voulais laisser paraître. Mais cette fois-ci, l'occasion me parut si naturelle que je dérogeai à la règle que je m'étais fixée.

— Peux-je vous demander, Madame, où en est le procès que les beaux-parents de Madame de Brézolles ont engagé contre elle pour la déposséder de sa maison de Nantes ? Vous en a-t-elle parlé dans sa lettre-missive ? Et pensez-vous que vous pouvez me répéter les propos que Madame de Brézolles a tenus à cette occasion ?

— Mille fois oui, Monsieur le Comte. Et d'autant plus que Madame de Brézolles m'écrit dans sa lettre qu'elle a une si grande fiance en votre jugement qu'elle vous consulterait à tout moment si vous étiez à Nantes.

— Et qu'en est-il de son procès ?

— Eh bien, pour l'instant, me dit-elle, les deux parties sont à égalité : elle a graissé les poignets des juges. Ses beaux-parents en ont fait autant. Elle a fait jouer des influences. Ses beaux-parents, aussi. Et l'issue, dit-elle, serait fort incertaine, si elle ne possédait pas un atout maître qu'elle abattra le moment venu et qui lui fera gagner haut la main son procès.

— Elle ne vous a pas dit quel serait cet atout maître ?

— Nenni et je n'entends goutte à ce qu'elle dit dans un autre passage de sa lettre. Et comme je n'arrive pas à l'entendre, je vous le vais répéter. Voici ce qu'elle dit : votre père et vous-même êtes survenus à Brézolles le lendemain du jour où elle-même est départie pour Nantes. Tant est qu'elle ne vous a jamais encontré.

Pour parler franc, cette entorse à la vérité me surprit bien moins qu'elle. J'en entendis aussitôt la prudence et, envisageant œil à œil Madame de Bazimont, je lui dis avec la plus grande gravité :

— Madame, si votre bonne maîtresse l'affirme, c'est qu'elle a de bonnes raisons pour cela. Et vous lui rendriez un fort mauvais service, si vous osiez la démentir sur ce point.

— Loin de moi cette pensée, Monsieur le Comte ! dit Madame de Bazimont en rougissant.

J'aime Madame de Brézolles du bon du cœur et me jetterais à l'eau plutôt que de lui nuire.

En prononçant ces paroles, Madame de Bazimont me parut si bouleversée et si proche des larmes que je pris le temps de l'apazimer par mille politesses avant que de la quitter. Quant à Nicolas, qui avait écouté cet étrange échange de propos sans n'y rien entendre, il eut le bon goût de mettre un bœuf sur sa langue et me laissa sans mot piper sur le seuil de ma chambre.

Je n'ouvris l'huis que lorsqu'il fut départi, sachant bien qui j'allais trouver, se chauffant sur une chaise basse devant le grand feu qu'elle avait allumé pour moi, je ne dirais pas « comme une vestale » car, de toute évidence, là n'était pas son destin, mais comme quelqu'un qui veillait sur moi fort bien, et même tendrement.

Belle lectrice, puis-je vous confier ici que le silence de Perrette me fut plaisant et apaisant à l'extrême, tandis qu'elle me déshabillait sans babiller le moindre. J'avais la tête trop pleine et le cœur trop agité pour prononcer moi-même le moindre mot. Je commençais à deviner, ou du moins à pressentir, pourquoi Madame de Brézolles tenait tant à changer la date de mon arrivée en sa demeure, et enrôlait implicitement Madame de Bazimont, mon père et moi pour en témoigner à son procès, si cela s'avérait nécessaire. Les émerveillables finesses de ce Machiavel en vertugadin qui ne faisait rien sans profonde raison me laissèrent béant, mais sans diminuer en rien la grande amour que j'avais pour elle, et qui, loin de s'éteindre avec l'absence, devenait chaque jour plus vigoureuse.

*

* *

Le roi n'était revenu à Aytré que pour informer son Conseil et les maréchaux qu'il allait se retirer à Paris pour une durée de six semaines afin de raffermir sa santé. Mais dès lors qu'il eut fait cette déclaration et confié par commission le commandement des armées à Richelieu, il n'eut qu'une hâte : quitter au plus vite ces lieux pluvieux, venteux et tracasseux. Le pauvre Héroard avait, le huit février, jeté son dernier regard vers le ciel de son lit et, le dix février, Louis départit d'Aytré.

Par le plus grand des miracles, il ne pleuvait pas ce jour-là, et le soleil, sans être chaud, brillait dans un ciel sans nuages. Précédé et suivi par une escorte aussi forte qu'une armée, Louis décida de se rendre à cheval d'Aytré à Surgères — première étape sur le chemin de Paris — et d'y faire là ses adieux au cardinal. Tant est que sa carrosse vide le suivait, laquelle était suivie par celle, également vide, de Richelieu.

Je sus plus tard que Richelieu, ce jour-là, souffrait de ses hémorroïdes, ce qui ne lui rendait pas fort plaisante l'assiette sur un cheval : peines qu'il endura en silence pour ne point faire sourire de lui, le jour même où il prenait le commandement des armées royales. Il va sans dire que ses amis les plus proches, Monsieur de Guron et moi-même, chevauchions derrière lui, nous-mêmes suivis par une compagnie des arquebusiers à cheval du cardinal.

Derrière la carrosse de Richelieu, je reconnus une autre carrosse, celle-là aux armes du Nonce Zorzi. La veille, il avait proclamé *urbi et orbi* qu'étant l'ambassadeur du Saint-Siège en France, il était de son devoir de suivre le roi partout où il séjournait. Ce qui fit dire *sotto voce* à Monsieur de Guron que c'était là, pour le nonce, un devoir des plus doux, car il détestait Aytré du bon du cœur et n'aspirait qu'à retrouver les aises, les commodités et se peut même les délices de sa demeure parisienne.

Fogacer l'accompagnait pour les raisons que le nonce, qui jouissait d'une émerveillable santé, ne redoutait qu'une seule chose dans la vie : passer dans un monde meilleur où il eût pu, cependant, espérer un traitement privilégié, vu la robe qu'il portait. Malgré cela, il partageait avec tous les humains la faiblesse de croire aux remèdes au moins autant qu'aux prières et se faisait suivre partout par son médecin.

Pour en finir avec Monseigneur Zorzi, j'appris bien plus tard qu'à peine le roi arrivé dans sa capitale, il lui demanda audience, et lui recommanda avec une incrédible audace (fort bien cachée par son apparence naïve et son humeur primesautière) de faire la paix avec l'Angleterre, « la Maison d'Autriche représentant un bien plus grand péril pour la France ».

Ce « pour la France » était savoureux, car les Habsbourg d'Espagne représentaient un bien autre danger pour l'Italie dont ils occupaient déjà la moitié et pesaient, en outre, par leur poids et leur proximité sur Venise encore libre et les États du pape...

Louis eût pu ironiser sur le fait que Zorzi ait prêché pour son saint italien plutôt que pour le saint français. Il préféra une réponse roide et bien dans sa manière : « Comme les Anglais m'ont attaqué les premiers, dit-il, je veux qu'ils soient les premiers à me demander la paix. Tel est le devoir et telle est la justice. Je ne peux rien dire d'autre. »

Plaise à toi, après cette parenthèse, lecteur, de me permettre de retourner sur le chemin d'Aytré à Surgères, lieu où était convenu que celui qui partait devait faire ses adieux à celui qui demeurait. Des deux côtés, il y avait dans cette séparation beaucoup de chagrin et d'appréhension, le roi perdant son sage mentor et Richelieu perdant son puissant protecteur. Il n'ignorait pas, comme il avait dit si bien, « les offices qu'on peut rendre à la Cour aux absents ».

Le moment des adieux venu, le cardinal poussa le premier son cheval vers celui du roi, et celui-ci lui tendant la main, les larmes aux yeux, lui dit d'une voix entrecoupée qu'il partait l'esprit plus tranquille, le sachant meshui bien en selle pour poursuivre le siège, sans avoir maille à partir avec les maréchaux, lesquels savaient bien qu'à son retour, il leur en cuirait, s'ils n'avaient pas obéi à ses ordres. Richelieu, de son côté, lui assura qu'il lui ferait tenir tous les jours par un courrier les détails des opérations du siège et ne modificrait scs plans, sauf en cas d'absolue urgence, que si le roi, par retour, lui commandait une manœuvre contraire.

Le roi était en proie à un tel émeuvement que, sur les derniers mots qu'il prononça, il retomba quasiment dans le bégaiement dont le lecteur n'ignore pas qu'il avait eu tant de mal, en ses enfances, à se corriger. Raison, sans doute, pour laquelle il écourta son entretien avec Richelieu davantage qu'il n'eût voulu — ce qui ne laissa pas de le désoler et désola encore plus le cardinal qui, après avoir baisé la main royale, se retira, plus rapidement qu'il ne l'avait espéré, démonta, jeta les rênes à son écuyer, pénétra dans sa carrosse, mais sans encore donner l'ordre à son cocher de fouetter, car il était convenu que Monsieur de Guron et moi-même devions retourner avec lui à Aytré.

Je me promettais beaucoup de mes adieux à Sa Majesté, mais je fus fort déçu pour la raison que mon Accla, à ce moment, me fit mille reculs, dérobades et autres simagrées, n'aimant pas le hongre sur lequel le roi était monté. Tant est que j'eus les plus grandes difficultés à approcher Louis, et ne pus même lui baiser la main, qu'il me tendait pourtant de toute la longueur de son bras.

Monsieur de Guron eut plus de chance. Étant monté sur une grosse maritorne qui n'avait même pas assez d'esprit pour maligner, il réussit à la placer tête-bêche avec la monture du roi sans qu'elle bronchât le moindre. Tant est que le roi, lui mettant la main sur l'épaule, put lui parler à loisir. Louis, à cet instant, avait reconquis la capitainerie de son âme et ne bégayait plus, bien que ses yeux fussent encore tout mouillés des larmes qu'il avait versées.

Pendant ce temps, j'avais réussi à calmer mon Accla, mais non à la décider à quitter les lieux, ce à quoi j'étais moi-même rebelute, désirant fort entendre ce que le roi, qui était resté bouche cousue avec le cardinal, et de force forcée avec moi, avait à dire à mon compagnon.

— Monsieur de Guron, dit Louis d'une voix sourde, mais que j'ouïs fort bien, j'ai le cœur si serré que je ne puis parler du regret que j'ai de quitter Monsieur le Cardinal. Dites-lui de ma part que, s'il veut que je croie qu'il m'aime, de ménager sa personne, et de ne plus aller incessamment aux lieux périlleux, comme il fait tous les jours. Qu'il considère, si je l'avais perdu, à quel point seraient mes affaires !...

Là-dessus, après avoir tâché, sans grand succès, d'étouffer un soupir, le roi poursuivit :

— Je sais combien de gens se sont employés pour empêcher le cardinal de se charger d'un si pesant fardeau. Mais pour moi, je n'oublierai jamais le service qu'il me rend de demeurer céans. Je sais bien que, si ce n'eût été pour soutenir mes affaires, il ne l'aurait pas fait, parce qu'il s'expose à mille travaux et à mille embûches pour me servir. Je le reverrai bientôt et plus tôt même que je ne l'ai dit. J'aurai de grandes impatiences de revenir... Dites-lui bien de ma part. Adieu.

Là-dessus, Louis tourna bride et, quelques pas plus loin, il démonta, jeta les rênes à son écuyer, et sans un regard en arrière, il monta dans sa carrosse, laquelle ne laissa pas de disparaître rapidement, l'arrière-garde de son escorte montée le suivant au trot et le cachant bientôt à ma vue.

Je tirai un peu à l'écart pour ne pas avaler la poussière que soulevaient les chevaux des mousquetaires du roi, des gardes françaises et des gardes suisses, mais il me fallut prendre patience une bonne demi-heure avant que cessât ce défilé. Je rejoignis alors mon Nicolas, démontai, et lui passant sans un mot les rênes d'Accla, je gagnai la carrosse du cardinal dont le valet déplia vivement le marchepied, m'ouvrit la portière, la clouit derechef sur moi, puis remonta vivement reprendre sa place à côté du cocher avec une telle hâte qu'on eût cru qu'il craignait qu'on l'oubliât sur le chemin.

Richelieu, les yeux clos et le menton sur la poitrine, ne sommeillait pas, comme peut-être il désirait le laisser croire à Monsieur de Guron et à moi, car je voyais ses mains sur son giron se crisper l'une contre l'autre et il ne pouvait tout à fait empêcher sa poitrine de se soulever quand et quand pour laisser passer un soupir. Clos sur soi, sur ses pensées et sur ses terribles appréhensions, il se sentait condamné à commander une grande armée et des maréchaux escalabreux, sans être soutenu d'ores en avant par la présence du roi.

J'ai déjà dit qu'il était à la fois le *magister* et le sujet de Louis. Mais cette définition me paraîtrait incomplète, si je n'ajoutais pas qu'il en était aussi en quelque mesure le père, tant était évidente la sollicitude dont le plus âgé entourait le plus jeune et les inquiétudes mortelles que sa santé lui donnait. Des gentilshommes qui étaient le plus proches de l'un et de l'autre me parlaient d'amitié à ce sujet, mais, à mon sentiment, il fallait aller plus loin et reconnaître qu'il y avait de l'un à l'autre une tendresse qui n'était point si apparente, lorsqu'ils parlaient au bec à bec, car la majesté du roi mettait alors un impérieux obstacle à tout épanchement, mais qui devenait beaucoup plus visible quand, à leur grand dol, ils étaient séparés l'un de l'autre. Ils se pouvaient alors parler par lettres, en oubliant la différence écrasante des rangs.

Monsieur de Guron et moi, profitant que le cardinal gardait les yeux clos, considérions son visage creusé et fatigué, en échangeant des regards inquiets, car nous redoutions que la douleur de cette séparation, s'ajoutant à son immense labeur et au climat tracasseux de l'Aunis, n'allât altérer aussi sa santé.

Comme s'il eût senti nos yeux posés sur lui, Richelieu déclouit tout soudain les siens, et émergeant avec peine des soucis dévorants qu'il allait d'ores en avant affronter seul, il eut quelque mal à reconnaître qu'il était là, dans cette carrosse, avec Guron et moi, tandis que le roi, son maître et son protecteur, s'éloignait de lui à chaque tour de roue de la carrosse royale.

Tout en entendant bien que l'écourtement de ses adieux avec le roi était dû au retour de Louis à son bégaiement enfantin, Richelieu ne s'en pouvait consoler et se ramentevant tout soudain qu'il avait vu ensuite Louis, reprenant ses esprits, parler plus longuement à Monsieur de Guron, il se tourna alors vers celui-ci et lui dit :

— Monsieur de Guron, vous êtes le seul à qui Sa Majesté ait pu, à son départir, parler d'abondance. Pourriez-vous me répéter ses propos, à tout le moins ceux qui ont pu me concerner ?

— Monsieur le Cardinal, dit Guron, j'attendais, pour ce faire, que vous soyez sorti de votre méditation. Et je me fais une grande joie de vous répéter ces paroles qui, en effet, vous concernent, car Votre Éminence aura sans doute autant de plaisir à les ouïr que moi-même à vous les répéter.

Comme ma belle lectrice ne peut faillir de s'en aviser, Monsieur de Guron avait plus de finesse dans l'esprit et d'élégance langagière que sa corporelle enveloppe ne l'aurait laissé deviner. Il avait, en outre, la remembrance fort bonne, car il répéta mot pour mot les propos du roi, lesquels j'avais moi-même ouïs et que j'ai plus haut rapportés.

Je n'ai aucune peine à croire que ces paroles firent à Richelieu l'effet merveilleux d'une fraîche rosée sur un front fiévreux. Il se les fit répéter deux fois, demanda plusieurs fois à Monsieur de Guron s'il n'oubliait rien, s'il ne se trompait pas, si c'étaient bien là les paroles exactes du roi...

Comme Monsieur de Guron allait répondre, la carrosse tout soudain s'arrêta et l'instant d'après, le postillon [1], étant descendu de son cheval, vint toquer à la vitre de notre porte et quand Monsieur de Guron l'eut déclos, il dit au cardinal avec un air de confusion :

— Votre Éminence, avec votre permission, la roue avant droite de la carrosse se trouve faire du tracas au cocher pour la crainte qu'elle lui fait de se rompre. Plaise à vous, Votre Éminence, de nous permettre de la tirer de là pour mettre en place une roue de rechange.

— Cela prendra-t-il du temps ? dit Richelieu.

— Une demi-heure, Votre Éminence.

— Nous faudra-t-il descendre de la carrosse ?

— Nenni, Votre Éminence. Nous avons des cales solides comme roc et à moins que de danser la gigue dans la carrosse, elles sont pour tenir bien dret tant qu'il y faudra.

1. Quand l'attelage comprenait plusieurs chevaux, le postillon montait un des chevaux de tête pour imprimer à l'ensemble la direction qu'il fallait.

— Faites donc ! dit Richelieu qui ne tutoyait ni ne tabustait ses gens et ne sourit même pas à la pensée qu'il eût pu danser la gigue dans sa carrosse.

Dès que le cocher, aidé par le postillon et le valet du marchepied, se fut mis à l'ouvrage, Richelieu dit à Monsieur de Guron :

— Monsieur de Guron, vous trouverez derrière vous une écritoire sur le rebord de votre banquette. Plaise à vous de vous en saisir avec précaution, car l'encrier est plein. Et plaise à vous d'écrire le plus exactement qu'il vous sera possible le message que Sa Majesté vous a prié de me faire tenir.

Bien connaissais-je cette écritoire, car Charpentier et les autres secrétaires du cardinal l'utilisaient souvent pour écrire sous sa dictée des lettres-missives à tel ou tel, afin de ne pas perdre un temps précieux pendant les arrêts quasi inévitables d'un long voyage en carrossc.

Quand Monsieur de Guron, ayant fini sa copie, la tendit au cardinal, celui-ci se saisit délicatement de la feuille entre le pouce et l'index, la lut, fit compliment à Monsieur de Guron de sa belle écriture, éventa la feuille devant lui pour sécher l'encre plus vitc, puis la relut encore, les larmes lui venant aux yeux en son émeuvement, puis, pliant en quatre la feuille, l'enfouit dans la poche intérieure de sa soutane.

— Monsieur de Guron, reprit-il après un moment, se trouve-t-il d'autres feuilles de papier dans l'écritoire ?

— Il y en a deux autres, Monseigneur.

— Une seule suffira, si vous voulez bien, Monsieur de Guron, consentir à écrire une deuxième fois pour moi, mais cette fois sous ma dictée. C'est une lettre pour Sa Majesté.

— Monseigneur, dit Guron, je n'en serai que plus honoré.

— Monsieur de Guron, êtes-vous prêt ?

— Je suis prêt, Monseigneur.

Richelieu ferma un instant les yeux puis les rouvrit, et dicta avec lenteur sa lettre au roi, suivant d'un œil attentif les progrès de la plume de Guron sur le papier afin de ne pas aller trop vite en son débit :

> « Sire, il m'est impossible de manquer de témoigner à Votre Majesté le déplaisir que j'ai d'être absent d'elle pour un temps... L'affliction que j'en reçois est plus grande que je n'eusse su me la représenter... Les témoignages qu'il vous a plu de me rendre de votre bonté et de votre tendresse à mon endroit, tant par vous-même que par le sieur de Guron, font que les sentiments que j'ai d'être éloigné du meilleur des maîtres du monde me percent tout à fait le cœur... »

Monsieur de Guron, ayant fini, tendit l'écritoire au cardinal qui signa. Il prit alors le papier comme il avait fait précédemment entre le pouce et l'index, l'éventa, le plia en quatre et le mit ensuite dans la poche intérieure de sa soutane.

Bouche close, les yeux baissés, j'appris cette lettre par cœur au fur et à mesure que Richelieu la dictait. Je me la répétai ensuite dans la carrosse de peur de l'oublier et la première chose que je fis en rentrant dans ma chambre à Brézolles fut de la jeter sur le papier afin de la conserver à jamais dans mes archives familiales. J'agis ainsi pour la raison que je trouvais cette lettre si émouvante de soi. Mais aussi parce qu'elle donne la démentie [1] la plus cinglante aux caquets de Cour qui, prenant leurs désirs pour la réalité, annonçaient, mois après mois, que, le roi haïssant le cardinal, sa disgrâce était quasi consommée...

*

* *

Un autre courrier, sévèrement contrôlé des deux parts, continuait de passer du camp royal à La Rochelle et de La Rochelle au camp. Je fus néanmoins fort surpris à mon retour à Brézolles quand Madame de Bazimont, lors de la tisane du soir, me remit une lettre qui provenait du « nid de guêpes huguenotes ». Les censeurs royaux l'avaient décachetée, lue et refermée par un cachet de cire fleurdelisée qui signalait qu'on la pouvait remettre sans péril à son destinataire.

Je demandai à Madame de Bazimont la permission de prendre connaissance de la lettre-missive et tirant quelque peu à l'écart, je la lus, puis la relus avec une stupéfaction qui croissait à chaque ligne. La voici, telle qu'elle fut écrite, sans rien ajouter ni omettre.

1. On dit aujourd'hui « le démenti ».

À Monsieur le comte d'Orbieu
Château de Brézolles
Saint-Jean-des-Sables

« Monsieur le Comte,

« Lors de votre visite à La Rochelle à ma chère protectrice la duchesse de Rohan, il n'est pas que vous n'ayez aperçu que j'ai envisagé avec quelque faveur votre aimable écuyer, Monsieur Nicolas de Clérac. C'est à lui que je m'adresse par votre gracieuse entremise, du moins si vous voulez bien consentir à me l'accorder.

« La situation céans empire de jour en jour : Madame la duchesse de Rohan s'est résignée il y a une semaine à sacrifier deux des chevaux de sa carrosse pour fournir des viandes à son domestique et à elle-même. Qui pis est, avant-hier, son cuisinier lui-même s'est à la parfin enfui de La Rochelle avec l'intention de passer dans le camp royal. À son département, il a laissé un mot, disant que s'il était pris, il préférait être pendu par les royaux que de mourir de faim à La Rochelle.

« En cette triste extrémité où moi-même je me trouve, et comme de toute manière Monsieur de Clérac a empli toutes mes pensées dès que j'ai jeté l'œil sur lui, j'ai fait le rêve que Monsieur de Clérac tâchait de me retirer de ma misère présente en me proposant de l'épouser. J'ai osé en toucher un mot à Madame la duchesse de Rohan, laquelle a été assez bonne pour me dire qu'étant comme je suis catholique, il lui paraissait peu équitable que je sois soumise aux souffrances inouïes que les protestants en ce siège endurent pour leur foi. Elle voulut bien ajouter que si Monsieur de Clérac, s'adressant à sa personne, lui demandait par écrit ma main, elle agirait en lieu et place de mes père et mère et la lui accorderait, puisque tel était aussi mon désir. Elle m'a ensuite promis de tâcher de persuader le corps de ville de me permettre de saillir des murs de La Rochelle pour peu que les royaux, de leur côté, consentent à me recevoir.

« Peux-je ajouter ici, Monsieur le Comte, qu'étant une cousine éloignée de la duchesse de Rohan, je ne suis pas pour autant une cousine pauvre. Depuis la mort de mes parents dont je suis l'unique héritière, je possède en toute propriété une rente annuelle de trente mille livres. Je ne serai donc pas à charge à Monsieur de Clérac, pas plus que je ne désire faire obstacle au noble métier de son choix.

« Je souhaite de tout cœur que cette démarche naïve à laquelle me portent et mes sentiments à l'égard de Monsieur de Clérac et mon prédicament présent ne vous seront pas à scandale et je vous prie de me croire, Monsieur le Comte, votre humble et dévouée servante.

Henriette de Foliange. »

Je rangeai la lettre-missive de Mademoiselle de Foliange dans la manche de mon pourpoint et revenant à nos tisanes du soir, me rassis et tombai dans un grand pensement qui n'échappa point à Madame de Bazimont et aiguisa à ce point sa curiosité qu'elle inclina quelque peu à oublier ses bonnes manières. Cependant, elle hésitait encore. Mais mon silence lui devenant quasi insufférable, au fur et à mesure qu'elle voyait que le niveau de la tisane, en baissant dans nos tasses, rapprochait le moment de se donner la bonne nuit, elle franchit à la fin son Rubicon et elle dit non sans quelque tremblement dans sa voix :

— Monsieur le Comte, je vous vois tout songeux. Serait-ce donc que vous auriez reçu de mauvaises nouvelles ?

À quoi je lui souris de la façon la plus gracieuse, et lui faisant un petit salut de la tête, je lui dis :

— Bien le rebours, Madame, j'en ai reçu de fort bonnes, mais comme elles concernent un tiers, je dois demeurer bouche cousue sur elles, au moins jusqu'à ce que ce tiers lui-même les apprenne et accepte de les divulguer.

Madame de Bazimont eut alors une mine qui m'ébaudit fort. Elle ressembla à une grosse chatte de qui on approche un bol de lait, lequel on retire au moment où elle va y tremper ses moustaches. Nicolas, surprenant cette mimique, réprima avec peine un sourire, ne se doutant guère à cet instant qu'il était lui-même le tiers dont il s'agissait et que les nouvelles que j'aurais à lui impartir étaient de si grande conséquence qu'elles pourraient changer sa vie.

Il eût été cruel de quitter si tôt Madame de Bazimont après la petite rebuffade où m'avait contraint sa curiosité. Aussi je quis d'elle une deuxième tasse de tisane qu'elle me versa avec alacrité, entendant bien que la soirée n'allait pas s'arrêter là.

Seule en cette grande demeure tout le jour, privée de la présence vive et enjouée de Madame de Brézolles, et plus encore peut-être de celle du *maggiordomo* qui, tout chenu et branlant qu'il fût, lui faisait une cour des plus courtoises, j'étais bien assuré que, maugré le gouvernement du domestique et les devoirs de l'intendance qui lui incombaient, il lui ennuyait si fort dans le jour que le retour, le soir, de « ses gentilshommes » était quasiment la seule joie de sa journée. Noulant la laisser sur un désappointement, j'entrepris alors de lui conter la séparation du roi et du cardinal — à tout le moins ce que je pensais qu'il fallait qu'elle en sût — afin qu'elle pût répéter partout qu'ils s'étaient séparés en très grand dol et amitié, étant unis comme les deux doigts de la main. La dernière goutte de tisane avalée, je la quittai enfin et, gravissant les marches de l'étage noble avec Nicolas, je lui dis de me venir visiter dans ma chambre dans cinq minutes, ayant quelque nouvelle de conséquence à lui impartir.

À mon entrant, je vis Perrette, comme à l'accoutumée, assise sur une petite chaise basse devant le feu qu'elle avait allumé pour moi. Elle se leva et vint à moi avec vivacité, me fit une belle révérence et, la prenant dans mes bras, je l'y serrai et lui fis compliment de ce qu'elle sentait si bon. Elle me dit alors qu'elle avait baigné soi, partie par partie dans ma cuvette, s'étant séchée ensuite devant le feu, ce qui était délices. Je lui en fis compliment, ajoutant que, d'après mon père, homme ou femme se préservait davantage des intempéries par l'eau et le savon que par toutes les drogues du monde. Quant à moi, je préférais une chambrière qui sentît bon à d'aucunes grandes dames de la Cour que je pourrais nommer, lesquelles s'arrosaient de parfum, tout en se vantant de ne s'être pas lavé les mains de quinze jours [1].

— Perrette, dis-je, Monsieur de Clérac me doit visiter incontinent. Le temps de ce bec à bec, retire-toi dans le cabinet. N'y fais pas plus de noise qu'une souris et n'écoute pas à la porte, ajoutai-je avec un sourire.

— Cela, je ne l'ai jamais fait ! s'écria Perrette avec feu, et ne le ferai jamais !

— Et bien le sais-je, dis-je. J'ai toute fiance en toi, Perrette.

Là-dessus, rassérénée, elle me sourit, se retira dans le cabinet et referma l'huis sur elle. Je me demandais si j'allais, en attendant Clérac, me déshabiller, car mes bottes, d'avoir été portées tout le jour, me doulaient aux pieds quelque peu. Mais je résolus de n'en rien faire, voulant donner à cette entrevue une certaine solennité.

Les cinq minutes écoulées, Nicolas, avec une exactitude militaire, toqua à l'huis de ma chambre et apparut, habillé lui aussi de pied en cap, ce qui n'était pas merveille, car il était toujours ainsi quand il se présentait à moi.

— Nicolas, dis-je, prends place devant ce feu. La lettre que j'ai reçue, bien qu'elle me soit adressée, te concerne en son entièreté et c'est bien le moins que je te la communique, puisque la question qu'elle pose, c'est à toi, et à toi seul, d'y répondre.

1. La reine Margot, morte en 1615.

Nicolas saisit alors la lettre-missive que je lui tendais et, tandis qu'il s'y plongeait, je pouvais lire sur sa juvénile face les émeuvements qui l'agitaient : la surprise, la joie, la perplexité. Après quoi, laissant pendre la lettre au bout de ses doigts, il envisagea le feu, comme s'il voulait y trouver des réponses aux questions qu'il se posait.

Quant à moi, pendant un long moment, je ne dis mot ni miette, voyant bien qu'il branlait fort dans la décision qu'il devait prendre et pensant qu'il valait mieux ne pas l'embarrasser de mon aide, avant qu'il ne la réclamât.

— Monsieur le Comte, dit-il à la parfin, n'est-ce pas extraordinaire qu'une demoiselle de bon lieu, élevée sans doute avec le plus grand soin...

— Oui-da ! continuai-je, avec le plus grand soin, par une gouvernante qui lui a sans doute appris à baisser les yeux devant un gentilhomme, à ne pas répondre à ses avances, à ne le jamais envisager œil à œil, à déchirer ses lettres, s'il écrit. Et si, seulette sur sa couche, il lui arrive d'éprouver à son propos quelques frissons, à se précipiter le lendemain chez son curé pour lui confesser ce damnable péché.

— Vous raillez, Monsieur le Comte.

— Je raille l'éducation que tu approuves. Mademoiselle de Foliange a pris la liberté de t'écrire la première. Adonc, elle est dévergognée.

— Monsieur le Comte, je n'ai jamais dit que Mademoiselle de Foliange était dévergognée.

— Mais tu condamnes sa démarche.

— Eh bien, dit Nicolas en rougissant, il faut bien avouer qu'elle est inhabituelle.

— Les circonstances aussi.

— Qu'entendez-vous par là, Monsieur le Comte ?

— Une demoiselle de bon lieu est en train de mourir de faim pour une foi qu'elle ne partage pas.

— Certes, dit Nicolas avec feu, je la plains de tout mon cœur et il m'arrive la nuit de me réveiller tout en larmes, en pensant aux souffrances qu'elle endure.

— Tu devrais donc être au comble du bonheur, puisqu'elle a pensé à toi pour te tirer de sa géhenne.

À cela, Nicolas, la face toute chaffourrée de doute et de chagrin, ne sut que répondre et se tint coi. Je fus alors pris de quelque compassion pour lui, à le voir aussi malheureux, et tout emberlucoqué dans des contradictions dont, étant si jeune, il ne savait pas se tirer. Je posai alors ma main sur la sienne, et je lui dis :

— Nicolas, veux-tu que je t'aide à démêler l'écheveau de tes pensées ?

— Ah, Monsieur le Comte, dit-il, j'en serais fort heureux !

— Tu te ramentois, Nicolas, que je t'ai conseillé de n'écrire point à Mademoiselle de Foliange, comme tu en avais eu d'abord le dessein ?

— Oui-da, Monsieur le Comte, bien je me ramentois.

— Mais je ne t'ai pas dit le pourquoi de ce conseil. Le voici. Après les regards caressants que vous aviez échangés chez Madame de Rohan, c'eût été bien impertinent de ta part d'écrire à Mademoiselle de Foliange sans lui demander sa main. Or tu ne pouvais pas faire cette démarche, n'ayant à lui offrir pour vivre que ta future et maigrelette solde de mousquetaire du roi.

— Monsieur le Comte, je n'ai pas manqué, en effet, d'entendre que je ne pouvais pas faire cette demande, la demoiselle étant si haute et moi-même si mal accommodé.

— Et crois-tu que Mademoiselle de Foliange n'ait pas bien deviné que pour ne point lui faire la demande dont vos regards, implicitement, avaient convenu, il fallait que tu sois paralysé par la modestie de ton boursicot ? Et ne t'ai-je pas dit aussi ce matin même que lorsque l'amour, chez les dames, prend de la force, il passe fer et feu et saute les murailles ? Eh bien, voilà qui est fait ! Mademoiselle de Foliange a sauté les murailles ! Elle t'a écrit ! Et elle t'invite à demander sa main et prend soin de t'apprendre qu'elle possède en toute propriété trente mille livres de rente.

— Monsieur le Comte, ce sont justement ces trente mille livres de rente qui me restent au travers de la gorge. Pourquoi diantre les mentionner ?

— Pourquoi les taire ? Où est le mal ? La demoiselle est raffolée de toi et, avec un bon sens bien féminin, elle te fait connaître qu'elle ne te sera pas une charge accablante.

— Mais pourquoi diantre mentionner ces trente mille livres ? Cela gâche tout ! J'ai l'impression que je suis acheté et que l'honneur me défend d'accepter.

— L'honneur ! dis-je avec vivacité. Quel est donc ce baragouin ? T'a-t-elle offensé en disant qu'elle est riche ? Je trouve bien au rebours cette confession bien touchante. Quelle preuve d'amour elle te donne, étant assiégée, à faire ton siège pour que tu l'épouses !

— Mais je ne l'ai vue qu'un petit quart d'heure ! Elle ne me connaît pas ! Et je ne la connais pas, non plus !

— Mon pauvre Nicolas, si tu dois attendre la fin du siège pour la mieux connaître, tu ne la connaîtras plus du tout. Elle aura disparu de la terre. Mais tu auras, du moins, la consolation d'aller prier sur sa tombe.

— Ah, quelle horreur ! s'écria-t-il en se levant de son siège. Sa tombe ! Monsieur le Comte ! Que vous êtes cruel !

Et cachant son visage de ses deux mains, Nicolas se mit à sangloter son âme. Je le pris alors dans mes bras, lui donnai une forte brassée, et me demandai si je n'avais pas été un peu brutal en évoquant le cimetière rochelais afin de lui faire toucher du doigt les conséquences d'un refus imposé par « l'honneur ». Mais au même instant, il murmura d'une voix entrecoupée :

— Il me semble, Monsieur le Comte, que vous devez avoir raison et, tout bien pesé, le seul parti honorable que je puisse prendre maintenant est de demander la main de Mademoiselle de Foliange.

J'aurais ri à gueule bec, si la situation ne me l'eût pas défendu. La tombe que j'avais évoquée avait bien rendu son office. L'honneur de Nicolas avait, en un tournemain, changé de camp...

Je me rassis. Nicolas se rassit aussi, sécha ses pleurs, demeura coi un moment, puis soudain, il dit d'un air effrayé :

— Mais il reste encore une grande difficulté, Monsieur le Comte. Comment oserais-je jamais écrire à Mademoiselle de Foliange ? Mon orthographe est si mauvaise.

Je fus béant de cet enfantillage. Et j'eus bien envie là-dessus de dauber le coquelet. Mais mon pauvre Nicolas avait déjà tant pâti en cet entretien que je noulus prolonger son déconfort.

— Par bonheur, dis-je, mon orthographe à moi est excellente et elle soutiendra la tienne.

— Eh bien, dit-il, que n'écrivons-nous pas cette lettre incontinent ?

À cela, je me permis enfin de rire à gueule bec.

— De toute façon, Nicolas, la lettre ne partira que demain et incontinent, comme disait Henri IV, « mon sommeil me va dormir ». Nous écrirons demain.

Alors, avec mille mercis, il partit, quasiment titubant de bonheur et se cognant à l'huis au départir.

CHAPITRE VIII

Le lendemain matin, nous nous attelâmes, Nicolas et moi, à la tâche difficile d'écrire à Mademoiselle de Foliange une lettre qui satisfît à ses volontés mais qui fût assez bien tournée pour ne froisser point ses délicatesses. Comme avait si bien dit Nicolas, il était pour le moins « inhabituel » qu'une demoiselle de bon lieu, fût-elle orpheline, demandât de soi la main d'un gentilhomme, et la belle n'ignorant pas l'audace de sa démarche, il était probable qu'elle éprouvait meshui quelque vergogne à l'avoir accomplie et pourrait bien, si les termes de notre lettre lui déplaisaient, rejeter la demande en mariage qu'elle avait elle-même sollicitée.

Nicolas, qui, débordant depuis la veille de l'amour le plus fou, n'avait pas dormi une minute dans la nuit écoulée, eût désiré écrire une lettre qui exprimât les puissants transports dont il était troublé. Mais je le mis en garde contre une chaleur d'expression qui brûlait trop cavalièrement les étapes et tenait la chose pour faite, alors que Mademoiselle de Foliange possédait encore le pouvoir de dire non.

N'étant pas sans finesse, Nicolas entendit mon propos, et nous nous mîmes d'accord, approchant nos deux têtes, pour écrire une lettre qui fût ni trop froide ni trop brûlante. De lui-même, Nicolas trouva un moyen très adroit pour ménager les susceptibilités de Mademoiselle de Foliange. Reprenant à son compte la demande de mariage dont il était l'objet, Nicolas priait humblement la belle de lui accorder sa main (alors qu'elle était déjà dans la sienne), arguant qu'un « oui » par écrit lui était nécessaire pour convaincre le cardinal de bailler à Mademoiselle de Foliange un sauf-conduit qui lui permît d'être admise dans le camp royal.

La Providence veillait sans doute avec bienveillance sur ces naissantes amours car, un mois plus tard, cette lettre, porteuse du destin de deux personnes, ne fût pas parvenue à son destinataire, le cardinal ayant décidé d'interrompre tout courrier entre le camp et La Rochelle, estimant que, malgré la vigilance des censeurs, des informations dommageables à nos armes pouvaient être glissées à mots couverts ou convenus dans les lettres les plus anodines.

La Dieu merci, tous les ponts n'étaient pas encore coupés entre La Rochelle et nous, et une semaine après l'envoi de sa lettre, Nicolas reçut la réponse de Mademoiselle de Foliange, laquelle, admettant implicitement le renversement des rôles, acceptait sa demande en mariage avec grâce. Je la portai incontinent au cardinal afin qu'il baillât un sauf-conduit à la belle. Il y jeta de prime un œil distrait et ennuyé, et il me dit, mi-figue mi-raisin (expression qui lui convenait à merveille car, avec ses fidèles serviteurs, il allait rarement plus loin que le raisin dans l'acidité) :

— Monsieur d'Orbieu, dit-il avec un soupir, dois-je *aussi* m'occuper de cela ?

— C'est que, Monsieur le Cardinal, la demoiselle est une cousine de la duchesse de Rohan et, qui plus est, elle est catholique. Va-t-elle mourir pour une foi qu'elle ne confesse pas ?

De ces deux arguments, le second me paraissait plus fort que le premier, mais Richelieu, tout cardinal qu'il fût, en jugea autrement.

— Si elle est apparentée à la duchesse de Rohan, et si celle-ci est consentante à son départ hors les murs de La Rochelle, alors l'affaire, Monsieur d'Orbieu, est politique, et je ne peux que je ne demande son avis au roi qui considère la duchesse comme sa cousine et la traite avec les ménagements que vous savez, songeant déjà à l'après-guerre. Il vaut donc mieux que le sauf-conduit soit baillé par Sa Majesté que par moi. Il aura plus de poids. Une copie de la lettre de Mademoiselle de Foliange partira pour Paris demain avec mes commentaires.

Or Louis connaissait bien Nicolas pour l'avoir vu à mes côtés quand j'assistais à son lever au Louvre. Et si le lecteur me permet de lui en faire la confidence sans rien mâcher, il l'avait à chaque fois envisagé avec beaucoup de faveur, Nicolas ayant tant à se glorifier dans la chair. Que je le dise encore, pour ceux qui n'ont pas lu l'entièreté de ces Mémoires, Louis n'aimait guère les femmes, ayant eu une mère désaimante et rabaissante et, plus tard, une épouse qui alla jusqu'à comploter sa mort pour marier son beau-frère. Mais si Louis n'eut pas de maîtresse, il n'eut pas non plus de mignon, au sens qu'à la Cour on donne sans vergogne à ce mot.

Outre le plaisir que la beauté de Nicolas lui donnait, Sa Majesté avait d'autres raisons de lui témoigner sa faveur : Nicolas était mon écuyer et aussi le frère puîné d'un autre fidèle serviteur de son sceptre, Monsieur de Clérac, capitaine aux mousquetaires du roi. Et enfin, il avait, comme on a vu, ses raisons pour témoigner une particulière mansuétude à la duchesse de Rohan. Il fit donc plus, beaucoup plus, que bailler à Mademoiselle de Foliange un sauf-conduit qui lui ouvrît le camp royal. Noulant que Nicolas fît figure de parent pauvre au côté d'une riche héritière, il le nomma chevalier et lui accorda une gratification de dix mille livres. Il décida enfin que le mariage se ferait à son retour à La Rochelle, à ses frais, et avec pompe, dans la belle église romane de Surgères.

Cette dernière précision qui reculait leur mariage de six semaines eût désespéré les amants, si le sauf-conduit n'avait pas été valable dès le jour où il avait été délivré. Cependant, Mademoiselle de Foliange, fort anxieuse de quitter La Rochelle, nous demanda, par une nouvelle lettre, où on l'allait loger avant que la messe de mariage fît d'elle l'épouse du chevalier de Clérac. Je fus donc amené par là à découvrir toute l'affaire à Madame Bazimont, lors de la tisane du soir.

L'histoire était déjà assez romanesque de soi sans que j'y ajoutasse du pathétique et je la lui contai le plus simplement que je pus. Mais rien n'y fit. Mon récit à peine achevé, Madame de Bazimont fondit en larmes, se ramentevant sans doute et le jour heureux de son propre mariage, et la mort de son mari bien-aimé.

Par bonheur, cette ondée dura peu. Dès que les pleurs tarirent, Madame de Bazimont confessa qu'elle était fort heureuse du bonheur de Nicolas qui tant lui ramentevait « son pauvre mari » (mais je suppose que tous les hommes lui rappelaient Monsieur de Bazimont) et elle me demanda la permission de s'absenter quelques instants afin de se refaire un visage, lequel était tout chaffourré des larmes qu'elle avait versées. Ma permission accordée, elle s'en alla dans un juvénile balancement de son demi-vertugadin qui fit sourire Nicolas, encore que les pleurs étant si contagieux, il avait lui-même les yeux mouillés.

Madame de Bazimont revint, coiffée à merveille et pimplochée à ravir et dès lors que je lui eus dit que Mademoiselle de Foliange cherchait un gîte, pour attendre que sonnât l'heure de son hyménée, elle prit sur elle, comme j'y comptais bien, d'offrir tout de gob à la demoiselle une chambre au château. Elle ajouta — mais cette fois sous réserve de l'approbation de Madame de Brézolles — que dès la messe du mariage achevée, les deux jeunes époux pourraient demeurer céans, ce qui permettrait à Nicolas d'assurer plus commodément ses devoirs d'écuyer.

Comme un bonheur ne vient jamais seul, ce fut par une claire après-dînée de février que Nicolas, Monsieur de Clérac et moi allâmes nous poster à cheval devant la porte de Trasdon qui jouxtait le fort du même nom, pour attendre que Mademoiselle de Foliange en sortît.

Nous avions décidé, d'un commun accord, de

nous vêtir tous trois sobrement et de nous passer, pour nous annoncer, d'un des tambours de Sa Majesté, afin de ne pas donner ombrage à la garde huguenote du Fort de Trasdon, et en particulier au sourcilleux capitaine Sanceaux, lequel, comme le lecteur s'en ramentoit peut-être, avait bien failli, dans sa sotte et suspicionneuse outrecuidance, refuser à Nicolas et à moi-même l'entrant de la ville, quand nous étions venus dedans les murs de La Rochelle visiter la duchesse de Rohan.

Il est bien vrai qu'un roulement de tambour a quelque chose en soi de guerrier et menaçant et qu'arriver sous les yeux des assiégés qui, du haut de leurs créneaux, nous regardaient approcher, et les saluer, une fois au pied de leurs murs, d'un large salut de nos chapeaux, était sans aucun doute une civilité mieux appropriée à une démarche pacifique. Cependant, plusieurs bonnes minutes s'écoulèrent encore sans que le grand portail aspé de fer bougeât le moindrement du monde et l'angoisse nous étreignit de l'échec, tant est qu'il nous rendit muets, et figés dans une immobilité de pierre.

À la parfin, sans qu'on n'ouït le moindre bruit de clé, tant bien sans doute la serrure était huilée, les deux grands vantaux du portail se séparèrent l'un de l'autre avec une lenteur exaspérante, pouce après pouce, découvrant à la parfin Mademoiselle de Foliange montée en amazone sur une haquenée blanche. Celle-ci renâcla de prime à s'avancer vers nos chevaux, mais ceux-ci s'écartant, la haquenée, prise en main fermement par sa cavalière, franchit à la parfin la porte, laissant derrière elle la ville de la mort lente.

C'est alors que je vis, en me retournant, et le portail étant encore grand ouvert, quatre rangs de soldats rochelais et je m'imaginai de prime qu'ils nous allaient poursuivre, laquelle impression était tout à plein absurde car, en fait, ils nous tournaient le dos. Et à un second coup d'œil que je leur jetai derechef, j'entendis qu'ils s'employaient à repousser du bout non pointu de leurs piques un petit groupe d'hommes et de femmes décharnés qui tâchaient de sortir à vive force à notre suite par le lourd portail, lequel d'autres soldats, pendant ce temps, s'attachaient à reclore.

Cette échauffourée — ces quelques Rochelais poussant et les soldats les repoussant — avait quelque chose de dérisoire, tant les assaillants et les assaillis étaient faibles et amaigris et si les soldats prirent à la parfin le dessus, ce ne fut, à mon sentiment, que grâce à leurs piques, que pourtant ils pouvaient à peine tenir à l'horizontale, tant leurs bras faillaient en force. Mais le plus étonnant, dans cette rébellion de rue, fut le silence dans lequel elle se déroula. Ni ordres militaires ni injures de populace ne se faisaient ouïr, tout le temps que dura l'affrontement. Silence qui me consterna quand le soir, en y repensant, j'en entendis enfin la raison : ni les soldats ni les rebelles n'avaient assez de voix pour crier.

Nicolas et moi, nous nous plaçâmes à dextre et à senestre de Mademoiselle de Foliange et le capitaine de Clérac en tête, nous ouvrant le chemin. Il mit de prime au petit trot, mais s'apercevant, en tournant la tête, que la haquenée de Mademoiselle de Foliange n'avait pas assez de force pour suivre ce train, il se remit au pas et ce fut à cette allure de tortue que nous fîmes tout le chemin du Fort de Trasdon au château de Brézolles, sans qu'aucun de nous ne prononçât mot ni miette.

Chevauchant à la gauche de la haquenée de Mademoiselle de Foliange, je la voyais à plein du fait que montant en amazone, c'est-à-dire les deux jambes entourant la fourche et retombant du même côté de la monture, cette position la tournait vers moi, tant est que je pus l'envisager à mon aise, d'autant mieux qu'elle gardait les yeux baissés sur la crinière de sa jument et demeurait close et coite. Elle était loin d'être tant maigre que les Rochelais révoltés que je venais de voir, la chère, chez la duchesse de Rohan, ne devant pas être si spartiate. Mais elle me parut cependant pâle et languissante et d'autant que sa belle face ne portait la trace d'aucun pimplochement, sans doute parce qu'il y avait à La Rochelle grande disette de fard comme de toutes les autres commodités de la vie.

À mi-chemin, je m'avisai que Nicolas devait être fort dépité de ne voir que la nuque de sa belle, sa face étant tournée vers moi, du fait, comme j'ai dit, de la position de ses jambes. Retenant alors mon Accla, je fis signe à mon écuyer de prendre ma place, moi-même prenant la sienne à la dextre de la haquenée. Ce qui se fit en un tournemain, et donna assurément un grand contentement à Nicolas et aussi à Mademoiselle de Foliange qui continua de se taire, mais dont les yeux, j'en suis bien assuré, quittèrent, quand et quand, la crinière de sa jument, étant attirés sur sa gauche par les friands et amoureux regards de Nicolas : ce qui, de reste, ne nuisit en aucune façon au management de la haquenée, celle-ci suivant docilement le cheval de Monsieur de Clérac, quoique à petite et faible enjambée.

Tant que nous fûmes dans le périmètre du camp, la vue de Mademoiselle de Foliange, si belle sur sa haquenée blanche, et si bien protégée par ses trois chevaliers, fit éclore partout, chez les passants et les aregardants, l'admiration et la joie, d'autant que nul n'ignorait dans le camp qui elle était et pourquoi elle se trouvait là. Nous eûmes bientôt à notre suite un cortège de soldats, marchands ou valets qui nous suivaient en chantant nos louanges, tant est qu'on eût pu croire que nous avions sauvé du bûcher huguenot une nouvelle Jeanne d'Arc. À la sortie de la ville, Monsieur de Clérac, arrêtant notre cheminement, vint sur nos arrières haranguer poliment nos admirateurs et les inviter à se retirer, chacun dans sa chacunière, Mademoiselle de Foliange, à la sortie de ses épreuves, ayant grand besoin de calme et de repos. À notre grand soulagement, Monsieur de Clérac réussit à persuader nos suiveurs car nous craignions, par-dessus tout, qu'ils sussent où Mademoiselle de Foliange allait loger, ce qui eût amené aux grilles du château de Brézolles beaucoup trop de noise et de remuement.

Madame de Bazimont, ayant salué Henriette de Foliange en l'appelant « Mademoiselle », comme il convenait à son rang, fut au comble de la joie de s'ouïr par elle en retour « madamée » et sur l'instant conçut une grande amour pour sa visiteuse qui, toute cousine qu'elle fût de la duchesse, n'était ni haute ni façonnière et, pardessus le marché, belle comme les aurores. Elle quit d'elle si elle voulait qu'on lui montrât la chambre qu'on avait fait pour elle préparer. À quoi, sans hésiter le moindre, mais cependant le rouge lui montant au front de son audace, Mademoiselle de Foliange quit d'une voix faible :

— Madame, pouvez-vous me dire quand on soupe céans ?

Cette question naïve eût pu nous faire sourire, mais à nous ramentevoir la famine dont Henriette de Foliange avait pâti, elle me pinça le cœur et plus qu'aucun des nôtres, celui de Madame de Bazimont qui, les yeux mouillés de larmes, dit avec un grand soupir :

— Monsieur le Comte, avec votre permission, je vais hâter les cuisines. Et peux-je dire à Luc d'ajouter un couvert pour Monsieur de Clérac ?

Je consentis aussitôt et après quelques refus polis, Monsieur de Clérac, sur mes instances, accepta. Cette invitation, par où Madame de Bazimont m'avait quelque peu forcé la main, me titilla fort et eût fort amusé Nicolas, sachant bien la grande amour que Madame de Bazimont portait à « ses gentilshommes », auxquels elle venait d'ajouter, sans coup férir, un beau capitaine aux mousquetaires du roi. Mais Nicolas avait présentement bien d'autres pensées et se donnait le plus grand mal pour voir Mademoiselle de Foliange sans trop la regarder : exercice où excelle le *gentil sesso* dès l'enfance, mais où le sexe dit fort montre bien des faiblesses.

Là-dessus, Luc, qui depuis que Monsieur de

Vignevieille était reparti pour Nantes avec sa maîtresse jouait quand et quand le rôle de *maggiordomo*, nous vint dire que Monsieur de Guron demandait l'entrant, devant porter un message de bienvenue à Mademoiselle de Foliange de la part du cardinal.

Comme le lecteur se ramentoit, Monsieur de Guron était un des serviteurs fidèles de Richelieu, et c'est à lui que le roi, à son départir pour Paris, avait confié toute la peine qui le doulait à quitter Monsieur le Cardinal.

Ce gentilhomme était grand et gros avec une forte bedondaine et montait, on s'en ramentoit, une grosse jument maritorne qui, pour le citer, « n'avait pas assez d'esprit pour maligner ». De l'esprit, en revanche, Monsieur de Guron en avait à revendre et du plus affilé. Il n'était pas non plus sans usage ni manières, car il fit à Mademoiselle de Foliange, avec une sorte de lourde agilité, un très beau salut, un autre à Madame de Bazimont, mesuré à l'aune de son rang. Après quoi, il tendit à notre belle une lettre-missive de Richelieu, laquelle, à la lire, la fit rougir de bonheur et de confusion.

Il va sans dire que j'eusse trouvé fort désaimable de ne point inviter aussi à dîner Monsieur de Guron, après qu'il eut fait cette longue trotte de Pont de Pierre à Saint-Jean-des-Sables. Il accepta, si je puis dire, rondement, cette offre, étant connu — chose étrange, Louis en était aussi — comme un des « goinfres » de la Cour. Cependant, le dîner à peine servi, il provoqua une consternation générale en disant à Mademoiselle de Foliange, non sans quelque gravité :

— Madame, Monsieur le Cardinal ayant

consulté son médecin à votre sujet et sachant quelle longue famine vous avez subie, il vous conseille de manger très succinctement, au moins pendant huit jours, et pas du tout à votre faim, laquelle, si vous la deviez satisfaire tout à plein ce jour d'hui, pourrait abréger vos jours.

Là-dessus, Mademoiselle de Foliange pâlit et eut peine à retenir ses pleurs, tant elle était déçue de ne se pouvoir repaître à sa suffisance après ces mois de ration congrue. Quant à nous, nous comprîmes combien il serait malséant de faire ripaille tandis qu'elle mangeait comme moine en carême. Nous prîmes alors, sans nous consulter le moindre, la décision de prendre très peu de chaque plat, afin de l'accompagner et la soutenir en la sacrificielle sobriété que son état imposait.

J'observai qu'elle mâchait chaque bouchée très longuement afin d'en extraire à fond le suc et la saveur et aussi, sans doute, pour que son court bonheur durât un peu plus. À la fin du repas qui se passa sans qu'elle prononçât un seul mot, un peu de couleur revint à ses joues. Elle me mercia d'une voix faible, quit de Madame de Bazimont, qui, debout derrière sa chaise, veillait sur elle maternellement, de l'accompagner en sa chambre. Cependant, au sortir de table, elle demanda une petite tranche de pain afin, dit-elle, de la grignoter par parties pendant la nuit si son gaster la doulait trop. Et l'ayant obtenue, elle caressa en passant du dos de la main la joue de Nicolas mais sans piper mot. Nous nous mîmes tous les quatre sur pied et elle eût dû, se peut, nous faire une révérence, et si elle ne le fit pas, c'est sans doute qu'elle craignait, ce faisant, de perdre l'équilibre, car à peine debout, elle prit le bras de Madame de Bazimont et le serra contre elle pour assurer sa marche.

*

* *

Après le département de Mademoiselle de Foliange, nous ne fîmes pas une longue veillée, Monsieur de Clérac voulant rejoindre au plus tôt ses mousquetaires et Monsieur de Guron, étant gros dormeur, son lit : tant est que Nicolas et moi, nous nous retirâmes plus tôt qu'à l'ordinaire, « chacun dans sa chacunière », comme avait si bien dit Clérac à la foule de nos suiveurs.

Perrette m'aida à me déshabiller et comme, nu en ma natureté, je me lavais le visage et les mains en ma cuvette, on toqua à mon huis. Je fis signe à Perrette de s'aller coucher sous le baldaquin, je tirai les courtines autour d'elle et quis de mon visiteur d'une voix rude qui il était, ayant peu de doute de reste sur son identité.

— Monsieur le Comte, dit la voix de Nicolas, c'est moi, avec un million de pardons d'oser vous déranger à'steure, mais j'ai une question à vous poser qui, si elle demeurait sans réponse, me pourrait tenir toute la nuit en éveil dans les affres et les tourments.

— À Dieu ne plaise, Nicolas, je vais t'ouvrir.

Je passai ma robe de chambre et allai l'huis déclore. Nicolas entra, pâle et déconforté, et comme je l'envisageai muet, en levant le sourcil, il dit :

— Monsieur le Comte, croyez-vous qu'elle se va mourir ?

— Mademoiselle de Foliange ?

— Oui.

— Qui te le donne à penser ?

— Elle est fort pâle. Elle ne dit mot. Elle vacille quand elle marche.

— Ce sont là, en effet, symptômes d'intempérie, mais la sienne est connue et curable. C'est la faim. Et dès lors qu'elle sera satisfaite, la curation sera rapide. Es-tu content ?

— Pas tout à fait, Monsieur le Comte. Je crains qu'elle ne m'aime point. De tout le repas, elle m'a à peine envisagé.

— Elle t'a envisagé plus que tu ne l'imagines. Elle t'a caressé la joue au départir. Elle eût été plus aimable encore, si la faim ne l'eût tenaillée. Meshui, Nicolas, un croûton de pain l'emporte sur toi en attraits : preuve en est qu'elle l'emmène avec elle dans son lit. Mais c'est un pauvre rival, Nicolas. Il n'est là que pour être croqué. Es-tu content ?

— Pas tout à fait, Monsieur le Comte. Le roi a dit qu'il nous marierait, quand il reviendra céans dans six semaines. Et six semaines, cela fait quarante-deux jours. Et quarante-deux jours, Monsieur le Comte, c'est horriblement long.

— Mais songe que ces quarante-deux jours se changeront vite en autant de rêveuses nuits. Et quoi de plus confortant qu'un rêve quand la réalité est au bout ?

— Et si le roi, Monsieur le Comte, ne revenait pas de Paris ?

— Honte à toi, Chevalier ! Tu doutes de ton roi ? Ce que Louis dit qu'il fera, la Dieu merci, il le fait toujours. Nicolas, ta couche, en ton absence, s'ennuie. Cours la consoler.

Là-dessus, je lui donnai une forte brassée, et

comme il s'attardait encore en merciements, je le poussai doucement hors, fermai l'huis sur moi à double tour, et me défaisant de ma robe de chambre, je rejoignis Perrette derrière les courtines. Elle était douce et ronde dans mes bras et comme je la poutounais, je m'aperçus que ses joues étaient mouillées de larmes.

— Tu pleures, Perrette ?

— Avec votre permission, je pleure, Monsieur le Comte.

— Sur quoi et sur qui ?

— Sur la pauvre demoiselle qui est si belle et si faible. Je pleure aussi sur votre pauvre écuyer qui est si déconforté de la voir ainsi. Et pour tout dire, Monsieur le Comte, je pleure aussi sur moi.

— Sur toi ?

— Le siège fini, Monsieur le Comte, vous départirez de céans, me laissant bien seulette.

— Moi aussi, dis-je après un silence, je serai chagrin de te quitter. Mais la peine de demain ne doit pas détruire le plaisir de meshui, et d'autant que le siège n'est pas fini, loin de là. Nous avons encore devant nous, M'amie, un long ruban de semaines et de mois.

*

* *

Cette dernière phrase fut, à peu de choses près, celle que prononça le cardinal le lendemain en un style un peu plus noble lors d'une réunion qui rassemblait chez lui le duc d'Angoulême, les maréchaux Schomberg et Bassompierre et aussi Monsieur de Guron, le père Joseph et moi qui étions présents, mais en qualité d'observateurs silencieux, du moins tant que nos grands guerriers — auxquels on ne disait pas tout — seraient présents.

— Messieurs, dit Richelieu, en s'adressant au duc et aux maréchaux, vous devez savoir que la commission de lieutenant général des armées qui m'a été baillée par Sa Majesté à son partement me commande de presser et poursuivre le siège de La Rochelle par blocus, mais aussi, le cas échéant, « par batteries, brèches et assauts ». Or avant qu'il départît pour Paris, j'ai évoqué, devant Sa Majesté, la possibilité d'un assaut, et Elle a estimé que si nous avions la possibilité de le tenter, ce serait une bonne chose, le blocus de La Rochelle épuisant, mois après mois, les finances du royaume et les forces des soldats. Qu'en êtes-vous apensé, Monseigneur? dit-il en se tournant vers le duc d'Angoulême.

— Ce serait une bonne chose, en effet, pour peu qu'elle soit faisable, dit le duc d'Angoulême qui avait plus de bon sens que de génie.

— Monsieur de Schomberg, dit Richelieu, qu'opinez-vous?

Mais s'interrompant aussitôt pour ce qu'il venait de se ramentevoir que Schomberg n'avait été nommé maréchal qu'en 1625, alors que Monsieur de Bassompierre avait accédé à cette dignité trois ans plus tôt, il se tourna vers lui et lui dit sur le ton le plus courtois :

— Pardon, Monsieur de Bassompierre, j'oubliais votre ancienneté.

— Il n'y a ni dol ni dommage, dit aimablement Bassompierre qui, en fait, n'aurait jamais oublié, ni pardonné une telle entorse aux règles hiérarchiques, étant fort haut de sa nature et s'estimant, en outre, bien au-dessus de Schomberg par ses talents.

Il n'en faisait, de reste, pas mystère, et chaque fois qu'un caquet de Cour me répétait ses propos offensants, sans doute dans l'espoir que je les répétasse à Monsieur de Schomberg, ce que je me gardais comme de peste, je m'apensais que si Bassompierre, en effet, l'emportait sur Schomberg par ses brillantes qualités, Schomberg, en revanche, montrait en toutes occasions à Sa Majesté une adamantine fidélité dont il y avait belle heurette que Bassompierre ne pouvait plus se vanter, ayant succombé aux charmes et aux maléfices des vertugadins diaboliques. Mais je ne veux pas revenir là-dessus, ayant conté les complots contre le roi et le cardinal dans le précédent tome de mes Mémoires.

— Qu'opinez-vous, Monsieur de Bassompierre, de cet assaut ? dit le cardinal.

Bassompierre se tut si longtemps qu'on eût pu croire qu'il refusait de répondre. Mais c'était là seulement un de ses méchants tours, à la limite de l'insolence, qu'il jouait parfois au roi lui-même en ses Conseils, en restant muet comme carpe quand Sa Majesté lui demandait d'opiner. Toutefois, au rebours de Louis qui s'en irritait, et le laissait paraître par de vifs reproches, le cardinal ne battit pas un cil et, la face imperscrutable, attendit avec une patience en apparence évangélique que le maréchal voulût bien répondre.

— Monsieur le Cardinal, dit à la parfin Bassompierre d'un ton détaché, comme si l'affaire ne le concernait en aucune manière, un assaut serait assurément propre à empêcher les armées (il ne dit pas « les armées de Sa Majesté » comme tout autre aurait fait à sa place) de s'enliser dans l'inaction. Mais à la vérité, il est malheureusement à prévoir que cet assaut aboutirait à un échec.

Le duc d'Angoulême s'émut de ce propos et ayant gardé, barbon, la vivacité de sa jeunesse, il dit avec quelque véhémence :

— Qui pourrait dire, à'steure, d'un assaut s'il succédera ou échouera ?

Bassompierre, sans faire au duc l'aumône d'un regard ni d'une réponse, se tourna alors vers Richelieu et dit :

— Monsieur le Cardinal, je vous ai donné mon avis.

— Et je vous en remercie, Monsieur le Maréchal, dit Richelieu sans trahir en aucune façon l'antipathie que les manières déprisantes de Bassompierre à l'égard d'Angoulême lui inspiraient.

Pour moi, j'entendis bien qu'en se prononçant d'ores et déjà pour la probabilité d'un échec, Bassompierre faisait un pari peu risqué. Si l'assaut succédait, on oublierait, dans l'ivresse de la victoire, sa prédiction pessimiste, et s'il échouait, il pourrait parcourir le camp en disant : « Ne l'avais-je pas prévu ? »

Quand plus tard je fis part de cette observation à Monsieur de Guron, il me répondit :

— Mais c'est aussi une insolence à l'égard du cardinal qui a conçu cet assaut.

— Et c'est surtout, remarqua le père Joseph, que tout en faisant bien céans son métier de soldat, Bassompierre ne souhaite pas que Sa Majesté réussisse à se saisir de La Rochelle. Ramentez-vous ce qu'il a osé dire au début de ce siège ? « Vous verrez que nous serons si fols que de prendre La Rochelle. » Bassompierre n'ignore pas que la prise de la forteresse huguenote aurait un fort retentissement en Europe et que la gloire qu'en tireraient le roi et Richelieu serait si grande que les complots contre eux ne trouveraient plus d'alliés, ni en France, ni à l'étranger.

Mais revenons, lecteur, à nos moutons. Poursuivant ses consultations, le cardinal se tourna vers Schomberg et lui demanda d'opiner à son tour sur l'assaut projeté.

Or Schomberg était, certes, un homme simple et rugueux, mais il ne manquait pas de finesse, au rebours de ce que pensait Bassompierre. Et dans sa réponse, il trouva le moyen de rendre hommage au duc d'Angoulême tout en rebuffant implicitement Bassompierre.

— Monsieur le Cardinal, la seule question raisonnable qui se puisse poser en l'occurrence est de savoir, comme a si bien dit Monseigneur d'Angoulême, si l'assaut est faisable. Et pour le savoir, il faut *primo* trouver dans la fortification de l'ennemi le point le plus faible ou le moins surveillé. *Secundo,* il faut aussi posséder les moyens de pétarder une herse et une puissante porte aspée de fer. Et pour l'accomplir, il faut des pétards et des pétardiers. Or nous n'en avons pas céans pour la raison qu'au début de ce siège, nous avons compté sur le temps et la famine pour venir à bout de La Rochelle.

— Cette omission, dit le cardinal, sera incontinent réparée, pour peu que vous me disiez où se peuvent trouver pétards et pétardiers.

— Les premiers, répondit Schomberg, se

fabriquent à Saintes et les seconds se recrutent surtout à Paris.

— Je vais donc y pourvoir, dit le cardinal en se levant. Messieurs, dit-il, je vous remercie infiniment de vos précieux avis.

Notre trio se leva alors et, après un échange de salutations dont aucune ne fut abrégée, se retira. Le duc d'Angoulême le premier, non en sa qualité de duc — les maréchaux étant hors pair avec la noblesse de France —, mais parce qu'il était prince du sang, quoique bâtard.

— Messieurs, dit Richelieu, l'huis étant clos sur les chefs de nos armées, demeurez céans : vous allez en savoir davantage. C'est jeter beaucoup de choses au hasard que de lancer un assaut contre une ville aussi bien fortifiée que La Rochelle, mais à cela il y a une raison que nos généraux et en particulier Monsieur de Bassompierre n'ont pas à connaître : nous sommes confrontés à une situation gravissime : le gouverneur de Milan vient de mettre le siège devant Casal.

Belle lectrice, si j'interromps mon récit pour m'adresser à vous, c'est de prime que, si fort que j'admire le cardinal et estime Guron et le père Joseph, j'ai besoin, à cet instant, d'une bouffée de grâce et de douceur. Car il faut bien avouer que je ne trouve céans que des ennemis de votre *gentil sesso*. Pour le cardinal, les femmes sont d'« étranges animaux » ; pour le père Joseph, des démons incarnés dont l'ancêtre nous a perdu le paradis. Quant à Monsieur de Guron, si on lui donnait à choisir entre la plus belle garcelette et un rôt de mouton bien rôti, il choisirait le rôt. Raison pour laquelle, belle lectrice, je tire à la dextre de la vôtre ma chaire à bras et, penché sur vous, je me propose de vous instruire plus avant dans la présente affaire.

Ce que Richelieu vient d'appeler *Casal* n'est pas ville française mais italienne, située dans le sud oriental du Piémont, et son vrai nom est *Casale* [1]. Mais vous connaissez comme moi la funeste habitude française de franciser les noms étrangers. C'est ainsi que London est devenu Londres, et du diantre si je sais pourquoi le *don* que les Anglais prononcent *deun* est devenu *dres* en français, et pourquoi Buckingham, nom élégant et sonore, est devenu en français *Bouquingan* qui est fade, nasal et boutiquier. Pour en revenir à Casale, la ville est la capitale du Monferrato (que nous appelons, bien entendu, *Montferrat*), possession légitime, comme le Mantouan, de Gonzague de Mantoue. Ce Gonzague est lui-même prince italien mais, « ayant les fleurs de lys fort avant imprimées dans le cœur », il aime les Français, se trouvant en retour aimé d'eux et soutenu aussi. Et le pauvre prince a, de reste, bien besoin de soutien, ses possessions étant fort convoitées et par son voisin, le duc de Savoie, et par les Espagnols établis dans le Milanais.

Or Casal (je reprends céans, la mort dans l'âme, l'orthographe et la prononciation du cardinal) possédait une valeur stratégique considérable, car la ville commandait le passage du Pô, et par voie de conséquence, l'entrée dans le Milanais. Raison pour laquelle les Espagnols, pour empêcher que Milan tombât un jour dans les mains des Français, assiégeaient Casal. Belle lec-

1. La prononciation est « Cazalé ».

trice, vous voudrez bien remarquer ici cette conduite absurde, mais si fréquente dans l'histoire du monde : pour se préserver d'une possible agression, on se précipitait dans un mal infiniment plus grand : la guerre.

— Vous observerez donc, Messieurs, poursuivit le cardinal, que, voyant notre armée tout entière occupée au siège de La Rochelle, l'Espagnol a pris « cette occasion au poil » (expression que Richelieu affectionnait) pour mettre le siège devant Casal, ville importantissime sur le Pô, défendue par une garnison française dont la solde est payée par notre ami et allié, le duc de Mantoue. Nous allons assurément lui porter secours, mais point aussi puissamment que nous l'eussions voulu, le gros de nos forces étant immobilisé céans. C'est pourquoi je me suis apensé que pour nous gouverner dextrement en cette affaire, il serait opportun de lancer un assaut contre La Rochelle qui, s'il succédait, la mettrait sans tant languir dans nos mains, nous permettant alors de libérer nos forces pour les employer là où elles sont devenues si nécessaires : en Italie.

— Monsieur le Cardinal, puis-je opiner ? dit le père Joseph, le cardinal s'accoisant après ce petit discours.

— Assurément, Père Joseph, dit Richelieu.

— Je gage, Monsieur le Cardinal, que vous allez dépêcher des gens à Saintes pour acheter des pétards de guerre, et d'autres de vos gens à Paris pour engager des pétardiers. Que ferons-nous pendant ce temps ?

— Nous rechercherons le point le plus faible et le moins bien surveillé des fortes murailles de

La Rochelle et, Messieurs, si vous y êtes consentants, vous allez m'y aider.

— Et comment ferons-nous, Monsieur le Cardinal ? dit Monsieur de Guron. Nous n'avons aucune charge dans les armées du roi.

— La tâche que je vous propose, dit Richelieu, n'a rien de militaire. Bon nombre de Rochelais catholiques vivent hors les murs de La Rochelle, faisant mille métiers mineurs. Recherchez-les et, avec adresse, faites-les parler des abords de la ville qu'ils doivent bien connaître, car je suis bien assuré que dès lors qu'au premier coup de canon les huguenots les ont bannis de leur ville, ils n'ont eu de cesse qu'ils ne s'y faufilent quand et quand en tapinois, pour faire de petits bargoins avec les emmurés. J'ai, pour ma part, d'autres sources d'information qui ne sont qu'à moi accessibles, mais celles que je vous demande d'explorer ne sont point négligeables.

Là-dessus, ayant recueilli notre assentiment, il nous bailla notre congé et à peine la porte fut-elle déclose pour nous par Charpentier que le cardinal se plongea incontinent dans un dossier épais comme une pierre de taille. Cela me donna à penser qu'il ne pourrait en venir à bout que sur le coup de minuit, ce qui ne l'empêcherait nullement de se lever le lendemain aux aurores pour aller inspecter et presser le chantier de la digue comme il le faisait tous les jours, sauf le dimanche, ce jour-là, comme on s'en ramentoit, étant chômé dans notre camp comme dans celui des huguenots. N'étions-nous pas des deux côtés chrétiens ? Et censés nous aimer les uns les autres comme frères ?

À l'écurie du cardinal où nous allâmes pour

reprendre nos montures, j'invitai Monsieur de Guron et le père Joseph à dîner au château de Brézolles avec moi, invitation que Monsieur de Guron accepta avec allégresse, étant à Pont de Pierre bien logé, mais mal nourri, tandis que le père Joseph la refusa tout à trac, disant qu'il avait tant à faire en l'après-dînée qu'il ne mangerait qu'un croûton. Ce disant, il caressait sa petite mule qu'il appelait Idona, laquelle semblait être la seule créature au monde à qui il fût par le cœur attaché, car il lui grattait le front et le dessus de la mâchoire en murmurant des gentillesses dans ses grandes oreilles. Idona devait répondre avec gratitude à ces enchériments, car avec lui, disait-il, elle ne se montrait ni capricieuse ni entêtée et ne lui jouait pas non plus ces mauvais tours qui sont le propre de son espèce. Ce qui lui eût été pourtant très facile car le capucin, en raison de son froc de moine, la montait en amazone et, qui pis est, à cru. Tant est que n'ayant même pas de fourche entre les jambes, il avait si peu d'assiette que d'un seul petit mouvement de sa croupe, Idona eût pu le jeter bas. Il est vrai que le père Joseph lui pesait peu sur le dos, étant si maigre et si léger. Comme disait Fogacer, « quand il mourra, il aura peu à faire pour se débarrasser de son corps et rester seul avec son âme ».

Je confiai Monsieur de Guron à Madame de Bazimont qui fut aux anges de revoir un de « ses gentilshommes » et lui fit servir du vin de Loire avec quelques frianderies de gueule qui ne firent pas long feu sur leur assiette. Et quand je lui dis que j'allais voir avant dîner Hörner et ses hommes travailler au mur du parc, elle confia à

Luc cinq flacons de ce même vin pour les désaltérer et les mercier au nom de sa maîtresse. Nicolas me quit de l'accompagner, ce que j'acceptai, car il avait péri d'ennui à m'attendre, tandis que j'étais chez le cardinal.

Hörner me reçut avec la politesse roide, militaire et germanique qu'il eût témoignée à son colonel et me montra, avec un évident plaisir, les parties du mur d'enceinte qu'il avait relevées avec ses Suisses.

— *Natürlich, Herr Graf*[1], dit-il, les murs ne sont pas hors échelle, mais il est toujours possible de creuser à leur pied de ce côté-ci des pièges en quinconce pour les coquarts qui tenteraient de passer par-dessus. Toutefois, il serait moins coûteux d'acheter quelques dogues allemands qu'on tiendrait le jour en chenil, et lâcherait la nuit dans le parc.

— Va pour les dogues, *Herr Hörner,* si vous savez où les acheter, et bravissimo pour le mur. On dirait ouvrage de maçon, tant il est bien fait.

— L'un de mes hommes a été maçon, dit Hörner et il a appris aux autres.

— Eh bien donc ! Bravo à celui-là et aux autres aussi pour avoir si bien appris. Si l'un d'eux se blesse en ce labeur, plaise à vous, *Herr Hörner,* de me l'envoyer incontinent pour que le révérend médecin chanoine Fogacer le soigne et le panse avant que la plaie ne s'infecte. Ces flacons de vin de Loire sont offerts à vous et à vos hommes pour vous témoigner la gratitude de Madame de Bazimont pour ce beau mur d'enceinte.

1. Naturellement, Monsieur le Comte (all.).

— Monsieur le Comte, dit Nicolas, quand on eut quitté ces braves gens, puis-je faire une remarque ?

— Pourquoi pas, Chevalier, si elle est pertinente ?

— La voici. En pierre taillée, en sable et en chaux, c'est beaucoup, beaucoup de bonnes et belles pécunes dépensées pour un mur qu'il se peut que vous ne reverrez jamais, la guerre finie.

— C'est bien ce que je pensais. La remarque est impertinente.

— Monsieur le Comte, puis-je vous demander pourquoi ?

— Parce qu'elle implique une alternative.

— Monsieur le Comte, puis-je demander laquelle ?

— Ou bien, la guerre finie, je revois Madame de Brézolles, ou bien je ne la revois pas et le mur pas davantage.

— Monsieur le Comte, je proteste de ma colombine innocence. Je n'ai pas voulu trespasser le mur de votre intime vie.

— Je te lave de ce soupçon, Chevalier. Mais pourquoi, la guerre finie, reverrais-je Madame de Brézolles sinon pour la marier ?

— Monsieur le Comte, peux-je remarquer que c'est vous qui parlez le premier de matrimonie.

— Mais le mot était implicite dans ton propos. Chevalier, ce n'est pas parce que tu ne penses et ne rêves que mariage qu'il faut marier le monde entier.

— Monsieur le Comte, je quiers votre pardon.

— Je te le baille.

— Je m'accoise. Me permettez-vous pourtant, Monsieur le Comte, de vous dire que ce mariage, que vous avez vous-même évoqué, serait à mes yeux et aux yeux de tous infiniment congru.

— Nicolas, tu as une façon bien bavarde de demeurer coi. Toutefois, je pardonne encore cette remarque, si elle est la dernière.

— Elle sera la dernière, Monsieur le Comte.

En retraçant mes pas du mur d'enceinte au château, je trouvai à part moi que le béjaune était devenu bien audacieux, ne touchant plus terre depuis qu'il avait l'assurance de marier Mademoiselle de Foliange. Mais comment lui en garder mauvaise dent, alors qu'il était à moi si dévoué et si affectionné, me considérant quasiment comme son père, alors même que je n'avais qu'une douzaine d'années de plus que lui.

Madame de Bazimont n'attendait que mon retour pour donner l'ordre de servir, et je me ramentois encore avec quel bondissant élan Monsieur de Guron gagna la table. Toutefois, à peine assis, il dut se relever, et nous aussi, Mademoiselle de Foliange apparaissant et nous faisant une révérence qui n'était, à vrai dire, qu'esquissée, mais marquait cependant un grand progrès puisqu'elle ne s'était pas aventurée la veille à la faire, ses jambes étant si faibles. Elle était aussi moins pâle et paraissant mieux allante, se peut parce qu'elle avait repris espoir en sa propre survie, se peut aussi parce que Madame de Bazimont lui ayant baillé, outre sa grande amour maternelle, libre accès à ses fards, un discret pimplochement lui redonnait à la fois des couleurs et une nouvelle joie de vivre. J'avais placé Nicolas à table en face d'elle pour qu'elle n'eût pas à tourner la tête à dextre ou à senestre pour l'envisager, un battement de cils y suffisant.

Ce qu'elle ne laissa pas de faire d'un bout à l'autre de la repue. Je confesse que j'aime à la folie ces petites mines féminines où la pudeur se mêle à la séduction.

Nous avions à peine attaqué ce potage que survint Fogacer que j'avais invité aux matines en lui dépêchant un des Suisses de Hörner, afin qu'assis à côté de Mademoiselle de Foliange il l'étudiât à loisir en médecin, lui parlant et la faisant parler, s'il le jugeait nécessaire. Il n'y manqua pas et alors que la veille Mademoiselle de Foliange avait à peine pipé mot, cette fois, elle parla longuement d'une voix douce que nous écoutâmes dans un profond silence, de prime avec curiosité, mais bientôt avec un émeuvement qui croissait au fur et à mesure qu'elle nous contait l'expérience qu'elle avait faite de sa terrible épreuve.

— Autant, dit-elle, est plaisante la sensation de la faim quand on sait qu'un repas vous attend, autant elle est humiliation et torture quand on sait qu'on ne pourra pas la satisfaire.

— Et pourquoi vous a-t-elle paru si humiliante ? demanda Fogacer.

— Parce que du matin au soir, on ne peut penser ni rêver à rien d'autre que manger. Le croiriez-vous, tout le jour et souvent la nuit, quand le creux vertigineux de votre estomac vous réveille, on se met, qu'on le veuille ou non, à faire des revues et des dénombrements de tout ce qu'on a mangé de meilleur dans la vie, depuis le bon lait chaud et les tartines de confiture de l'enfance jusqu'au merveilleux rôt qui croustillait si délicieusement sous la dent avant que les portes de La Rochelle se fussent closes sur nous. C'est là une hantise odieuse qui, à mesure que le corps s'affaiblit et que les membres deviennent lourds, tout mouvement un peu vif faisant battre le cœur, vous dépossède aussi du gouvernement de votre âme, au point de vous rabaisser au rang d'un pauvre chien perdu qui fouille du nez dans l'ordure pour pouvoir subsister. À cela s'ajoute l'angoisse de mourir, laquelle ne peut que croître au fur et à mesure que les forces déclinent.

Mademoiselle de Foliange était proche des larmes tandis qu'elle revivait ces tortures en les racontant. Elle réussit pourtant à les refouler, tant elle craignait de gâter son pimplochement, et avec lui, le renouveau de sa vie.

Pour moi, j'eus beaucoup de mal à m'ensommeiller ce soir-là, me ramentevant les aigres et longuissimes jours que j'avais passés dans la citadelle de Saint-Martin dans l'île de Ré, tandis que nous étions, par l'armée de Buckingham, assiégés. Non que Nicolas, mes Suisses et moi souffrîmes des extrémités que Mademoiselle de Foliange avait si bien décrites. Si notre rationnement fut sévère assez pour nous faire perdre quelques livres de chair, notre faim n'était pas telle qu'elle pût nous donner à craindre une issue fatale. Je m'apensai aussi que, si la disette à La Rochelle pouvait atteindre une grande famille au point de la contraindre à sacrifier ses chevaux de carrosse pour pouvoir se nourrir, quel devait être le sort des gens pauvres, ou même des gens point assez riches pour acheter les denrées en très petit nombre qui étaient encore à vendre et qui atteignaient, selon nos *rediseurs,* des prix désespérants ?

*
* *

Le lendemain de cette soirée où Mademoiselle de Foliange nous avait tant émus en nous contant les pâtiments des affamés, je me rendis avec mon Nicolas à Pont de Pierre pour y visiter, comme chaque matin, le cardinal. Je ne l'y trouvai point. Il n'était pas encore revenu de la digue qu'il inspectait, comme on sait, chaque matin, n'y ayant rien de tel que la présence du maître d'ouvrage pour stimuler les ouvriers.

En son absence, Charpentier nous fit entrer dans une petite salle où brillait un grand feu pour nous mettre à l'abri du temps venteux et tracasseux et je trouvai là Monsieur de Guron et le père Joseph, lequel, dès qu'il me vit assis à son côté, m'annonça, avec une joie non dissimulée, qu'il avait gagné l'amitié d'un des Rochelais catholiques qui vivotait en barguignant des vivres avec les assiégés, ce qui supposait qu'ils connussent bien le ou les points de fortification de la ville qui étaient peu surveillés. En effet, le trafic les mettait des deux parts en grand péril de leur vie, s'il était surpris : la pendaison dans le camp royal ou la mousquetade des soldats qui gardaient les murailles. Le père Joseph, qui était d'humeur enjouée et taquinante, ne faillit pas de me faire remarquer qu'il avait réussi là où Monsieur de Guron et moi-même avions échoué et, non sans quelque complaisance, il voulut bien nous en expliquer les raisons.

— Messieurs, dit-il, remarquez, je vous prie, que l'encontre et la vue d'un petit capucin maigre monté sur une modeste mule n'aurait su en aucune façon effrayer un de ces petits trafiqueurs, tandis que votrc superbe et guerrière apparence ne pouvait que l'effrayer. Le ciel me garde d'ailleurs de vous en faire grief. Vous servez bien le roi ainsi. Mais à vous voir, avec vos grands chevaux, vos vêtures brillantes, vos grandes bottes, vos épées de guerre, sans compter ce qu'on ne voit pas, mais qu'on devine : les pistolets enfouis dans les fontes de vos arçons, quel pauvre hère, peu en règle avec les ordonnances royales, consentirait à prendre fiance en vous, alors qu'il se sait pendable plutôt trois fois qu'une ?

— Bref, dit Monsieur de Guron d'une voix où perçait quelque agacement, comment se nomme le coquart ?

Il devait me dire plus tard que, si admiratif qu'il fût du père Joseph, il reniflait parfois quelque relent d'orgueil derrière sa grande humilité.

— Il se nomme Bartolocci, dit le père Joseph. Il parle un français baragouiné d'italien ou, si vous préférez, un italien baragouiné de quclqucs mots français.

— Et que sait-il des portes rochelaises ?

— Il a été saulnier dans les parages de l'une d'elles.

— Saulnier ? dit Monsieur de Guron. Qu'cst ccla ?

— Comment ! Monsieur de Guron ! Vous ne le savez pas ? dit le père Joseph que son humeur taquinante ne quittait pas.

— Un saulnier, me hâtai-je de dire, voyant que ce petit tabustement commençait à piquer quelque peu Monsieur de Guron, est un ouvrier qui veille sur un marais salant. Il ouvre les vannes, il les ferme, il racle le sel, il le met en tas, etc. Eh bien, mon père, poursuivis-je d'un ton vif et expéditif, qu'en est-il de ce saulnier ?

À cet instant, l'huis fut déclos et Charpentier vint nous dire que le cardinal était de retour, et qu'il nous attendait, assis à sa table de travail. J'observai que le vent violent qui soufflait sur la digue lui avait rougi les joues, ce qui dissimulait son habituelle pâleur.

— Messieurs, avez-vous trouvé notre homme ?

— Nous l'avons trouvé, dit le père Joseph avec une générosité qui toucha Monsieur de Guron.

— Pour parler à la franche marguerite, dit Monsieur de Guron, Monsieur d'Orbieu et moi-même l'avons cherché, et le père Joseph l'a trouvé.

— Où est-il ? dit Richelieu en se tournant vers le père.

— Dans la salle de garde, en compagnie d'un mousquetaire.

— Quel est son nom ?

— Bartolocci.

— Parle-t-il français ?

— Il parle un italien baragouiné de quelques mots de français.

— Que fait-il dans le camp ?

— Il barguigne de petites viandes avec les assiégés.

— C'est donc un petit traître, dit Richelieu. Nous avons pendu une bonne douzaine de ces coquarts depuis le début du siège. Ne pouvait-il gagner sa vie autrement ? N'a-t-il pas de métier ?

— Il en avait un, Monseigneur. Il l'a perdu. Il travaillait dans les marais salants, mais La Rochelle a abandonné ces marais-là : les pompes qui y amenaient l'eau de mer tombaient trop souvent en panne. Et du fait de ces abandons, les marais salants sont devenus marécages.

— Cela ne me dit pas le point le plus faible et le moins bien surveillé des murailles.

— Bartolocci, Monseigneur, vous le dira à vous-même, pour peu que vous lui donniez un sauf-conduit pour n'être point arrêté dans le camp ou à la sortie du camp.

— On ne barguigne pas avec moi, dit Richelieu, qui, pourtant, ne faisait rien d'autre du matin au soir, et avec une confondante habileté. Toutefois, reprit-il, amenez-le-moi, je veux le voir et l'ouïr.

Le père Joseph alla lui-même quérir Bartolocci, dont le moins que je puisse dire est que son apparence ne plaidait pas en sa faveur, ses sourcils se rejoignant au-dessus du nez en une seule barre épaisse et noire, laquelle jetait une ombre sur de petits yeux marron, durs et rusés. La bouche était large et sinueuse, les lèvres épaisses et rouges, les dents noires, le menton très saillant. Au demeurant, la physionomie la plus basse, la plus fausse et la moins ragoûtante qu'il m'ait été donné d'observer.

— Bartolocci, dit Richelieu, si j'entends bien, tu veux de moi la vie sauve et un sauf-conduit.

— *Vostra Eminenza,* dit Bartolocci en se génuflexant devant le cardinal, l'œil mi-clos et suspicionneux, si la « sauve conduite » que vous dites est, comme *io* crois, *una salvacondotto,* c'est bien cela que je veux, *col vostro permesso, Vostra Eminenza.*

— Et toi, dit Richelieu, la face imperscrutable, qu'as-tu à me donner ?

— *Una informazione molto importante,* dit

Bartolocci, aussitôt que *Vostra Eminenza* me donne la *salvacondotto.*

— Comment saurais-je si elle est importante, si tu ne me dis pas de prime ce dont il s'agit ?

— *Vostra Eminenza,* dit Bartolocci, *facciamo l'ipotesi che* vous trouvez *la informazione,* pas assez *importante, allora* vous me donnez *solamente la grazia. Facciamo l'ipotesi che* vous trouvez la *informazione molto importante.* Vous me donnez *la grazia* et *la salvacondotto.*

Le cardinal leva le sourcil, comme s'il était surpris ou amusé, de se trouver — au rebours de ce qu'il avait dit cinq minutes plus tôt — en train de barguigner avec un caïman. Mais d'un autre côté, il voyait bien que l'homme était bien loin d'être sot et que ce qu'il avait à dire valait peut-être une grâce qui lui coûtait peu, et un sauf-conduit qui lui coûtait moins encore.

— Bargoin conclu, dit-il sobrement. Je t'écoute.

— *Vostra Eminenza, il punto piú debole della fortificazione* [1] est la porte Maubec.

Lecteur, peux-je ici préciser derechef qu'aucune tranchée royale ne s'approchait à plus de cent cinquante toises des murailles de la ville, pour la raison que la portée maximale des mousquets ennemis étant de cent cinquante toises, les royaux de la première ligne échappaient ainsi à leur feu. Cette disposition était la règle dans les armées du roi depuis l'infortuné siège de Montauban, où la première tranchée ayant été creusée trop proche de l'ennemi, une balle huguenote, tirée du haut des remparts, avait atteint le duc du Maine à la tête, le tuant sur le coup.

1. Le point le plus faible de la fortification (ital.).

Entre les Rochelais et nous s'étendait donc une vaste zone qui n'était ni à eux ni à nous et qui avait aussi pour avantage de décourager leurs sorties, vu la distance qu'ils avaient à parcourir en terrain découvert avant de nous tomber sus.

C'est dans ce terrain neutre, mais fort exposé aux mousquetades ennemies, que Toiras, le mercredi des Cendres, eut l'idée saugrenue de découpler ses chiens et de courre un lièvre. Cette *bravura* (prouesse) fut fort blâmée par le cardinal et il fit grise mine à Toiras pendant deux semaines.

Mais revenons à notre caïman et à sa révélation sur la porte Maubec, laquelle était, selon lui, le point faible de la fortification. C'était là, expliquait-il dans son italien baragouiné de français, que s'étendaient les marais salants où il avait autrefois travaillé, lesquels, une fois abandonnés, étaient devenus marécages, sans que disparussent pour autant les sentiers qui quadrillaient les petits étangs d'eau salée, lesquels n'avaient chacun pas plus de cinq toises de côté et une faible profondeur pour rendre l'évaporation plus rapide. Ces sentiers, nous expliqua Bartolocci, étaient les seuls endroits où l'on pût encore marcher sans s'enfoncer dans la boue et formaient un véritable dédale qu'il fallait bien connaître pour parvenir jusqu'aux murailles de la ville sans se perdre et tourner en rond : raison pour laquelle les Rochelais, jugeant impossible que les royaux parvinssent jamais jusqu'à la porte Maubec à travers ce labyrinthe, en surveillaient si peu les approches qu'il était devenu possible aux anciens saulniers de s'approcher à la nuitée de la muraille jouxtant la porte Maubec et d'y faire, par la façon que j'ai dite, leurs petits bargoins avec ceux des assiégés qui, de leur côté, étaient assez hardis pour braver, eux aussi, la hart, aimant mieux, comme avait si bien dit le cuisinier de Madame de Rohan, « mourir pendu que mourir de faim ».

— Bartolocci, dit Richelieu d'un ton vif et pressé, si j'entends bien, on ne peut parvenir jusqu'à la porte Maubec sans être guidé par un saulnier.

— *Certamente, Vostra Eminenza.*

— La question qui se pose alors est celle-ci : es-tu volontaire pour servir de guide en cette expédition ?

— *Ma certo!* dit Bartolocci avec chaleur, *ma si, Vostra Eminenza! Ma si, per l'amor de Dio* [1] *!*

— Tu auras donc ta grâce et ton sauf-conduit, dit le cardinal. Mais en attendant la date que je choisirai pour l'assaut, tu feras, par nuit noire, une reconnaissance jusqu'à la porte Maubec avec un de mes officiers.

À ce commandement, fort bizarrement, Bartolocci baissa les yeux et s'accoisa. Ce silence me laissa béant. Tant d'enthousiasme pour être notre guide pendant l'assaut et tant de réticence pour faire une simple reconnaissance, laquelle comportait pourtant beaucoup moins de périls...

— Eh bien, Bartolocci ? dit Richelieu en l'envisageant œil à œil avec sévérité, et lui parlant avec une rudesse qui laissait entendre en toute clarté que si notre homme se dérobait, le pacte était rompu.

1. Mais certainement ! Mais oui, Votre Éminence ! Mais oui, pour l'amour de Dieu ! (ital.).

— *Vostra Eminenza,* dit Bartolocci, si je fais la *ricognizione del terreno* [1], vous me donnez *la grazia e la salvacondotto?*

— Assurément, dit Richelieu.

Bartolocci releva alors la tête et envisagea le cardinal avec un regard qu'il s'efforçait de rendre franc et sincère.

— *Allora,* dit-il, *sono d'accordo por la recognizione, Vostra Eminenza* [2].

— Charpentier, dit le cardinal qui voulait couper court à ce déplaisant entretien, raccompagne chez lui *il signor* Bartolocci.

Il poussa un petit soupir quand l'huis fut reclos sur le saulnier et dit :

— Hélas, la guerre, comme la politique, vous contraint parfois à employer des outils qui, à y mettre la main, ne sont pas trop ragoûtants. Ce saulnier m'inspire à peu près autant de fiance qu'un serpent venimeux. Il se peut toutefois qu'il dise vrai et qu'il nous faille explorer cette voie. Cependant, je ne voudrais pas employer à cette tâche un officier des armées du roi. Ils sont braves, assurément, mais, comme tous les guerriers, ils aiment se rincer la bouche de leurs propres exploits. Or vous entendez bien que le secret, dans cette affaire, est importantissime. Messieurs, voyez-vous quelqu'un que vous connaissiez et à qui on pourrait confier cette reconnaissance du terrain?

— Mais à nous, par exemple! dit promptement le père Joseph qui connaissait si bien le

1. La reconnaissance du terrain (ital.).
2. Alors je suis d'accord pour la reconnaissance, Votre Éminence (ital.).

cardinal qu'il devinait ses pensées avant même qu'il les exprimât.

— Et pourquoi pas ? dit Monsieur de Guron.

— Et pourquoi non ? dis-je en écho.

— Messieurs, je vous remercie, dit Richelieu. Lequel de vous serait volontaire pour cette tâche ?

Trois mains se levèrent aussitôt. Richelieu nous envisagea l'un après l'autre œil à œil. Son inspection terminée, il ferma les yeux, puis après un petit moment qu'il se donna pour réfléchir, il les rouvrit et dit :

— Je choisis Monsieur d'Orbieu : il est le plus jeune des trois.

Ce qui voulait dire — sans le dire — que le père Joseph était trop fragile et Monsieur de Guron, pas assez agile, vu son poids et sa bedondaine. C'est ainsi que, pour la première fois depuis que je servais le roi, je passai des missions diplomatiques, qui étaient mon lot ordinaire, à une mission militaire.

CHAPITRE IX

Dans les jours et les nuits qui suivirent, je fus fort tracassé en mes mérangeoises par la perspective de cette reconnaissance par nuit noire, sur un terrain marécageux et sans l'aide, bien sûr, d'une lanterne dont la lueur m'eût aussitôt désigné aux mousquetades des huguenots.

Le chemin à parcourir entre la première tranchée royale et les murailles de La Rochelle n'excédait pas cent cinquante toises [1], distance qu'on eût pu, en plein jour, franchir en quelques minutes, mais s'agissant de sentiers quadrillant irrégulièrement d'anciens marais salants devenus marécages, la marche pour s'en tenir au sentier seul et dans la bonne direction supposait une allure lente, tâtonnante et périlleuse. Assurément, une boussole eût été fort utile pour se tenir dans la bonne direction face aux murailles et tout autant, reconnaissance faite, pour retracer nos pas jusqu'aux tranchées. Mais outre que notre chemin était sinueux puisqu'il contournait les marais salants, lesquels n'étaient pas régu-

1. Trois cents mètres.

lièrement quadrillés, pour consulter ladite boussole, il eût fallu battre le briquet, et même en se protégeant alors d'un pli de son manteau, la lueur, si brève qu'elle fût, ne pouvait faillir d'attirer l'attention des guetteurs rochelais. C'eût été la fin de la mission. L'éveil donné, on pouvait s'attendre soit à une mousquetade balayant au hasard le terrain, soit à une sortie de l'ennemi pour nous capturer.

Bartolocci s'était fait fort de démêler les sentiers par nuit noire et de nous conduire jusqu'au pied des murailles adverses. Je devrais donc le suivre, mais comment le suivre sans le voir ? Ne pourrait-il pas me distancer en plein milieu de ce dédale et revenir ensuite dans nos lignes en disant que je m'étais perdu ? Et pouvais-je avoir fiance en ce coquart, alors qu'ayant allégrement accepté de guider nos pétardiers jusqu'à la porte Maubec, il s'était montré ensuite si rebelute à effectuer avec moi une simple reconnaissance ?

Le cardinal avait dit qu'il avait autant de fiance en Bartolocci qu'en un serpent venimeux. Et pour ma part, je doutais fort que le saulnier eût le pouvoir, ou même le vouloir, de nous conduire jusqu'au point le plus faible des murailles huguenotes. Et le soupçon me vint quand et quand, que dans son bargoin avec le cardinal il tâchait d'obtenir *la grazia e il salvacondotto* [1] sans nous donner rien en échange que de creuses promesses.

Plus je considérais en mon for les difficultés de cette reconnaissance sur le terrain, et plus je me persuadais que le véritable péril que j'y pouvais

1. La grâce et le sauf-conduit (ital.).

courir ne serait point tant le fait des huguenots que de Bartolocci lui-même. Je résolus donc de prendre, à l'égard du ribaud, au moment de notre partement dans les marécages, toutes les précautions qui me paraîtraient opportunes.

Cette résolution, et les mesures que j'envisageai avec Hörner et dont on verra plus loin les moyens et les effets, me remirent en mon assiette, tant est que je ne sentais plus en moi que l'impatience de l'action, car de longs jours encore me séparaient de cette échéance puisqu'il fallait attendre pour notre expédition la nouvelle lune, laquelle est si nouvelle, en effet, qu'on ne la voit pas du tout, tant est que si, par aventure, un épais plafond de nuages dissimulait en même temps le troupeau des nuiteuses étoiles, on ne pourrait voir au bout de son bras. Nicolas eût fort désiré m'accompagner en cette mission et comme je prêtai la sourde oreille à ses suggestions, il finit, en m'habillant, par le quérir de moi tout à trac.

— Nicolas, dis-je, tu m'accompagneras à cheval jusqu'à la masure de Bartolocci et, là, tu garderas mon cheval et le tien jusqu'à mon retour.

— Monsieur le Comte, un des Suisses de Hörner pourrait garder nos chevaux tout aussi bien que moi !

— T'ai-je ouï ? dis-je sévèrement. Ne serais-tu plus mon écuyer ? Oserais-tu déléguer tes fonctions à un tiers ?

— Je suis votre écuyer, Monsieur le Comte, et tout dévoué à vos ordres.

— Mes ordres, tu les as ouïs et ils ne sont pas révocables.

À cela, Nicolas rougit jusqu'aux sourcils et eut

l'air si vergogné que je noulus appuyer davantage sur la chanterelle.

— Nicolas, repris-je, Bartolocci et moi marcherons dans cette mission l'un derrière l'autre dans le noir le plus noir : lui devant, qui sait le chemin, et moi derrière qui ne le connais point. À quoi servirait-il que tu me suives puisque tu ne le connais pas davantage ? En additionnant deux ignorances, on ne fait pas un savoir.

— Mais supposons, Monsieur le Comte, que le coquart vous dague à l'improviste et s'enfuie ?

— Et que pourrais-tu faire alors ? Courir à l'aveugle après lui ? Tomber dans le marécage et y périr étouffé par la boue ? La belle jambe que cela me ferait !

— Mais, Monsieur le Comte, ne serez-vous pas armé ?

— Si fait. Une cotte de mailles sous mon pourpoint. Dans les poches dudit pourpoint, deux pistolets chargés et une dague à la ceinture. En outre, je veux que tu me trouves sans tant languir une cordelette de chanvre d'une bonne toise de long.

— Eh quoi, Monsieur le Comte ? La mission finie, allez-vous tout de gob pendre le misérable ?

— Fi donc ! C'est mal user de ton imagination, Nicolas ! Procure-moi dès demain cette cordelette. Je t'en dirai l'usage.

— Je le ferai, Monsieur le Comte. Me voudrez-vous, une fois de plus, pardonner mon indiscrétion ?

— Je te la pardonne, Nicolas et du bon du cœur. Mais n'y reviens pas, ajoutai-je, sachant fort bien qu'il n'y faillirait pas.

Mais voyant mon béjaune encore quelque peu déconfit, je lui dis :

— Qu'en est-il de la cour que tu fais à Mademoiselle de Foliange ?

À ce nom, ses yeux s'illuminèrent, puis tout aussitôt s'assombrirent.

— Hélas ! Monsieur le Comte ! Je la vois fort peu. Et toujours en présence de Madame de Bazimont qui, à elle seule, vaut bien tous les janissaires du Grand Turc ! C'est à peine si je peux entretenir Mademoiselle de Foliange de sa santé. Tout est prohibé : sourires, œillades, propos plaisants, compliments et bien sûr aussi, ces riens qu'on dit quand on s'aime.

— Et que fait la belle tout le temps que tu es là et que dit-elle ?

— Elle ne dit rien. Elle demeure close et coite.

— Quoi ? Pas un petit regard en dessous ? Pas un petit battement de cils ? Pas un soupir ? Pas la moindre rougeur ?

— Si fait, Monsieur le Comte, pour la rougeur, il y en a deux : une à notre encontre et une à notre départir.

— Eh bien ! Cela suffit ! Elle t'aime ! Tout le reste est le genre de petites grimaces chattemites qu'on enseigne aux filles au nom de la pudeur. Il ne faut pas t'y arrêter. Pour moi, je l'ai trouvée, au déjeuner, bien rebiscoulée de sa famine.

— Rebiscoulée ? dit Nicolas avec feu. De grâce, Monsieur le Comte ! Rebiscoulée n'est pas le mot qui convient ! Elle est belle à damner un ange !

— Nicolas, tu oublies la théologie des bons pères. Les anges ne sauraient se damner pour une fille d'Ève, n'ayant pas de sexe...

Mais autant essayer de faire sourire un mandarin de Chine. Mon Nicolas était grave, tendu et désolé. Depuis l'advenue de Mademoiselle de Foliange dans nos murs, peu lui chalaient le siège et la digue de La Rochelle! Il pâtissait du supplice de Tantale : avoir ce beau fruit à portée de la main et ne pouvoir y mordre.

Ah! m'apensai-je. Voilà bien les hommes! À chacun son rêve, son projet, son souci! Mon pauvre Nicolas est tout fièvre et impatience que revienne le roi au camp afin de se pouvoir marier. Et moi, je suis sur des épines d'avoir à attendre tant de jours et tant de nuits avant que la nouvelle lune m'apporte la pénombre propice à ma mission.

Cependant, rien n'est sûr, hormis la mort, en notre terrestre vie : mon attente fut réduite à rien. Dès que je mis le pied dehors en la matinée qui suivit cet entretien avec Nicolas, je trouvai un brouillard si épais, si poisseux et si noir que c'est à peine si je pus distinguer au bas du perron de vagues ombres gigantesques qui me parurent être Hörner, Nicolas et nos chevaux sellés.

— *Herr Graf!* dit Hörner, d'une voix qui me parut lointaine et comme feutrée, si vous allez ce matin à Pont de Pierre voir Monsieur le Cardinal, prenez garde au chemin du camp : vous n'y verrez homme ou bête avant que de buter sus.

Il disait vrai. Fort heureusement, par peur de se heurter, chariots, chevaux et fantassins avançaient avec une lenteur d'escargot. Comme je l'avais remarqué, leurs ombres, à leur approche, paraissaient gigantesques. Ils faisaient aussi infiniment moins de noise qu'à l'accoutumée, tant la sorte d'étoupe dans laquelle nous étions enveloppés étouffait les bruits.

À Pont de Pierre, je ne trouvai que Charpentier, lequel m'annonça que le cardinal, bravant une fois de plus les intempéries, était départi pour la digue tant il craignait qu'en ne le voyant pas, on cesserait d'y travailler. Il avait laissé pour moi des instructions. Si ce même opaque brouillard persistait jusqu'à la nuit, je devais, sans attendre la nouvelle lune, faire la reconnaissance de terrain que je savais avec Bartolocci, lequel, sur l'ordre qu'on lui avait donné, m'attendait en son gîte sur les neuf heures de l'après-dînée en compagnie de Monsieur de Clérac. Celui-ci devait nous accompagner jusqu'à la première tranchée royale, à la porte de Maubec, pour y faciliter, auprès du commandant de la compagnie, notre département et notre retour.

Je pris sans tant languir congé de Charpentier, caressant au passage la nuque du chat cardinalice qui me parut, sinon rebroussé, du moins étonné par cette familiarité. Et je m'en retournai non sans mal et quasi à tâtons à Brézolles, où je pris le parti, l'ayant appelé dans ma chambre, de consulter Hörner sur ma mission, ayant toute fiance en sa discrétion, et me ramentevant l'embûche de Fleury en Bière qu'il avait déjouée par des dispositions si sages qu'elles montraient assez qu'il « savait bien la guerre », comme disait Henri IV.

Avec sa roide et méticuleuse politesse, Hörner commença par me demander la permission de me donner les conseils que je sollicitais de lui.

— *Erlauben Sie mir, Herr Graf, Ihnen einen Rat zu geben* [1].

J'acquiesçai, et il me donna, non point un conseil, mais plusieurs, et tous judicieux. *Primo*, de n'avoir point sur ma vêture, de préférence sombre ou noire, quoi que ce fût qui luisît ou brillât. *Secundo*, de ne pas chausser, pour cette expérience, mes bottes à la candale dont les larges entonnoirs, si je venais à quitter les sentiers des anciens marais, admettraient l'eau et la boue en quantité. *Tertio*, que je devais leur préférer mes hautes bottes, moins propres sans doute à la marche, mais serrées au genou et, par là, davantage hermétiques. *Quarto*, qu'il avait baillé pour moi à Monsieur le chevalier de Clérac (il n'appelait jamais autrement Nicolas) une cordelette longue de deux toises, ce qui lui avait donné à penser que, le saulnier marchant devant moi dans le noir, je songeais à l'encorder pour ne le point perdre, ou plutôt pour qu'il ne me perdît pas.

— Va pour les hautes bottes, *Herr Hörner*, et pour l'encordement. Est-ce bien tout ce que vous me recommandez ?

À quoi, ayant réfléchi un petit, Hörner répondit :

— *Herr Graf*, ce saulnier étant ce que vous dites, la première précaution à prendre quand vous entrerez dans sa masure est de le faire fouiller des pieds à la tête par votre écuyer. Vous serez ainsi assuré qu'il ne porte pas, caché sur lui, un cotel dont il pourrait, dans le noir, vous navrer.

1. Permettez-moi, Monsieur le Comte, de vous donner un conseil (all.).

— La grand merci à vous, *Herr Hörner,* je crois que cela sera tout.

— *Herr Graf,* dit Hörner, *darf ich eine andere Frage stellen* [1] ?

— Volontiers.

— La masure du saulnier ne comporte sans doute pas d'écurie.

— C'est peu probable.

— Tant est que Monsieur le Chevalier, pendant votre mission, gardera seul votre monture et la sienne propre dans la rue. *Das ist sehr gefährlich* [2]. J'ai ouï dire que, maugré la bonne discipline du camp, il s'y perpètre la nuit quelques roberies de chevaux accompagnées de violences.

— En effet, dis-je, et en moi-même souris, sachant où Hörner allait en venir.

— Mon rollet, *Herr Graf,* reprit-il gravement et en se redressant de toute sa taille, est de veiller céans sur vos sûretés, celle des vôtres et sur vos biens.

— Et vous voudriez, cette nuit-là, veiller sur Nicolas ?

— Et aussi sur vos chevaux, *Herr Graf.*

— Et comment ?

— Moi-même et trois de mes Suisses suffiront.

— La grand merci à vous, *Herr Hörner.* Nous départirons donc de compagnie sur le coup de huit heures de l'après-dînée.

*

* *

1. Monsieur le Comte, puis-je vous poser une autre question ? (all.).

2. C'est très dangereux (all.).

Un peu avant huit heures arrivèrent à Brézolles le capitaine de Clérac, pour la raison que l'on sait, suivi, monté sur sa mule, par le père Joseph, lequel était le seul à nous pouvoir conduire jusqu'à la masure de Bartolocci. Ce qui, avec Hörner et ses Suisses et Nicolas, portait à huit le nombre des cavaliers. Madame de Bazimont, tout émue de se trouver avec tant de beaux hommes, nous offrit, avant notre partement, « le coup de l'étrier » que tous acceptèrent avec gratitude, sauf le père Joseph qui demanda de l'eau. Mais comme celle du château de Brézolles coulait de source, fraîche et goûteuse, il la but avec un si visible plaisir que je me demandai s'il ne péchait pas, lui aussi, par gourmandise... Certes, s'il l'avait su, sa scrupuleuse conscience le lui aurait reproché. Par bonheur, il ne s'apercevait jamais de ces petits plaisirs à vivre qu'il goûtait quotidiennement, comme par exemple les caresses et les mots tendres qu'il prodiguait à sa mule, l'appétit, si agréable à voir, avec lequel il dévorait sa maigre pitance, et surtout l'allégresse avec laquelle — ayant récité ses prières du soir sans en omettre une seule — il s'endormait voluptueusement dans le sommeil de l'innocence.

On se mit enfin en route dans le noir le plus noir, le père Joseph trouvant ses repères avec une infaillibilité qui tenait du miracle. Le plus étonnant ne fut pas tant que la masure de Bartolocci fût puante, branlante, délabrée et sans cheminée, mais qu'il ait pu l'acheter, comme il nous l'avait affirmé. Mais à vrai dire, je n'attachais pas grande créance à ses dires, quels qu'ils fussent. Il eut l'air fort effrayé quand il nous vit entrer tous les cinq, Monsieur de Clérac, Hörner, Nicolas, le père Joseph et moi — les deux Suisses gardant, à la porte, les chevaux —, et sa frayeur redoubla quand il vit une corde dans mes mains : il crut qu'on allait le pendre, mais sans cependant qu'il demandât pourquoi, tant sans doute il avait eu d'occasions en sa peu méritante vie de mériter le gibet. Cependant, le père Joseph, venant à son côté et compatissant à son angoisse, le rasséréna en lui expliquant à quel usage cette corde était destinée. Toutefois, ajouta-t-il, on l'allait fouiller pour s'assurer qu'il n'avait pas d'arme sur lui. Vertueusement, Bartolocci se récria :

— Une arme, moi ! Mais je n'ai pas d'arme ! Je le jure sur le Saint Nom de Dieu !

— Ne jure pas ! dit le père Joseph avec rudesse. Qui jure Dieu commet un péché mortel !

— Alors, dit Bartolocci en se redressant de toute sa taille, j'affirme sur mon honneur que je n'ai pas d'arme en ma possession.

Seigneur ! m'apensai-je. L'honneur ! L'honneur de Bartolocci !

— Mais, dis-je, Bartolocci ! Qu'est cela ? Tu parles meshui un français excellentissime ! Où donc s'est envolé ce français baragouiné d'italien que tu nous as servi chez le cardinal ?

— C'est que, Monsieur le Comte, quand on parle à un Grand, il vaut toujours mieux paraître plus sot que l'on n'est. J'ai bien pensé aussi que Monsieur le Cardinal parlant l'italien, il serait content de l'ouïr de ma bouche.

— Et comment se fait-il que ton français soit si bon ?

— En des jours meilleurs, Monsieur le Comte, je fus élève des jésuites.

— Et le bel élève qu'ils ont fait là ! dit le père Joseph qui, étant capucin, ne prisait guère les jésuites, les trouvant trop du monde, trop habiles à capter les héritages et trop enclins à faire commerce de leur fameuse poudre [1].

— Un élève des jésuites ! dit Monsieur de Clérac. Devenu saulnier et même mauvais garçon ! Voilà qui fait qu'on se pose quelques petites questions...

— Ce serait une trop longue histoire, dit Bartolocci en baissant la tête avec un air de contrition qui me fit grincer des dents, tant il était chattemite.

— Nicolas, dis-je, pour couper court, fouille-le !

Nicolas s'approcha alors de Bartolocci avec une certaine gêne, et comme timidement, lui tâta le dos, la poitrine, les bras et les jambes jusqu'aux genoux, puis se tournant vers moi, il déclara d'un air assuré qu'en effet, le saulnier n'avait pas d'arme sur lui. Je sourcillai fort à cette belle assurance et me tournant vers Hörner, je lui demandai ce qu'il pensait de la fouille à laquelle Nicolas venait de procéder.

— *Sehr schlecht* [2], dit-il avec un roide déprisement.

À quoi le pauvre Nicolas rougit jusqu'aux yeux. Et quant à moi, ne me sentant pas enclin à l'indulgence, je dis en sourcillant :

— Nicolas, tu n'as pas vraiment fouillé Bartolocci de la tête aux pieds.

— Monsieur le Comte, je crois bien que si, dit Nicolas.

1. La quinine (voir plus haut, p. 211).
2. Très mauvaise (all.).

— Que nenni ! Tu as fouillé Bartolocci comme la garde du Louvre en 1610 a fouillé Ravaillac, et le lendemain, Henri IV mourait poignardé. Belle conséquence d'une fouille incomplète !

— Et qu'ai-je donc omis, Monsieur le Comte ? dit Nicolas d'une voix tremblante.

— Le jarret.

À quoi le pauvre Nicolas rougit jusqu'aux sourcils et s'eût voulu cacher sous terre, s'il l'avait pu. Néanmoins, réagissant tout de gob avec quelque vigueur et mettant le genou à terre devant Bartolocci, qui, de son côté, avait quelque peu blêmi, il s'attaqua aux hautes bottes du saulnier, lesquelles étaient fort sales, et faites d'un cuir fort épais, tant est que Nicolas se demandait ce que ses mains pouvaient découvrir en les palpant. À quoi, levant la tête, il me jeta un œil pour quérir de moi un conseil. Mais, comme je demeurai bouche cousue, il envisagea Hörner qui, en retour, le considéra froidement. Tant est que Nicolas adressa à la parfin un regard de détresse à son aîné. Et là, la fibre fraternelle fut touchée. Le capitaine de Clérac lui dit, sur un ton grondeur qui ne trompa personne :

— Béjaune que tu es ! Quand tu as quelque chose qui te gêne dans ta botte, que fais-tu ?

— J'enlève la botte et j'en tâte le fond.

— Eh bien ! Qu'attends-tu, coquefredouille ?

Nicolas se révéla alors plus vif et expéditif dans l'exécution qu'il ne l'avait été dans la conception. Il se baissa, saisit la botte droite de Bartolocci et, la serrant fermement de ses deux mains, il l'éleva à la hauteur de sa taille, ce qui eut pour effet de faire basculer le saulnier sur la paillasse qui lui servait de lit. Retirer les bottes du coquart en cette position ne fut plus qu'un jeu d'enfant que Nicolas mena à bien dextrement.

— Peste ! dit-il, que ces bottes me puent !

Toutefois, il plongea vaillamment la main dans l'une et l'autre, et dans la senestre — preuve que Bartolocci était gaucher — il découvrit, cousu à l'intérieur de la tige, un étui dont il tira un cotel de belle taille, fort pointu et fort bien aiguisé.

— Bartolocci, m'écriai-je, tu as menti ! Tu possédais une arme ! Et qui pis est, elle était dissimulée !

— Monsieur le Comte, dit Bartolocci, pâle mais non défait, ce n'est pas une arme ! C'est un couteau pour ouvrir les huîtres !

— Tu te moques, je pense ! Un couteau à huîtres n'a pas besoin d'être si long ni si bien effilé ! Qu'en pensez-vous, Hörner ?

— C'est un perce-bedaine, dit Hörner.

— Monsieur le Comte, dit Bartolocci, tous les saulniers portent sur eux ce genre de cotel. Sans lui, on ne vivrait pas longtemps en cette corporation.

— Et avec lui, dis-je, on ne fait pas non plus de vieux os. Bartolocci, je vais devoir te priver de cette arme, au moins le temps de notre expédition.

Cela dit, je pris alors le cotel par la pointe, et le balançant au-dessus de mon épaule, je le lançai à la volée. Il s'alla ficher en vibrant dans la poutre la plus haute de la masure, ce qui, comme bien je m'y attendais, inspira à Bartolocci le plus grand respect pour moi et d'autant qu'il ne lui serait jamais venu à l'idée qu'un gentilhomme pût « lancer le cotel » : talent que néanmoins je possédais, l'ayant appris par jeu du chevalier de La Surie en mes vertes années.

Je laissai Hörner, ses Suisses et Nicolas à la garde des chevaux, et pris dans la plus noire des nuits le chemin de la première tranchée, cheminant, quasi en aveugle, le capitaine de Clérac à ma senestre et Bartolocci à ma dextre, déjà encordé autour de la taille, l'extrémité de la corde tenue fermement en ma main. Pendant tout ce trajet, guidé par Clérac qui connaissait mieux que personne le labyrinthe des tranchées royales, je tombai, chose étrange, en grand pensement de Madame de Brézolles, lequel me fit grand mal. Sept mois s'étaient déjà écoulés depuis son partement pour Nantes et que n'eusse-je donné pour la revoir !

Il m'apparut, après coup, bien étonnant qu'au moment d'affronter une si traîtreuse aventure, j'eusse eu en la cervelle cette pensée-là. Laquelle, cependant, de mélancolique qu'elle était de prime, à la parfin, me conforta. Car, par une curieuse superstition dont les amants sont coutumiers, je me dis que si je surmontais la présente épreuve, le ciel me récompenserait en me donnant la joie de revoir ma belle.

Tandis que cette rêverie me passait par l'esprit, je restai néanmoins très attentif au chemin que nous prenions et très présent au péril de l'heure. J'eus la surprise de trouver Du Hallier dans la première tranchée, lequel faisait une inspection pour s'assurer que ses veilleurs veillaient. Inspection qui pouvait se terminer fort mal pour d'aucuns. S'il les trouvait défaillants, les étrivières. S'ils récidivaient, la mort.

Le secret avait été si bien gardé que Du Hallier

ignorait tout de ma mission, le capitaine commandant la tranchée étant le seul à la connaître. Il me dit à l'oreille le mot de passe qui me permettrait, au retour, d'être reçu par la garde de nuit sans essuyer de mousquetade. Et comment aurais-je pu oublier ce mot-là, puisque c'était le prénom de la reine ?

Ce n'est pas sans un petit pincement au cœur que je saillis de la tranchée en si mauvaise compagnie, Bartolocci me précédant et moi le tenant en laisse par la corde que j'avais enroulée à sa taille. La Dieu merci, l'ayant privé de son cotel, il ne pouvait, en tapinois, trancher la corde à son avantage. Cependant, dès que nous arrivâmes au point où commençaient les marais, de force forcée, il ralentit le pas et sentant bien qu'il me fallait alors le suivre de plus près, afin de tourner à sa suite à dextre et à senestre dans le dédale des sentiers qui entouraient les marais salants, je m'avisai d'un nouveau danger que j'allais courir. En me trouvant alors si près de son dos, il pourrait me décocher à l'improviste une ruade qui, m'atteignant au ventre, me jetterait à terre et me laisserait à sa merci.

Je tirai alors la corde, comme j'eusse fait des rênes de mon Accla. Et quand le coquart s'immobilisa, je saisis un des deux pistolets que j'avais cachés dans mes manches, et collant le canon contre sa nuque, je lui dis à l'oreille :

— Ramentois, Bartolocci, que tu es homme et non cheval ! Que si tu deviens cheval et que tu rues, je te ferai, avec ceci, un petit trou dans la nuque qui t'amènera en enfer plus vite que tu n'y comptais.

— Mais je n'y compte pas du tout, dit Bartolocci d'un ton peiné. Je suis bon catholique et je vais à messe tous les dimanches et je prie Dieu.

— Alors, veille à ce que tes actes s'accordent avec tes prières. Marche ! Et point de trahison, si tu veux être enterré un jour en terre chrétienne au lieu de pourrir dans la vase jusqu'à la fin des temps !

Plus tard, je m'avisai que la pensée terrifiante de ne pas ressusciter puisqu'il n'aurait pas été enterré en cimetière consacré fut le petit trébuchet qui, en la circonstance, fit tomber mon renardier saulnier du bon côté de la fidélité.

Si le lecteur bien s'en ramentoit, il y avait cent cinquante toises de distance entre la première tranchée et les murailles rochelaises. Petite promenade pour qui eût vu clair, à condition d'être invisible aux guetteurs ennemis. Mais pour moi qui cheminais en aveugle dans les ténèbres, la main accrochée à une corde et sans voir même le dos de l'encordé qui me précédait, ce fut proprement un avant-goût de la géhenne, car je craignais à chaque instant de dévier d'un pouce du sentier et de tomber dans la vase dont je doute fort que mon guide aurait eu la bonté de me tirer.

J'essayai à tout le moins de compter le nombre des tournants que je prenais à la suite de Bartolocci. Mais je m'aperçus vite que l'extrême attention que je déployais pour suivre, par mon bout de corde, les évolutions de mon guide m'empêchait de me ramentevoir la direction — changeante à chaque fois — des tournants qu'il prenait. Que je le dise en passant, il émanait de ces marais une senteur fade et nauséeuse que je respirais avec le dernier dégoût, tant est qu'il me semblait que c'était là l'odeur même de la mort. Le temps que je passai sur ces sentiers incertains, le cœur étreint par l'horreur de disparaître dans cette puanteur, me parut véritablement infini.

Tout soudain, devant moi, Bartolocci s'arrêta et l'arrêt fut si brusque que je butai quelque peu sur lui.

— Pour l'amour du ciel, Monsieur, me souffla-t-il dans l'oreille, ne me poussez pas ! Je suis au bord du fossé ! Il est rempli d'eau ou plutôt de vase. Nous ne pouvons pas aller plus avant.

— Voilà qui t'arrangerait trop pour que je le croie !

Mais Bartolocci avait dû prévoir mon incrédulité car il me mit dans la main une grosse pierre et me dit dans un souffle :

— Monsieur le Comte, de grâce, jetez doucement cette pierre et oyez bien le bruit qu'elle fait !

Et en effet, j'ouïs un choc mou suivi, au bout d'un moment, par un bruit de succion. La pierre s'enfonçait lentement dans la vase.

— Quelle largeur a le fossé ? repris-je, ma bouche presque collée à son oreille.

— Une toise.

— On peut donc le traverser à l'aide d'une planche.

— Oui, c'est bien ainsi que nous faisions pour atteindre la muraille.

— Nous ?

— Oui, ceux qui barguignaient des viandes avec les assiégés.

— Et qu'y a-t-il de l'autre côté du fossé ?

— Une galerie longue de vingt-cinq pas fermée au bout par une herse.

— Et au-delà de la herse ?

— La porte de Maubec.

— Comment franchissiez-vous la herse ?

— Elle est infranchissable. Mais on pouvait passer de biais des corbeilles à travers les barreaux. Les Rochelais nous lançaient des cordelettes. Nous y attachions les corbeilles et par ce même chemin passaient viandes et pécunes.

— Bartolocci, comment se fait-il que tu parles au passé ?

— Oui, hélas, c'est du passé ! Les huguenots ont fini par découvrir le bargoin et, dans la galerie, ils ont disposé des pièges à loup en quinconce. Cinq de mes compagnons ont été pris. Pour moi, grâce à Dieu, je n'avais pas encore franchi le fossé. Mais j'ai ouï les cris de douleur de mes compagnons, puis la mousquetade tirée par les huguenots à travers la herse pour les achever. Je me suis aplati de tout mon long sur l'autre bord du fossé et je n'ai pas branlé d'un pouce tant qu'il y a eu la moindre noise à l'alentour. Je tremblais de la tête aux pieds en retraçant mes pas.

— Hormis le tremblement, dis-je, c'est ce que nous allons faire. Demeurer céans ne servirait de rien.

Le retour me parut plus rapide que l'aller, se peut parce que je m'étais fait à cette marche à l'aveugle sur les chemins des marais. Se peut aussi parce que j'étais conforté d'aller vers le connu et la sécurité. La seule chose qui était encore à craindre était que, malgré les ordres, on nous tirât sus à partir de la tranchée royale. Dès que je fus assez proche, je soufflai *sotto voce* le nom d'Anne d'Autriche et je fus ouï. On raccompagna Bartolocci à sa bauge et, là, Clérac battant le briquet, et allumant une chandelle, me vit couvert de boue et s'écria :

— Mon Dieu, Monsieur le Comte ! Comme vous voilà fait !

Nicolas aussitôt entreprit d'enlever le plus gros de ces salissures, mais ce n'est qu'une fois revenu à Brézolles et aidé par Perrette que, m'étant mis à nu en ma natureté, je pus enfin me laver. Mais j'eus beau respirer de l'eau par le nez et la rejeter pour le nettoyer, et recommencer deux ou trois fois, je ne pus me débarrasser de cette odeur pestilentielle que j'avais aspirée en cette sinistre promenade à travers les marais. Dès ce jour, quand, par aventure, je pensais à l'Enfer, lequel, j'espère, je ne connaîtrai jamais, je ne le voyais pas, selon qu'on nous le décrit, comme un lieu sinistre éclairé par des flammes brûlantes, mais comme un grand trou noir rempli de vase. Et croyez-moi, lecteur, ce pensement est tout aussi terrifiant. Avant que de départir, je commandai à Bartolocci de demeurer bec cousu avec tous sur ce que nous avions vu, y compris avec ses confesseurs. Et pour ma part, je ne dis ni mot ni miette au père Joseph, non plus qu'à Monsieur de Clérac, réservant au cardinal mes récits.

Toutes portes recloses, il les ouït le lendemain à Pont de Pierre au bec à bec avec la plus grande attention, et comme je m'excusais de lui donner tant de détails, il me dit d'une voix pressante :

— Donnez-les tous ! Donnez tous les détails, Monsieur d'Orbieu, dont vous vous ramentevez ! Car il se peut que celui qui vous paraît négligeable se révèle, à y penser plus outre, importantissime.

Bien qu'il eût toute fiance en ses secrétaires — recrutés de longue date avec le plus grand soin — il n'en appela aucun en son cabinet pour prendre des notes, mais les prit lui-même et parfois d'un geste parlant de la main, il me priait de ralentir ma parole, afin de jeter sur le papier une circonstance qui retenait son attention.

Quand j'eus fini, il demeura un assez long moment songeux et soucieux. Et bien je me ramentois la première question qu'il me posa :

— Pensez-vous, Monsieur d'Orbieu, que vous pourriez, seul, retrouver votre chemin dans le dédale des marais jusqu'au fossé devant la herse ?

— Hélas, dis-je, en aucune façon, Monsieur le Cardinal.

Et je lui en dis la raison, que le lecteur connaît déjà.

— Bartolocci nous demeure donc indispensable, dit le cardinal, et c'est bien là le hic, car il est, d'évidence, le plus fieffé caïman de la création.

Là-dessus, Richelieu demeura silencieux un assez long moment, puis, reprenant enfin l'ensemble du problème, à sa façon méthodique et minutieuse et le souci qui ne le quittait jamais de ne rien omettre des données d'un problème, il résuma la situation.

— Premièrement, les pétardiers, guidés par Bartolocci, devront traverser heureusement le dédale des marais et parvenir au fossé. Deuxièmement, ils devront traverser le fossé à l'aide de planches qu'ils auront apportées en plus de leurs pétards. Troisièmement, il leur faudra alors déjouer les pièges de la galerie avant d'avancer plus outre. Quatrièmement, disposer leurs pétards pour faire sauter la herse. Cinquièmement, après avoir allumé les mèches, saillir rapidement de la galerie et repasser de l'autre côté pour se mettre à l'abri. Sixièmement, après l'explosion, à supposer que la herse ait été suffisamment endommagée pour livrer passage, ils devront traverser de nouveau le fossé, la galerie et pétarder la porte de Maubec. Septièmement, ils auront à se retirer promptement en laissant les planches sur le fossé pour permettre à nos soldats de donner l'assaut.

Ayant dit, le cardinal ferma les yeux et les ouvrit presque aussitôt. Il sourit : sourire qui me laissa béant pour la raison qu'il ne gaussait jamais, et non plus n'aimait guère qu'on gaussât en sa présence.

— Si la porte Maubec, dit-il, est bien, comme le prétend Bartolocci, *il punto le piu debole de la fortificazione* [1], que doivent être les autres ?

Ce propos me laissa croire que Richelieu, découragé par toutes les difficultés qu'il venait d'énumérer, allait renoncer à son projet. C'était bien mal connaître son adamantine ténacité. Le lendemain, il ne laissa pas de me reparler de l'affaire et de me dire qu'en son opinion, les pétardiers devraient être précédés par Bartolocci et de deux soldats qui planteraient des piquets d'une demi-toise chaque fois que l'Italien tournerait soit à dextre soit à senestre. Ces piquets seraient, *mutatis mutandis* [2], me dit-il, le fil

1. Le point le plus faible de la fortification (ital.).
2. En changeant ce qu'il faut changer (lat.).

d'Ariane de ce labyrinthe pour peu que le premier pétardier à ouvrir la marche tendît ses bras à l'horizontale dans le noir à la hauteur desdits piquets.

Le père Joseph, qui était présent à cet entretien, fut chargé de prévenir Bartolocci qu'on l'allait employer à cette tâche à la nouvelle lune, laquelle, selon le calendrier, nous garantissait une propice obscurité dans la nuit du onze au douze mars. Et se peut qu'on eut le tort de prévenir si tôt le coquart car, le neuf mars, il disparut et, sans être pourvu du *salvacondotto* qui devait lui permettre de saillir du camp, il réussit néanmoins à se glisser hors de ses mailles et à gagner une cachette qui devait être des plus sûres car, maugré tous les gens d'armes qu'on dépêcha à sa poursuite de tous les côtés, on ne le retrouva jamais.

Pour le coup, je crus que Richelieu allait renoncer à son projet, car il avait dès lors beaucoup moins de chances d'aboutir. Mais il n'en fut rien. Se peut parce qu'il était désespérément désireux d'en finir avec La Rochelle pour se porter au plus vite au secours de Casal, se peut aussi parce que les intempéries du roi devenant de plus en plus fréquentes, il craignait qu'il se lassât tout à plein du siège et voulût l'abandonner.

À mon sentiment, le dispositif que le cardinal imagina ne laissait rien à désirer. Il divisa les pétardiers en petits groupes et s'ils réussissaient à atteindre et à détruire la herse de la porte de Maubec, ils devaient être soutenus aussitôt par les gardes du cardinal et ensuite par dix mille hommes laissés en arrière que Richelieu en personne commandait.

Par malheur, les pétardiers s'égarèrent dans le labyrinthe du sentier, tournèrent sans fin en rond et revinrent piteusement à leur point de départ. L'aube allait poindre déjà et, la lumière revenue, la partie était perdue d'avance. L'ordre de la retraite fut donné et ces dix mille hommes rentrèrent dans leurs quartiers.

Le treize mars, Richelieu fit une nouvelle tentative nocturne, cette fois contre la porte de Tasdon qu'on disait mal gardée, mais l'approche de nos soldats fut décelée, les créneaux rochelais se garnirent en un clin d'œil et une violente mousquetade fit reculer nos troupes.

Le huit avril, toujours dans la nuit, Richelieu fit une nouvelle tentative, avança des canons à portée des murailles de ce même fort et les bombarda sans merci, mais sans grand dol ni dommage, nos boulets ne faisant qu'écorcher les énormes pierres de taille liées entre elles à chaux et à sable. Fort prompte fut la réponse de l'artillerie rochelaise et nous dûmes tout aussi promptement retirer nos canons hors portée avant qu'ils ne fussent détruits. Apparemment, nos vaillants huguenots avaient été meilleurs ménagers des poudres et des boulets que des viandes.

Comme il faut que nos Français en toutes circonstances critiquent tout, on ne laissa pas de clabauder çà et là dans le camp contre ces assauts, les clabaudeurs étant ceux-là mêmes qui se plaignaient le plus auparavant qu'on ne tentât rien de vive force. Mais en dépit de ces caquets, la preuve meshui était faite et bien faite : on ne réduirait pas La Rochelle par des attaques, mais par famine et longueur de temps. Avec plus de zèle encore, Richelieu poussa la construction de la digue et continua d'acheter des vaisseaux hollandais, fit venir des marins de Bretagne et de Normandie pour les équiper, afin de disposer d'une flotte qui pût affronter la flotte anglaise, ses espions lui ayant appris que les Anglais préparaient, maugré l'échec de l'île de Ré, une deuxième expédition pour aider La Rochelle à soutenir ce siège longuissime.

*
* *

Louis, fidèle à sa parole, avait quitté Paris le trois avril 1628 et vingt et un jours plus tard, il arriva au camp. Ce n'était pas un voyage bien rapide, comparé à ceux de nos courriers. Mais le train royal comprenait — outre les ministres et les grands officiers — les mousquetaires, les gardes suisses, les gardes françaises et une partie de la Cour. Je dis bien une partie, car le roi noulut, malgré leurs prières, emmener la reine et les dames sous le prétexte des épidémies qui régnaient dans le camp. En réalité, parce qu'il craignait que les intrigues des vertugadins diaboliques ajoutassent encore aux jalousies des maréchaux. En ce voyage, la longue colonne de carrosses cahotantes et de cavaliers empoussiérés s'étendait sur la route en un long ruban que sa longueur même ralentissait, sans compter qu'il fallait beaucoup de temps à l'étape pour loger tant de gens et pour trouver ensuite des viandes en quantité suffisante pour les rassasier. En outre, Pâques survint, tandis que Louis se trouvait sur les chemins et, étant si pieux et si scrupuleux en ses devoirs chrétiens, il s'arrêta à Niort et y demeura trois jours pour assister aux fêtes pascales et pour communier.

Son retour au camp redonna du cœur à ceux que ce siège longuissime commençait à tant lasser qu'ils s'en fussent bien retirés, s'ils l'avaient pu faire sans déchoir en leur honneur. Pour ramentevoir aux Rochelais que, maugré l'échec de nos assauts, le siège se poursuivait implacablement, on fit à Sa Majesté un accueil aussi sonore qu'illuminé. On alluma des feux de joie tout au long de la circonvallation, tandis que de toutes tranchées on tirait des salves de mousquet et les canons de nos redoutes et les batteries de nos escadres tonnant à vous rendre sourd à jamais.

Plaise à vous, lecteur, de me permettre de revenir quelques pas en arrière. C'est de Niort que le roi avait dépêché un « courrier de cabinet », pour annoncer son retour au cardinal. J'étais présent quand il le reçut et dès que le cardinal rompit le cachet et parcourut la lettre-missive, il me dit en deux mots ce qu'il en était. Sur quoi, il rougit de bonheur, puis pâlit, puis, se reprenant, s'assit et ne dit mot. Il était clair qu'il était immensément soulagé à l'idée de l'aide que Louis allait apporter par sa présence, ou, pour citer le cardinal, « par le seul nom de roi », à son écrasant labeur. Richelieu, sans du tout me prier de garder le secret sur le retour royal, me donna mon congé à dix heures de l'avant-dînée et, retrouvant Nicolas et nos montures, je me mis en selle, sans lui toucher ni mot ni miette de ce que je venais d'ouïr. Mes lèvres pourtant me brûlaient de lui annoncer un retour qui allait, pour la raison que l'on sait, le porter au comble de la joie.

Je me retins cependant parce qu'il me sembla que je devais à Mademoiselle de Foliange de ne le point dire avant qu'elle ne fût là, afin qu'elle pût partager aussitôt avec lui cette profonde liesse. J'étais bien aise, quant à moi, à l'idée de leur apprendre que leur bonheur était si proche, les aimant prou tous deux, quoique de façon différente. La question qui m'agitait les mérangeoises quand je m'assis à table avec eux fut de décider si je leur allais apprendre tout de gob la bonne nouvelle du retour du roi — lequel, comme on s'en ramentoit, avait fixé leur mariage le jour où il reviendrait au camp — ou bien devrais-je attendre, pour ce faire, la fin du dîner? Tout bien pesé, j'optai pour cette deuxième solution, me disant qu'il serait plus difficile à Mademoiselle de Foliange de pâmer, une fois qu'elle serait lestée de viandes. Car, la Dieu merci, depuis qu'elle était parmi nous, mangeant à bonne fourchette et franche bouchée, elle s'était bien rebiscoulée. Tant est que de hâve, pâle et maigrelette qu'elle était à son arrivée céans, ayant à peine assez de force pour esquisser une révérence, parlant à voix ténue et comme éteinte, prenant le bras de Madame de Bazimont pour monter à l'étage, elle était redevenue ce qu'elle avait dû être avant que commençât la famine rochelaise : une fort belle garcelette, mince de taille, mais bien rondie là où il convient aux filles de l'être, rieuse, l'œil en fleur, la lèvre gourmande et des petites dents blanches bien aiguës pour bien mordre dans la vie; au demeurant, fort heureuse de se sentir tant aimée en ce château, amoureusement par Nicolas, maternellement par Madame de Bazimont, et par moi je ne dirais pas paternellement, de prime parce que je n'étais que de dix ans son aîné, et aussi parce que mon admiration s'adressant à la femme tout entière, la convoitise qui, quoi que j'en eusse, en résultait ne s'était muée en tendresse pure que sous les petits coups de caveçon de ma conscience. Que diantre, me disais-je, je ne vais pas, comme on dit dans la Bible, « convoiter la femme de mon voisin », surtout quand ce voisin se trouve être mon écuyer ! Toutefois, il me semble que cette expression « tendresse pure » dont je viens d'user est un peu chattemite. Car, pour parler à la franche marguerite, il restait dans ce sentiment-là assez de sensualité subreptice pour qu'on ne pût la confondre avec celle d'un père.

— Mademoiselle, dis-je, quand on en eut fini avec le fromage, plaise à vous de m'ouïr. Je vais vous annoncer une nouvelle qui, si vous êtes toujours dans les mêmes dispositions à l'égard du chevalier de Clérac, ne pourra que vous combler d'aise et lui aussi.

Mademoiselle de Foliange, à ouïr ce propos, rougit, jeta un œil à Nicolas, un autre à moi-même et se tut.

Ce silence me déconcerta, car il me semblait qu'à sa place, je n'eusse pas manqué de dire que mes sentiments, à l'égard de Nicolas, n'étaient pas changés. Or elle demeurait close et coite, les yeux baissés. Je me demandais donc, non sans quelque anxiété, si je devais poursuivre ou non, car à supposer que ma nouvelle ne la réjouît pas autant que je l'avais pensé, mon pauvre Nicolas serait frappé de désespoir.

Dans le doute où j'étais, je levai un sourcil dubitatif à l'adresse de Madame de Bazimont qui, debout derrière Mademoiselle de Foliange, la couvait comme à l'accoutumée de ses plus tendres regards. Entendant aussitôt le sentiment qu'exprimait mon regard, Madame de Bazimont fit « oui » de la tête d'un air gourmand pour m'encourager à poursuivre.

— Sa Majesté, dis-je, a dépêché de Niort un courrier à Monseigneur le Cardinal pour annoncer qu'il serait de retour dans le camp d'ici quelques jours.

— La Dieu merci, dit Nicolas joyeusement et, dans sa joie, il se leva à demi de table, puis m'envisagea et, craignant de me déplaire par son exubérance, il se rassit.

Quant à Mademoiselle de Foliange, ses yeux se remplirent de larmes et, me demandant d'une petite voix fêlée et sanglotante la permission de se retirer, sur un signe que je lui fis, elle se leva en effet, se dirigea d'un pas rapide vers l'escalier qui menait à sa chambre, suivie aussitôt par Madame de Bazimont, laquelle, au départir, me lança un regard qui voulait dire clairement : « Ne vous inquiétez pas ! Cela n'est rien ! »

— Que se passe-t-il donc ? me dit Nicolas en m'envisageant avec un désarroi qui me fit peine.

— Rien qui ne soit de très bon augure pour toi, mon cher Nicolas !

— Du diantre si j'entends goutte à son comportement ! dit Nicolas, toujours fort angoissé. Elle pleure ! Elle me fuit !

— Nicolas, dis-je, elle ne te fuit pas ! Elle fuit, point.

— Et pourquoi me fuit-elle et en larmes, par-dessus le marché ?

— Elle pleure parce qu'elle est heureuse. Elle fuit pour ne pas te montrer ses larmes, et aussi, se peut, par crainte que lesdites larmes ne gâchent son pimplochement !

— Dieu bon ! dit Nicolas, qui penserait à son pimplochement dans un moment pareil ?

— Mais une femme précisément. Et n'est-ce pas nous qui exigeons qu'elles soient belles en toutes occasions ?

Je ne sais pas, à y penser plus outre, si cet argument était aussi bon qu'il me le parut alors. En tout cas, il ne fit aucun effet sur Nicolas, lequel me demanda la permission de se lever et, l'ayant reçu, se mit à arpenter la salle à grands pas comme un fol.

— Monsieur le Comte, dit-il en s'arrêtant devant moi, pensez-vous que je puisse aller toquer à la chambre de Mademoiselle de Foliange pour lui demander l'entrant ?

À cela, je me sentis rougir en mon ire.

— Nicolas, dis-je, as-tu perdu le sens ? Aller visiter une demoiselle dans sa chambre sans qu'elle te l'ait demandé ou permis ? Un goujat de cuisine n'agirait pas plus mal ! Nicolas, tu perdrais tout ! elle ne te pardonnerait jamais une conduite aussi indélicate !

— Mais que vais-je donc faire, Monsieur le Comte ?

— Mais rien, voyons ! Attendre !

— Attendre ! dit Nicolas, sa voix s'étouffant dans son gosier. Mais attendre quoi ?

— Attendre le temps qu'il faudra à Madame

de Bazimont pour consoler la belle d'être si heureuse.

— Parce qu'il la faut consoler d'être heureuse! dit Nicolas, comme indigné. Décidément, le cardinal a raison. Les femmes sont de bien étranges animaux!

— Nicolas, encore que ce ne soit pas là une parole très chrétienne, un homme d'Église est excusable de la prononcer, puisqu'il a renoncé au *gentil sesso.* Mais ce n'est pas ton cas et il te faut donc honorer qui tu aimes.

— Je le sais. C'est tout de même une femme qui a cueilli le fruit défendu.

— Uniquement parce qu'Adam en mourait d'envie sans oser en venir à l'acte. Ève n'a agi que par amour.

— Qu'est cela? On ne m'a jamais enseigné les choses ainsi!

— Mais à moi non plus. Mais connaissant le grand cœur des femmes, on peut l'imaginer.

— Monsieur le Comte, vous vous gaussez!

— Que non pas! Tu devrais, au contraire, m'avoir quelque gratitude d'amuser ton attente.

— Mais, Monsieur le Comte, elle est insufférable! Combien de temps va-t-elle durer encore?

— Je te l'ai dit déjà. Le temps qu'il faudra à Madame de Bazimont pour apaiser les émeuvements de la belle et le temps qu'il faudra à ladite belle pour se baigner les yeux d'eau fraîche, se recoiffer et se repimplocher.

Là-dessus, les mains derrière le dos, le front baissé, la lèvre amère, Nicolas reprit dans la salle sa marche pendulaire. Puis, s'arrêtant tout soudain, il me dit, comme frappé au cœur d'un nouveau coup :

— Et si le roi ne revenait jamais à La Rochelle, étant las de ce siège interminable ?

— Il l'a promis. Il reviendra. Oses-tu bien en douter ?

— Et s'il oubliait qu'il a promis de me marier avec Mademoiselle de Foliange ?

— Allons ! Le roi n'oublie jamais rien.

À quoi, impatient de ma propre patience, j'ajoutai un peu cruellement :

— Et si par aventure il oublie quoi que ce soit, personne n'a le droit de le lui remettre en la remembrance.

— Ciel ! dit Nicolas. Serait-ce Dieu possible ! Ce serait ma mort !

— De grâce, ne pleure pas, Nicolas ! Je vois Hermès, le messager des dieux, descendre avec une légèreté d'oiseau l'escalier et voler droit sur nous !

— Hermès ? Quel Hermès[1] ? Je ne vois que Perrette !

— Preuve qu'Hermès peut, dans les occasions, se déguiser en soubrette. Perrette, que nous veux-tu ?

— Monsieur le Comte, dit Perrette avec une gracieuse révérence, Madame de Bazimont vous fait dire, ainsi qu'à Monsieur le chevalier de Clérac, de bien vouloir la retrouver en la chambre de Mademoiselle de Foliange.

— Dieu bon ! dit Nicolas, et il devint si pâle que je le pris fortement par le bras de peur qu'il ne chût...

*

* *

1. Dieu qui dans l'Antiquité grecque portait les messages.

Le roi arriva au camp le vingt-quatre avril et, à mon immense soulagement, il n'avait en aucune guise oublié sa promesse de marier Nicolas et Mademoiselle de Foliange dès son retour, et il l'eût fait tout de gob, si l'on n'avait eu quelque peine à trouver une robe qui convînt à la mariée. Et certes, c'eût été chose bien difficile à découvrir dans un camp de soldats, si Madame de Bazimont n'avait offert la sienne, préservée dans les parfums et les aromates de sa plus chère remembrance. Nicolas et moi, nous sourîmes en tapinois quand elle la proposa, l'abondance des formes de la bonne dame faisant un tel contraste avec la sveltesse de Mademoiselle de Foliange. Mais à l'essayage, il apparut que trente ans plus tôt Madame de Bazimont avait peu de chose à envier à la sveltesse de notre garcelette. Il n'y fallut que quelques retouches qui, à mon sentiment, eussent dû prendre deux journées, mais qui en absorbèrent quatre, tant nos dames étaient méticuleuses. Et encore étaient-elles aidées par celles des chambrières qui savaient tirer l'aiguille. Pendant ces préparatifs, le pauvre Nicolas se morfondait dans son coin, découvrant que dès lors qu'il s'agit des préparatifs d'un mariage, le marié avait à peu près l'importance d'un bourdon dans une ruche.

Louis fit bien les choses, invitant à la cérémonie, outre Toiras et le maréchal de Schomberg qui étaient mes intimes et immutables amis, la compagnie de mousquetaires dont Nicolas faisait en principe partie, n'étant que détaché à mon service pour le siège. Il invita aussi le maréchal de Bassompierre et le maréchal accepta de prime mais, au dernier moment, prétextant une soudaine intempérie, il s'excusa. Il se donna ainsi les gants d'accepter tout en refusant. Cela me fit peine, car cela prouvait que, même à distance, les vertugadins diaboliques gardaient sur lui toute leur emprise.

Le mariage se fit, comme il avait été décidé, dans l'église romane *intra muros* de Surgères. C'est, à mon sentiment, mais je ne suis pas orfèvre en la matière, une église fort curieuse dont le clocher est fait de huit colonnes réunies en faisceau. La messe fut dite par le chanoine Fogacer. Dans l'homélie qu'il prononça, laquelle avait, entre autres mérites, celui d'être courte, il eut l'élégance, après l'éloge de Louis, de louer Madame la duchesse de Rohan d'avoir obtenu du corps de ville rochelais qu'il permît à Mademoiselle de Foliange de saillir hors les murs.

D'un bout à l'autre de la cérémonie, Madame de Bazimont pleura à petits bruits, ce qui m'eût fort étonné, s'agissant d'un événement heureux, si je n'avais su par Perrette qu'elle aimait, à l'ordinaire, assister aux mariages, même s'agissant de personnes qu'elle connaissait peu, ou pas du tout, et que, chaque fois, elle y allait de sa larmelette.

Les deux jeunes époux logèrent dans la chambre qu'occupait Mademoiselle de Foliange pour la raison qu'elle était plus vaste que celle de Nicolas, et mieux aspectée, donnant au midi. Quant à mon écuyer, il fut d'ores en avant tout aussi assidu à assurer auprès de moi ses devoirs de sa charge, quoique avec une certaine lassitude, à tout le moins à ce qu'il me sembla. Il parla aussi beaucoup moins et posa moins de questions, ce qui me parut prouver que le mariage vous change un homme.

J'ai deux raisons de me ramentevoir du trente avril 1628. La première, que nous sûmes par les espions *intra muros*, ce fut l'élection comme maire de La Rochelle de Jean Guiton, ancien amiral de la ville, homme dur et tenace qui ne baisserait pas facilement pavillon et préférerait sombrer corps et biens plutôt que de traiter.

La deuxième nouvelle prit la forme d'une lettre cachetée de cire que la poste me remit ce même jour. Elle venait de Nantes et m'était expédiée par mes frères, Pierre et Olivier de Siorac. Mais, à l'ouvrir, j'entendis bien qu'ils n'avaient été qu'un relais pour cette missive, car elle s'adressait à moi et non à eux. Pierre, d'évidence (car c'était celui des deux frères qui avait écrit le mot qui accompagnait ladite lettre), me voulut bien préciser que sur l'enveloppe qu'ils avaient reçue non de la poste, mais d'un bateau de commerce anglais qui relâchait dans le port de Nantes (en effet, la France et l'Angleterre ne s'étant pas déclaré la guerre, le négoce continuait comme si de rien n'était entre les deux pays), c'était bien leurs deux noms qui figuraient. Mais à lire cette missive, ils entendirent fort bien que c'était à moi qu'elle était destinée, car elle commençait par « ma chère française alouette », surnom que My Lady Markby avait donné à mon père, et vingt ans plus tard, à moi-même, quand je fus envoyé en mission à Londres par le cardinal. My Lady Markby parlait et écrivait le français à la perfection et c'est seulement par une de ces petites gausseries un peu absurdes qui plaisent tant aux Anglais que, choisissant, en l'occurrence, la syntaxe de sa langue maternelle, elle intervertissait la place de l'adjectif et du nom dans « ma chère française alouette ».

My Lady Markby m'avait été fort précieuse en ma mission londonienne pour ce qu'elle connaissait mieux que personne les *happy few* qui gouvernaient l'Angleterre. Et elle n'avait été en aucune façon rebelute à me bailler des informations fort utiles sur Buckingham et les ambassadeurs rochelais qui quémandaient l'alliance de l'Angleterre à Londres.

C'était une très haute dame, fort libre en ses propos, comme d'ailleurs dans ses mœurs, et, tout comme les Grands en France, elle avait sa politique propre, n'adhérant en aucune façon à celle du roi Charles, laquelle, de reste, n'était pas celle de Charles, mais de Buckingham. « Steenie » (c'était là le suave surnom amoureux que le roi donnait à son favori et que My Lady Markby répétait avec dérision) faisait, disait-elle, dans l'État tout ce qui lui plaisait, tandis que Charles n'aurait pas osé bouger le petit doigt sans le consulter.

Aimant elle-même chaleureusement les hommes, il n'était pas pour me surprendre qu'elle pût nourrir quelque antipathie pour ceux d'entre eux qui n'éprouvaient pas de tendresse pour le *gentil sesso*. Mais la vive aversion qu'elle éprouvait pour Buckingham était d'ordre patriotique. Elle répétait souvent à ce sujet la phrase d'un certain Mister Coke M.P. qui avait, en plein Parlement, prononcé sur le favori ce jugement accablant :

« Lord Buckingham est la cause de toutes nos

misères, et véritablement, la calamité des calamités. »

Pendant mon séjour à Londres, il ne m'avait pas échappé que My Lady Markby, veuve fort accorte, ou, comme diraient les Anglais, *buxom* [1], nourrissait pour moi les mêmes sentiments qu'elle avait nourris pour mon père et eût volontiers dévoré de ses petites dents blanches « sa chère française alouette », si la différence d'âge n'avait retenu sa délicatesse. Au lieu de cela, elle devint mon sage mentor, m'expliqua avec beaucoup de clarté la réaction des différentes classes de la société anglaise à l'égard de Buckingham. Dans sa lettre, elle reprenait cette analyse avec plus de clarté encore.

Belle lectrice, qui êtes, comme vous voulez bien me l'écrire, suspendue à mes lèvres, je suis moi, si je puis dire, suspendu à vos yeux et dès que je crois y lire l'ombre d'une fatigue, je m'efforce de retenir votre attention par mes plus tendres soins. C'est pourquoi je ne vais pas vous citer céans en son entièreté la lettre-missive de My Lady Markby, mais tirant pour ainsi dire ma chaire à bras à côté de la vôtre, vous conter au bec à bec, et brièvement, la substantifique moelle de son propos, auquel je trouve et auquel vous trouverez vous-même, je le souhaite, le plus vif intérêt.

Distinguant, comme on le fait d'ordinaire dans la société anglaise, trois classes : la noblesse, la *middle class* [2] et le populaire, My Lady Markby m'expliquait pourquoi elles étaient toutes les

1. Épanouie (angl.).
2. La classe moyenne (angl.).

trois hostiles à Buckingham, quoique pour des raisons diverses et à des degrés différents.

Les Grands, sauf les plus opportunistes d'entre eux, regardaient Buckingham de très haut en raison de sa petite noblesse, et se scandalisaient qu'il fût parvenu à la pairie par des moyens douteux, mais ils ne regardaient pas avec antipathie les expéditions contre la France, et d'autant plus qu'elles ne leur coûtaient rien, étant exemptés des taxes et des impôts. Ils les trouvaient bien au rebours de bonne politique : « La rébellion rochelaise, disait le comte de Carlisle, est une fièvre, et sans cette fièvre, la France serait trop vigoureuse et intimiderait ses voisins. »

La position de la *middle class,* on l'a vu, si vigoureusement exprimée dans le Parlement par Mister Coke, était, elle, radicalement hostile : elle ne pouvait en effet souffrir que Buckingham, pour financer ses expéditions aventureuses contre la France, eût osé lever de nouvelles taxes de son cru, en violation impudente des lois, et au mépris des droits du Parlement.

Quant au populaire, il était à la fois pressuré par les impôts et « pressé » : j'entends dire, par là, recruté de force et arraché à son métier et à sa famille pour servir comme soldat ou marin. En outre, qui parmi eux pouvait ignorer qu'au moment de l'expédition contre l'île de Ré le salon du navire amiral était décoré par un grand tableau représentant Anne d'Autriche : Buckingham ne faisait donc la guerre au roi de France que pour se revancher d'avoir été éloigné par lui de cette « damnée Française, papiste par surcroît ». Et que penser enfin du magnifique bracelet de diamants que Charles Ier avait offert à Buckingham pour le consoler d'avoir subi dans l'île de Ré un échec si humiliant pour l'Angleterre et si coûteux en vies anglaises ? « C'était bien là le scandale ! disait-on dans ce milieu : les diamants pour lui, et les tombes pour nous ! »

My Lady Markby m'expliquait ensuite dans sa lettre, avec sa coutumière vigueur, comment il s'était fait que l'alliance anglaise avec La Rochelle avait demandé, pour être conclue, tant de temps et un si âpre bargoin.

> « Ce qui suit, ma chère française alouette, écrivait My Lady Markby, est si choquant que j'eus peine à le croire moi-même quand on me l'apprit. Pour assurer que les Rochelais leur voudraient foi garder, nos négociateurs (mais je suis bien certaine que c'est Buckingham qui eut cette idée infâme et j'ai quasiment honte de l'exprimer) exigèrent, dis-je, que les Rochelais leur donnassent comme otages, retirés aussitôt en Angleterre, un certain nombre d'enfants rochelais choisis parmi les meilleures familles de la ville...
>
> « Ma chère française alouette, ne trouvez-vous pas que c'est là une de ces histoires d'ogre, comme on n'en lit que dans les contes ? Les Rochelais, horrifiés, refusèrent tout à plat cette indigne demande.
>
> « La deuxième exigence de nos bons matous ne leur plut pas davantage : ils osaient demander que La Rochelle, en cas de nécessité — mais qui déciderait de cette nécessité-là ? —, permettrait aux armées et escadres anglaises de se réfugier dans son

port. Mais qui déciderait quand cette armée départirait de La Rochelle ? se demandèrent les Rochelais. Était-ce vraiment un bon bargoin que de remplacer une vassalité par une autre ?

« Les Rochelais non seulement refusèrent cette seconde exigence, mais insistèrent tout le rebours pour qu'il soit spécifié dans le traité avec l'Angleterre qu'ils voulaient demeurer "sous leur vrai et légitime maître", ne voulant faire aucun préjudice à la fidélité et sujétion qu'ils devaient au roi de France, lequel était "un prince excellent, dont les procédures étaient empreintes d'une très rare sincérité".

« Cette exigence, ma chère française alouette (en vous demandant pardon de vous féminiser, alors que vous êtes si légitimement fier de vos vertus viriles), déplut fort aux négociateurs anglais, qui en conclurent que les négociateurs rochelais avaient encore les fleurs de lys imprimées très fortement dans leur cœur et qu'on ne pourrait pas faire de La Rochelle ce qu'on avait si délicieusement fait de Calais en des temps, hélas, révolus : un apanage anglais sur les côtes de France.

« Du coup, nos bons Anglais réduisirent l'aide promise à des vivres qu'une flotte anglaise apporterait aux Rochelais en forçant le blocus royal, à savoir des blés, des biscuits, du bœuf, du porc salé, du fromage et même de la bière. Il me paraît étrange, je le dis en passant, d'apporter de la bière à des gens qui ont de si bons vins...

« C'est en janvier que Charles promit cette assistance, et il annonça en même temps que ces secours arriveraient à La Rochelle six semaines plus tard, c'est-à-dire à la mi-février. Las ! Ma française alouette ! Nous sommes fin avril et vous n'avez pas encore vu les voiles anglaises se profiler à l'horizon. Que si vous me demandez la cause de ce retardement, je vous répondrai simplement ceci [1]. Nous autres Anglais, nous avons une grande qualité : nous sommes tenaces. Et nous avons aussi un grand défaut : nous sommes lents. Et comme par malheur ce défaut-ci découle de cette qualité-là, nous ne le corrigerons jamais. En effet, nous sommes toujours si assurés d'accomplir ce que nous avons décidé que nous ne nous pressons jamais de le faire.

« Ma chère française alouette, je vous envoie au départir un bon million de baisers, de prime parce que je vous aime fort, et aussi parce que je n'en ai pas l'usage ici, tant je suis lasse et dégoûtée du train dont vont les choses en ce malheureux pays.

Lady Markby »

1. Cette opinion, on l'a vu, était aussi celle de Richelieu.

CHAPITRE X

Le cinq mai, le marquis de Bressac, capitaine aux gardes françaises, fut capturé au cours d'une sortie audacieuse des assiégés, lesquels, sans tant languir, exigèrent une rançon pour le libérer. Comme les Rochelais me connaissaient déjà pour m'avoir admis dans leurs murs lors de ma visite à Madame la duchesse de Rohan (visite dont tant de bien était sorti pour Nicolas), Sa Majesté me chargea de mener le bargoin avec les assiégés, car bargoin il y avait, la somme demandée étant si énorme que Louis estimait qu'il fallait que le corps de ville en rabattît. Ce qu'il fit, mais non sans de longues et âpres palabres qui se tinrent *intra muros* dans une maisonnette où je fus quasiment escamoté, dès que j'eus franchi la porte Tasdon, mon écuyer et le tambour royal qui m'avait annoncé restant hors.

J'entendis bien que cette prestesse à me faire disparaître avait été concertée, afin que la population ne pût nourrir, en me voyant, l'espoir d'une négociation de paix que les plus affamés Rochelais réclamaient déjà à cor et cri. Je soupçonnais aussi qu'en agissant ainsi le corps de ville faisait de cette pierre deux coups : il m'empêchait de voir à quelle extrémité de famine les Rochelais se trouvaient réduits.

Et en effet, de tous ces pauvres gens squelettiques dont nos *rediseurs* intra muros décrivaient au cardinal le lamentable état, je n'en vis pas un seul. Les deux échevins que le corps de ville avait dépêchés pour barguigner avec moi sur le montant de la rançon n'étaient point gras, certes, mais point maigres non plus, et avaient bon bec et bonne force pour défendre les exigences du corps de ville.

Nous étions, cependant, près de nous entendre, quand nos négociations furent interrompues par un événement qui, tout prévisible qu'il fût, nous surprit tout du même, quand il survint.

Le jeudi onze mai, au début de l'après-dînée, comme j'approchais de la porte de Tasdon, pour une nouvelle, et à ce que j'espérais, ultime négociation, je fus soudain assourdi par un grand tintamarre, toutes les cloches de La Rochelle s'étant mises en même temps à sonner, comme pour célébrer un événement heureux. Cet allègre vacarme dans une ville aussi éprouvée m'étonna plus encore quand, au bout d'une minute à peine, il cessa. Je ne sus que beaucoup plus tard la raison de cet arrêt : les sonneurs étaient trop épuisés par la faim pour sonner plus avant.

Fort intrigué par ce carillon si joyeux et si tôt interrompu, je n'en poursuivis pas moins mon chemin jusqu'à la porte de Tasdon et là je commandai au tambour royal (superbement vêtu aux couleurs du roi) de démonter et de sonner le réveil : c'était l'air choisi des deux parts pour admettre les parlementaires *intra muros*. Mais les créneaux de la haute muraille n'avaient pas eu besoin d'être réveillés pour se garnir de mousquets tous braqués sur nous, et qui m'eussent tué, si j'ose dire, plusieurs fois, si le capitaine Sanceaux leur en avait donné l'ordre.

Le capitaine Sanceaux était le ribaud le plus arrogant et borné de la création. Quand je m'étais présenté pour la première fois devant la porte de Tasdon pour visiter Madame la duchesse de Rohan, il avait refusé de prime de déclore l'huis, prétextant que le corps de ville ne lui en avait pas donné l'ordre écrit. Fort heureusement, un échevin qui se trouvait sur les remparts ne laissa pas d'ouïr ce stupide refus, et lui commanda, au nom du corps de ville, d'ouvrir l'huis pour moi.

Or, ce onze mai, sous les murs de La Rochelle, alors que nous étions couchés en joue du haut des créneaux par les mousquets des soldats huguenots, l'entrant nous fut derechef refusé par Sanceaux de la plus insolente façon qui se puisse concevoir.

— Monsieur ! me cria ce gros ribaud (sans daigner me donner mon titre), décampez de céans sans tant languir ! Et faites vite, idolâtre du diable, si vous ne voulez pas que mes mousquetaires fassent de la dentelle avec vos tripes ! La Dieu merci, nous n'avons plus affaire à vous ! La flotte anglaise est là, et bien là ! De quelques coups de canon elle va réduire à rien votre digue orgueilleuse, comme le Seigneur détruisit jadis la tour de Babel ! Et dans moins d'une semaine, Messieurs les Papistes, vous aurez décampé de céans, la queue basse...

À ces mots une telle grondante clameur s'éleva des remparts à notre encontre, que j'entendis bien que les doigts huguenots démangeaient sur les détentes des mousquets, et que ces braves gens, se croyant déjà vainqueurs, nous eussent volontiers choisis comme victimes expiatoires de tous les péchés catholiques. Il ne m'échappa pas que toute braverie à ces insultants propos pourrait déclencher le pire et qu'enfin ce n'était pas le moment de monter sur ses grands chevaux, et qu'il était infiniment plus sûr de répondre à ces provocations dans les cordes basses.

— Monsieur, dis-je à Sanceaux d'un ton calme et poli, j'ai bien ouï votre message, et je le vais répéter mot pour mot à mon roi.

À cela il y eut de grands ricanements derrière les créneaux, mais peu me chalait. Je n'aurais pu prononcer, je suis bien assuré, une parole plus opportune que celle-là, car la joie que le faquin ressentit à l'idée que Louis allait ouïr de ma bouche son insolent message l'emporta pour lors de beaucoup sur le plaisir qu'il aurait eu à m'occire. Et riant à gueule bec, au comble de sa sotte joie, il fit de son bras levé un geste ordurier et cria :

— Répétez, Monsieur, répétez !

Les rires redoublèrent. Je fis signe au tambour de se mettre en selle et faisant faire volte-face à nos chevaux, nous départîmes, mais au petit trot, car je noulus que notre retraite prît l'allure d'une fuite.

— Monsieur le Comte, dit Nicolas se mettant au botte à botte avec moi dès que nous fûmes hors d'atteinte des mousquets, avez-vous cru qu'ils nous allaient vraiment occire ?

— À coup sûr, si j'avais répondu à son insolence par quelque braverie.

— Mais agir ainsi, Monsieur le Comte, eût été contraire aux lois de la guerre.

— Desquelles Monsieur Sanceaux se moque comme de ses premières chausses.

— Et pensez-vous qu'ils nous auraient tués tous les trois ?

— Oui-da ! Ils se seraient donné ce petit plaisir.

— Ah Monsieur le Comte ! s'écria Nicolas avec allégresse, j'aurais donc pu être tué face à l'ennemi ! N'est-ce pas émerveillable ?

— Certes, et le plus émerveillable, c'est que tu aurais laissé derrière toi une jeune veuve qui aurait sangloté son âme jusqu'à la fin de ses terrestres jours.

— Je n'avais pas pensé à cela.

— Je te recommande donc d'y penser, et de penser aussi que la vaillance ne consiste pas à se faire tuer sans aucune utilité pour la cause qu'on défend.

Là-dessus, éperonnant mon cheval, je repris la tête, laissant mon béjaune tout déconfit. Mais qui sait ? m'apensai-je, si ma bonne leçon lui demeure en cervelle, il se pourrait qu'un jour, au combat, il agisse avec prudence, et que cette prudence lui sauve la vie.

Je regagnai au petit trot le camp, troublé assez par ce que ce faquin de Sanceaux m'avait annoncé, toutefois j'en doutais encore. Mais juste comme j'abordais les tranchées royales, j'ouïs trois coups de canon dont le départ me parut trop lointain pour avoir été tirés par les Rochelais. Néanmoins, je démontai — imité austôt par Nicolas et le tambour — et j'approchai de nos tranchées, tenant mon Accla par la bride.

— Monsieur le Comte, dit l'exempt de garde, qui, en fait, me connaissait fort bien, plaise à vous de me donner le mot de passe.

— Saint-Germain, dis-je aussitôt.

Ce Saint-Germain n'était pas le saint, mais une abréviation du château de Saint-Germain-en-Laye où Louis avait grandi.

Une fois qu'il eut ouï le *shiboleth* [1], l'exempt m'admit dans la tranchée avec un large sourire. Je dis « large », car sa bouche était si grande que son sourire avait deux fois la largeur d'un sourire ordinaire, tant est qu'avec ses cheveux roux, ses yeux bleus et ses taches de rousseur, il montrait une face excessivement colorée.

— Exempt, dis-je, savez-vous ce que signifient ces trois coups de canon ?

— Monsieur le Comte, dit l'exempt, c'est la moitié d'un signal. Mais il faut attendre la seconde moitié pour être bien assuré de ce qu'il veut dire.

— Et que signifie le signal dès lors qu'il est complet ?

— Plaise à vous de me pardonner, Monsieur le Comte, dit l'exempt avec son largissime sourire. Mais complet ou incomplet, je ne peux vous en toucher mot. C'est un secret militaire.

Comme il achevait, une haute colonne de fumée noire s'éleva à l'horizon, tachant sinistrement le ciel ensoleillé de l'après-dînée.

— Exempt, dis-je, à votre sentiment, d'où monte cette colonne noire ?

1. Mot de passe (hébreu).

— De l'île de Ré, Monsieur le Comte, plus exactement du Fort de la Prée, où nous avons des troupes tout au sud. Et les coups de canon, eux, ont été tirés par les nôtres aussi, tout au nord, à la Pointe du Grouin, qui donne de bonnes vues sur le pertuis breton.

— Le signal, dis-je avec un sourire, est donc maintenant complet et, à mon sentiment, il annonce que les voiles d'une flotte, gonflées par un vent favorable, s'avancent dans le pertuis breton en direction de La Rochelle.

— Monsieur le Comte, c'est vrai, mais plaise à vous de vous ramentevoir que je ne vous ai rien dit de tel.

— En effet. J'ai laissé libre cours à mon imagination...

— Monsieur le Comte, poursuivit l'exemp[illegible] excité comme une puce, permettez-moi de prendre congé. Je dois dans la minute même prévenir le capitaine de Bellec de ce double signal.

— Je vous attends donc céans. Je voudrais, moi aussi, voir Monsieur de Bellec.

— Monsieur le Comte, dit l'exempt roux avec un large sourire de sa large bouche, n'est-ce pas émerveillable que ce soit à *moi* d'annoncer une aussi grande nouvelle à une aussi grande armée ?

— C'est émerveillable, en effet. Vous le conterez en votre vieil âge à vos petits-enfants. Je vous attends. Mais faites vite, exempt !

Il n'avait pas besoin de ce conseil. Il enfila la tranchée en courant, et il fit si vite, en effet, car le temps de réciter un *pater* et un *ave,* il était déjà de retour, précédé à grands pas par le noueux capitaine de Bellec. Je dis noueux, parce que n'ayant pas une once de graisse sur le visage, le cou et le reste de son corps, il donnait l'impression d'avoir été fabriqué par le Seigneur avec une série de nœuds marins. Il était originaire de Cancale, et parlait un étrange baragouin fait de français et de breton, prononcé, en outre, en ouvrant à peine la bouche, comme s'il eût craint que la brume marine ne s'y engouffrât.

— Monsieur le Comte, dit-il, me laissant au surplus émerveillé qu'il réussît à avaler tant de mots en déclosant si peu les lèvres, les *English* sont à quelques encablures de la côte. Mon rollet est de prévenir d'urgence le cardinal à Pont de Pierre, et plaise à vous, dont le cheval est tout harnaché et rapide comme l'éclair, de courre le dire à Monsieur le Cardinal, alors que je perdrais grand et précieux temps à faire amener ma jument céans de l'écurie et à la seller.

— Ce sera du bon du cœur, Monsieur de Bellec, dis-je aussitôt, et je n'omettrai pas de dire au cardinal que c'est vous qui le premier avez aperçu le signal. Voudriez-vous faciliter à mon tambour, s'il vous plaît, le retour à sa compagnie ?

*

* *

Nicolas et moi encontrâmes peu d'encombrement à traverser le camp jusqu'à Pont de Pierre, preuve que la nouvelle de l'invasion anglaise n'avait pas encore transpiré. Toutefois, dès que Charpentier m'eut donné l'entrant chez le cardinal, je vis du premier coup d'œil qu'il la connaissait déjà, car il était en cuirasse, je ne dirai pas de cap à pied, car justement il ne portait pas de casque, mais très en arrière sur l'occiput, sa petitime calotte de pourpre sans doute retenue sur le crâne par de minces cordons cachés sous les cheveux, lesquels en longueur dépassaient de peu la nuque, genre de coiffure dite à la Jeanne d'Arc. Les plaques de métal de sa cuirasse s'arrêtaient, pour le haut, aux coudes, et pour le bas, à mi-cuisses. Richelieu n'avait pas pour autant renoncé à la robe cardinalice qu'il portait à la fois dessous et dessus sa cuirasse, sans que j'entendisse, à vue d'œil, la façon de cet arrangement, sauf pour les jambes, où les plis de la robe étaient retroussés et attachés par un nœud à la ceinture afin de faciliter la marche, tant est qu'on voyait son haut-de-chausses (d'ordinaire invisible chez un ecclésiastique) et de hautes bottes en cuir souple qui couvraient les genoux. Une épée de guerre, longue et fine, pendait à son côté gauche, et son cou était entouré, non d'une dentelle, mais d'un col blanc uni fermé par deux cordons, lequel le protégeait sans doute du frottement de la cuirasse.

Ainsi fait, et tenant à la fois du prélat et du guerrier, cette attifure eût pu provoquer quelques sourires en tapinois. Mais il n'en était rien, car la silhouette était svelte et nerveuse, l'œil impérieux, le nez busqué, la bouche ferme, et à vrai dire, à le voir si à l'aise dans sa cuirasse, j'opinais qu'il se sentait, sans le montrer, plus heureux que jamais, car n'étant pas né dans une grande famille promise aux grands emplois militaires, il n'en avait pas moins accédé, en l'absence du roi, au commandement d'une grande armée.

— Monsieur d'Orbieu, dit Richelieu d'une voix

prompte et décisoire, vous survenez fort à propos. Je départs dans l'instant pour Chef de Baie, où je ferai tirer au canon sur d'aucunes voiles qui n'ont rien à faire dans le pertuis breton. Plaise à vous de courre à Surgères prévenir le roi de l'arrivée de ces intrus. Surgères est trop retiré dans l'arrière-pays pour que Sa Majesté ait pu voir la fumée noire du Fort de la Prée, ni non plus ouïr les canonnades des nôtres à la Pointe du Grouin. Et quant à vous, Monsieur d'Orbieu, vous aurez moins de difficultés qu'aucun autre à approcher Sa Majesté, étant déjà si connu à Surgères de son entourage.

Bien qu'il fût un onze mai, et que le soleil brillât, un petit vent vif et tracasseux nous frappa au visage, quand nous saillîmes hors. Richelieu se mit en selle avec une agilité étonnante, et départit au trot pour Chef de Baie, accompagné de ses gardes et de ses mousquetaires, et Nicolas me suivant avec peine, je départis à bride avalée pour Surgères. Mon Accla, dès lors qu'elle ne sentit plus le mors, ne se sentit plus de joie, tant elle était à l'ordinaire rebelute de cheminer au petit pas, avec une désolante lenteur au milieu de ces grands faquins de chevaux de guerre, si sales, si balourds et si malappris. Ses deux fines oreilles joyeusement dressées, elle passa gaiement d'elle-même du petit trot au grand trot, et le vent, au surplus, lui poussant l'arrière-train, nous fûmes à Surgères en moins de trois heures.

Je trouvai Louis assis à une table basse tartinant de beurre frais une tranche de pain, sans que je pusse savoir si c'était là son dîner, son souper, ou une simple collation. Dès qu'il me vit, il posa sa tartine sur son assiette, et il me dit :

— Eh bien, d'Orbieu, quelles nouvelles ?

— Sire, une flotte anglaise est en vue dans le pertuis breton.

— Soupite, dit le roi d'un ton uni et sans marquer le moindre émeuvement, apporte-moi ma cuirasse, fais seller mon cheval, et va dire à Clérac qu'on sonne le boute-selle en tous quartiers.

Il se remit alors à sa tartine, la mangea jusqu'à la dernière bouchée, se leva, et ses valets entrant avec la cuirasse royale, il l'endossa avec leur aide, la face imperscrutable. Au bout d'un moment il se tourna vers moi, et il dit non sans quelque satisfaction :

— J'ai donc bien fait, malgré l'avis d'un maréchal de France, d'ajouter neuf canons à l'artillerie de Chef de Baie. Les Anglais ne peuvent qu'ils ne passent à proximité de la pointe pour entrer dans la baie... Eh bien, reprit-il, une fois la cuirasse bouclée, me voilà prêt à recevoir Messieurs les Anglais. Nous les allons tolérer dans le pertuis breton, mais s'ils sont si hardis que d'approcher de plus près de La Rochelle, il n'en échappera pas un, tant j'ai donné ordre à tout. D'Orbieu, plaise à vous de me suivre jusqu'à Chef de Baie. J'aurai se peut quelque mission pour vous.

— Je suis à vos ordres, Sire, dis-je laconiquement, sachant bien que Louis n'aimait ni les longues phrases ni les grands compliments.

Le camp qui, il y avait une heure à peine, se préparait quiètement à vivre une journée de siège, si semblable aux autres en sa morne monotonie, se trouvait en plein branle-bas, la nouvelle s'étant répandue, maugré le secret militaire si cher à l'exempt de Monsieur de Bellec. Et autant nous avions trotté gaillardement de Surgères à Pont de Pierre, autant il fallut ralentir, quand nous prîmes les chemins de la circonvallation. Tant est que nous arrivâmes à Chef de Baie bien plus tard que nous n'eussions voulu, mais assez à temps toutefois pour voir avant la nuit, de nos yeux, la flotte anglaise à l'ancre hors de la portée des canons de nos escadres et de nos forts.

Parvenu à Chef de Baie, Louis démonta, et s'avançant sur la pointe la plus proche de la mer océane, il étudia à la longue-vue la flotte anglaise et la nôtre. De celle-ci, comme de Richelieu qui l'avait à grand-peine, labour et dépense reconstruite, il avait lieu d'être satisfait. Elle était divisée en quatre escadres, l'une sous nos yeux à la pointe de Chef de Baie (la bien-nommée, car elle commandait l'entrant aux navires venus du pertuis breton), la seconde défendant, de l'autre côté de la baie, la Pointe de Coureille, les deux dernières escadres occupant une position médiane entre celles que je viens de dire, tant est que l'ennemi ne pouvait pénétrer dans la baie sans se heurter, en quelque parcours qu'il choisît, à une partie de notre armada.

Ni en nombre, ni en qualité, notre flotte n'était une flotte médiocre, contrairement aux rapports déprisants que les Rochelais avaient faits d'elle aux Anglais. Elle était commandée par des amiraux expérimentés, et manœuvrée par des matelots bretons et normands très suffisants [1] en leur métier, mangeant bonnes repues, touchant bonnes soldes et soumis à une discipline de fer.

1. Capables.

Lecteur, jugez-en plutôt : à la première évasion d'un matelot qui désertait le bord pour aller coqueliquer sur la côte avec quelque ribaude, le coupable était « calé en mer » *id est* promené au bout d'une corde tout autour du navire dans l'eau glacée « afin de le refroidir », disait-on. S'il récidivait, il était pendu sans tant languir à la plus haute vergue de son bâtiment, afin que la flotte royale, dans son entièreté, pût assister à ses derniers soubresauts et se ramentevoir, à titre d'exemple, sa lamentable fin.

— Monsieur d'Orbieu, dit Louis en retirant la longue-vue de son œil, et en frottant longuement sa paupière, à votre sentiment, combien disposons-nous de forts et de redoutes sur les deux côtés de la baie ?

— Une bonne dizaine, Sire, dis-je, tant j'en ai vu construire depuis que je suis céans.

— Il y en a dix-sept, Monsieur d'Orbieu, dix-sept ! Pas un de moins ! C'est pourquoi je pense que si l'amiral ennemi a une once de bon sens en sa cervelle anglaise, il n'attaquera pas.

— Je me permets, Sire, d'être de votre avis, dit le cardinal en se génuflexant devant Louis.

Il arrivait à peine, s'étant arrêté à la digue pour donner ordre à ce qu'on multipliât les soldats bâtisseurs et les charrois de pierre dont ils avaient besoin. Je trouvais que Richelieu avait bon air et grande allure quand il se releva de sa génuflexion. Le vent de sa course à cheval lui avait mis du rouge à ses joues d'ordinaire si pâles. Son corps maigre était étoffé par la cuirasse, et les pans de sa robe rouge, échappés de ladite cuirasse, flottaient derrière lui au vent de Chef de Baie, lui donnant l'air de s'envoler, alors même que ses pieds étaient collés si fermement sur le sol du royaume qu'il défendait.

— Ah Monsieur le Cardinal, vous voilà enfin ! dit Louis sur ce ton à la fois hautain et affectionné qu'il prenait si souvent avec Richelieu, faisant entendre à la fois qu'il ne pouvait se passer de son plus fidèle serviteur, et lui ramentevant en même temps que ce même serviteur avait toutefois intérêt à ne pas oublier que le roi n'en était pas moins, comme disait Henri IV, « le maître de la boutique ». Monsieur le Cardinal, poursuivit-il, plaise à vous d'expliquer à Monsieur d'Orbieu pourquoi nous pensons que l'Anglais ne va pas attaquer.

À vrai dire ce n'était pas tant que le roi désirât que je fusse instruit desdites raisons : c'est surtout, du moins à ce que j'entendis, qu'il désirait les ouïr derechef lui-même, tant il était heureux des immenses travaux de fortification qui isolaient La Rochelle de la mer et barraient tout secours.

— Sire, dit Richelieu, je n'affirme pas que la flotte anglaise n'attaquera pas. Mais j'affirme qu'elle a toutes les raisons de ne pas le faire. Lord Denbigh qui la commande n'est Lord et amiral que par la grâce de son beau-frère Buckingham. Pauvre nouveau Lord, il n'entend rien à la guerre et moins encore à la marine ! Il sera donc terrifié à l'idée de perdre, en même temps que sa vie, la flotte de son roi. Et ses capitaines ne vont assurément pas l'encourager à attaquer. Nous avons accumulé tant d'obstacles dans la baie et une telle puissance de feu qu'ils verront du premier coup d'œil qu'il leur sera très difficile d'y entrer, et s'ils y entrent, encore plus difficile d'en sortir.

Ayant dit, Richelieu fit une pause, et ayant par ce silence ressaisi l'attention de son souverain, il reprit sur un autre ton :

— Mais d'un autre côté, Sire, si Lord Denbigh est plus fol que sensé et plus vaillant que prudent, il peut présumer de sa bonne étoile, mépriser les infinis obstacles que je viens de dire, et décider d'attaquer. Dans ce cas, Sire, j'aimerais monter sur un de vos navires afin de suivre le déroulement de la bataille navale et en tirer des conclusions pour le renouveau de votre marine.

— Et moi, dit Louis avec véhémence, je vous commande et vous conjure au nom de Dieu de ne vous mettre point en lieu que vous puissiez courre péril. C'est le plus grand témoignage d'affection que vous me puissiez donner que d'avoir soin de vous, car vous savez ce que je vous ai dit plusieurs fois : que si je vous avais perdu, il me semblerait être perdu moi-même.

— Ah, Sire ! dit Richelieu.

Mais il ne put en dire davantage, Louis lui tournant le dos et s'éloignant à grands pas, sans doute parce qu'il éprouvait de l'embarras de s'être laissé aller à cet épanchement. Quant à moi, ayant jeté un œil au cardinal, et le voyant au bord des larmes, quasi trémulant de la félicité que lui avait apportée le témoignage de gratitude et d'affection de son maître, je noulus en être le témoin indiscret, et m'effaçant en silence, je le laissai seul et suivis le roi, mais prenant grand garde de ne le rattraper point, pour le laisser, lui aussi, à ses émeuvements.

Mais, lecteur, combien merveilleux et généreux me parut, à y réfléchir plus outre, cet hommage de roi au dévouement sans faille et à l'immense labeur de son ministre ! Et dans quels termes il s'exprima : « Que si je vous avais perdu, il me semblerait être perdu moi-même. » Cette phrase si touchante en sa filiale affection, et si admirable par son humilité, sera enfermée à jamais dans le clos de ma remembrance, et je l'écris ici — en fait, je l'écris deux fois — pour qu'elle apporte un démenti adamantin aux propos des clabaudeurs de Cour qui, inspirés par les haineuses insinuations des vertugadins diaboliques, allaient répétant dans les couloirs du Louvre que le roi n'était « qu'un idiot gouverné par un tyran ».

*
* *

Le lecteur se ramentoit sans doute le marquis de Bressac, dont je barguignais d'ordre du roi la rançon avec les huguenots — bargoin qui, le jour même où la flotte anglaise apparut dans le pertuis breton, fut rompu par Sanceaux, ivre d'arrogance à la pensée que La Rochelle allait être délivrée par la reine des mers.

Ladite flotte, cependant, après huit jours d'attente, s'étant retirée sous ses voiles sans engager le combat — ce qui prouvait son émerveillable bon sens —, la négociation avec le corps de ville fut reprise, et l'accord s'étant fait sur le montant de la rançon, le marquis de Bressac à la parfin saillit hors des murs, se jeta sur moi plein de gratitude, me serra contre lui à l'étouffade et me jura une amitié plus belle, plus éternelle et plus adamantine que celle d'Achille pour Patrocle ou d'Oreste pour Pylade. Je sortis moulu et meurtri de ses embrassements, Bressac étant en son être physique un homme géantin, les épaules musculeuses, les jambes comme des colonnes et, que je le dise enfin, une face barbare et barbue. Mais sous cette rude écorce se cachait une âme généreuse et un grand amour pour l'humanité.

Il était fils de huguenot converti, le cotel sur la gorge, au catholicisme, et, quoique lui-même aussi bon catholique qu'on peut l'être, il avait gardé pour la religion réformée une tendresse quasi filiale qui étonna de prime ses geôliers, mais qui les toucha fort, dès qu'ils en connurent la cause.

Ce géantin marquis était fort aimé de trois femmes : sa mère, sa sœur et son épouse, lesquelles, dès qu'elles surent qu'il était captif, lui expédièrent sans se concerter des colis de vivres. Ils furent, à l'entrant dans les murs, ouverts et fouillés par les Rochelais, à seule fin d'acertainer qu'ils ne contenaient ni cordelette, ni lime, ni poignard, mais après fouille, remis au prisonnier sans que fût jamais prélevée la moindre parcelle des mets délectables qu'ils contenaient. Les Rochelais avaient agi de même avec le maréchal de camp Manassés de Pas (libéré depuis contre forte rançon). Et de même qu'elle avait émerveillé le maréchal de camp, une probité si rare, surtout chez des gens souffrant d'aigre famine, frappa d'admiration Monsieur de Bressac, et il ne laissa pas d'ores en avant de partager ses viandes avec ses gardiens.

N'allez point croire, lecteur, que le marquis de

Bressac, capitaine aux gardes, et pour qui une si forte rançon était exigée, se trouvait clos en prison revêche et barreautée. Il partageait avec ses deux gardes une petite maison vide, hélas, de ses occupants, morts de verte faim, comme tant d'autres en cette malheureuse cité, où l'inanition tuait chaque jour des dizaines de personnes — chiffre qui ne fit que s'accroître d'une façon terrifiante dans les mois qui suivirent.

Ses geôliers, que Monsieur de Bressac appelait dans les récits qu'il en fit Pierre et Paul, se relayaient à son côté, bien conscients de lui devoir leur survie, et concevant pour lui une extraordinaire amitié, le promenaient en ville et sur le port pour prendre l'air. Ils l'emmenèrent même au culte, le marquis ayant dit qu'il ne voyait pas de différence à prier au temple ou à l'église, puisque c'était le même Dieu. Parole qu'à son retour au camp royal il nia avoir jamais prononcée, sur le conseil de Fogacer, lequel connaissait mieux que personne les dévots et l'encharnement qu'ils mettaient à dépister l'hérésie.

— C'est bien pourtant le même Dieu, dit Bressac naïvement.

— Assurément, dit Fogacer avec son lent et sinueux sourire, mais il y a deux façons de l'adorer : la nôtre qui est excellente, et la leur qui est exécrable...

Dans les semaines qui suivirent, Monsieur de Bressac, qui avait trouvé logis près de Brézolles, me vint visiter souvent, et à la fin prit habitude à moi, je devrais dire à nous, étant fort bien accueilli par Nicolas et par Madame de Bazimont qui, n'ayant jamais vu un homme aussi grand, aussi large et aussi musculeux, déclara un jour qu'il était « fort beau » et qu'elle pourrait l'envisager des heures entières sans se lasser.

— Vraiment, ma mère ? dit la jeune Madame de Clérac avec une petite moue, le marquis est à coup sûr un gentilhomme de très bon lieu, et très intéressant à ouïr, mais beau ? Vraiment, ma mère, vous le trouvez beau ?

C'était assurément par une très aimable condescendance que Madame de Clérac, qui, née Foliange, était cousine des Rohan, appelait « ma mère » Madame de Bazimont, dont le défunt mari n'était devenu noble que par l'achat d'une terre dont il avait pris le nom. Mais quant à moi, je trouvais très touchante la gratitude que lui témoignait la jeune épousée, étant à son advenue céans si semblable à un pauvre poussin perdu que Madame de Bazimont avait incontinent réchauffé sous ses plus tendres plumes.

— Mais est-il vrai, Madame, dit Nicolas, n'ignorant pas combien l'Intendante aimait être taquinée, pourvu que ce fût avec affection, est-il vrai que vous trouvez beau Monsieur de Bressac ?

— Assurément, dit Madame de Bazimont en rougissant comme nonnette, il n'est point tant beau que vous, Chevalier, ni tant beau que Monsieur le comte d'Orbieu. Mais je dirais que Monsieur le marquis de Bressac a sa beauté à lui.

— Et bien à lui, dit Nicolas, car personne ne la lui voudrait prendre...

Nous rîmes alors tous trois en regardant avec affection Madame de Bazimont rougir davantage encore, mais cette fois du bonheur de se sentir aimée.

Avant qu'il ne s'assît avec nous à une bonne repue, au dîner ou au souper, j'invitais à l'accoutumée Monsieur de Bressac à monter dans ma chambre, afin qu'il me contât les souvenirs de sa captivité rochelaise. Ce qu'il faisait à mon grand profit, mais aussi à mon grand dol, car, à peine assis, Monsieur de Bressac tirait de son haut-de-chausses une longue pipe en terre, la bourrait de tabac, et battant le briquet, se mettait à pétuner avec un contentement infini, et pour moi, inexplicable, car je n'arrivais pas à entendre quel plaisir il pouvait trouver à aspirer dans sa bouche de la fumée pour la rejeter aussitôt. Pour moi, je tirais ma propre chaire à bras le plus loin de lui que je pouvais sans faillir à la courtoisie, et j'entrouvrais en catimini ma fenêtre pour que cette fumée pût s'échapper.

Pour expliquer ce qui va suivre, plaise au lecteur de me permettre de revenir quelques jours en arrière et de lui dire ce qu'il en fut de la flotte de Lord Denbigh. Apparue devant la baie de La Rochelle le onze mai elle repartit dans la nuit du dix-neuf au vingt mai, si j'ose dire, sur la pointe des quilles sans avoir engagé le combat, ni rien fait d'autre que de tirer au départir quelques boulets inutiles, et essayé contre une palissade un pétard qui, allumé trop tôt, fit sauter la chaloupe et les pauvres Anglais qui la manœuvraient.

Quant aux espérances et aux illusions que nourrirent les Rochelais touchant le secours anglais, aux raisons qui expliquent ces illusions, et pour finir, à l'immense désespérance qui fut la leur, quand elles furent déçues, Monsieur de Bressac, qui avait été instruit jour après jour des sentiments des Rochelais par ses gardes, et en savait plus que n'importe qui dans le camp royal, éclaira d'une vive lumière ma lanterne et celle de Richelieu, auquel il m'autorisa, me demanda même de répéter ses propos, au cas où ils pourraient être utiles au roi.

Bien je me ramentois que Monsieur de Bressac insista prou sur le fait qu'on ne pouvait rien entendre aux sentiments des Rochelais, si on ne tenait pas compte qu'ils nourrissaient une foi passionnée en la légitimité de leur cause et en la protection du Seigneur, lequel ne pouvait qu'il ne les secourût et ne les délivrât à la fin des méchants avec l'aide des Anglais, ceux-ci étant les alliés naturels que le Ciel leur avait donnés pour achever cette délivrance. « L'aide du roi d'Angleterre, disait la duchesse de Rohan, est le seul refuge où, après Dieu, nous pouvons avoir recours. »

La grande foi des Rochelais, poursuivit Monsieur de Bressac, et l'espoir quasi religieux qu'ils mettaient en l'aide des Anglais les amenaient, malheureusement, à minimiser les obstacles construits dans la baie de La Rochelle par les nôtres pour empêcher que les secours pussent y pénétrer. J'en ai souvent discuté à l'amicale avec mes gardes, disait-il, sans jamais réussir à les faire branler d'un pouce dans leur conviction.

— Même touchant la digue ? dis-je béant.

— Surtout touchant la digue ! Ils en faisaient des risées à l'infini ! « La tempête, disaient-ils, a déjà écorné la digue. Vous verrez, Monsieur le Marquis, qu'elle finira par l'emporter. La mer, nous autres Rochelais, marins de père en fils, nous la connaissons ! Nous savons que par gros temps rien ne peut résister aux coups de bélier de ces vagues hautes comme des maisons. »

— Il est en effet probable, rétorquai-je, que la digue, un jour ou l'autre, sera rompue. Mais quand ? c'est tout le problème. Avant l'arrivée des Anglais ? Et dans ce cas, la flotte anglaise pourra passer. Ou une fois que la ville sera au bout de son pain ?

— Vous remarquez, Comte, poursuivit-il, que je n'osais pas devant mes gardes prononcer le mot « capitulation », car ce mot à La Rochelle était haï, honni et quasi banni de la langue.

— Et comment vos gardes répondaient-ils à cet argument de bon sens ?

— Par des rires à gueule bec et des déprisements à l'infini touchant le cardinal. « Libre à ce Richelieu, disaient-ils, de jouer à entasser des petits cailloux dans la baie. Mais nous, nous connaissons notre baie. Et nous savons bien ce qui arrivera de ces petites pierres mises à tas : elles seront balayées et dispersées en un tournemain par la tempête. »

— Et les palissades ? objectai-je encore.

— « Babillebahou, Monsieur le Marquis ! disaient mes gardes, les palissades, ce ne sont là que de grands bâtons plantés dans la grève. Les Anglais enverront sur eux quelques brûlots à marée descendante, et nous, quelques brûlots à marée montante, et nous en verrons la farce. »

Je fus béant de ce propos. « Passe encore, m'apensai-je, pour les brûlots anglais, mais comment les brûlots rochelais auraient pu atteindre les palissades, puisqu'elles étaient construites de l'autre côté de la digue. »

Il va sans dire que je tus à mes gardes ces pensées-là.

— Toutefois, dis-je, avant même de s'attaquer aux palissades, la flotte anglaise devra s'attaquer à la flotte royale.

De grands rires accueillirent ces propos.

— Monsieur le Marquis, vous vous gaussez : la reine des mers ne fera qu'une bouchée de cette petite escadre de merde.

De nouveau, je fus béant de ce propos (que j'ai ouï répéter plusieurs fois au cours de mes promenades sous surveillance dans le port et la ville). Apparemment, les Rochelais ne savaient pas, ou bien le corps de ville ne voulait pas qu'ils sussent, que cette « petite escadre » n'était qu'une sentinelle, le gros de la flotte royale se trouvant mouillée, partie à Brouage, et partie dans le nouveau port créé par le roi à Fort Louis, mais armée, prête à appareiller pour venir renforcer la « petite escadre », dès lors que les canons de l'île de Ré lui auraient annoncé que les voiles anglaises étaient apparues dans le pertuis breton.

Encore une fois, lecteur, je doute fort que cette appréciation absurdement confiante de la situation rochelaise fût celle du maire Guiton et du corps de ville. Et je crois, tout au rebours, qu'ils la communiquaient au peuple rochelais pour les encourager à supporter leur terrible famine avec assez d'espoir. Le malheur, le très grand malheur, c'est qu'ils tenaient aux Anglais le même langage, afin de les encourager à les venir secourir, leur assurant même, entre autres choses fausses, que la flotte française devant La Rochelle était très « dégarnie ».

— On a beaucoup dit en France, poursuivit Monsieur de Bressac, et en Angleterre aussi — en Angleterre surtout où le roi Charles lui chanta pouilles à son retour —, que Lord Denbigh s'était lâchement comporté en demeurant une semaine devant la baie de La Rochelle sans rien tenter. Je ne partage en aucune façon ce sentiment. Assurément, poursuivit-il, il était insensé de la part de Buckingham de choisir, pour commander cette flotte ledit Lord qui n'avait jamais navigué. Mais il avait pour le conseiller à ses côtés, non seulement les capitaines des vaisseaux, mais un vrai marin : Sir Henry Palmer, lequel, en arrivant devant la baie de La Rochelle, fut atterré d'y trouver de prime une flotte redoutable, plus loin des palissades aussi difficiles à contourner qu'à détruire, et plus loin encore une haute digue debout, quoi qu'on lui en ait dit, et garnie de canons. Et comme si cela n'était pas suffisant, des deux côtés de la baie — dans laquelle ils devaient louvoyer entre les obstacles — des forts et des redoutes dont les batteries n'étaient que trop impatientes d'en découdre avec eux. De leur côté, les capitaines des grands vaisseaux du roi Charles, béants de trouver en face d'eux le double de leur nombre, ne manquèrent pas de dire haut et fort qu'il serait fort absurde de perdre une flotte de Sa Majesté pour apporter à peine un mois de vivres aux Rochelais...

Je ne voudrais pas que le lecteur croie que les Anglais départirent le cœur léger sans avoir rien tenté. Mais enfin ils mirent sous voiles le soir du dix-neuf mai et s'engagèrent dans le pertuis breton pour s'en retourner en leur île.

D'après ce que me conta plus tard My Lady

Markby, Sir Henry Palmer, dont elle avait été l'intime amie et confidente, fut un des premiers à conseiller à Lord Denbigh de ne point aller fourrer sa flotte dans cette nasse piégeuse et redoutable qu'était devenue la baie de La Rochelle : nasse dont il était douteux qu'on pût sortir, si même on avait réussi à y pénétrer. Elle me conta aussi que le soir du départir de la flotte anglaise, Sir Henry Palmer, debout sur la dunette arrière du vaisseau amiral, regardait avec malaise et compassion diminuer à l'horizon les tours et les remparts de la pauvre ville que la flotte anglaise abandonnait de force forcée à sa famine, rapportant dans ses cales les vivres, dès lors inutiles, qu'elle avait eu le généreux dessein de lui apporter.

Belle lectrice, touchant cette expédition anglaise, j'ai à vous conter meshui un épisode, si petit et si absurde dans son origine, mais si funeste dans ses conséquences, qu'il me laissa durablement en les mérangeoises une indignation et une colère telles et si grandes, que même à ce jour, quand je m'en ramentois, mes poings se crispent, ma gorge se serre et à peu que les larmes ne me viennent aux yeux.

Voici ce qu'il en fut. Lord Denbigh, quand il eut décidé, sous la pression des capitaines et de son vice-amiral, de ne rien tenter contre les formidables défenses de la baie, écrivit au maire Guiton et au corps de ville une lettre qu'un hardi marin rochelais qui se trouvait à son bord réussit à grand-peine et péril — passant la nuit tous les obstacles de la baie dans une coque de noix — à porter à destination. Après en avoir d'abord pris connaissance, Guiton lut cette lettre au corps de ville après avoir exigé de lui par serment sur la Bible le secret le plus absolu. Lord Denbigh annonçait aux Rochelais qu'il renonçait, faute de moyens suffisants, à pénétrer dans la baie, et partant, à les envitailler. En conséquence, il invitait les Rochelais à traiter avec le roi de France : « Si on vous offre, disait la lettre, quelque accommodement par lequel vous puissiez vous sauver, ne le rejetez point, et principalement pendant que nous sommes ici. L'extrémité en laquelle nous croyons que vous êtes réduits, et le peu de moyens que nous avons à présent de vous secourir nous amènent bien à contrecœur à vous tenir ce propos. »

Après un moment de stupeur et de la plus affreuse désespérance, Guiton se reprit et décida le corps de ville à mettre deux fers au feu : on dépêcherait des ambassadeurs au roi Charles d'Angleterre pour le supplier d'envoyer une expédition plus puissante, et en même temps, on tâcherait de négocier en sous-main avec le roi de France.

Or, quelques jours auparavant, un ancien maire de La Rochelle, Paul Yvon, étant vieil et mal allant, et désirant se retirer, avait obtenu du corps de ville la permission de saillir hors murs, et du roi, un passeport qui lui permettrait de traverser la circonvallation pour trouver paix et pain dans sa seigneurie de Laleu. Guiton quit de Paul Yvon de demander à Richelieu à quelles conditions le roi accepterait de traiter. Il était convenu que si ces conditions étaient mauvaises, Yvon reviendrait le dire de vive voix, et en secret, au corps de ville. En revanche, si elles étaient passables, un tambour royal apparaîtrait devant la porte de Tasdon pour demander l'entrant. Si elles étaient bonnes, au lieu d'un tambour, Louis enverrait une trompette.

Louis et le cardinal saisirent cette ouverture avec empressement, mais chose à première vue étrange, au lieu d'envoyer devant la porte de Tasdon un tambour *ou* une trompette, ils dépêchèrent un tambour *et* une trompette. Peut-être était-ce là une façon subtile de faire entendre au corps de ville que les conditions que le roi proposait étaient passables, mais qu'elles pourraient devenir bonnes, si chacun y mettait du sien. Quoi qu'il en fût, le mardi six mai, voici notre tambour et notre trompette devant la porte de Tasdon, l'un tambourinant, l'autre soufflant dans sa trompette. Et c'est ici qu'intervient, belle lectrice — grain de sable qui enraya la machine —, le coquart le plus sottard et piaffard de la création : Sanceaux, ou devrais-je dire plutôt : Cent sots, lequel, oyant le tambour et la trompette royale, se demanda ce que voulaient dire ce tambour et cette trompette, sinon que le corps de ville négociait avec l'ennemi, en secret ! en sous-main ! en tapinois !, et sans lui en avoir soufflé mot (offense damnable !) à lui Sanceaux, le gardien sacré des murs !... L'injure faite à son importance enflamma notre homme dans l'instant, et en sa folle ire, il saisit le mousquet d'un de ses soldats, visa, fit feu, et creva la caisse du tambour royal, lequel aussitôt, en hâte, se retira, suivi du trompette. C'était là quasiment un crime de lèse-majesté, et la négociation, à peine entamée, fut rompue, le corps de ville n'osant ni punir ni destituer Sanceaux : c'eût été dévoiler à tous le secret de la négociation, y compris aux pasteurs et à ceux des Rochelais bien nantis qui, ayant encore des vivres, demeuraient intraitables. Guiton et ses échevins acceptèrent en un morne silence le fait accompli : le siège fut prolongé de six mois, et, sinistre conséquence, plus de la moitié de la ville mourut alors de faim. Je gage que jamais dans l'histoire du monde il se trouva, avant Sanceaux, un homme pour causer à lui seul, par sa sotte infatuation, la mort de tant de gens.

Deux semaines après la mousquetade qui creva la caisse du tambour royal, mon personnel et particulier destin prit une tournure si inattendue, et dirais-je, si aimable, que j'en oubliai dans le chaud du moment le siège et ses horreurs ; oubli coupable, assurément, mais que rendit plus facile le fait que je quittai alors les marais et les vents tracasseux du camp pour de plus riants rivages.

Dès que je parvins ce matin-là au logis de Richelieu à Pont de Pierre, Charpentier quasiment me happa, et en un tournemain m'introduisit chez le cardinal, signe indubitable que Son Éminence avait affaire à moi de la façon la plus pressante. En effet, à peine l'entrant donné, le cardinal, assis à son bureau, me dit de ce ton vif et expéditif qu'il affectionnait :

— Monsieur d'Orbieu, de grâce, prenez place.

Et sans attendre même que je fusse assis, il poursuivit :

— Sa Majesté, Monsieur d'Orbieu, voudrait que demain vous partiez en mission pour Nantes.

— Pour Nantes ? Monsieur le Cardinal, dis-je, envahi dans l'instant d'une bouffée de bonheur, mais tâchant de garder une face imperscrutable. Je suis, assurément, tout dévoué aux ordres de Sa Majesté.

— Monsieur d'Orbieu, poursuivit Richelieu, chassant d'un geste mon compliment, comme il eût fait d'une mouche importune, avez-vous ouï parler du baron de La Luthumière ?

— Oui, Monsieur le Cardinal : quelqu'un, au Louvre, l'a qualifié un jour devant moi de Baron Pirate.

— C'est là une de ces sottes clabauderies dont la Cour est coutumière, dit Richelieu. La Luthumière n'est en aucune façon un pirate. Il est gouverneur de Cherbourg, et il a reçu commission du roi par lettre de marque pour courre sus aux vaisseaux ennemis. Il est donc légitimement reconnu comme corsaire royal. Tout comme vos frères, Monsieur d'Orbieu.

— Comment ? dis-je béant, mes frères se livrent à la course ?

— En temps de guerre, ils remplacent leur coutumier négoce maritime par la course en haute mer. Et ils y sont excellents, mais ne disposant que de trois flûtes armées, ils ne peuvent faire des prises d'aussi grande conséquence que le baron de La Luthumière, lequel dispose d'une petite flotte. J'en viens au fait. Prévenu par nos mouches du départ de l'armada anglaise pour Plymouth, Monsieur de La Luthumière tira avantage du fait que ladite armada, très éprouvée par la tempête, naviguait en ordre dispersé pour attaquer dans la Manche les navires isolés. Le résultat de ces assauts passe l'imagination : il coula trois vaisseaux anglais, et en captura quatre, mais ne se sentant pas avec eux tout à fait en sécurité à Cherbourg, il ramena les vaisseaux à Nantes.

Richelieu se tut et les yeux mi-clos, il posa la main sur le dos de son chat, puis comme surpris par le désir qu'il avait eu de le caresser, il la retira aussitôt.

— Monsieur d'Orbieu, reprit-il, pour éclairer votre mission, je voudrais vous ramentevoir d'aucunes circonstances qu'il se peut que vous ne connaissiez pas, ou pas assez. Nos bons Anglais qui viennent de quitter sans tant languir notre côte, pour eux si peu hospitalière (sur ce dernier mot, l'ombre d'un sourire passa sur son visage maigre, creusé par la fatigue), devaient dans le projet primitif de Buckingham armer contre nous vingt vaisseaux — et vous savez sans doute que les vaisseaux, par leur taille, leur nombreux équipage, et le grand nombre de leurs canons, sont l'ossature d'une flotte. Or, après avoir dans tous les ports de leur île tout raclé, les Anglais n'en trouvèrent que quatorze qui fussent en état de naviguer. C'était quasiment moitié moins que ce que nous avions rassemblé à La Rochelle, soit vingt-quatre vaisseaux. Et voici que par une émerveillable victoire, La Luthumière coule trois des vaisseaux anglais et en saisit quatre autres. Après ces prises, voici donc les plus puissants bâtiments de la flotte anglaise réduits à sept unités, lesquelles, désormais, doivent affronter nos vingt-quatre vaisseaux. Mais nous pouvons meshui faire mieux encore. Monsieur d'Orbieu, voyez-vous pas où je veux en venir?

— Monsieur le Cardinal, dis-je promptement, la flotte du roi, si elle pouvait s'enrichir des quatre vaisseaux de Monsieur de La Luthumière, serait forte de vingt-huit vaisseaux.

— Par malheur, reprit Richelieu, comment le roi pourrait-il se saisir des quatre vaisseaux anglais de Monsieur de La Luthumière ? La lettre de marque qui fait de lui un corsaire royal lui accorde le droit de prise. En principe, comme vous savez, tout est à lui sur le bateau qu'il a saisi : le bateau, l'équipage, les canons, la poudre, et tous les biens périssables ou permanents qui se trouvent à bord. Cependant, la légitimité des prises doit être reconnue par la *Cour des prises,* tribunal royal. Ce recours, il était de mon devoir de le signaler, parmi d'autres, au roi. Mais Sa Majesté, bien entendu, a noulu engager une procédure aussi injuste et injurieuse à l'endroit d'un gentilhomme qui l'avait si bien servi. Cependant, ces quatre vaisseaux nous sont bien nécessaires, si nous voulons acquérir sur les Anglais une supériorité telle et si grande qu'ils n'oseraient plus, d'ores en avant, porter secours à La Rochelle. Voyez-vous, Monsieur d'Orbieu, une autre façon de les acquérir ?

J'entendis bien alors que le cardinal me posait — comme Socrate à ses disciples — une question dont il avait déjà la réponse, l'intérêt de cette maïeutique étant de me passionner pour une mission dont j'aurais, par moi-même, découvert et senti la nécessité.

— Monsieur le Cardinal, dis-je, pour autant que le gouvernement de Sa Majesté dispose des pécunes suffisantes, et pour peu que Monsieur de La Luthumière consente à ce bargoin, il serait tout indiqué qu'on lui achetât ces vaisseaux.

— Bien dit, Monsieur d'Orbieu. Pour les

pécunes, le roi, qui a déjà fait dégorger trois millions aux évêques de France, pourra sans doute obtenir d'eux un million de plus.

Que je le confie ici en passant au lecteur, le mot « dégorger », appliqué par le cardinal à des évêques, ne laissa pas de m'ébaudir...

— Un million est une grosse somme, poursuivit Richelieu, mais je vous laisse à déterminer, vous-même, la première offre que vous ferez à Monsieur de La Luthumière.

Adonc, m'apensai-je, il faudra barguigner ! Et barguigner avec un corsaire ! Un corsaire qui n'est sûrement pas un enfantelet dont on coupe le pain en tartine !

— Monsieur le Cardinal, repris-je, il se pourrait que Monsieur de La Luthumière se paonne si fort de ces quatre vaisseaux anglais, qui sont, et seront, l'éternelle gloire de sa course, qu'il refuse tout à trac de s'en séparer. Pourrais-je alors proposer de les louer au roi pour la durée du siège ?

— Monsieur d'Orbieu, dit Richelieu avec un vif éclat de son œil perçant, ne seriez-vous pas dans l'instant en train de barguigner avec moi ?

— Nenni, Monsieur le Cardinal, dis-je avec tout le respect du monde, c'est seulement que je pense qu'il sera peut-être très difficile à Monsieur de La Luthumière de vendre ces quatre vaisseaux, mais qu'il lui sera, en revanche, beaucoup plus facile de les louer, la location étant, il va sans dire, mon dernier et désespéré recours.

— Je l'accepte en tant que tel, dit aussitôt Richelieu, mais pour le prix de la location, le roi ne voudra pas dépasser cent mille livres.

— Monsieur le Cardinal, oserai-je encore vous poser question ?

— Osez, Monsieur d'Orbieu.

— Monsieur de La Luthumière, tout me porte à le croire, sera un rude barguigneur. Puis-je lui laisser entendre pour l'adoucir que le roi, pour le récompenser de ses exploits, envisage de l'avancer dans l'ordre de la noblesse ?

— Vous le pouvez, mais dites-lui qu'entre la conception de cet avancement et sa réalisation, il peut se passer plusieurs mois. De reste, Monsieur d'Orbieu, ajouta le cardinal avec un sourire, n'êtes-vous pas vous-même un exemple de ce délaiement ?

À cela, qui était à la fois brin de malice et brin de promesse, je souris aussi, puis je m'inclinai profondément devant le cardinal, mais il eût fallu me hacher comme chair à saucisse pour prononcer un seul mot concernant mon avancement personnel.

*

* *

Le quinze juin, par un temps clair, chaud et ensoleillé, Monsieur de Clérac avec ses quinze mousquetaires, et une charrette pour porter leurs tentes, moi-même, Nicolas, ma carrosse, mes onze Suisses et leur charrette, nous départîmes ensemble pour Nantes. Comme toujours, j'alternai pour me défatiguer le cheval et la carrosse, et comme j'aime la compagnie de mes semblables, quand j'étais en la carrosse, je quérais tantôt la compagnie de Monsieur de Clérac, et tantôt celle de Nicolas.

Ce voyage de La Rochelle à Nantes nous prit

six jours, et au fur à mesure que nous nous éloignions de Saint-Jean-des-Sables, l'humeur de mon pauvre Nicolas devenait sombre et taciturne. Le troisième jour, il n'y tint pas.

— Monsieur le Comte, dit-il comme nous étions assis au bec à bec dans la carrosse, puis-je vous poser question ?

— Pose, Nicolas.

— Quand arriverons-nous à Nantes ?

— Dans trois jours, je pense.

— Cela fait six jours de voyage, dit-il, fort chaffourré de chagrin, et pour revenir tout autant, soit douze jours.

— En effet.

— Peux-je encore, Monsieur le Comte, vous poser question ?

— Pose, Nicolas.

— Combien de temps sommes-nous pour demeurer à Nantes ?

— Malheureusement, je ne le saurais dire : cela dépendra du gentilhomme avec qui je vais négocier.

Là-dessus, Nicolas, quelque effort qu'il fît, eut un air tant malheureux, qu'à la fin, à la manière de Richelieu, je lui posai une question dont je connaissais la réponse.

— Il semblerait, Nicolas, que la longueur de cette mission te contrarie ?

— Monsieur le Comte, dit-il vertueusement, je n'ai pas à être contrarié. Je suis à votre service. Et de votre côté, vous paraissez fort content que cette nouvelle mission vous amène à Nantes.

— Quoi de plus naturel, Nicolas, mes frères y vivent, dis-je, jouant le chattemite, je serai si heureux de les revoir.

— Et vous ne verrez personne d'autre ?

— Si fait. Je tâcherai de faire la connaissance de Madame de Brézolles.

— Mais, Monsieur le Comte, dit Nicolas qui n'en croyait pas ses oreilles, vous la connaissez déjà !

— Nicolas, où diantre as-tu pris cela ? Elle était départie de sa demeure deux jours avant que nous y fûmes admis par la bonne grâce de Madame de Bazimont.

Nicolas tourna la tête vers moi et m'envisagea, béant, avec la dernière incrédulité. Il est bien vrai que lorsque Madame de Bazimont, ayant reçu quelques mois plus tôt une lettre de sa maîtresse, me fit part de cette nouvelle version de l'histoire, je tombai, moi aussi, des nues. Toutefois, mon étonnement dura peu. Car, connaissant la subtilité, pour ne pas dire le machiavélisme, de Madame de Brézolles, je ne laissai pas de penser qu'elle devait avoir de fort bonnes raisons pour modifier les faits. Et j'admirai aussi, en y réfléchissant plus outre, l'emprise qu'elle devait avoir sur son domestique, car cette version nouvelle ne pouvait être accréditée sans son concours, ou à tout le moins, sans son silence.

— Nous n'aurions donc jamais vu Madame de Brézolles ? dit Nicolas en m'envisageant avec de grands yeux.

— Ni vue, ni encontrée. Pensais-tu le contraire, Nicolas ? dis-je avec reproche.

— Oui, Monsieur le Comte, mais à vous ouïr meshui, il me semble que j'ai dû me tromper.

— Assurément, tu t'es trompé, et sais-tu pourquoi ? Tu as confondu les deux vérités.

— Parce qu'il y a deux vérités, Monsieur le Comte ?

— Oui, Nicolas, toujours. Il y a toujours deux vérités.

— Et quelles sont-elles, puis-je le demander ?

— Il y a, d'une part, Nicolas, la vérité des faits. Et d'autre part, la vérité utile. En notre présent prédicament, c'est cette dernière qui compte.

— Je n'ai donc jamais vu ni encontré Madame de Brézolles ?

— Pas plus que moi, Nicolas ! C'est pourquoi, lui ayant de grandes obligations pour avoir approuvé par lettre-missive l'hospitalité qu'en son absence Madame de Bazimont m'a baillée, une fois à Nantes, je tâcherai de me faire connaître d'elle, afin de lui présenter mes infinis mercis.

— J'entends bien, Monsieur le Comte, que vous lui devez, en effet, beaucoup de gratitude, dit Nicolas qui ne manquait pas d'esprit, dès lors qu'il avait réussi à dépasser la candeur de ses vertes années.

Tomba alors dans la carrosse un si grand silence que vous eussiez cru ouïr un ange — se peut celui de la vérité outragée. Quoi qu'il en fût, son battement d'ailes me piqua de quelque scrupule, et me tournant vers Nicolas, je lui dis sur le ton le plus affectionné :

— Nicolas, puisque aussi bien tu es autant que mon écuyer, mon écolier et quasiment mon fils (il rougit de plaisir à ouïr ces paroles), je ne veux point te cacher que la vérité des faits, pour un honnête homme, est infiniment plus aimable que la vérité utile, et qu'il tâche d'y adhérer le plus souvent qu'il peut. Cependant, il est des cas où tant de grands intérêts sont en jeu, ou publics, ou privés, que la vérité utile devient, hélas, une absolue nécessité.

— Je l'entends bien ainsi, dit Nicolas, et la grand merci, Monsieur le Comte, de m'en avoir instruit.

Cet entretien avec Nicolas fut pendant ce voyage le seul de quelque longueur que j'eus avec lui, chaque fois qu'à son tour, succédant à son aîné, il prenait place à mes côtés. Il est vrai que nous avions tous deux de bonnes occasions de demeurer clos, encore qu'elles fussent inspirées par des sentiments différents. Nicolas, à chaque cahot de la carrosse, se sentait bien marri de s'éloigner de Brézolles, tandis que moi, à chaque tour de roue qui me rapprochait de Nantes, je frémissais de joie dans l'attente du bonheur qui — je le voulais croire — m'y attendait.

Les Siorac n'étaient point, la Dieu merci, en mer, occupés à courre sus aux bateaux de charge anglais, mais pour citer Antoinette, la cabaretière du port, « en leur *ben biau* et riche hôtel » jouxtant la cathédrale de Saint-Pierre.

Et tandis que le capitaine Hörner et Monsieur de Clérac — qui avec ses Suisses, qui avec ses mousquetaires — allaient quérir, d'ordre du roi, un gîte au gouverneur de Nantes, les « Messieurs de Siorac », armateurs et corsaires, fort respectés en ces lieux, me baillèrent, ainsi qu'à Nicolas, après je ne sais combien de fortes brassées, une fraternelle hospitalité, pour le temps que j'aurais à demeurer en leur bonne ville.

À peine nous mettions-nous à table pour le souper — lequel fut fait de poissons succulents et arrosé d'un bon vin de Loire — que je m'inquiétai du gîte du baron de La Luthumière à qui j'avais affaire demain, dis-je, sans préciser plus outre.

— Ma fé ! dit Pierre qui jouait fort bien du plat de la langue, le baron, à'steure, est plus difficile à approcher que le gouverneur de la province. Il se paonne à l'infini des quatre vaisseaux pris aux Anglais, et se trouve si occupé à les repeindre en cale sèche qu'il est inaccostable.

— Ce qui est une bonne chose pour un corsaire, dit Olivier sans sourire le moindre, sauf des yeux.

— En outre, reprit Pierre, on dit qu'il est pour décorer de son blason les proues de ses vaisseaux.

— Son blason sur les proues ? dis-je. Est-il coutumier d'agir ainsi ?

— Pas le moindrement du monde, dit Olivier, et d'autant que son blason, il vient de l'inventer, car son père, à ma connaissance, n'en avait point.

— Il faut un commencement à tout, dit Pierre qui était trop bonhomme et trop prudent pour médire de quiconque. Après tout c'est notre grand-père Siorac qui, dès lors que le roi le fit baron, dota ses descendants de ces belles armoiries dont nous faisons ce jour tant de piaffe.

— Je suis bien marri, dis-je, que Monsieur de La Luthumière soit si haut, car je suis céans d'ordre du roi pour l'encontrer.

— Ce ne sera point facile, même avec un ordre du roi, et alors même que le baron est gouverneur de Cherbourg, dit Olivier, car il a meshui une flotte de huit navires — quatre à Cherbourg et quatre à Nantes — et se prend lui-même pour une sorte de roi qui cuide régner en maître sur la mer océane...

Olivier dit cela en souriant des yeux, mais sans pour autant paraître se départir de son humeur calme et maîtrisée.

— Il y a pourtant, dit Pierre d'un ton vif, un moyen de parvenir jusqu'à lui : son épouse.

— Son épouse ? dis-je béant.

— Eh oui ! reprit Pierre en riant à gueule bec, La Luthumière commande d'une main de fer ses vaisseaux, ses capitaines, leurs rudes équipages et la ville de Cherbourg. Mais de retour au gîte, il obéit à son épouse.

— Le proverbe, donc, ne ment pas, dis-je. Ce que femme veut, Dieu le veut.

— En conséquence, reprit Pierre, mets demain, mon cher comte, ton plus élégant pourpoint, tes hautes bottes, ton plus majestueux panache, sans oublier, bien sûr, sur ta noble poitrine, la croix de chevalier du Saint-Esprit, et présente-toi à la baronne à l'heure à laquelle sa toilette est finie, c'est-à-dire sur les onze du matin, précédé de ton bel écuyer qui demandera pour toi l'entrant. Quant à la baronne, après les compliments de Cour, qu'il ne faudra en aucune façon abréger avec elle, il lui faudra dire qu'étant conseiller du roi en son Conseil, il t'a dépêché à Nantes pour encontrer son mari, et lui dire en quelle faveur il est meshui auprès du roi.

— Et pourquoi, dis-je, lui conterais-je cela ?

— Mais, dit Pierre, reprenant le relais de son frère, pour la raison qu'elle s'attend à ce que Louis élève son mari, après son exploit naval, dans l'ordre de la noblesse. La dame, lasse d'être baronne, brûle d'être marquise comme sa grande et intime amie, Madame de Brézolles.

— Quoi? Elles sont amies?

— Intimes et immutables. À telle enseigne que lorsque les La Luthumière viennent à Nantes, ils ne logent pas chez le gouverneur comme le voudrait le protocole, mais chez Madame de Brézolles, dont l'hôtel jouxte le nôtre.

« Mon Dieu, m'apensai-je, elle est si proche de moi! » Mon cœur se mit incontinent à cogner contre mes côtes, et mes mains à trembler, tant est que je les cachai promptement sous la table. J'imagine que je pâlis aussi, mais mes frères étant un peu chiches en chandelles, la lumière se trouvait trop faible pour qu'ils s'en aperçussent. J'attendis un moment que ma voix redevînt claire et forte en mon gargamel, tout en répétant à moi-même : « Ô Vérité utile, ne tarde pas plus outre, viens donc à mon secours! »

— Je ferai donc, dis-je du ton le plus naturel et le plus enjoué, d'une pierre deux coups. Je verrai Madame de La Luthumière, et je ferai la connaissance de Madame de Brézolles.

— Eh quoi, dit Olivier, vous logez dans son château de Saint-Jean-des-Sables, et vous ne la connaissez pas?

— Mais point du tout. Elle était depuis deux jours départie pour Nantes, quand son Intendante, Madame de Bazimont, prit sur elle de m'héberger. Toutefois, Madame de Brézolles, apprenant cette initiative, voulut bien l'approuver par une lettre-missive, trouvant sans doute que son château, si je l'occupais avec mes Suisses pendant le siège, serait mieux remparé contre les déserteurs et les caïmans.

Après ce discours nous allâmes nous coucher. La nuit est longue à qui espère, et il devrait pourtant en être content, car elle est plus longue encore à qui désespère, ou de sa vie, ou de sa belle. Sur les dix heures de la matinée, n'y tenant plus, je dépêchai mon Nicolas à Madame de Brézolles, porteur d'un billet dont voici la teneur :

« Madame,

« Bénéficiant, grâce à la gentillesse de Madame de Bazimont, de l'insigne privilège d'être, en votre absence, et sans avoir l'heur de vous connaître, votre hôte en votre beau château de Saint-Jean-des-Sables, je vous serais très reconnaissant d'avoir la bonté de me recevoir, afin que je puisse vous dire de vive voix l'infinie gratitude que je garde, et garderai toujours, pour cette émerveillable hospitalité.

« Je suis, Madame, votre très humble et très dévoué serviteur.

Comte d'Orbieu. »

Dès que Nicolas fut départi comme carreau d'arbalète, son absence me parut longuissime, bien qu'elle n'excédât pas, en fait, dix minutes, comme le béjaune ne faillit pas d'en faire la remarque, quand à ce sujet je lui chantai pouilles.

— Monsieur le Comte, dit-il, la grande porte déclose, je fus reçu par un laquais, à qui je dis mes noms et qualités, et demandai à parler au *maggiordomo*. À l'advenue de ce gentilhomme, laquelle fut fort lente, Monsieur de Vignevieille, étant, comme vous savez, chenu, branlant, et mal allant, marchant à petits pas, une épée inutile lui battant le flanc gauche, et s'appuyant de la dextre sur une haute canne...

— Trêve de descriptions, impertinent! m'écriai-je. Viens-en au fait! Parle!

— Mais je ne fais que cela, parler! dit Nicolas avec un sourire si innocent qu'il lui eût ouvert incontinent les portes du ciel. Quoi qu'il en fût, Monsieur le Comte, Monsieur de Vignevieille feignit de ne me point connaître, et le front de marbre, prit mon billet pour l'aller remettre à sa maîtresse, mais à une telle allure escargote que je me préparais, songeant au temps qu'il prendrait pour revenir, à une longue attente. La Dieu merci, il n'en fut rien! Car tout à trac je vis, dévalant d'un pas léger le grand escalier courbe, une accorte soubrette, gracieuse et court vêtue, laquelle je « connaissais » comme on dit dans la Bible, mais qui feignit, elle aussi, de ne point me connaître, tant est grand, dans cet hôtel, Monsieur le Comte, le nombre des adeptes de la Vérité utile...

— Parle! Parle enfin, écuyer du diable! ou je te romps les os! m'écriai-je, trémulant en mon ire. Que te dit la chambrière?

— Madame de Brézolles, Monsieur le Comte, vous recevra à dîner sur les onze heures et demie, tenant à grand honneur de faire votre connaissance. Quant à Monsieur et Madame de La Luthumière, vous ne pourrez les voir, à tout le moins ce jour-ci, étant invités à dîner à cette même heure, par le gouverneur de Nantes.

CHAPITRE XI

Le temps me dura fort entre le moment où Nicolas vint m'annoncer que Madame de Brézolles m'attendait à dîner sur le coup de onze heures et demie, et l'instant où, m'étant à loisir lavé, rasé, et de ma plus belle vêture attifuré, je pus enfin, suivi de Nicolas, toquer à l'huis de ma bien-aimée.

On eût dit que le laquais nous attendait derrière la porte tant elle s'ouvrit promptement, et Monsieur de Vignevieille n'en était pas si loin non plus, car dès qu'il m'aperçut il vint à moi, s'inclina comme s'il ne m'avait jamais vu, et me demanda gravement mes noms et qualités avant de me dire que Madame la Marquise, se trouvant ce matin quelque peu dolente, me recevrait à dîner dans un petit cabinet au premier étage. Quant à mon écuyer, ajouta-t-il, voudrait-il lui faire l'honneur de partager au rez-de-chaussée son repas : invitation que Nicolas accueillit avec la plus parfaite courtoisie et la plus aigre désolation, car aimant comme son maître la compagnie du *gentil sesso,* il eût même consenti à dîner au bec à bec avec une soubrette, alors même qu'il était, voulait être, et serait sans doute, sa vie durant, un modèle de fidélité conjugale.

La table était, en effet, dressée dans le petit cabinet où Monsieur de Vignevieille m'introduisit — beau nom, Vignevieille, qui convenait tout à plein à celui qui le portait, car le pauvret était si desséché qu'il avait l'air d'être fait de sarments de vigne sans feuilles ni fruits. Madame de Brézolles, bien qu'elle ne fût pas encore là, cependant y était déjà par la façon même dont la table avait été mise, à coup sûr sur ses instructions, avec le soin, la joliesse, la minutie, cet art enfin qui n'appartenaient qu'à elle.

Monsieur de Vignevieille me pria suavement de prendre place, mais je noulus, aimant mieux, avant l'advenue de ma belle, jeter un œil à la ronde sur les meubles et les bibelots de ce petit cabinet, lesquels ne furent pas sans m'émouvoir, parce que je voyais bien que c'était Madame de Brézolles qui les avait tous et un chacun choisis.

Elle apparut enfin, et dès lors, je ne vis plus qu'elle, tant de chaleur, de beauté et de tendresse étant entrées en même temps qu'elle dans la petite pièce. Nous échangeâmes des saluts et des révérences mécaniques en même temps que des paroles convenues, nos yeux étant, seuls, capables d'exprimer comme il fallait l'émeuvement qui nous submergeait après cette longue absence.

Je trouvai Madame de Brézolles non point grossie, mais épanouie, le tétin cependant plus pommelant, la taille plus ondulante, et, répandu sur son beau visage, un air de tranquille contentement que je ne lui avais jamais vu. Mais c'était bien le même œil mordoré, vif, rieur ou attendri, le même nez délicatement ciselé, et cette bouche sur laquelle je pourrais écrire des volumes sans rendre le bonheur que sa vue, à elle seule, m'inspirait. Pardonne-moi, lecteur, cet encensement insensé de ma belle, et plaise à toi de recevoir de moi l'assurance que je ne piperai mot ni miette, quand tu porteras devant moi ta maîtresse aux nues.

Cet air de liesse qui se lisait sur le beau visage de Madame de Brézolles m'eût rendu quelque peu suspicionneux, si ses regards, à l'entrant, ne m'avaient dit plus clairement encore toute la part qui m'en revenait.

Du diantre si je me ramentois ce que je mangeai en cette repue-là, et bien que je sois bien assuré que la chère fût des meilleures, je n'ignore pas non plus que la seule présence de Madame de Brézolles m'eût fait trouver délectable le brouet le plus spartiate. En silence, je la dévorais des yeux, et elle me rendait regard pour regard, sans que ce continuel échange nous lassât le moindre, tant nous avions appétit à nous envisager.

Cependant, il y avait, comme j'ai dit déjà, des points qui demeuraient obscurs dans mes relations avec Madame de Brézolles, lesquels j'étais bien décidé à élucider avant de me laisser aller aux puissantes forces qui me poussaient vers elle. Toutefois, je n'eus même pas à lui poser questions à ce sujet, car, sentant derrière mon silence des mésaises et des doutes, elle entreprit d'expliquer elle-même les énigmes de sa conduite.

— Mon ami, dit-elle, je sens bien qu'il y a de certaines circonstances que vous aimeriez que je vous éclaircisse. Oyez-moi, je vous prie, avec quelque patience, et vous verrez que vous aurez lieu de me plaindre plutôt que de me blâmer. Je fus mariée fort jeune à Monsieur de Brézolles, et après dix ans de mariage, je me retrouvai, comme bien vous savez, sans enfant, Monsieur de Brézolles ne laissant pas de me rendre responsable de cette infécondité. Je le crus de prime, mais dès lors que je m'aperçus qu'aucune des innombrables chambrières, avec qui il coqueliquait comme rat en paille, ne tombait jamais grosse de son fait, j'en conclus, avec un chagrin extrême, qu'il était lui-même stérile, et que je ne serais jamais mère. Vous savez le reste. Monsieur de Brézolles fut blessé à la jambe au combat de l'île de Ré, blessure dont il eût guéri, je pense, s'il n'avait voulu prouver incontinent, par braverie, qu'il était homme. Tant est qu'à peine de retour céans, se jetant sur moi, il me prit avec les hurlements sauvages qu'il poussait dans ces moments-là, et que tout le domestique pouvait ouïr du haut en bas de la demeure. Vous savez le reste : sa blessure se rouvrit. On n'en put arrêter le sang, et il mourut, assisté d'un médecin qui lui reprocha ses excès et d'un curé qui, au nom du Seigneur, les lui pardonna.

« On l'enterra, et deux jours plus tard, je dis bien : deux jours plus tard, vous apparûtes devant les grilles de Brézolles, comme le *missus dominicus*, que le Seigneur, exauçant mes prières, m'avait envoyé pour me rendre mère. Je sais bien que cela doit vous paraître extravagant, mais ce qui me confirma ce miracle, c'est que, me donnant à vous avec une promptitude qui vous étonna, je devins grosse aussitôt. Quant au scandale qui s'attache aux relations hors mariage, je pensai que j'y pourrais échapper en faisant croire au médecin et au curé que l'enfant était de Monsieur de Brézolles, si peu de jours s'étant écoulés entre le moment de sa mort et le moment où je m'aperçus que j'étais enceinte. Or ce mensonge qui m'était inspiré par la pudeur, loin d'être puni, fut au rebours mille fois récompensé...

« On ne le décrut pas. La raison en est simple. Il était si vraisemblable : la maison retentissait encore des cris sauvages et triomphants de mon défunt mari dans le déduit que j'ai dit.

— Cependant, M'amie, dis-je avec un léger reproche, vous ne m'avez jamais touché mot de toutes ces circonstances.

— Par votre faute, mon ami, dit Madame de Brézolles avec un regard et un sourire si charmants que j'inclinai tout de gob à la croire.

— Par ma faute ?

— Assurément, Monsieur. De grâce, ramentez-vous : quand j'ai dit que j'acceptais en nos étreintes les complaisances et les enchériments — si nouveaux et si délicieux pour moi — mais non les précautions, vous vous êtes écrié : « M'amie, oseriez-vous avoir un enfant hors mariage ? » Et aussitôt vous m'avez soupçonnée de vouloir marier le premier venu pour justifier la présence chez moi de cet enfantelet. Et comme je vous demandais si, le cas échéant, cela vous fâcherait, vous me répondîtes tout à trac : « Assurément, je n'aimerais pas que mon enfant soit élevé par un faquin ! »

— En effet, dis-je, j'ai bien dit cela.

— Ah ! mon ami, vous ne sauriez croire

comme cela me toucha d'ouïr de votre bouche : « mon enfant », et comme je vous ai aimé du bon du cœur d'avoir prononcé ces paroles. N'était-ce pas émerveillable ? Avant même que l'enfant ne fût fait, vous le teniez pour vôtre ! Pourtant à cette belle lumière s'attachait aussi pour moi une ombre menaçante. Je craignis que cette fibre paternelle qui venait de vibrer chez vous ne gênât les plans que je formais pour ma sauvegarde. Aussi vous cachai-je ce qu'il en était, dès que je sus que j'étais grosse de vous.

— Pardonnez-moi, M'amie. Mais à cette cachotterie s'en ajouta une autre. Quand vous départîtes de Brézolles, vous noulutes me dire quelle était dans votre contrat de mariage « la clause scélérate » dont vos beaux-parents s'autorisaient pour revendiquer votre hôtel de Nantes.

— Mais, mon ami, je ne pouvais assurément pas vous révéler cette clause sans faire naître en vous le soupçon que je ne m'étais jetée à votre tête que dans l'unique idée de devenir grosse et de déjouer ainsi la perfide intrigue de ma belle-famille.

— Et c'était faux ?

— Archifaux ! Au moment où je me suis donnée à vous, je ne connaissais pas encore la clause scélérate de mon contrat de mariage, lequel avait été signé par mon père, puisque tel est l'usage.

— Eh bien, M'amie, cette clause, allez-vous ce jour d'hui me la déclore ?

— La voici sans ambages : si mon mariage avec leur fils demeurait, par malheur, infécond, l'hôtel de Nantes, c'est-à-dire la part que mon mari avait apportée à la communauté de biens, reviendrait, en cas de décès dudit fils, à mes beaux-parents.

— Voilà une clause bien inhabituelle, et qui eût dû mettre puce à l'oreille à Monsieur votre père... Car enfin, pourquoi vos beaux-parents supposaient-ils cette infécondité ?

— Oh, ils avaient une bonne raison pour cela ! Je l'ai su beaucoup plus tard par une chambrière que mes beaux-parents avaient renvoyée, et qui, par le plus grand des hasards, entra ensuite en mon domestique : Monsieur de Brézolles, de sa quinzième à sa vingt-cinquième année — âge auquel il m'épousa —, avait coqueliqué avec toutes les chambrières du château paternel sans que jamais aucune d'elles ne tombât grosse. Cela, mes beaux-parents ne pouvaient l'ignorer.

— Mais que voilà, dis-je, de peu ragoûtantes personnes ! Non seulement elles savaient que leur fils vous priverait à jamais du bonheur d'être mère, mais non contentes de ce forfait, elles en commettaient un second : elles tâchaient, après sa mort, de vous rober de la partie de son bien que le mariage vous avait légitimement apportée. M'amie, que fîtes-vous en ce périlleux prédicament ?

— Je départis aussitôt pour Nantes — et la Providence m'aida, car sans Monsieur votre père et sa puissante escorte je n'eusse pu alors le faire. Mais avant mon département, j'obtins de notre médecin qu'il attestât par écrit, sur la foi du serment d'Hippocrate, que Monsieur de Brézolles lui avait confié que son dernier déduit avec moi, en rouvrant sa plaie, l'avait mis à l'agonie. Et d'autre part, ledit médecin acertaina qu'il avait observé, après son décès, sur ma personne des signes indubitables montrant que je portais en mon sein un enfant posthume.

— Et à cela que répliqua la partie adverse ?

— Elle dépêcha un espion au camp de La Rochelle. Il découvrit que vous étiez hébergé à Brézolles, mais sans pouvoir préciser la date à laquelle on vous y avait admis, et sans non plus apporter d'autres preuves que votre séduisante apparence. C'est alors que je répliquai que je ne vous connaissais point, pour la raison que Madame de Bazimont ne vous avait admis en mon logis que le lendemain de mon département pour Nantes.

— Mais, Madame, n'était-ce pas de votre part quelque peu audacieux ? Ne preniez-vous pas le risque d'être trahie par quelqu'un ou quelqu'une de votre domestique ?

— Mon domestique est fort attaché à moi, et il a quelques raisons de l'être. D'autre part, il n'aurait rien gagné à ce que je perdisse mon procès, car il connaissait mes beaux-parents, et les tenait pour ce qu'ils sont : les plus chiche-face et pleure-pain de la création. C'est, du reste, cette particulière faiblesse de tout vouloir sans rien donner qui leur coûta le procès. Ils graissèrent, comme il se doit, les pattes des juges, mais pauvrement, alors que je fis de même, mais avec une libéralité telle et si grande que j'eusse gagné mon procès, je gage, même si j'avais été dans mon tort. Mon hôtel est donc mien derechef, et à moi aussi, cet enfant dont vous êtes le père.

— M'amie, dis-je avec un grand émeuvement, la grand merci à vous d'avoir dissipé les brumes qui obscurcissaient mon bonheur par des suspicions et des mésaises. Revenons à l'enfantelet qui vous rend si heureuse : il serait temps, M'amie, ne croyez-vous pas, que vous me disiez s'il est fille ou garcelet.

— Garcelet, et en tant que tel, il n'a rien à envier à personne.

À quoi, je ris, fort attendrézi par cette piaffe maternelle.

— Et comment l'avez-vous prénommé ?

— Emmanuel.

— M'amie, savez-vous qu'Emmanuel est un mot hébreu qui veut dire « Dieu avec nous » ?

— Je l'ignorais. Pour moi, Emmanuel est la deuxième partie du prénom de son vrai père.

— Voilà qui est touchant. Peux-je voir enfin l'enfantelet ?

— Assurément, mais il faudra attendre que le domestique ait débarrassé.

Là-dessus, elle agita une petite sonnette d'argent, et pas moins de trois valets entrèrent l'un après l'autre dans le cabinet, firent place nette en un battement de cils et s'escamotèrent. Ce ballet-là était prévu, je gage, tant il fut prompt et bien réglé.

— Mon ami, dit-elle en se levant, plaise à vous de me suivre.

Elle se dirigea alors vers une seconde porte qui se trouvait dans notre petit cabinet et, l'ayant déclose, découvrit une vaste chambre, et me pria de clore l'huis derrière moi. Je fus béant : la chambre était la méticuleuse réplique de celle de Brézolles : tapis, baldaquin, courtines, rideaux et meubles étaient les mêmes.

— Je n'aime pas, dit-elle, quand je quitte Nantes pour Brézolles, changer le décor et la texture de mon nid.

« Voici votre fils, Monsieur, poursuivit-elle en me prenant la main pour me conduire jusqu'au berceau.

Je confesse, lecteur, que jusqu'à ce jour, semblable à beaucoup d'hommes, la vue des enfantelets ne m'avait jamais comblé d'aise, les tenant, bien au contraire, pour d'insufférables et malodorants braillards. Mais le mien, d'évidence, sera très différent : s'il pousse des hurlades, je dirai qu'il a de bons poumons, et s'il s'oublie dans son lange, j'en conclurai qu'il digère bien. À vrai dire, il ressemblait encore assez peu au beau garcelet qu'il serait, ayant les yeux clos, la face un peu molle, peu de poils sur le crâne, et qui pis est, on ne voyait rien de son corps, tant il était emmailloté. Mais enfin, c'était mon fils, et à l'envisager longtemps en silence qui dormait à poings fermés (et quelles petites mains il avait !) j'en étais si attendrézi que mon cœur me toquait la poitrine.

— Ne demeurons pas céans plus longtemps, dit Madame de Brézolles à voix basse, il va sentir notre présence et se réveiller.

Et se jetant tout soudain dans mes bras, elle me fit tant de poutounes sur ma face entière que j'eus peine, tant ses lèvres bougeaient, à les enclore dans les miennes. N'est-ce pas étrange qu'à ce moment-là, je pensais à ce que dit Homère si sobrement et si joliment dans son *Odyssée*, quand, après vingt ans d'absence, Ulysse reconquiert Pénélope : « Ils retrouvèrent leur couche et ses droits d'autrefois. »

*

* *

Monsieur de La Luthumière était si haut — se prenant à la fois pour le roi de la mer et le vice-roi de Cherbourg — que j'aurais pu avoir quelque mal à l'encontrer, si Madame de Brézolles n'avait eu l'idée de m'inviter le lendemain à dîner en même temps que ses hôtes. Et même alors, il fut à table froid comme glace, et l'air si distant que je n'aurais peut-être pu l'entretenir au bec à bec, si je n'avais fait allusion au fait que le roi pensait l'avancer, après son exploit, dans l'ordre de la noblesse.

À ces mots, Madame de La Luthumière dressa sa mignonne oreille et envisagea son mari d'une façon qui me convainquit que celui des deux qui avait jeté le grappin sur l'autre pour l'aborder, le saisir et le mener à l'autel n'était pas le corsaire royal. Cette dame était, de reste, un vrai petit bijou de femme, faite au moule, peu d'appâts, mais ceux-là toujours en mouvement, des yeux de feu, et une petite bouche à croquer tous les hommes de la création. De bonne noblesse, mais petite, elle était devenue baronne en capturant La Luthumière et ses immenses biens (qui n'étaient pas que de navires). Après quoi, son ambition n'étant pas rassasiée, elle aspirait à devenir marquise. De son nom de jeune fille elle s'appelait Charlotte du Bec Crespin, ce qui faisait dire à Madame de Brézolles qu'elle avait, en effet, bon bec, et que si son mari avait baptisé « Charlotte » la cloche de deux mille six cent soixante livres qu'il avait baillée à sa paroisse, il y avait une bonne raison pour cela : le seul son de cloche qu'il écoutât jamais étant celui de sa femme.

Ce regard de Charlotte à son mari, enjôleur

plutôt qu'impérieux, suffit. Le fromage, à défaut de poire, avalé, et les dames se retirant en échangeant des regards connivents, La Luthumière sortit de son haut-de-chausses une courte pipe, et la bourrant, me demanda en quoi j'avais affaire à lui. À son ton vous eussiez cru qu'un roi faisait à un ambassadeur la grâce de le recevoir.

Pour dire le vrai, La Luthumière n'était pas déplaisant à voir, ayant un visage carré, tanné par le soleil, la membrature elle aussi carrée, le nez gros, un menton en proue, et des yeux du plus beau bleu. Et dès lors que l'entretien fut engagé, ce fut comme s'il retirait sa cuirasse, il ne se montra ni discourtois ni inamical, mais prompt et péremptoire en ses réponses.

— Baron, dis-je, tâchant de me mettre à son diapason, la mission que le roi m'a confiée à votre endroit est simple et je vous la vais conter en peu de mots : il voudrait vous acheter les quatre vaisseaux que vous avez pris aux Anglais.

— Nenni, dit aussitôt La Luthumière, ce n'est point possible, je ne le veux.

Sentant toutefois que la réponse était un peu rude dans sa brièveté, il entreprit de l'étoffer quelque peu.

— Si Sa Majesté, dont je suis l'humble serviteur (point si humble, m'apensai-je), était à court de grands vaisseaux, la chose pourrait s'envisager. Mais l'Anglais n'en a plus que sept et Sa Majesté en a vingt-quatre. Sa Majesté n'a donc pas besoin des miens.

— Pourriez-vous, du moins, les lui louer jusqu'à la fin du siège ?

— Les lui louer ! Et me mettre sous les ordres d'un amiral ? Nenni !

— Je suis bien assuré que le commandeur de Valençay aurait pour vous toute la considération que vous méritez.

— Ce n'est pas là le point, dit Monsieur de La Luthumière parlant du même ton décisif, la flotte royale et les corsaires n'ont pas la même façon de se battre. La flotte se déploie, se met en ordre de bataille. La flotte ennemie en fait autant. Et les deux flottes s'affrontent. Ce n'est pas là méthode de corsaire !

— Et peux-je vous demander, Baron, quelle est cette méthode ?

— Comte, un corsaire, comme son nom l'indique, est un homme qui court. Il peut courre seul ou en meute, comme c'est mon cas. Mais enfin, il court, et c'est toujours par ruse et stratagème qu'il surprend la bête que la tempête a isolée du troupeau. Quand la bête est trop grosse, le corsaire mord, fuit, revient, mord derechef, en un mot il harcèle sa proie, jusqu'à ce qu'elle hisse le drapeau blanc, ou choisisse de couler. C'est là, Comte, un métier aventureux, et le seul que nous sachions faire, le seul aussi que nous aimons. Mais devenir une unité dans une flotte, ne bouger que sur ordre, et attendre l'ennemi au lieu de lui courre sus, ce n'est pas notre façon de faire.

Je fus tout étonné que Monsieur de La Luthumière, que je croyais plus habile à agir qu'à parler, devînt tout soudain si éloquent. Mais il est vrai que tout homme, quand il s'agit du métier qu'il aime et qui l'augmente fort en honneur et en pécunes, n'a pas, quand il en parle, à chercher ses mots.

— Baron, dis-je, j'entends bien vos raisons, et j'en ferai part au roi. Mais toutefois, s'agissant de deux refus, l'un, de vendre vos vaisseaux, l'autre, de les louer, ne pourriez-vous pas les adoucir par quelque concession qui témoignera que vous êtes un fidèle sujet du roi et soucieux de le servir ?

— J'ai bien servi le roi dans le dernier affrontement, et je n'en ai pas fait le semblant, dit La Luthumière avec piaffe. Dois-je le ramentevoir ? J'ai coulé trois vaisseaux aux Anglais et j'en ai capturé quatre. Et si les Anglais reviennent pour secourir La Rochelle — comme sans doute ils reviendront, étant vaillants et tenaces — je ferai mieux encore. Je leur taperai sur la queue, et à leur advenue, et derechef à leur départir. Et de la sorte, je servirai le roi, aussi bien que la digue, les palissades, et les batteries côtières et tous les amiraux de France...

La concession était mineure, mais je m'en consolai en pensant que je pourrais la présenter au cardinal comme un engagement ferme de La Luthumière d'être sur le chemin de la future expédition anglaise une force assez puissante pour y « faire le dégât », comme disent nos marins. De reste, force forcée m'est de dire ici que La Luthumière m'avait tout à plein persuadé du bien-fondé de sa décision, et qu'il valait mieux ne pas attacher ce dogue plein de feu, mais le laisser courre librement et se battre à sa façon.

Je pris enfin congé de lui. Ma mission était donc achevée, et j'eusse dû, selon les instances du cardinal, repartir pour La Rochelle le jour même. Mais c'eût été ne plus revoir Madame de Brézolles au bec à bec, et quand La Luthumière et moi-même rejoignîmes nos dames au salon, je dis, comme en passant, que je ne repartirais que l'après-demain, ce qui permit à ma belle de me faire porter le lendemain aux matines un billet pour m'inviter à dîner au bec à bec, les La Luthumière de leur côté ayant été priés à une repue par un ami qui vivait à Ligné, à quelques lieues de Nantes.

Madame de Brézolles devait être aussi « dolente » que la veille, car notre repue fut prise dans le petit cabinet que j'ai dit. La chère fut tout aussi bonne, mais nous n'en fîmes que des bouchées distraites, aspirant à d'autres joies, sachant toutefois qu'il s'y mêlerait une sourde mélancolie, puisque je devrais départir le lendemain, à la pique du jour, pour le camp de La Rochelle. Et du diantre si je savais combien de temps durerait ce triste éloignement, puisqu'il ne pourrait prendre fin qu'une fois La Rochelle rendue au roi.

Nos tumultes apaisés, je trouvai de nouvelles joies à envisager ma belle, à lui parler ou ne lui parler point ; c'était tout du même un enchantement que de l'envisager, à la lumière des bougies parfumées du chevet, laquelle, passant à travers les courtines closes du baldaquin, entourait sa belle face d'une lumière intime et douce.

— J'ai le sentiment, dit-elle en se serrant contre moi, qu'à nous deux nous ne formons qu'une personne, et qu'à votre départir, je ne serai plus rien.

— Plus rien ? dis-je. N'êtes-vous pas la mère de mon fils dont j'entends le souffle léger ? N'êtes-vous pas aussi mon amante, à qui j'ai juré ma foi ?

— Cela est-il bien vrai ? dit-elle d'une voix qui

décelait quelque déquiétude. Vous savez que je vous ai dit à mon départir de Brézolles que si vous me demandiez ma main, je vous la refuserais tout à trac ?

— Bien je me ramentois, M'amie, que j'ai requis de vous la raison de cette méchantise, et vous m'avez répondu alors que je ne vous aimais pas encore à votre suffisance. M'amie, oserais-je quérir de vous si cette suffisance, ce jour d'hui, est atteinte ?

— Pas tout à fait, Monsieur. Il faudrait, pour qu'elle le soit, que de retour à Brézolles vous renonciez à cette Perrette qui, en mon absence, charme vos nuits.

Le coup fut rude. Ma fé ! m'apensai-je, bien fol j'étais de penser que cette petite intrigue échapperait à la vigilance de Madame de Bazimont, et qu'elle n'en ferait pas des contes à sa maîtresse.

— Madame, dis-je au bout d'un moment, elle ne charmait pas mes nuits, elle les soulageait.

À peine avais-je prononcé ces mots que j'en éprouvais quelque vergogne : je n'eusse pas dû rabaisser Perrette pour apaiser Madame de Brézolles, d'autant que le mot « soulager », quoique habile, n'était pas tout à plein véridique.

— Le soulagement même est de trop, Monsieur, dit Madame de Brézolles d'une voix douce et ferme. Je ne saurais être l'épouse fidèle d'un gentilhomme qui ne le serait pas. En conséquence, mon ami, je vous supplie (sa voix en prononçant ces mots se fit, en effet, tendre et impérieuse) de renoncer à cette Perrette, à qui je servirai, de reste, une petite rente, dès qu'elle aura quitté mon logis, ne lui voulant aucun mal pour avoir succombé à vos séductions.

— M'amie, dis-je, il sera fait selon vos désirs. Et cela une fois accompli, sera-t-il fait de vous à moi selon les miens ?

— Mon ami, dit-elle, en doutez-vous ? Je vous épouserai plutôt cent fois qu'une, et je vous aimerai mille fois plus qu'aucune autre femme le pourrait faire. Finissez cette affreuse guerre, mon ami, et qu'alors des ailes vous poussent pour voler jusqu'à moi !

*

* *

Le lendemain, à la pique du jour, je roulais à rudes cahots dans ma carrosse sur les grands chemins de France, précédé par les mousquetaires de Monsieur de Clérac, et suivi par les Suisses du capitaine Hörner. Nicolas frétillait à mon côté à l'idée de retrouver, il est vrai au bout de six jours et six nuits, sa belle et jeune épouse, et moi, l'œil clos pour nc point qu'il osât me parler en son frétillement, je tombai dans un grand pensement de Madame de Brézolles qui, de toute la durée de ce long voyage, ne me quitta pas.

Elle avait expliqué à ma suffisance les cachottes qu'elle m'avait faites, et par là, ma mésaise à l'aimer avait disparu, laissant place à une grandissime admiration pour l'émerveillable adresse et hardiesse avec lesquelles elle avait agi en son prédicament, étant plus riche d'un enfantelet — elle qui avait tant souffert de n'en point avoir —, et en même temps, grâce à cette naissance opportune, gagnant son procès, conservant la propriété de son hôtel de Nantes, et, à la parfin, conquérant un mari.

Sans doute jamais Perrette ne s'était bercée de

l'espoir que notre amourette pourrait se poursuivre au-delà du siège de La Rochelle, et à cet égard, je m'étais bien gardé de lui rien promettre. Et bien que ma relation ne fût, certes, en rien comparable avec celle de Madame de Brézolles, je ne sache pas, toutefois, qu'un simple lien de chair soit à dépriser, surtout s'il inclut bonne grâce et gentillesse. La perspective d'avoir à rompre avec Perrette n'avait rien de plaisant pour moi, tant je craignais le pâtiment qui en découlerait pour elle, car en sa naïve et fruste bonne foi elle s'était fort attachée à moi, tant est qu'avant même de lui annoncer que nos sommeils allaient se désunir, la repentance me remordait de lui faire tant de mal. Ce mal, que je le dise enfin, je le partageai en quelque mesure avec elle, car pour moi ce serait une chose infiniment pénible — Perrette envolée — que de dormir dans un lit comme moine escouillé en cellule, et sans sentir à mes côtés la chaleur d'un corps féminin.

Dès le lendemain de mon advenue dans le camp de La Rochelle, je pris avec Nicolas le chemin de Pont de Pierre pour visiter le cardinal. Je n'y trouvai que Charpentier, fort occupé à surveiller l'emballage d'un grand nombre de dossiers dans des caisses. Il m'apprit que le cardinal, qui souffrait mal la pluie et les vents tracasseux de Pont de Pierre, était desparti s'installer au château de La Sauzaie, qui présentait bien moins de ces incommodités, étant davantage retiré dans les terres. Et comme je m'inquiétais de la santé de Son Éminence, Charpentier, souriant d'une oreille à l'autre, me dit :

— Son Éminence a rajeuni de dix ans depuis

le lamentable échec de l'expédition anglaise. Il lui arrive même de fredonner une chanson, à vrai dire, sans prononcer les paroles. Mieux même, il invite, meshui, les maréchaux à jouer le soir avec lui à la prime...

— Qu'est cela ? m'écriai-je. Le cardinal joue aux cartes !

— Oui-da ! Et emporté par l'ardeur du jeu, il lui arrive même de jurer, quoique fort décemment.

— Par exemple ?

— Eh bien, dès que le jeu l'échauffe un peu, ce ne sont que « Par ma foi ! », « Foi de gentilhomme ! », « Foi de cardinal ! ». Et quand il étale un jeu gagnant, par exemple, quatre rois de différentes couleurs, il rafle le reste [1], en riant aux anges, tant il est ébaudi, sinon de son gain, du moins de gagner.

— Et le siège ?

— Les Rochelais sont, meshui, trop faibles sur leurs jambes pour faire des sorties, et le cardinal juge inutile de faire tuer du monde en tentant des assauts. Il pense, meshui, qu'il suffit d'attendre : La Rochelle tombera dans les mains royales comme un fruit mûr.

— Traite-t-on, au moins ?

— On a tenté de traiter, mais sans grand succès. Le roi a conçu l'idée d'envoyer son héraut d'armes en superbe vêture et suivi de trois trompettes pour lire une sommation devant une des deux portes de la ville. Elle promettait un pardon généreux aux Rochelais s'ils se rendaient à leur « seul souverain et naturel seigneur ». En

1. La mise.

revanche, ils étaient menacés de « toutes les rigueurs » s'ils s'entêtaient dans la rébellion.

— Et le cardinal, dis-je avec un sourire, a-t-il aimé que le héraut du roi menace les Rochelais de « toutes les rigueurs » ?

— Je ne sais, dit Charpentier qui le savait fort bien.

Le maire Guiton, pour encourager la résistance des Rochelais, répandait, en effet, en ville le bruit que si la ville capitulait, « tous les hommes seraient pendus, les femmes et les filles forcées, et les maisons livrées au pillage ». C'était donc apporter de l'eau à son moulin que de parler de « toutes les rigueurs ».

— Qu'advint-il, repris-je, du bel héraut d'armes en sa superbe vêture ?

— Les Rochelais des remparts, d'ordre du maire, le menacèrent de lui tirer sus, s'il lisait sa proclamation. Il démonta, posa sa proclamation à terre, se remit en selle et se retira dignement.

Je ris là-dessus. Voyant quoi, Charpentier se ferma comme une huître, craignant déjà d'en avoir trop dit. Quoi qu'il en fût, son silence même me permit d'entendre qu'il y avait eu un différend entre le roi et son ministre touchant cette majestueuse sommation. Je ne m'en alarmai pas. Il y avait toujours entre Louis et Richelieu quelques petites querelles, et même des bouderies, sans que cela entamât le moindre leur profonde entente.

Je demandai alors à Charpentier de quérir du lieutenant des mousquetaires du cardinal qui veillaient sur les secrétissimes dossiers qu'on emballait de bien vouloir me prêter un des siens pour me guider jusqu'au château de La Sauzaie.

Ce qu'il fit incontinent en me baillant un mousquetaire du nom de Lameunière, qui me servit fort obligeamment, mais sans mot dire.

Au contraire des mousquetaires du roi, qui étaient tous nobles, les mousquetaires du cardinal ne l'étaient pas tous, bien loin de là. Et au lieu d'être piaffards et paonnants comme les mousquetaires royaux, on les avait formés au silence et à la modestie, tant est que tout déprisés qu'ils fussent par les royaux pour la raison qu'ils n'étaient pas tous gentilshommes, ils leur inspiraient, cependant, un certain respect du seul fait de leur taciturnité. De reste, de mousquetaire à mousquetaire — qu'ils fussent au roi ou au cardinal — on ne tirait jamais l'épée : tout duel était un crime capital et entraînait, sans tant languir, la mort pour les deux parties.

Au château de La Sauzaie, je trouvai le cardinal plus heureux et plus gai que je ne l'avais jamais vu. L'immobilité de la flotte anglaise devant la baie de La Rochelle, sa crainte d'affronter les obstacles et les défenses accumulées devant elle dans la baie, son incapacité à détruire fût-ce une palissade, et son départ au bout de huit jours, lui avaient apporté toutes les raisons possibles de se réjouir : l'échec anglais justifiait la construction de la digue dont il avait été d'emblée, en dépit du scepticisme du roi, le plus encharné partisan, avant d'en devenir le plus laborieux maître d'œuvre.

Il est vrai que dès que la digue avait commencé à prendre forme, le roi lui avait apporté, dans cette tâche immense, son inaltérable soutien. Aimant le concret des choses, sachant tout faire de ses mains, et se ramentevant qu'en ses jeunes années il avait construit un immense château de sable et de pierre, Louis avait même mis la main à la pâte, et ne craignant ni de se mouiller ni de se salir, il montrait aux soldats-ouvriers étonnés la meilleure façon de placer les pierres l'une sur l'autre ou les unes à côté des autres. Et d'après les ingénieurs du chantier — qui n'étaient pas, certes, des courtisans — il ne se trompait jamais.

— Eh bien, d'Orbieu, me dit le cardinal avec une sorte d'ébullition joyeuse que je ne lui avais jamais vue, que nous rapportez-vous de Nantes ?

— Hélas, Monseigneur, La Luthumière ne veut ni vendre, ni louer ses vaisseaux. En revanche, il s'est engagé à taper sur la queue de la prochaine expédition anglaise, et à son advenue, et à son départir.

— Le fera-t-il ?

— Je le crois. Il a appétit à être avancé par le roi dans l'ordre de la noblesse.

— Qu'est cela ? Il est plus enrichi que juif à Naples. Et cela ne lui suffit pas ?

— À lui-même, cela suffit. Mais point à son épouse. Elle est baronne, et elle aspire à devenir marquise.

— Les femmes, dit Richelieu, se citant lui-même, sont de bien étranges animaux.

Pas plus étranges, m'apensai-je, qu'un certain petit évêque de Luçon qui, jadis, caressa beaucoup les puissants à seule fin de devenir cardinal.

— Je toucherai mot au roi de cette aspiration, reprit Richelieu avec un sourire. Après tout : *Sua cuique voluptas* [1]. Pour moi, je trouve dans

1. À chacun son plaisir (lat.).

l'échec de l'expédition anglaise une volupté rare : c'est un coup de masse qui étourdit les ennemis du roi, y compris les ennemis intérieurs qui se seraient réjouis de notre défaite, et s'attristent ce jour d'hui de notre victoire. Songez, d'Orbieu, songez à la douleur de notre belle Cour, du diable incarné [1], des vertugadins diaboliques ! Buckingham une deuxième fois vaincu ! N'y a-t-il pas là matière à faire sourire les anges ?...

Cependant, Richelieu ne laissa pas d'être lui-même surpris d'une exubérance chez lui si inhabituelle. Il se reprit, et s'asseyant, me dit du ton rapide et expéditif dont il donnait ses instructions :

— Monsieur d'Orbieu, j'ai une autre mission à confier à vos soins. Voici ce qu'il en est. Hier, deux juges du Présidial de La Rochelle se sont échappés hors les murs de leur ville. Ils ont atteint sans encombre notre Fort de Beaulieu, se sont fait connaître, et là, ils ont fait leur soumission au roi. A'steure, ils sont chez moi. Ce sont gens de quelque conséquence. J'aimerais que vous les emmeniez au château de Brézolles où j'ai ouï dire que vous êtes quasi souverain... Et là, s'il se peut, offrez-leur bonne chère et bon gîte. Bref, traitez-les au mieux. Gardez-vous, cependant, de les interroger trop abruptement. Étant juges, le renversement des rôles pourrait les offenser. Bornez-vous à ouïr, d'une oreille amicale, les confidences qu'ils ne failliront pas de vous faire. D'après mes *rediseurs,* le torchon brûle entre le corps de ville de La Rochelle et le Présidial, et j'aimerais là-dessus en savoir davantage.

1. La duchesse de Chevreuse.

Incontinent, Richelieu me donna mon congé, me laissant arranger avec ses secrétaires le départir des deux juges, lesquels durent se sentir à la fois fort étonnés et fort honorés de se rendre à Brézolles dans une carrosse cardinalice, tandis que Nicolas et moi-même trottions devant eux pour leur ouvrir le chemin. Je ne manquai de me demander, *in petto,* comment et par qui le cardinal avait « ouï dire » que j'étais « quasi souverain à Brézolles ». Preuve, à mon sentiment, qu'il n'espionnait pas que les ennemis du roi. Sur les plus fidèles sujets de Sa Majesté, Richelieu gardait aussi un œil vigilant, au cas où leur dévouement viendrait à vaciller...

Sur le chemin, je décidai de dépêcher Nicolas à Madame de Bazimont, aux fins de la prévenir que j'amenais à dîner deux convives auxquels le cardinal avait prêté sa carrosse, espérant qu'il serait possible aussi de les loger au château de Brézolles pendant quelque temps, à tout le moins jusqu'à ce que le roi ait décidé de ce qu'on ferait d'eux.

Je ne saurais dire ce que Nicolas conta au capitaine Hörner, mais à notre advenue, les grilles de Brézolles étaient à deux battants ouvertes, et les Suisses formaient une haie pour honorer, sinon les invités, à tout le moins la carrosse cardinalice. Je n'aurais pas voulu tant d'honneurs pour accueillir mes prisonniers, mais je noulus tabuster Nicolas à ce sujet, estimant que si je devais tirer de mes hôtes des renseignements utiles, gentillesse valait mieux que rudesse.

À notre advenue, Madame de Bazimont se tenait en haut du perron, coiffée et attifurée à merveille, pour accueillir nos hôtes et, à ma suggestion, elle les pria de s'aiser dans le petit salon, tandis que, la prenant par le bras (familiarité qui la combla d'aise), je la tirai à part, et lui demandai s'il était possible, comme me l'avait demandé le cardinal, de les loger quelques jours. Elle hésita quelque peu de prime, et tout en me noyant quasiment sous les flots de ses politesses, elle ne laissa pas de quérir de moi qui étaient ces messieurs.

— Ce sont d'illustres juges du Présidial de La Rochelle.

— Qu'est cela ? dit-elle comme effrayée, des huguenots ! Des huguenots céans ! Que va-t-on dire de nous à Saint-Jean-des-Sables ?

— Madame, dis-je avec gravité, qui vous reprochera d'avoir obéi à Sa Majesté ? Et qui peut se vanter, parmi les bonnes gens de Saint-Jean-des-Sables, d'être meilleur catholique que Monsieur le Cardinal ?

— Personne, assurément, Monsieur le Comte, dit Madame de Bazimont avec quelque confusion. De reste, vous êtes le maître de céans, et pour vous le dire à la franche marguerite, je souhaite du bon du cœur que vous le soyez toujours...

À ce souhait, qui était aussi une question, je ne répondis, il va sans dire, ni mot ni miette.

— Madame, répétai-je, sachant qu'elle ne se rassasiait jamais d'être « madamée », en attendant que le domestique prépare les chambres de nos hôtes, voudriez-vous, avant même que vous fassiez servir le dîner, faire apporter par Luc du vin de Loire et quelques friandises de gueule à nos hôtes et à moi ? Madame, je vous remercie.

Sur ce courtois congé, elle me fit une révérence et s'en alla dans un grand balancement de son semi-vertugadin, flattée en son amour-propre, mais insatisfaite en sa curiosité.

À mon entrant dans le petit salon, je trouvai mes deux juges, barbus, austères, vêtus de noir, assis roidement l'un à côté de l'autre. Ils n'avaient touché ni au vin ni aux friandises, comme si ces mets-là, étant papistes, allaient contaminer leurs gorges huguenotes. Dieu bon ! m'apensai-je, cela ne va pas être facile de tirer de ces magistrats austères, je ne dirais pas quelques lumières, mais à tout le moins quelques lueurs de ce qui se passe, meshui, à La Rochelle.

— Messieurs, dis-je, ne sachant pas encore vos noms et qualités, j'attends de votre bonne grâce que vous me vouliez bien les communiquer. Et pour que vous sachiez à qui vous les dites, je vais de prime vous instruire des miens. Je suis le comte d'Orbieu, Premier gentilhomme de la Chambre, et membre du Grand Conseil du roi.

Lecteur, vous avez sans doute remarqué que je m'étais bien gardé d'ajouter que j'étais aussi chevalier de l'ordre du Saint-Esprit, les huguenots révoquant en doute la Sainte Trinité, du moins si j'ai bien entendu ce que mon père m'en a dit à ce sujet en mes enfances.

— Monsieur le Comte, dit avec un certain air de pompe le plus grand et le plus barbu, et se peut le plus âgé des deux juges, je me nomme Pandin des Martes, et je suis juge au Présidial de La Rochelle.

— Pour moi, dit son compagnon, je me nomme Ferrières, et suis, comme mon ami, juge au Présidial de La Rochelle.

— Messieurs, dis-je en tâchant de placer leurs deux noms dans un coin de mes mérangeoises d'où je pus les rappeler à loisir, Sa Majesté a été très touchée que vous ayez fait soumission à sa personne, mais Elle aimerait savoir plus précisément les raisons qui vous ont amenés à courre le péril de saillir hors les murs de La Rochelle pour venir jusqu'à Elle.

— Monsieur le Comte, dit Pandin des Martes, si Monsieur Ferrières me le permet, je parlerai en notre nom à tous deux, à tâche de Monsieur Ferrières de me corriger, s'il estime que je me trompe.

— Je suis bien certain que je n'aurai pas à le faire, dit Ferrières, sachant, mon ami, ce que vous allez dire, et qui, en nos opinions, est aussi celle de la majorité du Présidial.

Je jetai alors un œil à Monsieur Ferrières et devinai à sa mine qu'il ne faillirait pas, bien au rebours, d'intervenir, un juge aimant à opiner, puisque tel est son métier...

— En un mot, reprit Pandin des Martes, nous n'avons jamais approuvé le harcèlement que Monsieur de Soubise, en pleine paix, a fait subir au roi en prenant une ville, s'ensauvant quand le roi la venait délivrer et, dès qu'il avait le dos tourné, se saisissant d'une autre. Nous n'avons pas approuvé davantage l'alliance traîtreuse avec l'Angleterre, et l'aide importante que La Rochelle a apportée aux Anglais, quand ils se sont emparés de l'île de Ré.

— Aide importante, dit Ferrières, mais non désintéressée, vu qu'elle fut très profitable au négoce rochelais, lequel s'est fort enrichi en vendant, très cher, aux Anglais de l'île de Ré les vivres qu'il leur fallait, et qui, en revanche, nous ont beaucoup failli dès que le siège a commencé.

— Certes, dit Pandin des Martes, nous aimons et nous vénérons la très illustre et très noble famille des Rohan, mais force nous est de constater que cette guerre est le fruit de leurs ambitions. Il est clair que le duc de Rohan et son cadet Soubise veulent se tailler une principauté indépendante dans l'Aunis, les îles et le Languedoc. Et voyez comme cette illustre famille s'est distribué les rôles : Soubise est à Londres demeuré, remuant ciel et terre pour que le roi Charles Ier vienne, derechef, au secours de La Rochelle. Le duc de Rohan parcourt le Languedoc protestant avec une petite armée pour dresser contre le roi les villes huguenotes. Et la duchesse, fort vaillamment, s'est installée à La Rochelle pour encourager les Rochelais à lutter jusqu'au bout, y compris jusqu'au bout de leur vie.

— Cependant, dis-je, Madame de Rohan n'est pas la seule à La Rochelle à repousser avec horreur toute idée de capitulation.

— C'est vrai, dit Ferrières, mais, Monsieur le Comte, vous ne sauriez croire comme ces encharnés sont, en fait, peu nombreux. J'en aurai vite fait le tour : le maire Guiton, les douze échevins qui lui assurent au corps de ville une maigre, mais fidèle majorité, et enfin, je les cite en dernier, bien qu'ils ne soient les moindres, nos huit pasteurs.

— Cela fait, en effet, peu de monde, dis-je béant.

— Mais ils disposent du pouvoir absolu, dit Pandin des Martes : les pasteurs, le pouvoir spirituel, le maire et ses douze échevins, le pouvoir temporel.

— Que disent les pasteurs ?

— Ah, les pasteurs ! dit Ferrières. Ne savez-vous pas qu'ils détiennent la vérité absolue sur tout ? Et au nom de cette vérité absolue, ils affirment que Dieu, à la parfin, fera triompher leur cause, puisqu'elle est juste. En outre, ayant reçu, comme nous tous par l'édit de Nantes, la liberté du culte et la liberté de conscience, partout où ils peuvent s'appuyer sur la force, nos pasteurs estiment que la tolérance n'est bonne que pour eux, et ils chassent de leur ville les prêtres catholiques, comme ils ont fait à Pau, et comme ils ont fait à La Rochelle dès le début du siège. Monsieur le Comte, ajouta Ferrières, je confesse moi-même la religion réformée, mais si l'on veut juger de la chose en équité, force sera de constater que nos bons Rochelais ont violé, en premier et en toute bonne conscience, l'édit de Nantes qui les protège.

— Cependant, dis-je, je doute que la prédication des pasteurs puisse longtemps convaincre et contraindre des gens qui crèvent de verte faim, et se rassemblent devant l'hôtel de ville, comme nous savons, pour crier « Paix ou Pain ! ». Est-ce vrai, Messieurs ?

— C'est vrai, dit Pandin des Martes, mais que peuvent ces pauvres gens, titubants et squelettiques, contre les soldats de Guiton qui les repoussent, les piques basses et, en un clin d'œil, les dispersent ?

— Les soldats de Guiton ? dis-je. Est-il donc aussi le chef de l'armée ?

— Après qu'il eut été élu maire, il s'est proclamé tel, poursuivit Pandin des Martes, voulant être le seul maître à bord après Dieu. Et maintenant qu'il s'est fait dictateur, il viole, en toute impunité, les institutions de la Cité.

Sachant le respect que les huguenots professent pour les institutions qu'ils se sont données en les villes où ils sont les maîtres, j'entendis bien que c'était là, contre Guiton, une accusation gravissime, mais je n'eus pas le temps de la faire préciser, car, à cet instant, Luc pénétra dans le petit salon à pas précautionneux, quit de moi, œil à œil, la permission de parler, et l'ayant obtenue, dit d'une voix que le respect ou la peur étouffait — je dis la peur, car il se gardait comme peste de jeter un regard à mes huguenots :

— Monsieur le Comte, Madame de Bazimont vous demande s'il est de votre bon plaisir de dîner avec ces Messieurs ?

— Messieurs, dis-je en me levant, voulez-vous que nous passions à table ?

Tandis que mes deux juges se levaient avec une lenteur majestueuse, et sans mot piper, j'observai qu'ils avaient très peu touché au vin et pas du tout aux friandises. Et quelle heureuse surprise ne fut pas la mienne en les précédant dans la salle, où Madame de Bazimont avait fait dresser la table, d'y trouver le chanoine Fogacer ! Toutefois, à la vue de sa robe, mes deux juges perceptiblement frémirent, et parurent prêts à s'escargoter dans leurs coquilles huguenotes pour demeurer à jamais bouche cousue...

— Messieurs, dit Fogacer avec son lent et sinueux sourire, et ses sourcils se relevant sur les tempes, ne vous effrayez pas, de grâce, de ma robe. Je me nomme Fogacer et suis bien, en effet, chanoine, mais je suis aussi docteur médecin, et Sa Majesté ne m'a pas dépêché à vous afin que je soigne vos âmes, lesquelles, à mon sentiment, n'ont aucunement besoin de mes soins, mais de vos corporelles enveloppes, et des incommodités dont elles ont pu pâtir du fait des restrictions que le siège vous a imposées.

Ayant dit, il les salua. Un peu étonnés tout du même qu'un « papiste » s'exprimât de la sorte, mes deux juges ne laissèrent pas de s'apazimer, tant est qu'à leur tour, cependant sans bouche déclore, ils rendirent à Fogacer un salut des plus courtois. La paix s'étant donc, à notre échelle, établie entre huguenots et papistes, je tâchai de placer mon monde à table selon les affinités. Je mis donc la jeune et jolie Madame de Clérac à la droite de Monsieur Ferrières, supposant que maugré son air roide et grave il n'était pas, comme le montrait son alliance, insensible au *gentil sesso*. Sur un signe que je lui fis, et qu'il attendait avec une évidente anxiété, Nicolas s'assit à la dextre de sa resplendissante épouse qu'il devait, pendant tout le repas, considérer d'un œil friand, ne pouvant, pour lors et peut-être jamais, se rassasier d'elle, après les quinze abominables jours et nuits que le voyage à Nantes avait robés à son bonheur.

À côté de Nicolas, je plaçai Fogacer, qui, bien qu'il eût répudié à jamais son athéisme et ses bougreries, n'en demeurait pas moins platoniquement sensible à la grâce des beaux jeunes hommes. Entre Fogacer et moi, je fis asseoir, rougissante et deux fois comblée, Madame de Bazimont, et j'invitai à la fin à prendre place à ma dextre Monsieur Pandin des Martes, qui était le plus âgé, à mon sentiment, des deux juges, et me parut avoir droit à cette place d'honneur. Ayant fait, je jetai un regard circulaire à mon œuvre, et sans vouloir me comparer à Dieu le Père, je m'en trouvai satisfait, étant bien assuré que chacun à cette table aimerait son prochain le plus proche.

Aussitôt que nous fûmes assis, Fogacer demanda aux juges s'ils avaient pâti prou de la famine en La Rochelle, parce que, dans ce cas, il fallait qu'ils mangeassent très sobrement, le brusque afflux de nourriture en leur gaster les pouvant rendre très mal allants.

— Nous avons souffert de restrictions, dit Pandin des Martes, mais point de faim, pour la raison que chacun de nous n'avait qu'une seule bouche à nourrir : la sienne, ayant pris, l'un et l'autre, la décision, avant que le siège commençât, d'emmener femmes et enfants dans nos maisons des champs en l'Aunis, les voulant tenir éloignés des horreurs de la guerre.

Je vis bien que ce discours laissait Madame de Bazimont béante. Ayant été persuadée par le curé de Saint-Jean-des-Sables que les huguenots étaient de traîtreux rebelles à leur roi et seigneur, et pis encore, des ennemis endurcis de notre Saint-Père le Pape, bref, des créatures démoniaques, promises aux flammes de l'Enfer, elle était étonnée qu'ils fussent aussi des hommes, et même, comme cela en avait tout l'air, bons époux et bons pères.

— Messieurs, dit-elle, osant pour la première fois adresser la parole aux juges, vous devez donc être très impatients de retrouver vos familles.

— Certes ! dit Ferrières, et le chemin est si court du camp royal à nos maisons des champs, que nous ne pouvons qu'y penser tout le jour. Mais la décision est dans les mains de Sa Majesté et combien que nous n'ayons jamais approuvé la rébellion des nôtres contre notre maître et suzerain, il est vrai que par le seul fait de demeurer à La Rochelle pendant le siège, nous avons, en quelque mesure, participé à la guerre civile.

Ce scrupule, qui ne pouvait émaner que d'une conscience très rigoureuse, me toucha infiniment, et je dis alors du bon du cœur et dans le chaud du moment :

— Messieurs, croyez bien que je forme les vœux les plus ardents pour que le roi vous pardonne, et que vous puissiez retrouver les vôtres.

Il y eut alors, autour de la table, un murmure chaleureux d'approbation, et je vis bien, maugré leur silence, combien nos juges en furent touchés.

Bien qu'à la suite de cet échange et de l'émeuvement qu'il avait provoqué, il ne se dit ensuite à ce dîner que d'aimables riens, je me suis demandé par la suite comment il se faisait qu'il eût laissé dans ma remembrance une trace si heureuse que, même à ce jour, je ne puis y penser sans qu'une bouffée de plaisir ne me traverse le cœur. Et si je tâche aujourd'hui d'en entendre le pourquoi, je sens que cela ne se pourrait expliquer qu'en disant qu'il y avait en tous ceux qui étaient assis, en ce moment, autour de notre table à Brézolles, beaucoup d'amour et de bon vouloir.

*
* *

Dès que mes hôtes, le lendemain, eurent pris leur déjeuner, je les invitai à me rejoindre dans le petit salon où je les avais reçus la veille, et là, avec leur assentiment, je repris l'entretien au point où nous l'avions laissé, et qui m'était apparu, à la réflexion, de si grande conséquence : la violation, par le maire Guiton, des institutions de La Rochelle.

— Monsieur le Comte, dit Pandin des Martes, pour bien entendre le conflit entre le maire Guiton et le Présidial, je devrais, sans doute, vous ramentevoir que dans les villes de France qui comptent un Parlement, le Présidial n'a à juger que les causes qui ne comportent pour sanctions que des peines inférieures : fouet, carcan, ou galère pour un temps limité. Les causes proprement criminelles pouvant entraîner la peine de mort ou la galère à perpétuité sont, en revanche, du ressort du Parlement. Mais il va sans dire que dans les villes qui, comme La Rochelle, n'ont pas de Parlement, le Présidial juge et sanctionne, non seulement les délits, mais aussi les crimes. C'est ainsi que nous eûmes, il y a peu, à juger du meurtre d'un gentilhomme saintongeais par un soldat de La Rochelle, à la suite d'une querelle des plus futiles. Dès qu'il connut les faits, notre assesseur criminel, Raphaël Colin, appréhenda le soldat, le serra en notre geôle, et commença à instruire son procès, mais à peine avait-il commencé la procédure, qu'il reçut une lettre du maire Guiton le désaisissant impérieusement de l'affaire, sous le prétexte que, s'agissant d'un crime commis par un soldat, l'affaire était du ressort du Conseil de guerre qu'il présidait en tant que chef des armées.

— Mais, dis-je, la victime appartenait-elle à l'armée ?

— Non certes, dit Ferrières. *Ergo,* la cause devait être jugée par le Présidial, lequel, unanimement, décida que Raphaël Colin devait rejeter le désaisissement qui lui avait été signifié par le maire. Ce qu'il fit.

— Et comment Guiton prit-il la chose ?

— Fort mal. Il employa la force contre nous. Il dépêcha une dizaine d'hommes, lesquels, rompant l'huis de notre geôle, se saisirent du soldat, et l'enfermèrent dans la geôle du corps de ville où il fut jugé incontinent.

— Est-ce que cela changea quoi que ce fût au destin du pauvre diable ? dis-je.

— Nullement, dit Pandin des Martes. Le crime était sans excuse. Le Conseil de guerre le condamna à être pendu. Et notre Présidial en eût fait tout autant.

Je ne laissais pas alors de me demander, *in petto,* à quoi rimait ce grand tohu-bohu, puisque le résultat eût été le même dans l'un et l'autre cas. Mais à voir le visage grave et sombre de mes juges, j'y lus une telle indignation et tant de rancœur que j'entendis bien que pour eux l'offense avait été gravissime : les institutions qu'ils tenaient pour sacrées avaient été violées, de prime, par le désaisissement, ensuite, par le coup de force...

— Que fîtes-vous alors ? demandai-je.

— Nous instruisîmes en secret le procès de Guiton et de ses acolytes, et nous les condamnâmes à faire amende honorable, la hart au col et pieds nus dans la chambre d'audience. Après quoi, ayant demandé pardon à Dieu, au roi et à la justice, ils devaient être, pour trois ans, bannis de La Rochelle.

Encore heureux, m'apensai-je, que les juges aient consenti à mettre la justice en troisième position après Dieu et le roi.

— Mais, dis-je, le jugement ne pouvait être exécuté, puisque Guiton disposait de la force armée.

— Il va sans dire, dit Pandin des Martes, que notre jugement n'étant pas, en effet, exécutoire, il devait demeurer secret et en suspens jusqu'à la libération de La Rochelle par le roi.

Ma fé! m'apensai-je, voilà au moins des Rochelais qui ne seront pas tant chagrins et rebelutes de voir le roi revenir dans leurs murs...

— Messieurs, dis-je, qu'arriva-t-il ensuite qui hâta votre départ?

— Guiton, à la réflexion, fut fort outré que Raphaël Colin ait osé contester son pouvoir, et sans tant languir, il l'arrêta pour conspiration, et le serra en geôle. L'assesseur criminel du Présidial serré en geôle! Vous imaginez l'indignation du Présidial, et aussi sa mortelle inquiétude. Car si les échevins de Guiton se mêlaient de fouiller dans les papiers de Colin, ils y trouveraient, à coup sûr, la condamnation infamante et secrète que le Présidial venait de prononcer contre le maire et ses acolytes... Le même jour, Monsieur Ferrières et moi, nous tentâmes de saillir des murs de La Rochelle, et la Dieu merci, nous y avons succédé.

Pour moi, j'avais fait, à ma suffisance, ample moisson de renseignements sur les luttes intestines à La Rochelle, et à dire le vrai, j'étais béant. Que penser de la vanité de ce maire qui arrachait de vive force une cause au Présidial pour avoir la gloire de la juger seul et d'envoyer seul le coquart au gibet ? Et que penser aussi de la naïveté des juges du Présidial, qui par un procès secret condamnaient ledit maire à trois ans de bannissement, alors qu'il détenait encore en leur ville tous les pouvoirs ? « Dieu bon, m'apensai-je, que les hommes sont fols, puérils et mesquins, même dans les dents de la plus horrible des morts ! » Il est vrai que pour avoir encore le cœur à ces jeux, ni le Présidial ni le corps de ville ne devaient pâtir autant de la faim que le peuple, qui dans les rues criait faiblement « Pain ou paix ! » et reculait, titubant, devant les piques des gardes.

Jetant un œil à ma montre-horloge, je pris alors congé de mes hôtes, les assurant que je ferais de mon mieux pour que le roi leur accordât un pardon généreux, et leur permît, sans tant languir, de retrouver leurs familles dans l'Aunis. Le temps de faire seller nos chevaux par Nicolas, je départis avec lui pour le château de La Sauzaie, mais Charpentier, à mon advenue, m'ayant dit que Richelieu se trouvait avec le roi à Surgères, je décidai de poursuivre ma route jusque-là, dans l'espoir où j'étais d'avoir comme auditeurs, non seulement le cardinal, mais aussi Sa Majesté, ayant grande envie de La voir et aussi d'être vu par Elle, de peur qu'Elle n'oubliât la promesse qu'à demi-mot Elle m'avait faite après les combats de l'île de Ré. Comme chacun sait, à la Cour plus qu'ailleurs, on oublie les absents...

La chevauchée, du camp jusqu'à Surgères, n'est pas une promenade pour la haquenée d'une tendre pucelle : elle est fort longue, et le chemin n'est pas toujours bon, étant montant et sinueux. C'est pourquoi, loin de pousser mon Accla, tout au rebours, je la ménageai prou, puisqu'elle devait faire, dans l'après-dînée, le chemin inverse : ce qu'elle entendait de soi à merveille, car dès lors qu'avec son infaillible mémoire, elle avait reconnu le chemin qu'elle prenait, elle se mit d'elle-même au petit trot, et, dans les côtes un peu roides, au pas.

Je concède que mon Accla avait un caractère quelque peu escalabreux, et qu'elle ne tolérait pas, par exemple, que le hongre de Nicolas vînt trotter à sa hauteur, car elle n'avait que dépris pour ce mâle escouillé, et ne laissait pas de le lui faire sentir. Mais pour son maître, en revanche, quelle affection ! Et avec quel tendre hennissement elle m'accueillait quand j'entrais dans son écurie le matin, et comme elle aimait aussi en mon chemin à me parler muettement avec ses deux fines oreilles, dont les pointes élégantes et mobiles m'émerveillaient.

Combien que ce fût grand effort et labeur pour elle de courre jusqu'à Surgères et d'en revenir, quasiment à la nuit, elle aimait beaucoup s'y rendre, pour la raison qu'elle était traitée comme une reine dans l'écurie des mousquetaires du roi où, dès son arrivée, elle était désaltérée, nourrie, épongée, étrillée, séchée, que sais-je encore ?

Sans compter tous les hommages qu'elle recevait des palefreniers, et des mousquetaires, qui s'arrêtaient devant elle, et lui flattaient la croupe en disant « Morbleu, la belle jument ! » ou même « Tête bleue, la belle garce ! », propos qu'elle entendait parfaitement, et auxquels elle répondait par de petits mouvements coquets de la tête.

C'est grande pitié, à mon sentiment, que nos beaux chevaux aient une vie si brève qu'ils dépassent rarement la vingtième année, tant est que le même cavalier ne peut qu'être veuf de deux ou trois de ses montures en sa vie, laquelle, pourtant, n'est pas si longue. Je me ramentois avoir ouï mon grand-père Siorac dire du bon du cœur que s'il plaisait au Seigneur de l'admettre en son paradis, il aimerait mieux, quant à lui, y retrouver d'aucuns de ses beaux alezans plutôt que d'aucuns humains qu'il pourrait nommer...

Tant le roi et le cardinal étaient avides d'en savoir le plus possible sur ce qui se passait en deçà des murs de La Rochelle, que je fus reçu quasiment dès que j'eus dit mon nom à l'huissier. Je trouvai bon visage et bon teint au roi qui à Surgères, l'été venu, chassait beaucoup, la chasse étant le pain et le lait de sa vie. En revanche, je trouvai au cardinal l'œil creux et les traits tirés, et n'en fus guère étonné, connaissant l'intempérie dont il pâtissait et dont il ne pourrait jamais guérir : son immense labeur quotidien.

Je fis au roi et à Richelieu un récit minutieux de mes conversations avec les deux juges, sans rien omettre, et sans rien ajouter, pas même un commentaire favorable sur leurs personnes. Mais il est vrai que ce commentaire n'avait pas besoin d'être dit : il découlait de mon récit même.

— Je vous remercie, Siorac, dit Louis, quelque mission qu'on vous donne, vous la remplissez à merveille. Monsieur le Cardinal, qu'êtes-vous apensé ?

— Que Monsieur d'Orbieu confirme, d'une manière générale et complète sur certains points, les rapports de mes *rediseurs* à La Rochelle. Il est devenu évident, Sire, que Guiton a établi, par degrés successifs, à La Rochelle un pouvoir absolu. Il s'est arrogé le pouvoir militaire, et il est le seul, à La Rochelle, à commander aux armées. Il a arraché au Présidial le pouvoir judiciaire, et il l'a remis à un Conseil de guerre composé de ses fidèles et dont il a pris la présidence. Dans le protocole qui régit les conseils du corps de ville, il a supprimé l'article qui voulait que l'ancien maire — en l'espèce, Jean Godefroy, personnage très respecté — fût le premier, après lui, à opiner, tant est que Jean Godefroy, justement indigné, décida de ne plus paraître, d'ores en avant, dans les conseils de la ville.

« Guiton est allé plus loin encore : il a fondé une *Commission spéciale,* habilitée à poursuivre, à juger et à condamner toute personne qui médirait du corps de ville ou du maire. Enfin, conscient de la tyrannie qu'il exerce, et craignant d'être assassiné, il s'est constitué une garde prétorienne de hallebardiers qui le suit et le protège partout où il va. Je dirai, pour conclure, que ce pouvoir tyrannique repose, en tout, sur huit pasteurs et douze échevins qui lui donnent dans le corps de ville une maigre majorité. Jamais un aussi petit nombre de personnes, qui, elles, en toute probabilité, mangent à leur suffisance, n'aura fait mourir toute une ville de la faim, et plus inutilement.

— Monsieur le Cardinal, dit Louis, direz-vous que la population de La Rochelle, dans les conditions effroyables qui sont présentement les siennes, pourra tenir plus longtemps encore ?

— Sire, elle tiendra de force forcée tant que la poignée de personnes qui la subjugue caresse l'espoir que la nouvelle expédition anglaise, promise par Buckingham et le roi Charles, advienne enfin et délivre leur ville...

CHAPITRE XII

Si bien je me ramentois, c'est vers la fin août que je reçus de Londres (et de qui, sinon de My Lady Markby ?) une lettre périlleusement franche, laquelle cependant n'était point signée ni non plus écrite de sa main, mais dont je reconnus aussitôt l'auteur parce qu'il, ou plutôt elle, m'appelait « ma chère française alouette » et aussi parce que la missive avait été expédiée de Londres par bateau de charge à mes frères Siorac à Nantes. Ceux-ci l'ouvrant, puisqu'elle était adressée à eux, mais, jugeant à cette appellation volatile qu'elle ne pouvait provenir que de mon excentrique amie anglaise, me la firent aussitôt parvenir. De cette lettre, lecteur, voici la teneur intégrale. Je me voudrais mal de mort de retrancher ou d'ajouter à ce pamphlet véhément.

> « Ma chère française alouette,
>
> « Il faut à la parfin que j'épanche ma bile et devant qui, sinon devant vous, tant je suis hors de moi du train dont vont les choses céans. Tout s'y fait tout à plein hors de sens et dans la folie la plus pure. Pis

encore : le pauvre Carolus [1] n'y voit rien, tant il est aveugle, et n'y peut rien, tant il est faible. Il est vrai qu'il a bon cœur, mais quelle force a la bonté quand elle n'est accompagnée ni d'esprit ni de volonté ? Savez-vous ce qu'un professeur d'Oxford a dit de lui : "Il a tout juste assez d'esprit pour être boutiquier et demander à la pratique : 'Qu'est-ce qu'il vous faut ?' "

« Mais, bien sûr, le pire de la chose c'est que Carolus a entièrement abandonné son trône, son sceptre, son royaume et son honneur à Steenie [2], lequel fait céans absolument tout ce qu'il veut, encore que tout ce qu'il veut ou tout ce qu'il fait, aille invariablement au rebours de l'intérêt du royaume. Peux-je vous ramentevoir, ma chère alouette, que Steenie est le suave surnom que notre pauvre Carolus, en toute faiblesse et tendresse, a donné à son favori dont je ne veux même pas prononcer le nom, tant ces trois syllabes me soulèvent le cœur...

« Si vous trouvez que ce propos sent l'outrance, oyez ce que je lui reproche. Si Steenie avait agi pour l'honneur de son roi et le bien de ce royaume, je n'eusse jamais partagé la haine inexpiable que lui vouent mes compatriotes, dans leur immense majorité. Mais s'adorant lui-même comme une sorte de dieu, à qui rien ne doit résister, ni les femmes ni les royaumes, il n'a jamais agi que par foucade, caprice et goujaterie.

1. Le roi Charles d'Angleterre.
2. Buckingham.

« Il s'est si mal conduit en Espagne — s'introduisant nuitamment dans le jardin clos de l'Infante — qu'il a fait échouer par cette grosserie le projet de mariage de ladite Infante avec Carolus. Dès lors, rejeté par Madrid, il devint anti-espagnol et pour se revancher d'avoir été éconduit, il organisa, mais sans la commander, cette insensée expédition contre Cadix qui se solda par la perte de trente navires anglais et la mort de sept mille soldats... Pendant le temps de ce désastre, Steenie, adoré par celles que vous appelez en votre douce France les vertugadins diaboliques, coulait des jours dorés en Paris, où il était venu afin de quérir la main de la princesse Henriette-Marie pour le prince de Galles.

« Il l'obtint, ma chère française alouette, mais vous connaissez la suite : le jardin d'Amiens, le baiser volé, l'interdiction de séjourner d'ores en avant en France, la conquête de l'île de Ré, la reconquête par Toiras et Schomberg, et le réembarquement désastreux au cours duquel Buckingham perdit la moitié de ses troupes.

« Mais comme si ces pertes n'étaient pas encore suffisantes, il convainquit Charles Ier de voler au secours de La Rochelle mutinée et organisa en juin, comme bien vous savez, une deuxième expédition pour envitailler la ville assiégée : nouvelle aventure qui derechef échoua.

« Cadix ! L'île de Ré ! La Rochelle ! Après ces trois retentissants désastres — la honte de l'Angleterre, la ruine de ses finances et, qui pis est, la perte de milliers de ses fils — croyez-vous que notre Steenie ait renoncé à sa folle politique ? La pécune lui coûtait si peu, lui à qui Carolus — pour le consoler de la perte de l'île de Ré — avait offert un bracelet de diamants ! Moins encore lui chalaient les milliers de vies anglaises perdues en ces stupides équipées. Pis même ! Il convainquit Carolus de tenter une deuxième expédition de secours pour La Rochelle, en jouant tant sur sa bonté de cœur que sur son ignorance des faits, tant est que le pauvre roi, lorsque l'expédition royale revint penaude à Portsmouth sans avoir rien tenté, s'écria : "Quel sujet ont eu mes gens de se retirer et d'abandonner cette pauvre ville ? Mes vaisseaux sont-ils faits pour faire peur et non pour combattre en les hasardant ?" Pauvre roi ignorant de tout ! Qui parmi les capitaines de sa flotte, unanimement hostiles à ce dessein, eût pu même approcher Sa Majesté pour lui dire que la baie de La Rochelle était une nasse où l'on ne pouvait "se hasarder" sans périr tout à fait ?

« Voilà donc notre Steenie de nouveau à l'œuvre à Portsmouth, organisant une troisième expédition pour libérer La Rochelle, et confronté à d'innombrables difficultés qui, comme les têtes de l'Hydre de Lerne, renaissent dès qu'on les a coupées. La raison en est la haine, comme j'ai dit inexpiable, que tout un peuple nourrit à l'encontre du favori.

« À Portsmouth, quoi qu'il fasse, il se

heurte au mauvais vouloir, à la paresse, à la lenteur, ou même à la désobéissance ouverte ou sournoise.

« Les malades de la deuxième expédition encombrent encore les bateaux : que faire ? où les mettre ? qui s'en occupe ? Assurément pas les chirurgiens de la marine royale, lesquels ne bougent plus des tavernes du port, buvant bière sur bière.

« L'équipage du *Non-Pareil* se mutine. On réprime durement cette mutinerie, mais la répression n'a d'autre résultat que de multiplier les désertions. Comme on finit par manquer de canonniers, on "presse[1]" de jeunes hommes à Londres et on les achemine à Portsmouth, mais, en chemin, mal surveillés par des soldats volontairement négligents, ils parviennent à s'ensauver... Les rescapés de l'expédition de Cadix, de l'île de Ré et de l'expédition de Lord Denbigh disent partout et tout haut qu'aller porter secours à La Rochelle, c'est aller à la mort. Les capitaines de la flotte ne répriment pas ce propos : tout au rebours, ils le corroborent.

« Des pamphlets, vendus un penny, rappellent que la remontrance du Parlement avait dénoncé en Steenie l'auteur de tous les maux et malheurs dont pâtit le royaume.

« Dans les temples des quartiers populaires, des pasteurs ramentoivent à leur auditoire l'anéantissement par le Seigneur

1. « Presser », c'est recruter de force des soldats.

de Sodome et Gomorrhe. Ils sont aussitôt interrompus par des fidèles qui scandent : "Charles ! George ! Charles ! George !" si vigoureusement que le prêche est interrompu et que les prédicateurs doivent faire appel au *beadle* [1] pour calmer le désordre qu'ils ont eux-mêmes provoqué.

« Il y a pis, ma chère française alouette, et ici hélas ! partant des clameurs et des souhaits de mort, nous arrivons à la mort elle-même.

« Il y avait dans l'entourage de Steenie un certain docteur Lamb qui n'était peut-être pas docteur et assurément pas un agneau. Il se disait devin, magicien, astrologue. Bref, il se flattait de posséder certains mystérieux pouvoirs, lesquels de prime étonnèrent le populaire et ensuite ne laissèrent pas de le terrifier, dès lors qu'il crut y deviner la main du diable.

« Or on avait vu le docteur Lamb deux ou trois fois avec Steenie, qui paraissait le consulter. Et cela suffit pour que l'imagination populaire s'enflammât et vît en lui celui qui donnait à Steenie l'étrange pouvoir qu'il détenait sur le roi. Dès lors on ne l'appela plus que le "démon du duc" et des pamphlets virulents parurent qui expliquaient par sa présence la raison de tous nos maux :

Qui gouverne le royaume ? — Le roi !
Qui gouverne le roi ? — Le duc !

1. Bedeau (angl.).

« Or, il ne vous échappe pas, ma chère française alouette, que lorsque l'on passe pour le diable et qu'on a, au surplus, l'œil torve et le corps tordu, il est fort imprudent de se promener sur les quais de Portsmouth au milieu d'une foule qui considère les vaisseaux qu'on répare, ou qu'on prépare, avec des sentiments de tristesse, de révolte et d'indignation. Un quidam dans cette foule reconnut le docteur Lamb. Il hurla : “Mais c'est Lamb ! C'est le démon du duc !” Lamb, à ce cri, s'effraye : il s'enfuit. On le poursuit, on le rattrape, on le frappe, on le jette à terre et, faisant cercle autour de lui, les bonnes gens pieusement le lapident. Quelles délices, n'est-ce pas, de faire le mal sans que votre conscience ne vous remorde !

« Ce meurtre nc calma pas les esprits. Tout le rebours, il les excita et les engagea, si je puis dire, à mieux faire. C'est ce qu'un poète populaire à jamais inconnu exprima, sinon avec talent, du moins avec vigueur, dans ce couplet qui fut écrit sur les murs de Portsmouth, recopié en cachette, murmuré de bouche à oreille, et fit en un battement de cils le tour de la ville, tant on le trouva juste et opportun.

« Ce couplet, le voici :

Laissez Charles et George faire ce qu'ils peuvent.
George doit mourir comme le docteur Lamb.

« Témoins de cette bouffée d'ardente haine qui soufflait dans les rues de Portsmouth, les amis de Steenie, alarmés, lui conseillèrent de porter sous son pourpoint une cotte de mailles. Mais par piaffe et braverie, notre Steenie s'y refusa. Peut-être pensait-il aussi, lui qui était si vain de sa fine taille, qu'une cotte de mailles ne laisserait pas de le grossir. *Quem Jupiter vult perdere, prius dementat*[1].

« Quant à moi je suis femme et je n'appète pas à verser le sang. Un meurtre à mes yeux est toujours chose basse, vilaine et condamnable. Mais pour parler à la franche marguerite, je dirai que si Steenie venait à quitter ce monde, tous les Anglais, moi-même comprise, pousseraient vers le ciel un soupir d'immense soulagement et chanteraient un cantique d'action de grâces pour remercier le Créateur d'avoir rappelé à lui sa créature.

« Ma chère française alouette, je vous demande mille pardons d'avoir par cette lettre-missive tant abusé de votre patience, mais je pense que vous y trouverez quelque intérêt, et qu'à coup sûr vous voudrez faire avec moi des vœux ardents pour que nos deux pays se réconcilient et redeviennent amis comme devant. Je suis, ma chère alouette, avec un million de baisers, votre très fidèle. »

*

* *

1. Celui que Jupiter veut perdre, il commence par le rendre fou (proverbe latin).

Je reçus cette lettre-missive au début de l'après-dînée et incontinent fis seller ma monture pour me rendre chez le cardinal au château de La Sauzaie. Par bonne chance, je l'y trouvai. Ayant glissé à l'oreille de Charpentier qu'il s'agissait de nouvelles d'Angleterre reçues le même jour, il le fit dire au cardinal, lequel incontinent me voulut bien recevoir, se ramentevant sans doute qu'il m'avait envoyé à Londres en 1627 pour sonder les intentions de Buckingham concernant l'île de Ré.

— Monsieur le Cardinal, dis-je après les salutations que, comme à l'ordinaire, il écourta, j'ai reçu d'Angleterre une lettre de My Lady Markby qui me dit beaucoup de choses du plus grand intérêt sur la situation à Portsmouth. Mais peut-être devrais-je vous dire au préalable, Monsieur le Cardinal, qui est My Lady Markby.

— Mais je me ramentois très bien, dit promptement le cardinal, que My Lady Markby est une amie de votre père qui est devenue la vôtre, vous logea en 1627 à Londres et vous a grandement facilité la mission que Louis vous avait confiée.

Je demeurai coi quelques secondes, admirant cette admirable mémoire, dont je savais que le cardinal, si je puis dire, graissait les rouages tous les jours en apprenant par cœur, en se levant, une page de latin. Chose digne de remarque, il ne s'agissait pas de latin d'Église, mais de Tite-Live, de César ou de Cicéron, écrivains politiques, les seuls qui, à ses yeux, fussent intéressants.

— Eh bien, dit-il, Monsieur d'Orbieu, que ne lisez-vous cette lettre ?

— La voici, Monsieur le Cardinal, et je commençai : « Ma chère française alouette... »

— Alouette ? dit le cardinal en levant le sourcil.

— Éminence, c'est le surnom que donnait My Lady Markby à mon père et meshui, à moi. Les Anglais raffolent de ces petites absurdités. Elles les font rire et en même temps elles expriment leur affection pour ceux à qui elles s'adressent.

— Poursuivez, Monsieur d'Orbieu, dit Richelieu sans sourire le moindre.

Je poursuivis et le cardinal écouta la lettre d'un bout à l'autre avec la plus grande attention.

— Il y a bien, dit-il quand j'eus fini, quelque outrance féminine dans le propos de My Lady Markby, mais il n'empêche qu'elle ne manque pas de clairvoyance quand elle prévoit que les Anglais pourraient « faire mieux » que tuer le docteur Lamb. Quelle est la date de cette lettre, Monsieur d'Orbieu ?

— Elle n'est pas datée, Monsieur le Cardinal, et elle a mis certainement quelques jours à me parvenir, car elle avait été adressée de prime à mes frères à Nantes.

— C'est ce qui explique, dit Richelieu, que la prédiction de My Lady Markby soit en retard sur l'événement. Monsieur d'Orbieu, reprit Richelieu, qu'avez-vous ouï dire à Londres en 1627 touchant les rapports de la reine Henriette-Marie avec Bouquingan ?

— Qu'ils étaient exécrables, Éminence. Bouquingan a persécuté la pauvre reine en tant que Française, en tant que catholique et en tant que femme, de la façon la plus mesquine. Il n'est pas de mauvais tour qu'il ne lui ait joué, ou de méchantise qu'il ne lui ait faite, ou de fielleuse calomnie qu'il n'ait inventée sur elle. À telle enseigne qu'il a, à la parfin, succédé à la brouiller avec le roi Charles.

— Et c'est ce qui explique, Monsieur d'Orbieu, dit Richelieu avec un air gourmand qui ne lui était pas habituel, que ce soit Henriette-Marie qui a communiqué au plus vite à Louis la bonne nouvelle quand, à Londres, elle apprit par Charles bouleversé que Bouquingan à Portsmouth avait été assassiné.

— Le duc assassiné ? dis-je béant.

— Monsieur d'Orbieu, ne vous ai-je pas laissé entendre que la lettre de Lady Markby était à courte échéance prémonitoire ? Bouquingan fut tué le vingt-trois août d'un coup de couteau en plein cœur par un nommé John Felton, officier sans emploi et sans solde. Nous l'avons su par un serviteur qu'Henriette-Marie nous a dépêché, lequel clandestinement a succédé à passer la Manche et à gagner notre camp. La lettre de Lady Markby, ajouta le cardinal, n'en est pas moins intéressante à plus d'un titre.

— Monsieur le Cardinal, dis-je, estimez-vous que la disparition de Buckingham va sonner le glas de l'expédition anglaise ?

Richelieu fut si étonné que j'osasse lui poser question qu'il demeura un moment silencieux. Silence qui me vergogna tout autant que s'il m'avait rebuffé. Et je me sentis dans l'instant fort désagréablement ravalé au rang de Nicolas, quand je le tançais pour son indiscrétion.

— C'est là, dit Richelieu, une question que ne laissera pas de me poser Sa Majesté. Et à mon sentiment, poursuivit-il, la réponse est non. Charles, par une sorte de fidélité posthume à Bouquingan, ne voudra pas renoncer à cette expédition : elle aura lieu, bien que plus personne en Angleterre ne croie à son succès.

Il laissa alors tomber un silence, après lequel il reprit :

— Monsieur d'Orbieu, comment prononcez-vous Bouquingan en anglais ?

— *Buckingham,* Monsieur le Cardinal.

— Dieu bon ! dit le cardinal, ces Anglais ont une langue imprononçable ! Et par-dessus le marché, une politique incompréhensible. Du moins elle l'était du temps de Bouquingan. Si l'on doit porter un jugement sur lui, dit-il au bout d'un moment, on dira que c'était un homme de peu de noblesse de race, mais de moindre noblesse encore d'esprit, sans vertu et sans étude, mal né et plus mal nourri. Son père avait eu l'esprit égaré. Son frère aîné était si fol qu'il le fallut interner. Quant à lui, il était entre le bon sens et la folie, plein d'extravagance, furieux et sans bornes dans ses passions...

Là-dessus, le cardinal quit de moi de lui laisser la lettre de Lady Markby pour ce qu'il la voulait montrer au roi, me remercia courtoisement de mes services et me donna congé. Je le quittai, remontai sur mon Accla, et tâchant de fixer dans mes mérangeoises la féroce oraison funèbre que Richelieu venait de prononcer sur Buckingham, je me la répétai continûment sur le chemin de Brézolles, afin d'être certain de la pouvoir jeter en son entièreté sur le papier une fois retiré en mon logis.

Quand le siège fut fini et que je fus de retour en Paris retrouver mon père, je lui montrai le précieux papier et quis de lui ce qu'il en était apensé.

— On ne peut pas dire, dit mon père avec un sourire, que le jugement du cardinal sur Bouquingan soit des plus évangéliques... Et à mon goût Son Éminence insiste un peu trop sur le peu de noblesse de race de Buckingham : insistance d'ailleurs assez étonnante, puisque Richelieu lui-même n'était pas issu de la haute noblesse. Il y avait des bourgeois dans son ascendance, comme, de reste, dans la nôtre. Et je ne sache pas qu'il y ait là matière à dédain et déprisement. Le grand grief qu'on puisse articuler contre Buckingham, vous l'avez déjà énoncé. La guerre qu'il fit à l'Espagne et ensuite à la France ne fut le résultat que de piques mesquines et personnelles. Pour revenger son orgueil blessé il fit tuer beaucoup d'Espagnols, et beaucoup de Français, et beaucoup des siens. Et cela sans profit pour personne, et sûrement pas pour l'Angleterre, pour qui son extravagance politique ne fut que ruine et malheur. Elle fut funeste aussi à ses alliés : si La Rochelle n'avait pas cru au mirage du secours anglais, elle aurait fait beaucoup plus vite sa soumission et n'aurait pas perdu par une atroce famine les deux tiers de ses habitants. Il se peut que la mémoire de Buckingham traverse heureusement les siècles, mais ce ne sera assurément pas comme général, amiral ou ministre, mais comme une sorte de héros romanesque. En voulez-vous une preuve qui ne trompe pas ? Quand la nouvelle de son assassinat parvint à Paris, les vertugadins diaboliques, bouleversés, versèrent d'abondantes larmes et la duchesse de Chevreuse défaillit et pâma si fort qu'on eut toutes les peines du monde à la ramener à la vie. Par malheur elle survécut...

*
* *

— À moi, Monsieur, deux mots, de grâce !

— Belle lectrice, je suis à vos ordres, tout entier dévoué. Je vous ois.

— Monsieur, il me semble sentir dans la dernière remarque de Monsieur votre père une sorte de déprisement du *gentil sesso*.

— Nenni, Madame, le déprisement s'adresse aux vertugadins diaboliques, race traîtreuse et assassinante, mais pas le moindrement du monde à l'ensemble de votre aimable sexe, lequel est au rebours fort honoré par les gentilshommes de ma famille.

— La grand merci, Monsieur. Vous me rassérénez, mais peux-je, néanmoins, vous poser question sans craindre d'être rebuffée, comme l'est dans les occasions le pauvre Nicolas, ou vous-même, quand vous vous adressez au cardinal ?

— Belle lectrice, je ne rebuffe jamais les dames. J'ai avec elles tant de patience et de bon vouloir qu'elles peuvent même aller jusqu'à l'impertinence sans que je prenne la mouche.

— Monsieur, bien que votre mansuétude me paraisse relever davantage de la tendre ironie que de la charité chrétienne, néanmoins je vous remercie. Voici donc ma question. Si bien je me ramentois vos récits dans le livre précédent, la première expédition anglaise, celle de l'île de Ré, ce fut Buckingham qui la commanda. Elle échoua en novembre 1627. La deuxième expédition anglaise, commandée par Lord Denbigh — amiral tout à plein insuffisant —, arriva le quinze mai 1628 devant La Rochelle et repartit le vingt mai sans avoir rien tenté. Et la troisième expédition anglaise, forte de cent cinquante voiles, commandée par Lord Lindsey, « chef très valeureux et très expérimenté », elle aussi, échoua. Comment expliquez-vous ce nouvel échec ?

— Avec votre permission, Madame, voyons de prime les faits. Nous verrons ensuite les gloses :

« Après vingt-sept jours de navigation éprouvante, la flotte anglaise, le trente septembre, se rangea en croissant entre la pointe de Chef de Baie et la pointe de Coureille face à la flotte française. Le premier octobre au matin, elle approcha des nôtres et échangea avec eux des canonnades sans grand dommage de part et d'autre. L'après-midi, le vent faiblissant, et les manœuvres devenant de ce fait difficiles, elle se retira et alla mouiller hors de portée de nos canons. Le trois octobre, Lindsey, entendant qu'il ne pouvait lutter avec efficacité contre la flotte française sans détruire les batteries côtières des pointes de la baie, décida d'envoyer deux grands vaisseaux les bombarder, l'un à Chef de Baie, l'autre à Coureille. Et c'est ici que les choses commencèrent à se gâter. Lord Lindsey encontra d'insurmontables difficultés à convaincre les capitaines des vaisseaux concernés, tant leur résistance était têtue et véhémente. Pourquoi, disaient-ils, devraient-ils courir tous les risques en s'approchant des côtes, tandis que le reste de l'escadre demeurait hors de portée des boulets français ? Devant une mauvaise volonté qui ressemblait fort à une mutinerie, Lindsey attaqua lui-même à la tête de quelques bâtiments, mais l'affaire ne tourna pas à son avantage. Plusieurs bateaux anglais furent atteints par nos batteries et l'un fut désemparé. Celui-là ne devrait jamais revoir les côtes de l'Angleterre.

« D'ores en avant, quels que fussent les ordres que donna Lindsey, ils ne furent pas obéis. Il eut beau menacer de mettre aux fers, et même de mettre à mort les capitaines récalcitrants, ceux-ci ne cédèrent pas, étant soutenus unanimement par leurs équipages. Et Lindsey entendit bien à la fin ce qu'il en était. Exécuter les capitaines serait tourner la désobéissance en mutinerie générale et ouverte. Lindsey négocia alors une trêve de quinze jours avec les armées françaises, sans qu'il voulût encore admettre que la troisième expédition anglaise avait échoué.

— Monsieur, ce récit m'étonne. Je m'étais apensée que les marins anglais seraient comme Lindsey, « valeureux et expérimentés ».

— Madame, ils l'étaient, mais ils l'étaient à bon escient. Et comment pouvaient-ils prendre cette expédition à cœur alors que tant des leurs avaient été tués ou noyés sans aucun profit pour le roi et leur pays à Cadix, dans l'île de Ré et au retour de la deuxième expédition ? Et quel était l'auteur de ces désastres, sinon le mauvais génie du roi, My Lord Duke of Buckingham ? Ils le haïssaient vivant. Ils le haïrent mort, s'il se peut, davantage. Ils étaient persuadés que, « *s'il y avait un enfer et un diable dedans, le duc était avec lui* ». Le poignard de Felton — un héros assurément — avait eu raison de lui. Or voici que (inacceptable scandale !) tout mort qu'il fût, le duc continuait à peser sur leur destinée ! Cette expédition, c'était la sienne. Ce n'était pas Lindsey qui la commandait, mais son odieux fantôme.

C'était lui qui poussait tant d'Anglais à la mort dans un assaut absurde et meurtrier contre cette maudite baie, que la flotte française, et les bateaux coulés, et les palissades en quinconce, la digue enfin et les batteries côtières rendaient imprenable.

« Autre insufférable absurdité : la présence à leur bord, voulue par Buckingham, de cinq mille soldats, parasites tout à plein inutiles, car ils ne pourraient jamais débarquer sur des côtes hérissées de forts et de redoutes, ni affronter une armée quatre fois plus nombreuse que la leur...

« La présence des soldats ajoutait à l'exaspération des marins : ils encombraient les ponts, ils les salissaient de leurs vomissures et mangeaient leurs rations. Déjà, dès le quinze octobre, les vivres commençaient à manquer et de petits bâtiments anglais, à prudente distance de Chef de Baie, débarquaient à la pirate sur les côtes françaises et enlevaient deux ou trois bêtes aux villageois. Voilà où on en était : la grande escadre vivait de mesquines maraudes et n'attaquait plus...

— Si je vous ai bien entendu, Monsieur, ce sont les marins et les capitaines anglais qui ont mis fin à la guerre entre l'Angleterre et la France, et du même coup, à la guerre fratricide entre les Rochelais et nous. Et ils l'ont fait, rien qu'en n'obéissant point aux ordres de leur amiral.

— C'est bien là le point, Madame. Libérés du papisme, les Anglais se libérèrent aussi du respect religieux qui, en France, entoure encore le souverain. Ils sont fiers de leurs institutions et ils entendent que le roi les respecte. S'il ne les respecte pas, ils lui feront des « remontrances ». Et s'ils estiment qu'une expédition royale n'est que pure folie, ils cesseront d'obéir.

— Mais n'était-ce pas là, Monsieur, démontrer la vertu souvent méconnue de la désobéissance ?

— Madame, il serait discourtois de ma part de ne pas vous laisser en conclusion de notre entretien le privilège féminin du dernier mot. Mais, la Dieu merci, nous n'allons pas nous séparer encore. La guerre est finie, mais la paix n'est pas encore gagnée. Et pour la gagner, le roi et le cardinal vont avoir besoin des grandes qualités qu'on leur a déjà reconnues : la fermeté et la modération.

*

* *

Dès que je sus par Fogacer (lequel sans doute aucun le tenait lui-même du nonce Zorzi) que Lindsey avait demandé et obtenu une trêve de quinze jours, je jugeai que cette trêve n'était qu'une façon déguisée de se diriger en tapinois vers un traité de paix. Et comme d'un autre côté la nouvelle, vue son origine (le nonce sachant toujours tout sur tout), me parut tout à fait sûre, je me rendis au lever du roi qui, Dieu merci, n'était plus à Surgères (longuissime chevauchée, comme on l'a vu) mais à Laleu, où il s'était établi [1] non loin du logis du cardinal dès l'apparition de la flotte anglaise dans le pertuis breton.

À ma grande désolation j'y encontrai une foule de gens, dont certains grands personnages qui n'étaient amis ni du roi, ni du cardinal et avaient même fait des vœux pour l'insuccès de nos

1. Bassompierre lui donnant l'hospitalité.

armes, mais qui, informés en toute probabilité par Londres (comme je l'avais été moi-même), venaient d'arriver de Paris, ayant galopé à brides avalées de clocher en clocher pour arriver à temps au secours de la victoire. Que je nomme enfin ces vaillantissimes : le duc d'Orléans[1], le duc de Bellegarde et le duc de Chevreuse, accompagnés de tant de moindres seigneurs de leurs suites respectives, que je vis d'un coup d'œil que je ne pourrais jamais approcher Louis.

Je désespérais quand surgit à ma dextre le géantin capitaine Du Hallier dont je revis avec plaisir la grosse trogne et la barbe rousse.

— Du Hallier, lui dis-je à l'oreille, comment traverser ce beau monde que je vois là, pour parvenir jusqu'au roi ?

— Rien de plus facile, Monsieur le Comte, le roi m'a ordonné dès votre advenue de vous frayer un chemin jusqu'à lui.

— Ah ! dis-je au comble de la joie, voilà qui va bien !

— Et mieux encore que vous ne le pensez, dit Du Hallier avec un air de mystère. Allons ! me dit-il, à l'assaut ! Permettez, Monsieur le Comte, que je vous tienne par le bras et que je vous pousse devant moi.

« Messieurs ! cria-t-il d'une voix stentorienne qui domina de beaucoup le brouhaha qui s'élevait de ce brouillamini de courtisans courbés. D'ordre du roi, laissez passer le comte d'Orbieu !

Et, miracle d'une voix forte et autoritaire sur une foule, celle-ci s'ouvrit aussi promptement que la mer Rouge jadis devant les Hébreux.

1. Gaston, frère du roi.

— Votre Majesté, dit Du Hallier, voici le comte d'Orbieu.

C'est alors que se produisit l'événement inoubliable qui m'allait changer la vie. Louis, qui était assis sur son séant le dos soutenu par un oreiller, était occupé à tremper des mouillettes dans un œuf à la coque. Il m'envisagea, me sourit et d'un air à la fois majestueux et complice promena ensuite son regard sur les grands seigneurs qui étaient là, puis ses yeux revenant se poser sur Du Hallier, il lui dit d'un air faussement grondeur :

— Du Hallier, vous êtes en retard d'un titre !... Messieurs, reprit-il en se tournant vers Orléans, Bellegarde et Chevreuse, ce gentilhomme que vous voyez là est le duc d'Orbieu, pair de France. Accueillez-le avec honneur, puisqu'il est des vôtres.

Pour moi, je crus pâmer, mais quelque sursaut d'amour-propre me venant à rescourre, je m'agenouillai au chevet du roi, baisai avec une infinie gratitude la main qu'il me tendit, tout en ne faillant pas toutefois d'observer qu'elle sentait quelque peu le jaune d'œuf — tant est que ce jour d'hui encore, je ne peux manger un œuf sans retrouver cette odeur qui m'est devenue pour ainsi parler si aimable que meshui, après tant d'années, elle me donne encore une sorte de joie.

Les ducs me baillèrent, l'un après l'autre, une forte brassée, la plus sincère des trois étant celle du duc de Chevreuse, mon demi-frère, à qui je n'avais jamais rien eu à reprocher, sinon sa belle et abominable épouse. Mais pour dire le vrai, elle vivait fort à l'écart de lui, et lui d'elle, tant est qu'ils ne s'encontraient que rarement et toujours de mauvais gré, et souvent même à la furie.

Dès que les embrassements furent terminés, le roi me dit que le cardinal m'attendait, ayant mission à me confier. Là-dessus, sans tant languir, il me donna mon congé et se remit à son œuf. Je traversai derechef la cohue des courtisans, non sans être envisagé par tous ceux qui se trouvaient là. Peu me chalait, je ne touchais plus terre.

Chose étrange, en me présentant mon Accla, Nicolas m'appela « Monseigneur » tant la nouvelle avait voyagé vite. Je trottai alors, fort songeux en mes mérangeoises, vers la demeure du cardinal, et tout soudain en chemin il me vint à l'esprit que le roi avait fort habilement choisi son moment pour m'avancer dans l'ordre de la noblesse.

Il avait fait d'une pierre deux coups. D'une part, il récompensait un serviteur fidèle pour les services rendus tant à l'île de Ré que devant La Rochelle, et en même temps — reproche implicite — il le faisait en présence de trois grands seigneurs qui pendant toute la durée du siège s'étaient douillettement ococoulés dans leurs beaux hôtels parisiens à l'abri des incommodités de la guerre.

Qui plus est, outre le titre de duc qui est réservé d'ordinaire à des rejetons de grande famille, ce qui n'était pas mon cas, le roi m'avait nommé, maugré mon âge, pair de France, dignité qui n'était pas toujours conférée aux ducs héréditaires — bien loin de là ! — et qu'ils convoitaient fort, car elle leur ouvrait la Chambre des Pairs et leur conférait alors crédit et importance. Apparent paradoxe, cette estime éclatante que le roi avait fait paraître à mon endroit allait me valoir beaucoup d'ennemis, en même temps qu'elle me donnait de grands pouvoirs pour faire pièce à leurs méchantises.

Dans la tradition royale, le titre de duc récompense toute une famille, et encore que la mienne, comme j'ai dit déjà, ne fût point illustre, elle s'était cependant illustrée dans la défense du royaume, mon grand-père ayant combattu sous le duc de Guise quand en 1558 il avait repris Calais aux Anglais, et mon père ayant servi Henri III puis Henri IV en maintes missions secrètes et périlleuses.

J'éprouvai tout soudain un grand émeuvement à la pensée que l'éclat de mon titre allait durablement rejaillir sur mon père et mes frères, et j'eusse voulu que la poste volât au lieu que de chevaucher pour leur apporter au plus vite la nouvelle, me promettant de leur écrire dès mon retour au logis, ainsi de reste qu'à Madame de Brézolles. Pour cette lettre, je me promis de la rédiger avec une modestie exemplaire, afin que ma belle ne me crût pas assez impertinent pour penser que mon titre de duc me donnait davantage droit à sa main. D'un autre côté, je n'étais point aveugle assez pour ne point discerner qu'elle serait ravie d'être duchesse et, qui plus est, de savoir que son fils, même si l'adoption n'était pas, comme dans la Rome antique, dans nos mœurs, recevrait de moi d'immenses avantages dès l'aurore de sa vie.

— Monsieur d'Orbieu, asseyez-vous, me dit le cardinal dès que Charpentier m'eut introduit chez lui. Vous voilà duc et pair ! Récompense, celle-là, bien méritée! (Allusion se peut au défunt Luynes, qui n'avait dû son prodigieux avancement qu'aux seuls agréments de sa personne.) Duc, dites-le-moi sans déguiser le moins : n'avez-vous pas cru que Louis avait oublié la promesse qu'il vous fit il y a un an quand l'île de Ré fut délivrée?

— Éminence, je ne l'ai pas cru, je l'ai craint...

— Et vous eûtes bien tort! Louis n'oublie jamais rien, ni le méfait, ni le bienfait. Mais dans la punition comme dans la récompense, il aime retarder les effets de sa colère ou de son contentement. Pour les méchants, il leur fait si longtemps attendre le coup qu'il doit leur assener que la veille du jour de leur arrestation ils se croient déjà pardonnés. (Allusion cette fois tout à fait claire aux frères Vendôme.) En ce qui vous concerne, il ne vous a lanterné que pour attendre une occasion de vous avancer dans l'ordre de la noblesse, et cette occasion, l'arrivée des trois ducs — endormis jusque-là dans les délices de Capoue — la lui a fournie. Et foi de gentilhomme, quel beau coup de moine ce fut! Et comme j'eusse voulu être là quand il commanda aux ouvriers de la onzième heure d'embrasser l'ouvrier de la première heure, mêlant ainsi au blâme discret des premiers la récompense du second. Venons-en maintenant à nos affaires, poursuivit Richelieu après un silence. La guerre gagnée, il faut meshui gagner la paix. Avez-vous en votre dernière mission à Londres encontré Lord Montagu?

— Je l'ai encontré, en effet, chez My Lady Markby.

— Qu'en êtes-vous apensé?

— C'est un homme souple, habile, plein d'esprit, et envers les Français indubitablement amical.

— Saviez-vous que nous l'avons arrêté il y a un an alors qu'il traversait la France pour atteindre la Lorraine ?

— Oui, Éminence, je le savais, mais j'ignorais pourquoi.

— Nous le soupçonnions de vouloir remuer la Lorraine contre nous. Il fut donc arrêté, mis en Bastille, et après nous être saisi de ses papiers — lesquels nous confortèrent en nos soupçons — nous ne laissâmes pas cependant de le traiter avec beaucoup d'égards et de le relâcher, Louis préférant voir en lui un ambassadeur plutôt qu'un agent secret, ce qu'il était aussi indéniablement. Or il se trouve que Lord Lindsey nous envoie ce même Lord Montagu pour traiter de la paix. Nous aimerions que, sachant si bien l'anglais et connaissant l'homme, vous soyez pour lui un sage et amical mentor, le recevant aussi bien que possible à Brézolles et lui faisant visiter le camp et la digue. Il va sans dire que le roi le recevra. Moi aussi, mais ce ne sera peut-être pas le même accueil : le roi lui devra parler avec quelque roideur, car nous savons ce qu'il vient quérir de nous. Et quant à moi, conclut-il avec un demi-sourire, je le recevrai avec tant de miel qu'il ne sentira plus la piqûre de la royale rebuffade. C'est pourquoi je vous recommande à l'endroit de Lord Montagu les égards que j'ai dits.

Je n'avais jamais vu, ni ouï, un Richelieu si enjoué, si confiant et si heureux. Et certes, il avait de quoi l'être. L'éclatant succès du siège de

La Rochelle était dans une grande mesure le fruit de son labeur, de sa finesse, de sa persévérance. Quant à Louis, s'il avait un moment faibli et abandonné le camp pour se rebiscouler quelques semaines à Paris, néanmoins, de loin comme de près, il avait soutenu son ministre avec une adamantine fermeté, mais aussi avec une affection qui, à partir du siège de La Rochelle, s'ancra si bien dans son cœur qu'aucune cabale — quelque effort qu'elle y fît dans la suite — ne la put jamais ébranler.

— Duc, dit Richelieu, plaise à vous d'aller trouver Charpentier qui vous dira le quand et le comment de la mission que vous avez acceptée.

Acceptée ? m'apensais-je. Je n'avais rien fait de tel, mais je ne dis ni mot ni miette, sachant bien que c'était là un genre de petite gausserie que Richelieu faisait à ceux qu'il aimait.

— Monseigneur, dit Charpentier quand je l'eus rejoint dans le cabinet attenant, Lord Montagu quittera en chaloupe le vaisseau de Lord Lindsey demain à dix heures. Il gagnera aussitôt le bateau amiral de la flotte française. Il sera reçu à la coupée par le commandeur de Valençay qui le débarquera à Chef de Baie à dix heures et demie, heure à laquelle Monsieur le cardinal désire que vous l'accueilliez sur le sol français. Son Éminence compte que vous lui ferez visiter la digue, la fameuse et formidable digue, cette visite, bien entendu, étant un atout maître dans la négociation. Après quoi Son Éminence pense que vous l'emmènerez dîner à Brézolles. Dans l'après-midi vous l'inviterez à assister à une grande parade militaire commandée par le roi, au cours de laquelle défileront, dans un ordre à coup sûr parfait, cinq mille fantassins et cavaliers. Le défilé fini, vous lui ferez visiter deux ou trois forts, qui vous seront désignés par le maréchal de Bassompierre et qui sont des mieux garnis en soldats. Cette visite fort instructive terminée, vous le ramènerez à Brézolles où Son Éminence pense que vous voudrez bien lui donner bonne chère et bon logis. Le lendemain, à dix heures de la matinée, vous le conduirez chez Louis, et là, Lord Montagu ne sachant pas le français, Monsieur le cardinal désire que vous lui serviez de truchement dans son entretien avec Sa Majesté. Là, Monseigneur, s'arrête votre mission.

Charpentier, après ce petit discours, me tendit un carton qui le résumait et, comme il paraissait hésiter, je lui demandai s'il avait encore quelque chose à ajouter.

— En effet, Monseigneur, mais comme il s'agit d'un petit point d'étiquette, je ne sais si je serai assez audacieux pour le préciser. Vous pourriez le mal prendre.

— Je le prendrai fort bien au rebours, dis-je, sachant si peu où j'en suis présentement.

— Monseigneur, vous avez sans doute observé que dans le cabinet de Son Éminence il y a trois sièges bien différents destinés aux visiteurs : une chaire à bras, une chaire à dos et un tabouret. Or j'ai observé qu'à votre entrance, Son Éminence vous ayant prié de prendre place, vous vous êtes assis sur le tabouret.

— Et il ne fallait pas ?

— Non, Monseigneur, avec tous mes respects, il ne fallait pas. Chez Son Éminence, étant duc et pair, vous avez droit, comme les maréchaux de France, à la chaire à bras...

— La grand merci à vous, Monsieur Charpentier, dis-je avec chaleur, étant à la fois égayé et touché qu'il ait pris la peine de m'instruire de mes nouveaux privilèges.

Cependant, remonté à cheval, je me mis tout soudain à rire à gueule bec à la pensée qu'un derrière de duc avait droit à plus d'égards que celui d'un comte. « Vanité des vanités », dit si bien *L'Ecclésiaste*.

*
* *

Mon premier soin, de retour au logis, fut d'écrire à mon père, à mes frères, à ma mère [1], à Madame de Brézolles. C'est cette dernière missive — la dernière, mais non la moindre — qui me donna le plus de peine, car pour les raisons que l'on sait je voulais qu'elle fût d'« une modestie exemplaire », le difficile étant justement le dosage de cette modestie, afin qu'elle ne sentît ni l'outrance ni l'artifice. Je déchirai deux ou trois brouillons, car à mon oreille ils sonnaient faux. Tant est qu'en fin de compte j'écrivis à ma belle une lettre du bon du cœur, lui confiant que j'étais très heureux que le roi eût érigé mon comté en duché-pairie, mais que j'allais faire de grands efforts pour ne pas devenir piaffant, hautain et vaniteux, afin de ne point me rendre odieux à mon entourage, à mes amis, à ma

1. Pierre-Emmanuel de Siorac, à ce jour duc d'Orbieu, était le fruit des amours illégitimes de la duchesse de Guise et du marquis de Siorac.

parentèle, et par-dessus tout à ceux que je chérissais le plus en ce monde : mon fils et celle qui me l'avait donné.

Tandis qu'à la nuitée Nicolas m'aidait à me déshabiller, je lui dis quelle serait, le lendemain, ma mission et qu'il eût à prévenir dès ce soir Hörner pour que nos deux chevaux soient étrillés, brossés et harnachés sur le coup de neuf heures et demie, car il nous faudrait bien une heure pour atteindre Chef de Baie et y accueillir My Lord Montagu quand il débarquerait de sa chaloupe.

— Monseigneur, dit Nicolas, peux-je quérir de vous si vous n'allez emmener que moi pour recevoir le Lord anglais ?

— Assurément.

— C'est que, Monseigneur, avec tout mon respect, cela ne convient pas du tout. Le Lord anglais peut s'offenser de ce que vous soyez si pauvrement accompagné pour recevoir l'envoyé du roi d'Angleterre. Et de votre côté, vous ne rendez pas justice à votre rang en n'ayant que moi pour escorte.

— Devrais-je donc à ton goût m'encombrer de tous mes Suisses ?

— Nenni, Monseigneur, il suffirait, à ce que je crois, du capitaine Hörner, et de quatre de ses plus beaux Suisses, tous cinq attifurés de leur plus belle vêture. Ainsi vous honorerez non seulement le Lord anglais, mais vous-même et le roi, en mettant dans cet accueil apparat et cérémonie.

— Nicolas, tu me laisses béant. D'où te vient cette science ?

— De mon aîné, Monseigneur. Un capitaine

des mousquetaires du roi doit connaître à fond l'étiquette, s'il ne veut pas commettre d'erreur qui ferait rire de lui, ou pis encore.

À la réflexion je donnai raison au béjaune, et d'autant que Richelieu m'avait recommandé d'accueillir Lord Montagu avec tous les égards que les circonstances commandaient. Je dépêchai donc mon écuyer, fou de joie et d'importance, donner à Hörner les ordres qu'il avait lui-même conçus.

L'huis reclos sur lui, je m'avisai que c'était la deuxième fois, en ce premier jour de mon avancement, que je recevais une leçon d'étiquette venant de personnes qui étaient si éloignées de moi par le rang qu'elles n'eussent pas dû prendre la chose tant à cœur. Cela me donna à penser que les serviteurs, dès lors qu'ils jouent un rôle, fût-il modeste, dans « les apparats et les cérémonies », en tirent presque autant de gloire que leur maître. L'air piaffant et heureux que je lus le lendemain matin sur les faces de Hörner et des quatre Suisses géantins qu'il avait choisis comme escorte me conforta dans cette idée. Il fallait voir comment chacun carrait les épaules dans son meilleur pourpoint, les bottes luisant comme miroir et les fourreaux d'épée étincelant au soleil de ce clair matin. L'honneur et la gloire en cet accueil de l'ambassadeur anglais à Chef de Baie n'étaient point que pour Montagu et moi. Mon escorte y avait sa part. Je ne suis même pas assuré que nos chevaux ne le ressentissent pas aussi, tant ils avaient été bichonnés pour la circonstance, le poil luisant à force de brosse, sans oublier la crinière et la queue tressées en nattes. À celles-ci ne manquait que le ruban.

Quoi qu'il en fût, les chevaux et les hommes qui les montaient se rangèrent en ordre triangulaire devant le petit débarcadère où My Lord Montagu, transporté par la chaloupe de notre navire amiral, devait mettre le pied. Moi-même, seul en avant du groupe. Derrière moi, sur un même plan, Hörner et Nicolas. Et derrière eux, les quatre Suisses si colossalement immobiles qu'à eux seuls ils avaient l'air d'être une armée.

Comme nous attendions ainsi en un ordre parfait, un exempt monté survint, tenant par la bride un second cheval, lequel, m'expliqua-t-il après un grand salut, était mis à la disposition de My Lord Montagu par le maréchal de Bassompierre. Il n'arriva pas une seconde trop tôt, car déjà de la chaloupe débarquait My Lord Montagu. Je le reconnus fort bien à son coloris qui n'était pas habituel chez un Anglais, car il était fort brun de cheveu, de prunelles, de moustache et de peau, tant est que My Lady Markby l'appelait, non sans tendresse, *Il mio bello Italiano* [1].

Je démontai et m'avançai vivement vers lui, mais j'eus à peine le temps de le saluer, car déjà il me donnait une brassée à l'étouffade et me noyait d'une façon, en effet, bien peu anglaise, sous un flot exubérant de paroles aussi affectionnées que louangeuses.

De cette encontre et du séjour de Lord Montagu parmi nous, ne sont demeurés en ma remembrance que deux épisodes, il est vrai l'un et l'autre d'un intérêt importantissime, comme eût dit Richelieu : la visite de la digue et l'entretien de notre visiteur avec le roi.

1. Mon bel Italien (ital.).

Toute l'Europe parlait alors de la digue de La Rochelle. Et quoiqu'on n'eût pas manqué de la montrer à tous les ambassadeurs étrangers qui étaient venus au camp présenter leurs respects à Louis, les opinions sur elle variaient d'un visiteur à l'autre. Toutefois, qu'elle fût bonne ou mauvaise, l'appréciation des diplomates dépendait moins d'une appréciation véritable que des vœux qu'ils formaient, ou ne formaient pas, pour le succès de nos armes.

Comme bien sait le lecteur, les Rochelais faisaient connaître *urbi et orbi* leur immense déprisement pour la digue et assuraient qu'elle ne résisterait ni à une tempête un peu forte ni à l'attaque résolue d'une flotte anglaise. Mais à vrai dire ils ne pouvaient opiner que de la sorte. Comment auraient-ils pu sans cela convaincre les Anglais de leur porter secours ? Le pis de la chose, c'est qu'à force d'affirmer la faiblesse de la digue ils avaient fini par y croire. Comme dit si bien Ovide : « *Spes quidem fallax, sed tamen apta Dea est* [1]. »

Lord Montagu fut à coup sûr le premier et le dernier Anglais à jamais mettre le pied sur la digue. Il s'y promena et je l'accompagnai, mais sans piper mot, ne voulant pas m'abaisser à faire l'éloge d'une fortification cyclopéenne, si originale et si forte qu'elle n'avait non pas gagné la guerre contre les Anglais, mais empêché par deux fois qu'ils l'engageassent. Lord Montagu ne faillit pas à entendre la raison de mon silence et visita la digue longuement et scrupuleusement,

1. L'espérance est une déesse trompeuse, mais néanmoins commode (latin).

mais sans prononcer lui-même la moindre parole. Quand il eut fini, il se tourna vers moi et me dit avec un petit sourire et le souci bien anglais de se montrer *fair play* :

— Quelle pitié que My Lord Duke of Buckingham n'ait pu visiter la digue ! Il se serait rendu compte, comme moi, qu'on ne peut ni l'aborder, ni par conséquent la prendre.

Le lendemain, sur le coup de dix heures, je conduisis Lord Montagu chez le roi en sa demeure provisoire à Laleu. La salle était parfaitement vide à l'exception d'une seule chaire à bras, celle sur laquelle Louis était assis, le chapeau sur la tête. Cependant, un beau feu de bûches flambait dans la cheminée, ce qui donnait quelque chaleur à une entrevue qui, à en juger par la face imperscrutable de Louis, commençait sous d'assez froids auspices. Lord Montagu souligna d'abord combien il était important qu'il y eût un accommodement entre Louis XIII et le roi Charles Ier d'Angleterre. Après cela, il fit une pause comme s'il s'attendait que le roi répondît tout de gob. Mais Louis lui dit de poursuivre, lui donnant à entendre qu'il attendrait la fin de son discours pour répondre à tous les points qu'il aurait soulevés. Il me sembla que cette procédure déconcertait quelque peu Lord Montagu qui aurait voulu de prime tâter le terrain pour voir jusqu'où il pourrait aller. Néanmoins il s'inclina et commença par demander qu'avant même la capitulation de La Rochelle, qui dès lors ne faisait pour lui aucun doute, Sa Majesté permît à la garnison anglaise de sortir de la ville. En second lieu, il demanda que Sa Majesté voulût bien faire grâce au duc de Soubise. En troisième lieu, il demanda pour les Rochelais le pardon, ainsi que la liberté de culte et de conscience.

Pendant ce discours je ne pus surprendre la moindre trace d'émeuvement sur la face du roi. Elle avait l'air sculptée dans du marbre. Et même quand il parla, ni sa voix ni son visage ne trahirent en aucune façon ce qu'il éprouvait.

— Lord Montagu, dit-il d'une voix ferme, la garnison anglaise a combattu contre mes armées côte à côte avec les mutins rochelais. Il est donc hors de question de lui accorder un régime de faveur en lui permettant de sortir de La Rochelle avant que La Rochelle ne capitule. Ces soldats sont mes prisonniers et je les traiterai aussi bien, ou aussi mal, que le roi Charles traite, ou traitera, les prisonniers français qu'il détient. Seul un échange amiable devra résoudre ce problème. Quant à vos autres propositions, Lord Montagu, elles ne laissent pas de m'étonner. Je ne suis jamais intervenu, ni par la diplomatie, ni par les armes, pour soutenir les catholiques anglais persécutés, considérant que le roi d'Angleterre était seul maître à bord dans son royaume. C'est ce que je suis aussi dans le mien. Il n'est pas nécessaire que le roi Charles s'entremette entre les Rochelais et moi pour obtenir leur pardon. Je sais comment je dois me comporter avec mes propres sujets...

J'admirai cette rude et juste réplique. Et je l'admirai d'autant plus que je savais qu'en aucun cas Richelieu n'avait pu la conseiller puisque n'ayant pas encore encontré Montagu, il ne pouvait savoir ce qu'il comptait proposer au roi. Je jetai donc ces fortes paroles de Louis dans la gibecière de ma remembrance, afin de les en pouvoir retirer dans les occasions pour les jeter à la face du premier coquebin de Cour qui oserait laisser entendre devant moi que Louis n'avait pas la tête politique. Cependant, en traduisant lesdites paroles en anglais pour Lord Montagu, je me donnais peine, tant par le choix des mots que par la suavité du ton, pour atténuer quelque peu la roideur de la rebuffade. J'observai, de reste, que Louis fit lui-même en fin d'audience un notable effort d'amabilité. Il annonça à Lord Montagu que le cardinal l'invitait à dîner sur le vaisseau amiral avec le commandeur de Valençay, le marquis d'Effiat et moi-même et qu'il regrettait de ne pouvoir l'accompagner, devant se rendre à Surgères en raison d'une affaire des plus urgentes qui l'y attendait. Lord Montagu remercia alors Louis fort chaleureusement et ne fut chiche ni en bonnetades, ni en révérences. Quant à moi, je me surpris à sourire *in petto,* ne pouvant ignorer que l'affaire urgente derrière laquelle le roi se remparait était la chasse...

Quand nous fûmes seuls de nouveau, Lord Montagu ne lassa pas de quérir de moi qui était le marquis d'Effiat.

— C'est, dis-je, notre surintendant des Finances. C'est lui qui trouve, a trouvé et trouvera les pécunes pour soutenir le siège.

— Et il en trouve encore, dit Montagu, après un an de siège ?

— Assurément.

— Alors, dit Lord Montagu en riant, c'est pitié qu'il n'ait pas un double, car je l'emmènerais avec moi en Angleterre pour le donner au roi Charles.

*
* *

Lord Montagu soupa et logea à Brézolles, et à peine étions-nous à table que survint un valet du cardinal qui apportait de la part de Son Éminence à notre hôte deux bouteilles du vin le plus renommé et des poires si belles que rien qu'à les voir elles vous fondaient dans la bouche. C'est tout juste si Montagu, dans son émeuvement, n'embrassa pas le valet. Il apprécia particulièrement les poires, car il avait été près d'un mois en mer sans goûter aucun fruit et il se trouva quasiment en larmes de ce que le cardinal s'en fût avisé. Il donna une pièce d'or à l'écuyer qui fut béant d'une telle offrande et pria Madame de Bazimont de faire porter les précieux présents dans sa chambre. Cela fait, il se tourna vers moi et s'écria du bon du cœur :

— *My dear Duke, your* Richeliou *is marvellous! How thoughtful! How considerate!*

Ce que je traduirai, belle lectrice par : « Mon cher Duc, votre Richelieu est merveilleux ! Combien attentionné et combien délicat ! » J'ajouterai, quant à moi : « Et combien habile dans le choix du cadeau », car si le cardinal avait baillé un plus précieux présent à My Lord Montagu, celui-ci aurait pu se piquer en soupçonnant qu'on voulût l'acheter, mais comment aurait-il pu se rébéquer devant un présent si modeste et pour un protestant, si évocateur des traditions bibliques ?

Un pli était joint aux poires et au vin. Lord Montagu, rompant le cachet, l'ouvrit et, découvrant que la lettre-missive était écrite en français, quit de moi mon truchement.

Richelieu l'informait que, puisqu'il comptait départir par la poste le lendemain afin de regagner l'Angleterre et quérir du roi Charles des instructions précises pour la paix, Louis avait décidé de lui donner comme compagnon le chevalier de Meaux, lequel, pourvu d'un passeport royal portant leurs deux noms, lui serait d'une grande utilité pour entrer et sortir des villes d'étape. En outre, le chevalier de Meaux, l'ayant conduit jusqu'à Saint-Malo, y attendrait son retour pour le ramener sans délai et sans encombre au camp de La Rochelle.

Cet arrangement mit Lord Montagu au comble de la joie. Il me confessa qu'il en était immensément soulagé, car il envisageait jusque-là son voyage avec quelque peine et mésaise, ne sachant pas notre langue et se doutant bien que les Anglais, à tout le moins présentement, n'étaient pas en ce royaume en odeur de sainteté. La lettre du cardinal ajoutait que si Lord Montagu avait en France du mal à faire accepter ses écus à l'effigie de Charles Ier, le chevalier avait ordre de lui prêter ce qu'il faudrait. Comme on voit, prévenances et caresses allaient de pair.

Lord Montagu, très touché de ces égards, dévorait à dents aiguës « notre merveilleuse cuisine française » et but à lui seul un flacon entier de mon vin. Mais n'étant pas accoutumé à un breuvage aussi benoîtement sournois, il se sentit à la fin de notre repue quelque peu sommeilleux et quit de moi la permission de se retirer en sa chambre. Il ajouta avec un sourire :

— *My dear Duke, I'm afraid I am as drunk as a Lord* [1].

1. Mon cher duc, j'ai bien peur d'être aussi ivre qu'un

Sur quoi je ris, et il rit aussi. Je fis signe à Madame de Bazimont de l'accompagner à l'étage, et je fis bien, car il s'appuya de la dextre sur son épaule dès qu'il fut debout et s'en alla à pas petits et vacillants.

Cinq minutes ne s'étaient pas écoulées que Madame de Bazimont revint à nous le cheveu décoiffé, la face rouge, le tétin haletant.

— Madame, dis-je, qu'est cela ? Vous voilà toute déconfortée !

— Ah, Monseigneur ! dit-elle le souffle court. Le Lord !... Le Lord anglais ! (Ce qui, je crains, était un pléonasme.)

— Eh bien, qu'a-t-il fait ?

— À peine la porte de sa chambre déclose, il m'a donné une forte brassée et je ne sais combien de poutounes sur toute la face.

— Lèvres comprises ? demandai-je gravement.

— Je ne saurais préciser, dit Madame de Bazimont avec pudeur. J'étais si trémulante !

— C'est que le point est important, Madame. S'il n'a baisé que les joues et le front, c'est de l'affection. Mais s'il vous a poutouné les lèvres, c'est qu'il a appétit à vous.

— Serait-ce Dieu possible ? s'écria Madame de Bazimont, agitée de sentiments divers et peut-être contradictoires.

— Madame, dis-je, de grâce, réfléchissez. Si vous vous sentez outragée, Lord Montagu, qui est mon hôte, devra demain me rendre compte de son audace.

lord (anglais). L'expression « aussi ivre qu'un lord » est proverbiale en Angleterre et la plaisanterie vient de ce que c'est ici un lord lui-même qui l'emploie.

— Dieu bon ! s'écria Madame de Bazimont. Un duel ! Un duel dont je serais la cause ! Ce n'est pas Dieu possible !

— Madame, je me permets de répéter ma question : vous sentez-vous outragée ?

— Outragée n'est pas vraiment le mot, dit Madame de Bazimont, s'efforçant de parler à la franche marguerite. L'audace du Lord n'était pas en soi si déplaisante. Toutefois, je me suis sentie piquée qu'il me traitât comme une chambrière.

— J'entends bien, Madame, c'est une question de rang. D'un autre côté, Madame, n'est-ce pas flatteur que Lord Montagu vous ait préférée à ces sottes caillettes qui, parce qu'elles ont vingt ans, se croient, se peut, plus belles que vous ?

— En effet, dit Madame de Bazimont, si l'on voit les choses ainsi, l'incident prend une tout autre couleur. Monseigneur, plaise à vous et à Monsieur et Madame de Clérac de n'en rien dire à Madame de Brézolles quand vous la reverrez. Je ne voudrais pas qu'elle croie que je me dévergogne.

Je lui en donnai l'assurance et Nicolas aussi. Henriette, quant à elle, gardait à l'Intendante une immense gratitude des bons soins qu'elle avait pris de sa santé quand elle s'était échappée, maigrelette et languissante, de l'enfer rochelais. Elle se leva, l'embrassa à cœur content, et la voulut raccompagner dans sa chambre.

Quant à moi, Madame de Bazimont retirée avec ses rêves, je m'allai coucher, suivi de Nicolas.

— Je n'aime point trop ce Lord anglais, dit Nicolas en m'aidant à me déshabiller.

— Diantre ! dis-je, et pourquoi cela ? Que t'a-t-il fait ?

— Je trouve que pendant le souper il a un peu trop envisagé Henriette.

— Envisagé ou dévisagé ?

— Je n'irai pas jusqu'à « dévisagé ».

— N'est-ce pas bien naturel ? Il vient de passer un mois à bord du navire amiral de Lord Lindsey. Et Henriette est assurément plus agréable à regarder qu'un tas de marins hirsutes et mal lavés. Nicolas, vas-tu pour si peu te piquer de jalousie ?

— En fait, je ne suis pas tant jaloux qu'étonné.

— Étonné ? Et pourquoi es-tu étonné, Nicolas ? dis-je en levant les sourcils.

— Parce que les Anglais ne sont pas réputés aimer autant le *gentil sesso* que les Français ou les Italiens.

— Où as-tu pris cela ? Ils l'aiment tout autant, mais ils le montrent moins. Rassure-toi, Nicolas, l'Angleterre n'est pas menacée de dépopulation...

— Dès lors, pourquoi ne montrent-ils pas cet amour, puisqu'ils le ressentent ?

— Parce qu'ils sont protestants. Imagine nos deux grands juges de Présidial conter fleurette entre deux portes aux chambrières de leurs épouses !

À cela Nicolas rit puis, sans la moindre transition, il passa de la gaieté à la tristesse.

— Monseigneur, reprit-il, peux-je vous poser question ?

— Pose, Nicolas.

— La fin du siège est-elle proche ?

— Très proche. Les Anglais se retirant du jeu, les Rochelais vont perdre jusqu'à l'illusion de l'espoir.

— Pauvres Rochelais ! Tant de souffrance et tant de morts, et tout cela pour rien ! Mais pour moi-même je me sens triste et marmiteux.

— Et pourquoi cela, Nicolas ?

— Bien le savez, Monseigneur. Le siège fini, je vais devoir vous quitter pour rejoindre les mousquetaires du roi.

— Quoi de plus haut que ce corps d'élite ?

— Oui, Monseigneur, mais je m'entendais si bien avec vous...

Cette façon de dire me parut naïve, mais justement parce qu'elle l'était, elle m'émut. Et pour une fois, pour la première et la dernière fois sans doute, je ne dissimulai pas mon émeuvement.

— Nicolas, dis-je du bon du cœur, ramentois bien ceci. Je vais te trouver un successeur, mais je ne te remplacerai pas.

Cet éloge implicite lui mit les larmes aux yeux et en prenant vergogne, il quit de moi son congé et l'obtint. Quant à moi, la porte sur lui reclose, je me sentis aussi seul que si j'allais être privé pendant longtemps d'un fils. Toutefois, d'avoir prononcé en mon for ce mot « fils » eut un résultat heureux, car presque aussitôt je vis surgir en ma cervelle l'image d'un enfantelet dormant à poings fermés dans son bercelot. Je me sentis alors indiciblement heureux, si tant est que cet adverbe ne se nie pas lui-même en disant ce qu'il prétend ne pas dire. Lecteur, pardonne-moi ce *conceit* [1], je suis las, et comme disait Henri IV, il est temps que mon sommeil me dorme.

1. Le *conceit* (angl.) est une façon précieuse de dire les choses qui était à la mode en Angleterre chez les Élisabéthains et en France à la cour d'Henri III bien avant que Molière n'écrivît *Les Précieuses ridicules*.

CHAPITRE XIII

Le lendemain, quasiment à la pique du jour, une des carrosses cardinalices, dans laquelle avaient pris place le chevalier de Meaux et un gentilhomme grand et maigre que je ne connaissais pas, vint chercher Lord Montagu pour le mener au relais de poste d'où ils devaient repartir par le service rapide des courriers de cabinet.

Lord Montagu se levait à peine, se ressentant encore du délicieux et traîtreux vin français de la veille, et Madame de Bazimont dépêcha Luc pour l'aider à s'habiller, n'osant trop s'approcher de sa chambre. Cependant, notre Intendante était présente sur le perron quand il départit, et lui fit une révérence si profonde et si trémulante que je jugeai qu'elle conserverait à jamais le souvenir du Lord dans le baume et les aromates de ses remembrances. Lord Montagu ne laissa pas d'être touché par un salut qui ressemblait tant à un aveu. Il y répondit par un salut respectueux qu'il n'eût pas mieux fait pour une duchesse. Tant est que la pauvrette en eut les larmes aux yeux. Dieu bon ! m'apensai-je, comme il est triste de vieillir ! L'amour n'est plus que le pâle et illusoire reflet de ce qu'il fut.

Le chevalier de Meaux, qui, lui, était jeune et piaffant, ayant demandé la permission de me parler au bec à bec avant son département, je le tirai à part. Il me dit que le gentilhomme qui l'accompagnait était Sir Francis Kirby, colonel de la garnison anglaise de La Rochelle, lequel, la nuit précédente, avait réussi à saillir sans encombre de la porte de Tasdon, tant elle était maintenant mal gardée, et s'était présenté sans armes devant les soldats de la tranchée de Bellec, lesquels, selon les ordres, eussent dû lui tirer sus, mais ne le firent pas, tant ils furent ébahis par sa taille et son impassibilité. En outre, dirent-ils à l'exempt qui leur chantait pouilles, il avait l'air d'un squelette qu'on eût revêtu d'un uniforme, si bien qu'ils eurent vergogne à tuer ce mort vivant. C'était même miracle qu'il pût encore marcher.

Le capitaine de Bellec, prévenu, amena le colonel au cardinal qui, le voyant si exsangue, lui fit donner incontinent un bouillon de légumes et ordonna qu'on le conduisît chez moi à Brézolles, afin que je pusse prendre soin de lui, et lui tirer tous les renseignements possibles sur l'état à'steure des Rochelais et de la garnison anglaise. J'appelai alors Madame de Bazimont pour qu'elle aidât Sir Francis à monter les marches du perron, tant ses pas me parurent chancelants. Ce qu'elle fit avec zèle, sa fibre maternelle vibrant à la pensée de dorloter et rebiscouler un deuxième Anglais.

Lord Montagu, sans poser la moindre question sur Sir Francis, et sans même l'envisager tant il était discret, me bailla au départir une forte brassée et me dit que, si j'avais l'occasion de le visiter en Angleterre, il ordonnerait à ses gens de dérouler un tapis d'Orient de sa grille au perron pour me recevoir... Comme quoi, m'apensai-je, même un Anglais peut se mettre à gasconner quand il est ému.

La carrosse à la parfin départit, et je la regardai s'éloigner en me disant qu'il faudrait, vu la distance, pour le moins un bon mois avant que Lord Montagu nous revînt avec le rameau d'olivier qui annoncerait la fin de cette guerre absurde entre son pays et le nôtre. Et un mois, c'était un très long moment pour ceux qui, à La Rochelle, mouraient de verte faim.

Je dépêchai sur l'heure Nicolas au chanoine Fogacer pour qu'il vînt examiner et, au besoin, soigner le colonel anglais, ou nous dire en tout cas comment il le faudrait nourrir, car je n'étais pas sans savoir qu'un homme réduit au dernier degré de famine peut périr s'il mange trop. Il est vrai qu'à Brézolles nous avions déjà eu quelque expérience de ce problème avec une autre *fame consumpta* [1], mais à vrai dire notre Henriette, à son advenue céans, était loin d'être tant réduite et squelettique que le pauvre colonel, lequel en était même arrivé à ce point extrême de famine et de faiblesse qu'il n'avait plus faim du tout. Bien je me ramentois, en effet, qu'il lui fallut faire sur soi un gros effort pour absorber ce jour-là un œuf, un demi-verre de lait et une mince tranche de pain : régime qui lui fut, de prime, prescrit par Fogacer.

C'est seulement quand il fut quelque peu rebis-

1. Une affamée (lat.).

coulé qu'on s'aperçut combien Sir Francis était beau. Haut pour le moins de six pieds trois pouces, l'épaule large, la taille mince, la jambe longue, les traits du visage aussi réguliers et harmonieux que ceux d'une statue grecque, un teint qui tirait sur l'abricot, un œil d'un bleu profond, le sourcil châtain, le cheveu blond et bouclé ; et bien qu'il eût un air à ne pas se laisser morguer, poli et courtois avec tous, y compris avec le domestique.

Comme il était très faible les premiers jours, je pris l'habitude chaque matin d'aller déjeuner en sa compagnie dans un petit cabinet attenant à sa chambre, ce qui, au début, fut quelque peu embarrassant pour notre hôte, pour la raison que je suis accoutumé à cette repue-là à manger fort solidement devant un homme que la médecine, pour le sauver, réduisait à une maigre chère.

Dès qu'il se fut remis de ses faiblesses, Sir Francis me dit, d'une voix raffermie, qu'il ne s'était échappé hors des murs de La Rochelle que pour quérir audience du roi de France et le supplier, au nom de la trêve, de laisser incontinent saillir les soldats anglais hors les murs.

— Sir Francis, dis-je, permettez-moi de prime de vous dire combien je vous admire d'avoir risqué la mort, en vous présentant à la nuitée devant une tranchée française dans le seul dessein d'obtenir la libération de vos soldats. Et je vous demande pardon de vous désespérer, mais cette prière est hélas ! tout à plein inutile. Lord Montagu l'a adressée, il y a peu, de la façon la plus pressante à Sa Majesté, et Sa Majesté l'a roidement rebuffée, considérant d'ores en avant vos soldats comme des prisonniers de guerre qu'Elle ne consentira à libérer que lorsque le roi Charles aura libéré les Français qui sont tombés entre ses mains.

— C'est équitable, assurément, dit Sir Francis avec tristesse, mais combien désolant ! Et pour mes soldats, et aussi pour moi qui ai risqué ma vie pour rien. Il est vrai, ajouta-t-il, que si j'étais demeuré dans les murs, je n'aurais même pas eu le loisir d'aventurer ma vie, occupé que je serais à mourir comme mes hommes de la mort lente qu'apporte la famine. *My Lord,* poursuivit-il anglicisant mon titre, le *u* de duc et le *mon* de Monseigneur lui paraissant imprononçables, je ne sais si Monsieur le Cardinal a encore des *rediseurs* à La Rochelle, mais, à mon sentiment, s'ils n'ont pas à steure quitté la ville, ils sont morts. Et personne hors les murs ne peut meshui se faire une idée véritable de ce qui se passe dedans. C'est l'enfer, My Lord, et un enfer que personne n'avait prévu. Personne, en effet, ne s'était avisé que la digue, résistant aux tempêtes, serait pour nos flottes anglaises un infranchissable obstacle. Personne n'avait un instant supposé que le siège serait si long et qu'il épuiserait nos provisions. Et par-dessus tout, personne n'avait imaginé que le réservoir de poissons, de crustacés et de coquillages que constituait la partie de la baie en deçà de la digue pourrait s'épuiser un jour par le grand nombre de gens qui y cherchaient, jour et nuit, provende ! Toute vie avait disparu de ce bout de mer comme toute vie allait disparaître de La Rochelle. My Lord, poursuivit-il d'une voix tremblante, savez-vous combien La Rochelle comptait d'habitants au début du siège ?

— Vingt-huit mille, dis-je, à ce qu'on m'a dit.

— Et au récent rapide recensement fait par le maire Guiton, combien pensez-vous qu'il en reste ?

— Je n'en ai aucune idée.

— Six mille.

Dieu bon ! m'apensai-je, que de morts ! Et combien inutiles !

Dès qu'il fut assez fort pour monter et descendre seul un escalier, Sir Francis put avec nous prendre ses repues, choyé et admiré par tous. S'il est bien vrai, comme le veut le proverbe, que « beauté sans bonté n'est que vin éventé », on ne pouvait lui faire ce reproche. Patience et mansuétude se partageaient son âme, tant est que je me demandais pourquoi diantre il avait choisi le métier des armes. Mais quand j'appris de lui qu'il descendait d'une longue lignée d'officiers, j'entendis qu'il n'avait guère eu le choix et aussi — paradoxe apparent — qu'il avait, en fait, trouvé dans son régiment beaucoup de gens à aimer : ses officiers, ses exempts, ses soldats. Avec cela, d'après tout ce que je sentais en lui, stoïque, équitable et, en ses décisions, d'une fermeté adamantine.

Il va sans dire que Madame de Bazimont était de lui raffolée, et aussi les chambrières qui rougissaient rien qu'à le voir, et trémulaient comme feuillage au vent rien qu'à l'encontrer dans les escaliers, et d'autant même qu'avec le domestique il était souriant et courtois.

Même quand il eut repris du poil de la bête, je continuai à déjeuner avec lui dans le cabinet de son appartement, jugeant qu'il me dirait plus de choses au bec à bec que devant toute une tablée.

Il me parlait souvent en effet de ses soldats, et toujours avec un grand émeuvement, et se déconsolant âprement de leur sort.

— J'ai honte, me dit-il, la larme quasiment au bord de l'œil, j'ai honte et vergogne de l'état où ils sont. Quand, d'ordre de Sa Majesté, j'ai installé ma garnison à La Rochelle pour soutenir la ville en cas d'attaque des Royaux, j'étais, pour les nourrir, bien garni en pécunes, mais ce trésor s'asséchа vite, du fait de la cherté des vivres, puis de leur rareté, enfin de leur pénurie. Le dernier bœuf que j'achetai pour mes troupes me coûta deux cent cinquante livres, et de bœuf, à ce jour *intra muros,* vous n'en trouverez pas un seul, pas plus, de reste, que de chevaux, et pas davantage de tous animaux, grands et petits, qui marchent à quatre pattes. Les moutons, chiens, chats, rats, souris : tout est mangé, et l'écuelle est vide !

— Estimez-vous, dis-je, que vos soldats sont à'steure plus mal lotis que les Rochelais ?

— Assurément ! Et pour la raison qu'ils n'ont pas pour épouses les Rochelaises, race admirable de femmes qui, pour nourrir leurs familles, a montré une activité et une ingéniosité confondantes. Tandis que les maris s'obstinaient à pêcher le dernier petit poisson laissé dans la dernière flaque à marée basse, elles cueillaient sur les terre-pleins des remparts des mauves et autres herbes, lesquelles, hachées, bouillies, et sucrées (la Dieu merci ! il y avait encore en la ville des réserves de cassonade), leur permettaient de faire une sorte de soupe. Mieux même, elles parvinrent à faire du pain, ou plutôt ce qui ressemblait à du pain, à partir de racines de chardons. Hélas, même les herbes, cueillies par trop de monde, disparurent. Alors la mairie distribua des peaux de bœuf dont on avait des quantités, et ces peaux, les Rochelaises les épilèrent avec des morceaux de verre, puis, les trempant dans l'eau un jour et une nuit, les firent bouillir avec du suif et, les découpant en morceaux, les servirent à la table familiale.

— À vous ouïr, Sir Francis, ce n'était pas là un mets fort ragoûtant.

— Fort peu, en effet. Et pourtant, moi aussi, j'en ai mangé de ce pain « chaudi », comme on l'appelait, et, croyez-moi, il tombait tant lourd que pierre dans le gaster et son seul intérêt était qu'en le remplissant il l'empêchait de vous douloir. Mais vous-même, My Lord, n'avez-vous pas souffert de la faim dans la citadelle de l'île de Ré ?

— C'est vrai. Mais qui diantre vous l'a dit ?

— Madame de Bazimont, en m'apportant hier soir une tisane dans ma chambre.

Ah ! m'apensai-je, en me gaussant quelque peu *in petto,* voilà limaille attirée derechef par un puissant aimant ! Et je gage que, si je disais à la dame qu'une chambrière eût suffi à cet aimable office, elle répondrait qu'elle avait jugé imprudent de permettre à ces légères étoupes d'approcher d'une flamme si brillante.

— Sir Francis, dis-je vivement, mes Suisses et moi, avant d'être dans la citadelle en Saint-Martin-de-Ré, avions fait de prévoyantes provisions, tant est que nous ne pâtîmes que du premier degré de la faim : celui qui vous fait perdre quelques livres de chair. Mais le second, celui qui fait fondre les muscles, rend votre démarche incertaine, émascule votre voix, et vous réduit enfin en squelette, celui-là, nous l'avons certes observé avec chagrin autour de nous dans la citadelle, mais la Dieu merci, sans en pâtir nous-mêmes.

— C'est vrai qu'il y a des degrés dans la faim, dit Sir Francis, et la torture précisément vient de ce qu'on les descend un à un jusqu'à la mort. On se demande bien pourquoi les païens et les chrétiens, dans leurs descriptions des Enfers, ont inventé à l'envi des tortures savantes. Une seule eût suffi, et la plus atroce de toutes : la faim, car elle apporte avec elle la plus terrible dégradation de l'être humain, tant morale que physique. Savez-vous ce que j'ai vu de ces yeux que voilà en La Rochelle ? Deux femmes qui, dans la rue aux yeux de tous, se jetèrent sur le cadavre d'une voisine pour la dévorer. Et personne n'eut la force, ni même peut-être le désir, de les en empêcher.

Le lendemain Sir Francis me parla derechef de ses soldats — sujet qui le remordait si fort qu'il avait presque vergogne à être chez nous si bien choyé.

— Cette nuit, dit-il, le sommeil me fuyant, je suis tombé dans un grand pensement de mes soldats, lequel m'a fait grand mal. J'ai revu, dans mes mérangeoises, une scène affreuse, malheureusement trop coutumière : vous savez qu'il est de règle, en garnison, de faire l'appel, tôt le matin. Les soldats, au son de la trompette, se doivent rassembler dans la cour, lavés, équipés, armés, se mettre en rang, chacun à sa place, se figer au garde à vous, et attendre que le chef de leur unité les passe en revue. Or, ce matin-là, suivi d'un seul exempt qui devait faire l'appel nominal des hommes, je me traînai. Le trompette qui les avait réveillés était le seul des cinq dont je disposais qui fût encore capable de souffler dans son instrument, quoique faiblement et en sautant des notes.

« Bien je me ramentois que j'attendis ce matin-là fort longtemps dans la cour, vacillant, la tête vide, les jambes lourdes. À la parfin mes hommes parurent, le pas chancelant, le souffle court, et comme ils n'avaient plus la force de porter leurs mousquets, ils les traînaient derrière eux sur les pavés. Vous avez bien ouï : ils les traînaient derrière eux ! Quand enfin la cérémonie coutumière commença, l'exempt, qui faisait l'appel d'une voix faible et sans timbre, s'arrêtait chaque fois que le nom restait sans écho, le répétait et, si le silence se poursuivait, il écrivait *D* [1] en face du nom qu'il venait d'appeler. Quand enfin cette interminable cérémonie fut finie, je lui demandai : "Combien de *D* ?" Et il répondit : "Trente et un, Sir."

« Trente et un des miens étaient morts pendant la nuit ! Depuis un mois, chaque matin, ce chiffre n'avait cessé de croître. C'était l'exempt qui avait imaginé d'écrire "*D*" au lieu de "*Dead*" sur sa liste, peut-être pour simplifier sa tâche, se peut aussi par une sorte de pudeur.

— Est-ce que les soldats se plaignaient de leur sort ?

— Assez peu. Les « *damn !* », et pis encore, avaient abondé de prime quand ils parlaient de Buckie [2], la cause de tous leurs maux. Mais après son assassinat, plus du tout. Pour eux, il avait rejoint le diable en son enfer, l'affaire était

1. *Dead* : mort (angl.).
2. Buckingham.

réglée. Une fois, une seule, j'ai entendu une conversation intéressante. Je passais derrière une barrière et, le dos à elle accotés, deux soldats assis étaient occupés à discuter. L'un était brun et l'autre roux (un Irlandais, à en juger par son accent). Le roux disait :

« — Tu veux savoir le vœu que je forme ?

« — Non, je ne veux pas ouïr ton sacré vœu, dit le brun.

« — Je te le dis quand même, dit le roux, je voudrais que les Français attaquent. Dans l'état que nous sommes, ils entreraient dans la ville comme dans du beurre.

« — Et alors, damné idiot, dit le brun, ça te ferait une belle jambe !

« — Et comment que ça me ferait une belle jambe, damné idiot toi-même ! dit le roux. Au moins, eux, ils nous nourriront.

« Je passai mon chemin sans dire mot. Et que dire ? Le propos dans la bouche d'un soldat était, certes, scandaleux, mais pourquoi, au point où nous en étions, jouer les hypocrites ? Ce vœu que les Français attaquent et nous libèrent de la faim en nous faisant prisonniers, nous l'avons tous fait...

Sir Francis fit ici une pause, et ajouta d'une voix détimbrée :

— Moi aussi. Et j'étais déjà trop faible pour en avoir vergogne. Je renonçai à l'appel du matin, car il exigeait des hommes un effort si peu proportionné à leurs forces qu'il laissait sur le carreau presque autant de « *D* » que l'appel nominal en avait révélé. Je dispensai les canonniers de rejoindre leurs postes car ils ne pouvaient plus manœuvrer leurs canons, ni même soulever les boulets. Je supprimai les sentinelles et de jour et de nuit, parce qu'au bout de deux heures de faction, elles lâchaient leurs mousquets et s'écroulaient sur le sol.

« Je ne commandais plus à des troupes, j'avais l'affreux sentiment de diriger un hôpital, et j'en éprouvais un grand chagrin, me sentant d'ores en avant sans utilité aucune pour la ville que j'étais censé défendre. Avant même que la vie m'abandonnât, mon métier déjà me quittait.

« Le matin du jour que je me fixai pour saillir hors les murs, je tâchai de me rendre à la maison du maire Guiton pour l'avertir de ma décision. Je me fis accompagner par deux exempts, l'un à senestre et l'autre à dextre, afin qu'ils me retinssent de choir s'ils me voyaient chanceler. C'était un dimanche matin, et je m'étonnai de ne pas ouïr les cloches qui eussent dû appeler les Rochelais au culte. J'en sus plus tard la raison : les sonneurs étaient trop faibles pour les mettre en branle.

« Les rues étaient jonchées de cadavres, lesquels, la Dieu merci, ne sentaient pas, étant déjà si décharnés. En bas de la porte du maire Guiton, je vis un brûlot et, à deux pas étendu sans vie, l'homme qui avait eu le dessein de l'allumer, serrant encore dans sa main crispée le briquet qu'il n'avait pas eu le temps de battre.

« Je n'en fus guère surpris. Guiton était meshui autant haï et honni pour son obstination à ne pas traiter avec le roi qu'il avait été de prime admiré pour sa ténacité à ne se point soumettre. Je toquai à son huis si faiblement que je demandai à mes exempts de toquer à leur tour. L'huis s'ouvrit enfin et une chambrière apparut, fort maigrelette et la face livide. Elle m'apprit que le maire Guiton s'était pâmé pendant le culte matinal, qu'on l'avait porté jusqu'en son logis, qu'il tâchait de reprendre ses forces et qu'il ne voulait voir personne.

— Sir Francis, dis-je, fort ému de ce récit, peux-je vous demander comment le soir même de ce jour vous avez réussi à faire déclore la porte de Tasdon pour saillir hors les murs ?

— Le plus dur fut de marcher de la garnison jusqu'à la porte de Tasdon, et ensuite de la porte de Tasdon à la tranchée française. Mais pour le franchissement de la porte, rien ne fut plus aisé. Je dis aux gardes rochelais qui j'étais, que Guiton était mourant, que j'allais traiter avec le roi. Ils m'ouvrirent sans tant languir, la seule difficulté fut pour eux de tourner l'énorme clé dans sa serrure et ils n'y parvenaient pas, tant ils étaient sans forces.

Cette description dantesque des derniers jours de La Rochelle me plongea dans des tristesses et des mésaises que je ne saurais dire. Autre chose est de décider : « Cette ville est rebelle à son roi. Nous l'allons réduire par la faim », et autre chose est de passer, à tout le moins par l'imagination, de l'autre côté des murs et de vivre cette famine et ses terrifiants effets. On éprouve alors combien le vieil adage : « L'homme est un loup pour l'homme » est injuste pour le loup. Pis même, on incline à se demander si le mot lui-même mérite qu'on le prenne pour un synonyme de bonté et de compassion.

Pour Sir Francis, je conjecturai qu'en me faisant ce récit, il avait voulu purger ses mérangeoises de ces horribles remembrances. Je le crois car, au départir, comme je prenais de lui congé pour regagner ma chambre, il me remercia de l'attention et de la sympathie avec lesquelles je l'avais écouté, ajoutant qu'il garderait à jamais le souvenir de Brézolles. Grâce à moi, grâce à tous, il avait retrouvé le bonheur de vivre dans le monde de la couleur et du mouvement.

Pour moi, j'estimai qu'il avait ce jour véritablement vidé son sac et qu'il ne pourrait pas m'en dire plus. De retour à mon appartement, je demandai à Nicolas d'ouvrir mon écritoire et d'écrire sous ma dictée le récit que Sir Francis venait de faire, lequel sans tant languir je désirais porter au cardinal.

Nicolas, à écrire ce terrible conte, fut bientôt au comble de l'émeuvement. Et comme je lui vis les yeux pleins de larmes, je lui dis, mi-gaussant mi-sérieux, que s'il devait pleurer, qu'il fît en sorte de ne pas mouiller le papier, le cardinal étant si méticuleux.

— Monseigneur, dit Nicolas gravement, je ne me permettrais jamais de pleurer sans votre assentiment.

À ouïr ceci, je me demandai si cette remarque ne tenait pas du raisin autant que de la figue. C'est à cet instant que je m'avisai pour la première fois que le respect dû aux Grands peut comporter des nuances qui ne sont pas toutes respectueuses. Et Dieu sait comme j'eus d'occasions dans la suite de le vérifier.

Nicolas achevait à peine ses pages d'écriture que Hörner me vint dire qu'une carrosse de Monsieur le Cardinal s'était présentée à la grille de Brézolles. Reconnaissant les armes peintes sur ses portières, on lui avait ouvert. Un mousquetaire du cardinal — un vrai coquelet, tant il était jeune et frisquet — en était descendu et lui avait dit qu'il avait ordre de me mener sans tant languir au château de La Sauzaie, où Son Éminence avait affaire à moi. Je demandai alors à Nicolas de seller son cheval et de mener audit château mon Accla en la tenant par la bride, car je n'étais pas sûr de disposer de la carrosse pour le retour.

— Monseigneur ! dit-il, moi sur mon hongre tenir votre Accla par la bride ! Alors qu'elle déprise et déteste ledit hongre, au point qu'elle ne le peut souffrir trottant à ses côtés ! Je n'atteindrai jamais La Sauzaie !

Il avait raison, et bien qu'il tâchât de le cacher, il était assez content, après ma remarque sur ses larmes, de me remontrer mon étourderie. À mon sentiment, il ne faut pas grincher sur les petites supériorités que prennent sur nous nos gens dans la vie quotidienne. Elles les consolent de la subordination où les contraint leur état.

— Fais comme tu l'entends, Nicolas, dis-je avec bonne humeur. Et ce sera bien fait si mon Accla m'attend dans la cour de La Sauzaie quand j'aurai besoin d'elle.

— Monseigneur, dit Hörner, qui étant une âme simple n'avait sans doute pas entendu les dessous de ma petite passe d'armes avec Nicolas, je pourrais me charger, montant une jument, d'amener votre Accla par la bride jusqu'à La Sauzaie, pour peu que Monsieur le Chevalier me montre le chemin.

— Eh bien, faisons ainsi ! dis-je, et je pris place dans la carrosse.

*
* *

À La Sauzaie, l'exempt, dès qu'il me vit, m'amena en me précédant dans la salle où les quatre secrétaires du cardinal étaient attachés à leur long et coutumier labeur. Je leur fis signe de ne se point lever, mais ils se levèrent tout du même avec de profonds saluts. Après quoi, Charpentier, en se détachant du lot, me conduisit dans un cabinet attenant où se trouvait le cardinal. Je lui remis incontinent les feuillets sur lesquels j'avais transcrit l'essentiel des propos de Sir Francis Kirby. Il les lut fort attentivement et dit :

— Les malheureux sont au bout du rouleau, et tout désormais va se dérouler selon une loi quasi mathématique, la cause produisant l'effet, et l'effet devenant cause, un second effet s'enchaîne sur le premier. La démarche de Lord Montagu a amené les capitaines rochelais servant dans la flotte anglaise à demander leur soumission. Et ces capitaines ayant prévenu de leur initiative le maire Guiton, il est à prévoir que celui-ci, à la parfin, fera de même.

« Venez, Duc, l'heure est opportune, le lever de Sa Majesté doit être terminé, ou sur le point de se terminer, et en nous hâtant nous pourrons lui parler au bec à bec.

Je trouvai ce « nous » très récompensant et, le cœur plein d'allégresse, je suivis le cardinal. Le château de La Sauzaie n'est pas le Louvre, et le chemin jusqu'aux appartements du roi fut parcouru en un clignement d'œil.

Sa Majesté était assise sur son lit et se lavait les mains dans une cuvette que lui tendait Berlinghen. Son visage était frais et reposé, le mois d'octobre lui convenant à merveille, n'étant ni trop chaud ni trop froid et, comble de félicité, la veille à Surgères, il avait fait bonne chasse.

Surgères étant bien trop loin du camp, et son logis d'Aytré ne lui plaisant guère, le roi avait demandé l'hospitalité au cardinal. Je m'en étais avisé dès mon entrant dans la cour de La Sauzaie, qui était occupée moitié par ses mousquetaires et moitié par ceux du cardinal, voisinage qui ne plaisait ni aux uns ni aux autres, comme bien l'on sait. Il y avait des deux côtés dans les regards une telle dépense de déprisement, reçue et rendue, que ces béjaunes se seraient allégrement coupé la gorge, si le duel n'avait pas été puni de mort. Or, s'il était glorieux de mourir la pointe d'une épée en plein dans le cœur, il était infâme, en revanche, d'être décollé sur l'échafaud public. Dieu bon ! m'apensai-je, si jeunes ! si beaux ! et si écervelés !

S'étant essuyé les mains, Louis tendit sa dextre au baiser du cardinal, puis à moi. Tout en posant sur ses doigts des lèvres respectueuses, je ne laissai pas d'observer que cette fois il ne sentait pas le jaune d'œuf. Ainsi, moi aussi, à l'égard du souverain que pourtant j'adorais, j'avais, bien cachées, mes petites impertinences, tout comme Nicolas à mon endroit.

— Sire, dit le cardinal, l'objet de ma visite est double. *Primo,* j'aimerais que vous consentiez à prendre connaissance de ces feuillets, dans lesquels Monsieur le duc d'Orbieu relate ses entretiens avec Sir Francis Kirby. Ils décrivent la situation présente de La Rochelle *intra muros.* *Secundo,* j'aimerais vous rendre compte de l'entrevue que j'ai accordée hier, en votre nom, aux capitaines rochelais servant dans la flotte anglaise.

— Voyons d'abord les feuillets, dit Louis.

Il les lut beaucoup plus lentement que le cardinal, mais non sans trahir stupeur, horreur, et tristesse.

— Les pauvres gens ! dit-il à la parfin, quel prix ils payent pour leur rébellion ! Et pourquoi donc n'ont-ils pas fait leur soumission avant que leur ville agonise ?

Le lecteur observera ici que le roi, étant fort pieux, disait « pourquoi donc » et non « pourquoi diantre », comme la plupart de ses sujets.

— Monsieur le Cardinal, dit le roi, j'attends votre *secundo*.

— Hier, Sire, quasiment à la pique du jour, les capitaines rochelais qui avaient mis leurs bateaux au service de la flotte anglaise quirent de nous des passeports pour toucher terre et avec nous prendre langue. Leurs délégués, les sieurs Gobert et Vincent, les obtinrent sans tant languir, et passèrent en chaloupe du navire amiral de Lord Lindsey au navire amiral de la flotte française. Là, le commandeur de Valençay les reçut fort bien à dîner et les débarqua ensuite sur le continent où une de mes carrosses les amena céans.

— Et que proposaient-ils ? dit Louis.

— Ils voulaient que La Rochelle reçût sa grâce directement de leur roi au lieu de passer par le truchement d'un prince étranger, duquel ils se plaignirent amèrement.

— Que *vela*[1] une clairvoyance tardive ! dit Louis.

— En effet, Sire, ils prétendaient que les Rochelais avaient encore devant eux trois mois de vivres : « Ou trois jours », dis-je. C'est là que la négociation commença quelque peu à grincer. Pour trancher le différend, je proposai que La Rochelle admît dans ses murs des commissaires du roi pour acertainer les présentes ressources de la ville.

— Et bien entendu, ils noulurent ? dit le roi.

— Tout à trac. Ils arguèrent que ce n'était guère faisable, la plupart des Rochelais cachant férocement leurs vivres quand ils en avaient.

— Dans ce cas, dit Louis, comment pouvaient-ils savoir que La Rochelle avait encore devant elle trois mois de vivres ?

— C'est en effet, Sire, ce que je leur fis observer. Néanmoins je leur promis que la proposition qu'ils avaient faite serait portée à la connaissance de Votre Majesté.

— Est-ce tout ?

— Nenni, Sire. Avant que de départir, ils me firent remarquer que les Rochelais n'avaient pas touché aux fleurs de lys de leurs portes et de leurs murailles, preuves qu'elles étaient encore « empreintes très avant dans leur cœur », et raison, sans doute, pour laquelle les Anglais avaient été si tardifs et si languissants à les secourir.

— Et que répondites-vous à cela, mon cousin ? dit le roi.

— Que le roi, leur seul légitime souverain, le

1. « Vela » est une prononciation enfantine de « voilà » que Louis, en son âge adulte, aimait à répéter.

savait, et que c'était là la seule porte qui leur restait ouverte pour rentrer en grâce.

— Bien dit. Cependant, rien n'est sorti de cette rencontre.

— Parce que rien, Sire, n'en pouvait sortir, les Rochelais *extra muros* de la flotte anglaise ne pouvant nous ouvrir les portes des Rochelais *intra muros.* Mais dans l'enchaînement véritablement admirable des faits, c'est le deuxième acte d'une tragédie dont le premier acte fut la demande faite par Lord Montagu de rétablir la paix entre la France et l'Angleterre. Dès lors, les Rochelais de la flotte anglaise s'apensèrent : « Si les Anglais font la paix, pourquoi ne la ferions-nous pas ? »

— Ils y avaient d'évidence le plus grand intérêt, dit Louis. S'ils ne rentraient pas en grâce, leurs bateaux seraient bannis de mes ports et ils auraient perdu leur patrie.

Ce mot « patrie », qui était inaccoutumé dans la bouche d'un roi de France, me surprit, Louis semblant admettre qu'il y avait à côté de lui-même une entité qui représentait le royaume. Richelieu, à mon sentiment, n'en fut pas moins étonné, mais avec sa coutumière prudence il s'abstint de poser le pied sur ce chemin douteux.

— Si j'entends bien, reprit le roi, ce que vous dites de l'enchaînement admirable des faits, l'exemple des Rochelais *extra muros* doit amener les Rochelais *intra muros* à demander la paix ?

— J'en suis bien assuré, Sire, et d'autant plus que le maire Guiton, ayant pâmé au culte, a dû cesser de se croire immortel.

— Dans ces conditions, mon cousin, dit le roi, il faudra dès demain, après les matines, réunir céans le Conseil, afin d'arrêter notre politique à l'égard des Rochelais, dès lors qu'ils se seront soumis.

Sa Majesté me donna alors mon congé et je retrouvai Nicolas, Hörner et mon Accla qui, à me voir, hennit tendrement.

Mon Nicolas avait la face rouge et toute chaffourrée de colère, et ne pouvant lui parler au botte à botte, mon Accla, comme on sait, ne souffrant pas le voisinage de son hongre, j'attendis d'être de retour à Brézolles et d'avoir démonté pour quérir de lui le pourquoi de sa triste figure.

— Monseigneur, dit-il, nous vous attendions, Hörner et moi, avec les chevaux dans la cour de La Sauzaie, quand deux mousquetaires du roi nous ont daubés d'importance, Hörner et moi.

— Qu'est cela ? Dauber le frère d'un de leurs capitaines ?

— C'était sans doute des mousquetaires de fraîche date. Ils ne me connaissaient pas, pas plus que mon frère.

— Ne leur as-tu pas dit qui tu étais ?

— Nenni, Monseigneur, je n'ai pas voulu avoir l'air de m'abriter derrière mon grand frère.

— Et que vous ont dit ces outrecuidants ?

— Le premier me demanda « à qui j'étais ».

« — Au duc d'Orbieu, répondis-je.

« — Le duc d'Orbieu ? dit-il. Je ne le connais point.

« Et le second ajouta :

« — Ce duc doit être fort pauvre, pour réduire son escorte à deux cavaliers.

« À quoi le premier renchérit :

« — S'il n'est pas pauvre, il est chiche-face et rechigne à la dépense.

« — Messieurs, dit alors Hörner en se rebecquant, bien fol est celui qui parle à la volée d'un grand seigneur sans avoir l'heur de le connaître.

« Cela fut dit d'un ton si écrasant que les deux coquebins se hérissèrent.

« — Hörner, dis-je, ne parlez pas à ces messieurs, ils nous cherchent querelle et nous n'avons pas affaire à eux.

« Là-dessus je leur tournai le dos et Hörner aussi, et les deux coquebins eussent continué se peut à nous débiter des méchantises, si un mousquetaire, qui me connaissait bien, ne s'était approché d'eux, et, les prenant chacun par le bras, il leur dit : "Messieurs, avec votre permission, tirons un peu plus loin : j'ai deux mots à vous dire."

— Si je t'entends bien, mon cher Nicolas, il y a une leçon attachée à la queue de cet incident. Eh bien ! Nous tâcherons demain de nous la ramentevoir.

Et le lendemain, avant de départir pour le Conseil, je commandai à Nicolas de dire à Hörner de faire seller six chevaux, mon Accla comprise. C'est pitié ! m'apensai-je, qu'il faille tenir compte de la bêtise de ces faquins qui jugent de l'importance d'un gentilhomme par l'importance de son escorte. Je le fis toutefois, car je noulais exposer derechef Hörner et Nicolas à ces dégoustements imbéciles.

Quand j'advins dans la grande salle de La Sauzaie où se tenait le Conseil, Du Hallier, que le roi, on s'en souvient, avait nommé maréchal de camp, m'avertit que le roi avait interdit les bonnetades de conseiller à conseiller, afin de ne pas troubler le débat au cas où il y aurait des retardataires. Il me fallut donc me borner, comme tout un chacun, à un regard et un signe de tête.

Mais c'est merveille, lecteur, comme ces signes-là, pour discrets qu'ils fussent, pouvaient trahir des sentiments, bons ou moins bons, selon les cas : pour me borner à quelques exemples, autant l'amitié brilla dans le regard de Schomberg et de Toiras, et la sympathie dans l'œil du duc d'Angoulême, autant l'un et l'autre manquaient dans l'œil des deux Marillac (l'un garde des sceaux, l'autre maréchal de camp), amitié et sympathie faillant davantage encore chez Bassompierre, désormais tout acquis, quoique sourdement, au clan des vertugadins diaboliques, pour qui j'étais un suppôt du cardinal et une créature du roi, c'est-à-dire un gentilhomme bon à embastiller, ou tout du moins à exiler dans ses terres, si l'on parvenait à se débarrasser, par quelque moyen que ce fût, de Louis et de Richelieu.

Je ne peux, lecteur, te révéler qui dit quoi à la séance importantissime de ce Conseil, puisque tout bon conseiller est tenu sur ce point à secret garder. Mais je puis cependant, sans citer leurs auteurs, dire quelles furent les opinions diverses qui s'y déclarèrent quand la question fut posée de savoir ce qu'on allait faire des Rochelais, dès lors qu'il était acquis qu'ils s'allaient soumettre.

Les uns opinèrent qu'il fallait infliger aux rebelles un châtiment terrible, afin qu'il frappât de terreur les autres villes protestantes de France et les contraignît à demeurer à jamais dans leur devoir.

Les autres estimèrent que le siège, la famine, la ruine et surtout la perte des trois quarts des habitants étaient en soi pour La Rochelle une punition si affreuse qu'il n'était pas nécessaire d'y ajouter.

Les autres enfin, tout en penchant eux aussi pour la clémence, estimèrent qu'il fallait néanmoins châtier durement le maire Guiton, ainsi que la poignée de pasteurs et d'échevins qui l'avaient soutenu dans sa criminelle obstination. En fait doublement criminelle : à l'égard des siens comme à l'égard du roi.

Louis avait ouï ces discours sans trahir la moindre préférence pour l'un ou l'autre des procédés, et sans tant languir il donna la parole au cardinal, et bien savait-il ce qu'il faisait en le gardant, si je puis dire, pour la bonne bouche.

Pour moi, j'étais bien assuré que Richelieu avait choisi la clémence pour des raisons politiques, le « châtiment terrible » de La Rochelle ne pouvant qu'éveiller, dans les autres villes protestantes de France, un ressentiment tel et si grand que la rébellion renaîtrait sans cesse de ses cendres et se perpétuerait. Mais ces raisons politiques, il savait aussi qu'elles n'étaient valables que pour ceux qui, comme lui, avaient l'imagination de l'avenir, et non pour une Assemblée, qui comme toute assemblée n'était agitée que par les passions du moment.

Avec une habileté si consommée que je serais tenté de l'appeler diabolique, s'il ne s'agissait pas d'un cardinal, Richelieu reprit tous les arguments en faveur du « châtiment terrible », et les exposa avec plus de vigueur, de poids, de clarté et d'élégance que ceux qui l'avaient recommandé. Il exposa plus brièvement, ensuite, les arguments qui parlaient en faveur du châtiment partiel. Et en venant enfin à la clémence, il parut tenir un moment la balance égale avec elle et les options précédentes, mais il parla si longuement du pardon que cette insistance même ne laissa pas de montrer de quel côté il penchait. Il y mit aussi davantage d'émeuvement, sachant bien que si la raison doit convaincre, c'est le sentiment qui persuade. Il s'adressa aussi plus personnellement au roi qu'il n'avait fait jusque-là, se ramentevant sans doute combien Louis avait été bouleversé par la description que Sir Francis Kirby avait faite des ravages de la famine sur les Rochelais et les soldats anglais. Il en appela à la fois à son humanité et au souci que Sa Majesté avait de sa gloire.

— Sire, dit-il, jamais peut-être ne s'offrit à un prince une occasion aussi illustre de se signaler par sa clémence, qui est la vertu par laquelle les rois approchent davantage de Dieu, de qui ils sont plus les images en bien faisant que non pas en détruisant et en exterminant. Au reste, plus La Rochelle était coupable, plus Sa Majesté ferait paraître de vraie magnanimité, après l'avoir surmontée par ses armes invincibles et réduite à se soumettre à lui nuement que de se surmonter lui-même en lui pardonnant. Ce que, s'il faisait, le nom célèbre de cette ville porterait sa gloire par tout le monde et la transmettrait aux âges suivants, comme du prince qui se serait montré du tout [1] incomparable, soit à vaincre, soit à user modérément de sa victoire.

1. Tout à fait.

— Messieurs, dit le roi, promenant son regard sur l'assemblée, si quelqu'un de vous désire là-dessus opiner, je lui donnerai la parole.

Mais aucun de ceux qui tenaient pour le « châtiment terrible » ne leva la main. Ils jugeaient la partie perdue pour eux. Pourtant, lecteur, au contraire de ce que tu as pu penser, elle n'était pas gagnée d'avance par Richelieu, car s'il y avait bien une fibre humaine chez Louis, il ressentait toutefois profondément les écornes qu'on lui avait faites, et n'ayant pas comme Henri IV, son père, la triple indulgence, il en tirait dans les occasions des vengeances implacables. En appeler au souci qu'il avait de sa gloire pour l'amener à user de clémence à l'endroit de La Rochelle était donc loin d'être inutile, et bien le sentit Richelieu qui connaissait son maître mieux que tous.

Le vendredi vingt-sept octobre, le cardinal reçut au château de La Sauzaie les cinq délégués de La Rochelle et mena rondement et fermement l'affaire : les Rochelais obtenaient la vie sauve, les libertés de conscience et du culte, et la garantie de leurs biens. Toutefois leurs murailles seraient rasées et, ce qui leur fut infiniment plus à dol, La Rochelle cesserait d'être ville franche, les bourgeois devant à l'avenir payer la taille. Là-dessus, il y eut des pleurs, des gémissements, et des grincements de dents, mais Richelieu fut adamantin.

Les délégués étaient cinq, mais l'après-midi, avant que d'aller voir le roi, Dieu sait pourquoi, ils reçurent le renfort de six autres notables. Accueillis de prime par Richelieu et quelques membres du Conseil dont j'étais, ils furent menés devant le roi, lequel était assis dans une chaire à bras, les principaux de la Cour l'entourant debout. Le Rochelais Daniel de La Goutte, après s'être agenouillé devant Sa Majesté, prononça au nom de la ville une harangue fort ampoulée qui me ragoûta peu. Le roi y était comparé au soleil dont avaient été privés les Rochelais, retenus dans des cachots ténébreux si longtemps que leurs yeux, tout éblouis de l'éclat de ses rayons, en pouvaient à peine supporter la clarté... La Goutte conclut en promettant que, bénissant à jamais la mémoire de la grâce qui leur était donnée, les Rochelais demeureraient jusqu'au dernier soupir de leur vie les très humbles, très obéissants sujets et serviteurs de Sa Majesté.

Cette lourde rhétorique était la chose au monde la moins faite pour plaire à Louis. Et sa réplique — que je couchai sur le papier dès mon retour à Brézolles — fut roide, brève et à la franche marguerite. Quand je la répétai plus tard à mon père, il en rit à gueule bec et me dit : « Cela, mon fils, est son père tout craché ! Quelle jolie rebuffade ! Le bon roi Henri n'aurait pas dit mieux ! »

Lecteur, cette réponse, la voici :

— Messieurs, Dieu veuille que ce soit du bon du cœur que vous me tenez ce langage, et que la seule nécessité où vous êtes ne soit pas la cause de votre gratitude. Vous vous êtes servis de toutes sortes d'inventions et de malices pour vous soustraire à mon obéissance. Je vous pardonne vos rébellions. Si vous m'êtes bons et fidèles sujets, je vous serai bon prince. Et si vos actions sont conformes à vos protestations, je vous tiendrai ce que je vous ai promis...

*
* *

Le mardi trente et un octobre, je me levai à la pique du jour, ainsi que Sir Francis, Nicolas, Hörner et la suite qu'il avait choisie pour escorter ma carrosse. Nous devions tôt le matin évacuer les soldats anglais de La Rochelle, avant que le premier contingent des nôtres pût pénétrer dans la ville pour l'occuper. Comme ces pauvres Anglais étaient pour la plupart trop faibles pour marcher, des charrettes furent mises à notre disposition pour les conduire jusqu'à Chef de Baie où les chaloupes devaient venir les prendre pour les amener aux vaisseaux de la flotte anglaise, Sir Francis ne voulant à son tour monter à bord du navire amiral que lorsqu'ils seraient tous embarqués. Il les compta à cette occasion : ils étaient soixante-quatre. Sir Francis voulut à tout prix que je l'accompagnasse à bord, et m'y présenta comme « My Lord Diouk d'Orbiou » à Lord Lindsey, par qui je fus incontinent prié à déjeuner. À peine fûmes-nous à table qu'il demanda à Sir Francis de lui faire un récit de ce qui s'était passé depuis que Buckingham l'avait installé à La Rochelle avec ses hommes.

— Il y a un an de cela, dit Sir Francis d'une voix sourde, et comme mes hommes se sentirent heureux, après la désastreuse campagne de l'île de Ré, de s'installer à La Rochelle, où ils furent merveilleusement accueillis par des gens qui les considéraient comme les devant sauver. Et quelle belle et prospère ville était alors La

Rochelle, propre comme un sou neuf, avec une population gaie et laborieuse, de nombreux enfants qui couraient de tous côtés dans les rues et sur le port, et bien je me ramentois que j'étais réveillé le matin par des Rochelaises, qui chantaient le matin en battant le linge dans les lavoirs. My Lord, vous n'oyez plus, meshui, le moindre chant. Et non plus ne voyez plus d'enfants. Ils sont morts les premiers. Et partout dans les maisons déshabitées et dans les rues, vous n'apercevez plus, jonchant le sol, que des cadavres squelettiques que personne n'a plus la force d'enlever pour les porter au cimetière. Quant à mes hommes, ils étaient six cents à leur advenue céans, mais la mort lente de la famine les ayant décimés, ils ne sont plus que soixante-quatre et il est malheureusement à prévoir que d'aucuns d'entre eux, nourris trop tard, trouveront dans l'océan leur dernière demeure.

Dès que je le pus en toute courtoisie, je quittai Lord Lindsey et Sir Francis, non sans qu'ils ne me fissent au départir des merciements sobres et simples, mais dans leur sobriété même, émus et amicaux. Je me hâtai de rejoindre Louis, lequel devait à neuf heures, devant le fort de Beaulieu, passer en revue le premier contingent qui allait occuper La Rochelle. Je ne le vis pas de prime, mais le maréchal de Schomberg m'aperçut, s'avança vers moi à grands pas — et Dieu sait s'ils étaient grands ! — et me donna à l'étouffade une forte brassée qui n'était pas de cour, mais de cœur.

Peux-je vous ramentevoir, belle lectrice, que s'il y avait un mot pour définir Schomberg, c'était bien le mot fidélité : il était en effet adamantivement fidèle à son épouse, à son roi, à ses amis. Il me gardait et me garderait toujours une infinie gratitude, pour avoir, comme vous savez, intercédé auprès de Louis, afin qu'il le relevât d'une disgrâce où de faux rapports l'avaient jeté. De mon côté, je le tenais en grandissime estime, et j'aimais aussi qu'il eût gardé de ses origines bavaroises une fort plaisante jovialité.

— Mon ami, dit-il (parole qui dans sa bouche avait un sens), si c'est Louis, comme je crois, que vous cherchez, vous ne le trouverez mie. Il parcourt les rangs et envisage les hommes un à un.

— Un à un ? Tâche immense ! Qu'y a-t-il là comme troupes ?

— Quatorze compagnies de gardes et six compagnies du régiment des Suisses. Autrement dit, la crème et l'élite de l'armée royale. Tous gens honnêtes, consciencieux, bons chrétiens et disciplinés, tant Louis veut être assuré que les malheureux survivants de La Rochelle ne seront pas opprimés par les nôtres. Il a déjà renvoyé trois hommes au camp.

— Qu'avaient-ils fait ?

— Rien, sinon qu'ils s'étaient faufilés frauduleusement afin d'avoir la gloire de pénétrer *intra muros*. Le premier, il le reconnut comme un soldat appartenant à la compagnie de Monsieur de Sourdis (mémoire étonnante...), et incontinent le renvoya à son capitaine afin qu'il lui donnât le fouet. Les deux autres faufileurs étaient des capucins, et avec eux Louis ne fut guère plus tendre : « Eh quoi ! Messieurs, dit-il, voudriez-vous entrer à La Rochelle avant Monsieur le Cardinal ? » et il les renvoya sèchement à leur moinerie.

— Preuve nouvelle, dis-je, s'il en était besoin, que l'oint du Seigneur, tout pieux qu'il soit, n'aime pas que son clergé le gagne à la main.

— Et il a bien raison, dit Schomberg. Je suis moi-même bon catholique, et respecte prêtres et moines, pour peu qu'ils s'occupent de leurs ouailles ou de leurs pauvres et ne viennent pas fourrer leur nez dans les affaires du royaume. Je ne raffole pas non plus des dévots (par ce pluriel il désignait, entre autres, le garde des sceaux Marillac), parce que leur dévotion a un arrière-goût de domination qui me ragoûte peu. Ces gens-là ont les dents trop longues pour ne manger que leurs fromages. Ils voudraient tout régenter...

Propos qui, s'ils n'avaient pas été à moi adressés, eussent été fort imprudents, les dévots étant, quoique chrétiens, fort vindicatifs. Cependant je ne puis le faire remarquer à Schomberg car, à ce moment, je vis le roi regagner à grands pas son État-Major, et quand il l'eut atteint éclata une épouvantable noise faite de roulements de tambours. Je mets un *s* à tambours, car pour nous tympaniser de la sorte, il fallait qu'ils fussent une douzaine au moins. Quand enfin ce tapage eut cessé, un géantin exempt, aussi large que grand, se détacha du groupe et, s'étant approché des soldats royaux figés au garde-à-vous, cria d'une voix forte :

— Sur l'ordre du roi et de Monsieur le colonel général de l'Infanterie française, dès lors que les soldats entreront dans les rues de La Rochelle, *primo* : il leur est formellement interdit de quitter les rangs, sous peine d'être séance tenante pendus (roulement de tambours). *Secundo* : il leur est formellement interdit de pénétrer dans les maisons, sous peine d'être séance tenante pendus (roulement de tambours). *Tertio* : il leur est formellement défendu de se livrer à des roberies dans lesdites maisons, sous peine d'être séance tenante pendus (roulement de tambours). *Quarto* : il leur est formellement défendu de forcer femmes ou filles, sous peine d'être séance tenante pendus (roulement de tambours).

— Le mauvais de l'affaire, me glissa Schomberg à l'oreille, c'est que le pauvre diable sera trois fois pendu : la première fois, parce qu'il quitte les rangs, la seconde fois pour être rentré dans une maison, la troisième fois pour forcer fille.

Ayant ri, comme je le devais, à cette gausserie toute militaire, je demandai à Schomberg qui allait avoir l'honneur de pénétrer le premier dans la ville à la tête de ses beaux soldats.

— C'est moi, votre serviteur, dit Schomberg avec quelque vergogne.

— Diantre ! N'en êtes-vous pas heureux ?

— Je suis au comble de la joie, mais...

— Mais ?

— Mais le plus ancien maréchal céans, ce n'est pas moi, c'est Bassompierre. C'est à lui qu'aurait dû échoir cet honneur.

— Lequel Bassompierre n'a trotté dans ce siège que d'une fesse. Ramentez-vous ce qu'il a dit : « Vous verrez que nous serons si fols que de prendre La Rochelle » — phrase traîtreuse, puisque c'était la volonté du roi que de s'en saisir. Croyez-vous que le roi l'ait oubliée ? Louis n'oublie jamais rien : ni le bien ni le mal.

— Raison pourquoi vous voilà duc, dit

Schomberg avec un sourire amical. Entrerez-vous avec moi en La Rochelle ?

— Nenni et c'est pitié. Mais Sa Majesté ne m'en a pas donné l'ordre.

À ce moment, je dus quitter Schomberg, car Monsieur de Clérac, accourant à grands pas, me dit que Louis ayant affaire à moi, je le devais incontinent rejoindre. Quoique le roi fût comme toujours calme et composé, je voyais bien, l'ayant connu dès ses maillots et enfances, qu'il rayonnait, tant cette revue, pourtant longue et fatigante, lui avait donné du plaisir. Car bien que sa discipline fût roide et inflexible, il aimait fort ses soldats, et ils le lui rendaient bien, tant ils le savaient équitable, soucieux de leur vie et de leur santé. Sans doute eussent-ils souhaité qu'il se souciât un peu moins de leur santé spirituelle, car Louis, comme on sait, avait impiteusement pourchassé et banni hors du camp les loudières et ribaudes qui, sans sa rude répression, eussent assuré le repos des guerriers. « Ma fé ! C'est trop exiger de la pauvre bête », me dit un jour un de ces soldats, « que de vivre tout un an escouillé et sans femme. Si le Seigneur eût voulu que nous vivions si solitaires, pourquoi diantre nous a-t-il enlevé une côte pour créer Ève ? »

Louis m'accueillit fort bien, et m'enjoignit de me joindre dans l'instant à Schomberg, ayant une mission pour moi en La Rochelle qui ne souffrait pas de délais.

— La voici, me dit-il en me tendant un pli. Cet ordre est signé par Monsieur le Cardinal et contresigné par moi. Il doit être exécuté à la lettre et dans l'esprit.

Je me demandai bien de quel « esprit » il

s'agissait, mais comme on sait, on ne pose pas de questions au roi, et je me retirai, m'apensant que si cet ordre avait été rigoureux, il eût été confié à un maître de camp et non à moi. Cette impression ne laissa pas d'être confirmée quand, avec soulagement, j'en eus pris connaissance. Je retournai dire ce qu'il en était à Schomberg. Et Hörner, démontant un de ses Suisses, me donna son cheval et parut fort heureux, ainsi que Nicolas, d'être parmi les premiers à entrer dans La Rochelle.

— Monseigneur, dit Nicolas avec un sourire, votre Accla au retour sera furieuse que vous ayez monté un autre cheval qu'elle.

— Je démonterai avant le perron de Brézolles, dis-je, entrant dans le jeu, tant est qu'elle ne pourra pas sentir sur moi son odeur.

— Alors, elle sentira la vôtre sur ledit cheval, dit Hörner.

Cette petite gausserie n'allait pas sans quelque grocerie, mais je n'en dis rien, ne voulant pas rabattre la joie de Hörner d'être mêlé à ce grand événement : l'entrée de l'armée royale dans La Rochelle. À l'inverse, le Suisse qu'il avait démonté me parut fort marri d'avoir à retourner à Brézolles dans ma carrosse, tout honorable que fût le retour au château en pareil équipage.

Bien que la porte de Tasdon fût largement déclose en signe de soumission, Schomberg se garda de faire entrer incontinent la longue colonne des vingt compagnies qui le suivaient, et, l'arrêtant avant qu'elle ne franchît le seuil, il examina fort soigneusement à la longue-vue les créneaux des remparts — d'où, par deux fois, j'avais été menacé et couvert d'injures par Sanceaux. N'y discernant pas la moindre présence humaine, il dépêcha Du Hallier et cinq autres officiers, à cheval et sans épée, parcourir la ville en tous sens afin d'éventer d'éventuels traquenards. Ces six cavaliers étaient suivis par un trompette qui, s'arrêtant de place en place, ramentevait les habitants qu'on leur avait donné l'ordre de porter mousquets, pistolets, épées, pics et poignards qu'ils détenaient à l'hôtel de ville. Il les adjurait, s'ils n'avaient pas eu la force de marcher jusque-là, de déposer toute arme en leur possession devant leur porte. Faute de quoi, si l'on trouvait chez un quidam ne serait-ce qu'un poignard, il serait tout à trac fusillé.

Ce petit détachement d'officiers revint sans encombre en moins d'une heure et Schomberg me dit que j'étais libre d'entrer à mon tour avec mon escorte pour accomplir ma mission. Quant à lui, il allait occuper avec sa troupe les postes et positions importants de la cité.

Si Nicolas et Hörner avaient cru trouver un grand contentement à passer les portes de La Rochelle, ils ne laissèrent pas de déchanter quand ils virent les rues jonchées de cadavres, et les quelques survivants, pâles et émaciés, se traîner de-ci de-là dans l'espoir qu'on leur donnât de quoi manger. Nous eûmes quelque fil à retordre avec nos chevaux qui hennirent et encensèrent à la vue des corps étendus, tant est que pour les calmer nous dûmes démonter et les tenir par la bride. Cependant, les pionniers de notre armée étaient déjà très activement à l'œuvre, enlevant ces mortelles dépouilles pour les porter au cimetière et les y enterrer.

J'eus quelque difficulté à trouver un habitant

dont l'esprit fût encore assez clair pour me bien entendre, et la voix assez audible pour me dire où se trouvait la maison du maire Guiton. J'y parvins enfin, je toquai à l'huis, et une chambrière chenue et chancelante, m'ayant chichement déclos, me demanda qui j'étais.

— Je suis, dis-je dans l'entrebâillement de la porte, le duc d'Orbieu, et d'ordre du roi, j'ai affaire avec le maire Guiton.

— Venez-vous arrêter Monsieur le Maire ? dit la vieillotte d'une voix ténue, en tremblant comme feuille au vent.

— Nenni, ma commère, dis-je. Monsieur Guiton ne sera ni arrêté ni molesté ! Allez donc le quérir, ma commère, et sans tant languir.

J'attendis, en fait, davantage que je n'eusse voulu, Guiton devant faire, j'imagine, « quelque toilette » avant de se présenter à moi. Il parut enfin, le chapeau sur la tête, et l'ôta pour me saluer fort respectueusement. Je lui rendis son salut, ce qui parut l'étonner beaucoup. Et voyant que, tout vaillant qu'il fût, il paraissait fort troublé, je lui demandai s'il trouvait bon qu'on s'assît, l'entretien devant être longuet. Il acquiesça avec un évident soulagement, et il m'envisagea en silence. Je le regardai à mon tour et, pour dire le vrai, j'aimai assez ce que je vis.

Sa taille tirait un peu sur le petit, mais il me parut fort robuste malgré quelque maigreur due au siège. Mais une maigreur qui était loin d'aller jusqu'au squelette, ce qui prouvait qu'il faisait partie des Rochelais prévoyants qui avaient fait d'amples provisions avant le début du siège. Sa face était tannée et quasiment aussi noire que celle d'un Sarrasin, comme il est naturel chez un marin qui a passé tant de jours en mer par tous les temps. Son nez était gros et aquilin, sa mâchoire carrée, ses yeux d'un bleu d'acier, et son regard ne devait pas être aisé à soutenir quand les circonstances lui permettaient de laisser éclater son ire.

D'évidence, ce n'était pas le cas ce jour d'hui, où la face stoïque, mais sans piaffe ni défi, il attendait, de ma bouche, le verdict du roi. Cette muette dignité me plut fort, je le dis sans ambages.

— Monsieur, dis-je, voici les ordres que Sa Majesté m'a chargé de vous transmettre. Il est coutumier, quand le roi visite une de ses bonnes villes, que le maire de ladite ville se porte à sa rencontre. Le roi désire que demain vous vous dispensiez de cette obligation et demeuriez chez vous.

— Monseigneur, il sera fait comme Sa Majesté le veut, dit Guiton.

— Le roi désire que votre garde de hallebardiers soit dès aujourd'hui dissoute et les hallebardes déposées à l'hôtel de ville.

— Ce sera fait, dit Guiton.

— Le roi désire que l'assesseur criminel du Présidial Raphaël Colin, emprisonné indûment par vous pendant le siège, soit dès ce jour libéré de sa geôle.

— Cela est déjà fait, Monseigneur.

— Le roi estime que la responsabilité de la rébellion contre son sceptre incombe à toute la ville de La Rochelle et non pas à vous seul. En conséquence, pas plus que ceux des Rochelais, vos biens ne seront confisqués, et vous ne serez ni arrêté, ni jugé. Cependant, après le département du roi, vous devrez vous absenter de La Rochelle pendant une durée de six mois.

— Serai-je le seul, Monseigneur?

— Non, Monsieur. Une douzaine de personnes partageront ce bref exil, dont les pasteurs Salbert et Palinier. Demeureront donc en La Rochelle six pasteurs en tout, et ils seront bien assez nombreux pour assurer le culte pendant l'absence de ces deux pasteurs que j'ai nommés.

— Monseigneur, dit Guiton après un silence, peux-je vous prier de dire à Sa Majesté que je lui garde, et garderai jusqu'au terme de mes terrestres jours, une infinie gratitude, pour l'émerveillable clémence qu'il montre à l'endroit de ses sujets rebelles. Mes yeux sont dessillés. Je vois clairement ce jour d'hui que La Rochelle n'a pu être vaincue que parce que Dieu l'a abandonnée. Et il est clair qu'Il nous a abandonnés parce qu'Il n'approuvait pas notre alliance avec des étrangers, ni notre rébellion contre notre légitime et naturel souverain. Il est tout à fait clair pour moi que c'est Dieu qui a inspiré à Louis le pardon généreux qu'il accorde ce jour d'hui à ses coupables enfants. Monseigneur, je ne l'oublierai jamais. Je tirerai leçon de mon aveuglement, et serai désormais pour le maître que le Seigneur nous a donné un serviteur fidèle.

Ce discours me toucha. Nous étions bien loin du discours rhétorique et ampoulé que les délégués de La Rochelle avaient prononcé pour demander pardon à leur souverain. Les paroles de Guiton lui venaient du bon du cœur, inspirées qu'elles étaient par une sincérité sans faille, laquelle était perceptible jusque dans les accents bibliques de sa contrition. Que j'aimerais, lecteur, avoir une foi aussi vive que celle de ces consciencieux huguenots, qui se sentent accompagnés dans tous les actes de leur vie par un Dieu qui tantôt les loue d'avoir bien agi, et tantôt les rabroue pour les fautes qu'ils ont commises !...

Belle lectrice, avant que de quitter Guiton, pour lequel je voudrais que votre cœur s'intéresse, j'aimerais que vous sachiez qu'il fut, en effet, d'ores en avant un fidèle serviteur de Sa Majesté. Tant est qu'on le retrouve, quelques années plus tard, amiral d'une escadre royale, et dévoué corps et âme au service du roi.

Comme j'allais saillir de la maison de Guiton, j'ouïs un grand vacarme, et dès que je fus hors, je vis que la raison en était des charrettes lourdement chargées, qui entraient par douzaines par la porte de Tasdon — et aussi sans doute par d'autres portes —, et qui faisaient sur les pavés de La Rochelle un bruit d'enfer, lequel était redoublé de place en place par d'assourdissants roulements de tambours, suivis de proclamations stentoriennes. Elles appelaient les habitants à sortir de leur maison, afin de recevoir gratuitement des vivres.

De la part du roi, c'était, certes, un geste très généreux, mais combien attristant fut le spectacle de ces Rochelais squelettiques, sortant de leur maison en titubant, et si avides de mettre la main les premiers sur les pains de munitions qu'ils se battaient entre eux, quoique avec des gestes si faibles qu'ils ne pouvaient guère se faire du mal. Il fut, je le dis bien, impossible de leur apprendre à attendre leur tour, ni, une fois envitaillés, de leur recommander de manger très modérément sous peine de mort. Peu nombreux furent ceux qui entendirent raison, et plusieurs douzaines de ces malheureux en effet périrent dès le lendemain d'avoir gavé à réplétion des corps déjà affaiblis par la famine.

*
* *

— Monsieur, un mot, de grâce !

— Belle lectrice, je vous ois.

— On ne peut dire que vous ayez eu beaucoup affaire à moi en ce onzième tome de vos Mémoires. Vous n'en avez que pour le lecteur.

— Madame, il me semble que de votre bouche j'ai déjà ouï ce reproche. Il n'est pas équitable. Quand je dis « lecteur », il va sans dire que la « lectrice » est incluse en ce « lecteur », tandis que je ne m'adresse évidemment qu'à vous seule quand je dis « belle lectrice ».

— Oui-da, Monsieur, je le sais, vous êtes habile. Et c'est bien pourquoi le cardinal vous confie tant de délicates missions.

— Dont une au moins fut plus odieuse que délicate. Ramentez-vous, de grâce, cette promenade sinistre dans les mauvais marais avec Bartolocci.

— Monsieur, peux-je cependant vous demander si vous avez reçu vos papiers de duc et pair ?

— Madame, merci de vous en inquiéter. La réponse est oui. Ce n'est pas le roi, mais le garde des sceaux Marillac qui en avait retardé l'envoi.

— Vous aime-t-il si peu ?

— Il est dévot, Madame, et le parti dévot désapprouve la politique que je sers : celle du roi et de Richelieu.

— Comment cela ? Le roi est fort pieux, que je sache ?

— Madame, il y a en cette France que voilà un monde de différences entre le mot « pieux » et le mot « dévot ».

— Et quelle est cette différence ?

— Le premier, le mot « pieux », est religieux. Le second, le mot « dévot », est politique. Si Monsieur Marillac avait été, au moment du siège de La Rochelle, le ministre au pouvoir, il eût fort probablement recommandé au roi la suppression du culte protestant et le bannissement des pasteurs rochelais.

— Et aurait-il persuadé Louis ?

— Non, Madame. Pas le moins du monde. Qu'ils fussent protestants ou catholiques, le roi aimait ses sujets et désirait fort être aimé d'eux. Quand le premier novembre 1628 il entra en vainqueur à La Rochelle, les plus notables des Rochelais se mirent à genoux en criant « Miséricorde ! » et « Vive le Roi ! ». Le roi, alors, leur ôta son chapeau empanaché, et gravement les salua. Ce salut, Madame, lui conquit tous les cœurs. « Eh quoi ! dirent entre eux les Rochelais, ce n'est pas ce qu'on nous avait dit : qu'il nous ferait tous mourir. Au lieu de cela, il nous salue ! » La veille déjà, ils lui avaient su un gré infini de les avoir si vite et si bien envitaillés, et qui plus est *gratis pro Deo,* alors que seuls les bourgeois de La Rochelle avaient encore quelques écus en leurs bourserons. Éprouvant Sa Majesté tout autre qu'ils n'avaient craint, ils voyaient en lui un bon ange qui les avait tirés des dents de la mort. Je vous en donnerai un exemple : le premier novembre, jour de la Toussaint, il y eut une grande procession à travers les rues de La Rochelle, et encore qu'il y eût là des étoles rutilantes, des cierges et des statues de saints (pour un huguenot, si pernicieusement semblables aux idoles païennes), tous les Rochelais se mirent aux fenêtres pour voir passer le roi, d'aucuns ramentevant aux autres que l'avant-veille, lors de son entrée dans la ville, non seulement il les avait salués, mais à les voir si maigres, il avait versé des larmes.

— Cependant, Monsieur, Louis fit raser leurs remparts rez pied rez terre, comme on disait alors.

— Qu'avait affaire de ces murailles le petit peuple de La Rochelle? Pendant un an, elles l'avaient étouffé sans laisser passer le moindre vivre.

— Toutefois, Monsieur, Louis enleva ses franchises à la ville, et les Rochelais d'ores en avant durent payer la taille.

— Mais qui la paya, Madame, sinon les bourgeois bien garnis qui avaient vignes dans l'île de Ré et troupeaux en l'île d'Oléron?

— Et que fit, Monsieur, pendant ce temps la flotte anglaise, témoin de ces affectueuses effusions entre royaux et huguenots?

— Elle appareilla le vingt-quatre novembre, et par une extraordinaire ironie du sort, qui même à Guiton rendrait obscures les voies de la Providence, deux jours plus tard, le vingt-six novembre, s'éleva le suroît — vent du sud-ouest, comme vous savez —, lequel forcit et devint véloce jusqu'à soulever une tempête terrifiante qui brisa les chandeliers de la digue et rompit la digue en trois endroits...

— Est-ce à dire, Monsieur, que si Lord Lindsey était demeuré deux jours de plus, il eût pu envitailler La Rochelle ?

— Cela, je l'ai souvent ouï dire, mais, belle lectrice, c'est une vue de terrien. La vérité marine est tout autre. La baie de La Rochelle est très ouverte au suroît, et ce vent, quand il prend force, n'est pas maniable. Il eût chassé les vaisseaux sur leurs ancres, ou brisé leurs amarres, et la flotte anglaise eût été jetée à grand fracas, qui sur la flotte française, qui sur les palissades, qui sur les tronçons de la digue.

— Qu'eût donc dû faire Lord Lindsey en pareil prédicament ?

— Appareiller avant que le suroît devînt impétueux, et sous voilure réduite, se mettre à l'abri de l'autre côté de l'île de Ré, dans le pertuis breton. En aucun cas, il n'eût pu attaquer.

— Voilà donc, Monsieur, la flotte anglaise sur le triste chemin du retour.

— Pendant lequel, belle lectrice, elle pâtit tristement, étant attaquée elle aussi par une tempête, et perdant quatorze vaisseaux et quatre cents hommes. L'Angleterre fut la grande perdante de cette histoire.

— Et le roi de France le grand gagnant ?

— Oui-da ! Mais point tout seul. Chose extraordinaire, le vainqueur royal et le vaincu rochelais se partagèrent la gloire. L'armée royale jouit d'ores en avant d'une grande réputation d'invincibilité. Mais le nom de La Rochelle retentit dans toute l'Europe comme le symbole même de l'héroïsme et de la ténacité dans le malheur.

— Pourtant, Monsieur, la ville était exsangue, ayant perdu les deux tiers de ses habitants.

— Voyez pourtant le paradoxe : on défendit à

tout huguenot qui n'était point né dans la ville d'y venir habiter.

— Étrange mesure !

— Mais à bien voir, fort avisée, car les hommes ayant succombé pendant le siège en plus grand nombre que les femmes, votre *gentil sesso*, belle lectrice, étant si doué pour survivre, il y eut à La Rochelle, une fois la paix signée, beaucoup de veuves et beaucoup de filles sans époux. Et, comme aux yeux de ces veuves et de ces filles le mariage valait bien une messe, comme eût dit notre bon roi Henri, elles épousèrent, selon leur rang et leur condition dans la vie, des soldats ou des officiers de la garnison royale... Ainsi la balance numérique redevint-elle égale en La Rochelle entre les huguenots et les catholiques.

— Admirable Louis XIII !

— Nenni, Madame, la mesure fut imaginée par le cardinal. Il n'aimait guère, Madame, votre aimable sexe, mais il reconnaissait dans les occasions son utilité...

— Lui aussi était le grand gagnant du siège.

— Certes ! Et chose étrange, lui qui était d'ordinaire si mesuré, il prononça à cette occasion des paroles qui témoignaient d'une confiance bien imprudente dans l'avenir. Voici ce qu'il déclara : « Il est certain que la fin de La Rochelle est la fin des misères de la France et le commencement de son repos et de son bonheur. »

— Et cette prédiction, Monsieur, se révéla fausse ?

— Archifausse. La paix avec l'Angleterre est proclamée le vingt mai 1629 et dix mois plus tard, les dix et onze mars 1630, éclata ce qu'on appela « le grand orage de la Cour » : une puissante et haineuse cabale, dirigée par la reine-mère et inspirée par Marillac, entreprit de séparer Richelieu du roi et de le détruire. Quelles mortelles affres éprouva alors le cardinal qui se sentit à ce point menacé par la disgrâce, l'exil et peut-être la mort, qu'il fut sur le point de quitter la partie ! Dieu merci, il n'en fit rien. Mais, Madame, ceci est une autre histoire, qui sera contée en d'autres temps.

Composition réalisée par EURONUMÉRIQUE

IMPRIMÉ EN FRANCE PAR BRODARD ET TAUPIN
La Flèche (Sarthe).
N° d'imprimeur : 1507 – Dépôt légal Édit. 1218-04/2000
LIBRAIRIE GÉNÉRALE FRANÇAISE - 43, quai de Grenelle - 75015 Paris.
ISBN : 2 - 253 - 14865 - 2

31/4865/7